**PETRA HAMMESFAHR**

# Nach dem Feuer

# PETRA HAMMESFAHR

# Nach dem Feuer

ROMAN

DIANA

Von Petra Hammesfahr sind im Diana Verlag erschienen:
*An einem Tag im November*
*Die Lüge*
*Die Frau, die Männer mochte*
*Fremdes Leben*
*Der gläserne Himmel*
*Als Luca verschwand*
*Der Schatten*
*Das Mädchen Jannie*
*Merkels Tochter*
*Nach dem Feuer*

FSC www.fsc.org
MIX
Papier aus verantwortungsvollen Quellen
FSC® C014496

Verlagsgruppe Random House FSC® N001967


Neumarkter Straße 28, 81673 München
Redaktion: Cathérine Fischer
Umschlaggestaltung: t.mutzenbach design, München
Umschlagmotive: © Shutterstock.com (Aleksandra H. Kossowska; givaga)
und © Dave Curtis / Trevillion Images
Autorenfoto: © Wilfried Hammesfahr
Satz: Leingärtner, Nabburg
Druck und Bindung: GGP Media GmbH, Pößneck
Printed in Germany

ISBN 978-3-453-29243-7

www.diana-verlag.de
Dieses Buch ist auch als E-Book lieferbar

# *Dank*

Ich bedanke mich herzlich bei Firma Maaßen, die mir erlaubte, ihre Deponie für unbelasteten Erdaushub als Tatort zu nutzen; bei der Polizei Neuss für die Beratung in den verschiedenen Ermittlungsbereichen und bei meinen Beratern von der Feuerwehr, Ralf Arenz und Alexander Flügel: Ohne sie wäre die Leiche vielleicht nie gefunden worden.

# TEIL 1

# Verlorene Zeit

## *Sonntag, 28. Juli*

Gerochen hatte Sascha Krieger es schon am Donnerstag, als er von der Arbeit gekommen war. Ein Knochenjob im Straßenbau. Da war man froh, wenn man beim Heimkommen etwas anderes in die Nase bekam als Abgase und frisch gekochten Teer. Aber viel angenehmer war das nicht, was ihm im Hausflur entgegenschlug.

Unten stank es wieder mal nach Substanzen, die nicht gesund sein konnten. Links vom Eingang lebte seit zwei Jahren eine Familie, von der niemand wusste, woher sie kam. Die Frau sprach kaum ein Wort Deutsch, den Mann bekam man nur selten zu Gesicht. Es hieß, er sei krank. Die Söhne dealten mit bunten Pillen, die sie offenbar in Mutters Küche herstellten. Wiederholt hatten sie schulpflichtigen Kindern im Haus etwas angeboten. Zweimal war die Polizei informiert worden, nachgekommen war nichts. Angeblich waren die Burschen noch minderjährig. So sahen sie nicht aus, aber wer wollte etwas anderes beweisen?

Im ersten Stock roch es immer noch schwach wie in einer Giftküche und oben so wie draußen in dem abgeteilten Geviert neben dem Parkplatz, wo die Mülltonnen standen. Wenn im Sommer viel gegrillt wurde und die gelben Tonnen überquollen von Verpackungen mit Anhaftungen von Fleisch und Blut, schlossen die Deckel nicht mehr richtig. Dann streifte einen dieser süßliche Verwesungsgeruch sogar noch wie ein Windhauch, wenn man vorbeiging.

Am Donnerstag konnte man es noch nicht als Gestank bezeichnen. Sascha verhielt sich nicht anders als draußen, er beeilte sich, in seine Wohnung zu kommen, schloss die Tür hinter sich und riss sämtliche Fenster auf. Dann nahm er eine kühle Dusche, zog Shorts und ein frisches Shirt an, schob eine Tiefkühlpizza in den Ofen und machte es sich mit einem Bier auf dem Balkon gemütlich.

Er war achtundfünfzig, ausgelaugt von der Arbeit in glühender Sonne. In dem Zustand echauffierte sich niemand mehr freiwillig, und das hätte er tun müssen, wenn er bei seiner unmittelbaren Nachbarin an die Tür geklopft und sie aufgefordert hätte, dafür zu sorgen, dass der Müll runtergebracht wurde.

Freitags registrierte er im oberen Treppenhaus schon mehr als ein lindes Lüftchen. Was ihm auf den letzten Treppenstufen in die Nase stieg, erinnerte ihn unangenehm an den Gestank, den er früher oft im Erdgeschoss gerochen hatte, wenn er an der Wohnung der verstorbenen Gerda Küpper vorbeigegangen war, in der jetzt bunte Pillen hergestellt wurden.

Gerda Küpper hatte zu ihren Lebzeiten alles gesammelt, was ihr nützlich oder noch brauchbar erschien. Den Dreck hatte sie erst nach wiederholter Ermahnung rausgebracht. Ihr Tod hatte für mächtigen Ärger mit der Hausverwaltung gesorgt und vorwurfsvolle Fragen aufgeworfen. In einem Rundschreiben an alle Mieter hatte es geheißen, man sei von einer guten Hausgemeinschaft ausgegangen und sehr enttäuscht. Wenn man rechtzeitig Bescheid bekommen hätte, dass Frau Küpper länger nicht gesehen worden war, wären nicht so hohe Kosten für die Räumung, Säuberung und Desinfektion der Wohnung angefallen.

Aber am Freitagnachmittag hatte Sascha erst recht weder Zeit noch Lust, sich mit seiner Nachbarin anzulegen. Er wollte nur schnell duschen und packen. Nach seiner Scheidung und einigen flüchtigen Bekanntschaften hatte er seine Leidenschaft fürs Fotografieren entdeckt. Ausschließlich Natur. Diesmal wollte er durchs Hohe Venn wandern, zwei Übernachtungen mit Frühstück in preisgünstigen Pensionen waren gebucht.

Als er am Sonntagabend von seiner Wandertour zurückkam, stank es auf dem letzten Treppenabsatz, als wäre nebenan eine Deponie für Fleischabfälle aufgemacht worden. Sascha kam nicht mehr umhin, er musste handeln, klopfte, klingelte und verkündete lautstark: »Wenn der Müll in fünf Minuten nicht unten ist, melde ich es morgen der Hausverwaltung.«

Nichts rührte sich. Minutenlang hämmerte er mit einer Faust

gegen das Türblatt, legte mal ein Ohr ans Holz und horchte. In der Wohnung blieb es still. Dann eben mit Musik, das hatte sich schon mehrfach als probates Mittel erwiesen.

Seine Wohnungstür ließ Sascha offen. Minuten später dröhnte ein Karnevalsschlager der Höhner in voller Lautstärke ins Treppenhaus. »Dicke Mädchen haben schöne Namen, heißen Tosca, Rosa oder Carmen.« Dreimal insgesamt lief es durch, ohne den gewünschten Effekt zu erzielen.

Dann rief Ilona Kersgen aus dem ersten Stock nach oben: »Hast du 'nen Knall, Sascha? Was soll der Krach? Mach die Musik aus. Meine Melanie muss was für die Schule tun und kann sich bei dem Lärm nicht konzentrieren.«

»Es sind Ferien, du Sklaventreiberin«, hielt Sascha dagegen.

»Aber nicht für Leute, die es im Leben zu was bringen wollen«, brüllte Ilona gegen den Lärm an und kam nach oben, um dafür zu sorgen, dass er die Musik abstellte und man die Unterhaltung in erträglicher Lautstärke fortsetzen konnte.

»Du bemühst dich vergebens!«, rief sie auf dem letzten Treppenabsatz. »Die sind nicht da.« Dann war sie oben, zog angewidert schnuppernd die Nase kraus und warf einen vorwurfsvollen Blick in Saschas Diele: »Was stinkt hier so?«

»Wo sind die denn?«, fragte Sascha seinerseits und ging rein, um für Ruhe zu sorgen.

»Die Königin von Saba gönnt sich ein verlängertes Wochenende mit einem Typ, den sie bei Tinder kennengelernt hat«, erklärte Ilona hinter ihm. »Sie wären sofort auf einer Wellenlänge gewesen, und etwas Erholung hätte sie bitter nötig, sagte sie. Seit Lea weg ist, muss es wohl ziemlich stressig sein mit dem Jungen. Er soll sie schon ein paarmal vermöbelt haben, hat die Adoleit erzählt.«

»Und das glaubst du?« Sascha kam wieder zurück ins Treppenhaus. Was den Jungen von gegenüber anging, waren sie normalerweise einer Meinung. Der machte seit Monaten den Haushalt, aber keinen Stress. Frau Adoleit, die wie Bärbel im ersten Stock wohnte, konnte ihn nicht ausstehen, weil er um ihre

Fußmatte herumwischte, statt sie beiseitezulegen, wenn er die Treppe putzte.

Für die Abfallbeseitigung war auch der Junge zuständig. Wenn er aus der Schule kam, lief er für jeden Joghurtbecher, jede Wurstpelle und jeden Papierschnipsel einzeln runter zur Müllecke. Viel mehr Freiheit war ihm auch nicht vergönnt. Abends kippte er dann, sozusagen als krönenden Abschluss seines Tages, die Schüssel aus, in der sich tagsüber Bananenschalen, Apfelkitsche, Pfirsichkerne und dergleichen angesammelt hatten. Dann stand er meist noch eine Weile bei den Tonnen und schaute zur Straße, als wartete er darauf, dass ihn jemand abholte und in die Freiheit geleitete. Sascha hatte es oft genug gesehen. Und so wie es stank, konnte der Junge seit Tagen nicht mehr unten gewesen sein.

Ilona bezog seine Frage nicht auf den Sohn, sondern auf die neue Liebe der Mutter, und zuckte mit den Achseln. »Warum sollte ich ihr nicht glauben? Weil sie nicht dein Typ ist? Schau dir mal die Fotos an, die sie von sich ins Netz gestellt hat. Bei Facebook sieht sie fünfzehn Jahre jünger aus und zwanzig Kilo leichter.«

»Ich bin nicht bei Facebook«, erklärte Sascha. »Und die Typen bei Tinder kommen nur einmal, um zu vögeln.«

Ilona grinste. »Da spricht der Fachmann, und der Laie wundert sich. Sie machte sich jedenfalls große Hoffnungen, dass aus dem Wochenende mehr werden könnte. Hatte sich extra ein schickes Kleidchen gekauft und eine Korsage für drunter.«

»Und wo ist der Junge?« Sascha betrachtete nachdenklich die Tür gegenüber. »Hat sie ihn eingeschlossen?« Aber dann hätte er sich doch eben gerührt, wenigstens Antwort gegeben.

»Natürlich nicht.« Ilona klang so entrüstet, als wollte sie hinzufügen, so könne nur ein Mann denken, der keine Kinder habe. Ihr Blick ging immer noch an Sascha vorbei in seine Wohnung. Sie schien anzunehmen, der Gestank käme aus seiner Küche. »Sie hat ihren Vater bequatscht, dass die ihn mit in Urlaub nehmen. Haben sie früher ja auch getan. Mit dem Wohnmobil kostet es doch nicht extra, nur das bisschen, was der Junge isst.«

»Und das hast du geglaubt?«, fragte Sascha wieder. »Ihren Vater habe ich hier seit Jahren nicht mehr gesehen.«

»Wann denn auch?«, konterte Ilona. »Du bist den ganzen Tag auf der Arbeit und siehst nicht, wer hier wen besucht.«

»Aber du, was?«

Sie war im Netto-Markt beschäftigt und tagsüber auch nur selten da. Die Antwort blieb sie schuldig, erklärte stattdessen: »Ihr Vater ist Rentner, der kann jederzeit kommen. Er hat den Jungen letzte Woche Freitag abgeholt.«

Letzte Woche Freitag! Also vor mittlerweile zehn Tagen! Wenn sie den Freitag gemeint hätte, an dem er ins Hohe Venn aufgebrochen war, hätte Ilona letzten Freitag gesagt.

Wenn seit über einer Woche kein Müll mehr runtergebracht worden war … »Hast du gesehen, dass der Junge abgeholt wurde?«

»Nein, ihr Vater war vormittags da, damit sie in Ruhe packen konnte und der Junge keine Angst bekam, sie würde ihn auch noch im Stich lassen. Ich hatte Frühschicht. Sie hat's mir erzählt, als ich ihr nachmittags zwei Päckchen Kakao und eine Dose Fisch aus dem Angebot raufgebracht hab. Als ich kam, war der Junge schon weg.«

Ilona war stets bereit, für die Nachbarschaft etwas mitzubringen, Sonderangebote, Tiefkühlpizza, Dosenbier. Sascha nahm ihre Hilfsbereitschaft auch gerne in Anspruch, ihm sparte es Zeit.

»Jetzt frag nicht wieder, ob ich das geglaubt habe«, sagte sie.

Sascha fragte nicht. Ihm wurde bewusst, dass er schon vor seinem Wochenendtrip abends nichts mehr aus der Nachbarwohnung gehört hatte. Keinen Fernsehton, keine Stimmen, kein Wasserrauschen. Die Bäder im Haus waren winzig, fensterlos und grenzten aneinander. Bei ihm stand immer die Tür auf, um Schimmelbildung vorzubeugen. Er hörte eigentlich jedes Mal, wenn nebenan die Wasserspülung rauschte. Gegenüber konnte schon letzte Woche keiner mehr aufs Klo oder unter die Dusche gegangen sein. Wenn vor zehn Tagen von einem verlängerten Wochenende mit einem neuen Typ die Rede gewesen war, stimmte da was nicht. Hätte zwar sein können, dass aus dem Wochenende mehr geworden und der Junge mit den Großeltern auf einem Campingplatz war, aber …

Sascha konnte den Blick nicht von der Tür gegenüber lassen. Dieser Geruch! Und Kakao! Wer sollte Kakao trinken, wenn die Königin von Saba mit einem Typ verreisen wollte und der Junge schon vormittags vom Opa abgeholt worden war? Der Junge liebte Kakao. Anfang März hatte er Sascha erzählt, bei Papa habe er früher immer welchen bekommen, Mama würde ihm nur zum Geburtstag ein Päckchen schenken.

Papa hatte sich vor acht Jahren abgesetzt, die Schwester des Jungen kurz vor Ostern. Und vor Gerda Küppers Tür hatte es genauso gestunken. Da hatten auch tagelang alle gedacht, das wäre der Müll. Mit einem mehr als nur mulmigen Gefühl in der Magengrube zog Sascha sein Handy aus der Hosentasche und wählte unter Ilonas verständnislos pikiertem Blick den Notruf. »Bei mir stinkt es nicht«, sagte er, während sich die Verbindung aufbaute.

Sascha schilderte die Situation, verschwieg auch nicht, dass im Haus schon mal geraume Zeit eine Leiche in einer Wohnung gelegen hatte. Kurz darauf kamen zwei uniformierte Polizisten. Ein Pärchen, das sich anhörte, was Sascha und Ilona zu sagen hatten. Geöffnet wurde auch ihnen nicht.

Nach Rücksprache mit einem Vorgesetzten wurde die Feuerwehr angefordert und die Wohnungstür aufgebrochen, was einen Schwall Gestank ins Treppenhaus beförderte, dem ein Schwarm Fliegen folgte. Der Polizist betrat die Wohnung, seine Kollegin blieb in der offenen Tür stehen, um zu verhindern, dass neugierige Hausbewohner nachdrängten. Inzwischen standen Bärbel Scherer und Frau Adoleit auf der Treppe und Sascha mit Ilona vor seiner nun geschlossenen Wohnungstür.

Der Polizist kam Sekunden später wieder raus, eine Hand vor dem Mund, leicht grün im Gesicht. Er tuschelte mit seiner Kollegin, dann stieg er an den Neugierigen vorbei die Treppen hinunter, wurde mit Fragen bedrängt, gab jedoch keine Auskunft.

Sascha kämpfte mit sich, ob er aussprechen sollte, was er befürchtete. Mutter hatte einen neuen Lover aufgegabelt, Sohnemann musste aus dem Weg, nicht bloß zu Opa und Oma, die würden ihn ja wieder zurückbringen. Und vielleicht würde der Lover dann kneifen wie andere vor ihm. »Eine Frage«, sprach er die Polizistin nach langem Ringen mit sich selbst an, eigentlich wollte er es gar nicht wissen. »Ist der Junge tot?«

## *Flammendes Inferno*

### *Vier Tage zuvor*

Die Meldung ging wenige Minuten nach dreiundzwanzig Uhr in der Nacht zum Donnerstag bei der Rettungsleitstelle Kerpen ein und wurde umgehend an die Polizei weitergeleitet. Ein Lkw-Fahrer hatte auf der A4 Richtung Aachen im Vorbeifahren Feuerschein in einem Waldstück zu seiner Linken bemerkt, etwa auf Höhe des Europa-Parks.

Beim Stichwort Waldbrand rückten nacheinander drei Löschzüge aus Kerpen aus, weitere aus den umliegenden Feuerwachen machten sich bereit. Bei den hochsommerlichen Temperaturen der letzten Wochen und der damit einhergehenden Dürre machten sich alle auf einen schwierigen Einsatz gefasst.

Ein Streifenwagen mit Jasmin Tirtey am Steuer und Kurt Schramm auf dem Beifahrersitz war schneller als die Feuerwehr und verhinderte, dass es zu einem Großeinsatz kam. Jasmin Tirtey war fünfundzwanzig, Kurt Schramm mehr als doppelt so alt und derart übergewichtig, dass man sich fragen musste, warum er überhaupt noch zum Streifendienst eingeteilt wurde.

Als der Funkspruch durchgegeben wurde, passierten sie gerade den Europakreisel bei Kerpen-Sindorf. Jasmin kannte das betroffene Waldgebiet Lörsfelder Busch und Dickbusch wie ihre Westentasche. So oft wie möglich absolvierte sie dort ihr

Lauftraining. Wenn ein Lkw-Fahrer auf der Autobahn Feuerschein sah, konnte es nicht irgendwo im Wald brennen. Man musste die Augenhöhe bedenken, in der sich der Fahrer befunden hatte.

»Das muss in der Nähe der Aushubdeponie sein«, sagte sie. »Sonst wäre von der Autobahn aus nichts zu sehen. Fahren wir mal hin, vielleicht …« Weiter kam sie nicht.

»Wir sitzen nicht in einem Hubschrauber«, protestierte ihr Beifahrer. »Wenn uns der Rückweg abgeschnitten wird …«

Es fehlte nicht viel, dann hätte Jasmin sich bezeichnend an die Stirn getippt. Offenbar war Schramm noch nie in die Nähe der Deponie gekommen, sonst hätte er gewusst, dass die Zufahrt breit genug für Wendemanöver war. Bei Gefahr wären sie schnell weg.

Sie verringerte die Geschwindigkeit und bog von der Erfttalstraße in den Weg zur Deponie ein mit dem Hinweis: »In hundertfünfzig Metern kommt eine Schranke. Dort wende ich. Dann können Sie gerne das Steuer übernehmen. Ich laufe runter zur Grube.« Dass Schramm sich in Startposition hinters Lenkrad klemmen würde, war unwahrscheinlich.

Jasmin war schon vorbeigefahren, als ihr auffiel, dass die Schranke durchbrochen worden war. Vom Feuer war nichts zu sehen. Zur Autobahn hin wuchs nur etwas Gestrüpp, hin und wieder ein Bäumchen dazwischen. Linker Hand gab es lichten Baumbestand, aber keine Flammen. Trotzdem regte Schramm sich weiter auf, schimpfte auf der gesamten etwa neunhundert Meter langen Strecke bis zur Grube halblaut über den Leichtsinn der heutigen Jugend, für die Eigensicherung offenbar ein Fremdwort war. Wahrscheinlich ärgerte er sich, dass Jasmin sich nicht um seinen Protest gekümmert hatte und richtiglag.

Als sie den Zufahrtsweg hinter sich ließen, erkannte Jasmin erleichtert, dass etwa hundert Meter entfernt links von ihnen nur ein Fahrzeug in Flammen stand. Sie hielt es für einen Sprinter. Davon waren in den letzten Monaten drei gestohlen und anschließend abgefackelt worden. Eine Bande nutzte die Fahrzeuge für Einbrüche in die Lager von Elektromärkten und Objekten mit ähnlich lohnender Beute und entsorgte die Kleintransporter nach Gebrauch auf diese Weise, wobei sämtliche Spuren vernichtet wurden. Die Kriminaltechniker in Köln hatten sich bisher jedes Mal vergebens darum bemüht, Beweismittel zu sichern.

Die Brandstelle war verdammt nah an der Böschung, hinter der vertrocknetes Grünzeug aufragte, für das Funkenflug zur Gefahr werden konnte. Und auf den zwei, drei Metern zwischen der Böschung und dem Feuer sprang eine Gestalt herum wie ein Derwisch. Jasmin sah ihn nur kurz, weil sie noch einige Meter weiter geradeaus fuhr und neben einem Bürocontainer anhielt, wo der Streifenwagen den Rettungskräften nicht im Weg war.

»Gib durch, wo wir sind und was hier brennt«, wies sie den Dicken an. »Hier werden keine dreißig oder noch mehr Löschzüge gebraucht, nur zwei oder drei und der Rettungsdienst.« Schramm war nicht nur körperlich einer von den Schwerfälligen, er brauchte häufig auch Denkanstöße.

Jasmin sprang aus dem Wagen und rannte zurück. Im Näherkommen entpuppte sich der Brandherd als Wohnmobil. Es war etwas länger als die abgefackelten Kleintransporter. Und das bedeutete, dass die Gefahr womöglich größer war, als zuerst angenommen. Wenn sich eine Gasflasche im Innenraum befand … Über so etwas durfte man nicht nachdenken, wenn man vorwärtshetzte, um ein Leben zu retten. Ihr war auch bekannt, dass diese Gasflaschen ein Sicherheitsventil hatten, das bei steigender Temperatur barst und das Gas kontrolliert nach außen blies. Aber wenn die Flasche voll gewesen war, konnte es trotzdem jeden Augenblick zur Explosion kommen.

Ehe Kurt Schramm den Funkspruch abgesetzt und sich aus dem Wagen gestemmt hatte, hatte Jasmin den Derwisch erreicht, bekam ihn jedoch nicht zu packen. »Komm da weg!«, brüllte sie. Darauf reagierte er nicht. Im Feuerschein erkannte sie, dass es sich um einen Jungen von vierzehn oder fünfzehn Jahren handelte, der aussah wie ein angekokelter Waldschrat. Er schien mit knapper Not ins Freie gelangt zu sein und stand offenbar unter Schock, was wohl verhinderte, dass er die Schmerzen spürte.

Wieder schnappte er nach der Einfassung der Tür zum Wohnbereich, obwohl Flammen durch die Öffnung und ein zerborstenes Fenster daneben ins Freie schlugen und sein Gesicht streiften. Wäre er bei Verstand gewesen, hätte ihm klar sein müssen, dass er nicht mehr in diese Hölle einsteigen konnte.

Die Flammen trieben ihn erneut zurück. Er taumelte zur Seite, direkt zwischen Jasmins zum Zupacken ausgestreckte Hände. Viel näher heran konnte sie auch nicht, um sich nicht selbst zu gefährden. Sie rechnete nicht damit, dass der Junge ihr körperlich viel entgegensetzen könnte, war kampfsporterprobt und legte problemlos einen Zwei-Meter-Mann auf die Matte. Und der Junge schien fast nur aus Haut und Knochen zu bestehen. Doch er entwickelte eine erstaunliche Kraft, als sie seinen rechten Arm packte und versuchte, ihn außer Reichweite der Flammen zu ziehen.

Ungeachtet einer Brandverletzung entriss er ihr den Arm, wobei ein Fetzen Haut in ihrer Hand zurückblieb. Mit der Linken schlug er nach ihr, traf ihre Gürtelschnalle, was eine große Brandblase zum Aufplatzen brachte. Dabei schrie er etwas von Freunden, die noch drin seien. Im Prasseln und Knacken des Feuers verstand Jasmin nicht jedes Wort. Sie konzentrierte sich auch mehr darauf, ihn daran zu hindern, sich ins Feuer zu stürzen.

Als Schramm endlich keuchend und schnaufend herangelaufen kam und mit anpackte, gelang es ihnen nicht mal mit vereinten Kräften, den Jungen zu bändigen. Er wand sich wie ein Aal zwischen ihren Händen durch, kämpfte verbissen weiter, stieß Schramm mit der linken Hand vor die Brust, was auf dessen Hemd einen feuchten Fleck zurückließ. Jasmin hätte ihn bändigen können, wenn sie härter gegen ihn vorgegangen wäre. Aber einen verletzten Jungen, der nur für sich selbst eine Gefahr darstellte, wie einen Kriminellen zu Boden zu bringen widerstrebte ihr.

Seine Kopfhaare waren versengt, das Gesicht hochrot, Stirn und Wangen mit Brandblasen gesprenkelt. Die unbedeckten Hautpartien an den Armen wiesen Verbrennungen auf. Seine linke

Hand mochte Jasmin gar nicht näher ansehen. Mit der rechten schlug und boxte er wild um sich. Schuhe trug er nicht, seine nackten Füße schienen relativ unversehrt. Seine Bekleidung dagegen, ein kurzärmeliges T-Shirt und eine Jeans, war vom Feuer ebenso in Mitleidenschaft gezogen wie er selbst.

Als der erste Löschzug mit Sonderzeichen aus der Zufahrt kam und auf sie zuhielt, war der Junge für einen Moment abgelenkt. Jasmin packte zu und hielt ihn fest. In ihrem Griff beruhigte er sich etwas, schaute mit weit aufgerissenen Augen zu, wie die Besatzung heraussprang. Der Fahrer ließ sofort per Fernbedienung den Lichtmast ausfahren, acht LED-Leuchten übergossen die Szenerie mit Helligkeit und nahmen ihr etwas von dem schaurigen Anblick. »Meine Freunde!«, schrie der Junge den Männern zu.

»Sind da etwa noch welche drin?«, brüllte einer zurück.

»Meine Freunde«, kreischte der Junge noch einmal und wollte sich losreißen, was Schramm verhinderte, als er mit anpackte. Der Feuerwehrmann rief seinen Kollegen etwas zu, was Jasmin im Lärm nicht verstand, und gab ihr mit heftigen Handzeichen zu verstehen, sie sollten den Jungen wegschaffen.

Rund um die Grube für unbelasteten Erdaushub verlief ein relativ breiter unbefestigter Weg für die Lastwagen. Platz für mehrere Großfahrzeuge nebeneinander war jedoch nicht. Und wenn zwischen denen auch noch ein Verrückter herumsprang …

Sechs Minuten nach dem ersten traf der zweite Löschzug in der Deponie ein. Der dritte war nach den Informationen der Polizei nicht mehr ausgerückt. Für das Wohnmobil wurde auch der zweite nicht gebraucht, blieb aber vor Ort und bewässerte das hinter der Böschung wachsende zundertrockene Grünzeug.

»Jetzt komm weg hier«, forderte Schramm in seiner betulichen Art. »Du kannst nichts mehr tun, stehst nur im Weg. Lass die Männer machen. Die können das am besten.«

Da ließ der Junge sich endlich ohne weitere Gegenwehr weg führen, schaute nur noch ein paarmal über die Schulter zurück und wimmerte leise. Beim Streifenwagen sackte er auf die Knie, schlug wiederholt seine Stirn auf den steinigen Boden und begann jämmerlich zu weinen.

»Sind da wirklich noch Freunde von dir drin?«, fragte Jasmin. Zweifel an seinen Worten hatte sie keine. Niemand versuchte wieder und wieder in die Hölle zu steigen, wenn er nicht etwas herausholen wollte, was ihm wichtiger war als die eigene Haut. Manche Mütter kämpften genauso irrational, wenn es um ihre Kinder ging. Das hatte Jasmin im vergangenen Jahr bei einem Verkehrsunfall erlebt, an den sie nicht gerne zurückdachte.

Aber wenn der Junge rausgekommen war, warum hatten seine Freunde es nicht geschafft? Hatten sie nicht mitbekommen, dass es zu brennen begann? Jasmin dachte unweigerlich an Alkohol. Komasaufen in der Deponie und drei Schnapsleichen – im wahrsten Sinne des Wortes. Der Junge hatte keine Fahne, zumindest hatte sie keine wahrgenommen, was aber nichts bedeuten musste bei dem Brandgeruch, den er verströmte.

Er hob den Kopf vom steinigen Boden und beantwortete ihre Frage mit einem Nicken. Jetzt blutete er auch noch, hatte sich die Stirn oder ein paar Brandblasen aufgeschlagen.

»Wie viele?«, fragte Jasmin und kämpfte gegen die aufsteigende Übelkeit an. Das Wohnmobil stand in Vollbrand, da würde keiner mehr hineingehen und niemand mehr lebend herauskommen, mochten die Wehrleute sich noch so bemühen. Zwei von ihnen waren dabei, mit Einreißhaken die zur Grube gelegenen Seitenwände zu entfernen, zwei andere entrollten den Schlauch.

Statt ihr zu antworten, hustete der Junge, richtete den Oberkörper auf, hob die linke Hand, spreizte zwei Finger und den Daumen ab und schluchzte: »Sie waren hinten. Ich bin nicht rangekommen. Ich habe es zweimal versucht. Aber da war überall Qualm und Feuer, das ganze Bett brannte. Ich konnte nichts sehen.«

»Ich glaube dir, dass du alles getan hast«, bemühte Jasmin sich um ein paar tröstende Worte. Angesichts seiner Verletzungen musste sie ihm glauben. Das aus dem offenen Streifenwagen fallende Licht der Innenraumbeleuchtung reichte aus, um zu erkennen, dass sein linker Handteller, abgesehen von ein paar Hautfetzen, aus rohem Fleisch bestand.

Schramm machte sich noch einmal auf den Weg zurück zur Brandstelle, um den Wehrleuten Bescheid zu sagen, dass sich noch drei Jugendliche im hinteren Teil befanden. Diesmal griff Jasmin zum Funkgerät und gab durch, dass der Rettungsdienst möglicherweise für vier Personen gebraucht wurde. Wahrscheinlicher jedoch ein Bestattungsunternehmer mit drei Särgen. Das sprach sie nicht aus, weil der Junge mithörte.

Leichen würden ohnehin nicht bei Nacht in der Deponie geborgen. Wenn das beauftragte Abschleppunternehmen keine Halle zur Verfügung stellen konnte, wo unabhängig von Witterungseinflüssen die Brandursache ermittelt und Spuren gesichert werden konnten, mieteten Staatsanwaltschaft oder Kripo für Bergungen dieser Art eben eine.

Nachdem das Vordringliche erledigt war, stellte sie ihm die ersten Fragen: »Gehört das Wohnmobil einem deiner Freunde?«

Er schüttelte den Kopf. »Meinem Opa.«

»Hat dein Großvater es euch geliehen, oder habt ihr es ohne sein Einverständnis genommen?«

Wieder schüttelte er den Kopf, das konnte sowohl: *Nein, er hat es uns nicht überlassen*, als auch: *Nein, er war einverstanden* heißen. Er krächzte etwas von einem Einkauf. Mehr verstand Jasmin nicht, weil er erneut hustete. Er wollte sich die linke Hand vor den Mund halten und schien dabei endlich die Verletzung zu registrieren. »Haben Sie ein Pflaster für mich?«

»Du brauchst mehr als ein Pflaster«, antwortete sie. »Der Rettungsdienst ist unterwegs. Was habt ihr hier gemacht? Wie ist das passiert?«

»Das weiß ich nicht.«

Sie fragte ihn nach seinem Namen, dem Namen des Großvaters und den Namen seiner Freunde. Aber jetzt war er auf seine linke Hand konzentriert, verglich sie mit der rechten, schaute sich seine von Flammen gezeichneten Arme an und schüttelte den Kopf, als könne er nicht fassen, was mit ihm geschehen war.

Zwei Minuten später kam der erste RTW aus der Zufahrt, dicht gefolgt von einem Notarztwagen. Um den Jungen kümmerte sich der Notarzt. Einer der Sanitäter verarztete Jasmin. Im Eifer des Gefechts war ihr entgangen, dass ihre Arme bei den Versuchen, den Jungen zu packen, ebenfalls von Flammen angeleckt worden waren, aber es war nicht dramatisch.

Der Junge wurde ins Maria-Hilf-Krankenhaus nach Bergheim gebracht. Nach Rücksprache mit dem Zugführer der Feuerwehr wurde die Anforderung weiterer Rettungsdienste gecancelt. Wie Jasmin vermutete, brauchte man für die Freunde des Jungen wohl nur noch einen Bestattungsunternehmer und drei Särge.

## *Vor dem Feuer*

Es passierte nicht. Draußen brannte die Sonne vom wolkenlosen Himmel, durch die herabgelassene Jalousie fielen nur dünne Strahlen ein. Sie reichten zusammen mit dem Licht aus dem Flur, um sie auf dem Bett liegen zu sehen, zu mehr leider nicht.

Seit Wochen hatte sie morgens die Jalousie heruntergelassen und erst am späten Abend wieder hochgezogen. Wahrscheinlich lag sie deshalb noch genauso wie gestern und die Tage davor. Wie viele Tage es inzwischen waren, wusste er nicht. Er war wohl mehrfach aufgetaucht wie ein U-Boot aus den Tiefen eines stillen, schwarzen Ozeans, war zur Toilette gegangen, hatte in der Küche etwas getrunken. Vage erinnerte er sich an den Geschmack von Kakao und den grässlichen Anblick, den er ein paarmal wahrgenommen hatte, ehe er wieder im Ozean versunken war.

Völlig klar war er noch nicht. Es musste ein besonders schwerer Anfall gewesen sein. Dafür sprachen auch die heftigen Nachwirkungen. Er fühlte sich schlapp und zittrig, schwitzte stark und hatte ein widerliches Druckgefühl im Kopf. Hinzu kam die Befürchtung, es falsch gemacht zu haben, sonst hätte sie doch längst zu Staub zerfallen sein müssen.

Der Zauberer hatte gesagt, das gehe ruckzuck. In den Fernsehberichten, die er gesehen hatte, war das auch immer so gewesen. Und wenn jemand nach Mama fragte, solle er sagen, sie sei weggeflogen und habe ihm aufgetragen, seine Schwester zu besuchen, weil er nicht alleine für sich sorgen könne. Das konnte er sehr wohl, konnte es sogar in verlorener Zeit.

Gestern hatten zwei leere Päckchen Kakao auf der Abtropffläche neben dem Spülbecken gelegen. Die musste er in den fehlenden Tagen getrunken haben. Weil er gestern nicht imstande gewesen war, den Müll nach unten zu bringen, hatte er sie in den Abfalleimer gestopft, in dem schon leere Dosen und andere Sachen gelegen hatten. Wahrscheinlich hatte er sogar etwas gegessen und wusste es nur nicht mehr.

Aber das war jetzt nicht wichtig. Er versuchte irgendwie auf die Reihe zu bringen, warum es nicht längst passiert war. Seine Schwester hatte es oft so ausgedrückt, wenn sie ihm vorhielt, was er alles nicht wusste und nicht konnte. »Vergiss es, das bringst du nie auf die Reihe«, hatte Lea meist gesagt. Jetzt musste er, weil außer ihm keiner da war, der etwas erklären konnte, und weil vergessen es nicht ungeschehen machte.

Der Zauberer hatte gesagt, sie sei schlimmer als eine Zecke und würde ihn aussaugen bis auf den letzten Tropfen. Zecken waren Blutsauger, konnten aber weder Mensch noch Tier vollständig aussaugen. Sie saugten sich bloß voll, dann fielen sie ab. Darüber hatten sie einmal in der Schule gesprochen, nachdem einer seiner Mitschüler gebissen worden war.

Vampire waren ebenfalls Blutsauger und weitaus gefährlicher als Zecken. Manchmal waren Vampire klein wie Fledermäuse und manchmal groß wie Menschen. Dann konnte man sie nicht von Menschen unterscheiden, solange sie ihre Eckzähne nicht zeigten. Mit diesen Zähnen saugten sie so lange, bis ihr Opfer keinen Tropfen Blut mehr im Leib hatte, was den sicheren Tod bedeutete oder die Verwandlung in einen Vampir, der dann ebenfalls Menschen aussaugen musste, um nicht zu verhungern.

Ein Teufelskreis war das. Wenn man nichts dagegen unternahm, wurden es immer mehr. Deshalb musste man Vampire töten. Aber weil sie genau genommen bereits tot waren, konnte man ihnen mit einem Messer nichts anhaben. Silberne Kugeln wirkten ebenfalls nicht. Man musste ihnen mit aller Kraft einen angespitzten Pfahl ins Herz stoßen, was für so eine arme Kreatur dann die Erlösung war.

Am besten geeignet war ein Rundholz, das konnte man im Baumarkt kaufen. Es musste kein besonders langes sein. Dreißig Zentimeter würden reichen, hatte der Zauberer gesagt. Vielleicht war das Holz zu kurz gewesen. Vielleicht hätte er ihr nicht zusätzlich auch noch den Kopf abschneiden dürfen. Warum er das getan hatte, konnte er sich in seinem Zustand gar nicht erklären.

Sonnenlicht sollte ebenfalls eine verheerende Wirkung auf Vampire haben. Deshalb gingen sie nur bei Nacht raus. Und die tagsüber herabgelassene Jalousie war für ihn ein sicheres Zeichen gewesen, dass Mama das Sonnenlicht scheute.

Ihm war bewusst, dass er zum Fenster gehen und die Jalousie hochziehen musste, um dem Horror ein Ende zu machen. Nur konnte er sich nicht überwinden, das Zimmer zu betreten, er hätte zuerst aufräumen und sauber machen müssen. Der Fußboden lag voller Abfälle aus der Biotonne. Die meisten waren zu verrottet, um noch sagen zu können, was genau es gewesen war. Deutlich zu erkennen waren nur die Kerne von Pfirsichen und Nektarinen, schwarz gewordene Bananenschalen und die vergammelten Kerngehäuse einiger Äpfel.

Von der Tür aus versuchte er die Pfirsichkerne und Bananenschalen zu zählen und mit den Kerngehäusen der Äpfel zu multiplizieren, um seine Gedanken in logische Bahnen zu lenken und eine Lösung zu finden. Rechnen konnte er gut, nur fehlte ihm jetzt die Konzentration. Das Gesumme der Fliegen machte ihn konfus. Und es roch so anders. Der gewohnte Geruch des Zimmers wurde überlagert von einem stechenden und gleichzeitig süßlichen Gestank, der sein wachsendes Unbehagen mit Schlieren von Panik durchzog und ihm Übelkeit verursachte. Letzteres konnte allerdings auch daran liegen, dass es Mittag vorbei war und er noch nicht gefrühstückt hatte.

Er wandte sich ab, schloss die Tür und ging in die Küche. Im Kühlschrank lagen noch ein Stückchen Dauerwurst und zwei Scheiben Brot in einer Tüte. Brot, Joghurt, Obst, Salat und Käse hatte vor den Ferien die Frau von der Tafel gebracht. Seit Ostern brachte sie einmal in der Woche solche Lebensmittel. Alles andere musste Mama kaufen, wenn es neues Geld gegeben hatte.

Es war noch Erbensuppe da gewesen. Die leere Dose lag im Abfalleimer zusammen mit einer, die Heringsfilet in Tomatensoße enthalten hatte, und den beiden Tetra Paks Kakao. Er hätte besser haushalten müssen, aber er war doch nicht richtig bei sich gewesen und hatte nicht erwartet, dass es so lange dauerte.

Der Vorratsschrank war ebenfalls so gut wie leer. Ein angebrochenes Päckchen Mehl, der Salzstreuer, die Pfeffermühle, eine Pappschachtel mit fünf Teebeuteln und die Dose mit einem Rest gemahlenem Kaffee, mehr stand nicht drin.

Er brühte sich einen Tee auf, legte eine Scheibe Brot auf einen Teller und das Stückchen Wurst dazu. Es war zu klein, um etwas abzuschneiden und den Rest für den nächsten Tag aufzuheben. Den Tee musste er fast ungesüßt trinken, weil nur noch ein winziger Rest Zucker in der Dose war. Becher und Teller nahm er mit in das Zimmer, das er mit seiner Schwester geteilt hatte, bis Lea zu ihrem Freund gezogen war.

Er wünschte sich, er hätte auch einen Freund, bei dem er wohnen könnte, einen großen, starken wie den Riesen Goliath, den der kleine David mit einer Steinschleuder totgeschossen hatte. Er hätte das nicht getan, hätte sich lieber bemüht, Goliath als Freund zu gewinnen. Die Bonbons hätte er mit ihm geteilt, die er früher von Oma Luzie bekommen hatte. Sie waren mit goldenem Papier umwickelt und so lecker gewesen, dass er sie immer noch im Mund schmeckte, wenn er an Oma Luzie dachte.

Er dachte oft an sie und an Papa. An die Zeit, als er und Lea jedes zweite Wochenende und die halben Schulferien bei Papa verbracht hatten. Woanders hatte er Oma Luzie seines Wissens nie getroffen. Bei Papa hatte er niemanden verletzt, nicht einmal sich selbst. Kaputt gemacht hatte er auch nicht viel, nur den Teppich in seinem Zimmer.

In Papas Haus hatte er ein Zimmer für sich alleine gehabt zum Spielen und Schlafen. Er hatte aber meist im Wohnzimmer oder im Anbau gespielt und gezeichnet. Einmal hatte er für Oma Luzie einen Parkplatz zum Mitnehmen gezeichnet, weil sie gesagt hatte, mit dem Auto zum Friseur sei nicht mehr drin, da müsse sie eine halbe Stunde nach einem Parkplatz suchen. Und einmal hatte er ihr gezeigt, wie ein Polizist mit zwei Räubern gleichzeitig fertigwurde. Da musste der Polizist zuerst den einen fangen und mit einer Handschelle am Polizeiauto festmachen und dann den anderen schnappen. Kluges Kerlchen, hatte Oma Luzie ihn genannt.

In seinem Zimmer hatte er nur geschlafen. Bei Lea war es umgekehrt gewesen. Sie hatte bei Papa geschlafen und in ihrem Zimmer gespielt. Und wenn er hereingekommen war, hatte sie ihn oft angeschrien, er solle verschwinden. Manchmal hatte sie ihn sogar geboxt, damit er wieder ging. Und einmal war er zurück in sein Zimmer gegangen und hatte seinen Frust am Teppich ausgelassen. Rote und grüne Knete hatte er hineingedrückt. Papa hatte die nicht wieder rausbekommen. Oma Luzie hatte einen neuen Teppich gekauft, ein ernstes Wort mit Lea geredet und ihm ein goldenes Bonbon geschenkt.

Der Riese Goliath hätte diese Bonbons garantiert ebenso gemocht wie er und wäre bestimmt gerne sein Freund geworden. Aber Goliath war tot, Oma Luzie war tot. Papa hatte sich aus dem Staub gemacht. Und der Zauberer war nicht sein Freund.

Von Freunden wurde man nicht belogen.

Von wegen: »Das geht ruckzuck.«

Seit dem Morgen stand der Staubsauger im Flur. Er hatte sogar einen frischen Staubbeutel eingelegt und den irgendwo draußen vergraben wollen, wie man es mit den Urnen verstorbener Menschen tat. Irgendwann war Mama ja wohl mal ein Mensch gewesen. Aber es passierte nicht.

Nachdem er die vorletzte Scheibe Brot und das Stückchen Dauerwurst verzehrt und den Tee getrunken hatte, spülte er Teller und Becher ab und räumte das Geschirr zurück in den Schrank. Der Abfalleimer unter dem Spülbecken musste warten. Nach unten zu den Mülltonnen traute er sich nicht, obwohl er sich etwas besser fühlte, aber nicht sicher genug auf den Beinen, um zuerst unter die Dusche zu gehen. Im ersten Stock wohnte ein Mädchen, dem er so, wie er war, nicht im Treppenhaus begegnen mochte.

Lieber setzte er sich im Wohnzimmer vor den Fernseher und zappte minutenlang durch die Kanäle, bis er eine lustige Zeichentrickserie fand, die er sonst gerne anschaute. Mit dem widerlichen Druckgefühl im Kopf, das allmählich in Schmerz ausartete, machte es allerdings keinen Spaß.

Ob noch etwas von der Medizin da war, die Mama ihm früher gegeben hatte, wenn sie sah, dass sich ein Anfall ankündigte? Er hatte lange keine mehr bekommen. Kein Wunder, dass er diesmal mehrere Tage verloren hatte und immer noch nicht wieder vollkommen in Ordnung war.

Es waren unterschiedliche Pillen gewesen, aber alle hatten ihn müde gemacht, manche mehr, manche weniger. Seinem Kopf hätten ein paar Stunden Schlaf bestimmt gutgetan. Dann hätte er für eine Weile vergessen können, dass er immer noch sehr hungrig war und heute nichts mehr essen durfte, damit für morgen wenigstens noch ein bisschen übrig blieb.

Systematisch suchte er in den Küchenschränken, räumte alles aus und wieder ein und hoffte inständig, dass Mama seine Medizin nicht in ihrem Schlafzimmer versteckt hatte. Schließlich entdeckte er den Pillenbeutel ganz hinten im Schrank mit den Töpfen. Leider war nichts mehr drin bis auf etwas weißen Abrieb. Enttäuscht stopfte er den Beutel zu den anderen Sachen in den Mülleimer.

Als es dunkel wurde, riskierte er noch einen Blick in Mamas Zimmer. Es hatte sich nichts verändert. Was er tun sollte, wenn Mama morgen immer noch nicht zu Staub zerfallen war, wusste er nicht. Jetzt noch die Jalousie hochzuziehen brachte bestimmt nichts. Er hätte es sofort tun müssen, als er sah, dass der Pfahl nicht reichte. Niedergeschlagen und ratlos ging er zu Bett, zur Ruhe kam er nicht. Die halbe Nacht hielten ihn Verunsicherung, Angst, der Druck im Kopf und sein leerer Magen wach.

Zweimal stand er auf und trank ein großes Glas Wasser. Der Busfahrer hatte einmal gesagt, mit Wasser könne man den Magen täuschen. So ein Magen sei blöd und würde nur merken, dass er voll sei, aber nicht, ob man ein XXL-Schnitzel und eine Riesenportion Pommes hineingestopft oder nur einen Liter Wasser getrunken habe. Der Busfahrer war dick und versuchte abzuspecken. Er hatte immer eine große Wasserflasche dabei und hielt nicht nur seinen Magen für blöd, sondern auch die vier Jungs und zwei Mädchen, die er morgens zur Förderschule fuhr und nachmittags wieder dort abholte.

Er war einer von diesen Jungs und längst nicht so blöd, wie der Busfahrer meinte. Nachdem die zweite Portion Wasser in seinem Innern durchgelaufen war, holte er den leeren Beutel aus dem Mülleimer. Die Folie war nun außen mit etwas Tomatensoße aus der Fischdose beschmiert. Er wusch sie gründlich ab und wischte sie sorgfältig trocken. Dann stülpte er die Innenseite nach außen und leckte den Abrieb der Pillen von der Folie.

In den ersehnten Schlaf fiel er danach nicht, döste nur ein und wälzte sich den Rest der Nacht durch einen schlimmen Traum, der ihn oft heimsuchte.

## *Feuer aus*

Gegen halb eins in der Nacht zum Donnerstag war das Wohnmobil vollständig ausgebrannt. Es standen nur noch das Gerippe aus Metallteilen und die nicht brennbaren Überreste der Küche. Die weggerissenen Seitenwände lagen nahe dem Grubenrand am Boden. Die Ausstattung des gesamten Innenraums war zu Klumpen aus verkohltem Holz und geschmolzenem Kunststoff verbacken und vom Wasser-Schaum-Gemisch der Löscharbeiten durchtränkt.

Der zweite Löschzug rückte ab, nachdem feststand, dass für den Wald keine Gefahr mehr bestand. Der Zugführer des ersten hätte sich gerne angeschlossen. Nichts glühte oder glimmte mehr. Eine Brandwache brauchte man nicht. Was jetzt noch zu tun war, fiel in den Aufgabenbereich der Polizei, vorerst nur vertreten durch eine junge Polizeikommissarin und einen Polizeioberkommissar, der im Dienstrang über Jasmin Tirtey stand, es aber lieber gemütlich anging, um sein Herz und den Blutdruck nicht über Gebühr zu strapazieren. Beim letzten Gesundheitscheck war Kurt Schramm nur mit Blick auf die Personalknappheit, mit sehr viel Wohlwollen und einigen Belehrungen vonseiten des Arztes durchgekommen.

Von der Kriminalwache aus Hürth war noch niemand aufgetaucht. Jasmin fragte nach und erfuhr, dass Schramm die Wache verständigt, man aber keine Veranlassung gesehen hatte, jemanden rauszuschicken. »Das war doch wieder ein Fahrzeugbrand. Ruft einen Abschleppdienst, die KTU kann sich das bei Tag anschauen. Zu sichern gibt es doch sowieso nichts.«

»Schwachsinn«, entfuhr es Jasmin.

»Mach mal halblang, Mädchen«, mahnte Schramm. »Spricht man so mit Kollegen?«

Sie hasste es, wenn der Dicke sie Mädchen nannte. Vor allem hasste sie es, wenn er sich nicht die Mühe machte, genauer hinzuschauen und mitzudenken. Aber für Schramms Schluderei konnte der Kollege in der Kriminalwache nichts. Sie entschuldigte sich bei ihm und holte in gemäßigtem Ton nach, was Schramm versäumt hatte: »Hier ist ein Wohnmobil komplett ausgebrannt, in dem sich bei Ausbruch des Feuers noch drei Jugendliche befanden, die nicht mehr rausgekommen sind. Was das heißt, muss ich nicht genauer erklären. Wir haben diesmal ein ausgebranntes Fahrzeug mit drei Leichen.«

»Jetzt haben Sie es ja doch erklärt«, versuchte der Kollege, etwas Spannung abzubauen. Da sie nicht darauf einging, sagte er in gewohnt neutralem Ton: »Sorry. Das ist hier nicht angekommen. Ich verständige die Kriminalhauptstelle …«

Der Zugführer war dazugekommen, hatte Jasmins Part mitgehört und mischte sich ein, was wiederum der Mann in der Kriminalwache mithörte: »Hier ist keiner verbrannt, das garantiere ich Ihnen. Die Karre kann auf den Schrottplatz.«

»Was denn nun?«, wurde Jasmin gefragt. »Muss ich die Kriminalhauptstelle verständigen oder nicht?«

»Das kann ich nicht entscheiden«, antwortete sie und hörte einen langen Seufzer. »Ich schicke Ihnen Gertz. Der kann das.«

Nachdem Jasmin das Gespräch beendet hatte, sagte der Zugführer: »Jetzt beruhigen Sie sich mal. Wenn da noch drei andere drin waren, werden die abgehauen sein, als das Feuer ausbrach.«

»Und haben den Jungen zurückgelassen?«, fragte Jasmin.

»Wollen Sie das ausschließen?«, antwortete der Zugführer mit einer Gegenfrage. »Ich nicht. Ich frage mich dreimal die Woche, was in den Köpfen bestimmter Altersgruppen vorgeht. Da ist jedenfalls keiner mehr drin. Bei drei Leichen müsste man etwas sehen. Wenn nicht einen ganzen Körper, dann zumindest Körperteile. Aber da ist nichts. Sehen Sie doch selbst.«

Er zeigte zu dem schwarzen Gerippe des Wagens hin, das hundert Meter entfernt noch immer von den LEDs des Lichtmastes in Helligkeit getaucht war. Der Anblick erinnerte Jasmin an einen der Endzeitfilme, die ihr jüngerer Bruder sich gerne anschaute. Sie folgte dem Zugführer ins Licht. Schramm hatte es sich wieder im Streifenwagen gemütlich gemacht und beabsichtigte nicht, so bald noch einmal auszusteigen.

Was das Fahrerhaus betraf, war Jasmin geneigt, sich der Überzeugung des Zugführers anzuschließen. Das Wohnmobil hatte keinen Alkoven, man konnte das Szenario übersichtlich nennen. Das vom Feuer beschädigte Armaturenbrett, die geschwärzten Gestelle der Sitze, die größtenteils geschmolzene Innenverkleidung der Türen, die Konsole mit dem nackten Hebel der Automatikschaltung, Knauf und Gummimanschette waren den Flammen zum Opfer gefallen. Bis hinunter in den Fußraum lag nirgendwo etwas, das nach verkohltem Leichnam oder Körperteil aussah.

»Vielleicht hat der Junge sich hier vorne aufgehalten«, äußerte Jasmin eine Vermutung, die ihr naheliegend erschien. »Er hat wohl gar nicht mitbekommen, wie das Feuer ausbrach. Seine Freunde seien hinten gewesen, sagte er.«

»Falls er damit das Bett gemeint hat«, erwiderte der Zugführer, »gilt dafür dasselbe wie fürs Fahrerhaus. Man müsste etwas sehen. Vielleicht haben die anderen im Freien campiert.«

»Das müsste er doch wissen«, meinte Jasmin.

»Nicht, wenn er geschlafen hat, als sie ausgestiegen sind. Wer weiß, womit die sich amüsiert haben. Vielleicht haben sie drinnen was geraucht und draußen gebechert. Wenn sie bekifft waren, müssen die da drin mit offenem Feuer hantiert haben. Hier gibt es keine Anschlüsse für Strom, Gas und Wasser wie auf einem Campingplatz. Wahrscheinlich haben sie eine Petroleumlampe brennen lassen, als sie rausgegangen sind. Wenn die umgekippt ist oder der Junge sie umgestoßen hat, als er aufwachte, geriet er in Panik und hat nicht registriert, dass seine Freunde draußen waren ... Ich bin weder Arzt noch Psychologe, aber was Reaktionen in Panik angeht, habe ich schon eine Menge erlebt.«

Vermutlich mehr als ich, dachte Jasmin. Aber wenn sie nicht auf die Idee gekommen wäre, in die Deponie zu fahren ... Sie wollte nicht darüber nachdenken, dass der Junge sich ohne ihre Entscheidung und ihr Eingreifen vielleicht für drei Freunde umgebracht hätte, die an ihn keinen Gedanken verschwendet hatten, als sie abgehauen waren.

»Wenn der Junge im brennenden Wohnmobil zurückgelassen wurde, ohne wenigstens einen Notruf abzusetzen, war es unterlassene Hilfeleistung«, sagte sie.

Der Zugführer gab einen Ton von sich, der verdächtig nach einem genervten Seufzer klang. »Wenn die anderen sich im Gelände herumgetrieben haben ...« Er zeigte in einer weit ausgreifenden Geste in die Runde. »Es ist nicht gerade übersichtlich hier. Stellen Sie sich die Mondlandschaft mal ohne unsere

Festbeleuchtung vor. Vielleicht sind die drei runter in die Grube gestiegen und haben zu spät gesehen, dass es hier oben brannte.«

Darauf antwortete Jasmin nicht.

»Ich garantiere Ihnen, der Junge war allein im Wagen«, sagte der Zugführer in einem Ton, der deutlich machte, dass er es leid war, mit ihr zu diskutieren. »Zu klären, warum seine Freunde abgehauen sind, ist nicht unsere Aufgabe. Wir sind hier fertig.«

Es dauerte noch etwa zwanzig Minuten, in denen der Löschzug abfahrbereit gemacht wurde und ein Abschleppwagen ankam, dessen Fahrer darauf beharrte: »Aber aufladen kann ich doch schon mal.« Konnte er nicht, noch stand der Löschzug im Weg. Er hätte den Rundweg nehmen können, den die Laster mit Erdaushub nach dem Abkippen nahmen. Einmal im Rückwärtsgang um die Grube herum oder vorwärts und dann hinter dem Wrack wenden. Beides war ihm zu stressig.

Als Heiko Gertz aus Hürth eintraf, schälte Kurt Schramm sich doch lieber noch mal aus dem Streifenwagen, damit es morgen nicht hieß, er sei nicht mehr diensttauglich.

Ehe er den Lichtmast wieder einfahren ließ, erklärte der Zugführer auch Gertz noch einmal, wie er die Lage beurteilte. Gertz war ein entschlussfreudiger Mann Ende dreißig mit erkennungsdienstlicher Erfahrung. Er schoss etliche Fotos vom Innenraum, ohne einen Fuß in das Wrack zu setzen, und schloss sich der Überzeugung des Zugführers an, dass es da drin keine Leichen gab.

Blieben unterlassene Hilfeleistung und die Feststellung der Brandursache. Brandstiftung oder Unfall, Letzteres schien nach dem bisherigen Kenntnisstand und der Vermutung, dass die Jungs gekifft oder gebechert hatten, wahrscheinlicher. Also entschied Heiko Gertz: »Eine Halle brauchen wir nicht. Bringen Sie das Schmuckstück aufs Sicherstellungsgelände.«

Der Fahrer des Abschleppwagens brachte erst mal sein Fahrzeug in Stellung, nachdem der Löschzug ihm Platz gemacht hatte.

Gertz erkundigte sich derweil bei Jasmin: »Wissen wir schon, wem das Schätzchen gehört?«

»Laut Auskunft des Jungen seinem Großvater. Mehr habe ich nicht aus ihm herausbekommen. Er konnte mir nicht mal seinen Namen nennen, fragte nach einem Pflaster für seine Hand.«

»Dann bringen wir mal schnell in Erfahrung, wen wir über den herben Verlust und den derzeitigen Aufenthalt des Enkels informieren müssen«, sagte Gertz mit Blick auf den Abschleppwagen.

Sie standen beim Heck des Wohnmobils. Die Motorhaube hatte sich noch keiner genauer angesehen. Das hintere Kennzeichen war verrußt und verschmiert, aber lesbar. Bei ihrer Ankunft hatte Jasmin keinen Blick darauf geworfen. Von den Wehrleuten hatte sich ebenfalls niemand darum gekümmert. Jasmin entschuldigte sich für ihr Versäumnis.

»Machen Sie sich deswegen keinen Kopf«, beruhigte Gertz sie. »Sie wären nicht nahe genug rangekommen, solange es brannte.« Er nahm eine Taschenlampe zu Hilfe, weil der Lichtmast bereits eingefahren wurde, ging in die Hocke, las ab und meinte: »Gelsenkirchen. Konnten die Jungs das, was sie hier veranstaltet haben, nicht zu Hause tun?«

Mit gerümpfter Nase richtete er sich wieder auf. »Pfui Deibel, stinkt das. Da möchte man gar nicht genau wissen, was alles verbrannt ist. Plastik ist für sich allein schon widerlich genug.«

Dann erteilte er Schramm den Auftrag, das Kennzeichen zu checken, schaute dem Dicken nach und meinte halblaut: »Der kann ja auch noch was tun für sein Geld. Zurück kommt er garantiert nicht mehr. Wollen wir wetten?«

Als Jasmin nicht reagierte, stellte Gertz fest: »Das ist Ihnen ziemlich an die Nieren gegangen, was?«

»Wär's Ihnen auch, wenn Sie den Jungen erlebt hätten«, antwortete sie. »Er war überzeugt, dass seine Freunde noch drin sind. So wie seine Hände, Arme und die Kleidung aussahen, muss er im Feuer nach ihnen gesucht haben. Der Innenraum brannte lichterloh, als wir hier ankamen. Und er wollte unbedingt noch mal rein. Der Gedanke, dass die einfach abgehauen sind und ihn zurückgelassen haben, dreht mir den Magen um.«

»Denken Sie nicht zu viel darüber nach«, empfahl Gertz. »Wir können nicht jeden Tag die Welt retten, betrachten wir ein Leben pro Nacht lieber als reife Leistung.«

Jasmin hatte nicht das Gefühl, das Leben des Jungen gerettet zu haben. Gertz schaute auf ihre vom Feuer geröteten Unterarme. Es war nicht das erste Mal, dass er mit jungen Kollegen oder Kolleginnen zu tun hatte, denen ein Einsatz mehr zu schaffen machte, als sie vor sich und anderen zugeben wollten. Damit sich das nicht festsetzte, half darüber reden und für den Anfang professionelle Ablenkung.

»Andere Frage«, sagte er. »Was wollten die Jungs hier? Gibt es in Gelsenkirchen keine Abenteuerspielplätze? Um zu kiffen oder zu saufen, muss man doch nicht hundert Kilometer weit fahren.«

Er inspizierte den von Löscharbeiten gezeichneten Boden, ließ den Strahl seiner Lampe durchs Gelände wandern. Ohne den Lichtmast warfen nur die Scheinwerfer des Abschleppwagens zwei helle Bahnen in die Dunkelheit Richtung Zufahrt. Und weit hinten beim Bürocontainer glimmte schwach die Innenraumbeleuchtung des Streifenwagens.

»Es hat ja was von Abenteuerurlaub«, meinte Gertz. »Vielleicht war es als Survivaltour gedacht. Camping macht man schließlich nicht in einer Deponie für Erdaushub.«

Er trat näher an den Grubenrand heran und leuchtete nach unten. Zur Abwurfstelle gegenüber dem Bürocontainer hin stieg der Boden steil an. Vor der Steilwand gab es platt gewalzte Stellen von Erde, dort stand auch ein kleineres Gerät, entweder ein Bagger oder eine Planierraupe. Der Strahl der Taschenlampe reichte nicht weit genug, um es genauer zu erkennen. Und dort, wo sich das Licht verlor, sah es ziemlich zerklüftet aus.

»Ist das Gelände Tag und Nacht frei zugänglich?«

Jasmin schüttelte den Kopf. »Sie haben vermutlich die Schranke durchbrochen. Die war weg, als wir die Zufahrt runterkamen.«

»Ups«, kommentierte Gertz und schaute zu, wie das Wrack am Haken auf die Ladefläche des Abschleppwagens gezogen wurde. »Das wird das gute Stück nicht unbeschadet überstanden haben.«

Um sich die Front mit dem Kühlergrill anzusehen, hätte er hinterhersteigen müssen. Das ersparte er sich, musste sich das Wohnmobil ohnehin bei Tageslicht auf dem Sicherstellungsgelände genauer anschauen. Und vorher musste er noch mal hierher, ehe der Betrieb aufgenommen und mögliche Beweismittel untergebaggert oder platt gewalzt wurden.

Der Fahrer des Abschleppwagens sammelte die abgerissenen Teile der Seitenwände ein, verstaute und sicherte sie ebenfalls auf der Ladefläche. Der Löschzug war längst auf der Zufahrt verschwunden. Gertz leuchtete erneut in die Grube hinunter, ohne mehr zu sehen als den Strahl der Taschenlampe, der sich in der Dunkelheit verlor.

»Ob welche im Freien campiert haben, lässt sich wahrscheinlich nicht mehr feststellen«, meinte er. »Aber wenn die Freunde des Jungen draußen gesoffen haben, liegen vermutlich noch leere Flaschen oder Dosen herum.«

Der Abschleppwagen setzte sich in Bewegung. »Schließen wir uns an«, schlug Gertz vor. »Was die Jungs hier wollten, erfahren wir bestimmt, wenn der Enkel ansprechbar ist. Ich halte Sie auf dem Laufenden, einverstanden?«

Jasmin nickte und schaute dem Abschleppwagen hinterher, bis er in die Zufahrt abbog. Dann ging sie zum Streifenwagen. Gertz hatte sein Fahrzeug ebenfalls beim Bürocontainer abgestellt. Schramm empfing sie mit der Auskunft, Fahrzeughalter sei der siebenundsechzigjährige Walter Homberg, wohnhaft in Gelsenkirchen-Hassel. Das Wohnmobil sei nicht als gestohlen gemeldet.

»Dann waren die Jungs wohl mit Opas Einverständnis unterwegs«, meinte Gertz. »Oder er hat einen Stellplatz für das gute Stück und noch gar nicht gemerkt, dass es weg ist.«

In dem schlimmen Traum war er ein kleines Kind und saß in einem dämmrigen Raum auf dem Fußboden. Weit hinten war eine helle Öffnung. Dort stand der Riese Goliath. Mitten im Raum tobte ein grässliches Monster und schrie Worte, die er nicht verstand. Aus den Worten wurden Steine, die auf Goliath einprasselten.

Er hatte wahnsinnige Angst und wollte, dass Goliath dem Monster das Maul stopfte. Dann sollte der Riese zu ihm kommen, ihn vom Boden aufheben und durch die helle Öffnung irgendwo hinbringen, wo es friedlich war. Stattdessen drehte Goliath sich um und ging weg. Das Monster folgte und warf ihm steinerne Worte hinterher. In seiner Not begann er ebenfalls zu schreien, aber Goliath kam nicht zurück. Nur das Monster tauchte wieder auf und brüllte nun ihn an wie ein wildes Tier.

Manchmal erschien an dieser Stelle im Traum ein Engel, hob ihn vom Boden auf und tröstete: „Nicht weinen. Wenn du groß bist, zahlst du ihnen alles heim." Diesmal kam der Engel nicht. Als er sich nicht mehr anders zu helfen wusste, schlug er seinen Kopf so lange auf den Fußboden, bis er davon aufwachte.

Es war noch früh, aber bereits heller Tag.Es war noch früh, aber bereits heller Tag. Seine Kopfschmerzen waren schlimmer als am vergangenen Abend, als hätte er sich den Kopf tatsächlich irgendwo angeschlagen. Er zitterte am ganzen Körper vor Schwäche, in seinen Eingeweiden wütete der Hunger. Hinzu kam die Befürchtung, dass Mama immer noch so auf ihrem Bett lag wie gestern und vorgestern und wer weiß wie viele Tage davor.

Er wagte es nicht aufzustehen und nachzuschauen, musste sich auch nicht überzeugen. Der stechende Geruch hatte sich scheinbar verflüchtigt, der süßliche Gestank, der ihm gestern schon Übelkeit und dieses bohrende, von Panik durchsetzte Unbehagen verursacht hatte, das wohl eher die Gewissheit von Unheil gewesen war, drang inzwischen durch die geschlossenen Türen und schwängerte die Luft in seinem Zimmer. Nicht mehr lange, dann würde man es wahrscheinlich auch im Hausflur riechen.

Was sollte er tun, wenn jemand klopfte und wissen oder sogar nachsehen wollte, was so fürchterlich stank? So wie Mama dalag, mit dem angespitzten Rundholz in der Brust und dem abgeschnittenen Kopf im Arm, konnte er doch niemanden in die Wohnung lassen. Sollte er im Bett bleiben und so tun, als wäre keiner daheim? Bei dem Gestank war das auch keine gute Idee. Jemand würde die Hausverwaltung anrufen und sich beschweren. Dann würden sie die Tür aufbrechen. Im Erdgeschoss, wo früher die Messie-Frau gelebt hatte und jetzt die Jungs mit den bunten Pillen wohnten, hatten sie das auch getan. Dann hatten sie zwischen Bergen von Müll die tote Frau gefunden.

Sollte er öffnen und behaupten, Mama sei weggeflogen, wie der Zauberer es ihm empfohlen hatte? Dann würden die Nachbarn wahrscheinlich trotzdem die Hausverwaltung informieren, weil es unverantwortlich war, ihn längere Zeit ohne Aufsicht zu lassen. Ihn durfte man eigentlich auch nicht alleine losschicken, um seine Schwester zu besuchen. Er wusste ja nicht einmal genau, wo Lea jetzt wohnte, und hatte kein Geld für eine Fahrkarte.

Was hatte der Zauberer sich dabei gedacht, so etwas vorzuschlagen? »Mach dir keine Gedanken«, hatte er gesagt. »Du hast einen Freifahrtschein.« Er machte sich aber Gedanken. Sein Freifahrtschein war nur für den Schulbus, damit konnte er nicht woanders hinfahren. Warum war ihm das nicht vorher klar geworden?

Nach endlosen Minuten ließ das Zittern nach, Kopfschmerzen, Hunger, Angst und Schwäche blieben. Es gelang ihm nicht, seine Gedanken beisammenzuhalten. Sie huschten in seinem schmerzenden Schädel umher wie ängstliche Mäuse auf der Suche nach einem Schlupfloch. Er wünschte sich, seine Schwester wäre gekommen und wüsste, was zu tun war.

Dass Lea ihm wegen Mama oder der Schweinerei in Mamas Zimmer böse wäre, glaubte er nicht. Schon lange bevor sie ausgezogen war, hatte Lea Mama gar nicht mehr leiden mögen. Als sie ihre Sachen packte und Mama ein letztes Mal bettelte, sie solle bleiben, hatte Lea gesagt: »Ich bin achtzehn, kann leben, wo und mit wem ich will. Und ich werde meine Zukunft nicht nach deinen Bedürfnissen ausrichten. Wie es hier ohne mich weitergehen soll, ist nicht mein Problem. Darüber hättest du vor acht Jahren nachdenken sollen.«

Dann hatte Lea ihm versprochen, von Zeit zu Zeit nach dem Rechten zu sehen, damit er nicht völlig verlauste und verlotterte. Er hatte keine Vorstellung, wie lange *von Zeit zu Zeit* dauerte. Nach einem Anfall war Zeit für ihn so unfassbar wie ein Wasserstrahl, der ihm durch die Finger rann und im Abfluss verschwand.

Bisher hatte Lea sich nicht blicken lassen, obwohl ihr Auszug nun schon länger zurücklag. Es war vor den Osterferien gewesen, im April, an den genauen Tag erinnerte er sich nicht. Wenn er zur Schule musste, strich Mama jeden Abend auf dem Küchenkalender den Tag durch, damit er am nächsten Morgen wusste, ob Montag, Dienstag, Mittwoch, Donnerstag oder Freitag war. In den Ferien war sie damit nachlässig gewesen.

Verlaust und verlottert war er seit Leas Auszug nicht. Er hatte sogar dafür gesorgt, dass Mama nicht verlotterte oder verhungerte. Wenn sie so traurig gewesen war, dass sie nicht aufstehen konnte, hatte er ihr Zimmer aufgeräumt, Brote für sie geschmiert und Tee gemacht. Mama trank normalerweise keinen Tee, aber Kaffee machen konnte er nicht. Das Obst von der Tafel hatte er ihr gewaschen, geschält und auf einem Teller angerichtet, damit es appetitlich aussah.

Und wenn er abends die Schalen und Kerne zur Biotonne gebracht hatte, hatte er draußen manchmal das Mädchen aus dem ersten Stock getroffen. Melanie hieß sie, unternahm nachmittags oft etwas mit einer Freundin und kam abends um die Zeit nach Hause. Manchmal hatte er eine Weile warten müssen, bis sie auftauchte. Dann hatte er über den Parkplatz zur Straße geschaut und sich vorgestellt, dass Papa noch einmal käme, um ihn für ein Wochenende abzuholen. Oder für länger. Am besten für immer.

Der wütende Wurm in seinen Eingeweiden signalisierte, er sei dem Hungertod nahe. Und so unangenehm das war, es half ihm, seine Angst vorübergehend zu unterdrücken, die Sehnsucht auszublenden und sich den vordringlichen Notwendigkeiten zu widmen. Es war ja noch eine Scheibe Brot da, damit ließ sich etwas gegen den ärgsten Hunger unternehmen. Wenn die Krämpfe im Bauch nachließen, konnte er vielleicht klarer denken.

Aus Mehl, Salz, den Pfefferkörnern in der Mühle und dem Rest Kaffee ließ sich bestimmt auch etwas machen. Salzige Pfannkuchen zum Beispiel oder Pizza mit Kaffeepulver. Damit könnte er sich noch einige Tage ernähren und Wasser trinken, bis es ihm aus den Ohren hinauslief.

Nur wäre er in einigen Tagen wahrscheinlich nicht weiter oder klüger. Er hätte sich die Nase zuhalten und Mamas Zimmer aufräumen können. Den Abfall nach unten bringen, Mama mit einem frischen Laken zudecken, mit ihrem Parfüm besprühen und weiter hoffen. Aber dass sie in den nächsten Tagen unter dem Laken zu Staub zerfallen würde, glaubte er nicht.

Er richtete sich endlich auf, schob die Beine über die Bettkante und ging ins Bad. Dort trank er zwei Becher Wasser, um den Quälgeist im Bauch zu beschwichtigen. Er hoffte, dass die Dusche mit seinem Kopf dasselbe tat. Dem war leider nicht so. Der bohrende, stechende Schmerz ließ zwar etwas nach, doch es blieb ein Klingeln und Klopfen unter seiner Schädeldecke zurück, als hätte ihm in der Nacht jemand eine Alarmglocke eingebaut.

Frau Kremer in der Schule klopfte immer so auf ihren Tisch, wenn sie Ruhe haben wollte, um jemanden aufzufordern: »Kannst du uns das erklären?« Es klang jedes Mal wie eine Frage, war aber nicht so gemeint. Frau Kremer wollte nur feststellen, ob man aufgepasst und sich alles gemerkt hatte.

Er hatte aufgepasst und sich alles gemerkt, in der Schule vielleicht nicht immer, weil es oft langweilig und er manchmal müde gewesen war. Aber bei allem, was der Zauberer gesagt hatte, war er die personifizierte Aufmerksamkeit gewesen. Nur würde ihm das vermutlich niemand glauben.

Als er nach seinem Geburtstag im März mit einem Fünferpack Schokoriegel und einer Rolle bunter Smarties nach Hause gekommen war, hatte Lea wissen wollen: »Wo hast du das her?«

Dann hatte sie ihm vorgeworfen, den Zauberer habe er sich ausgedacht, damit er nicht bestraft werde. »Du hast Mama beklaut, gib es zu. Das finde ich echt fies von dir. Ich muss jeden Cent abliefern. Und du kaufst dir Süßkram zum Geburtstag. Ich hoffe, du erstickst daran.«

Für einige Minuten lenkte ihn seine gewohnte Alltagsroutine von den sich jagenden Gedanken und Erinnerungen ab. Einstudierte Handlungsabläufe, die ihm in Fleisch und Blut übergegangen waren. Er frottierte sich ab und holte frische Unterwäsche und ein sauberes T-Shirt aus seinem Zimmer. Wie im Kühlschrank und im Vorratsschrank herrschte auch in seinen Schrankfächern gähnende Leere. Zwei Boxershorts lagen noch da, vier steckten mit anderen Sachen in der Waschmaschine, wie er anschließend feststellte. Zusammen mit der Unterhose, die er vor dem Duschen ausgezogen hatte, waren das sieben. Mehr besaß er nicht.

Mit den Boxershorts als Anhaltspunkt begann er auszurechnen, wie viele Tage er verloren hatte. Wenn er zur Schule musste, duschte er jeden Morgen und zog anschließend frische Wäsche an. Jetzt waren Sommerferien. Gestern und vorgestern hatte er sich nicht in die Wanne getraut, weil er wegen der heftigen Nachwirkungen des Anfalls so wacklig auf den Beinen gewesen war. Und die Unterhose, die er eben ausgezogen hatte, sah nicht so aus, als hätte er sie nur zwei Tage getragen. So kam er zu keinem eindeutigen Ergebnis und versuchte es anders.

Der erste Ferientag war der 15. Juli gewesen, ein Montag. Bis zum 18. Juli, dem Donnerstag, waren die Tage auf dem Küchenkalender durchgestrichen. Er meinte auch sich zu erinnern, dass sie an dem Donnerstagabend Brote mit Käse gegessen hatten. Es war keine Margarine mehr da gewesen. Und Mama hatte gesagt, mit Käse auf dem Brot brauche man keine. Danach wusste er nichts mehr. So war es immer nach einem Anfall, als hätte jemand plötzlich das Licht ausgemacht und ihn im Dunkeln stehen lassen.

Ob in der verlorenen Zeit jemand an der Tür gewesen war? Melanies Mutter vielleicht, die wissen wollte, ob sie für Mama etwas aus dem Netto-Markt mitbringen sollte? Oder die Frau von der Tafel? Oder Frau Adoleit, die mit ihrem Mann unter ihnen wohnte und sich oft bei Mama beschwert hatte, wenn er einen Anfall gehabt, getobt oder geschrien hatte, zuletzt nach Leas Auszug?

Da hatte Mama gesagt: »Es war mir sehr unangenehm, Schatz. Ich hatte dir erklärt, dass ich für ein neues Rezept dringend zum Arzt muss. Und du hast mir versprochen, die Küche aufzuräumen und keine Dummheiten zu machen. Warum hat das denn nicht geklappt?«

Woher hätte er das wissen sollen? Vielleicht weil er keine Pille bekommen hatte, ehe sie gegangen war? Weil keine Medizin mehr da war, hatte sie ihm zur Vorbeugung ersatzweise einen Beruhigungstee gemacht, der aber offenbar nicht geholfen hatte.

Als sie ihn fragte, saß er auf der Couch, sie strich Heilsalbe auf seinen linken Arm, wickelte einen Verband darum und klebte ein Pflaster auf seine rechte Hand. Er hatte eine Vase zerdeppert, sich an den Scherben geschnitten und sich so fest in den Arm gebissen, dass es blutete und trotz der Heilsalbe nach zwei Tagen angeschwollen und entzündet war. Diesmal hatte er sich nicht verletzt. Blut wäre ihm bestimmt schon gestern und blaue Flecken spätestens eben unter der Dusche aufgefallen.

Während er mit der letzten Scheibe Brot und einem Becher ungesüßten Früchtetee am Küchentisch saß und den Kalender betrachtete, grübelte er den verlorenen Tagen hinterher. Und der einzige Mensch, der ihm hätte Auskunft geben können, wie viele es waren, lag hinter der geschlossenen Schlafzimmertür und stank zum Himmel.

## *Donnerstag, 25. Juli*

Früh um halb sechs fuhr Heiko Gertz erneut zur Aushubdeponie und traf dort Jasmin Tirtey. Sie hatte angeboten, ihn zu begleiten, und wartete schon bei der durchbrochenen Schranke. Ihr Dienst ging noch bis um sieben. Anderthalb Stunden sollten reichen, um leere Getränkedosen oder Flaschen zu finden, falls welche herumlagen, meinte sie.

Während Jasmin sich sofort hinunter in die Grube begab und dort versuchte systematisch vorzugehen, inspizierte Gertz erst einmal die Bruchstücke der Schranke, sicherte Farbpartikel und Fingerabdrücke. Mit etwas Glück waren welche von einem Freund des verletzten Jungen dabei. Ehe man mit Vollgas durch ein Hindernis preschte, probierte man es doch erst einmal anders. Wenn man nicht zum Rowdytum neigte und seine Sinne noch alle beisammenhatte, stieg man aus und versuchte das Teil anzuheben, oder forderte einen Mitfahrer auf, das zu tun. Dass die Schranke durch ein Schloss gesichert war, hätten vier Jungs aus Gelsenkirchen nicht ahnen können.

Dass der Kühler beschädigt worden war, wie er in der Nacht vermutet hatte, bewies der Streifen Feuchtigkeit, der kurz hinter dem Durchbruch begann und sich die Zufahrt hinunterzog, fast bis zur Brandstelle. Auf den letzten zwanzig, dreißig Metern war wegen der Löscharbeiten nichts mehr davon zu sehen. An verschiedenen Stellen nahm Gertz Proben. Am Ende des Streifens war er sicher, dass das Wohnmobil nicht angehalten hatte, es war höchstwahrscheinlich ohne Kühlflüssigkeit liegen geblieben. Die Brandstelle war demnach nicht das Ziel der Jungs gewesen, aber welches Ziel sollten sie hier draußen überhaupt gehabt haben?

Jasmin bewegte sich unten am Rand der platt gewalzten Fläche entlang. Dort lag absolut nichts herum, es wäre sofort ins

Auge gefallen. Das zerklüftete Gelände ringsum erwies sich als erheblich schwieriger zu kontrollieren und war entschieden zu groß für zwei Leute. Gertz entdeckte eine Bierdose, alkoholfrei. Vermutlich war sie von einem Lkw-Fahrer aus dem Fenster geworfen worden.

Aber egal, wo sie sich aufhielten, von jedem Punkt aus hatten sie die Brandstelle im Blick. Das veranlasste Gertz dazu, die Suche nach Getränkedosen oder Flaschen einzustellen und an den Grubenrändern nach Fußabdrücken zu suchen.

Wenn die Freunde des Jungen sich irgendwo im Gelände herumgetrieben hatten und nicht verantwortlich für den Brand waren, wären sie wohl zuerst zum Wohnmobil gelaufen. Ihre Schuhe hätten Spuren in der zumeist lockeren Erde hinterlassen. Aber solche Spuren entdeckten sie auch nicht.

Heiko Gertz und Jasmin Tirtey blieben, bis die ersten Arbeiter kamen. Gertz setzte die Männer vom Geschehen in der Nacht in Kenntnis und bat, die Augen offen zu halten und alles zu melden, was nicht so war wie sonst oder wie erwartet. Dann fuhr er weiter zum Sicherstellungsgelände und Jasmin zur Dienststelle Kerpen, wo kurz darauf ein Autodiebstahl zur Anzeige gebracht wurde.

Ein Rentner aus Blatzheim, der sich als Nachtwächter bei einem Sicherheitsdienst in Köln ein Zubrot verdiente, hatte mit einem Kollegen eine Fahrgemeinschaft gebildet. Sie trafen sich immer auf dem Park-and-ride-Platz gegenüber der Autobahnauffahrt, nahe der Zufahrt zur Deponie, wo einer der beiden sein Auto für die Nacht abstellte. Am vergangenen Abend war das der fast zwanzig Jahre alte VW-Golf des Rentners, der bei ihrer Rückkehr aus Köln nicht mehr auf dem Platz stand.

Das ausgebrannte Wohnmobil und die verschwundenen Freunde des verletzten Jungen legten den Verdacht nahe, dass drei Jungs aus Gelsenkirchen in dem Golf die Heimfahrt angetreten hatten. Ein zwanzig Jahre altes Auto war leicht kurzzuschließen, man musste sich nicht mit Wegfahrsperren herumplagen und lief nicht Gefahr, übers Navi geortet zu werden.

Um neun Uhr übernahm das auch für Brandermittlungen zuständige Kriminalkommissariat 11 in der Dienststelle Hürth. Der Bericht von Jasmin Tirtey und die Diebstahlsanzeige lagen vor. Heiko Gertz kam persönlich vorbei. Er nutzte jede Gelegenheit, sich bei den Kollegen blicken zu lassen. Wenn die Chemie stimmte, gegen einen Wechsel hätte er sich nicht gesträubt.

Beim KK 11 fehlten seit geraumer Zeit zwei Leute. Einer war in Pension gegangen, und der frühere Leiter Arno Klinkhammer saß mittlerweile bei der Operativen Fallanalyse in Düsseldorf. Beide waren bisher nicht ersetzt worden. Und vor allem Klinkhammers Fehlen machte sich hin und wieder unangenehm bemerkbar.

Jochen Becker war als kommissarischer Ersatzmann nicht wirklich geeignet, was er selbst am besten wusste. Computerkriminalität war in den letzten Jahren Beckers Ding gewesen. Zuvor war er im KK 13 für die Aufklärung von Einbrüchen und Eigentumsdelikten zuständig gewesen. Er konnte sich rund um die Uhr damit beschäftigen, dass Menschen finanziell ruiniert und Existenzen vernichtet wurden. Mit Mord und Totschlag konnte er sich nicht auseinandersetzen. Sobald sich abzeichnete, dass es bei einem Todesfall keine natürliche Ursache gab, rief er die Kriminalhauptstelle Köln auf den Plan. Bis dahin tat beim KK 11 jeder, was er für richtig hielt.

Gertz wusste das und hätte gut ins Team gepasst. Nachdem er die Sachlage und seine bisherigen Aktivitäten, einschließlich der Spurensicherung, umrissen hatte, legte er Becker die Fotos vom schwarzen Gerippe des Fahrzeugs, Spuren der Löscharbeiten sowie der Umgebung vor. Eine Karte von der grün gerahmten Grube hatte er ebenfalls dabei. Die Brandstelle war rot markiert.

»Gestern Nachmittag hat bis etwa halb sechs Betrieb geherrscht«, begann er. »Das Wohnmobil muss später durch die Schranke gebrochen sein. Die Frage ist, was wollten die Jungs in der Deponie.«

»Vielleicht Pokémons jagen«, sagte Becker lakonisch. Ihm waren in der vergangenen Woche zwei Jugendliche vors Auto gelaufen. Einer hatte sich am Bein verletzt, der andere hatte sich tierisch aufgeregt, weil ihm ein Pokémon entwischt war.

»Wenn ich das vorher gewusst hätte«, ging Gertz auf den lahmen Scherz ein, »dann hätten PK Tirtey und ich heute Morgen nicht Ausschau nach Getränkedosen, leeren Flaschen und Fußspuren gehalten. Einer von der Feuerwehr meinte, drei der Jungs hätten im Freien ein Besäufnis veranstaltet und der vierte womöglich im Wagen eine Petroleumlampe umgestoßen.«

»Und das halten Sie für unwahrscheinlich?«, fragte Becker.

»Wir haben nichts gefunden, was dafürspricht.«

»Draußen nicht«, erwiderte Becker. »Wahrscheinlich haben sie im Wagen gesoffen.«

»Und das konnten sie nicht in Gelsenkirchen oder Umgebung?«, fragte Gertz. »Hat man überhaupt noch Lust auf ein Gelage, wenn das vom Großvater zur Verfügung gestellte oder heimlich ausgeliehene Wohnmobil den Geist aufgegeben hat, weil man damit durch eine recht stabile Schranke gebrettert ist?«

»Ich schätze, dass Jugendliche das nicht so dramatisch sehen wie unsereins«, meinte Becker. »Sie müssen es ja nicht bezahlen und fühlen sich stark, wenn sie es richtig krachen lassen.«

Darauf ging Heiko Gertz nicht ein. Er hatte erwartet, dass Becker einer harmlosen Variante den Vorzug gab, solange keine Beweise für das Gegenteil vorlagen. Wenn welche auftauchten oder die Aussage des verletzten Jungen ein alles andere als harmloses Geschehen offenbarte, war an Spuren jedenfalls gesichert, was als gerichtsfester Beweis gelten konnte.

Gertz hätte gerne noch den umliegenden Wald absuchen lassen, nur in einem Radius von fünfzig bis hundert Metern. Aber dafür brauchte er einige Leute und Beckers Unterstützung. Er breitete die mitgebrachte Karte aus und umrundete mit einem Zeigefinger die Gebiete, die ihm lohnend erschienen.

Becker hörte zu und fragte sich, was Gertz sich dabei gedacht hatte, Farbpartikel und Fingerabdrücke von der Schranke zu nehmen. Farbpartikel, das war sinnvoll, damit es nicht nachher hieß, Polizei oder Feuerwehr hätten die Schranke beschädigt.

Aber Fingerabdrücke ... Und jetzt auch noch einige Leute losschicken, um im Wald den Müll einzusammeln? Man konnte es auch übertreiben mit der Gründlichkeit, musste doch nur den Homberg-Enkel im Bergheimer Krankenhaus nach Sinn und Zweck der Spritztour, Namen und Anschriften seiner Freunde fragen und die Kollegen in Gelsenkirchen zu den jeweiligen Adressen schicken. Dann bekäme der Besitzer des alten Golfs sein Auto wahrscheinlich schnell zurück. Und man klärte in einem Aufwasch, ob es sich bei den Freunden um harmlose oder polizeibekannte Jugendliche handelte, die vielleicht schon durch ähnliche Touren oder Gelage aufgefallen waren. »Sind die Kollegen in Gelsenkirchen informiert?«, fragte er.

Gertz schüttelte den Kopf. »Da ich nicht weiß, wie flink die sind, wollte ich nicht riskieren, dass ein Siebenundsechzigjähriger einen Herzanfall erleidet, wenn mitten in der Nacht die Polizei bei ihm auftaucht, um mitzuteilen, dass sein Wohnmobil in Flammen aufgegangen ist und sein Enkel mit Verbrennungen im Krankenhaus liegt.«

»Dann machen wir das«, entschied Becker.

»Gut«, sagte Gertz. »Dann fahre ich noch mal zum Sicherstellungsgelände und sehe zu, was im Innenraum ...«

»Sie«, unterbrach Becker ihn mit Nachdruck, »fahren nach Hause und schlafen sich aus. Wie viele Stunden haben Sie auf dem Buckel? Ein bisschen Arbeit sollten Sie für uns lassen, damit wir uns nicht vollkommen überflüssig fühlen.«

Heiko Gertz verließ das Büro, ging eine Tür weiter und besprach das Ganze noch einmal mit Thomas Scholl, der war im selben Alter wie er, ebenso tüchtig und entscheidungsfreudig. Scholl beauftragte einen Brandsachverständigen, der schon mehrfach für das KK 11 gearbeitet hatte, und machte sich auf den Weg zum Sicherstellungsgelände, um zu tun, was Heiko Gertz hatte tun wollen.

Jochen Becker zitierte währenddessen Rita Voss zu sich. Sie war Anfang vierzig, im Opferschutz ausgebildet und Klinkhammers rechte Hand gewesen, zumindest hatte sie sich so gesehen.

Im letzten Herbst hatte man sie von der Kriminalober- zur Hauptkommissarin befördert. Sie sollte die Befragung des Homberg-Enkels übernehmen. Rita war berühmt-berüchtigt für ihre spezielle Taktik in Befragungen und Verhören und würde schnell in Erfahrung bringen, was sich in der Nacht abgespielt hatte, meinte Jochen Becker. Und normalerweise hätte er das richtig beurteilt.

An diesem Morgen war Rita Voss jedoch mit dem linken Fuß zuerst aufgestanden. Sie hatte eine Tochter im rebellischen Alter und die halbe Nacht Stress gehabt, weil das Biest erst nach zwei Uhr und offensichtlich bekifft von der Freundesclique nach Hause gebracht worden war.

Rita klemmte sich ans Telefon, informierte die Polizei in Gelsenkirchen, schilderte den bisher bekannten Sachverhalt und bat, den Besitzer des Wohnmobils und Großvater des verletzten Jungen zu verständigen, nach Möglichkeit auch die Eltern. Sie gab das Kennzeichen des VW-Golfs durch und erklärte, dass die Freunde des Homberg-Enkels in der Nacht wahrscheinlich in diesem Wagen nach Hause gefahren waren. Es wäre also hilfreich, wenn man die Eltern des verletzten Jungen auch nach seinen Freunden fragte und mal bei denen vorbeischaute.

## *Vor dem Feuer*

Obwohl er nicht wusste, wohin, fasste er den Entschluss, die Wohnung zu verlassen. Bleiben und abwarten, bis jemand kam und sich nach Mama erkundigte oder über den Gestank beschwerte, machte keinen Sinn. Und noch war es sehr früh am Tag, die anderen Hausbewohner schliefen bestimmt alle noch. Wenn die Leute aufwachten und etwas rochen, wurde es kritisch für ihn.

Seinem Kopf ging es inzwischen etwas besser. Er brachte Becher und Teller in die Küche, spülte beides ab, kehrte zurück in sein Zimmer und raffte zusammen, was er besaß. Die letzte saubere Boxershorts, das letzte saubere T-Shirt, zwei Paar Socken und die Ersatzjeans, die zu eng war und im Schritt kniff. Deshalb zog er die nur an, wenn die andere gewaschen werden musste.

Lea hatte für ihre Sachen eine neue Reisetasche von ihrem Freund geschenkt bekommen. Mama hatte sich darüber aufgeregt, weil es eine teure Tasche war und Lea ihr nicht sagen wollte, mit wem sie sich eingelassen hatte.

Bei ihm reichte der Rucksack mit den Schulsachen. Er musste nur Bücher, Hefte und das Mäppchen mit Stiften herausnehmen. Dabei stieß er auf zwei Schokoriegel, die vom Besuch im Baumarkt übrig geblieben waren. Einer war etwas zerdrückt, der andere mit Nüssen. Er hatte sie wohl vergessen, weil er so aufgeregt gewesen war, jetzt erschien ihm das wie ein Wunder.

Den zerdrückten aß er sofort, was nicht besonders klug war, weil er schon gefrühstückt hatte und nicht wusste, wie lange er mit seinem Proviant auskommen musste. Außerdem war der Riegel ganz weich von der Wärme. Er musste die Schokolade aus dem Papier lecken und anschließend sein Gesicht noch einmal waschen, weil sein Kinn verschmiert war. Den mit Nüssen hob er sich für später auf und legte ihn bis zum Aufbruch in den Kühlschrank.

Nachdem der Rucksack gepackt war, rührte er in der Küche Mehl, Salz, Pfeffer und Kaffee mit viel Wasser zu einer zähflüssigen Suppe, spülte zwei alte Trinkflaschen und vier große Frischhaltedosen aus und füllte seinen Reiseproviant ein. Bei den Flaschen ließ er noch etwas Wasser zulaufen, was übrig blieb, löffelte er aus der Schüssel. Nur nichts verkommen lassen. Nach dem Schokoriegel schmeckte es nicht gut, aber längst nicht so schlecht wie erwartet; mehlig, salzig, ein bisschen pfefferig. Das Mehl hatte Klümpchen gebildet, und das Kaffeepulver hinterließ Krümel auf seiner Zunge.

Dosen und Flaschen verstaute er in einem Stoffbeutel und schaute in den Schubfächern nach, was er sonst noch mitnehmen müsste oder unterwegs gebrauchen könnte. Einen Löffel brauchte er unbedingt, ein Trinkhalm wäre für die Flaschen praktisch gewesen. Früher hatte er Blubberblasen gemacht, wenn er einen Halm in die Finger bekommen hatte. Deshalb hatte Mama die Trinkhalme hinter dem Besteckkasten versteckt. Jetzt lagen dort zwei seiner Zeichnungen mit einem Gummi als Rolle zusammengehalten. Er nahm sich nicht die Zeit nachzuschauen, was Mama aufgehoben und verborgen hatte. Ihr war es nie recht gewesen, dass er zeichnete. Mehr als einmal hatte sie gesagt: »Es wäre mir lieber, wenn du damit aufhörst. Papier kostet Geld, Stifte gibt es auch nicht umsonst.«

Das war nicht ganz die Wahrheit. Es war eher so, dass er am liebsten Dinge und Menschen zeichnete, an die Mama nicht erinnert werden mochte. Papas Haus, Papa und Oma Luzie.

Im Schubfach daneben lagen Pfannenwender, Schöpfkellen, Messer und andere Sachen. Er wählte ein scharfes Messer aus, das konnte draußen nützlich sein. Da liefen Räuber herum, die einem alles abnehmen wollten, was man besaß. Von denen hatte jeder ein Messer, im Fernseher war darüber berichtet worden.

Mamas Geldbörse lag zwischen den größeren Teilen und enthielt etwas mehr als zwanzig Euro. Das Geld steckte er ebenfalls ein. Lea hatte einmal gesagt: »Ohne Geld kommt man nicht weit.« Und er musste wahrscheinlich sehr weit kommen.

Ob er eine Botschaft für seine Schwester hinterlassen sollte, falls Lea in nächster Zeit doch einmal kam, um nach ihm zu sehen? Aber was sollte er aufschreiben, wo er gar nicht wusste, wohin er sich wenden könnte?

Es gab wohl noch mehr Familie, Mamas Eltern zum Beispiel. Bis Mamas Auto kaputtgegangen war, hatten sie die häufig besucht und Brot, Wurst, Fleisch und Gemüse mitgenommen, wenn sie zurückgefahren waren. Danach war der Opa noch ein paarmal gekommen, um Fleisch und Gemüse zu bringen, etwas zu reparieren oder um ihn abzuholen, wenn Mama eine Erholungspause vom Stress und der Verantwortung brauchte. Manchmal waren dann Onkel, Tanten und andere Kinder bei Mamas Eltern gewesen. Die Erwachsenen hatten immer komisch geguckt und die Kinder aufgefordert, ihn in Ruhe zu lassen.

Abgesehen davon, dass er nicht wusste, wie diese Verwandten hießen und wo sie zu finden waren, wollten sie garantiert nichts mit ihm zu tun haben. Mama hatte oft gesagt, sie sei sehr isoliert, weil sie ihn habe. »Aber ich habe dich trotzdem lieb, mein Schatz. Ich liebe dich von hier bis zum Mond und dreimal um die Erde herum.«

So etwas hatte Oma Luzie nie zu ihm gesagt, ihn nur einmal ein kluges Kerlchen genannt und ihm goldene Bonbons geschenkt. Und er dachte immer noch, sie hätte ihm mit diesen Bonbons gezeigt, wie lieb sie ihn hatte. Zeigen fand er besser als sagen, weil Worte nicht unbedingt wahr sein mussten.

Er spülte noch die Schüssel, den Löffel und den Rührbesen ab, damit es in der Küche ordentlich aussah, nahm den Schokoriegel mit Nüssen aus dem Kühlschrank, dann ging er. An den Abfalleimer in der Küche dachte er nicht mehr, nahm auch Mamas Schlüssel nicht mit wie sonst, wenn er zu den Mülltonnen ging.

Als er die Wohnungstür hinter sich zuzog und die Treppen hinunterstieg, rauschte irgendwo im Haus Wasser. Es wurde höchste Zeit. Die Eingangstür ließ sich ohne Schlüssel öffnen. So kam er ungesehen und ungehört aus dem Haus. Und schon als er ins Freie trat, hatte er das Gefühl, besser atmen zu können, als sei ihm ein Druck von der Brust und eine Last von den Schultern genommen. Insgesamt fühlte er sich dank der Energie eines zerdrückten Schokoriegels und einiger Löffel Mehlpampe mit Kaffee besser.

Er ging hinüber zum Parkplatz, schaute nach rechts, nach links, suchte nach einem Anreiz oder Anhaltspunkt, in welche Richtung er gehen sollte. Darüber hatte er sich bisher keine Gedanken machen müssen, war morgens in den Schulbus ein- und am frühen Nachmittag wieder ausgestiegen. Die anderen wurden ebenfalls vor den Wohnungen ihrer Eltern abgeholt und dorthin zurückgebracht.

Nur das eine Mal, als er im Baumarkt gewesen war, hatte er einen Linienbus genommen und vom Bahnhof nach Hause gehen müssen. Aber da hatte der Zauberer aufgepasst und ihm für Mama eine Geschichte mit auf den Weg gegeben von einer netten Frau, die ihm geholfen hätte, nachdem der Schulbus ohne ihn abgefahren wäre. Mama hatte das auch geglaubt, weil der Schulbusfahrer nie auf jemanden wartete.

Früher war es hin und wieder passiert, dass Mama mit ihm aus dem Haus gekommen war, und vom Schulbus hatten sie nur noch die Rücklichter gesehen. Dann hatte Mama in der Schule angerufen und ihn mit einem Anfall entschuldigt.

Es war ihm jedes Mal unangenehm gewesen, weil er nicht wollte, dass in der Schule jemand Angst vor ihm hatte. Deshalb hatte er Mama die Freiheit abgerungen, morgens alleine zum Parkplatz gehen zu dürfen. Wenn er Müll runterbrachte, durfte er ja auch alleine gehen. Aber ohne Begleitung in eine der beiden Richtungen die Straße entlang war er noch nie gegangen. Mama wollte nicht, dass er alleine im Ort herumlief. Er hätte unvermittelt einen Anfall bekommen können, wie an dem Tag, an dem Mama pünktlich um neun im Amtsgericht hatte sein müssen, weil Papa sich von ihr scheiden lassen wollte.

Für ihn war dieser Tag wie viele andere im Nebel des Vergessens verschwunden. Damals war er noch keine drei Jahre alt gewesen. Mama hatte ihm erzählt, er habe sich unvermittelt auf die Straße geworfen, seine Stirn an der Bordsteinkante blutig geschlagen und mit seinen Schreien die halbe Nachbarschaft an die Fenster gelockt, als sie Lea zur Kita und ihn zu ihren Eltern habe bringen wollen. Als hätte er geahnt, dass er in der nächsten Stunde seinen Papa verlieren würde, hatte sie gesagt. Das war auch eine Lüge. An dem Tag hatte Mama ihren Mann verloren. Er hatte seinen Papa noch ein paar Jahre behalten und Oma Luzie dazubekommen.

Damals hatten sie woanders gewohnt. Nicht mehr in Papas Haus, aber in der Nähe. Da hatten sie nicht weit fahren müssen, wenn Papa-Wochenende war. Bei schönem Wetter waren sie zu Fuß gegangen. Dann hatte Papa ihn auf den Schultern getragen.

Oma Luzie hatte auch in der Nähe gewohnt, war aber immer mit dem Auto gekommen. Bei Papa war Platz genug zum Parken. Ein rotes Auto hatte sie gefahren wie von der Feuerwehr, nur kleiner.

Mit der Erinnerung kam ihm der Gedanke, dass zu Oma Luzie doch auch ein Opa gehört haben musste. Wie der aussehen, wie er heißen und wo er wohnen könnte, wusste er nicht. Aber er erinnerte sich noch genau an Papas Haus. Drum herum standen hohe Bäume, und weit hinten stand ein Haus aus Glas, in dem Tomaten wuchsen.

Gegenüber hatten Leute gewohnt, das wusste er auch noch. Die waren irgendwann nicht mehr da gewesen, aber vielleicht waren andere Leute dort eingezogen. Wenn er Papas Haus fand, könnte er sie fragen, ob sie Oma Luzies Mann kannten, ob er noch lebte und wo er wohnte. Das war eine gute Idee, fand er, seine erste brauchbare Idee, seit er auf sich allein gestellt war.

Oma Luzie hatte Mama nicht leiden mögen. Und Papa hatte einmal gesagt, Oma Luzie sei eine tüchtige Frau mit Kampfgeist und dem Herzen auf dem rechten Fleck. Vielleicht konnte Oma Luzies Mann Mama ebenfalls nicht leiden und freute sich, wenn er hörte, sie sei weggeflogen. Vielleicht wusste er, wo Papa war. Wenn er Papa anrief und ihm sagte, dass er Mama nie mehr Geld geben müsste, kam Papa vielleicht zurück oder schickte Geld für eine Fahrkarte. Vielleicht.

Mit diesem Vielleicht türmte sich ein Berg Hoffnung in ihm auf. Jetzt musste ihm nur noch einfallen, ob er rechts oder links die Straße hinunter mit seiner Suche beginnen sollte. Er wandte sich nach links, weil das Herz auf der linken Seite schlug und dort auf dem rechten Fleck war. Nach etwa zweihundert Metern kam er an eine Kreuzung, bog auch dort links ab und an der nächsten Ecke wieder. So lief er geraume Zeit im Kreis. Als ihm das auffiel, zog er weitere Kreise und kam dem Ortsrand immer näher, bis er das Dorf, in dem er die letzten elf Jahre mit seiner Mutter und seiner Schwester gelebt hatte, hinter sich lassen konnte.

Auch nach acht Jahren gab es noch Stunden, in denen sich Erinnerungen wie Nylonschnüre um Bernd Lackners Hals legten, eine nach der anderen, bis er zu ersticken glaubte. All die *wenn, dann, hätte ich, wäre nicht*. Und die schlimmsten Momente von allen, wie Luzie mit dem Telefonhörer am Ohr sagte: »Dazu ist unser Sohn gar nicht fähig. Wir haben Robin zu einem anständigen Menschen erzogen.« Dann legte sie auf, schaute ihn an, sagte noch: »Wieder einer, der wissen wollte, was für ein Gefühl das ist, einen Kinder...« Da brach sie ab. Ihr Gesicht nahm diesen ungläubig erstaunten Ausdruck an, sie fasste sich nicht an die Brust, tat auch sonst nichts, woraus Bernd hätte ersehen können, dass etwas mit ihr nicht in Ordnung war. Sie brach einfach vor seinen Augen zusammen. Zehn Minuten später stellte ein Notarzt ihren Tod fest.

Und es gab Stunden, da blieb Bernd in diesen zehn Minuten hängen, kniete neben seiner Frau auf dem Boden, mühte sich ab mit Herzdruckmassage und Atemspende, bis es ihm irgendwann gelang, den Flashback abzuschütteln, sich loszureißen und nach draußen zu flüchten. Im kleinen Gewächshaus konnte er Luzies Tod meist irgendwie wegschieben und zurückfinden ins Jetzt.

Früher waren es drei Gewächshäuser gewesen, das kleine weit hinten auf dem großen Eckgrundstück und zwei große näher beim Haus, die vor Jahren abgerissen worden waren. Bernds Eltern hatten eine Gärtnerei betrieben. Ursprünglich hätte er den Betrieb übernehmen sollen, die entsprechende Ausbildung hatte er gemacht. Und nach Feierabend hatte er häufig mit Freunden *Bei Frieda* zwei Bier getrunken, manchmal eine Frikadelle oder ein kaltes Kotelett dazu gegessen, mehr Auswahl gab es *Bei Frieda* nicht. Und hin ging er nur wegen Luzie. Schon mit siebzehn war er bis über beide Ohren in sie verliebt gewesen.

Seit sie vierzehn war, stand Luzie abends *Bei Frieda* hinterm Tresen und bediente an den Tischen. Nachmittags machte sie Einkäufe, briet Frikadellen und Koteletts, vormittags putzte sie durch. Beschäftigt war Luzie von morgens bis in die Nacht. Das dreistöckige Eckhaus, in dessen Erdgeschoss die Kneipe mit dem kleinen Saal und einem Vereinszimmer lag, gehörte ihren Eltern, die beide nicht mit Arbeitseifer gesegnet waren.

Schon mit zwanzig träumte Luzie davon, eines Tages statt der Eckkneipe ein Restaurant zu betreiben. Weil es anders zuging, wenn hauptsächlich gegessen und nicht so viel gesoffen wurde. Dass ein Gast während eines Drei-Gänge-Menüs vom Tisch aufstand, die junge Bedienung in die Toilette zerrte, sie dort in die Knie zwang, ihren Kopf in die Kloschüssel drückte und wiederholt abzog, um sie am Schreien zu hindern, während er sie vergewaltigte, damit war in Restaurants eher nicht zu rechnen.

Weil Luzie eine Tochter, aber keinen Mann hatte, wurde gemunkelt, sie sei leicht zu haben. Sie war zwei Jahre älter als Bernd und strahlte eine Kraft aus, die für hundert Jahre zu reichen schien. Als er ihr mit neunzehn seine Liebe gestand, war er für sie ein grüner Junge. Aber er war ein hartnäckiger Junge, und steter Tropfen höhlt den Stein. Ein Jahr später hatte er sie so weit, dass sie am Ruhetag mal mit ihm ins Kino ging.

*Spiel mir das Lied vom Tod.* Heute erschien ihm das oft wie ein böses Omen. Damals hatte er gedacht, das wäre kein Film für eine Frau. Hoffnungen hatte er sich gemacht, Luzie leichter vom Geschehen auf der Leinwand ablenken zu können als bei einem Film von Oswalt Kolle oder *Zur Sache, Schätzchen.*

Irrtum. Er hatte mehrfach nach ihrer Hand gegriffen. Wenn einem das Herz vor Liebe fast zum Hals herausschlug und man Angst hatte, einen Fehler zu machen, war der Anfang nicht leicht. Zweimal entzog Luzie ihm ihre Hand, beim dritten Versuch flüsterte sie: »Lass das, ich will den Film sehen. Wir reden später.«

Viel reden wollte Bernd gar nicht. Aber das taten sie dann. Im Lieferwagen der Gärtnerei mit den Gerätschaften und zwei leeren Pflanzkübeln auf der Ladefläche und den Wetterjacken im Führerhaus. Romantisch war das nicht, aber Luzie wollte keine

Romantik. Sie klärte erst einmal die Fronten. »Wenn du zu denen gehörst, die sich einbilden, für einmal Kino bei mir landen zu können, bist du schief gewickelt.«

»Tu ich nicht«, versicherte Bernd. »Ich will mit dir zusammenbleiben. Für immer.«

»Ist nicht dein Ernst«, meinte Luzie.

»Ich habe noch nie etwas so ernst gemeint wie das«, sagte er.

Daraufhin wollte sie wissen: »Und wie alt bist du?«

»Fast Zwanzig«, sagte er.

»Dann sprich nicht von immer, Junge. Such dir ein Mädchen in deinem Alter und bring sie dazu, sich in eurer Gärtnerei nützlich zu machen. Davon hast du mehr, glaub mir. Mit mir gibt es keinen Urlaub, keine freien Wochenenden, nur einen Ruhetag pro Woche, an dem gründlich geputzt und der Papierkram erledigt wird.«

»Aber ich wäre mit dir zusammen«, sagte er.

»Du willst trübe Erfahrungen wohl unbedingt selbst machen«, meinte Luzie. »Von mir aus lassen wir es auf einen Versuch ankommen. Aber greif nie wieder im Dunkeln nach meiner Hand, pack mich nie im Nacken und frag mich nie, von wem ich das Kind habe.«

Das tat Bernd auch nicht, irgendwann erzählte sie ihm von der Kloschüssel und der Reaktion ihrer Mutter, als sie mit tropfenden Haaren, nasser Bluse und zerrissenem Schlüpfer in der Küche aufgetaucht war. »Reiß dich gefälligst zusammen«, hatte Frieda verlangt, sie stammte gebürtig aus Ostpreußen und hatte bei Kriegsende Erfahrungen mit Russen gesammelt. »Das ist mir auch passiert, und nicht nur mir. Keine von uns hat rumgeheult, wir haben uns aufgerappelt und sind weitergelaufen. Geh nach oben, trockne dir die Haare und zieh dich um. Mit den nassen Sachen kannst du nicht bedienen. Das gibt nur dumme Fragen.«

Als Luzie neun Monate später ihre Tochter zur Welt brachte, fand Frieda: »Wenigstens sieht es so aus wie du.« In der Geburtsurkunde stand: »Vater unbekannt.« Nach der Hochzeit gab Bernd dem Kind seinen Namen, von da an hieß Luzies Tochter

Sonja Lackner, und Bernd war ihr Papa, den sie mit der gesamten Kraft ihres kleinen Herzens liebte. Woran sich nie etwas änderte, das Herz wurde mit den Jahren nur größer.

Wenn es nach Bernd gegangen wäre, hätte es bei Sonja bleiben können. Er war einundzwanzig, als er auf dem Standesamt Ja sagte, weil er eine Frau wollte, die ein Kind hatte. Ein weiteres Kind hätte er nicht gebraucht. Aber nach der Hochzeit keimte in Luzie ein zweiter Traum: ein Kind der Liebe. Das konnte er ihr doch nicht verweigern, immerhin war es der Beweis, dass sie ihn liebte.

Ein Jahr später wurde Robin geboren. Und wie es weiterging, hatte Luzie kaum geplant. Dabei hätte sie besser als er wissen müssen, dass Gastronomie und Familie mit kleinen Kindern nicht kompatibel waren, wenn man sich gleichzeitig neben dem Kneipenbetrieb mit Hochzeiten, Trauerfällen und anderen Festivitäten auch noch gegen zwei kriegsgeschädigte, erzfaule Sturköpfe behaupten musste. Von Bernd wurde erwartet, dass er mit anpackte. Das bedeutete, dass er tagsüber in der väterlichen Gärtnerei ackerte und abends am Zapfhahn stand.

»Ich hatte dich gewarnt«, sagte Luzie mehr als einmal, bis Bernds Vater sich erbarmte und einen Gärtnergehilfen einstellte.

Und was die Kinder anging: Sonja besuchte vormittags den Kindergarten und war daran gewöhnt, nachmittags nach Friedas Pfeife zu tanzen. Robin war mehr in der Gärtnerei als im Eckhaus. Es durfte niemanden wundern, dass er sich unter diesen Voraussetzungen an seinen Großeltern orientierte. Während seiner Grundschulzeit wollte er unbedingt Gärtner werden.

Bernds Vater hatte die Pflege von drei Dutzend Gräbern übernommen. Und Robin war mit Feuereifer bei der Sache, wenn es galt, toten Menschen Blümchen auf ihre letzten Ruhestätten zu pflanzen. Bernds Vater war glücklich, den Betrieb später, wenn schon nicht an den Sohn, dann eben an den Enkel zu übergeben.

Nach ihrem Anruf in Gelsenkirchen fuhr Rita Voss nicht sofort zum Krankenhaus nach Bergheim, sondern zuerst nach Kerpen. Dort ließ sie sich vom Dienstgruppenleiter berichten, was sich nachts und am frühen Morgen in der Deponie abgespielt hatte und wie Jasmin Tirtey darüber dachte. Jasmins Bericht hatte Jochen Becker erwähnt, ihr jedoch nicht die Gelegenheit eingeräumt, ihn selbst zu lesen. »Da steht nur drin, was ich gerade gesagt habe, Rita. Mach dich auf die Socken, ich will die Sache vom Tisch haben.«

Der Dienstgruppenleiter hatte sich morgens geraume Zeit Jasmins Spekulationen über den Ablauf, das Verhalten des Jungen und den Verbleib der drei Freunde angehört, hatte auch nach ihrer Rückkehr von der gemeinsamen Aktion mit Heiko Gertz noch kurz mit ihr gesprochen und verhinderte, dass Rita die junge Frau aus dem Bett klingelte, um alles noch mal aus erster Hand zu erfahren. Gründlichkeit und sich nie auf Hörensagen zu verlassen, hatte Rita von Klinkhammer gelernt. Manchmal übertrieb sie es, diesmal nicht. Sie gab sich mit den Auskünften des Dienstgruppenleiters zufrieden, ließ lediglich ihre Handynummer da für den Fall, dass Jasmin Tirtey das Bedürfnis haben sollte, noch mal über alles zu reden.

Dann fuhr sie nach Bergheim, konnte dort allerdings nur mit einer relativ jungen Assistenzärztin sprechen und sich den in der Nacht eingelieferten Jungen ansehen. Er lag zwischen zwei Männern in einem Dreibettzimmer. Der Patient im Bett bei den Fenstern war weit jenseits der achtzig und lag da wie von der Hitze erschlagen. Den anderen im ersten Bett bei der Tür, Typ Bodybuilder, schätzte Rita auf Ende vierzig, Anfang fünfzig. Er saß mit hochgestelltem Kopfteil, tat so, als läse er in einer Zeitschrift, und hörte interessiert zu. Kriminalpolizei in einem Krankenzimmer kannte er bislang nur aus dem Fernseher. Im realen Leben hatte er jedoch häufig mit einem Kriminalhauptkommissar a. D. zu tun.

Der Junge im mittleren Bett lag auf der Seite, bekam noch Sauerstoff und hing am Tropf. Wie ein angekokelter Waldschrat sah er nicht mehr aus, glich nun eher einer Mumie mit bandagiertem Kopf, Armen und Händen. Sein halbes Gesicht verschwand unter sterilen Wundauflagen.

»Wir halten ihn vorerst in Dämmerschlaf«, gab die Ärztin an seinem Bett stehend Auskunft. »Das hilft seinem Körper, die Auswirkungen des Schocks und die ersten Tage stressfrei zu bewältigen. Verbrennungen sind sehr schmerzhaft.«

»Ist mir bekannt.« Rita hasste überflüssige Erklärungen. Es tat ja schon höllisch weh, wenn man sich das kochende Wasser für den Tee über die Hand kippte. »Wie schlimm ist es?«

»Seine linke Hand macht uns Sorgen. Die anderen Verletzungen sind nicht so gravierend.«

»Anzeichen für Gewalteinwirkung?«

»Nein.«

»Dann geben Sie ihm ein Schmerzmittel und wecken ihn auf«, verlangte Rita. »Wir müssen dringend mit ihm reden.«

Da sie im Plural gesprochen hatte, schaute die Ärztin irritiert an ihr vorbei, als erwartete sie, dort einen Kollegen zu sehen. »Man kann ihn nicht von einer Minute zur nächsten aufwecken«, behauptete sie. »Sobald er ansprechbar ist, bekommen Sie Bescheid.«

Letzteres setzte Rita als selbstverständlich voraus. Sie bemühte sich, den Anblick auszublenden, den ihre bekiffte Tochter in der Nacht geboten hatte. »Hinweise auf Alkohol- oder Drogenkonsum?«

»Davon weiß ich nichts.«

»Sie haben ihn nicht auf Drogen und Alkohol getestet?« Ritas Ton machte deutlich, was sie von Schlamperei hielt.

»Ich bin erst seit dem frühen Morgen im Dienst«, erklärte die Ärztin nun in distanziertem Ton. »Er wurde in der Nacht eingeliefert, stand unter Schock und hatte zahlreiche Verbrennungen, deren Versorgung im Vordergrund stand. Darüber hinaus sprachen seine Blutwerte für eine Rauchgasvergiftung.«

»Ich verstehe, dass seine Behandlung Vorrang hatte«, sagte Rita. »Und ich hoffe, Sie verstehen, dass für uns die Aufklärung von Straftaten Vorrang haben muss. Offenbar wurde ihm in der Nacht ja schon Blut entnommen. Ich brauche ebenfalls etwas Blut, Speichel, Haare und Urin für ein Drogenscreening.« Damit hatte sie in der Nacht ihrer Tochter gedroht.

»Er hat momentan keine Haare«, erklärte die Ärztin.

»Auf dem Kopf vielleicht nicht«, stimmte Rita zu. »In seinem Alter gibt es andere Möglichkeiten, für die Sie ihn nicht aufwecken müssen. Das lässt sich leicht mit der Urinentnahme verbinden. Eine Blutentnahme lohnt sich auch noch. Falls er in der Nacht hackedicht war, ist bestimmt noch nicht alles abgebaut. Seine Kleidung brauche ich ebenfalls. Ich schicke jemanden her, der alles abholt.«

»Den Drogentest kann unser Labor durchführen«, erwiderte die Ärztin kühl. »Den Alkoholtest ebenso.« Auf die Kleidung des Jungen, die ihm aller Wahrscheinlichkeit nach in der Notaufnahme ausgezogen worden war, ging sie nicht ein, erklärte nur noch: »Wir können auch auf andere Stoffe untersuchen. Barbiturate, Tranquilizer, Sedativa.«

»Dann veranlassen Sie das«, forderte Rita. »Aber zeitnah bitte, damit überhaupt noch etwas nachgewiesen werden kann.«

Weil sie nichts erreicht hatte, fuhr Rita noch etwas übler gelaunt als vorher zurück nach Hürth und fand dort eine Bitte um Rückruf vor. Die Kollegen aus Gelsenkirchen hatten zwischenzeitlich in Erfahrung gebracht, dass der Fahrzeughalter Walter Homberg verheiratet und seine Frau Kathi ein Jahr jünger war als er.

Daheim angetroffen hatten sie das Ehepaar nicht, nur von einer Nachbarin gehört, die Hombergs seien in Urlaub gefahren. Sie hätten schon zum dritten Mal an der niederländischen Küste einen Standplatz für ihr Wohnmobil gemietet, wo genau, war der Nachbarin nicht bekannt. Dafür wusste sie, dass Walter und Kathi Homberg zwei Enkel hatten, ein Mädchen und einen Jungen, den sie oft mitnahmen, wenn Ferien waren.

Wie der Homberg-Enkel hieß, wusste die Nachbarin leider nicht. Kathi Homberg sprach seit Jahren nur vom »armen kleinen Kerl«, obwohl der Junge inzwischen vierzehn, fünfzehn oder sogar schon sechzehn sein musste. Von seinen Freunden war der Nachbarin ebenfalls nichts bekannt. Und sie hatte keine Ahnung, wo seine Mutter wohnte. Einen Vater hatte der Junge nicht mehr. Die Tochter der Hombergs war vor Jahren sitzen gelassen worden und hatte einen zähen Kampf um Unterhalt geführt, bis ihr Ex-Mann sich ins Ausland abgesetzt hatte. Mehr wusste die Nachbarin nicht. Bei diesem Thema hatte Kathi Homberg sich stets bedeckt gehalten.

Rita hörte sich das alles mehr oder weniger geduldig an und machte sich dann auch in Gelsenkirchen mit ein paar Sätzen unbeliebt. »Schon mal was von Einwohnermeldeämtern gehört? Dort lässt sich in Erfahrung bringen, wo man Töchter und Enkel findet. An der niederländischen Küste steht das Wohnmobil jedenfalls nicht. Derzeit steht es bei uns auf einem Sicherstellungsgelände. Ich meine mich zu erinnern, es bei meinem Anruf heute Morgen erwähnt zu haben. Das wirft doch die Frage nach dem Verbleib des Ehepaars Homberg auf, finden Sie nicht? Es wäre also hilfreich, die Tochter aufzuspüren. Sie wird wissen, wo an der niederländischen Küste ihre Eltern campiert haben. Vielleicht hat sie sogar eine Erklärung oder zumindest einen Verdacht, warum das Wohnmobil in unserem Zuständigkeitsbereich in Flammen aufgegangen sein könnte. Den Jungen konnte ich leider noch nicht dazu befragen. In Anbetracht der Schwere seiner Verletzungen hat man ihn in ein künstliches Koma versetzt.«

Das war arg übertrieben, machte der Trantüte in Gelsenkirchen aber hoffentlich klar, wie ernst die Lage war. Sicherheitshalber wiederholte Rita das Kennzeichen des gestohlenen Golfs noch einmal. Antwort bekam sie nicht mehr. Ihr Gesprächspartner legte kommentarlos auf. Auf einen Rückruf wartete sie stundenlang vergebens.

Zwischendurch rief sie mal daheim auf dem Festnetz an, was

ihre Laune nicht eben hob. Sie lebte mit ihrer Tochter im Elternhaus und hatte Hausarrest verhängt. Aber das Biest war nicht da, und die beste Oma der Welt wusste nicht, wie sie die Abwesenheit des Kindes erklären sollte.

Rita nahm sich vor, ein ernstes Wort mit ihrer Mutter zu reden, und konzentrierte sich wieder auf das Ehepaar Homberg und den Jungen im Krankenhaus. Die Auskünfte der Nachbarin verkomplizierten die Sachlage. Ein Gedankenaustausch mit Jochen Becker half ihr nicht weiter, der hoffte nun erst recht darauf, dass eine Befragung des Jungen Klarheit bringen würde.

Es fehlte nicht viel, dann hätte sie Klinkhammer angerufen und es mit ihm besprochen. So etwas musste man hin und wieder tun, weil man mit Jochen Becker nicht spekulieren konnte. Becker wollte immer Fakten; solange es keine gab, war man bei ihm an der falschen Adresse. Aber um Fakten zu finden, musste man zuerst in Erfahrung bringen, in welcher Richtung man danach suchen sollte. Das A und O einer Fallanalyse hatte Rita von Klinkhammer gelernt. Man schaute sich an, was man hatte, und arbeitete sich mit Vermutungen und Spekulationen vor zu den Stellen, an denen man weiterschauen konnte.

Was Rita hatte, war ein ausgebranntes Wohnmobil, einen Jungen mit Brandverletzungen und ein Großelternpaar, das den Enkel seit Jahren mit in Urlaub nahm. Nichts davon war in Zweifel zu ziehen. Vermutlich war die Mutter berufstätig. Dass ein mittlerweile Fünfzehn- oder schon Sechzehnjähriger bereitwillig mit Oma und Opa Camping in Holland machte, konnte man schon eher infrage stellen. In dem Alter wollten sie doch nicht mehr bekocht und betüdelt werden, unternahmen lieber etwas mit Freunden. Hatten die Hombergs seine Freunde deshalb mitgenommen?

Zu Ritas persönlichen Erfahrungen passte das nicht. Ihre Mutter stöhnte abends regelmäßig, wenn am Nachmittag zwei Freundinnen gleichzeitig da gewesen waren. Junge Mädchen wohlgemerkt, Jungs wären zu zweit oder dritt gar nicht erst ins Haus gelassen worden. Vermutlich hatte das zu Hausarrest verdonnerte Biest per WhatsApp mehrere Freundinnen zu einem Hausbesuch aufgefordert. Und die beste Oma der Welt hatte die gesamte Clique an die frische Luft gescheucht, um ihre Ruhe zu haben.

So empfindlich mochten die Hombergs nicht sein. Es gab ja auch abenteuerlustige Rentner, die gerne junge Leute um sich hatten. Aber vier auf einmal? Zu sechst in einem Wohnmobil? Wie viele Schlafplätze hatte es gegeben? Auf den Fotos, die Heiko Gertz abgeliefert hatte, war das nicht zu erkennen.

Rita googelte ein Weilchen und betrachtete die Innenansichten verschiedener Modelle am Monitor. Die Unterschiede waren nicht groß. Bei den meisten erschwinglichen Typen waren vier Schlafplätze üblich. Zwei hinten, einer im Alkoven über dem Fahrerhaus und einer im mittleren Bereich, der tagsüber als Essplatz diente.

Einen Alkoven hatte das Wrack nicht gehabt. Also vermutlich drei Schlafplätze, höchstens vier, wenn Bänke und Tisch etwas größer gewesen waren. Bei sechs Personen hätten sich zwei mit Schlafsäcken im Vorzelt begnügen müssen, was Jungs in dem Alter vermutlich gerne getan hätten, um mal aus Gelsenkirchen rauszukommen. Man wusste ja noch nicht, aus welchen Verhältnissen die Freunde stammten.

## *Vor dem Feuer*

Ein Stück weit ging er am Rand einer Landstraße, wo ihn wieder Unbehagen überfiel. So früh am Morgen herrschte reger Verkehr, viele Leute wollten zur Arbeit. Das kannte er aus dem Schulbus, da störten ihn die Autos nicht. Aber jetzt … Neben der Straße war kaum Platz zum Gehen, das war ihm nicht geheuer. Ein paarmal rauschten Lastwagen so dicht an ihm vorbei, dass er Angst hatte, vom Sog mitgerissen zu werden. Deshalb wandte er sich schließlich nach rechts.

Vielleicht war es ja nur eine fixe Idee gewesen, dass er sich links halten müsste. Wenn das Herz dort auf dem rechten Fleck war, konnte er ebenso gut nach rechts gehen. Draußen war es eigentlich egal, hier konnte er nur gehen und hoffen, dass bald ein Mensch seinen Weg kreuzte, der den Ort kannte, an dem ein Haus und ein Glashaus und hohe Bäume standen.

Bis gegen zehn Uhr war es angenehm. Die Reste der Kopfschmerzen verflüchtigten sich in der frischen Luft. Er konnte unter freiem Himmel zügig ausschreiten und die Distanz zu Gestank, Angst und nutzlosen Grübeleien immer weiter vergrößern.

Doch je höher die Sonne stieg, umso unangenehmer wurde es. Noch vor Mittag bekam er erneut Kopfschmerzen, krampfartige diesmal. Dass es so viele unterschiedliche Arten von Schmerzen gab, hatte er bis dahin gar nicht gewusst. Zusätzlich scheuerte er sich in den Sportschuhen die Fersen wund, weil er keine Socken angezogen hatte und seine Füße in der Hitze anschwollen.

Einmal machte er Rast, setzte sich am Rand eines Ackers auf den staubtrockenen Boden und zog eine der Flaschen aus dem Stoffbeutel. Sie war so warm wie ein Suppentopf, der länger auf dem Herd gestanden hat, entsprechend temperiert war der Inhalt. Das Mehl hatte sich unten abgesetzt, obenauf stand eine trübe Brühe. Er trank ein paar Schluck salziges Wasser mit einem Hauch Pfeffer und Kaffeekrümeln und überlegte, etwas davon in die Hand zu kippen und die Stirn zu benetzen.

Aber das wäre Verschwendung gewesen. Wer wusste, wie lange er mit den Resten aus dem Vorratsschrank haushalten musste. Der Versuchung, den wieder weich gewordenen Schokoriegel mit Nüssen zu essen, widerstand er ebenso tapfer wie dem Bedürfnis, die Schuhe auszuziehen, barfuß weiterzugehen und sich zum Schutz vor der erbarmungslos brennenden Sonne das Ersatzshirt um den Kopf zu wickeln.

Sein Basecap hatte er vor seinem Aufbruch nicht gesehen und war nicht auf den Gedanken gekommen, danach zu suchen. Dafür nun wieder umzukehren kam nicht infrage, wäre auch nicht möglich gewesen. Er hatte längst die Orientierung verloren und keine Ahnung, wo er war. Irgendwo im freien Feld zwischen langen Reihen kümmerlicher Getreidehalme und den schlaff am Boden liegenden Blättern von Zuckerrüben. Vor einer Weile hatte er die Kühltürme eines Kraftwerks gesehen, jetzt sah er Windräder weit hinten am Horizont, die in der flirrenden Hitze stillstanden.

Als ihm einfiel, dass irgendwer ihm einmal gezeigt hatte, wie man aus einem Blatt Papier ein Segelschiff oder eine Piratenmütze faltete, zog er die von einem Gummi zusammengehaltenen Zeichnungen aus dem Rucksack. Er rollte sie auseinander und erblickte auf dem ersten Blatt Papas Haus mit den Bäumen und dem Glashaus im Hintergrund, was ihn sehr wunderte.

Er war überzeugt gewesen, Mama hätte die Zeichnung weggeworfen, weil es ihr doch wehtat, das Haus zu sehen, in dem sie mit Mann und Kindern ein glückliches Leben hatte führen wollen, was ihr nicht lange vergönnt gewesen war. Aber so zusammengerollt hatte sie es ja nicht sehen können. Auf dem zweiten Blatt sah er noch einmal Papas Haus, diesmal von hinten mit dem Anbau, aus dem er so oft in den Garten gelaufen war, um Tomaten aus dem Glashaus zu holen.

Aus diesen Erinnerungen eine Mütze zu falten, wo er nicht einmal mehr genau wusste, wie man ein Blatt knicken musste, brachte er nicht übers Herz. Vielleicht half ein Blatt Papier ja auch gar nicht gegen die stechende Sonne. Um Leute nach dem Weg und Oma Luzies Mann zu fragen, waren die Zeichnungen viel nützlicher. Er rollte beide wieder sorgfältig ein, schnipste das Gummi darum und schob die Rolle zurück in den Rucksack.

Als er sich aufrichtete, machte er in einiger Entfernung eine Kirchturmspitze aus. Geradewegs darauf zuhalten konnte er nicht, musste einen weiten Bogen schlagen und bemühte sich, die Spitze nicht aus den Augen zu verlieren. Er hoffte, in dem Ort einen Laden zu finden, in dem er eine Kappe kaufen konnte.

Es vergingen noch fast drei Stunden, ehe er mit einem Schädel, der beim nächsten Atemzug zu platzen drohte, auf höllisch schmerzenden Füßen durch die um diese Tageszeit beinahe menschenleeren Straßen einer Kleinstadt trottete. Ein magerer, schlaksiger Junge von fünfzehn Jahren in einem schweißgetränkten T-Shirt, mit hochrotem Gesicht, einem Rucksack auf dem Rücken und dem mit Dosen und Flaschen gefüllten Stoffbeutel in einer Hand. Die Strapazen der letzten Stunden sah man ihm an, aber nicht das, was er hinter sich gelassen hatte.

Die digitale Anzeige an einer Apotheke, an der er vorbeikam, zeigte wechselnd die Uhrzeit und die Temperatur. Demnach war es sechzehn Uhr sieben und es hatte einundvierzig Grad. Er war seit mehr als zehn Stunden unterwegs, und von der Energie, mit der er aufgebrochen war, war nichts mehr übrig.

Der lange Marsch unter praller Sonne hatte ihm das Letzte abverlangt. Ihm war schwindlig und übel. Er hatte Mühe, sich auf den Beinen zu halten. Über den Fersenkappen seiner Schuhe krochen feuchtrote Flecken nach außen, und die Kopfschmerzen waren schlimmer als alles, was er bisher hatte aushalten müssen. Es hämmerte und stach unter seiner Schädeldecke, als triebe ihm jemand ein angespitztes Rundholz mitten ins Gehirn.

Ein Stück die Straße hinunter entdeckte er einen Laden, in dem es Kappen zu kaufen gab. Das hatte Vorrang vor allem anderen. Er brauchte unbedingt Schutz vor der Sonne und danach etwas gegen die Kopfschmerzen. Für seine Verhältnisse waren die Kappen sehr teuer, er nahm die billigste für acht Euro, zog die Zeichnungen aus dem Rucksack und zeigte sie der Verkäuferin.

»Wissen Sie, wo das Haus steht?«, fragte er mit einer Stimme, die vom Kopfschmerz ganz dünn und brüchig klang.

Die Frau schaute sich beide Zeichnungen an und bedauerte: »Tut mir leid.« Sie zeigte auf das Glashaus. »Ist das ein Treibhaus?«

»Da wuchsen Tomaten drin«, sagte er.

»Hast du die gemacht?«, wollte die Frau wissen.

»Nein, die sind von alleine an Sträuchern gewachsen.«

Die Frau lachte. »Ich meine die Zeichnungen.«

Als er nickte, sagte sie: »Du zeichnest sehr gut. Aber ich weiß nicht, wo das Haus stehen könnte. Tut mir wirklich leid.«

Er bedankte sich trotzdem, packte seine Hoffnung wieder ein, setzte die Kappe auf, verließ den Laden und schlurfte zurück zur Apotheke. Auch dort zeigte er Papas Haus und erstand ein Schmerzmittel. Eine freundliche Apothekerin, die im selben Alter sein mochte wie Mama, wies ihn darauf hin, dass er bei dieser Hitze viel trinken müsse, reichte ihm ein Glas frisches, kühles Wasser und noch ein zweites, weil er das erste hastig hinunterkippte, bevor er eine Tablette aus der Schachtel genommen hatte.

Papas Haus kannte auch sie nicht. Aber sie empfahl ihm mit Blick auf sein verschwitztes T-Shirt und sein hochrotes Gesicht ein Präparat, das ihm etwas zuführen sollte, was er verloren hatte. Es hatte mit Salz zu tun, in seinem desolaten Zustand verstand er nicht mehr als das und kaufte eine Schachtel, obwohl sie viel teurer war als die Schmerztabletten und ihm nur noch zwei Euro dreißig blieben. Aber wenn ihm das Mittel Verlorenes wieder zuführte, war es das wert. Vielleicht fiel ihm ein, wie der zu Oma Luzie gehörende Großvater geheißen hatte und wo er den finden könnte. Wahrscheinlich hatte er das früher gewusst und nur vergessen.

Wieder im Freien suchte er sich ein schattiges Plätzchen. Weit musste er nicht mehr gehen, dann kam er an einen von Bäumen umstandenen Platz mit Bänken am Rand. Die Luft stand auch dort wie eine flirrende Wand und machte das Atmen schwer, aber die Sonne brannte nicht mehr unmittelbar auf ihn herab.

Er wollte sich ausruhen, bis die Kopfschmerzen nachließen, er wieder durchatmen und einigermaßen klar denken konnte. Dann wollte er weitere Leute nach Papas Haus fragen und hingehen, egal, wie weit es wäre.

Seine Füße gaben nach der Einnahme der Schmerztablette bald Ruhe. Das Wüten in seinem Schädel war hartnäckiger und nach einer halben Stunde noch nicht völlig abgeklungen. Es fühlte sich so an, als hätte jemand den Pflock mit einem Kissen zugedeckt, um ihn bei nächster Gelegenheit erneut zum Einsatz zu bringen.

Er hätte wohl mehr trinken müssen. Die freundliche Apothekerin hätte ihm bestimmt noch ein Glas Wasser gegeben, wenn er sie darum gebeten hätte. Und wie war das noch mit dem Salz gewesen? Salz hatte er, er zog die angebrochene Flasche seines Reiseproviants aus dem Stoffbeutel. Viel Brühe stand nicht mehr über der Pampe, und nach zwei Schluck verstopften Mehlklümpchen die Tülle. Er musste die zweite Flasche nehmen und spülte mit einem kräftigen Schluck eine Kapsel des empfohlenen Präparats hinunter. Danach machte er sich wieder auf den Weg.

Der Stoffbeutel mit Dosen und Flaschen war schwer. Er musste häufig von einer Hand in die andere wechseln, weil die dünnen Stoffbänder der Tragegriffe wie Messer in seine schweißfeuchten Handteller schnitten. Trotzdem überlegte er, für das restliche Geld irgendwo ein paar Wasserflaschen zu kaufen. Zwei konnte er bestimmt noch im Rucksack unterbringen, zwei weitere zu Dosen und Flaschen in den Beutel stecken. Wenn er den dann mit beiden Armen vor der Brust trug, wäre das Gewicht besser verteilt.

Kurz darauf erreichte er den Parkplatz eines Discounters, bog in die Zufahrt ein und stellte Sekunden später fest, dass die Apothekerin ihm tatsächlich ein Wundermittel verkauft hatte.

## *Donnerstag, 25. Juli*

Gegen halb fünf meldete sich Jasmin Tirtey bei Rita Voss, dankbar für das Angebot, noch einmal über den Einsatz in der Deponie reden zu können. Das tat Jasmin in allen Einzelheiten, mit all ihren Vermutungen und ihrer Empathie für den angekokelten Waldschrat. Bei Rita stieß sie auf ein weit offenes Ohr, beantwortete bereitwillig jede Frage zum Verhalten des Jungen und hörte im Gegenzug, dass seine Verbrennungen nicht so gravierend waren, wie es in der Nacht ausgesehen hatte.

»Mit ihm reden konnte ich nicht«, sagte Rita. »Mal sehen, ob das morgen klappt. Inzwischen habe ich mehr Fragen, als mir lieb sind.«

»Wegen seiner Freunde?«, fragte Jasmin.

»Auch«, antwortete Rita. »Aber wo seine Großeltern sind, interessiert mich noch mehr.«

Während sie vom Urlaub der Hombergs in Holland berichtete, ging der Rückruf aus Gelsenkirchen, auf den sie wartete, bei Jochen Becker ein. Der Polizist, mit dem sie gesprochen hatte, wollte nicht noch einmal von einer Schnepfe zusammengestaucht werden. »Du meine Güte, ist die Frau immer so drauf?«, begann er.

So erfuhr Jochen Becker, dass Rita nach ihrer Rückkehr aus dem Bergheimer Krankenhaus nicht nur bei ihm Frust abgeladen hatte. Er überlegte kurz, sich für ihr ruppiges Verhalten zu entschuldigen, ließ das aber bleiben. Es hätte die Sache nur unnötig aufgebauscht. Schlecht gelaunte Polizistinnen gab es vermutlich auch in Gelsenkirchen mal.

»Viel klüger als Sie sind wir noch nicht«, kam der Kollege zum Grund seines Anrufs. »Die Tochter der Hombergs heißt Steinbrecher, der Enkel Dennis. Über seine Freunde haben wir noch nichts in Erfahrung gebracht. Frau Steinbrecher konnten wir nicht informieren. Sie hält sich nicht in ihrer Wohnung auf.

Ich habe schon zweimal einen Wagen hingeschickt, es öffnet niemand. Eine Telefonnummer ist nicht öffentlich zugänglich. Festnetzanschluss hat sie offenbar nicht.«

Da aus polizeilicher Sicht weder gegen Frau Steinbrecher noch ihren Sohn etwas vorlag, sprach das dafür, dass die Frau nicht zu Hause war. Unbescholtene Bürger öffneten in der Regel, wenn Polizei vor der Tür stand.

»Die Kollegen haben ihr jetzt eine Nachricht in den Postkasten gesteckt mit der Bitte, sich schnellstmöglich bei uns zu melden. Hoffen wir mal, dass sie nicht ebenfalls verreist ist.«

»Für wie glaubwürdig halten Sie die Nachbarin der Hombergs?«, fragte Becker.

»Kann ich nicht beurteilen«, erklärte sein Gesprächspartner. »Ich habe ja nicht selbst mit ihr gesprochen.«

»Dann schicken Sie doch bitte noch mal jemanden hin«, sagte Becker. »Wir brauchen jede Auskunft, die die Nachbarin über die diesjährigen Urlaubspläne der Hombergs geben kann. War vielleicht mal die Rede von einer Pension oder einem Hotel?«

Becker sah es so ähnlich wie Rita. Höchstens vier Schlafplätze für sechs Personen waren knapp. Er hätte in seinem Alter nicht wochenlang mit vier Jugendlichen in einer Blechbüchse hausen mögen. Die Hombergs waren einige Jahre älter als er. An deren Stelle hätte er die Jungs auf den Campingplatz gebracht, selbst woanders Quartier bezogen und deshalb zu spät bemerkt, dass die Bande abgezischt war. Das hätte einiges erklärt.

Als Thomas Scholl vom Sicherstellungsgelände zurückkam, rief Becker auch Rita in sein Büro. Den Rückruf aus Gelsenkirchen erwähnte er nicht, hatte auch noch nichts weiter gehört.

Scholl hatte das Wrack nicht betreten, nur unzählige Fotos gemacht. Er war halb taub vom andauernden Kreischen der Flex. Der Brandsachverständige war mit einem Mitarbeiter angerückt. Gemeinsam hatten die beiden einen ohrenbetäubenden Lärm veranstaltet, um das Wohnmobilgerippe begehbar zu machen und mit der Ursachenforschung in den zusammengebackenen Überresten der Innenausstattung zu beginnen.

»Sie müssen Schicht um Schicht abtragen«, sagte Scholl und bot ihnen einen Überblick über die ersten Ergebnisse, die man noch nicht als solche bezeichnen konnte. Ein Wohnmobil war kein Gebäude, wo man aus Brandspuren an Wänden vieles ableiten konnte. Die Frontpartie war bei der Kollision mit der Schranke beschädigt worden, der Kühler gerissen oder aufgeplatzt, wie Heiko Gertz vermutet hatte. Und es war definitiv auszuschließen, dass der Brand im Motorraum ausgebrochen oder durch einen Kurzschluss entstanden war.

Der Brandsachverständige ging davon aus, dass es im hinteren Teil zu brennen begonnen hatte. Diesen Bereich hatte das Bett komplett ausgefüllt, dahinter hatte es nur noch Stauraum gegeben, gefüllt mit Kissen, Decken, Laken und dergleichen. Die Flammen hatten mehr als genug Nahrung gefunden. Im mittleren Bereich hatte es neben dem Einstieg ebenfalls leicht brennbares Material in Hülle und Fülle gegeben. Am wenigsten in Mitleidenschaft gezogen war das Fahrerhaus, woraus sich der Schluss ziehen ließ, dass der Brand von hinten nach vorne gewandert war.

»Es spricht einiges gegen Unachtsamkeit«, sagte Scholl. »Da dürfte ein Brandbeschleuniger zum Einsatz gekommen sein. Nicht unbedingt Ethanol oder Benzin wie bei den ausgebrannten Lieferwagen, das setzt Planung voraus. Aber wenn sich das Feuer langsam entwickelt hätte, müsste der Junge geraume Zeit tatenlos zugeschaut oder fest geschlafen haben. Dann wäre er aber kaum lebend rausgekommen. Es reichen ein paar Atemzüge für eine CO2-Vergiftung, man wird bewusstlos, und das war's.«

»Eine Rauchgasvergiftung hat er ja«, sagte Rita.

»Er muss aber genug Sauerstoff bekommen haben, um nicht das Bewusstsein zu verlieren«, hielt Becker dagegen. »Und er war überzeugt, seine Freunde wären hinten. Da waren sie vermutlich vorher. Zu dritt mit einem Joint auf dem Bett ist kuschlig, zu viert wird es eng. Vielleicht hat er bei heruntergelassenen Scheiben im Fahrerhaus gesessen. Es war eine fast tropische Nacht. Wenn er vorne eingeschlafen ist, würde das erklären, warum er nicht mitbekommen hat, dass seine Freunde nach draußen gegangen sind. Wenn der Joint auf dem Bett zurückgeblieben ist …«

Einen Joint hätte Thomas Scholl nicht als Brandbeschleuniger bezeichnet, aber für Becker war es typisch. Scholl ließ es unkommentiert und kam zur Spurenlage. »Ein fest eingebauter Wassertank mit einem Volumen von hundertfünfzig Litern muss bei Ausbruch des Feuers leer gewesen sein. Dasselbe gilt für die Gasflasche.«

»Das ist nicht ungewöhnlich«, sagte Becker. »Von Gelsenkirchen bis zur niederländischen Küste tut's eine Kühltasche, und man braucht auch nicht unbedingt Wasser für eine Klospülung. Auf Campingplätzen geht man ins Badehaus und schließt den Wagen an Versorgungsleitungen für Gas, Strom und Wasser an.«

»Du hast dich gut informiert«, stellte Rita fest.

»Wir hatten vor Jahren mal ein Wohnmobil gemietet«, erklärte Becker. »War ganz nett, aber ziemlich eng, eine Wiederholung brauchte ich nicht.« Damit bestätigte er Ritas Einschätzung, dass sie in solch einem Gefährt klaustrophobische Anfälle bekäme.

Sie wandte sich an Scholl: »Wie viele Schlafplätze gab es? Ich komme auf drei, höchstens vier.«

»Drei könnte hinkommen«, antwortete Scholl. »Zwei hinten und einer neben dem Einstieg. Platz für ein Doppelbett war da nicht.«

»Ist hier noch keinem außer mir der Gedanke gekommen, dass der Junge seine Freunde erst auf dem Campingplatz oder am Strand kennengelernt haben könnte?«, sprach Rita aus, was ihr spontan dazu einfiel. »Dann wären es im wahrsten Sinne des Wortes flüchtige Bekannte, und die Kollegen in Gelsenkirchen können lange nach dem alten Golf suchen. Die *Freunde* haben den Jungen zu irgendeinem Scheiß überredet und sich keinen Kopf gemacht, als sie ihn zurückließen. Wahrscheinlich sollte er draufgehen, damit er nicht plaudern kann. Überlegt mal, wie leicht man in Holland an Drogen kommt. Du solltest einen Drogenspürhund anfordern, Jochen.«

»Dafür dürfte es zu spät sein«, meinte Scholl. »Wenn eine größere Menge transportiert wurde, haben die Jungs das Zeug mitgenommen. Und nach dem Brand …« Er hob die Achseln, ließ sie wieder sinken. »Was soll ein Hund da noch riechen?«

»Ein guter Leichenspürhund riecht eine Leiche, die zwanzig Meter tief im Wasser liegt«, erklärte Rita.

»Hier geht es aber nicht um eine Leiche im Wasser, sondern um Zeug, das nicht mehr da ist«, sagte Scholl.

»Ein guter Hund spürt auch ein leeres Versteck auf.«

»Nach so einem Feuer?« Scholl schüttelte den Kopf. »Das wage ich zu bezweifeln, Rita.«

»Ehe wir jetzt mit Vermutungen und Spekulationen anfangen, lasst uns doch erst mal sehen, was wir haben«, machte Becker dem Disput ein Ende. Er gab Scholl mit einem Wink zu verstehen, mit seinem Bericht fortzufahren. Das tat Scholl, und Rita stellte fest, dass sie nichts hatten außer Spekulationen und Vermutungen.

Scholl wies auf Fotos hin, auf denen in der Hitze geschmolzene oder aufgeplatzte Konserven mit verbrutzeltem Inhalt zu sehen waren, des Weiteren eine stattliche Zahl von Getränkedosen und verrußte Scherben von zerborstenen Flaschen.

»Was sie enthalten haben, muss die KTU klären«, sagte Scholl. »Bei den Dosen tippe ich auf Wodka Red Bull. Damit knallen Jugendliche sich gerne die Birne zu. Wenn zusätzlich Drogen im Spiel waren …« Er fixierte Rita. »Ich meine damit nicht einige Kilos, nur ein paar Gramm für Joints oder Crack. In den Niederlanden kommt man leichter an das Zeug ran als hier, da stimme ich dir zu. Aber in rauen Mengen kannst du das da auch nicht an jeder Ecke kaufen. Nach der Massenspektrometrie sind wir wahrscheinlich klüger, sowohl was den Einsatz von Brandbeschleuniger als auch was Drogen angeht.«

»Aber nicht heute oder morgen«, wandte Rita ein. Erfahrungsgemäß gerieten Untersuchungen, die nicht zur Aufklärung von

Kapitaldelikten beitragen sollten, in den kriminaltechnischen Labors des LKA leicht aus dem Blickfeld. Wenn man allerdings gute Beziehungen hatte … »Soll ich Arno anrufen?«, fragte sie. »Er könnte ein bisschen Dampf machen.«

Becker winkte genervt ab. »Lass uns doch erst mal klären, womit wir es überhaupt zu tun haben. Wahrscheinlich nur mit ein paar Jungs, die ordentlich gebechert und vielleicht einen Joint geraucht haben. Dann ist einer eingeschlafen, die anderen drei sind nach draußen gegangen, um dort weiterzusaufen.«

»Träum weiter, Jochen!« Rita wurde patzig. »Mit deiner Einstellung wärst du bei der Heilsarmee besser aufgehoben. Draußen gesoffen haben sie nicht. Sonst hätten Gertz und Tirtey heute Morgen leere Dosen gefunden. Drinnen liegen welche, ob sie bei Ausbruch des Feuers leer waren, wissen wir noch nicht. Verdammt noch mal, du hast Tirteys Bericht direkt vor dir. Ich habe vor nicht ganz einer Stunde mit ihr gesprochen. Der Junge hätte sich beinahe umgebracht, um seine Freunde aus der Hölle zu holen. Und die hauen einfach ab. Und wo sind die Hombergs? Warum haben sie nicht längst Anzeige erstattet?«

Becker blieb gelassen, er kannte sie ja, und völlig unrecht hatte sie nicht. Er hoffte jeden Abend, dass man bald einen geeigneten Nachfolger für Klinkhammer fand und ihn von diesem Joch befreite. Statt ihren Angriff zu parieren, sagte er: »Vielleicht warten sie erst mal ab in der Hoffnung, dass die Jungs nur eine Spritztour machen und bald zurückkommen. Großeltern neigen nicht dazu, ihre Enkel in die Bredouille zu bringen.«

Damit mochte er recht haben, musste Rita ihm zugestehen. Ihre Mutter war der lebende Beweis. »Und wo waren die Hombergs, als die Jungs das Vorzelt abgebrochen haben?«, fragte sie. »Warum haben sie nicht protestiert und den Aufbruch verhindert? Sitzen sie jetzt in den Dünen und warten auf den Sonnenuntergang, oder kochen sie im Vorzelt gerade ein Süppchen fürs Abendbrot?«

»Man kann vorübergehend in Pensionen oder Hotels unterkommen«, meldete Thomas Scholl sich noch einmal zu Wort.

»In der Hauptsaison?« Rita lachte spöttisch. »Versuch mal, um die Zeit an der niederländischen Küste ein Zimmer zu bekommen.«

»Vielleicht waren sie von Anfang an in einem Hotel oder einer Pension«, gab Becker preis, was ihm am Nachmittag durch den Kopf gegangen war. »Vielleicht haben sie die Jungs nur auf dem Platz abgesetzt, damit die ihren Spaß und sie ihre Ruhe haben.«

»Und damit die Jungs mobil bleiben und jederzeit abdampfen können, falls ihnen langweilig wird, haben sie den Zündschlüssel stecken lassen«, kommentierte Rita sarkastisch. »Meinst du nicht, verantwortungsbewusste Großeltern würden von Zeit zu Zeit nachsehen, ob die Jungs keinen Blödsinn machen? Meine Eltern würden täglich zweimal auf der Matte stehen und alle Welt rebellisch machen, wenn ihr Wohnmobil nicht mehr an dem Platz wäre, an dem Opa es abgestellt hat.«

Das Argument hatte etwas für sich. Aber zwischen heranwachsenden Jungs und Mädchen machte die ältere Generation vermutlich einen Unterschied und gewährte den Jungs einen breiteren Spielraum. Inzwischen mochten die Hombergs nachgesehen und ihre Tochter alarmiert haben.

Becker brachte endlich den Anruf aus Gelsenkirchen zur Sprache. »Womöglich ist Frau Steinbrecher unterwegs nach Holland. Die Kollegen waren zweimal an ihrer Tür.« Er fixierte Rita. »Was tut eine Mutter, wenn der Nachwuchs die gesteckten Grenzen überschreitet? Sie versucht erst mal, den Junior per Handy zur Räson zu bringen und zur Umkehr oder Heimkehr zu bewegen.«

Wenn der Filius nicht zu erreichen oder uneinsichtig war, machte die Mutter sich auf den Weg, um ihre Eltern abzuholen und mit ihnen die weiteren Schritte zu besprechen. Dass gegen Dennis Steinbrecher aus polizeilicher Sicht nichts vorlag, bewies nicht unbedingt, dass er noch nie über die Stränge geschlagen hatte. Vielleicht war er bisher nur noch nicht aufgefallen, aber seine Mutter hatte ihre Erfahrungen mit ihm gemacht.

Er erkannte es im selben Moment, in dem er es sah. Das Wohnmobil von Mamas Eltern. Damit waren sie früher in Urlaub gefahren, nur zu dritt. Mama und Lea hatten nie mitfahren können, weil Lea jeden Tag woanders hingebracht werden musste. Dass er Wasser kaufen wollte, wurde zur Nebensache. Vieles, das mit der Zeit in Vergessenheit geraten war, ergoss sich wie eine Flut von Bildern über ihn.

Wie er mit Opa Würstchen gegrillt und mit Oma Fußballbildchen in Sammelalben geklebt hatte. Opa hatte ihm Papierschiffchen und Piratenmützen gefaltet, und Oma hatte ihm abends vom kleinen David und dem Riesen Goliath erzählt. Seitdem kannte er die Geschichte, so lange war das schon her. Kein Wunder, dass er nicht mehr wusste, wie Piratenmützen gefaltet wurden.

Ihm fiel ein, dass hinter der Klappe neben dem Einstieg die Möbel fürs Vorzelt und der Grill verstaut waren und dass sich hinter der Tür zwei Stufen befanden, die er früher gerne als Sitzplatz genutzt hatte. Dafür musste die Tür natürlich offen sein. Jetzt war sie zu. Schade, sonst hätte er sich auf eine der Stufen setzen und auf Mamas Eltern warten können. Das wäre bequemer gewesen, aber auch aufdringlich, fand er. Aufdrängen wollte er sich nicht. Nur fragen, wo er Oma Luzies Mann finden könnte. Mamas Eltern mussten wissen, wie der Vater von Papa hieß und wo er wohnte. Wenn er sie höflich darum bat, fuhren sie ihn vielleicht hin.

Dass sie auch wussten, wo Papa war, schloss er aus. Papa hatte sich aus dem Staub gemacht, weil Oma ihn ins Gefängnis stecken lassen wollte. Das hatte er gehört in dem Jahr nach seinem siebten Geburtstag, in dem alles anders geworden war.

Er war das erste Jahr zur Schule gegangen und hatte abends oft nicht einschlafen können, weil Lea Geschichten von *Bibi und Tina* hörte. Und einmal hatte er gehört, wie Mama mit ihrer Mutter telefonierte und dabei laut wurde wie immer, wenn sie sich ärgerte.

»Bist du bescheuert, Mama?«, hatte sie gefragt. »Lea hat dir das doch nicht anvertraut, damit du es ausposaunst! Willst du Robin unbedingt ins Gefängnis bringen?«

Danach war Papa nicht mehr gekommen. Damals war es schlimm für ihn gewesen. Nun konnte er es nachvollziehen, weil er wusste, wie schrecklich es in einem Gefängnis zuging. Im Fernseher hatten sie einmal gezeigt, wie ein Gefangener einem anderen im Vorbeigehen einen angespitzten Löffel in den Hals gerammt hatte und einfach weitergegangen war. Und er tat jetzt nichts anderes als Papa, machte sich aus dem Staub, weil er nicht eingesperrt werden wollte. Da Mama nicht zu Staub zerfallen war, würde ihm bestimmt keiner glauben, dass sie ein Vampir gewesen war.

Nachdem er den schweren Stoffbeutel abgestellt und den Rucksack abgenommen hatte, ließ er sich im Schneidersitz auf dem heißen Asphalt vor dem Einstieg nieder. Immerhin saß er im Schatten. Dann überlegte er, wie er Mamas Eltern sein Auftauchen erklären sollte. Vermutlich würden sie ihm nicht so ohne Weiteres glauben, dass Mama weggeflogen war und ihn allein gelassen hatte.

Aber wenn sie nicht wussten, dass Lea zu ihrem Freund gezogen war, glaubten sie vielleicht, Mama hätte ihn mit Lea alleine gelassen. Vor Ostern hatte Mama das oft getan. Dann hatte Lea auf ihn aufpassen müssen, damit Mama draußen zu Atem kommen konnte. So hatte Mama das immer ausgedrückt, als hätte er ihr die Luft abgeschnürt.

Und vielleicht glaubten Mamas Eltern ihm auch, dass Lea ihn weggeschickt hatte, weil sie Mamas Abwesenheit nutzen wollte, um mit ihrem Freund alleine zu sein. Er könnte sagen, Lea hätte ihm den Weg zu dem anderen Großvater erklärt, aber er hätte sich verlaufen. Oder besser noch, Lea hätte ihm Geld für den Bus gegeben, und er hätte es verloren. Wenn er ihnen dann noch erklärte, dass er nur so lange bei Oma Luzies Mann bleiben wollte, bis Mama zurückkam … Blieb nur zu hoffen, dass sie nicht zur Wohnung fahren wollten, um Lea auszuschimpfen.

Dass sie anbieten würden, ihn mit in den Urlaub zu nehmen, zog er nicht in Betracht. Nachdem er in ihrem Garten einmal Feuer gemacht hatte, hatten sie ihn nicht mehr mitgenommen. Es hätte ein Lagerfeuer werden sollen, wie er eins im Fernseher gesehen hatte, wo alle drum herumsaßen und Lieder sangen. Aber dann war die alte Bretterbude abgebrannt, in der Oma den Rasenmäher untergestellt hatte.

Opa hatte gesagt, es sei überhaupt nicht tragisch, die Bude habe er sowieso bald abreißen wollen. Aber Oma hatte sich wegen des Rasenmähers aufgeregt und behauptet, er habe das mit Absicht gemacht. Er hatte mittags seinen Salat nicht essen wollen. Omas Salat konnte man nicht essen, der war furchtbar sauer, und sie machte immer scharfe Zwiebelringe rein. Das hatte er ihr gesagt. Zur Strafe hatte sie ihm den Nachtisch weggenommen und ihn dann als Brandstifter bezeichnet.

Die Erinnerung daran ließ ihn zweifeln, dass er von Oma Hilfe zu erwarten hätte. Opa ließ vielleicht eher mit sich verhandeln. Wenn er versprach, sich still an den Tisch zu setzen, nichts kaputt zu machen, überhaupt nichts anzufassen, und ihnen für den Rest seines Lebens dankbar zu sein. Und sollte er irgendwann zu viel Geld kommen, würde er ihnen den Rasenmäher ersetzen und ein hübsches Häuschen aus Holz für den Garten kaufen, wie er vor dem Baumarkt welche gesehen hatte. Dann hätte Oma etwas, worauf sie sich freuen könnte. Und wenn er dann nach dem Mann von Oma Luzie fragte …

Auf seine gute Absicht und den damit verbundenen Hoffnungsschimmer folgte eine Kette niederschmetternder Gedanken, die ihn erneut in Angst versetzten. Was tun, wenn sie ihn nicht erkannten, weil er heute anders aussah als der Junge, der ihre Bretterbude abgefackelt hatte? In einem Sichtfach außen am Rucksack steckte zwar ein Zettel mit seinem Namen und seiner Adresse. Aber im Rucksack war ein scharfes Messer. Wenn sie dachten, er wäre ein Räuber und hätte einem anderen den Rucksack abgenommen …

In der brütenden Hitze konnte er sich nicht entscheiden, ob er sofort wieder gehen oder es darauf ankommen lassen sollte. Blieb ihm noch Zeit wegzulaufen, wenn sie die Polizei riefen? Mit leerem Magen und einem Kopf, in dem zugedeckter Schmerz summte, konnte er nicht nachdenken. Vielleicht verhalfen ihm ein paar Löffel salziger Mehlpampe zu etwas Klarheit.

Er zog die Flasche mit der verstopften Tülle aus dem Beutel, schraubte sie auf und nahm den Löffel. Der war zu breit, um in den Flaschenhals eingeführt zu werden. Er musste den zähen Brei vorsichtig herausschütteln und darauf achten, nichts danebenzukippen. Es mochte ein Wunder sein, das ihn auf einem strapaziösen Weg zum Wohnmobil von Mamas Eltern geführt hatte. Aber bei all den offenen Fragen und Unabwägbarkeiten war Leichtsinn nicht angebracht. Vorsichtig und darauf konzentriert, nichts von seinem Reiseproviant neben den Löffel zu schütten, achtete er nicht auf die Umgebung, hörte nur Stimmen, Schritte und Motoren, wenn Autos ankamen oder abfuhren. Er schaute erst auf, als eine Frau dicht bei ihm fragte: »Was machst du hier?«

Unmittelbar vor ihm stand ein vollgepackter Einkaufswagen, in dem er zwei Sechserpacks mit großen Wasserflaschen, Konserven, Brot und vieles mehr ausmachte. Die Frau, die ihn angesprochen hatte, war älter als Lea, aber nicht so alt wie Mama und bestimmt nicht so alt, wie Oma inzwischen sein musste.

## *Freitag, 26. Juli*

Die Einwände, die Rita Voss bei der Besprechung am vergangenen Nachmittag vorgebracht hatte, veranlassten Jochen Becker am Freitagmorgen, doch mehr als nur zwei Leute einzusetzen. Aus Gelsenkirchen hatte er gestern nichts mehr gehört. Warum sollten die Kollegen dort sich auch ein Bein ausreißen? Sie waren nicht zuständig. Wenn schlampig oder nachlässig ermittelt und etwas übersehen wurde, wäre er verantwortlich, sonst keiner.

Solange der Aufenthaltsort von Walter und Kathi Homberg nicht bekannt war und man nicht wusste, von wem und warum das Wohnmobil von einem Campingplatz an der niederländischen Küste in die Aushubdeponie gesteuert worden und vollständig ausgebrannt war, sollte man sich besser nicht darauf verlassen, dass der Brandsachverständige die Arbeiten am Wrack penibel dokumentierte und sämtliche Spuren sicherte. Alles, was eventuell Aufschluss über das Geschehen geben konnte, musste an der jeweiligen Fundstelle abgelichtet und eingetütet werden.

Dafür war das KK 14 zuständig. So kam Heiko Gertz nach einem halben freien Donnerstag und sechs Stunden Schlaf in der Nacht doch noch zu der Aufgabe, die ihn reizte. Außerdem sollte nun auch ein Drogenspürhund zum Einsatz kommen. Falls Rita mit ihrer Vermutung, dass eine größere Menge Rauschgift transportiert worden sein könnte, nicht völlig danebenlag … Das wäre ein triftiger Grund gewesen, das Wohnmobil abzufackeln und Dennis Steinbrecher als unliebsamen Mitwisser seinem Schicksal zu überlassen.

Deshalb fuhr Thomas Scholl mit Heiko Gertz zum Sicherstellungsgelände und Rita Voss wieder alleine nach Bergheim, um Dennis Steinbrecher zu fragen, wo seine Großeltern sich aufhielten und warum er mit drei Freunden von der niederländischen Küste in den Rhein-Erft-Kreis gekommen war. Als Spritztour konnte man das kaum bezeichnen, für die Strecke brauchte man vier bis fünf Stunden. Wenn Drogen im Spiel gewesen waren, hatten die Jungs hier womöglich Abnehmer gehabt.

Niemand rechnete damit, dass sich aus Ritas zweitem Alleingang ermittlungsrelevante Probleme ergeben könnten. Sie hatte einen klaren Auftrag. Falls nötig, sollte sie die Ärztin bitten, Dennis Steinbrecher aus dem Dämmerschlaf zu holen. Und Jochen Becker sagte ausdrücklich *bitten* und nicht *Dampf machen*. Das war auch nicht nötig.

Der Junge war bereits wach, als Rita auf die Station kam. Darüber gerieten einige Ärgernisse in den Hintergrund. Die Ärztin war nicht zu sprechen, das Pflegepersonal wusste nichts vom Drogenscreening, im Labor wusste man davon auch nichts. Und in der Notaufnahme erinnerte sich keiner, was mit der angesengten Kleidung des Jungen passiert sein könnte. Einer Krankenschwester war lediglich der Zustand seiner Jeans im Gedächtnis geblieben.

»Die Hose sah aus, als hätte er sich in Glut gewälzt. Knie und Schienbeine hatten einiges abbekommen. Am schlimmsten war es hinten, überall Brandlöcher, als hätte er im Feuer gesessen.«

Das deckte sich mit der Beschreibung, die Rita von Jasmin Tirtey bekommen hatte. Sie ging zum Krankenzimmer, klopfte an, öffnete die Tür und fühlte, wie ihr augenblicklich der Schweiß aus allen Poren brach. In dem Zimmer war es so stickig, dass ihr die Luft wegblieb. Der Raum wurde von der Sonne vollständig ausgeleuchtet und tüchtig beheizt. Man hätte wenigstens die beiden Fenster öffnen können.

Der alte Mann lag genauso da wie gestern, als wäre er schon halb im Jenseits. Der Bodybuilder saß der Affenhitze zum Trotz im Bademantel auf der Bettkante. Bis zu Ritas Eintreten hatte er anscheinend in derselben Zeitschrift wie gestern geblättert, nun schaute er auf und grinste freundlich.

Es wäre ratsam gewesen, ebenso freundlich zu grinsen oder wenigstens guten Morgen zu wünschen. Aber als Ritas Blick auf den Jungen fiel, auf seine bis zu den Ellbogen bandagierten

Hände und das unangetastete Frühstückstablett neben seinem Bett, war ihr nicht mehr nach Freundlichkeit zumute. Sie hätte aus der schweißfeuchten Haut fahren mögen und schaltete von Ermittlung auf Opferschutz, was dazu führte, dass sie es behutsam anging und einen Fehler machte, der ihr nicht hätte passieren dürfen.

Sie sprach den Jungen nicht mit Namen an, und statt sich ihm korrekt vorzustellen und als Kriminalbeamtin auszuweisen, fragte sie: »Was ist denn das? Du hast noch nicht gefrühstückt? Kümmert sich hier keiner um dich?«

Er schaute sie verständnislos an, als hätte er nicht begriffen, dass sie mit ihm sprach. An seiner Stelle antwortete der Bademantelträger: »Pflegenotstand. Vor einer Dreiviertelstunde habe ich geklingelt, weil der Kleine anfing, sich im Bett zu wälzen. Sie sind die Erste, die seitdem reinschaut. Er kann nicht auf dem Rücken liegen, weil ihm der Hintern wehtut. Hat ja nicht mal eine Unterhose an, der arme Kerl, nur das OP-Hemd.«

Diese Hemden waren hinten offen, wie Rita wusste. Sie schenkte dem Bademantelträger nun doch ein Lächeln, von dem sie annahm, es sei freundlich. »Demnach ist er ansprechbar?«

»Logisch.« Der Mann grinste wieder, diesmal eher amüsiert und abwartend. »Das war er gestern Abend schon. So wie Sie unsere überforderte Annabell zusammengestaucht haben, wollte die wohl kein Risiko eingehen.« Gemeint war die Assistenzärztin, mit der Rita gestern gesprochen hatte, Annabell hieß die jedoch nicht.

»Der Kleine musste dafür büßen«, fuhr der Mann fort. »Hat gestern Abend auch eine Weile gejammert, weil er Hunger hatte. Er hatte den ganzen Tag gepennt und nichts in den Bauch bekommen. Abendessen war schon abgeräumt, als er zu sich kam, sonst hätte ich ihm ein Brot geschmiert. Es kam zwar ein Pfleger, zu futtern hat der arme Kerl aber nichts mehr bekommen, nur ein Pillchen und einen Schluck Wasser.«

»Da hätte ich an Ihrer Stelle heute aber meine Chance ergriffen und ihn gefüttert«, kommentierte Rita und wandte sich wieder dem Jungen zu. »Hat dich auch noch niemand trinken lassen?«

Er reagierte nicht, hielt die Augen auf ihr Gesicht gerichtet, als versuchte er zu ergründen, mit wem er es zu tun hatte.

»Er hat bis eben geschlafen«, teilte sein Sprachrohr mit. »Sonst hätte ich mich schon gekümmert. Obwohl man bei den Temperaturen froh ist, wenn man sich nicht unnötig bewegen muss.«

»Ich mach mal die Fenster auf«, entschied Rita.

»Damit noch mehr Hitze reinkommt?«, protestierte der Mann.

»Die ist doch längst drin«, erwiderte Rita ungerührt. »Was fehlt, ist frische Luft.« Damit brachte sie beide Fenster in Kippstellung, kehrte zurück zum mittleren Bett und nahm sich einen der Stühle vom Besuchertisch gegenüber. Sie setzte sich zwischen den Jungen und den Alten und nahm die Kanne vom Frühstückstablett. Der Inhalt war kalt und roch nach Tee.

Während sie die Tasse füllte, erkundigte sie sich: »Geht das so, oder soll ich deinen Kopf stützen? Ich möchte dir nicht wehtun.«

»Geht schon.« Seine Stimme war noch kratzig vom Rauch.

In dem OP-Kittel, mit den frischen Verbänden an Händen und Unterarmen, dem bandagierten Kopf und den Wundauflagen auf Stirn, Wangen, Nase und Kinn machte er nicht den Eindruck eines Rabauken, der seine Großeltern freiwillig in Holland zurückgelassen hatte, um mit drei Freunden ungestört eine Sause zu veranstalten. Wie er da lag, schien er prädestiniert für die Rolle des überrumpelten Mittäters. Einer, der nur Mittel zum Zweck gewesen war, weil er gerne dazugehören wollte.

Normalerweise ließ Rita sich von Äußerlichkeiten nicht dazu verleiten, auf bösartig oder harmlos zu schließen. Das tat sie auch diesmal nicht, sie fand nur die Bezeichnungen passend. *Der arme Kerl. Der Kleine.* Dabei war der Junge nicht klein. Unter dem dünnen Laken, mit dem er bis zur Taille zugedeckt war, ließ sich seine Größe schlecht schätzen, weil er halb auf der Seite lag und die Beine leicht angezogen hatte. Aber ein gutes Stück größer als sie war er allemal. Wobei Rita mit einem Meter sechzig von Straftätern fälschlicherweise oft als zu klein eingeschätzt wurde.

Der Junge versuchte sich weiter auf die Seite zu drehen und auf einem Ellbogen abzustützen, schaffte es aber nicht, den Oberkörper so weit hochzustemmen, dass sie ihm die Tasse an die Lippen halten konnte.

»Stellen Sie ihm doch das Kopfteil höher«, riet der Bademantelträger, stand auf und tat es selbst. Dabei zwinkerte er dem Jungen zu. »Sag Bescheid, wenn du es nicht länger aushältst. Dann mach ich's wieder runter.«

Der Junge nickte und trank in hastigen Schlucken. Der Bademantelträger setzte sich wieder auf seine Bettkante und verfolgte aufmerksam, wie es weiterging.

»Möchtest du auch etwas essen?«, fragte Rita.

Der Junge nickte erneut.

»In einer guten Stunde gibt es schon Mittag«, ließ sich sein Nachbar vernehmen. »Damit sind die hier immer früh dran.«

»In seinem Alter schafft man locker zwei Portionen hintereinander«, erwiderte Rita. »Vor allem, wenn man vorher hungern musste.« Und wieder an den Jungen gewandt: »Wie alt bist du?«

»Fünfzehn«, krächzte er.

Da hatte die Nachbarin der Hombergs doch gut geschätzt, fand Rita, er lag altersmäßig in der Mitte.

»So jung und schon ein Held«, ging sie in ihren Arbeitsmodus über. Gleichzeitig machte sie sich daran, halb geschmolzene Margarine und Streichkäse auf einer angetrockneten Brotscheibe zu verteilen. »Man hat mir berichtet, wie tapfer du in der Nacht um deine Freunde gekämpft hast.«

Augenblicklich kam Leben in die magere Gestalt, sogar in der rauchgeschädigten Stimme schwang etwas Elan mit. »Haben Sie meine Freunde gefunden? Waren sie noch da?«

»Nein«, sagte Rita und fragte sich, ob er wirklich davon ausging, die drei hätten in der Deponie oder dem umliegenden Wald gewartet, bis die Polizei sie aufspürte. »Wir suchen nach ihnen.«

Die Enttäuschung ließ seinen Körper erschlaffen. Er senkte den Kopf, damit sie nicht sah, dass ihm die Tränen kamen. Nach zwei-, dreimal blinzeln schaute er sie mit wässrig schimmernden Augen wieder an. »Darf ich ein Glas Wasser haben, bitte?«

Ein Glas und eine Flasche Mineralwasser standen hinter dem Frühstückstablett. Rita füllte das Glas. *Darf ich*, zuckte es in ihrem Hirn nach, und *bitte*. Wann hatte sie diese Worte zuletzt von ihrer Tochter gehört?

Der Junge trank das Glas leer bis auf den letzten Tropfen. Nachdem Rita es zurück auf den Nachttisch gestellt hatte, zerteilte sie die Brotscheibe in mundgerechte Happen und hielt ihm den ersten hin. Willig öffnete er den Mund, kaute hastig und schluckte den Bissen, während sie die Tasse mit dem Rest Tee aus der Kanne füllte. Anschließend wollte sie die Fragen abarbeiten, die Becker ihr mit auf den Weg gegeben hatte. Aber es reichte eine, um zu klären, dass Jochen Becker mit seiner Theorie auf dem Holzweg war.

## *Drei Freunde*

Walter und Kathi Homberg hatten sich nirgendwo einquartiert und ihr Wohnmobil dem Enkel und dessen Freunden überlassen. Zumindest schüttelte der Junge zu dieser Frage den Kopf. »Wo waren deine Großeltern denn, als es gebrannt hat?«, fragte Rita.

»Das weiß ich nicht. Als wir mit den Einkäufen losgefahren sind, haben sie im Waldcafé gewartet.«

Waldcafé? An der niederländischen Küste? Na ja, warum sollte es dort kein Waldcafé geben? Bekannte hatten nach einem Hollandurlaub wiederholt von einem direkt am Strand gelegenen Restaurant geschwärmt, das *Oase* hieß. Einkaufsmöglichkeiten für Camper gab es garantiert auch.

»Wollten sie nicht mit euch einkaufen?«

»Es war ihnen zu heiß.«

Das war nachvollziehbar. Rita dachte an die Getränkedosen und Scholls Vermutung zum Inhalt. Da hatte sich den vier Knaben doch eine günstige Gelegenheit geboten, nach ihrem Geschmack einzukaufen und abzudüsen, während die älteren Herrschaften Kaffee und Kuchen genossen. Rita ließ ihn den restlichen Tee trinken und erkundigte sich in beiläufigem Ton: »Und wer von euch hatte die Idee, deine Großeltern im Waldcafé sitzen zu lassen?«

Er schaute sie an, als wüsste er nicht, was er antworten sollte. Vielleicht war sie zu direkt gewesen. In der Dienststelle wäre sie anders vorgegangen. Aber in einem überhitzten Krankenzimmer … Von den beiden Fenstern in Kippstellung merkte vielleicht der schlafende Greis etwas. Am Bett des Jungen war die Luft unverändert zum Schneiden dick. Hinzu kam die Gewissheit, dass der Typ im Bademantel seine Lauscher weit aufsperrte.

Als nach etlichen Sekunden noch keine Erklärung, Entschuldigung oder Beschuldigung eines abgedampften Freundes gekommen war, probierte Rita es anders. »Machst du gerne Urlaub mit deinen Großeltern?«

»Früher haben sie mich immer mitgenommen.«

Nach den Auskünften aus Gelsenkirchen später ja wohl auch noch. Und damit war auch diese Frage nicht beantwortet. Es bestätigte nur ihre Ansicht, dass es einem Fünfzehnjährigen keinen Spaß mehr machte, wochenlang mit Oma und Opa auf einem Campingplatz herumzuhängen.

»Aber mit Freunden macht ein Urlaub mehr Spaß, oder?«, begab Rita sich in den Bereich der Suggestivfragen, von denen Anwälte gerne behaupten, ihren Mandanten seien die Worte in den Mund gelegt worden. »Es müssen nur die richtigen Freunde sein, die mit den guten Ideen, auf die man selbst nicht kommt oder die man sich allein nicht umzusetzen traut.«

»Ich hatte nie richtige Freunde«, sagte der Junge und äugte zum Teller mit den Brotstücken.

Füttern nicht vergessen, dachte Rita und schob ihm den nächsten Happen zwischen die Lippen. »Hast du die drei im Urlaub kennengelernt?«

Er kaute wieder so hastig wie ein Ausgehungerter, schluckte und erklärte: »Nein, die hatte ich schon lange.«

Ein ziemlicher Widerspruch, fand Rita. War ihm das nicht bewusst? »Aber sie waren keine richtigen Freunde«, stellte sie fest. »Haben sie dich zu etwas überredet, was du nicht tun wolltest? Wollten sie etwas kaufen, womit du nicht einverstanden warst?«

Wieder ließ er sich Zeit, als müsste er die Fragen zuerst in ihre Einzelteile gliedern, über jeden Teil gesondert nachdenken und sich eine Antwort zurechtlegen. Schließlich sagte er: »Sie haben nur aufgepasst.«

In Ritas Ohren klang das nach Schmiere stehen. »Und was hast du gemacht?«, fragte sie, bekam auch darauf keine Antwort, nur einen Blick, der Schlimmes befürchten ließ. »Hast du das Wohnmobil ohne Erlaubnis deiner Großeltern genommen?«

»Ich habe Opa und Oma doch gar nicht gesehen.«

Das hielt Rita für eine glatte Lüge, obwohl eine Verständnislosigkeit mitschwang, als müsste ihr das bekannt sein. Sie gab es nicht gerne zu, nicht einmal vor sich selbst, es passierte ihr auch äußerst selten, dass in ihrem Innern die Ampel auf Rot sprang. Bei Verhören und Befragungen war sie auf Körperhaltung, Gestik, Tonfall und Mimik gleichermaßen angewiesen. Hier gab es nur gleichbleibend kratzigen Ton. Es verunsicherte sie, gab ihr das Gefühl, dass mit dem Jungen etwas nicht stimmte, was über eine dummdreiste Lüge weit hinausging. Sie ignorierte das innere Haltesignal und entschloss sich, auf den Punkt zu kommen.

»Wo sind deine Großeltern jetzt?«

»Das weiß ich nicht.«

»Weißt du, was ich glaube?« Die Antwort gab Rita sich selbst und jagte ihm damit einen gehörigen Schrecken ein. »Dass deine Großeltern deine Mutter angerufen haben, nachdem ihr abgehauen wart. Dass deine Mutter losgefahren ist, um die beiden abzuholen. Und jetzt machen sich alle Sorgen um dich, weil sie inzwischen wissen, was passiert ist.«

Dass Mama ihre Eltern angerufen hatte und irgendwohin gefahren war, konnte er ausschließen, den Rest nicht. Wenn Oma versucht hatte, Mama anzurufen, wenn sie zur Wohnung gefahren waren, weil Mama nicht ans Telefon ging, wenn sie Mama gefunden hatten …

Dass in seinem Blick nackte Panik aufflackerte, entging Rita nicht. Sie wähnte sich auf der richtigen Fährte. »Wahrscheinlich sind deine Großeltern unendlich traurig, weil ihr Vertrauen derart missbraucht wurde und ihnen solch ein Schaden entstanden ist. Weißt du, was ein Wohnmobil kostet? Und ihr fackelt es ab. Warum? Wie ist das passiert?«

»Das weiß ich nicht.«

»Habt ihr Kerzen oder Petroleumlampen angezündet?«

»Nein.«

»Ach komm, erzähl mir keine Märchen«, verlangte Rita ungehalten. »Da draußen gab es keinen Strom. Du willst mir doch nicht weismachen, ihr hättet im Dunkeln hantiert.«

»Nein«, sagte er wieder, was nicht mehr hieß, als dass er ihr nichts weismachen wollte.

»Habt ihr getrunken?«

»Nur ich. Eine Limo.«

»Deine Freunde haben nichts getrunken bei der Hitze?«

»Nein, die trinken nie.«

»Das glaubst du morgen selber noch«, wies Rita ihn zurecht. »Habt ihr etwas geraucht, Gras oder ein Pfeifchen Crack?«

»Gras kann man doch nicht rauchen«, belehrte er sie. »Ich habe noch nie geraucht. Davon wird man krank.«

»Kluges Kerlchen«, sagte Rita sarkastisch, ohne zu ahnen, welchen wunden Punkt in seinem Innern sie damit berührte. »Und deine Freunde rauchen natürlich auch nicht.«

Er schüttelte den Kopf. Die Panik wich aus seinem Blick, jetzt schaute er so verunsichert drein, wie sie sich fühlte. Aber bei ihr klang es bereits ab. Er war offenbar einer von den raffinierten, machte auf hilflos und log das Blaue vom Himmel herunter.

Rita blieb beim Thema Drogen. »Habt ihr etwas geschnupft, gespritzt oder eingeworfen?«

Für Kokain war er eigentlich zu jung. Wie ein Junkie wirkte er auch nicht. Blieben Pillen, Ecstasy in allen möglichen Variationen und was die Jugend sich sonst noch für Teufelszeug einverleibte.

»Ich habe noch nie etwas eingeworfen«, protestierte er. »Ich habe nur mal eine Vase umgestoßen, die ist zerbrochen. Bei einem Doktor war ich schon lange nicht mehr. Und Schnupfen hatte ich zuletzt im Winter.«

Ritas ohnehin nicht allzu belastbarer Geduldsfaden riss. Der nahm sie doch auf den Arm! Ihre Tochter probierte das auch regelmäßig. Jetzt, wo er merkte, dass er bis zum Hals in Schwierigkeiten steckte, machte er einen auf geistig minderbemittelt. Wenn er tatsächlich nicht verstanden haben sollte, wonach sie gefragt hatte, musste er hinter dem Mond aufgewachsen sein. Sie schaltete in der Tonlage auf schärfere Befragung, um ihm klarzumachen, dass sie sich nicht für dumm verkaufen ließ. »Wie heißen deine Freunde?«

»Johnny Depp, Kolchani und Shrek.« Es klang nach Spitznamen, nicht ungewöhnlich unter Jugendlichen.

»Und ihr seid alle höfliche und wohlerzogene Jungs. Ihr raucht nicht, trinkt keinen Alkohol, nehmt keine Drogen und geht älteren Leuten nicht auf den Senkel. Sonst hätten deine Großeltern euch auch nicht alle vier mitgenommen, oder? Ihr wolltet mit den Einkäufen zum Waldcafé, um Oma und Opa abzuholen. Dann habt ihr euch leider verfahren, seid stundenlang in der Gegend herumgeirrt, habt völlig die Orientierung verloren. Und ich halte jede Wette, du weißt nicht, wie das passieren konnte.«

Während sie sprach, hatte sie den Eindruck, er versuche die Stirn zu runzeln, woran die Wundauflage ihn hinderte. Sein Blick spiegelte weiter Verunsicherung. Oder Furcht? Rita war nicht ganz sicher und behielt den scharfen Ton bei.

»Wer ist gefahren, Kolchani, Johnny oder Schreck?« So hatte Shrek für sie geklungen. Den tollkühnen Helden aus dem computeranimierten Kinofilm von 2001 kannte sie nicht. Dass der Junge gefahren sein könnte, zog sie aus unerfindlichen Gründen nicht in Betracht, obwohl es naheliegend gewesen wäre. Hätte ja sein können, dass Opa ihn vorher mal ans Steuer gelassen hatte. Das hatte ihr Vater mit ihrer Tochter auch schon praktiziert.

»Die konnten doch keine richtigen Autos fahren«, sagte der Junge noch. Dann begann er unvermittelt heftig zu weinen und stammelte: »Den grünen Shrek hat mir der Engel geschenkt, der manchmal kam, wenn das Monster Goliath mit Steinen bespuckte. Kolchani war bei der Feuerwache von Playmobil, die Oma Luzie mir geschenkt hat, als ich vier Jahre alt geworden bin. Das Piratenschiff habe ich von Papa bekommen, Johnny Depp war der Kapitän. Mama hat das Schiff und die Wache verkauft, als wir kein Geld mehr hatten. Dass ich Kolchani und Johnny Depp behalten habe, hat sie nicht gemerkt. Ich habe die beiden immer versteckt.«

Und um nichts in der Welt hätte er seine Freunde ohne Not irgendwo zurückgelassen. Sie waren ihm so manche Stunde Trost und Halt gewesen. Wie oft war er eingeschlafen mit dem grünen Shrek in einer Hand? Wie oft hatte der Feuerwehrmann Kolchani auf dem Stuhl neben seinem Bett Wache gestanden? Wie oft war der Piratenkapitän Johnny Depp mit ihm ins Reich der Träume gesegelt?

»Ich hatte sie zwischen die Socken und das T-Shirt in den Rucksack gesteckt«, schluchzte er. »Den hat sie nach hinten gebracht. Da war überall Feuer, ich bin nicht mehr rangekommen. Ich habe es zweimal versucht, ehrlich. Aber ich hatte nicht gesehen, wo sie meine Sachen hingestellt hatte.«

Rita brauchte etwas Zeit, um den Adrenalinstoß wegzustecken, der ihr bei seinem Ausbruch durch die Adern gerauscht war und in ihrer Brust ein Stakkato ausgelöst hatte. So deutlich hatte sie ihr Herz seit Ewigkeiten nicht mehr gespürt. Seine geschluchzten Auskünfte mit den ihr bekannten Fakten abzugleichen ging etwas schneller. Frau Homberg hieß Kathi, die Ehe der Tochter war gescheitert. Oma Luzie musste die Großmutter väterlicherseits sein.

Statt sofort nachzuhaken, wer seine Sachen nach hinten gebracht hatte, bat Rita den Mann im Bademantel: »Sind Sie so nett und kümmern sich um ihn. Ich muss kurz telefonieren und möchte ihn jetzt nicht ruhigstellen lassen.«

So heftig, wie der Junge weinte, hätte sie in den nächsten Minuten ohnehin kein verständliches Wort aus ihm herausgebracht. Sollte er sich erst mal beruhigen. Die Zeit wollte sie nutzen, um Jochen Becker zu informieren. Wenn Dennis Steinbrecher soeben keine Wahnsinnsshow abgezogen hatte, hatte womöglich ein Engel das Wohnmobil in die Deponie gesteuert. Kolchani, Johnny Depp oder Schreck waren das mit Sicherheit nicht gewesen. Wie nahe sie mit ihrer sarkastischen Schlussfolgerung den Tatsachen kam, hätte Rita sich nicht träumen lassen.

## *Vor dem Feuer*

Die Frau mit dem vollgepackten Einkaufswagen trug Flipflops, Shorts und ein weißes Top. Er bedauerte, nicht ebenfalls Shorts angezogen zu haben. In der Jeans schwitzte er seit Stunden derart, dass sie sich feucht anfühlte. Sandalen besaß er nicht, aber eine Shorts. Sie gehörte zu den Sportsachen für die Schule, deshalb hatte er nicht daran gedacht, sie zu nehmen.

In gereiztem Ton wiederholte die Frau ihre Frage. Als er ihr wieder nicht antwortete, erkundigte sie sich unwillig: »Bist du taub oder was? Ich habe dich gefragt, was du hier machst!«

»Ich warte auf meine Großeltern«, gab er Auskunft.

»Dann warte gefälligst woanders«, verlangte sie ärgerlich. »Du sitzt genau vor der Tür. Ich muss einladen.«

»In das Wohnmobil von meinem Opa?«, fragte er verblüfft.

Etwas in ihrer Miene veränderte sich. Er sah die Bewegung ihrer Kehle, als sie schluckte, hätte aber nicht sagen können, ob sie noch ärgerlicher wurde oder irritiert war. Sie musterte ihn nachdenklich, seinen Rucksack, den Stoffbeutel, die Trinkflasche. Dann wollte sie wissen: »Dieses Wohnmobil gehört deinem Großvater?«

»Ja, schon lange«, sagte er. »Sie haben mich immer mitgenommen, wenn Ferien waren und Mama keine Zeit für mich hatte.«

Sie lachte, klang aber auch dabei ein bisschen verärgert. »Das nenne ich mal eine gelungene Überraschung. Ich bin Manon David. Deine Großeltern sitzen im Waldcafé, ihnen war es zu heiß zum Einkaufen.« Sie schüttelte den Kopf, als könnte sie es nicht fassen. »Alte Leute und ihr Gedächtnis, ein Sieb ist nichts dagegen. Die schicken mich mit einer ellenlangen Liste hierher, aber keiner sagt mir, dass du hier wartest. Entschuldige, dass ich dich nicht erkannt habe. Deine Großmutter hat mir ein Foto gezeigt, darauf sahst du ein bisschen anders aus.«

Das glaubte er ihr aufs Wort. Auf dem Foto, das Oma ihr gezeigt hatte, musste er acht oder neun Jahre jünger gewesen sein. Nachdem die Bretterbude abgebrannt war, hatte ihn keiner mehr fotografiert. Auch den Rest zog er nicht in Zweifel. Mamas Eltern hatten früher regelmäßig mit fremden Mädchen Urlaub gemacht.

Er erinnerte sich an ein Kind aus Russland, wo ein Atomreaktor explodiert war. Das Mädchen damals war in Leas Alter gewesen. Dass sie nun mit einer erwachsenen Frau verreisten, erklärte sich für ihn mit ihrem Alter und ihrer angeschlagenen Gesundheit. Oma hatte schon früher Probleme mit dem Herzen gehabt und Opa viel zu hohen Blutdruck. Wenn das mit den Jahren schlimmer geworden war, war es vernünftig, wenn sie eine Frau mitnahmen, die das Wohnmobil fahren und für sie einkaufen konnte.

Manon öffnete die Fahrertür und fragte: »Willst du hinten einsteigen oder vorne mitfahren?«

»Vorne, wenn ich darf«, sagte er und stand vom Boden auf.

»Du darfst bis zum Waldcafé. Dann soll dein Großvater entscheiden. Steig ein. Der Rucksack und die Tasche müssen nach hinten. Gib her, ich mach das. Aber mach zuerst die Flasche zu, sonst gibt es eine Schweinerei und Ärger mit Opa. Was ist das überhaupt?«

Er sagte es ihr, und sie verzog angeekelt ihr Gesicht. »Pfui.«

Ihre Miene unterstrich das Wort zweimal. »Wie kannst du das essen?«

»Das Wasser habe ich schon getrunken«, erklärte er.

Daraufhin zog sie eine Limonadendose aus dem Einkaufswagen. »Trink das, es schmeckt besser.«

Während er einstieg und durchrutschte auf den Beifahrersitz, lud sie ein. Und während sie den Einkaufswagen zurück zum Eingang brachte, trank er in langen Schlucken kühle Limonade und konnte sein Glück kaum fassen, so unverhofft einen Menschen getroffen zu haben, der von ihm wusste und ihn nicht wegschickte.

Als Manon hinter ihm die Einkäufe verstaute, reichte sie ihm noch einen großen Becher Joghurt mit Kirschen nach vorne. Geöffnet hatte sie ihn bereits und einen Löffel hineingesteckt, damit er beim Abreißen des Deckels nicht kleckerte.

»Das schmeckt bestimmt auch besser als dein Proviant«, sagte sie. Und als sie losfuhren, kündigte sie ihm fürs Abendessen Brot und Käse an. »Magst du Käse?«

Ja, am liebsten den festen mit der klebrigen Rinde. Die Frau von der Tafel hatte immer nur Frischkäse und Quark gebracht. Richtigen Käse hatte er schon lange keinen mehr gegessen. Da lief ihm vor lauter Vorfreude das Wasser im Mund zusammen, obwohl er ja eigentlich nicht lange bleiben, nur zu Oma Luzies Mann gebracht werden wollte. Aber darum konnte er auch nach dem Abendessen bitten, falls ihn bis dahin keiner weggeschickt hatte.

Manon erkundigte sich nach seinen Eltern und seiner Schwester und wollte wissen, wie er zum Parkplatz gekommen war. All ihre Fragen wahrheitsgemäß zu beantworten war ihm nicht möglich. Was Mama anging, hielt er sich an die Empfehlung des Zauberers, verlegte ihren Abflug in den frühen Morgen und dichtete ihr großes Vertrauen in seine Fähigkeit an, mit dem Bus zu fahren und den Weg zum Parkplatz alleine zu finden.

Dass Papa sich vor acht Jahren aus dem Staub gemacht hatte, wusste Manon noch nicht, es wunderte sie aber kein bisschen.

»Und dich hat die feige Sau bei deiner Mutter gelassen«, stellte sie fest. »Etwas anderes war von dem auch nicht zu erwarten.«

Dass sie Papa als feige Sau bezeichnete, gefiel ihm nicht. Aber seinen Vater zu verteidigen … Im Wohnmobil von Mamas Eltern, wo Oma Papa damals ins Gefängnis hatte bringen wollen, da war er lieber vorsichtig, löffelte den Joghurt und passte auf, dass nichts auf den Sitz tropfte. Er wollte seine Großeltern nicht verärgern. Dann hätten sie ihn bestimmt nirgendwohin gebracht.

Vor allem wollte er nicht, dass Manon Ärger bekam, weil sie ihn mitbrachte. Dass nicht sein konnte, was sie glaubte, wurde ihm schon nach kurzer Fahrt klar. Dass Oma und Opa sie alleine zum Einkaufen losgeschickt hatten, hielt er für zutreffend, das mit einem älteren Foto von ihm ebenso. Aber woher hätten sie wissen sollen, dass er unterwegs war und noch Wasser kaufen wollte?

## *Die Wende*

Etwa eine Stunde bevor Rita Voss in Bergheim das Krankenhaus verließ, um Jochen Becker anzurufen, hatte sich in Gelsenkirchen die Tochter der Hombergs bei der Polizei gemeldet. Mit vollem Namen hieß sie Judith Steinbrecher, verdiente den Lebensunterhalt für sich und ihren Sohn mit drei Jobs. Urlaub konnte sie sich nicht leisten. Am Vormittag arbeitete sie in einer Großküche, die mehrere Kantinen belieferte, nachmittags saß sie an der Kasse in einem Getränkemarkt, und abends putzte sie in einer Rechtsanwaltskanzlei. Ihren Briefkasten kontrollierte sie nicht täglich, weil meist nur Werbung eingeworfen wurde.

Der am vergangenen Nachmittag in den Postkasten gesteckte Zettel hatte sich an einen in Plastik verschweißten Werbeprospekt geheftet, dem Judith Steinbrecher am gestrigen Abend keine Beachtung geschenkt hatte. Auf dem Weg zur ersten Arbeitsstelle am frühen Morgen hatte sie beides aus dem Kasten gezogen.

Ohne den Prospekt hätte man noch länger darauf warten können, dass sie sich erkundigte, was die Polizei von ihr wollte.

In der vollbesetzten Straßenbahn auf dem Weg zur Großküche mochte sie nicht nachfragen, hielt es auch nicht für dringend. Manchmal wurden Zeugen für eine Schlägerei in der Nachbarschaft gesucht. Da hätte sie ohnehin keine Auskünfte geben können, weil sie sich wie andere Bewohner des Hauses, die noch etwas auf sich hielten, um nichts und niemanden kümmerte.

In der Großküche kam sie nicht so bald dazu und hatte es fast schon wieder vergessen, als eine Kollegin laut überlegte, ob es wohl etwas brachte, eine Belästigung bei der Polizei anzuzeigen. Beim Stichwort Polizei ging Judith Steinbrecher kurz nach draußen, um zu telefonieren. Zu hören, dass ein auf ihren Vater zugelassenes Fahrzeug ausgebrannt sein und ihr Sohn mit Verbrennungen in einem Krankenhaus liegen sollte, jagte ihr einen gehörigen Schrecken ein.

Sie wusste nichts anderes, als dass Dennis – er war fast siebzehn, hatte die Schule im vergangenen Jahr abgeschlossen, aber noch keinen Ausbildungsplatz gefunden – am Freitag mit zwei Freunden ins Sauerland gefahren war, um dort beim Aufbau einer Ferienfreizeit für jüngere Kinder zu helfen. Das zumindest hatte er ihr erzählt.

Bei aller Liebe, noch mal mit den Großeltern nach Holland hatte Dennis partout nicht fahren wollen. Keine Lust, zwischen alten Leuten auf dem Campingplatz zu versauern oder beim Muschelsuchen am Strand durchzudrehen, was diesmal garantiert passieren würde, hatte er prophezeit. Und zwingen konnte man einen fast Siebzehnjährigen nicht mehr. Deshalb waren ihre Eltern schon Ende Juni aufgebrochen.

Da nur von einem Fahrzeug die Rede war, ihr Vater auch einen Pkw besaß und sämtliche Schlüssel griffbereit an einem Wandbord im Flur ihrer Eltern hingen, nahm Judith an, ihr Sohn habe sie belogen, sich das Auto ihres Vaters geholt und Scheiße gebaut. Den Schlüssel zur Wohnung ihrer Eltern hätte er aus ihrem Schrank nehmen und zurücklegen können, ohne dass es aufgefallen wäre.

Natürlich rief sie Dennis sofort an. Mit ihm war alles in bester Ordnung. Die Geräuschkulisse im Hintergrund überzeugte sie, dass er tatsächlich beim Aufbau eines Zeltlagers half. Ihre Eltern konnte sie nicht erreichen. Das Handy ihres Vaters war nicht in Betrieb, was noch nichts heißen musste. Wenn sie am Strand waren, hatte er es wahrscheinlich nicht dabei. Ihre Mutter besaß keins. Aber vielleicht waren sie auch irgendwo, wo sie keinen Empfang hatten.

Vor der Abreise hatte Kathi Homberg erklärt, dass sie wahrscheinlich nicht lange in Holland bleiben würden. In Frankreich und Spanien gebe es sehr schöne Plätze, etwas teurer, aber da Dennis nicht mitwolle, könne man sich das leisten. Es war sogar die Rede von einer Fotosafari in Namibia gewesen. Das Wohnmobil könne man in Frankreich oder Spanien stehen lassen, rüberfliegen und in Namibia ein Fahrzeug mieten.

Von der Polizei bekam Judith Steinbrecher bei einem weiteren Anruf keine genaueren Auskünfte. Es sei nur von ihrem Sohn und dessen Freunden die Rede gewesen, hieß es. Über den Verbleib ihrer Eltern sei nichts bekannt.

Bis dahin hatte Judith sich keine Gedanken gemacht, dass ihre Eltern seit der inzwischen fast vier Wochen zurückliegenden Abreise nichts von sich hatten hören lassen. Zum einen wusste ihr Vater, dass sie bei drei Arbeitsstellen kaum die Zeit hatte, sich fröhliche Urlaubsberichte anzuhören. Zum anderen hatte es mächtig Knatsch gegeben, weil Dennis nicht mitwollte. Kathi Homberg war schnell eingeschnappt und ein Sturkopf, der nichts vergaß und nie verzieh.

Aber wenn das Wohnmobil ausgebrannt war, wie die Polizei behauptete, hätte ihr Vater sie bestimmt angerufen und Bescheid gesagt, meinte Judith. Es sei denn, das Fahrzeug wäre in Frankreich oder Spanien gestohlen worden und ihre Eltern tatsächlich auf Fotosafari und noch vollkommen ahnungslos. Bis dahin hatte Judith angenommen, ihre Mutter habe die Safari nur ins Spiel gebracht, um Dennis mit einer Abenteuerreise umzustimmen.

Sie sagte in der Großküche Bescheid, dass sie in einer familiären Angelegenheit dringend wegmüsse, und erschien kurz darauf persönlich auf der Wache. Dort sprach sie mit dem Polizeioberkommissar, der tags zuvor von Rita Voss kontaktiert worden war und sich bei Jochen Becker über die *Schnepfe* beschwert hatte. Er war mit der Sache vertraut, hatte gestern auch noch mal einen Wagen zur Nachbarin der Hombergs geschickt. Aber dabei war nicht mehr herausgekommen als bei der ersten Tour. Deshalb hatte er Becker nicht zurückgerufen. Nun hörte er sich an, was Judith Steinbrecher über die Pläne ihrer Eltern und den derzeitigen Aufenthaltsort ihres Sohnes wusste. Die genaue Lage des Campingplatzes an der niederländischen Küste kannte sie nicht, musste noch einmal ihren Sohn anrufen. Danach wurde die Kripo informiert.

## *Der Junge*

»Kommt Zeit, kommt Rat«, hatte der Zauberer einmal gesagt. Er war nicht der Zauberer, ihm kam nur Zeit abhanden, jetzt schon wieder. Zwei Tage, sagte der Mann im Bademantel, der ihm die restlichen Brotstücke zwischen die Lippen schob und ihn Wasser trinken ließ, nachdem er aufgehört hatte zu weinen.

Mit den zwei Tagen waren gestern und heute gemeint. So lange lag er schon mit zwei fremden Männern in einem Krankenzimmer. Mitbekommen hatte er davon nicht viel, die meiste Zeit verschlafen, was wohl besser gewesen war. Sonst hätte er schon gestern schreckliche Angst bekommen.

Wie viele Tage er vor seiner Einlieferung verloren hatte, wusste der Mann im Bademantel natürlich nicht. Dafür wusste er, dass die Frau, die ihn wie Oma Luzie ein kluges Kerlchen genannt, nach seinen Großeltern, dem Wohnmobil und seinen Freunden gefragt hatte, von der Polizei war.

Dass sie sich ihm nicht vorgestellt und als Polizistin ausgewiesen hatte, hielt der Mann für einen fiesen Trick. Er sah das genauso. Manche Leute dachten, mit ihm könnten sie das machen, ihm etwas erzählen, was nicht stimmte, oder etwas verschweigen, was er unbedingt hätte wissen müssen, um nichts falsch zu machen.

Rita Voss hätte besser daran getan, ihren Anruf bei Jochen Becker zu verschieben und sich selbst darum zu bemühen, den weinenden Jungen zu beruhigen. Den Mann im Bademantel damit zu beauftragen war ein Fehler.

Er hieß Hans Werner Dederich und war der Schwiegersohn von Rudolf Grovian, der vor dem von Rita hochgeschätzten Arno Klinkhammer lange Zeit das KK 11 geleitet hatte. Und wie Rita Voss an diesem Freitag hatte auch Rudolf Grovian einmal unter falschen Voraussetzungen ein Verhör begonnen und ein Fiasko erlebt. Sein Schwiegersohn war mit den Einzelheiten vertraut.

Hans Werner Dederich war Elektrotechniker mit eigenem Betrieb, in dem er fünf Mitarbeiter beschäftigte. Ein bodenständiger Typ mit Verstand und einem gesunden Gerechtigkeitsempfinden. Mit Rudi, wie Grovian im Familien- und Freundeskreis genannt wurde, verstand er sich ausgezeichnet. Und seit er mit Rudis Tochter verheiratet war, kam Rudi auch gut mit Marina aus. Das war früher anders gewesen. Für Rudis Empfinden hatte Marina in jungen Jahren viel zu hohe Ansprüche gestellt und sich auf Kosten ihres ersten Mannes ein angenehmes Leben machen wollen. Ein Workaholic war das gewesen, ein Schweinegeld hatte er verdient und sich nach der Scheidung in die USA abgesetzt. Marina hatte selbst für sich und ihren Sohn sorgen und ihre Ansprüche ans Leben drastisch herunterschrauben müssen. Nun saß sie im Büro der Firma Dederich, nahm Aufträge an, stellte die Unterlagen für den Steuerberater zusammen, dirigierte die Arbeiter zu den jeweiligen Einsatzorten und war zufrieden.

»Kannst mich Hans nennen«, bot Dederich an und begann mit einer Beratung, die der Junge von keinem Rechtsanwalt bekommen hätte. »Ich weiß ja nicht, was du ausgefressen hast.

Aber sei vorsichtig mit dem, was du Frau Voss erzählst. Du musst ihr nichts sagen, was du nicht sagen willst. Das ist dein gutes Recht. Egal, wie freundlich sie tut, wenn sie gleich wieder reinkommt, die nagelt dich beim ersten falschen Wort an die Wand.«

Auf der Mattscheibe hatte der Junge schon viele Scheußlichkeiten gesehen, auch einen Mann, der an ein Scheunentor genagelt worden war. Zeichentrickfilme waren für ihn Unterhaltung, alles andere hielt er für Berichte von realen Ereignissen. Was sich auch in den Vorlieben seiner Mutter begründete, die sich gerne Sendungen aus dem wahren Leben angeschaut hatte. *Bauer sucht Frau*, *Biggest Loser*, *Frauentausch*, *Hartz und herzlich*, *Die Wollnys*, *Der Bachelor* und dergleichen. Nach der Warnung konnte er den Blick nicht mehr von der Tür lassen und fürchtete, dass Frau Voss mit Hammer und Nägeln zurückkam.

»Wie heißt du eigentlich?«, fragte Dederich.

Darüber dachte er schon nach, seit er registriert hatte, dass er in einem Krankenhaus lag, wo bestimmt bald jemand seinen Namen wissen wollte. Aber wenn es sein gutes Recht war, nichts zu sagen, was er nicht sagen wollte ... Wie er hieß, durfte er nicht verraten. Wenn sie Mama fanden, würden sie nach ihm suchen, nicht nach ... »Sascha«, sagte er.

So hieß der Mann von gegenüber, der gerne laute Musik hörte. Deshalb war ihm die Frau weggelaufen. Mama hatte sich auch oft über die Musik geärgert. Einmal hatte Sascha eine halbe Stunde lang immer wieder dasselbe Lied gehört von den dicken Mädchen, die schöne Namen hatten. Da war Mama hinübergegangen und hatte sich beschwert. Und Sascha hatte gesagt: »Wenn ich dich anders nicht an die Tür bekomme, Täubchen, muss ich mir was einfallen lassen. Ich hab fünfmal geklopft, um dich daran zu erinnern, dass du Putzwoche hast.« Danach hatte er zum ersten Mal das Treppenhaus putzen dürfen bis runter zur Haustür, aber er hatte Sascha auch schon vorher gemocht.

»Sascha«, wiederholte Hans Werner Dederich. »Also wie gesagt, was immer du ausgefressen hast, überleg dir jedes Wort und halt lieber den Mund, ehe du dich mit einer Antwort ...«

Weiter ließ er seinen Berater nicht kommen. Es war unhöflich, einen Menschen zu unterbrechen. Aber er überlegte sich immer jedes Wort, wenn er mit Erwachsenen sprach. Und es war ihm ein dringendes Anliegen, sofort klarzustellen, dass er nichts ausgefressen, nur aufgegessen hatte, was noch da gewesen war.

»Wo war denn deine Mutter?«, wollte Dederich wissen.

»Weggeflogen«, hielt er sich an die Empfehlung des Zauberers.

»Die fliegt in der Weltgeschichte herum und lässt dich ohne was zu fressen allein in der Bude?« Grovians Schwiegersohn zog das keine Sekunde lang in Zweifel und war fassungslos. Solche Fälle kannte er bisher nur aus dem Mund seiner Schwiegermutter.

Mechthild Grovian arbeitete seit ewigen Zeiten ehrenamtlich in der Kleiderkammer der Caritas und hatte viel mit Bedürftigen zu tun. Zweimal die Woche half sie zusätzlich morgens bei einer Schulspeisung aus, wo hungrige Kinder mit einem Frühstück versorgt wurden, weil sie von ihren Eltern keins bekamen. Die lagen meist noch in den Federn, wenn der Nachwuchs sich auf den Weg zur Bildungsstätte machte. Und die Sozis, die Grünen, die Linken entschuldigten solch ein Verhalten auch noch, statt dass mal ein Politiker Verantwortung und Eigeninitiative einklagte und Sozialleistungen kürzte, wenn einer keinen Bock hatte.

»Das erzähl mal Frau Voss«, riet Dederich. »Dann kann deine Alte sich aber auf was gefasst machen, wenn sie zurückkommt.«

»Sie kommt nicht zurück«, erklärte der Junge und kombinierte diese Behauptung mit einer Bemerkung, die seine Schwester vor ihrem Auszug gemacht hatte. »Sie ist es leid, wegen mir immer in der Bude hocken zu müssen. Jetzt wohnt sie bei ihrem Freund.«

Hans Werner Dederich schüttelte unverändert fassungslos den Kopf und wollte wissen: »Und wo ist dein Vater?«

»Papa hat sich aus dem Staub gemacht, als ich das erste Jahr zur Schule ging, weil Mama immer Geld von ihm haben wollte.«

Also ein Unterhaltsdrückeberger wie Marinas Ex. Hätte Hans

Werner Dederich sich nicht ohnehin schon berufen gefühlt, dem Jungen beizustehen, hätten die verantwortungslose Mutter und der zahlungsunwillige Vater ihn dazu gebracht.

»Deshalb wollte ich den Mann von Oma Luzie suchen«, fuhr der Junge fort. »Bei Mamas Eltern wollte ich gar nicht bleiben. Früher mochten die mich, später nicht mehr, weil ich aus Versehen ihre Bretterbude verbrannt habe. Oma Luzie mochte mich immer und konnte Mama nicht leiden, aber sie ist schon lange tot. Ich dachte, wenn ihr Mann Mama auch nicht leiden mochte, ruft er vielleicht Papa an. Dann kommt Papa zurück oder schickt mir eine Fahrkarte, damit ich zu ihm fahren kann. Ich weiß nur nicht, wie Oma Luzies Mann heißt und wo er wohnt. Ich hatte Zeichnungen im Rucksack, die sind genauso verbrannt wie meine Freunde.« Seine Stimme kippte verdächtig, er musste sich zusammenreißen, um nicht erneut in Tränen auszubrechen.

Grovians Schwiegersohn wunderte sich, dass der Junge nach seinen Erfahrungen mit Papa noch Hoffnungen in den Typ setzte. Glaubte er im Ernst, Papa würde ihn nach all den Jahren freudig in die Arme schließen? Der hatte doch garantiert längst eine Neue und vergessen, dass es einen Sohn gab, der ihn vermisste. »Zeichnungen von Oma Luzies Mann?«, fragte er.

»Nein, von Papas Haus.« Der Junge wurde eifrig. »Aber ich kann auch gut Leute zeichnen. Für das schlafende Schneewittchen habe ich in Kunst eine Eins bekommen. Und für das letzte Einhorn hat mich ein Mädchen auf die Wange geküsst. Vom Zauberer hatte ich eine Zeichnung gemacht, darauf sah er richtig lebendig aus. Mama war wütend und hat sie zerrissen.«

»Das bindest du Frau Voss besser nicht auf die Nase«, sagte Dederich. »Wenn du der jetzt noch mit Schneewittchen, dem Einhorn und einem Zauberer kommst, nimmt sie dich garantiert nicht mehr für voll. Du willst doch bestimmt nicht in der Klapsmühle landen. Da kommst du so schnell nicht wieder raus. Dagegen sind ein paar Jahre Jugendstrafe ein Klacks, falls du verdonnert werden solltest, was ja nicht feststeht.«

Weswegen Rita Voss den Jungen befragt hatte, war Hans

Werner Dederich längst klar. Seine Brandverletzungen, ein abgefackeltes Wohnmobil und die Fragen nach den Großeltern, bei denen es auch mal gebrannt hatte, mehr Hinweise brauchte ein halbwegs intelligenter Mensch nicht. Da schien noch ein weiterer Rat vonnöten. »Dass du früher schon mal Feuer gemacht hast, solltest du auch nicht erwähnen. Wenn sie dir keine Absicht nachweisen können, gibt es in deinem Alter wahrscheinlich bloß eine Ermahnung, vielleicht ein paar Sozialstunden, aber damit hat es sich. Also sieh zu, dass du das wieder hinbiegst, und kein Rumgeheule mehr wegen deiner Freunde. Haben wir uns verstanden?«

Nicht ganz, in dem Jargon hatte noch kein Erwachsener mit ihm gesprochen. Er hatte keine Vorstellung, was er hinbiegen sollte, und wusste nicht, was es mit der Klapsmühle auf sich hatte. Gefängnis mit all den Schrecken, das war ihm geläufig.

»Wenn man in deinem Alter für voll genommen werden will«, fuhr Dederich fort, »schleppt man keine Plastikmännchen mit sich herum und heult nicht los wie ein Kettenhund, weil sie verbrannt sind. Die kannst du doch nachkaufen, Sascha.«

Nein, diese nicht. Sie waren die Hände gewesen, die ihn zurück in Zeiten geführt hatten, in denen seine Welt einigermaßen in Ordnung war. Jedes zweite Wochenende bei Papa. Und die Ferien nicht zu vergessen, im Sommer sogar drei ganze Wochen. Und dann kam Oma Luzie mit ihren goldenen Bonbons, aber es kamen keine Anfälle, zumindest wusste er von keinen. Dass ihm jedes Mal die Erinnerung fehlte, wenn es passiert war, bewies nicht unbedingt das Gegenteil. An verlorene Zeit bei Papa hätte er sich bestimmt erinnert, meinte er.

## *Luzies Kind der Liebe*

Robin war acht Jahre alt gewesen, als Luzies Eltern sich aus dem Geschäft zurückzogen und ihr die Chance einräumten, auch noch ihren Traum vom Restaurant zu verwirklichen. Das Eckhaus wurde auf sie überschrieben, Frieda und der Stinkstiefel Gustav bekamen im Dachgeschoss Wohnrecht auf Lebenszeit und eine Rente, die aus den laufenden Einnahmen bestritten werden musste.

Ein halbes Jahr lang führte Luzie die Kneipe noch weiter. In der Zeit schmiedeten sie gemeinsam Pläne, machten Zeichnungen, wie es aussehen sollte, besprachen die Sache mit Fachleuten und Handwerkern. Dann nahm Luzie einen ziemlich hohen Kredit auf. Die Kneipe wurde für drei Monate geschlossen, es wurde saniert und umgebaut. Die Leuchtschrift über der Eingangstür verschwand, aus *Bei Frieda* wurde *Luzies Steakhaus*. Luzie stellte einen Koch ein, der sich aufs Grillen verstand. Den Rest machte sie, stand nachmittags in der Küche und bediente abends an den Tischen. Bernd war für die Einkäufe und die Bar zuständig.

Zwei Jahre lang kämpften sie gegen finanzielle Engpässe und die beiden Alten unterm Dach, die alles besser wussten, dann hatten sie das Schlimmste überstanden. Aber mal ein paar Tage Urlaub waren auch danach nicht drin. Damit wenigstens die Kinder in den Sommerferien etwas anderes sahen, fuhr Bernds Mutter zweimal mit Robin und Sonja für eine Woche in den Schwarzwald.

Dorthin hatte es nach dem Krieg eine Schulfreundin von ihr verschlagen. Nun betrieb diese Freundin mit ihrem Mann einen Bauernhof mit Pension und vermietete Sommer wie Winter an Feriengäste. Für Robin war es jedes Mal ein Erlebnis, Sonja wollte nach dem zweiten Mal nicht mehr mit, was aber nicht an den Kühen oder dem Hahn lag, der bei Tagesanbruch krähte. Bernds Mutter unterschied zu deutlich zwischen leiblichem Enkel und Stiefkind, das von Gott weiß wem stammen mochte.

Nach weiteren fünf Jahren war der Kredit abbezahlt und *Luzies Steakhaus* meist auf Wochen ausgebucht. Luzie hatte zwischenzeitlich zwei Küchenhilfen, zwei Kellnerinnen und eine Putzfrau eingestellt und genoss es, endlich Zeit für ihre Familie zu haben.

Gegenüber der Eckkneipe hatte das Restaurant den Vorteil, dass es erst um sechs Uhr abends öffnete und an Wochentagen meist gegen elf in der Nacht geschlossen wurde. Bernd ging an zwei oder drei Nachmittagen pro Woche seinem Vater in den Gewächshäusern oder auf dem Friedhof zur Hand und revanchierte sich damit für die Betreuung und Erziehung seines Sohnes.

Mittlerweile besuchte Robin das Gymnasium und war in einem Alter, in dem er viele Ansichten und Erziehungsmethoden seiner Großmutter als lästig empfand. Dass er spätestens um zehn Uhr im Bett liegen sollte, wenn er am nächsten Morgen zur Schule musste, hielt er für antiquiert. Das führte dazu, dass er die Nächte lieber unter dem Dach seiner Eltern verbrachte. Die waren um zehn Uhr abends noch im Restaurant, machten ihm keine Vorschriften und kontrollierten ihn nicht.

Es hatte für Robin auch noch andere Vorteile, sich in der Nähe seiner Mutter aufzuhalten. Luzie sagte nicht Nein, wenn er einen Wunsch äußerte. Sie hatte ihren Kindern gegenüber permanent ein schlechtes Gewissen. Sonja war zwar bei ihr aufgewachsen, hatte aber auch nicht viel von ihr gehabt. Nun war Luzie bemüht, tatsächliche oder vermeintliche Versäumnisse auszugleichen, und oft großzügiger, als die Situation es gebot.

Sonja bekam zum regulären Taschengeld jedes Mal noch ein, zwei Scheine extra, wenn sie mit einer Freundin nach Köln fahren wollte. Robin bekam mit fünfzehn einen Computer, nach dem sich jeder Nerd die Finger geleckt hätte. In seinem Freundeskreis war er damit der King, hakte zum Leidwesen seines Großvaters sein Berufsziel *Gärtner* ab und entschied sich für Informatik.

Bernd war nicht mit allem einverstanden, aber wenn er Luzie zu bremsen versuchte, hieß es regelmäßig: »Nur weil wir in dem Alter nichts hatten, müssen wir es den Kindern doch nicht vorenthalten.« Damit hatte sie natürlich recht, sie hätte nur nicht so oft übers Ziel hinausschießen müssen, fand er. Aber sie war glücklich, wenn Sonja und Robin sie zum Dank für ihre Großzügigkeit in den Arm nahmen, also redete Bernd ihr irgendwann nicht mehr rein. Und rückblickend betrachtet fand er, diese

Jahre waren die beste Zeit gewesen, die sie miteinander gehabt hatten.

Wehmutstropfen waren nur aus dem Dachgeschoss heruntergefallen. Man hätte meinen können, die alten Zausel da oben hätten ihrer Tochter den geschäftlichen Erfolg und das private Glück nicht gegönnt. Wen sollte es wundern, dass Luzie keine Trauer empfand, als ihre Mutter das Zeitliche segnete. Nur ein halbes Jahr später folgte Gustav seiner Frieda in die Ewigkeit.

Luzie spielte mit dem Gedanken, die Wohnung unterm Dach zu vermieten. Aber Robin musste nur einmal fragen, ob er oben einziehen könne. Er sei doch alt genug, auf eigenen Füßen zu stehen, meinte er. Luzie ließ umgehend das Dachgeschoss renovieren, eine neue Küche und ein neues Bad einbauen. Die Einrichtung suchte Robin aus, Luzie zahlte.

Wegen der Dachschrägen war die Wohnung kleiner als die im ersten Stock, hatte aber satte vierundachtzig Quadratmeter, verteilt auf drei Zimmer, Küche, Diele, Bad, was für einen jungen Mann mehr als ausreichend war. Robin war jedenfalls der Erste in seinem Freundeskreis mit einem eigenen Reich, in dem er auch mal einen ganzen Computerclub übers Wochenende einquartieren konnte, Verpflegung aus der Restaurantküche inklusive.

Als er aus seinem Jugendzimmer im ersten Stock unters Dach zog, war Robin neunzehn. So alt wie Bernd gewesen war, als er im dunklen Kino zu *Spiel mir das Lied vom Tod* nach Luzies Hand gegriffen und genau gewusst hatte, dass sie die Frau war, mit der er leben und alt werden wollte. Alt wurde er seit acht Jahren ohne sie. Und es mochte hirnverbrannt, ungerecht, eines vernünftigen Menschen unwürdig sein, dem eigenen Sohn die Schuld an ihrem Tod zu geben. Aber wenn sich die Schnüre der Erinnerungen um seinen Hals legten, dann tat Bernd genau das.

## *Freitag, 26. Juli*

Kurz bevor Rita Voss sich bei ihm meldete, hatte Jochen Becker erfahren, dass es sich bei dem Jungen im Bergheimer Krankenhaus nicht um den Homberg-Enkel handeln konnte, auch nicht um einen Freund von Dennis Steinbrecher. Ein Kriminalkommissar namens Bläser aus Gelsenkirchen hatte ihm mitgeteilt, dass er sich nun auf den Weg nach Bergheim mache, um den Jungen zum Verbleib des älteren Ehepaars zu befragen.

Bläser hatte bereits die niederländische Polizei und Europol kontaktiert und Fotos von Walter und Kathi Homberg sowie dem Wohnmobil übermittelt. Falls das Fahrzeug auf dem Campingplatz in den Niederlanden gestohlen worden war, hatten die Hombergs wahrscheinlich Anzeige erstattet und sich vielleicht in einer Pension oder einem Hotel einquartiert, ohne ihre Tochter zu verständigen. Sie konnten auch ein Ersatzfahrzeug gemietet haben und weitergefahren sein, ohne daheim Bescheid zu sagen. Das Verhältnis zwischen Mutter und Tochter war ja offenbar nicht das beste gewesen.

Bläser hoffte, dass irgendwer auf dem Platz von den Plänen des Ehepaars wusste. Vielleicht waren sie bei Urlaubsbekanntschaften oder den Betreibern des Platzes kommunikativer gewesen als bei der Tochter. Dass die Hombergs ihr Wohnmobil in Frankreich oder Spanien abgestellt hätten, um nach Namibia zu fliegen und an einer Fotosafari teilzunehmen, glaubte Bläser nicht. Er schätzte diese Ankündigung wie Judith Steinbrecher als Lockruf für den Enkel ein.

Sich aus dem Netz drei Dutzend Aufnahmen von Wildtieren aufs Handy laden und nach der Rückkehr erzählen, wie schön es gewesen war, konnte heutzutage fast jeder. Eine Fotosafari mit Führer, den unbedarfte Leute wie die Hombergs gebraucht hätten, war entschieden teurer als die mehrwöchige Verpflegung eines

Jugendlichen, zu teuer für ein Rentnerehepaar, das in Gelsenkirchen-Hassel zur Miete wohnte, meinte Bläser.

Jochen Becker konnte in keinem Punkt widersprechen und hatte das scheußliche Gefühl, mit seiner gestrigen Vorgehensweise, die man vielleicht eher als Verhinderungstaktik bezeichnen sollte, geeignete Maßnahmen zur raschen Klärung verzögert und einen bösen Fehler gemacht zu haben, als er sich auf den Bericht von Jasmin Tirtey und die darin angeführte Auskunft des Jungen verließ, das Wohnmobil gehöre seinem Opa.

Und dann rief Rita an und triumphierte: »Du kommst nicht drauf, was ich gerade von dem Jungen erfahren habe.«

»Schreib's auf und gib es dem Kollegen aus Gelsenkirchen«, riet Becker unwirsch. »Der Junge ist nicht Dennis Steinbrecher. Du kommst am besten zurück und überlässt dem Kollegen das Feld. Bläser heißt er, ist schon unterwegs.«

Rita dachte gar nicht daran, zurück nach Hürth zu fahren. Doch nicht jetzt, wo sie den Jungen zum Reden gebracht hatte, aber nicht wusste, was sie von seinem Gerede halten sollte. Welcher Fünfzehnjährige schleppte denn Spielzeugfiguren im Rucksack mit sich und flennte wie ein kleines Kind, weil sie verbrannt waren? Konnte er auf Kommando losheulen, oder war der Ausbruch echt gewesen? Dann konnte er nicht ganz dicht im Oberstübchen sein. Und dann mussten seine gesamten Auskünfte und Reaktionen anders bewertet werden.

Beckers Erklärungen bestärkten sie in ihrer Absicht, die Befragung fortzusetzen. Daran änderte sein Einwand: »Für das Ehepaar Homberg ist der Kollege aus Gelsenkirchen zuständig. Wir können nicht in den Niederlanden ermitteln«, rein gar nichts.

»Das kann Bläser genauso wenig«, konterte Rita. »Es muss auch keiner ermitteln. Wir müssen nur wissen, auf welchem Campingplatz die Hombergs waren und ob es in der Nähe ein Café gibt. Der Junge sagte, seine Großeltern hätten im Waldcafé ...«

»Es spielt keine Rolle, was der Junge sagte«, schnitt Becker ihr ungehalten das Wort ab. Den Ton kannte Rita gar nicht von ihm.

»Er ist nicht der Enkel, Rita! Wie oft muss ich das noch wiederholen? Welchen Namen hat er dir genannt?«

»Warum hätte er mir einen Namen nennen sollen?«, rechtfertigte Rita ihr Versäumnis. »Ich habe ihn nicht gefragt, weil du mich losgeschickt hast mit der Info, er sei Dennis Steinbrecher. Und er war im Wohnmobil, Jochen, folglich ist er den Hombergs irgendwo begegnet. Wenn wir beim Campingplatz ansetzen …«

»Das ist Sache der niederländischen Kollegen«, fiel Becker ihr erneut ins Wort. »Wir werden ihnen nicht ins Handwerk pfuschen.«

»Es ist doch nicht reingepfuscht, wenn man hinfährt und sich umhört«, wurde Rita ebenfalls etwas lauter. Da sie im Freien telefonierte, erntete sie nur einen pikierten Blick von einem Krankenpfleger, der vor der Tür eine Zigarette rauchte. »Du glaubst doch nicht im Ernst, dass die jeden auf dem Platz befragen? Die werden sich erkundigen, wann das Wohnmobil abgefahren ist, und damit hat es sich. Wir brauchen bloß die Adresse, Jochen. Warum hast du nicht danach gefragt? Arno hätte das getan.«

Klinkhammer anzuführen hätte sie sich besser verkniffen. Jochen Becker war nicht in der Stimmung für Vergleiche, bei denen er den Kürzeren ziehen musste. »Arno konnte sich auch einiges herausnehmen, was ich nicht kann«, sagte er barsch. »Ich zähle keine Oberstaatsanwältin zu meinem engsten Freundeskreis und habe keinen Gönner beim BKA. Ich halte mich an Vorschriften und Zuständigkeiten.«

»Das hat Arno auch immer getan.«

»Haha«, machte Becker. »Er hat jedes Mal den Kölnern hinterherermittelt. Und wer ist nach Holland gefahren, nachdem der Enkel seiner Bekannten verschwunden war?«

»Das war privat«, erinnerte Rita ihn. »Ermitteln durfte Arno in der Sache gar nicht, das weißt du. Und hier sind wir zuständig. Tatort ist die Deponie. Vielleicht war der Junge ebenfalls in Holland und ist den Hombergs auf dem Campingplatz oder in einem Waldcafé begegnet. Das Wohnmobil ist bei uns aufgetaucht, und –

tut mir leid, wenn ich mich wiederhole – der Junge war drin und nicht allein.«

Durchs Telefon drang ein lang gezogener Seufzer. »Was du nicht sagst. Das ist mir bekannt, Rita. Sie waren zu viert.«

»Waren sie nicht«, triumphierte Rita. »Die drei Freunde waren Spielzeugfiguren aus seiner Kindheit. Momentan heult er Rotz und Wasser, weil er sie nicht retten konnte.«

»Was?«, entfuhr es Becker. »Wieso erfahre ich das jetzt erst?«

»Ich weiß es auch erst seit ein paar Minuten, wollte es dich sofort wissen lassen. Und du bist mit den Infos aus Gelsenkirchen über mich hergefallen.«

Da hatte sie recht, also ließ Becker sie erklären, dass eine Frau bei dem Jungen gewesen sein müsse, die seinen Rucksack nach hinten gebracht habe. »Frau Homberg kann damit theoretisch nicht gemeint sein, weil die angeblich mit ihrem Mann im Waldcafé saß, als der Junge und eine – ich sag jetzt mal – unbekannte weibliche Person Einkäufe gemacht haben.«

»Theoretisch und angeblich«, wiederholte Becker mit unverhohlener Ironie. »Hörst du dir manchmal selber zu, Rita? Wie sind denn der Junge und die unbekannte weibliche Person in den Besitz des Wohnmobils gelangt?« Becker mischte die Ironie mit einer Prise Nachdruck. »Meinst du, die Hombergs hätten ihn an Enkels statt angenommen und ein Kindermädchen für ihn engagiert, weil er mit Spielzeugfiguren reist? Und dann haben sie den beiden das Wohnmobil überlassen und machen jetzt eine Safari in Namibia, um nach der Rückkehr ihrem Enkel eine lange Nase zu zeigen.«

Vom Strohfeuer seines Sarkasmus ließ Rita sich nicht aus dem Konzept bringen. »Was die unbekannte Frau angeht, so weit war ich noch nicht. Er ist fünfzehn, Jochen. Vielleicht haben die Hombergs sich auf ihn eingelassen, weil ihnen ohne den Enkel langweilig war. Meine Eltern gehen sich auch gegenseitig auf den Sack, wenn sie zu lange mit sich alleine sind. Vielleicht haben sie ihm vom Enkel erzählt, und er wirft etwas durcheinander. Er scheint geistig ein bisschen unterbelichtet. Es ist nicht gravierend, ist mir zu Anfang gar nicht aufgefallen. Ebenso gut könnte er ein besonders raffinierter und hochintelligenter Bursche sein. Um das zu beurteilen, brauche ich noch etwas Zeit mit ihm.«

»Du machst da aber keinen auf psychologische Sachverständige, oder?«, mahnte Becker und schickte einen Seufzer hinterher. »Eine Viertelstunde, Rita. Der Kollege aus Gelsenkirchen ist vielleicht nicht erfreut, dich am Bett des Jungen anzutreffen. Du hast da gestern mit deiner Art keine Bonuspunkte gesammelt. Also bist du besser weg, wenn er kommt. Ob du in einer Viertelstunde klüger bist oder nicht, in fünfzehn Minuten schwingst du deinen Hintern ins Auto und kommst zurück. Ich will keinen Ärger, verstanden?«

»Klar«, sagte Rita, kehrte zurück in den Krankenhausgeruch und die Luft, die schon im Eingangsbereich wie warme Suppe in die Atemwege schwappte. Während sie auf dem Weg nach oben ihr Handy in ein Diktiergerät verwandelte und sich ärgerte, nicht früher auf die Idee gekommen zu sein, erhielt Becker den nächsten Anruf. Diesmal meldete sich Scholl vom Sicherstellungsgelände.

Der Zugführer der Feuerwehr hatte es mit seinem energischen: »Da ist keiner mehr drin!«, nicht ganz richtig beurteilt. Im Wohnbereich hatte sich während des Feuers außer dem Jungen wohl tatsächlich niemand aufgehalten. Aber es gab noch ein Staufach im hinteren Bereich unter dem Wagenboden.

Heiko Gertz war bei der Spurensicherung besonders gründlich vorgegangen, hatte alles einsammeln wollen, was Rückschlüsse zulassen konnte. Weil der Brandsachverständige meinte, das Feuer sei hinten ausgebrochen, hatte Gertz auch unbedingt etwas von den Überresten des Bettes eintüten wollen. Dabei war er mit einem Bein bis zur Wade durch den verkohlten Wagenboden ins darunterliegende Staufach gebrochen. Was dabei unter seinem Fuß zerbrach, war ein menschlicher Schädel.

Ob es sich um die Leiche eines Mannes oder einer Frau handelte, ließ sich nach dem Aufbrechen der Staufachklappe nicht feststellen. Der Körper war völlig verkohlt und mit verschmorten Campingmöbeln, Holzresten, geschmolzenen Kunststoffteilen und weiß der Teufel, womit sonst noch, verbacken. Scholl schickte einige Fotos. Und Becker war froh, dass er nicht dabeistehen musste, wenn mit der Bergung begonnen wurde. Es war mehr als fraglich, ob der Körper in einem Stück herausgeholt werden konnte.

## *Falsche Hoffnung*

Im festen Glauben, den Fall Homberg los zu sein, setzte Jochen Becker die Kriminalhauptstelle Köln in Kenntnis. Er beließ es jedoch nicht dabei, Kathi Hombergs Ankündigung von der Fotosafari in Namibia zu erwähnen, sondern erklärte auch, dass möglicherweise eine unbekannte Frau das Wohnmobil gesteuert, eventuell gestohlen hatte. Dabei war er überzeugt, die Frau sei der Fantasie des falschen Homberg-Enkels entsprungen und die Safari nur angeführt worden, um Dennis Steinbrecher umzustimmen.

Aber in Köln wollte man nicht ausschließen, dass das Ehepaar Homberg sein Wohnmobil an einem Flughafen in Frankreich oder Spanien abgestellt hatte. Wenn es dort gestohlen worden war, wie sollte davon Kunde nach Gelsenkirchen gedrungen sein, wenn die Hombergs nach Namibia geflogen waren? Wenn der falsche Homberg-Enkel sich in Begleitung einer Frau befunden hatte, handelte es sich bei der Leiche möglicherweise um diese Frau. Es wäre nicht das erste Mal, dass ein Gaunerpärchen sich unterwegs in die Wolle bekommen und einer von beiden das Zeitliche gesegnet hatte.

Wenn man wie Becker davon ausging, dass es sich bei der Leiche um die sterblichen Überreste von Walter oder Kathi Homberg handelte, blieb die Suche nach Ehepartner oder -partnerin. Dafür brauchte man möglicherweise eine Hundertschaft und Leichenspürhunde am Boden, zusätzlich eventuell einen Hubschrauber mit Wärmebildkamera in der Luft. Aber da musste man zuerst wissen, wo man Mensch, Tier und Material zum Einsatz bringen sollte und ob solch ein Aufwand überhaupt notwendig war. Der Brand in der Aushubdeponie bedeutete nicht zwangsläufig, dass dort jemand getötet worden war. Der Körper konnte schon bei der Ankunft in der Deponie im Staufach gelegen haben.

Aufgrund von Vermutungen in kostenträchtige Aktivitäten zu verfallen brachte nichts als Ärger mit Vorgesetzten und der Staatsanwaltschaft, meinte man in Köln völlig zu Recht. Man brauchte konkrete Anhaltspunkte, um etwas in die Wege zu leiten. Die bekam man am ehesten von dem Jungen im Krankenhaus. Und der wurde doch gerade von einer kompetenten Beamtin befragt, nicht wahr. In Köln kannte man Rita Voss, weil man bei Tötungsdelikten im Rhein-Erft-Kreis zuständig war und dann regelmäßig mit Leuten vom KK 11 zusammenarbeitete. Einige schätzten Rita sehr, andere weniger, aber als Schnepfe hatte sie noch keiner bezeichnet.

Becker kämpfte mit sich, ob er darauf hinweisen sollte, dass Rita nicht wusste, ob sie es mit einem möglicherweise schuldunfähigen jugendlichen Täter zu tun hatte oder mit einem brillanten Schauspieler, der ihr Fantasiegeschichten auftischte. Ob das etwas geändert hätte, wagte er zu bezweifeln. Es wäre garantiert auch kein Psychologe in die Provinz geschickt worden. Vermutlich hätte es geheißen: »Dann warten wir ab, bis der Junge in die Universitätsklinik verlegt und dort begutachtet werden kann.«

Es fehlte nicht viel, dann hätte Becker nach seinem Anruf in Köln getan, wozu Rita bei Ratlosigkeit und Frust neigte: Klinkhammer gefragt: »*Was soll ich tun, Arno?*«

Sie waren prima miteinander ausgekommen, als Klinkhammer das KK 11 geleitet hatte. Während dieser Zeit hatte er Becker einmal erzählt, wie lange er die Beförderung vom Leiter Ermittlungsdienst in Bergheim zum Ersten Kriminalhauptkommissar in Hürth ausgeschlagen hatte, weil es in Bergheim ein vergleichsweise ruhiger und gemütlicher Job gewesen war.

Aber irgendwann müsse man akzeptieren, dass die Welt immer wüster und ein Teil der Menschheit immer verrückter oder brutaler oder beides gleichzeitig werde. Dann müsse man sich entscheiden, ob man in der Ruhe und Gemütlichkeit einer Kleinstadt-Dienststelle verharren wolle, bis man von Verrücktheit und Brutalität überrannt werde. Oder ob man vorher aufstehe, um etwas dagegen zu unternehmen. Klinkhammer hatte sich für Letzteres entschieden. Und seit Becker auf Klinkhammers Platz saß, wurde er das Gefühl nicht los, das Geständnis sei nichts weiter als ein Vortrag über Drückebergertum und Verantwortung gewesen.

Nach Klinkhammers Wechsel zum LKA hatte Becker sich verschiedentlich bei ihm gemeldet, um über ein Problem zu sprechen oder einen Rat einzuholen. Jetzt verbot er sich das. Klinkhammer hätte wahrscheinlich nur einen Anruf tätigen müssen, um die Kölner auf Trab zu bringen. Dann hätte Becker dagestanden wie die Petze vom Dienst. Ein alternativer Ratgeber wäre Rudolf Grovian gewesen, der irgendwann festgestellt hatte, dass man mit der Zeit dünnhäutiger wurde, und von den Kapitaldelikten zur Vorbeugung gewechselt war. Er glänzte auch als Pensionär noch in Sachen Einbruchssicherung, hielt Vorträge, machte Hausbesuche und beriet vor Ort. Aber Grovian fragen: »*Was soll ich tun, Rudi?*« – Welches Armutszeugnis hätte er sich damit ausgestellt?

Im Grunde kannte er die Antwort doch. Einen Suchtrupp zusammenstellen. Einen Leichenspürhund anfordern. Einfach abwarten, nichts unternehmen und später verkünden, es hätte doch nicht in seiner Verantwortung gelegen, war jedenfalls die denkbar schlechteste Option. Die Fakten sprachen für einen jugendlichen Tramper und einen Doppelmord. Und niemand würde der Kölner Kripo Versäumnisse unterstellen, wenn sich das als Tatsache erwies.

Jochen Becker und kein anderer hatte es gestern nicht für notwendig befunden, den Wald rund um die Deponie und die Zufahrt mit der durchbrochenen Schranke nach Spuren absuchen zu lassen, wie Heiko Gertz vorgeschlagen hatte. Wobei der Wald vermutlich Zeitverschwendung gewesen wäre. Wozu hätte der Junge sich die Mühe machen sollen, die zweite Leiche in den Wald zu schleppen, wenn ein riesiges Loch zur Verfügung stand, in dem er nur etwas Erdaushub bewegen musste, um einen Körper verschwinden zu lassen. Den Rest besorgten dann die Lkw mit ihren Ladungen.

Die Staatsanwaltschaft musste Becker nicht mehr informieren, das hatte er gestern schon getan, als es nur um ein ausgebranntes Wohnmobil und den vermeintlichen Enkel gegangen war. Jetzt mit der Leiche und einem fremden Jungen nachlegen, das sollten die Kölner Kollegen tun, sie wussten ja nun Bescheid. Wenn er das übernahm, sah das vermutlich so aus, als habe er sich beim Staatsanwalt über sie beschweren wollen.

Becker bemühte sich lieber darum, sich einen Eindruck vom Tatort zu verschaffen. Bisher kannte er die Deponie nur von der Karte, die Heiko Gertz ihm gestern Morgen auf den Schreibtisch gelegt hatte. Allerdings fuhr er nicht hin, rief an und bekam eine freundliche Dame namens Claasen an den Apparat. Es handelte sich um die Ehefrau des Betreibers, die längst wusste, was passiert war, und bereitwillig Auskunft gab.

Er erfuhr, dass gestern etwa viertausend Tonnen unbelasteter Erdaushub abgekippt worden waren. Bis um fünfzehn Uhr sollten heute noch etwa zweieinhalbtausend Tonnen dazukommen. »Um drei ist die letzte Fuhre mit Sicherheit abgekippt«, erklärte Frau Claasen. »Dann können Sie bis Montagfrüh schalten und walten, wie Sie wollen.«

Sie bot an, dafür zu sorgen, dass zwei Arbeiter vor Ort blieben. »Die können Ihnen genau sagen, wo seit gestern Morgen abgekippt wurde. Und falls Sie Maschinen brauchen …«

»Wir probieren es zuerst mit einem Leichenspürhund«, sagte Becker und fragte sich, was ein Hund am Nachmittag unter sechseinhalbtausend Tonnen Erde noch erschnuppern sollte. »Die Arbeiter wären uns eine Hilfe. Falls nötig, komme ich auch gerne auf Ihr Angebot mit den Maschinen zurück, muss das aber vorher mit der Staatsanwaltschaft abklären wegen der Kosten.«

»Machen Sie sich deshalb keinen Kopf«, erwiderte Frau Claasen und bezeichnete es als gruselige Vorstellung, dass irgendwo auf dem Gelände eine Leiche liegen könnte, die über kurz oder lang ans Tageslicht kommen würde. »Mir ist lieber, Sie finden die heute oder morgen, als dass uns irgendwann der Betrieb stillgelegt wird. Ich bin sicher, mein Mann sieht das genauso.«

Becker bedankte sich und telefonierte als Nächstes nach einem Hund. Anschließend trommelte er alles zusammen, was er für eine Suchmannschaft bekommen konnte. Wie oft in solchen Fällen funktionierte das recht gut nach dem Schneeballprinzip.

Thomas Scholl schickte währenddessen den Brandsachverständigen nach Hause und fuhr Heiko Gertz ins Hürther Krankenhaus. Die aufgerissene Wade musste ärztlich versorgt werden. Eine Auffrischung der Tetanusimpfung brauchte Gertz ebenfalls. Eine Krankschreibung lehnte er ab. Nach Hause gebracht werden wollte er auf keinen Fall. »In der Dienststelle dürfte der Teufel los sein.«

Sie gingen davon aus, dass Kölner Kollegen wie üblich sofort die Ermittlungen übernahmen. Und Gertz war nun mal der Mann, der den Tatort *Deponie* kannte und Auskünfte geben konnte. Während der Fahrt fluchte er fast ununterbrochen, weil er sich auf den Zugführer der Feuerwehr verlassen und das Wrack nicht sofort in eine Halle hatte schaffen lassen.

Dort hätte er seine Arbeit jetzt fortsetzen können. Der Kratzer am Bein hätte ihn nicht daran gehindert, meinte er. Den hatte ein Arzt sauber vernäht und verbunden. Ein frischer Overall drüber, fertig. Was man hatte, hatte man, musste nicht darauf hoffen, dass andere es fanden. Da schwang Klinkhammers Einstellung mit.

Als sie eintrafen, hatte Jochen Becker rund dreißig Leute für die Suche gewonnen, die Hälfte Polizisten, der Rest Freiwillige vom THW und aus den umliegenden Feuerwachen. Es war noch ausreichend Zeit, mit Scholl und Gertz zu besprechen, wo die Leute am sinnvollsten eingesetzt werden sollten.

Dass irgendwo in der Deponie eine weitere Leiche lag, glaubte Gertz nicht. »Wenn es in der Nähe der Brandstelle eine Auffälligkeit gegeben hätte, hätten wir das gesehen oder nach uns die Arbeiter«, sagte er. »Die habe ich informiert. Ich kann mir auch nicht vorstellen, dass ein Fünfzehnjähriger bei Nacht mit dem zweiten Opfer in der Grube herumgeturnt wäre. Vielleicht hat der Mann zu entkommen versucht und ist in den Wald geflohen, wo der Junge ihn eingeholt haben könnte. Konzentrieren wir uns lieber auf den Wald.«

»Der Wald hat Zeit, die Deponie Vorrang«, sagte Becker.

## *Die Polizistin*

Zu dem Zeitpunkt bemühte Rita Voss sich noch um weitere Auskünfte. Als sie das Krankenzimmer erneut betreten hatte, war der Frühstücksteller des falschen Homberg-Enkels leer. Beide Fenster waren wieder geschlossen und die Jalousien auf halber Höhe der Scheiben herabgelassen. Wesentlich angenehmer war das Raumklima dadurch nicht. Hans Werner Dederich blätterte auf seinem Bett sitzend in der Zeitschrift, schien völlig im Einklang mit sich und der miefigen Umgebung. Der Greis an der Fensterfront starrte die Zimmerdecke an und kaute mit zahnlosen Kiefern auf etwas herum. Der Junge lag wie zuvor halb auf der Seite mit Blickrichtung zur Tür und schaute ihr aus rot geweinten Augen entgegen, in denen wieder nackte Panik flackerte. Sein Anblick ließ Rita glauben, nun leichtes Spiel mit ihm zu haben.

»Da bin ich wieder«, sagte sie überflüssigerweise und betont heiter, legte ihr Handy als Aufzeichnungsgerät auf den Nachttisch, setzte und bemühte sich, den Eindruck zu korrigieren, den sie vor ihrem Anruf bei Becker hinterlassen haben musste. Nach seinem Namen fragte sie nicht als Erstes, sagte stattdessen: »Ich hoffe, es hat dir geschmeckt und du hältst durch, bis das Mittagessen kommt. Ich muss dir noch einige Fragen stellen.«

Das hatte er befürchtet. »Kann ich bitte vorher noch Wasser haben?«, fragte er. »Die Frau hat gesagt, ich muss viel trinken.«

Und bitte war das Zauberwort. Alle Erwachsenen, die er näher kannte, viele waren das nicht, aber die wenigen mochten es alle, wenn er Bitte und Danke sagte. Was er sonst noch sagen könnte, wusste er nicht. Nachdem Hans ihn gewarnt hatte, sortierte er noch sorgfältiger, was er erzählen durfte und was er verschweigen musste. So viele Überlegungen wie in den letzten zwanzig Minuten hatte er vorher noch nie anstellen müssen, nicht mal am letzten Tag mit Mama in der Wohnung. Zu einem Ergebnis war er nicht gekommen, musste die Fragen abwarten, Frau Voss von Mama und seinen Anfällen fernhalten und hoffen, dass er keinen bekam, solange sie bei ihm saß.

»Welche Frau?«, fragte sie.

Das war unverfänglich. »Die in der Apotheke.«

»Warum warst du denn in einer Apotheke? Hast du mir nicht eben erklärt, dass du keine Pillen nimmst?«

Nein, hatte er nicht. Über Pillen hatten sie nicht gesprochen. Sie hatte wissen wollen, ob er Schnupfen gehabt, etwas gespritzt oder eingeworfen habe. Wusste sie schon, dass er Pillen brauchte, um nicht plötzlich auszurasten? Hatte ihn gestern ein Arzt untersucht, ohne dass er es gemerkt hatte? Konnte man aus seinem Blut herauslesen, dass in seinem Kopf etwas nicht richtig funktionierte? Gut möglich. Blut hatten sie ihm abgenommen, daran erinnerte er sich. Jetzt hieß es, jedes Wort sorgfältig abzuwägen.

»Ich hatte sehr schlimme Kopfschmerzen, weil ich lange in der Sonne gegangen war und keine Kappe hatte. Deshalb habe ich mir zuerst eine Kappe gekauft und bin dann zurück zur Apotheke gegangen für Kopfschmerztabletten.«

Das Wundermittel verschwieg er, sonst hätte er zu viel erklären müssen. »Vom Restgeld wollte ich mir Wasser kaufen. Und da habe ich das Wohnmobil gesehen.« Dann fiel ihm noch ein: »Wo ist mein Restgeld? Ich hatte es in eine Hosentasche gesteckt.«

»Deine Hose ist hier offenbar verloren gegangen«, sagte Rita und hakte nach: »Das Wohnmobil deines Großvaters?«

Er nickte.

»Das heißt ja«, sagte sie in Richtung Handy und wollte von ihm wissen: »Wo wohnen deine Großeltern?«

»Das weiß ich nicht. Als wir zuletzt bei ihnen zu Hause waren, war ich sieben Jahre alt. Mir hat keiner gesagt, wie der Ort heißt.«

Rita schwankte zwischen Frust und dem Ehrgeiz, diese Nuss zu knacken. »Aber du weißt, was ein Autokennzeichen ist.«

Seinem Blick nach zu schließen, wusste er es nicht oder musste erst überlegen. »Ein Nummernschild«, erklärte sie es umgangssprachlich. »Jedes Fahrzeug hat zwei, eins vorne, eins hinten.«

»Ich war nur an der Seite, wo die Türen sind«, sagte er. »Ich war sehr müde, hatte immer noch Kopfschmerzen ...«

»Schon gut«, unterbrach Rita die Wiederholung seiner Befindlichkeiten. »Dass es dir nicht gut ging, weiß ich bereits. Weißt du noch, wo du das Wohnmobil gesehen hast?«

»Auf dem Parkplatz bei einem Aldi.«

»In welchem Ort?«

»Das weiß ich nicht.«

»Hat die Apothekerin deutsch mit dir gesprochen?«

Wie sollte die Apothekerin denn sonst mit ihm gesprochen haben? Eine andere Sprache hätte er gar nicht verstanden. Lea hatte in den Wochen vor ihrem Auszug Spanisch gelernt, weil ihr Freund in Madrid wohnte und sie zu ihm ziehen wollte.

Er nickte erneut, und Rita sagte wieder in Richtung Nachttisch: »Er bestätigt.«

Sie sprach mit ihrem Handy, wurde ihm klar. Lea hatte das auch gemacht, wenn sie nicht telefonierte, sich nur etwas merken wollte.

»Wie heißt dein Großvater?«, fragte sie als Nächstes.

Das durfte sie wissen. Die Namen von Mamas Eltern waren ihm eingefallen, nachdem er eine Kapsel des Wundermittels genommen und das Wohnmobil erkannt hatte. Verräterisch waren sie nicht, andere Leute hießen genauso. Opa hieß Ulrich wie der Kunstlehrer, der ihm für die Zeichnung vom schlafenden Schneewittchen eine Eins gegeben hatte. Und Oma hieß Gerda wie die Messie-Frau, die leider gestorben war.

Für Rita hieß es, dass er nicht die Hombergs meinte, wenn er von seinen Großeltern sprach. »Ich brauche auch den Familiennamen«, sagte sie, bekam darauf jedoch keine Antwort, nur ein Achselzucken und einen Blick voller Nägel und einem Hammer. »Du weißt nicht, wie deine Großeltern mit Nachnamen heißen?«

Wer sollte ihm das glauben? Rita nicht.

Er zuckte erneut mit den Achseln, als wolle er sich entschuldigen. »Vielleicht habe ich den Namen früher gehört und vergessen.«

»Heißen sie vielleicht …«, versuchte Rita, ihn aus der Reserve zu locken, nannte ein Dutzend Namen und flocht Homberg ein. Wenn das Ehepaar ihn mitgenommen und vom Enkel erzählt hatte, musste ihm ihr Name geläufig sein. Sie hatten sich ihm bestimmt nicht als Walter und Kathi vorgestellt.

Zu jedem Namen schüttelte er den Kopf, sagte schließlich: »Ich weiß es wirklich nicht. Ich habe früher Opa Ulrich und Oma Gerda zu ihnen gesagt, weil ich noch Oma Luzie hatte und den Opa von ihr. Wie der heißt, weiß ich aber auch nicht.«

Er klang aufrichtig, doch so schnell ließ Rita sich nicht noch einmal einwickeln. »Tja, das ist dumm. Die Leute, denen das Wohnmobil gehörte, heißen nämlich nicht Ulrich und Gerda.«

Die Furcht schwand aus seinem Blick und machte Platz für ungläubige Verwunderung. »Nicht?«

Ihr Kopfschütteln reichte ihm offenbar nicht. Er vergewisserte sich: »Das war nicht das Wohnmobil von meinem Opa Ulrich?«

»Nein«, sagte Rita. »Vielleicht fährt dein Großvater dasselbe Modell. Solange ich nicht weiß, wie er mit vollständigem Namen heißt, kann ich das nicht feststellen.«

Darauf ging er nicht ein, fragte stattdessen: »Warum hat Manon mich denn dann mitgenommen?«

Eine gute Frage, deren Beantwortung für Rita zu diesem Zeitpunkt aber keine Priorität hatte. Sie wollte nur wissen, wer Manon war. Das hätte er ebenfalls gerne gewusst. Wenn sie nicht die Reisebegleitung seiner Großeltern gewesen und nicht dem

Irrtum erlegen war, man hätte nur vergessen, sie zu informieren, dass sie ihn abholen sollte, wieso hatte sie dann nach seinen Eltern und seiner Schwester gefragt? Und wieso hatte sie Papa eine feige Sau genannt?

# TEIL 2

# Der Fall Homberg

*Zuständig:*
*Kreispolizeibehörde Rhein-Erft*
*Kriminalhauptstelle Köln*

## *Vor dem Feuer*

Die Beleidigung seines Vaters, die Unmöglichkeit, ihn zu verteidigen, und das Begreifen, dass nicht sein konnte, was Manon glaubte, führten zu einer Ernüchterung und bereiteten dem Glücksgefühl der ersten Erleichterung ein jähes Ende. Die Furcht flammte erneut auf und mit ihr die rastlos jagenden Gedanken.

Wäre er nicht so erschöpft gewesen von der Hitze und dem langen Marsch und nicht zusätzlich benommen von der leckeren Limo mit dem ungewohnten Alkoholgehalt, hätte er versucht, Manon zu erklären, dass es für seine Großeltern wahrscheinlich eine Riesenüberraschung wäre, wenn sie ihn zu Gesicht bekamen. Und möglicherweise wurde es für ihn dann eine böse Überraschung.

Natürlich konnte er ihnen erzählen, was er sich zurechtgelegt hatte. Das konnte er sogar ausschmücken, damit es so klang, wie sie es von früher kannten. Dass Mama dringend Erholung von der Verantwortung für ihn gebraucht hatte und Urlaub mit einem Freund machen wollte. Oder besser ohne Freund? Vielleicht wussten sie, dass Mama seit Ostern nur noch Freunde in ihrem Handy hatte. Vielleicht hatte Mama mit Oma telefoniert, wenn er in der Schule gewesen war. Dann wussten sie bestimmt auch, dass Lea vor Ostern zu ihrem Freund nach Madrid gezogen war. Dann konnte er ihnen nicht weismachen, Mama hätte ihn mit Lea alleine gelassen.

Wenn sie Mama anrufen oder ihn zurückbringen wollten, weil sie glaubten, er wäre weggelaufen ... Wie sollte er das verhindern? Wie sollte er sie dazu bringen, ihn bei Oma Luzies Mann abzusetzen oder ihm wenigstens dessen Namen und Adresse zu verraten? Sollte er Manon einweihen? Natürlich nicht in das, was er mit Mama gemacht hatte, nur dass er lieber zu Oma Luzies Mann gebracht werden wollte. Es schien doch, als hätte Manon

Mama, Papa und Lea früher gekannt. Vielleicht kannte sie auch Papas Vater, wusste, wo er wohnte, und fuhr ihn hin.

Und wenn nicht? Wenn sie nach seiner Erklärung etwas sagte wie: »Wenn das so ist, steigst du besser sofort wieder aus. Ich will keinen Ärger. Hast du vergessen, dass Oma Gerda deine Oma Luzie hasste wie die Pest?« Nein, das hatte er nicht vergessen. Oma Gerda hatte es damals oft genug in seiner Gegenwart gesagt. Sie hatte immer gesprochen, als hätten Kinder keine Ohren.

Die Erschöpfung und der Rausch vom Wodka Red Bull hinderten ihn daran, einen klaren Gedanken zu fassen. Alles, was ihm einfiel, war die Bitte, ihn aussteigen zu lassen, ehe sie beim Waldcafé ankamen. Er konnte nicht sofort wieder hinaus in die Hitze. Beim Waldcafé war es bestimmt etwas kühler. Im Wald gab es Schatten und, wenn er kurz vorher ausstieg, bestimmt die Chance, sich zu verstecken. Vielleicht fand er zum Übernachten eine Mulde unter einem großen Baum wie Schneewittchen. Dann müsste er eben morgen weitersehen und weitergehen, andere Leute fragen, seine Zeichnungen zeigen.

Auf die Strecke achtete er nicht, während er nach einer Lösung für das neue Problem suchte, nur auf den Löffel in seiner Hand. Als der Joghurtbecher restlos leer war, lehnte er den schweren Kopf an die Nackenstütze und schloss die Augen. Ihm war schwindlig.

»Bist du müde?«, fragte Manon und verhinderte damit, dass er sich noch weiter in Ängsten und nutzlosen Überlegungen verlor.

»Ich habe letzte Nacht nicht gut geschlafen und bin sehr früh losgegangen«, sagte er. »Mama konnte mich nicht zu dem Parkplatz bringen, weil sie früh fliegen musste.«

»Ich dachte, du wärst mit dem Bus gekommen«, erinnerte Manon ihn an seine vorherige falsche Behauptung.

»Ja, ich musste den ganz frühen nehmen, damit Mama abschließen konnte. Sie wollte nicht, dass ich das mache und dann vielleicht den Schlüssel verliere.«

»So viel zum Vertrauen in deine Person«, sagte Manon spöttisch. Dann schlug sie vor, er solle nach hinten gehen und sich hinlegen. »Das ist bequemer, als im Sitz zu schlafen. Ich wecke dich, wenn wir da sind. Du kannst unbesorgt ein Nickerchen machen.«

Daraufhin zwängte er sich zwischen den Sitzen durch in den Wohnbereich mit den beiden Bänken, aus denen man mit dem Tisch dazwischen ein Bett bauen konnte. Es gab hinten aber auch ein größeres Bett. Früher hatte er dort mit Oma geschlafen, dann hatte Opa mit den Bänken vorliebgenommen, um ihn im Schlaf nicht zu erdrücken.

Er zog die Schuhe aus und inspizierte die Wunden an seinen Füßen. Die aufgescheuerten Blasen bluteten nicht mehr. Somit lief er nicht Gefahr, das Bett zu versauen. Nach seinem Rucksack und dem Stoffbeutel mit seinem Reiseproviant hielt er nicht Ausschau, hatte nur das Bett im Blick. Es sah zerwühlt aus. Oma hatte früher immer Kissen, Decken und Laken in die Kästen unter der Heckscheibe gestopft und ihm damit eine Spielwiese für Regentage geschaffen. Jetzt lagen ein Kissen und eine Decke auf dem zerknautschten Laken.

Er schlug die Decke ordentlich zurück, zog das Laken stramm und schüttelte das Kopfkissen auf. Dann streckte er sich aus, drückte das Kissen unter dem Kopf zurecht und registrierte noch minutenlang das sanfte Schaukeln der Fahrt, ehe er wegsackte wie ein Stein, den man in einen See warf.

Wie in den letzten Tagen mit Mama in der Wohnung tauchte er ein paarmal auf. Beim ersten Mal hörte er Manon reden, vermutlich hatte ihn das geweckt. Sie sprach ziemlich laut, als müsse sie sich gegen ein anderes Geräusch behaupten. »Ging nicht anders. Ich konnte ihn da nicht sitzen lassen. Er meinte …« Dann wurde sie leiser, und er verstand nur noch etwas von einer Karre, einem Alten und einer Tür, ehe sein Hirn erneut auf Tauchstation ging.

Beim zweiten Mal holten ihn der aufheulende Motor, ein Ruck und ein Krachen an die Oberfläche. Es schien nichts passiert zu sein. Manon fuhr weiter, er schlief wieder ein und träumte vom Engel, der ihn über den Boden zog und sagte: »Es ist nicht weit. Nur quer durch den Wald. Das schaffst du.«

Als er aus diesem Traum aufschreckte, weil ihn etwas in den Hintern stach, saß er neben der Tür auf der Bank am Tisch, als hätte er mit dem Kopf in einer Armbeuge geschlafen. Das Polster unter ihm glimmte. Er konnte von Glück sagen, dass er die Wohnung in der Jeans und nicht in Shorts verlassen und die Hose zum Schlafen nicht ausgezogen hatte. Seine Unterhose oder die Shorts hätten auf seiner Haut größeren Schaden angerichtet als der Jeansstoff, der nur ankokelte, aber nicht schmolz wie Kunstfasern.

Vom Fenster tropfte ihm glühend heiß ein Stück Gardine auf den nackten Unterarm, als hätte es ein Luftzug von draußen dorthin geweht. Er schlug es weg, sprang auf, fühlte sich benommen und desorientiert. Abgesehen vom Feuerschein war es dunkel. Im ersten Moment wusste er nicht, wo er war, schaute sich hektisch und panisch um, weil er glaubte, der Engel hätte ihn gerade noch über den Boden gezogen, statt ihn wie sonst aufzuheben.

Dann fiel ihm ein, dass sie in Opas Wohnmobil auf dem Weg zu einem Waldcafé waren. Aber sie fuhren nicht mehr, mussten also angekommen sein. Und er hatte Manon nicht mehr bitten können, ihn vorher aussteigen zu lassen.

Überall war Feuer. Das Bett brannte. Orangegelbe und blaue Flämmchen züngelten über das Laken, knabberten die zurückgeschlagene Decke an und fraßen sich in das Kopfkissen. Von den Sitzen im Fahrerhaus loderten genau in diesem Moment helle Flammen auf. Sekundenlang fürchtete er, Manon säße noch hinter dem Steuer. Aber Manon war nicht mehr da.

Es wäre ratsam gewesen, das Wohnmobil schnell zu verlassen und wegzulaufen. *Es ist nicht weit, nur quer durch den Wald, das schaffst du*, zuckte es ihm durch den Kopf. Aber er konnte unmöglich den Rucksack mit seinen Freunden und die Tasche mit seinem Proviant zurücklassen. »Nach hinten«, hatte Manon gesagt.

Da war kein Platz, um etwas abzustellen. Das Bett reichte von Wand zu Wand, blieben nur die beiden Staukästen unter dem Heckfenster. Wie sollte er die erreichen, wo überall Flammen züngelten? Er versuchte es mit einem Trick, den er im Fernseher gesehen hatte, holte ein Badetuch aus der Dusche. Nass machen konnte er es nicht, es kam kein Wasser, als er den Hahn aufdrehte. Also drosch er mit dem trockenen Tuch auf die Flammen ein, erschlug auch einige an der Oberfläche. Doch darunter kokelte es weiter. Er kroch durch die glühende Gasse, bekam den Deckel vom ersten Kasten zu fassen, hob ihn hoch und fand nur Bettzeug, noch ein Kissen, noch eine Decke.

Zum zweiten Kasten schaffte er es nicht mehr, das Feuer trieb ihn zurück. Das Badetuch schleifte er mit, versuchte es unter dem Wasserhahn über dem Spülbecken anzufeuchten. Auch da kam kein Tropfen heraus. Die Wasserflaschen fielen ihm ein, die er im Einkaufswagen gesehen hatte. Einen Sechserpack hatte er auf der Arbeitsfläche neben dem Herd bemerkt, als er nach hinten gegangen war. Den zweiten hatte Manon womöglich in einem der Schränke verstaut. Instinktiv hielt er die Luft an, suchte danach, entdeckte aber nur eine Palette mit Limo. Drei oder vier Dosen riss er auf, trank jeweils ein paar Schluck und kippte den Rest der schäumenden Flüssigkeit aufs Tuch.

Inzwischen brannte es hinten so heftig, dass er unmöglich noch einmal übers Bett bis zu dem zweiten Kasten kriechen konnte. Er versuchte es zwar, hielt den Atem an, tauchte ein in den Qualm und die Hitze. Aber als die Flammen an seinem Gesicht leckten, seine Haare fraßen, sich in seine Hände bohrten, zog er sich notgedrungen wieder zurück.

Nach einer Hustenattacke und ein paar Atemzügen kam ihm der Gedanke, dass mit *hinten* auch das Staufach über dem Durchgang zum Bett gemeint sein konnte. Doch zurück in den Wagen schaffte er es nicht mehr. Sooft er es versuchte, aus der offenen Tür schlugen ihm Flammen entgegen und trieben ihn zurück. Dann kamen Polizei und Feuerwehr. Und mehr wusste er nicht.

Weil er krampfhaft abwägte, was er sagen durfte und was nicht, sprach er stockend wie jemand, der versucht, sich an jede Einzelheit zu erinnern. Rita ließ ihn reden und zwischendurch Wasser trinken, mit Fragen hielt sie sich zurück. Nach einem Tramper klang seine Geschichte nicht, auch nicht nach einem, der sich in Holland aufgehalten und dort obskure Bekanntschaften geschlossen hatte.

Seine oft kindliche Ausdrucksweise unterstrich den Wahrheitsgehalt seiner Schilderung. Aber es klafften gewaltige Lücken, die Rita klarmachten, dass der Bursche seine Geheimnisse für sich behalten wollte. Zum Beispiel erwähnte er nicht, warum und wohin er lange in der Sonne gegangen war.

Bei der Hitze in den letzten Tagen lief doch keiner aus Lust und Laune stundenlang in der Gegend herum. Da zog es einen ins nächste Freibad oder an einen See. Wenn kein Wasser in erreichbarer Nähe war oder es an Geld für den Eintritt mangelte, suchte man sich ein schattiges Plätzchen oder blieb einfach zu Hause.

»Die Frau, die dich mitgenommen hat, hieß also Manon«, fasste Rita zusammen. Dann waren die Hombergs vermutlich nach Frankreich gefahren. Ob die niederländische Polizei das bereits in Erfahrung gebracht hatte? Rita war in dem Moment zufrieden mit sich und ihrem Entschluss, sich Beckers Anweisung zu widersetzen. »Hat sie dir auch ihren Nachnamen genannt?«

Er schüttelte den Kopf.

Rita machte sich nicht mehr die Mühe, seine Reaktionen zu kommentieren, damit ein Ja oder Nein aufgezeichnet wurde. »Weißt du, wie lange ihr ungefähr gefahren seid und wo Manon jetzt ist? War sie noch bei dir, als es gebrannt hat?«

Drei Fragen auf einmal. Er verneinte alle mit einem Kopfschütteln und erklärte: »Ich bin eingeschlafen, als es hell war. Als ich aufwachte, war es dunkel. Ich saß auf der brennenden Bank neben der Tür, und Manon war nicht mehr da.«

Dass er auf dem Bett eingeschlafen war, behielt er für sich. Sie hätte garantiert wissen wollen, wie er von dort auf die Bank gelangt war. Dann hätte sie sich denken können, dass er zwischendurch wach genug gewesen sein musste, um vom Bett aufzustehen. Dass er zweimal zu müde gewesen war, um die Augen zu öffnen, beim ersten Mal nur Manons Stimme gehört hatte, beim zweiten Mal das Krachen und sich an ein drittes Mal nicht erinnerte, hätte sie ihm vermutlich nicht geglaubt.

Hans Werner Dederich, der bis dahin nur gespannt zugehört hatte, bekam eine Gänsehaut. »Du hast im Feuer gesessen?«, fragte er und fing sich dafür von Rita einen giftigen Blick ein.

Er nickte.

»Und du hast nicht mitbekommen, wie das Feuer ausbrach?«

Er schüttelte den Kopf.

Rita erklärte ungehalten: »Hier stelle ich die Fragen.«

»Dann stellen Sie die richtigen«, verlangte Grovians Schwiegersohn. »Fragen Sie den armen Kerl mal, was er durchgemacht hat, bevor er mit gegrilltem Hintern aufgewacht ist.«

Rita fragte stattdessen: »Du hast eine Limo getrunken. Hat Manon dir die gegeben, bevor sie dich nach hinten geschickt hat?«

»Nein, bevor ich eingestiegen bin«, sagte er wahrheitsgemäß. »Ehe wir losgefahren sind, hat sie mir noch einen großen Becher Joghurt mit Kirschen gegeben.«

»Hat sie etwas hineingetan?«

»Einen Löffel.«

Die Antwort eines Kindes. Ob er ihr das Kind vorspielte oder tatsächlich auf dem Niveau eines Siebenjährigen war, wusste Rita immer noch nicht, hatte aber auch nicht mehr vor, es herauszufinden. Dafür waren andere zuständig. Wenn sie ihn wie ein Kind behandelte, konnte sie nichts falsch machen. Und wenn er so fest geschlafen hatte, dass er erst aufgewacht war, als ihn das Feuer in den Allerwertesten biss, konnte man ziemlich sicher sein, dass er betäubt worden war und sich deshalb an nichts erinnerte. Für Rita erklärten sich mit der halben Wahrheit die

Brandlöcher im Hinterteil seiner Jeans. Jungen Frauen, denen K.-o.-Tropfen verabreicht worden waren, erging es genauso. Zu blöd, dass das Teufelszeug nicht lange nachweisbar war und das Krankenhauslabor es versäumt hatte, ihn sofort nach seiner Einlieferung auf Drogen zu testen.

»Kannst du Manon beschreiben? Wie alt war sie, wie groß, welche Haarfarbe hatte sie, was hatte sie an?«

»Flipflops, ein weißes Top und blaue Shorts«, antwortete er wie aus der Pistole geschossen. Mit der restlichen Beschreibung tat er sich schwerer und bot an: »Ich kann eine Zeichnung machen.«

»Da müssen zuerst deine Hände heilen«, sagte Rita. »Das wird eine Weile dauern. Ich sorge dafür, dass jemand herkommt, der eine Zeichnung macht. Dann kannst du bei jedem Detail sagen, ob es richtig oder falsch ist, einverstanden?«

Er nickte.

»Gut«, sagte Rita. »Und jetzt will ich wissen, wie du heißt. Und erzähl mir nicht, dass du es nicht weißt.«

Er gab einen Laut von sich, der nach einem verlegenen Kichern klang, und stellte nach einer winzigen Pause verblüfft die nächste wichtige Frage: »Wenn das Wohnmobil anderen Leuten gehört hat, woher kannte Manon denn meinen Namen, und warum hat sie meinen Vater beleidigt?«

Rita hielt es für ein Ausweichmanöver. Ein Jugendlicher, der sich beim eigenen und den Namen seiner Angehörigen bedeckt hielt und den Grund für seine Wanderschaft verschwieg. Was davon zu halten war, lag für sie auf der Hand und wurde unterstrichen von der Bemerkung, die der Bademantelträger eben gemacht hatte.

Der Junge war ein Ausreißer, der nicht dahin zurückwollte, wo das Leben ihm womöglich übel mitgespielt hatte, wo es ihm jedenfalls nicht gefiel oder nicht passte. Möglicherweise war er bereits als abgängig registriert. Zu dumm, dass sein Kopf bandagiert und mit den Wundauflagen von seinem Gesicht nicht genug zu sehen war. Ein Foto wollte Rita zum Abschied trotzdem machen. Die wesentlichen Merkmale, Augen und Mund, waren immerhin frei. Am Computer ließen sich die Auflagen wahrscheinlich wegretuschieren, eine passende Nase und ein Haarschopf einarbeiten.

»Ich kenne deinen Namen noch nicht«, erinnerte sie ihn an ihre Aufforderung. »Aber den brauche ich.«

»Er heißt Sascha«, meldete sich Hans Werner Dederich noch einmal zu Wort. »Sein Vater ist vor Jahren abgehauen. Jetzt hat sich auch noch seine Mutter verdünnisiert, weil sie beim Freund wohnen will. Er war unterwegs, um einen Großvater zu suchen, von dem er nicht mal den Namen oder die Adresse kennt. Müsste der Vater seines Vaters sein. Zu den Eltern seiner Mutter wollte er gar nicht. Die hat er nur zufällig getroffen.«

Damit erklärte sich alles, was für Rita eben noch offen gewesen war. Blieb die Frage, warum der Junge ihr das nicht selbst erzählt hatte. Scham vermutlich oder Furcht, irgendwo untergebracht zu werden, wo er nicht leben wollte.

»Er hat aber nicht zufällig die Eltern seiner Mutter getroffen«, belehrte Rita den Informanten und wandte sich wieder dem vermeintlichen Sascha zu. »Stimmt das, was der Mann sagt?«

Er nickte wieder.

»Ich kann deinen Großvater suchen«, bot Rita an. »Da muss ich nur wissen, wie du mit Familiennamen heißt. Wenn der Großvater der Vater deines Vaters ist, heißt er genauso wie du. Es sei denn, deine Eltern waren nicht verheiratet oder deine Mutter hat ihren Mädchennamen behalten.«

Wenn ihm das vorher klar gewesen wäre ... Aber ihn hätte es vermutlich nicht weitergebracht. Eine Frau von der Kriminalpolizei dagegen ... Es war ein so verlockendes Angebot, dass er beinahe schwach geworden wäre. Aber wenn er ihr seinen Namen verriet, fand sie garantiert heraus, wo er mit Mama gewohnt hatte. Dann fand sie Mama. Und dann brauchte er keinen Großvater mehr, der ihn aufnahm und Papa anrief. Dann musste er ins Gefängnis.

Von seiner Furcht, sich mit einem falschen Wort zu verraten oder in den nächsten Sekunden einen Anfall zu bekommen, bemerkte Rita nichts. »Papa hat sich von Mama scheiden lassen«, sagte er und fügte schweren Herzens hinzu: »Wir heißen Kolchani.«

»Wie schreibt man das?«, fragte Rita automatisch und stutzte: »Hieß nicht einer deiner Spielzeugfreunde so?«

»Ja, der Feuerwehrmann.« Er buchstabierte den Namen und fügte hinzu: »Ich wollte, dass er so heißt wie ich. Ich mag Feuerwehrmänner und Polizisten nämlich sehr gerne.«

Er hoffte, sie damit gnädig zu stimmen. Vielleicht verzichtete sie dann darauf, ihn an die Wand zu nageln, wenn sie herausfand, dass er sie belogen hatte.

»Das höre ich gerne, Sascha«, sagte sie und lächelte freundlich. »Wenn du mir jetzt noch verrätst, wo du wohnst, bist du mich los.«

»Da wohne ich ja nicht mehr«, sagte er.

»Dann sag mir, wo du zuletzt gewohnt hast.«

»Das stand auf einem Zettel an meinem Rucksack.«

»Heißt das, du kannst mir deine letzte Adresse nicht nennen?«

Gekonnt hätte er schon, aber er wollte nicht. Er wusste sogar noch, wo sie nach dem Auszug aus Papas Haus eine Weile gewohnt hatten. Da hatte ein Schild an der Straße gestanden. Als Lea eingeschult worden war und Buchstaben schreiben musste, hatte er seiner Schwester nachgeeifert und alle Buchstaben gezeichnet, die er irgendwo sah. Und später hatte er in der Schule lesen gelernt und die Buchstabenfolge nicht vergessen: Augsburgerstraße.

Leider hatte er sich den Weg zu Papas Haus nicht gemerkt, wenn Papa im Sommer zu Fuß gekommen war, um sie abzuholen. Lea hatte damals gesagt: »Wenn ich vom Christkind ein Fahrrad bekomme, kann ich jeden Tag zu Papa fahren. Mit einem Rad ist es nicht weit.« Aber als Lea das Fahrrad bekam, waren sie schon umgezogen, weil Mama sich von Oma Luzie nicht alles kaputt machen lassen wollte.

Es war ein Gefühl, als hätte er den Schlüssel zur Lösung seines größten Problems gefunden. Wenn er aus dem Krankenhaus entlassen wurde, konnte er nach der Augsburgerstraße fragen und sich bei den Nachbarn dort nach Oma Luzies Mann erkundigen, der mit Nachnamen genauso hieß wie er. Blieb nur zu hoffen, dass die Polizei nicht vorher Manon fand.

Er nahm an, dass Manon die Flucht ergriffen hatte, als es losging. Mama hatte ihm oft genug erklärt, dass es zuerst immer so aussehe, als sei er müde, wenn sich ein Anfall ankündige. Dass vielleicht in seinem Hirn etwas abschalte und der Eindruck entstehe, er werde gleich einschlafen. Dass er dann unvermittelt zu zucken und in schrillen Tönen zu kreischen beginne.

Bestimmt hatte Manon sich fürchterlich erschreckt und es vorgezogen zu fliehen. Wenn sie noch vorne im Wohnmobil gesessen hatte und er hinten gewesen war, hätte sie sich einen Vorsprung verschaffen können. Er hoffte inständig, dass sie nicht versucht hatte, ihn aus Unwissenheit zu beruhigen, dass er sie nicht ebenso verletzt oder getötet hatte wie Mama.

Wie oft hatte er Mama geschlagen, getreten und gebissen, wenn sie die Vorboten eines Anfalls falsch gedeutet und ihm nicht beizeiten Medizin gegeben hatte. Mama hatte ihm die Schläge, Tritte und Bisse aber immer verziehen. »Du kannst ja nichts dafür, Schatz«, hatte sie regelmäßig gesagt, wenn er wieder bei Sinnen war. »Du machst das nicht mit Absicht, das weiß ich. Es ist nur dein Kopf, etwas darin funktioniert eben nicht richtig.«

Vielleicht schlug er ihn deshalb so oft irgendwo gegen.

Dass die Gefahr eines weiteren schweren Anfalls groß war, hätte er eigentlich einkalkulieren müssen, als er sich entschloss, einen Großvater zu suchen, von dem er zu diesem Zeitpunkt nicht einmal den Namen kannte. Sich dann auch noch auszumalen, dass dieser Großvater Papa anrief, dass Papa Geld für eine Fahrkarte schickte und alles wieder so wurde wie früher, das war nun wirklich eine fixe Idee gewesen.

Als er alt genug gewesen war, um es zu verstehen, hatte Mama ihm erzählt, dass Papa sich nach Lea noch einen Sohn gewünscht habe. Aber er habe keinen gewollt, den man ständig im Auge behalten müsse. Papa habe ihn wohl lieb gehabt auf seine Art, aber er habe sich geschämt, einen Sohn zu haben, der sich aus nichtigen Anlässen in einen Berserker verwandle.

## *Der Großvater*

Solange er damals nachhaltig Einfluss auf seinen Sohn hätte nehmen können, hatte es Bernd nicht gestört, dass Robin zu den Großeltern ein innigeres Verhältnis hatte als zu Luzie und ihm. Selbst nachdem er Luzie als munter sprudelnde Geldquelle entdeckt hatte, die ihm jeden Wunsch prompt erfüllte, war die Gärtnerei Robins Anlaufstelle geblieben, sobald ein ernsthaftes Problem auftauchte. Eine verhauene Arbeit, als er noch das Gymnasium besucht hatte. Zoff mit einem Freund, der ihm ein Mädchen ausgespannt hatte. Der erste, zweite und dritte Liebeskummer. Mal spendete Oma Trost und Lebenshilfe, mal wusste Opa einen Rat.

Als Bernds Vater mit sechsundsiebzig abends einschlief und morgens nicht wieder aufwachte, war Robin einundzwanzig und dermaßen am Boden zerstört, dass seine damalige Freundin Schluss mit ihm machte, weil er ihr zu depressiv war. Dass ein Mann in seinem Alter plötzlich keine Lust mehr auf Diskothekenbesuche hatte, nur weil sein Großvater gestorben war, wollte ihr nicht in den Kopf. Da war es zum ersten Mal Luzie, die ihn tröstete, weil Bernds Mutter dazu nicht in der Lage gewesen wäre.

»Sei froh, dass du diese oberflächliche Person los bist«, sagte Luzie. »Wer nicht nachempfinden kann, warum ein Mensch trauert, weiß auch nicht, wie es sich anfühlt, einen Menschen zu lieben. Dein Großvater hatte ein schwaches Herz und einen schönen Tod. So einen wünsche ich mir auch. Für Angehörige ist es schlimm, wenn es ohne Vorwarnung kommt. Für die Betroffenen ist es das Beste, was ihnen passieren kann. Er hat nichts gespürt, nicht mal Angst vor dem Sterben gehabt. Und dafür solltest du dankbar sein.«

Kurz nach der Beerdigung traten zwei Interessenten an Bernd heran, die ihm die elterliche Gärtnerei abkaufen wollten. Wobei es ihnen nur um das große Grundstück ging. Darauf wollten sie mehrgeschossige Mietshäuser errichten, denen die drei Gewächshäuser und sein Elternhaus hätten weichen müssen.

Es war ein lukratives Angebot, Bernds Mutter wollte schweren Herzens zustimmen. Mit ihren vierundsiebzig war Anna Lackner nicht mehr die Jüngste, wollte nicht alleine in dem Haus bleiben, in dem ihr Sohn und ihr Enkel aufgewachsen waren.

Als sie das Thema Seniorenheim anschnitt, schlug Luzie vor, sie solle zu ihnen ziehen, was Bernd ziemlich wunderte. Mit ihrer unehelichen Tochter war Luzie nie eine Schwiegertochter nach dem Geschmack seiner Mutter gewesen. Daran hatte Luzie sich allerdings nie gestoßen. Und seit Robins Umzug ins Dachgeschoss wurde sein Zimmer nicht mehr genutzt. Sonja hatte nach ihrem Abitur in Frankfurt zu studieren begonnen, kam zwar an den Wochenenden nach Hause, aber da reichte eine Schlafcouch, die man ins Büro stellen konnte.

»Bei uns hätte deine Mutter ein Wohn- und Schlafzimmer«, sagte Luzie. »Sie hat Familienanschluss, wenn sie will. Das erspart dir das schlechte Gewissen, Robin muss nur eine Treppe tiefer steigen, wenn er wieder mal Liebeskummer hat. Und wir erfüllen den Herzenswunsch deines Vaters, sein Haus bleibt in der Familie. Mit anderen Worten, wir schlagen drei Fliegen mit einer Klappe.«

Mit Rücklagen aus dem Restaurantbetrieb wurde Bernds Elternhaus von Grund auf saniert und anschließend vermietet. Robin war fest entschlossen, dort einzuziehen, wenn er verheiratet war und Kinder hatte. Für Kinder sei es da draußen ideal, sagte er. Einen großen Gemüsegarten wollte er anlegen und das kleine Gewächshaus an der rückwärtigen Grundstücksgrenze nutzen. Seine Kinder sollten Tomaten, Salate und Kräuter heranwachsen sehen.

Große Pläne, große Träume, fand Bernd jedes Mal, wenn sein Sohn von einer Zukunft mit eigener Familie schwärmte. Anstalten, sich in absehbarer Zeit um die Verwirklichung zu bemühen, machte Robin jedoch keine. Nach den trüben Erfahrungen mit seiner letzten Freundin hielt er junge Frauen auf Distanz. Auf eine neue Beziehung wollte er sich erst wieder einlassen, wenn er völlig sicher war, die Richtige gefunden zu haben. Zweimal geriet er in den folgenden Jahren noch an Falsche und merkte es jeweils erst nach etlichen Monaten. Dann lernte er Tosca Ebel kennen.

Robin war achtundzwanzig, Tosca gerade zweiundzwanzig geworden. Und sie hatte, wie Bernds Mutter fand, schon einiges vom Leben einstecken müssen. Für Anna Lackner war Robins neue Liebe nur: »Das arme Mädel.«

Als sie Bernd von dem *armen Mädel* erzählte, war Robin bereits seit vier Monaten mit Tosca liiert, hatte sie bei seinen Eltern aber noch mit keiner Silbe erwähnt. Seine Großmutter dagegen war bestens informiert und hatte schon mehrfach vorgeschlagen: »Bring sie doch mal mit.« Aber da gab es ein Problem. Tosca befürchtete, im Hause Lackner auf Ablehnung zu stoßen.

»Wer soll sie denn ablehnen?«, fragte Bernd verständnislos.

Seiner Ansicht nach stellte sich Ablehnung erst ein, wenn man mit den negativen Seiten eines Menschen Bekanntschaft gemacht hatte. Und nicht einmal dann konnte man als Restaurantbetreiber Widerwillen oder Verachtung offen zeigen. Als Gast war sogar ein ausgemachtes Scheusal König. Luzie hatte es sich in jungen Jahren doch nicht einmal leisten dürfen, ihren Vergewaltiger mit Missachtung zu strafen. Der hatte tatsächlich die Dreistigkeit besessen, noch Monate nach Sonjas Geburt sein Bier *Bei Frieda* zu trinken.

»Ich glaube, es ist wegen ihrer Familie«, sagte Anna. »Da liegt einiges im Argen. Das arme Mädel fürchtet, dass Luzie Druck auf Robin ausübt, wenn ihr davon etwas zu Ohren kommt.«

Darin sah Bernd das geringste Problem. Bei Luzie hatte früher so viel im Argen gelegen, wer da mithalten wollte, musste sich anstrengen. Und nach allem, was seine Mutter zu berichten wusste, schaffte das keiner aus Toscas Umfeld.

Sie hatte zwei ältere Geschwister, die beide schon verheiratet waren. Mit ihrem Bruder Finn und ihrer Schwägerin Nele verstand Tosca sich gut. Die lebten mit zwei kleinen Söhnen im eigenen Haus und waren finanziell gut gestellt. Nele war ein Einzelkind mit vermögenden Eltern. Mit ihrer Schwester Carmen und deren Mann pflegte Tosca keinen Kontakt. Die lebten mit drei Kindern und zwei Hunden von Hartz IV und wurden von Toscas Eltern unterstützt.

Ulrich und Gerda Ebel besaßen mehrere Eigentumswohnungen. Eine Vierzimmerwohnung war an die älteste Tochter vermietet. Eine bewohnten sie noch selbst. Nach dem Tod des Großvaters väterlicherseits sollten sie dessen Haus und das dazugehörige Nachbarhaus erben. Nach armen Leuten klang das nicht.

Laut Robin war Tosca das Nesthäkchen und hatte mit Männern bisher ebenso wenig Glück gehabt wie Robin mit Frauen. Ihr letzter Freund hatte möglicherweise bei Aufenthalten in der Wohnung ihrer Eltern lange Finger gemacht. Es waren mehrfach wertvolle Gegenstände und zweimal größere Geldbeträge verschwunden. Als er in Verdacht geriet, hatte er Carmen beschuldigt, die bei den Eltern ein und aus ging und dort nach dem Motto hantierte: *Was dein ist, ist auch mein.* Carmen hatte die Diebstähle vehement bestritten. Gerda Ebel glaubte der älteren Tochter und verlangte von Tosca die Trennung vom Freund. Tosca wiederum glaubte den Unschuldsbeteuerungen ihres Freundes, war daraufhin von ihrer Mutter vor die Tür gesetzt und anschließend vom Freund verlassen worden.

Seitdem lebte sie allein in einem Einzimmerappartement und hatte ihre Eltern schweren Herzens auf Unterhalt verklagen müssen, um die Miete zahlen und sich einen klapprigen Fiat leisten zu können. Den Kleinwagen brauchte sie dringend, um zur Arbeit zu gelangen. Sie befand sich im zweiten Ausbildungsjahr zur Zahnarzthelferin und wurde von ihrem Chef schamlos ausgebeutet.

»Das Mädel kann einem wirklich leidtun«, schloss Anna. »Sie traut sich nicht aufzumucken, damit nicht auch noch ihr Chef sie vor die Tür setzt. Ein Vorwand findet sich ja immer. Und manche jungen Frauen heutzutage sind regelrecht prädestiniert zum Opfer. Die haben einfach nicht mehr den Mumm wie wir früher. Sag Robin bloß nicht, dass ich dir das erzählt habe.«

Seinem Sohn hätte Bernd auch ohne die eindringliche Bitte um Verschwiegenheit nichts vom Vertrauensbruch der geliebten Großmutter erzählt. Aber mit Luzie sprach er darüber. Was Ausbeutung am Arbeitsplatz und eine herzlose Mutter anging, davon konnte Luzie doch ebenfalls ein Lied singen. Deshalb meinte Bernd, es gäbe einige Gemeinsamkeiten und Luzie würde wie seine Mutter sagen: »Das arme Mädel.«

Irrtum. Luzie fragte stattdessen: »Wenn sie schon zweiundzwanzig ist und erst im zweiten Ausbildungsjahr, was hat sie denn vorher gemacht?« Dazu konnte Bernd nur mit den Achseln zucken.

Seine Mutter wusste es auch nicht, fragte Robin und erfuhr, dass Tosca nach dem Schulabschluss zuerst eine Ausbildung zur Rechtsanwaltsfachangestellten absolviert hatte, diesem Beruf aber nichts abgewinnen konnte. Zu profitorientiert, für Recht und Gerechtigkeit habe sich in der Kanzlei keiner interessiert, hatte sie Robin erzählt. Es sei nur darum gegangen, die geltenden Gesetze nach Schlupflöchern abzusuchen und für die Mandanten das Beste herauszuholen. Am schlimmsten sei das bei Scheidungsverfahren gewesen. Da habe sich niemand Gedanken gemacht, wovon eine Frau mit kleinen Kindern leben solle, wenn der Mann nicht zahle.

## *Freitag, 26. Juli*

Ob er sich während des langen Marsches durch die Hitze an Papas Scham erinnert und damit erneut etwas in Gang gesetzt hatte, das gerade erst wieder zur Ruhe gekommen war, wusste er nicht. Aber er hätte sich nach den letzten Tagen mit Mama in der Wohnung wohl gar nicht daran erinnern müssen.

Vor Jahren hatte ein Arzt ihm eine sehr niedrige Frustschwelle attestiert. Darauf hatte Mama sich immer berufen, wenn sie ihn bei Frau Adoleit oder anderen Leuten für irgendwas entschuldigen musste. Es mussten nicht einmal gravierende Ereignisse sein, die ihn aus der Bahn warfen. Wenn er etwas nicht wusste, nicht konnte, nicht wollte oder nicht durfte, war das für ihn Stress.

Man durfte es Oma Gerda nicht verübeln, dass sie damals geglaubt hatte, er hätte ihre Bretterbude mit Absicht in Brand gesetzt. Hatte er nicht, aber saurer Salat mit scharfen Zwiebeln und kein Nachtisch, da war es naheliegend gewesen zu denken, er hätte sich rächen wollen.

Und diesmal war entschieden mehr Stress zusammengekommen als damals. Das vergebliche Warten, dass Mama zu Staub zerfiel, seine Ratlosigkeit, der Hunger, der Gestank in ihrem Zimmer und die Befürchtung, dass er einen Fehler gemacht hatte, als er Mama auch noch den Kopf abschnitt. Dass nun alle denken würden, er hätte sich über irgendwas geärgert und deshalb ausgerechnet die Frau getötet, die sich all die Jahre aufopfernd um ihn gekümmert, für ihn auf persönliches Glück verzichtet hatte.

Und es war ja noch weitergegangen. Er hatte doch schon auf dem Parkplatz befürchtet, dass Opa und Oma ihn nicht erkannten. Kurz darauf hatte er im Wohnmobil Angst bekommen, dass sie ihm nicht glaubten, mit Mama reden oder mit Lea schimpfen wollten. Mit dieser Furcht war er eingeschlafen. Und aufgewacht, als Manon sagte: »Ging nicht anders, ich konnte ihn da nicht sitzen lassen. Er meinte ...«

Er nahm an, dass sie den Besitzern des Wohnmobils Bescheid hatte sagen wollen, sie habe ihn an Bord genommen. Dann hätte sich das Missverständnis rasch geklärt. Die Leute hatten bestimmt etwas gesagt wie: »Wir kennen den Jungen nicht, bring ihn dahin zurück, wo du ihn aufgelesen hast.« Und Manon hatte geantwortet ... Was hatte sie denn noch gesagt? Etwas von einem Karren, einem Alten und einer Tür, das ergab für ihn keinen Sinn.

Warum hatte sie ihn danach nicht irgendwo am Straßenrand abgesetzt? Oder an einer einsamen Stelle im Wald? Oder hatte sie das tun wollen? In der Dunkelheit hatte er beim Versuch, zurück ins Wohnmobil zu gelangen und seine Freunde zu retten, Bäume und Sträucher wahrgenommen. Dass er mehr von der Umgebung registrierte, hatten Panik und Verwirrung verhindert.

»Hör zu, Sascha«, riss Rita Voss ihn mit Nachdruck aus seinen Überlegungen und Befürchtungen. »Ich glaube eine Menge, aber das glaube ich dir nicht. Wenn deine Eltern nicht mehr da sind und du mir nicht sagen willst, wo du mit deiner Mutter gewohnt hast, muss ich das hier zuständige Jugendamt informieren. Dann suchen sie einen Platz, an dem sie dich unterbringen können. Willst du das? Du bist erst fünfzehn. Es muss jemand für dich sorgen, bis deine Mutter zurückkommt.«

»Sie kommt nicht zurück«, sagte er.

»Wie lange ist sie denn schon weg?«

»Das weiß ich nicht. Ich habe mir nicht alle Tage gemerkt.« Eine harmlose Umschreibung seines Verlustes.

»Was hast du denn gemacht, nachdem deine Mutter weg war?«

»Als nichts mehr zu essen da war, bin ich gegangen, um den anderen Großvater zu suchen.«

Nach den Hinweisen des Bademantelträgers auf die verantwortungslosen Eltern hatte Rita sich schon etwas in der Art gedacht. Kein Ausreißer, sondern ein Obdachloser, im Stich gelassen von denen, die sich kümmern sollten. Sie ließ es damit genug sein, nahm ihr Handy vom Nachttisch, schloss die App und machte zwei Fotos. Bis dahin war aus der Viertelstunde, die Jochen Becker ihr gewährt hatte, etwas mehr als eine halbe Stunde geworden. Dass es noch später wurde, war nicht ihre Schuld.

Als sie das Krankenzimmer verlassen wollte, wurde das Mittagessen gebracht, und Hans Werner Dederich sagte: »Jetzt haben Sie so lange bei ihm gesessen, da können Sie ihn auch noch füttern. Dann bekommt er den Fraß wenigstens warm in den Bauch. Ich möchte meine Portion nämlich auch essen, solange sie warm ist.«

Diese Aufforderung hätte Rita mit einem giftigen Blick quittieren können. Aber er hatte nicht ganz unrecht, und beim Essen plauderte es sich meist lockerer. Doch kaum hatte sie ihm den ersten Happen in den Mund geschoben, stürmte ein gehetzt wirkender Pfleger herein, der es offenbar übernehmen wollte.

»Sind Sie die Mutter?«, pflaumte er Rita an, wartete nicht auf Antwort, legte gleich los: »Ich hoffe, Sie haben ihm Pyjamas, ein paar Handtücher und seine Zahnbürste mitgebracht. Er hat nicht mal Unterwäsche, keine Pantoffeln, keinen Namen.«

»Er heißt Sascha Kolchani und hat keine Angehörigen, die Pyjamas, Handtücher und Pantoffeln bringen könnten«, erklärte Rita und zückte ihren Dienstausweis.

»Sind Sie die, die seine Sachen haben wollte?«

»Sie haben es erfasst.« Rita schenkte ihm ein knallhartes Lächeln und bekam wenige Minuten später einen schwarzen Plastiksack überreicht, in dem sich angesengte Kleidungsstücke befanden, denen Brandgeruch anhaftete. Man war in der Notaufnahme noch fündig geworden. Da hatte sich die Verlängerung ihres Aufenthalts doch gelohnt. Es fehlte nicht viel, dann hätte sie sich bei dem Bademantelträger bedankt. Stattdessen hielt sie dem Jungen die nächste Gabel mit Fleisch und Püree hin und erkundigte sich beim Pfleger: »Was machen Sie denn normalerweise, wenn Sie Notfallpatienten einkleiden müssen, weil es keine Angehörigen gibt?«

»Dann gibt es meistens Nachbarn, Bekannte oder einen Pflegedienst, der in die Wohnung kann«, sagte der Pfleger, während er sich bemühte, den zahnlosen Greis zu wecken. »Dass hier einer liegt, der nicht mal eine Hose am Hintern hat, das hatten wir noch nie. Wenn ich dazu komme, rufe ich gleich bei der Kleiderkammer an. Machen wir manchmal, wenn ein Obdachloser eingeliefert wird. Aber Unterwäsche haben die nicht, aus hygienischen Gründen.«

Eine halbe Stunde später deponierte Rita den Plastiksack mit Kleidungsstücken im Streifenwagen, zog Handschuhe an und kontrollierte die Taschen der Jeans. Sie fand zwei Euro und dreißig Cent und steckte die Geldstücke ein, um sie dem Jungen später auszuhändigen.

Zu diesem Zeitpunkt war sie entschlossen, den Sack nach ihrer Rückkehr in die Dienststelle sofort in der Kriminalwache abzuliefern, schnellstmögliche Weiterleitung ans LKA zu verlangen und Klinkhammer um einen Gefallen zu bitten, ob es Becker in den Kram passte oder nicht. Falls die mysteriöse Manon an den Sachen des Jungen Spuren hinterlassen hatte, würde man die in den kriminaltechnischen Labors des LKA finden. Und wenn Klinkhammer sich einschaltete, ging das womöglich etwas schneller.

Zurück nach Hürth fuhr sie nicht sofort. Nahe beim Krankenhaus gab es ein Einkaufscenter mit der Filiale eines Textildiscounters. Dort erstand sie sechs Boxershorts und zwei Pyjamas. Bei der Eile, die der Pfleger an den Tag gelegt hatte, kam er womöglich nicht dazu, die Kleiderkammer anzurufen. Und sie machte dieser Einkauf nicht nennenswert ärmer. Eine Zahnbürste und eine Tube Zahncreme waren auch noch drin.

Weil sie übers Füttern ebenfalls hungrig geworden war, kaufte sie anschließend im Erdgeschoss für sich ein belegtes Brötchen und entdeckte bei der Gelegenheit einen Ständer mit Spielzeug der Marke, die der Junge genannt hatte. Es handelte sich um Restbestände, die preislich herabgesetzt waren.

Von der Feuerwehr gab es den Einsatztrupp B, drei Männer mit Feuerlöscher und einer Axt, leider keine Piraten. Und in der

Spielwarenabteilung für ein komplettes Piratenschiff mit Besatzung vierzig, fünfzig oder noch mehr Euro hinzublättern, nur um einen Kapitän zu ergattern, so weit ging Rita dann doch nicht.

Sie konnte ohnehin nicht recht glauben, was sie tat. Richtig bewusst wurde ihr das erst, als sie den Einsatztrupp B bezahlte und den Kassierer fragte: »Gibt es große Unterschiede zwischen den neuen Figürchen und welchen, die vor zehn oder elf Jahren auf den Markt gekommen sind?«

»Die sind seit Jahr und Tag gleich«, antwortete der Mann. »Die Feuerwehrmänner haben mit der Zeit nur andere Helme bekommen. Früher waren die schwarz. Ich habe noch eine komplette Wache, die hebe ich für meinen Sohn auf.«

Nun, einen Helm konnte man bei einem Großbrand verlieren, fand Rita. Und dass man solch einen Brand nicht überstand wie aus dem Ei gepellt, musste auch jedem klar sein. Immerhin wären Kolchani und Johnny Depp aus den rauchenden Trümmern eines flammenden Infernos geborgen worden. Da ließ sich mit einem Feuerzeug garantiert ein glaubwürdiges Äußeres herstellen.

Auf dem Rückweg zum Krankenhaus brachte sie die kleine Pappschachtel zum Auto, verständigte das Jugendamt über den Notfall und wies auf die Dringlichkeit hin. Sie dachte auch kurz daran, Becker noch einmal anzurufen und ihm den Namen der unbekannten Frau durchzugeben. Aber das Risiko, erneut zurückgepfiffen zu werden, war ihr zu groß.

## *Die Polizistin*

Als Rita Voss mit ihren Einkäufen zurück ins Krankenhaus kam, saß ein recht ansehnlicher junger Mann am Bett des Jungen. Kriminalkommissar Bläser aus Gelsenkirchen, an den hatte Rita überhaupt nicht mehr gedacht. Viel Berufserfahrung konnte Bläser noch nicht gesammelt haben. Er war eher Mitte als Ende zwanzig. Und dass man einen wie ihn schickte, wertete Rita als sicheres Zeichen dafür, dass Gelsenkirchen den falschen Homberg-Enkel als Randfigur einschätzte.

Bläsers Anwesenheit verhinderte, dass sie dem Jungen umgehend sein Restgeld aushändigte. Sie hätte erklären müssen, dass sie in die Jeanstaschen gegriffen hatte, mit Handschuhen zwar, aber ohne Zeugen. Beim Verdacht, die Beweismittel könnten kontaminiert sein, waren die Kleidungsstücke nutzlos.

Sie legte dem Jungen die Sachen aufs Bett. Die Tüte faltete sie zusammen und steckte sie ein, um gleich den Plastiksack darin zu verstauen. Sekundenlang ärgerte sie sich, keine zweite Tüte verlangt zu haben. Aber sie hatte nicht erwartet, dass sie in Begleitung zurück nach Hürth fahren würde.

»Ich hoffe, es passt alles«, sagte sie. »Wenn nicht, der Kassenbon ist dabei, dann müsste jemand vom Krankenhaus rübergehen und die Sachen umtauschen.«

Wie der Pfleger hielt Bläser sie in Anbetracht der Einkäufe für eine Angehörige und wollte sich ihr förmlich vorstellen. Doch ehe er dazu kam, übernahm wieder Hans Werner Dederich das Kommando und bekundete: »Das finde ich echt nobel von Ihnen. Umtauschen kann meine Frau, falls das notwendig sein sollte. Sie kommt gleich und kann ihm noch Pantoffeln besorgen. Dann muss er nicht die ganze Zeit auf seinem gegrillten Hintern liegen oder sitzen. Was er sonst noch braucht, kann meine Schwiegermutter organisieren. Die sitzt ehrenamtlich an der Quelle.«

Wie Rita kurz darauf erfuhr, hatte Grovians Schwiegersohn sich während ihrer Abwesenheit mächtig ins Zeug gelegt, um den Jungen vor weiteren Befragungen zu schützen. »Jetzt lassen Sie den armen Kerl doch in Ruhe. Er kann Ihnen nichts erzählen, was Frau Voss nicht längst weiß. Er hat bei dem Brand alles verloren, was er besaß, einschließlich der Klamotten, die er am Leib trug. Wenn er der Feuerteufel wäre, hätte er garantiert zuerst seinen Kram in Sicherheit gebracht. Oder sehen Sie das anders?«

Was hätte Bläser darauf antworten sollen? Er hatte sich ausgewiesen, aber nicht erwähnt, dass er aus Gelsenkirchen angereist war. Dederich hielt ihn für Unterstützung aus Hürth und hatte empfohlen: »Halten Sie sich an Frau Voss, die hat alles aufgenommen.«

Bläser wirkte erleichtert, als er mit gesenkter Stimme erklärte: »Der Herr sagte, Sie haben die Befragung aufgezeichnet. Wenn ich mir das anhören könnte ...«

»Können Sie«, erwiderte Rita und verabschiedete sich von dem Jungen, der sich bedankte, als hätte sie ihm die Kronjuwelen der Königin von England überreicht.

Im Einkaufscenter besorgten sie noch zwei Eiskaffee aus der Kühlung und für Bläser ein belegtes Brötchen. Er hatte seinen Wagen wie Rita im nahe gelegenen Parkhaus abgestellt, stand aber ein gutes Stück entfernt, was es ihr erlaubte, ungesehen den schwarzen Sack und den Einsatztrupp B in die Plastiktüte zu stecken. Leider schimmerte der Sack durch das dünne weiße Material der Tüte. Und die konnte sie keinesfalls im Auto liegen lassen, sonst war bald der Nächste damit unterwegs zu einem Einsatz.

Kurz vor drei trafen sie in der Dienststelle Hürth ein. Den Abstecher zur Kriminalwache musste Rita sich verkneifen und die Tüte erst mal mit in das Büro nehmen, das sie mit Thomas Scholl teilte. In den Räumlichkeiten des KK 11 hielt sich niemand auf. Immer noch ahnungslos, rätselte Rita, was Becker veranlasst haben mochte, seinen Schreibtisch zu verlassen. Im Gegensatz zu Klinkhammer und dessen Vorgänger Grovian neigte er nicht dazu, Außeneinsätze zu übernehmen oder daran teilzunehmen. Aber bei der dünnen Personaldecke ... Sekundenlang streifte sie der Anflug eines schlechten Gewissens, weil sie sich zwischendurch nicht noch mal bei ihm gemeldet hatte.

Sie deponierte die Tüte in ihrem Schreibtisch. Dass Bläser ihr dabei zuschaute, ließ sich nicht vermeiden. Ob er Verdacht schöpfte, es könne sich um Beweismittel handeln, hätte sie nicht sagen können. Auszuschließen war das nicht, der Brandgeruch drang sogar durch zwei Lagen Plastik. Und so wie er sie anschaute, schien er auf eine Erklärung zu warten. Aber offenbar fehlte ihm die Erfahrung oder der Mut, eine ranghöhere Kollegin zur Rede zu stellen.

»Setzen Sie sich doch.« Rita zeigte auf den Besucherstuhl vor ihrem Schreibtisch, zückte ihr Handy und teilte in lockerem Ton mit: »Ich frag kurz nach, wo die Kollegen sich herumtreiben. Wahrscheinlich möchte der eine oder andere mithören.«

»Machen Sie nur.« Bläser zog ebenfalls ein Handy aus der Gesäßtasche seiner Jeans. »Dann frage ich nach, ob wir schon etwas aus den Niederlanden gehört haben.«

»Die Hombergs sind vermutlich nach Frankreich gefahren«, erklärte Rita und wählte dabei bereits Beckers Handynummer.

»Haben Sie das vom falschen Enkel gehört?«

Weil Becker sich in dem Moment meldete, schüttelte Rita nur den Kopf und sagte ins Telefon: »Ich bin jetzt mit Herrn Bläser in der Dienststelle, Jochen. Der Junge hat die Hombergs gar nicht zu Gesicht bekommen. Ich hatte recht, was die unbekannte Frau angeht. Du willst dir bestimmt anhören, was er mir erzählt hat. Er heißt übrigens Sascha Kolchani. Der Name dürfte nicht allzu häufig sein. Wenn er irgendwo als abgängig gemeldet …«

»Sekunde«, wurde sie unterbrochen und hörte Becker in den Hintergrund rufen: »Ich muss zurück zur Dienststelle, Thomas. Rita hat neue Infos.«

»Bist du auf dem Sicherstellungsgelände?«, fragte sie.

»Nein, am Tatort«, knurrte Becker, »für den deiner Meinung nach ja wir zuständig sind. Das hat sich zwischenzeitlich zwar geändert, aber aus Köln wird sich hier heute oder morgen trotzdem keiner blicken lassen.«

Becker war denkbar schlecht gelaunt, weil es ihm nicht gelungen war, die Kollegen aus der Großstadt zu einem sofortigen Ausflug aufs Land zu bewegen. Dazu bestand allerdings auch keine zwingende Notwendigkeit. Kein Kölner Polizist hätte an diesem Freitag mehr tun können als er. Im Prinzip hätte er nur veranlassen müssen, dass das Wrack mit dem verkohlten Körper vom Sicherstellungsgelände in eine Halle geschafft wurde. Dafür brauchte er keine Unterstützung, nur einen Abschleppwagen.

Die weitere Spurensicherung und die Bergung der Leiche würden Kriminaltechniker aus Köln in der Halle übernehmen. Deshalb erübrigte es sich auch, jemanden vom Rechtsmedizinischen Institut rauszuschicken. Solange der Körper mit verbrannten Campingmöbeln und geschmolzenem Plastik im Staufach lag, konnte er gar nicht untersucht werden. Und solange man vom falschen Homberg-Enkels nicht ein paar Anhaltspunkte bekam …

Als Rita anrief, wusste Becker bereits, dass er mehr als eine falsche Entscheidung getroffen hatte. Gestern nur veranlasst, was unbedingt nötig war, und heute weit übers Notwendige hinausgeschossen. Er stand nahe der Brandstelle dicht am Grubenrand und ließ den Blick die abfallende Böschung hinauf- und hinunterwandern, ohne mehr zu sehen als Erde, in die sich Tritt- oder Schleifspuren hätten eindrücken müssen, falls der Junge in der Nacht den Weg nach unten gewählt hätte, um eine zweite Leiche loszuwerden. Aber wie Heiko Gertz gesagt hatte, da war nichts, jedenfalls nicht gegenüber der Brandstelle. Und anderswo …

Mit dem riesigen, teilweise zerklüfteten Gelände vor Augen war Becker klar, dass die Zeit bis Montagmorgen nicht reichen würde, um die gesamte Deponie abzusuchen. Was vermutlich auch gar nicht nötig war. Einer der Arbeiter hatte dieselbe Überzeugung vertreten wie Heiko Gertz.

»Für Sie mag das ein unübersichtliches Gelände sein. Aber wer Tag für Tag hier zu tun hat, kennt jede Furche. Und nachdem Ihr Kollege uns gestern erklärt hatte, was hier los war, haben wir auf alles geachtet. Abgesehen von der zerdepperten Schranke und dem Matsch vom Feuerwehreinsatz war alles wie immer. Warum hätte sich überhaupt jemand die Mühe machen sollen, das zweite Opfer anderswo zu entsorgen? Ob nun eine oder zwei Leichen im Wohnmobil verbrannt wären, hätte keinen Unterschied gemacht.«

Blieb die Flucht in den Wald. Und wenn das hier so weiterging, waren Spaziergänger vielleicht schon über die zweite Leiche gestolpert, ehe der Hund auch nur ein Viertel der Deponie bewältigt hatte. Das Tier war gegenüber dem Bürocontainer im Einsatz. Dort war gestern und heute abgekippt worden – etwas mehr als sechseinhalbtausend Tonnen. Ein sinnloses Unterfangen, mit dem Hund ausgerechnet bei diesem Berg anzufangen, fand Becker.

Sie hätten im Wald beginnen sollen, wofür Gertz schon gestern plädiert hatte. Von der Deponie aus schien es schwierig reinzukommen, ringsum stand dichtes Unterholz. Aber wenn Walter Homberg sein Wohnmobil selbst hatte steuern müssen, womöglich mit einem Messer am Hals, konnte es ihm nach dem Durchbrechen der Schranke gelungen sein zu entkommen. Dann wäre er über die Zufahrt zurückgelaufen und nicht in die Deponie hinein.

Hätte er sich seitlich in die Büsche auf dem Grünstreifen geschlagen, der die Zufahrt von der Autobahn trennte? Den Verkehr sah und hörte man. Das versprach Rettung. Aber stolperte ein Siebenundsechzigjähriger in Todesangst bei Nacht mit einem Fünfzehnjährigen auf den Fersen in unwegsames Gestrüpp? Eher nicht.

Das Waldstück auf der gegenüberliegenden Seite war licht und leichter zugänglich. Hier gab es kein Unterholz, was Walter Homberg bei der Anfahrt gesehen haben müsste. Wahrscheinlich hätte er gehofft, zwischen den Bäumen Deckung zu finden und sich verstecken zu können, bis sein Verfolger aufgab oder das Weite suchte. Was der Junge aber wohl nicht getan hatte, sonst hätte man schon am Donnerstag etwas von Walter Homberg gehört.

Rita fühlte sich wie vor den Kopf geschlagen, als Becker ihr erklärte, was im Staufach entdeckt worden war. »Und wonach sucht ihr jetzt noch?«, fragte sie lahm.

»Denk mal scharf nach«, blaffte er ausgelaugt von der Hitze und frustriert von der Aussichtslosigkeit dieser Aktion. »Es wird ein Ehepaar vermisst.«

Rita schüttelte unwillkürlich den Kopf, hatte wieder vor Augen, wie der Junge sich von ihr füttern ließ. Dieses ausgehungerte

Häufchen Elend mit dem bandagierten Kopf, den verbrannten Armen und Händen, dieses magere Kerlchen, das Rotz und Wasser um drei Plastikfigürchen heulte, sollte zwei ältere Leute getötet haben?

Becker würde rasch begreifen, dass er sich irrte, wenn er die Aufnahme hörte. »Kommst du her?«, fragte sie, was ebenso überflüssig war wie ihre erste Frage. Er hatte es Scholl doch bereits angekündigt.

Bläser lauschte noch einer längeren Auskunft, als Rita ihr Handy vom Ohr nahm. Nachdem auch er sein Gespräch beendet hatte, sagte er: »Das Ehepaar Homberg hat den Platz in den Niederlanden am 13. Juli verlassen. Wie kommen Sie darauf, dass sie nach Frankreich gefahren wären?«

»Weil eine Frau mit französischem Vornamen den Jungen auf einem Aldi-Parkplatz aufgelesen hat. Er dachte, es handle sich um das Wohnmobil seiner Großeltern. Die Frau ging darauf ein. Dafür muss es einen Grund gegeben haben.«

Bläser nickte versonnen.

Bis Jochen Becker eintraf, verging mehr als eine halbe Stunde. Der Freitagnachmittag-Wochenendverkehr hatte bereits eingesetzt. Die Zeit reichte, um sich gegenseitig ins Bild zu setzen und über Manons Motiv zu spekulieren, den Jungen mitzunehmen.

»Es stand wohl nicht zum Besten um die Ehe«, gab Bläser wieder, was man in Gelsenkirchen von Judith Steinbrecher gehört hatte. »Frau Homberg soll eine sehr dominante Person gewesen sein, die ihrem Mann kaum Luft zum Atmen ließ. Ihre Tochter bezeichnete sie als stur, nachtragend und rechthaberisch.«

»Sie gehen davon aus, dass es sich bei der Leiche um Kathi Homberg handelt«, stellte Rita fest.

»Sie nicht?« Bläser nahm an, sie sei mit dem äußeren Erscheinungsbild der Hombergs vertraut. Als er seinen Irrtum erkannte, erklärte er: »Walter Homberg ist groß und kräftig, ihn zu Campingmöbeln in ein Staufach zu quetschen dürfte nahezu unmöglich sein. Kathi Homberg war eine zierliche Frau, etwa Ihre Statur.«

»Und wie passt Manon dazu?«, fragte Rita.

»Als Affäre«, meinte Bläser. »Laut Frau Steinbrecher hat ihr Vater schon im vergangenen Jahr den Vorschlag gemacht, ohne ihren Sohn zu verreisen. Diesmal hat er dem Enkel zweihundert Euro fürs Ferienlager in die Hand gedrückt.«

»Bestechungsgeld, damit er ablehnte?«, spekulierte Rita.

»Wenn unterwegs eine Französin zusteigen sollte, wäre das ein naheliegender Verdacht. Damit würde sich auch erklären, warum Walter Homberg sich nicht bei seiner Tochter meldet, obwohl das Verhältnis zwischen den beiden offenbar besser ist als ihre Beziehung zur Mutter.«

Ein toter Walter Homberg wäre dafür ebenfalls eine Erklärung, fand Rita, noch schockiert vom Leichenfund und der Frage, ob sie einem brillanten Schauspieler zwei Schlafanzüge, sechs Boxershorts und eine Zahnbürste gekauft hatte. Nicht zu vergessen den Einsatztrupp B. Und die zwei Euro dreißig befanden sich immer noch in ihrer Tasche. Aber eine Affäre schien naheliegender und hätte die Angaben des Jungen untermauert.

Bläser brannte darauf, sich die Aufzeichnung anzuhören. Dagegen war nichts einzuwenden. Rita borgte ihm ihre Ohrhörer. Während er sich setzte und aufmerksam lauschte, sein Brötchen verzehrte und lauwarmen Eiskaffee dazu trank, schickte Rita die Fotos des Jungen zur Kriminalwache, bat darum, die Wundauflagen verschwinden zu lassen, und wies darauf hin, dass ein Phantombild erstellt werden musste.

Anschließend suchte sie im System nach Sascha Kolchani. Im Rhein-Erft-Kreis wurde niemand mit diesem Namen vermisst. Es fand sich unter dem Familiennamen Kolchani nicht mal ein Eintrag bei den Einwohnermeldeämtern. Aber Manon konnte ihn überall aufgelesen haben, Aldi-Parkplätze gab es im ganzen Land.

Als Jochen Becker dazukam, hörten sie sich die Aufzeichnung noch einmal gemeinsam an. Becker vermisste den Teil mit den drei Freunden, den Rita nicht aufgezeichnet hatte. Den gesamten Rest fand er nicht beweiskräftig, nicht einmal zufriedenstellend, weil bei allen wesentlichen Punkten Hans Werner Dederich dazwischengequatscht oder die gewünschte Auskunft gegeben hatte.

»Wer ist das?«, fragte Becker ungehalten.

»Ein Patient, den ich nicht vor die Tür setzen konnte«, antwortete Rita. »Mit dem Jungen konnte ich auch nicht raus.«

»Der Mann macht sich ziemlich stark für den Bengel«, stellte Becker fest. »Gibt es da eine persönliche Beziehung?«

»Kann ich mir nicht vorstellen«, sagte Rita. »Es wird dem Mann ähnlich ergangen sein wie PK Tirtey. Der Junge weckt Beschützerinstinkte. Er hat etwas Hilfloses an sich, nicht nur wegen all der Verbände. Zeitweise hatte ich das Gefühl, dass ich ein Kind befrage, vor allem bei längeren Passagen. Bei kurzen, präzisen Auskünften spricht er wie ein Erwachsener.«

»Kurz und präzise sagt er ja auch nur, dass er nichts weiß«, meckerte Becker. »Das war Zeitverschwendung, Rita.«

»So würde ich es nicht bezeichnen«, kam Bläser ihr zu Hilfe. »Immerhin wissen wir jetzt von Manon. Allerdings glaube ich nicht, dass die Frau ihm ihren richtigen Namen genannt hat.«

»Was glauben Sie denn?«, fragte Becker.

»Eine Frau, die nichts zu verbergen hat, hätte keine Veranlassung gehabt, einen ihr fremden Jugendlichen mitzunehmen«, antwortete Bläser und wiederholte seine Argumente für eine Affäre. Leider hatten die Camper auf den umliegenden Standplätzen nichts mitbekommen, was diese These stützte. Zumindest hatten die niederländischen Kollegen nichts dergleichen gehört.

»Sie werden nicht danach gefragt haben.« Rita warf Becker einen Blick zu, der noch einmal betonte: *Mit Klinkhammer sähe das anders aus.* »Sie sollten in Erfahrung bringen, wann die

Hombergs losgefahren sind oder ob ihnen das Wohnmobil auf dem Platz gestohlen wurde. Das haben sie getan, nicht mehr und nicht weniger.«

Becker ließ einen der Atemzüge hören, bei denen Rita nie wusste, ob er genervt, frustriert oder nur ratlos war und zwei Sekunden Bedenkzeit schindete.

»Das ist eine reichlich spekulative Theorie«, wandte er sich an Bläser. »Wenn Walter Homberg schon im vergangenen Jahr lieber ohne den Enkel in Urlaub gefahren wäre und diesmal Geld fürs Ferienlager spendiert hat, spricht das meines Erachtens eher dafür, dass der Mann eine erholsame Zeit mit seiner Frau verbringen wollte. Ansonsten hätte die Freundin gewusst, dass es sich bei dem Jungen nicht um den Enkel handeln konnte.«

»Mit der Leiche im Staufach konnte sie es sich aber nicht erlauben, dass der Junge auf dem Parkplatz eine Szene macht und andere aufmerksam werden«, sprang nun Rita dem jungen Kollegen aus Gelsenkirchen bei.

Becker fixierte sie, als wolle er sagen: Wenn du deinen Verstand nicht an der Pforte abgegeben hast, benutz ihn gefälligst. Laut gab er zu bedenken: »Wenn Homberg ein Verhältnis hat und seine Affäre unterwegs zugestiegen ist, warum sollten sie die Leiche der Ehefrau ins Staufach quetschen, das Wohnmobil in die Deponie steuern und anzünden? Auffälliger geht es nun wirklich nicht. Sie hätten die Tote irgendwo unterwegs ablegen können. In Frankreich oder Spanien wäre Kathi Homberg eine unbekannte Tote gewesen und vielleicht nie identifiziert worden. Außerdem wäre Homberg an Bord gewesen, als der Junge mitgenommen wurde. Von einem Mann ist aber nicht die Rede.«

»Vielleicht hat Homberg in einem Waldcafé gewartet, weil er nicht zusammen mit Manon gesehen werden wollte«, meinte Rita.

»Vielleicht existiert Manon nur in der Fantasie des Jungen«, hielt Becker dagegen.

Mit dem, was sonst noch zu sagen war, wartete er gnädigerweise, bis Bläser sich verabschiedet hatte – ohne eine Kopie der

Sprachaufzeichnung zu verlangen. Was Rita der Unerfahrenheit des jungen Kollegen zuschob und Becker so auslegte, dass Bläser die Auskünfte des Jungen ebenfalls für unbrauchbar hielt.

»Jetzt halten wir uns mal an die Fakten, Rita«, begann er. »Wir haben ein ausgebranntes Wohnmobil, eine Leiche, eine vermisste Person und einen Jungen mit Brandverletzungen, der dir von einer Frau erzählt hat, die seinen Namen gekannt haben soll. Woher denn? Was ist das überhaupt für ein Name? Kolchani ist ein Kaff in den Anden in Bolivien.«

»Gehört das zur Allgemeinbildung?« Rita wurde patzig, mäßigte sich aber sofort wieder. »Er nannte auch eins der Playmobil-Männchen Kolchani, weil er wollte, dass der Feuerwehrmann so hieß wie er. Feuerwehrmänner und Polizisten mag er nämlich gerne – wie alle kleinen Jungs. Er ist geistig auf dem Stand eines Sechs- oder Siebenjährigen, Jochen.«

Becker seufzte noch einmal nachhaltig. »Da warst du dir am Vormittag noch nicht sicher. Der Knabe hat dich verarscht, Rita. Tut mir leid, das sagen zu müssen. Aber von dir hatte ich nicht erwartet, dass du dich von Krokodilstränen, abgehauenen Eltern und Spielzeugmännchen einwickeln lässt. Er hat keine Ortsangaben gemacht, hat rein gar nichts gesagt, was man überprüfen könnte. Was ist mit seinem Handy? Das würde uns mehr über ihn erzählen.«

Nach einem Handy hatte Rita sich nicht erkundigt. Normalerweise trugen Jugendliche das Teil in der Hand oder dicht am Körper. In der angesengten Jeans hatte keins gesteckt. Vielleicht war es ihm im RTW oder in der Notaufnahme aus der Tasche gezogen worden und lag noch im Krankenhaus.

»Und du hast nicht danach gefragt«, stellte Becker fest. »Den Kölnern sagst du am besten nur, du hättest keine brauchbaren Informationen von ihm bekommen. Erzähl ihnen von mir aus, der Junge hätte nicht alle Latten am Zaun. Soll sich ein Psychologe mit ihm auseinandersetzen, wir probieren es nicht noch mal. Ist das klar?«

»Nein«, widersprach Rita. »Ich kann nachvollziehen, dass

du sauer bist, weil ich nicht nach einer Viertelstunde zurückgekommen bin und nicht daran gedacht habe, nach seinem Handy zu fragen. Aber der Junge hat die Karre nicht angezündet. Dann hätte er nämlich vorher seinen Rucksack in Sicherheit gebracht und keinen Veitstanz wegen seiner Freunde aufführen müssen.«

Sie zückte wieder ihr Handy, hielt ihm eines der Fotos hin und verlangte: »Sieh ihn dir an, Jochen. Er hat geschlafen, als das Feuer ausbrach, das beweisen die Brandlöcher in seiner Jeans und die Blasen an seinem Hintern. Glaubst du ernsthaft, er hätte sich auf eine brennende Bank gesetzt, nur um anschließend eine irre Show abzuziehen? Er hätte genug Zeit gehabt, um abzuhauen. Das Feuer hätte seine Spuren komplett vernichtet. Denk mal darüber nach, ehe du mich dermaßen abkanzelst.«

»Ich kanzle dich nicht ab«, verteidigte Becker seinen Vortrag. »Ich gebe dir nur einen guten Rat. Halt an deiner ersten Theorie fest. Dass die Hombergs ihn irgendwo aufgelesen und mitgenommen haben, weil er sie an ihren Enkel erinnerte, ist ein glaubwürdiger Ansatz. Seine Geschichte ist lächerlich. Vielleicht hat er sich den Hintern verbrannt und den Veitstanz aufgeführt, weil er testen wollte, was er aushält. Andere ritzen sich, weil sie mit sich und der Welt nicht fertigwerden. Aber herauszufinden, wie er tickt, ist nicht unsere Aufgabe.«

»Du glaubst tatsächlich, er hätte beide Hombergs umgebracht«, stellte Rita fest. »Warum sollte er das getan haben?«

»Auch das müssen wir nicht herausfinden«, antwortete Becker. »Wir müssen nicht beweisen, dass er es getan hat. Deshalb interessiert mich auch nicht, auf welchem geistigen Niveau er ist. Es gab mal einen Zwölfjährigen, der mit einem Vierzigtonner an der niederländischen Grenze Polizisten umnietete, weil es ihm Spaß machte. Kolchani muss nicht selbst gefahren sein. Wenn er ein Messer hatte – hat heutzutage jeder Junge, der etwas auf sich hält –, wurde Walter Homberg womöglich damit gezwungen zu fahren.«

»Und wieso ausgerechnet in die Deponie?«, fragte Rita. »Das

macht nur Sinn, wenn der Junge sich hier in der Gegend auskennt. Im gesamten Kreis gibt es aber keine Familie Kolchani.«

»Sieh einer an«, sagte Becker spöttisch. »Und überleg noch mal, ob er dich nicht doch verarscht hat. Ich fahre wieder raus. Draußen opfern Leute ihre Freizeit, um den Lörsfelder Busch abzusuchen. Der Junge hatte ausreichend Zeit, Hombergs Leiche dort irgendwo zu verscharren. Wenn der Mann noch leben würde, hätte er sich längst gemeldet.«

»Nicht, wenn er mit Manon unterwegs ist«, machte Rita einen letzten Versuch, ihn für Bläsers Theorie zu gewinnen. »Wenn der Junge ihn verscharrt hätte, warum hat er das nicht auch mit Kathi Homberg gemacht? Eine Leiche in ein ohnehin schon vollgepacktes Staufach zu schieben, stelle ich mir schwieriger vor.«

»Vielleicht musste sie vor Antritt der Fahrt reinkriechen, um ihren Mann bei der Stange zu halten«, meinte Becker. »Und das bedeutet, dass sie unter Umständen lebendig ...« Er winkte ab, wollte es nicht aussprechen und war es leid zu diskutieren. »Danke für den Tipp mit dem Rucksack, den er in Sicherheit gebracht haben könnte.« Beim letzten Wort war er bereits draußen.

## *Der Junge*

Nach dem von Angst überschatteten Vormittag verlief der Freitagnachmittag für ihn recht angenehm. Was hauptsächlich an Hans Werner Dederich lag, in dem er einen Freund gefunden hatte. Einen richtigen Freund, der viel wusste und sich kümmerte.

Nachdem Rita Voss und Bläser das Zimmer verlassen hatten, hatte Hans erst einmal dafür gesorgt, dass er *etwas Anständiges* auf den Leib bekam. Gemeint waren eine Boxershorts und ein Pyjama. Hans zog ihm beides an. Mit seinen verbundenen Händen hätte er das alleine nicht geschafft und warten müssen, bis jemand vom Pflegepersonal Zeit für ihn fand.

Der Pyjama war etwas zu groß, was im Bett nicht auffiel. Die

Boxershorts saß für sein Empfinden perfekt, aber Hans meinte mit kumpelhaftem Zwinkern: »Das kommt dir nur so vor, weil dein Hinterteil noch dick bepflastert ist. Die Jeans bestellen wir lieber eine Nummer kleiner, damit du sie nicht verlierst, wenn du herumläufst.«

Mit den frischen, neuen Sachen am Leib fühlte er sich wohl, war sauber, satt und zufrieden. Die Hände taten ihm noch sehr weh, wenn er versuchte, die Finger in den Verbänden zu bewegen. Aber das musste er ja nicht tun. Es zwang ihn auch keiner, auf dem Rücken zu liegen und trotz der vielen Pflaster jede Brandblase am Hintern zu spüren.

Bei Rita Voss hatte ihm die Panik so zugesetzt, dass er für Scham keinen Gedanken übrig gehabt hatte. Aber als der Besucherstrom einsetzte, wäre es ihm peinlich gewesen, in dem dünnen Hemd und ohne Hose im Bett zu liegen.

Zuerst kamen zwei ältere Frauen, die sich zu dem alten Mann setzten. Dann kam die Frau von Hans und ging gleich wieder, um Pantoffeln für ihn zu kaufen oder besser ein Paar Badelatschen. Hans meinte, bei Latschen sei die Größe nicht so wichtig.

Als Marina Dederich mit einem Paar dunkelblauer Latschen zurückkam, erklärte sie, ihre Mutter sei auf dem Weg zur Kleiderkammer und werde von zu Hause ein paar Handtücher mitbringen. »Braucht er doch auch, und neu gekauft trocknen sie nicht.«

Hans band seinen Bademantel zu und wollte wissen: »Kann ich dich für eine halbe Stunde allein lassen, Sascha? Dann geh ich mit meiner Frau Kaffee trinken. Ich bring dir ein Stück Kuchen mit.«

Er war ja nicht allein. Der alte Mann und die zwei Frauen waren noch da. Aber die beiden gingen, als eine jüngere Frau mit einem kleinen Jungen dazukam. Die Jüngere brachte eine Tüte mit Kuchenstücken mit und sagte: »Sieh mal, wen ich mitgebracht habe, Opa. Der Rabauke wollte eigentlich ins Schwimmbad, aber ich konnte ihn überreden.« Und an den Jungen gewandt: »Sag dem Uropa guten Tag, Oliver.«

Oliver wiederholte, was ihm vorgesprochen worden war. Die Frau nahm währenddessen ein Hefeteilchen mit Marzipan aus der Tüte. Sie hatte ein Messer dabei und schnitt einen schmalen Streifen ab. Den großen Rest legte sie auf die Tüte.

Der alte Mann wollte nicht essen, war entweder zu schwach oder satt vom Mittag. Die Frau versuchte ihn zu überreden, wenigstens einen Bissen zu nehmen. »Ich bin extra zu dem Bäcker gefahren, bei dem Oma früher immer eingekauft hat.«

Es weckte Erinnerungen. Oma Luzie hatte früher oft Kuchen mitgebracht. Dann hatte Papa Kaffee gemacht und Kakao für Lea und ihn. Anschließend hatte Papa mit Lea für die Schule geübt und Oma Luzie mit ihm Krieg gespielt.

Sie hatte einen Beutel mit kleinen grünen Plastiksoldaten gefunden, mit denen Papa als Kind gespielt hatte. Die Krieger mussten in Gräben kriechen, wo Käfer krabbelten, deshalb mussten sie aufpassen, dass sie nicht krank wurden. Auf jeden Kratzer mussten sie ein Pflaster kleben, und wenn es wehtat, durften sie Krokant essen. Er hatte Probleme gehabt, »kr« auszusprechen, und alles nachplappern müssen, was Oma Luzie ihm vorsagte, bis er es korrekt über die Lippen brachte.

»So ist das, wenn kleine Kinder vor dem Fernseher geparkt werden und den Teletubbies beim Brabbeln zusehen«, hatte Oma Luzie einmal zu Papa gesagt. »Schon Babys schauen dir beim Sprechen auf den Mund. Die brauchen später keine Logopädin.«

Oliver begann, sich beim Uropa zu langweilen, drehte sich zu ihm um und wollte wissen: »Was hast du mit deinem Gesicht gemacht?«

»Verbrannt«, sagte er.

»Den Kopf auch?«

Er nickte. »Und meine Hände und die Arme.«

»Hast du mit Feuer gespielt?«

»Ich wollte meine Freunde aus dem Feuer retten«, sagte er. »Das habe ich nicht geschafft, sie sind verbrannt.«

Daraufhin nahm Oliver das angeschnittene Hefeteilchen von der Tüte, hielt es ihm hin und fragte: »Magst du abbeißen?«

»Lass den jungen Mann in Ruhe, Oliver«, verlangte die Frau.

»Ich füttere ihn nur«, sagte Oliver. »Er kann das nicht alleine.«

Als er es aufgegessen hatte, fragte Oliver die Frau: »Darf ich ihm auch das andere geben? Seine Freunde sind verbrannt, er ist sehr traurig.« Die Frau hatte nichts dagegen, dass Oliver ihm die Tüte schenkte. Es war noch eine Rosinenschnecke drin.

»Für später«, sagte Oliver.

Er bedankte sich und freute sich auf später.

Nachdem Oliver und seine Mutter wieder gegangen waren, kamen Hans und seine Frau zurück und brachten ihm ein Stück Kirschkuchen auf einem Papptellerchen mit. Hans hatte auch eine Kuchengabel besorgt und fütterte ihn. Wenig später kam Mechthild Grovian mit Handtüchern, zwei Jeans, zwei T-Shirts und einer Windjacke in seiner Größe.

»Du bist ein Schatz, Mechthild«, sagte Hans.

Und Mechthild stellte fest: »Schuhe braucht er aber auch.« Sie schaute sich die Badelatschen an, steckte ihm einen an den Fuß, prüfte die Passform und wollte zusehen, ob sie in der Kleiderkammer etwas für ihn fand, damit er das Krankenhaus nicht auf Latschen verlassen musste, wenn er entlassen wurde.

Er wusste gar nicht, mit welchen Worten er sich für all die Geschenke bedanken sollte. Und unvermittelt kam ihm das Lied in den Sinn, das er früher oft aus der Wohnung der Messie-Frau gehört hatte. Es handelte von einer Oma, die auf einer Wolke saß und dem Mann zuschaute, der das Lied sang. Einmal hatte er Mama gefragt, ob Oma Luzie auch auf einer Wolke saß und ihm zuschaute. Mama hatte gesagt, das wäre Quatsch, auf Wolken könnte keiner sitzen, weil die aus Wasserdampf wären.

Aber für Oma Luzie musste eine Wolke ja nicht fest sein wie ein Stuhl. Wenn noch etwas von ihr da war, dann ihr Geist. Und Geister konnten überall sitzen, in der Luft stehen und durch Wände gehen. Das hatte er wie vieles andere vom Fernseher gelernt.

Vielleicht hatte Oma Luzie von einer Wolke aus dafür gesorgt, dass er den richtigen Weg einschlug und noch Wasser kaufen wollte, damit er in dieses Krankenhaus kam, wo er Hans traf, der ihm beistand, dessen Frau ihm Latschen kaufte, wo ihm ein kleiner Junge Kuchen schenkte und Mechthild ihm Kleidung brachte, in der er wieder hinaus auf die Straße konnte. Die Vorstellung hatte etwas Tröstliches, als wolle Oma Luzie noch einmal sagen: »Mach dir keine Sorgen, kleiner Mann. Ich bringe das in Ordnung.«

Er erinnerte sich nicht, wann und zu welcher Gelegenheit sie das zu ihm gesagt hatte. Was sie in Ordnung hatte bringen wollen, wusste er bis heute nicht. Ihm fiel nur ein, dass Papa gefragt hatte: »Was willst du denn tun, Mama?«

Und Oma Luzie hatte geantwortet: »Zuerst rede ich mit dem Idioten, der die Einschätzung von Eltern über die Bewertung von Fachleuten stellt. Wenn er Eltern gesehen hat, muss er besoffen gewesen sein. Er hatte schließlich nur mit der Mutter zu tun. Wenn er sich taub stellt, gibt es andere Stellen, für die das von Interesse sein dürfte. Das Jugendamt zum Beispiel.«

Und wie zum Beweis, dass Oma Luzie über ihn wachte, kam zu guter Letzt noch ein Mann vom Jugendamt. Mechthild Grovian und Marina Dederich nutzten das als Vorwand, um sich zu verabschieden. Der Mann hieß Engelbrecht. Noch ein Zeichen von oben, wo Engel herkamen. Engelbrecht stellte ihm einige Fragen, wollte aber nur wissen, was er gerne mochte, und versprach, einen schönen Platz für ihn zu suchen, bis geklärt war, ob es Familienangehörige gab, die bereit waren, ihn aufzunehmen.

»Ich möchte nicht zu Oma Gerda und Opa Ulrich«, sagte er.

»Das musst du auch nicht«, versprach Engelbrecht. »Wir versuchen deinen Großvater Kolchani zu finden. Ehe du aus dem Krankenhaus entlassen wirst, vergehen ja noch einige Tage.«

## *Der Großvater*

Auch nach all den Jahren verfluchte Bernd sich noch oft dafür, dass er seiner Mutter damals den Weg geebnet hatte, dem *armen Mädel* zu demonstrieren, dass im Hause Lackner jeder Mensch mit einem anständigen Charakter willkommen war. Es half nicht, in Gedanken ein halbes Dutzend Szenarien durchzuspielen, wie es wohl weitergegangen wäre, wenn er gesagt hätte, dass man es Robin überlassen sollte, wann er seinen Eltern die neue Freundin vorstellte.

Und es war so banal gewesen. Eine Einladung zum Essen, vorgebracht mit einem, wie er fand, alterstypischen Argument: »Ich würde das Mädel halt gerne kennenlernen, bevor ich die Augen für immer schließe.« Als hätte der Arzt ihr den nahen Tod angekündigt.

Die Neugier seiner Mutter verstand Bernd durchaus. Inzwischen war er ebenfalls neugierig und argwöhnisch geworden. Robin verbrachte die Abende und Wochenenden in Toscas Einzimmerappartement. Sonntags waren sie entweder bei Toscas Bruder und der Schwägerin oder bei Toscas Eltern. Aber Robin machte keine Anstalten, Tosca seinen Eltern und seiner Großmutter vorzustellen.

Mit Bernd und Luzie sprach er nicht mal über sie, wenn er nicht ausdrücklich gefragt wurde, wozu man kaum Gelegenheit bekam, er war ja nur noch selten daheim. Und seine Antworten fielen in der Regel einsilbig und nichtssagend aus. Solche Zurückhaltung hatte er bei seinen Verflossenen nie an den Tag gelegt. Mit denen war er verschiedentlich am späten Abend ins Restaurant geschneit und hatte auf zwei frei gewordene Plätze spekuliert.

Was er davon halten sollte, wusste Bernd nicht. Glaubte Robin tatsächlich, Tosca könnte bei ihnen auf Ablehnung stoßen? Hatte sie etwas an sich, was diese Ablehnung hervorrufen könnte? Oder fürchtete Robin nur, dass sich das hehre Bild, welches er seiner Großmutter gezeichnet hatte, als Seifenblase entpuppte?

Als es auf Weihnachten zuging, fand Anna Lackner, das sei doch der richtige Anlass, um das arme Mädel persönlich kennenzulernen. »Sonja kommt doch bestimmt an einem Feiertag«, meinte sie. »Dann würde es nicht so aussehen, als wollten wir das arme Mädel unter die Lupe nehmen.«

Luzies Tochter hatte in Frankfurt einen Kommilitonen kennengelernt, der wie sie BWL studierte. Sonja wollte den Heiligabend in trauter Zweisamkeit genießen und am ersten Weihnachtstag alleine nach Hause kommen, weil ihr Freund dann seine Eltern besuchte. Das Restaurant wurde erst am zweiten Feiertag wieder geöffnet.

»Frag Robin doch einfach, ob er hier ist, wenn Sonja kommt, und ob er seine Freundin mitbringen möchte«, schlug Anna vor.

Bernd sprach erst einmal mit Luzie. Mit einer Einladung war sie einverstanden, es hätte nur nicht unbedingt zu Weihnachten sein müssen. »Das sieht gleich so nach Familienanschluss aus«, meinte Luzie. »Den will sie doch offenbar nicht.«

Aber irgendein Wochenende mit Restaurantbetrieb eignete sich noch weniger. Und jeder andere Termin hätte nach einer Inspektion ausgesehen, da stimmte Bernd mit seiner Mutter überein. Luzie sah das ebenso. Sie war es dann auch, die Robin harmlos fragte: »Bist du eigentlich an Weihnachten hier, wenn Sonja kommt? Wenn ja, kannst du deine Freundin gerne mitbringen.«

»Das weiß ich noch nicht, Mama«, antwortete er. »Heiligabend bin ich hier. Aber es kann sein, dass wir am ersten Feiertag Toscas Großvater besuchen, damit der alte Mann nicht alleine ist. Er hat im Frühjahr seine Frau verloren. Normalerweise wäre er bei Toscas Eltern. Aber die haben sich ein Wohnmobil angeschafft und sind über Weihnachten und Neujahr verreist, weil sie die Familie nicht mehr an einen Tisch bekommen. Ulrich leidet sehr darunter, er ist ein richtiger Familienmensch. Aber Tosca und Carmen, das ist wie Feuer und Wasser.«

Auf den beiläufig vorgebrachten Hinweis, dass er mit Toscas Vater bereits per Du war, folgte eine kurze Erklärung zu Toscas älterer Schwester und ihrem Mann, mit denen auch Finn und Nele nichts zu tun haben wollten. Luzie gab sich ahnungslos.

Zwei Tage später erklärte Robin, dass Toscas Großvater das gesamte Weihnachtsfest bei Finn und Nele verbringen werde. »Wir kommen dann am ersten Feiertag, aber nur zum Kaffee.«

»Ihr könnt gerne zum Abendessen bleiben«, bot Luzie an.

»Tosca möchte nicht gleich beim Antrittsbesuch das volle

Programm mit der kompletten Familie abspulen«, antwortete Robin. »Ich hoffe, ihr versteht das.«

Wenn sie es nicht verstanden hätten, hätte das auch nichts geändert. Aber sie verstanden es ja, bei ihnen war es damals nicht anders gewesen. Luzie hatte sich auch nicht gerne länger in der Nähe von Bernds Eltern aufhalten mögen. Nicht zu Unrecht hatte sie befürchtet, wegen ihrer vaterlosen Tochter auf Ablehnung zu stoßen. Bernd erinnerte sich noch lebhaft an den Moment nach ihrer Trauung, als die damals dreijährige Sonja sich mit ihrem leeren Blumenkörbchen vor seiner Mutter aufgebaut und gefragt hatte: »Bist du jetzt auch meine Oma?« Und seine Mutter hatte dem Kind geantwortet: »Nein, aber du darfst mich Anna nennen.«

Daraufhin hatte Luzie ihr die vermeintlich respektvolle Anrede *Mutter* verweigert und sie noch geraume Zeit mit »Frau Lackner« angesprochen. Erst nach Robins Geburt war daraus »Anna« geworden. Die Jahre hatten daran nichts geändert. Und manchmal hatte Bernd den Eindruck, dass seine Mutter es Luzie noch heute krummnahm, wenn sie mit Vornamen angesprochen wurde. Deshalb fungierte er so oft als Sprachrohr zwischen den beiden.

Nachdem Robin für den ersten Feiertag zugesagt hatte, machte er beim Heiligabend einen Rückzieher. Den Nachmittag wollte er noch mit seinen Eltern und Oma verbringen und hätte sich sehr über eine vorgezogene Bescherung gefreut. Um sechs wollte er zu Tosca. Sie waren wie der Großvater bei Finn und Nele eingeladen. Robin hatte bereits Spielzeug für Toscas Neffen besorgt.

»Das wird bestimmt toll«, meinte er. »Weihnachten mit alten Leuten und kleinen Kindern, genauso, wie man es sich wünscht. Finn stellt eine Nordmanntanne mit echten Kerzen auf. Und Nele macht eine gefüllte Pute.«

Bei Bernd und Luzie gab es nur eine Fichte aus hochwertigem Kunststoff mit einer elektrischen Lichterkette und Kartoffelsalat mit Würstchen. Luzie hatte mal wieder ein schlechtes Gewissen.

Und Bernd wurde das Gefühl nicht los, dass Robin bei Tosca die Familie gesucht und gefunden hatte, die sie ihm nicht hatten bieten können.

## *Die Polizistin*

Nachdem Becker sie mit ihrem Frust alleine gelassen hatte, googelte Rita als Erstes die kleine Ortschaft in den bolivianischen Anden. Es gab tatsächlich ein Kaff, das Colchani hieß. Mit C geschrieben, nicht mit K, wie der Junge es buchstabiert hatte. Zu ihrer Beruhigung trug das nicht bei. Anschließend brachte sie den Plastiksack mit den angesengten Kleidungsstücken zur Kriminalwache und bat um rasche Weiterleitung zur KTU nach Düsseldorf. Wenn Manon eine reale Person war, hatte sie womöglich Spuren an der Kleidung des Jungen hinterlassen, die das Feuer nicht zerstört oder unbrauchbar gemacht hatte.

Für die Erstellung eines Phantombilds hatte sich noch niemand auf den Weg nach Bergheim gemacht. Die junge Frau, die das übernehmen sollte, hieß Kirsten Winters und war damit beschäftigt, eines der beiden Fotos zu bearbeiten, die Rita im Krankenhaus gemacht hatte. Stirn und Wangen waren weitgehend frei. Aber Nase und Kinn stellten eine Herausforderung dar, weil das Weiß der Verbände die Konturen verschwimmen ließ.

Rita hätte direkt von oben fotografieren müssen, hatte aber jetzt nicht den Nerv, sich belehren zu lassen, wie man ein Handy halten musste, um ein für diesen Zweck brauchbares Porträt zu erzielen. Ihr schwirrte immer noch Beckers Stimme im Kopf herum wie eine lästige Mücke, die nur darauf wartete, sich niederlassen zu können. *Der Knabe hat dich verarscht, Rita.*

Ja, vielleicht, sogar wahrscheinlich. Es war, wie sie zugeben musste, wirklich auffällig, dass er alles, was zur Feststellung seiner Identität beitragen konnte, angeblich nicht wusste und von Drogen keine Ahnung hatte. *Gras kann man doch nicht rauchen.*

*Schnupfen hatte ich zuletzt im Winter.* War das kindliche Naivität? Oder war er einer von den ganz Schlauen? Er mochte in der Schule oder sonst wo von der Ortschaft in den Anden gehört und während der Befragung gedacht haben, ein ungewöhnlicher Name sei glaubwürdiger als Schmitz oder Müller. Aber das hieß noch lange nicht, dass er zwei ältere Leute abgemurkst und das Wohnmobil abgefackelt hatte. Warum hätte er das tun sollen?

»Schicken Sie es mir, wenn Sie fertig sind«, bat sie.

»Ich kann Ihnen nicht versprechen, dass etwas Brauchbares herauskommt«, erklärte Kirsten Winters. »Sie wollen doch damit an die Öffentlichkeit, oder?«

Logisch, wozu sonst die Mühe? Die Frage war, wie breit gefächert die Öffentlichkeit sein musste. Wenn Manon stundenlang mit ihm unterwegs gewesen war, konnten seine Nachbarn oder Lehrer wer weiß wo leben.

»Dann wäre es mir lieber, ich hätte eine bessere Grundlage«, sagte Kirsten Winters. »Ich muss sowieso für das Phantombild der Frau nach Bergheim, dann kann ich auch neue Fotos machen. Ich rufe gleich mal da an und frage, wann sie Verbandswechsel machen. Dann fahre ich morgen hin. Ich brauche wenigstens die Nase und das Kinn. Verbrennungen kann ich wegretuschieren und den Kopfverband durch eine flotte Frisur ersetzen. Ein bearbeitetes Foto, auf dem kein Mensch den Jungen erkennt, nützt uns nichts.«

Rita nickte ihr Einverständnis, kehrte zurück an ihren Schreibtisch und tat, was Jochen Becker sich am Vormittag verkniffen hatte. Sie rief Klinkhammer an, bat um seine Fürsprache zwecks Beschleunigung der kriminaltechnischen Untersuchung, schilderte die Fakten aus ihrer Sicht, in die Bläsers spekulative Theorie so gut hineinpasste, und sprach sich danach ihren Ärger und die Verunsicherung von der Seele.

Klinkhammer hörte interessiert zu. Als sie zum Ende kam, fragte er: »Der Junge heißt nicht zufällig David?«

»Der Typ vom Nebenbett nannte ihn Sascha. Mit Nachnamen

heißt er angeblich Kolchani. Ob's stimmt, weiß ich nicht. Jochen bezweifelt es stark. Wie kommst du auf David?«

»Nur so ein Gedanke«, sagte Klinkhammer. »Wir haben eine Vermisstensache, die hier nicht recht ins Bild passt.«

In welches Bild, glaubte Rita zu wissen, deshalb hakte sie nicht nach. Die Operative Fallanalyse war nicht zuständig für Vermisstenfälle. Es handelte sich um eine vierundzwanzigjährige Französin namens Manon David, die in Düsseldorf studiert und dort in einer von ihren Eltern finanzierten Wohnung mit ihrem mittellosen Freund zusammengelebt hatte. Bis zum 11. Mai, dem Samstag vor Muttertag. Da hatte sie ihre Eltern besuchen wollen. Die betrieben in der Nähe von Rouen in der Normandie eine florierende Pension. Dort war Manon David nie angekommen, nach Düsseldorf zurückgekehrt war sie auch nicht.

Eine Kommilitonin hatte sie als vermisst gemeldet, nachdem sie eine Woche lang nichts von Manon gehört hatte. Manons Freund hatte keine Veranlassung gesehen, die Polizei zu bemühen, und schon vor ihrem Verschwinden bei seinem Bruder den Verdacht geäußert, Manon hätte etwas mit einem alten Knacker angefangen. Das fragliche Wochenende wollte er beim Bruder verbracht haben. Ein überzeugendes Alibi war das nicht.

Nach Angaben der Kommilitonin hatte es heftig in der Beziehung gekriselt. Manons Freund sollte maßlos und grundlos eifersüchtig gewesen sein. Schon im April hatte Manon davon gesprochen, ihn aus der Wohnung zu werfen und zu ihren Eltern zu fahren, bis er seinen Kram gepackt und das Feld geräumt hatte.

Am 10. Mai hatte sie ein Sparkonto aufgelöst und ihr Girokonto abgeräumt. Knapp zehntausend Euro hatte sie in einer Düsseldorfer Bankfiliale entgegengenommen. Das ließ die Vermutung zu, dass sie ihre Eltern nicht nur für die Dauer der Räumung besuchen, sondern nicht mehr nach Düsseldorf zurückkommen wollte. Dagegen sprach allerdings, dass sie einen Großteil ihrer Kleidung und persönliche Gegenstände zurückgelassen hatte. Aber ihre Sachen hatte sie vielleicht später holen, erst einmal Abstand gewinnen und verhindern wollen, dass ihr

Freund ihre Konten plünderte. In der ersten Verliebtheit hatte sie dem armen Schlucker Vollmacht erteilt.

Mit Manon David verschwunden war ihr fast neuwertiger Renault Clio. Der Wagen war am 13. Juli auf einem abgelegenen Rastplatz in Belgien in Flammen aufgegangen. Bis dahin waren die zuständigen Ermittler der Kripo Düsseldorf davon ausgegangen, dass Manons Freund, der kein eigenes Auto besaß, ihr in Begleitung seines Bruders gefolgt war. Ursprünglich vielleicht nur in der Absicht, sie umzustimmen. Als ihm das nicht gelang, hatte er Manon umgebracht. Eine Beziehungstat nach bekanntem Muster. *Wenn ich dich nicht haben kann, bekommt dich auch kein anderer.*

Aber fackelte ein junger Mann, der von BAföG lebte, ein Auto im Wert von zigtausend Euro ab? Eher nicht. Er hätte versucht, den Clio zu verkaufen. Wieso war der Wagen erst vor knapp zwei Wochen beseitigt worden? Und wieso in Belgien? Wenn die Studentin im Mai nicht getötet worden war, wo hatte sie sich in der Zeit vom 11. Mai bis zum 13. Juli aufgehalten? Das waren immerhin zwei Monate. Und wo war Manon David jetzt? Mit den Fragen hatte Klinkhammer sich in den letzten Tagen beschäftigt.

Nun kam Rita mit einem ausgebrannten Wohnmobil und einem älteren Ehepaar, das am 13. Juli einen Campingplatz in Holland verlassen hatte, um möglicherweise nach Frankreich oder Spanien zu fahren – durch Belgien.

»Vielleicht war Manons Freund nicht grundlos eifersüchtig«, meinte Rita. »Vielleicht hat sie tatsächlich eine Affäre mit einem alten Knacker. Und jetzt sind beide abgetaucht.«

»Eine vierundzwanzigjährige Studentin und ein Rentner von siebenundsechzig Jahren?« Klinkhammer war skeptisch.

»Es gibt jüngere Frauen, die sich mit noch älteren Männern einlassen«, sagte Rita.

»Die sitzen aber entweder an den Hebeln der Macht oder sind stinkreich und berühmt«, hielt Klinkhammer dagegen. »Was hat ein Rentner aus Gelsenkirchen-Hasselt einer jungen Frau zu bieten?«

»Wenig«, stimmte Rita zu. »Aber mit großzügigen Eltern ist sie nicht auf einen Geldsack angewiesen. Vielleicht hat sie einen Großvaterkomplex, oder Walter Homberg hat Qualitäten, von denen wir uns keine Vorstellung machen können. Es passt jedenfalls. Hast du ein Foto von Manon David?«

Dumme Frage.

»Schickst du es mir? Dann fahre ich noch mal zum Krankenhaus. Mal sehen, was unser Kolchani dazu sagt. Ich geb dir sofort Bescheid, wenn er Manon identifiziert.«

Das setzte Klinkhammer voraus.

## *Der Junge*

Als Rita Voss sich mit dem Foto der vermissten Studentin noch einmal auf den Weg nach Bergheim machte, war es kurz nach fünf. Diesmal fuhr sie im Privatwagen, mit dem Einsatztrupp B im Handschuhfach und zwei Euro dreißig in der Hosentasche. Sie war ein bisschen euphorisch und ziemlich nervös. Was sie zu tun beabsichtigte, hatte mit seriöser Polizeiarbeit nichts zu tun. Man zeigte einem Zeugen nicht das Foto einer Person, die man als Verdächtige in die Fahndung geben wollte. Da präsentierte man eine Fotogalerie zur Auswahl. Man bot einem Verdächtigen erst recht keine Alternative. Der Junge musste doch nur sagen: »Das ist die Frau.« Dann wäre er fürs Erste aus der Schusslinie.

Der alte Mann beim Fenster schlief. Zur Abwechslung döste auch der Bademantelträger vor sich hin, blinzelte jedoch, als Rita zum Bett des Jungen ging. Der lag ebenfalls wie erschlagen von der Hitze flach auf dem Rücken und betrachtete die Zimmerdecke, als gäbe es dort wundersame Dinge zu entdecken. Sonderlich erfreut über ihr erneutes Auftauchen wirkte er nicht. Das änderte sich jedoch, als sie sein Vermögen aus ihrer Hosentasche zog und auf den Nachttisch zählte. »Zwei Euro und dreißig Cent.«

Sie schielte nach nebenan und behauptete in der Annahme, einen in dieser Hinsicht allenfalls krimigeschulten Laien zu sehen: »Die Kriminaltechnik hat das Geld in deiner Hose gefunden. Das brauchen wir nicht als Beweis.«

Der Junge richtete sich in eine sitzende Position auf, bedankte sich überschwänglich, erging sich noch einmal in Dankesbezeugungen für Schlafanzüge und Unterwäsche und betonte die Bequemlichkeit des Pyjamas.

»Das freut mich«, sagte Rita, zückte ihr Handy und präsentierte ihm ohne Erklärung das Foto der Studentin. Er schaute es an, schien aber nicht zu wissen, was sie mit der Aktion bezweckte.

»Wer ist das?«, fragte er.

»Du kennst die Frau nicht?«

»Nein.«

»Schade«, sagte Rita. »Das ist Manon David.«

Sie sah ihn zusammenzucken. In ihrem Hinterkopf erkundigte er sich noch einmal verwundert: *Woher kannte Manon meinen Namen?* Und Klinkhammer fragte: *Er heißt nicht zufällig David?*

Sekundenlang schwanke Rita zwischen Wut und Triumph. Jochen Becker hatte recht. Der Junge hatte sie verarscht, vielleicht nicht auf der ganzen Linie, aber mit seinem Namen.

»Warum hast du mich belogen?«, fragte sie. »Die Frau wusste nicht, wie du heißt. Sie hat sich dir mit vollem Namen vorgestellt. In Frankreich ist David ein gebräuchlicher Familienname. Du heißt David, habe ich recht?«

Sein Blick war Antwort genug. Er schaute flehentlich zu Hans Werner Dederich hinüber. Der hatte sich aufgerichtet, saß da mit angespannter Miene und gerunzelter Stirn, machte jedoch keine Anstalten, sich einzumischen und ihm beizustehen.

»Du heißt auch nicht Kolchani«, mutmaßte Rita. »Colchani mit C geschrieben ist ein Ort in Bolivien. Warum lügst du, David?«

»Aber das ist nicht die Frau, die mich mitgenommen hat«, stammelte er.

»Damit ist meine Frage nicht beantwortet«, sagte Rita. »Aber bleiben wir mal bei der Frau.« Sie hielt ihm erneut ihr Handy hin. »Auf diesem Foto ist Manon David hübsch zurechtgemacht. Das war sie auf dem Parkplatz wahrscheinlich nicht. Es war ein heißer Tag, sie wird verschwitzt gewesen sein. Versuch sie dir vorzustellen, wie sie ohne Make-up aussieht.«

»Wie denn?«, fragte er und klang dabei so hilflos wie ein Dreijähriger, von dem man verlangte, einen Dreisatz zu lösen.

Rita kapitulierte in diesem Punkt. »Wenn du das nicht kannst, sag mir wenigstens, wie du mit Familiennamen heißt. Und lüg mich nicht noch einmal an, David. Ich finde heraus, wenn du mir nicht die Wahrheit sagst.«

In seinem Blick flatterte wieder die Panik wie vormittags. Er zog die Unterlippe ein und kaute sekundenlang darauf herum, ehe er erklärte: »Hans hat gesagt, ich muss Ihnen nichts sagen, was ich nicht sagen will. Das ist mein gutes Recht.«

»Moment mal, Freundchen«, meldete sich sein Rechtsberater zu Wort, ehe Rita ihn aufs Korn nehmen und sich erkundigen konnte, was ihm einfalle, polizeiliche Ermittlungen zu torpedieren. »Hab ich dir etwa gesagt, du sollst die Polizei belügen? Und mich hast du zuerst belogen.«

Er wandte sich an Rita. »Als Sie rausgegangen sind, habe ich ihn nach seinem Namen gefragt und von ihm gehört, dass er Sascha heißt. Sonst hätte ich das nicht an Sie weitergegeben. Für mich gab es keinen Grund, daran zu zweifeln.«

»Schon gut«, beschwichtigte Rita den aufgebrachten Mann.

»Finde ich nicht«, widersprach Dederich. »Da will man einem armen Würstchen beistehen, und das ist der Dank.« Er fixierte den Jungen. »Warum nennst du nicht deinen richtigen Namen? Hast du was zu verbergen?«

Was er zu verbergen suchte, konnte er unmöglich aussprechen. Nur wusste er nicht, wie er sich auf andere Weise aus diesem Dilemma herauswinden sollte. Also sagte er wahrheitsgemäß: »Ich möchte nicht, dass die Polizei meine Mutter findet.«

Hans Werner Dederich dachte an Flugtickets und machte sich

erneut zum Fürsprecher eines armen Würstchens. Er konnte gar nicht anders, versuchte durch Blickkontakt Rita Voss auf seine Gedankengänge einzustimmen und zum Mitmachen zu bewegen.

»Wenn es nur das ist, da brauchst du dir wahrhaftig keine Sorgen zu machen. Erklären Sie ihm das mal, Frau Voss. Die Polizei hat keine Zeit, bei sämtlichen Fluglinien nachzufragen, ob und wohin eine bestimmte Person geflogen ist.«

»Richtig«, ging Rita auf den Versuch ein und bemühte sich, ihr Scherflein beizutragen: »So etwas machen wir nur bei Personen, die ein schweres Verbrechen begangen haben. Deine Mutter hat dich im Stich gelassen. Das ist verantwortungslos, aber keine Straftat, um die sich die Polizei kümmern muss. Dass du dich von ihr verraten und fallen gelassen fühlst, verstehe ich sehr gut. Aber du musst nicht zu ihr zurück, auch nicht, wenn sie freiwillig zurückkommt. Es gibt andere Möglichkeiten für Jungs wie dich. War noch niemand vom Jugendamt hier?«

»Doch«, antwortete Dederich. »Ein Herr Engelbrecht. Hat ihm versprochen, Opa Kolchani zu suchen. Daraus wird ja wohl nichts, wenn der Bursche weiter auf stur schaltet.«

»Wir sollten Herrn Engelbrecht die Suche erleichtern«, sagte Rita. »Bei deinem Großvater wärst du am besten aufgehoben. Wenn du bei Pflegeeltern oder in einem Heim untergebracht wirst, kann deine Mutter Ansprüche anmelden, wenn sie zurückkommt. Wenn dein Großvater vorher die Vormundschaft für dich bekommen hat, bestimmt er, wo du lebst. Also tu dir selbst einen Gefallen, David, sag mir, wie du mit Nachnamen heißt.«

Dass Mama je wieder Ansprüche anmelden würde, konnte er ausschließen. Warum hätte er ein Risiko eingehen sollen? Den Kopf voll mit Furcht, die zu den Augen hinauswollte, hielt er Ritas Blick stand, zog wieder die Unterlippe ein und biss diesmal so fest zu, dass Blut austrat. Dann begann er den Kopf zu schütteln. Es war mehr ein krampfartiges Zucken, als wolle er ihn gegen den Nachttisch schlagen. Und es wurde immer heftiger.

Minutenlang versuchten Rita und Dederich beschwichtigend auf ihn einzuwirken, hatten jedoch keinen Erfolg. Schließlich drückte Dederich den Klingelknopf. Ein Pfleger kam und rief nach der Ärztin. Die sorgte dafür, dass der Junge etwas zur Beruhigung erhielt. Dann forderte sie Rita auf, das Zimmer zu verlassen und den Patienten ohne ärztliche Erlaubnis nicht noch einmal zu behelligen.

Nach ihrem Rauswurf wollte Rita Klinkhammer über den Fehlschlag informieren. Er ging nicht ran, und seiner Mailbox mochte sie ihre Verunsicherung nicht anvertrauen. Sie war an einem Punkt angelangt, an dem sie beim besten Willen nicht mehr wusste, was sie von dem Jungen und seinen Auskünften halten sollte. War er wirklich zu blöd, um in einem perfekt gestylten Gesicht die verschwitzte Alltagsvorlage zu erkennen?

Rita setzte nun auf das Phantombild, das Kirsten Winters morgen erstellen sollte, allzu groß war ihre Hoffnung allerdings nicht. Es lag auf der Hand, dass die Frau auf dem Aldi-Parkplatz unvorteilhafter ausgesehen haben musste als die auf dem Foto. Tagelang mit einer Leiche im Staufach durch die Sommerhitze zu fahren war bestimmt nicht erbaulich gewesen. Und dann noch einen Großeinkauf zu machen. Da stellte sich ihr dieselbe Frage, die Becker aufgeworfen hatte. Warum hatten Manon und ihr Großvaterliebhaber die Leiche der Ehefrau überhaupt mitgenommen?

Es war spät genug, um Feierabend zu machen und ins Wochenende zu starten. Was bedeutet hätte, sich mit einer Tochter auseinanderzusetzen, die wegen drei Tagen Hausarrest ein Theater machte, als wäre sie zu lebenslänglich verurteilt worden. Und mit einer Mutter, die unentwegt gute Worte fürs Kind einlegte und daran erinnerte, dass Rita in dem Alter auch nicht pflegeleicht gewesen sei. Da sie im eigenen Auto nach Bergheim gefahren war, hätte sie nicht zur Dienststelle zurückkehren müssen, um den Wagen zu tauschen, tat es trotzdem, kopierte Manon Davids Foto auf den Computer und bat Kirsten Winters per Mail darum, sie umgehend zu informieren, falls die Schönheit Ähnlichkeit mit dem noch zu erstellenden Phantombild haben sollte.

Statt nach Hause fuhr sie anschließend zur Deponie, schaute sich die Brandstelle an, setzte Becker über den falschen Namen, die Beweismittelsendung ans LKA und ihr Gespräch mit Klinkhammer ins Bild, zeigte ihm das Foto der Studentin und ließ ihn seinen Frust über ihrem Haupt auskippen, ohne ihm Paroli zu bieten.

Dass erst jetzt nach Walter Homberg gesucht wurde, war nicht ihr Verschulden. Sie hatte nur eine unbrauchbare Befragung aufgezeichnet und den Sack mit Beweismitteln in ihrem Schreibtisch deponiert, statt ihn umgehend beim KK 14 abzuliefern. Dass sie auch noch die Münzen aus der Jeans gezogen hatte, verschwieg sie lieber. Der Rest reichte vermutlich, um zu verhindern, dass Täter und/oder Täterin vor Gericht gestellt werden konnten. So formulierte Becker es jedenfalls.

»Herrgott, Rita. Du machst den Job doch nicht erst seit gestern! Wie konntest du es derart vermasseln?«

Klinkhammer meldete sich erst nach acht Uhr abends bei ihr. Er war bis um sieben in einer Besprechung gewesen, hatte sich danach auf den Heimweg gemacht. Damit erklärte sich, warum sein Handy ausgeschaltet gewesen war und Rita nur die Mailbox erreicht hatte. Während er Auto fuhr, telefonierte Klinkhammer nicht, und bei Besprechungen wollte er nicht gestört werden.

»Mit dem Vornamen hast du vermutlich recht«, begann sie. »Der Junge heißt wohl tatsächlich David. Bestätigt hat er das nicht, aber seine Reaktion sprach für sich. Seinen richtigen Familiennamen kenne ich noch nicht. Die Studentin hat er nicht erkannt.«

»Das dachte ich mir«, sagte Klinkhammer. Für ihn schien die Sache damit erledigt.

Er war gerade erst zur Tür hereingekommen und ließ verlauten, dass er sich aufs Abendessen mit der Familie freue. Beim letzten großen Fall, an dem er mitgewirkt hatte, war er zu einer Pflegetochter gekommen wie die Jungfrau zum Kinde. Vorher hatte er mit Kindern nichts im Sinn gehabt. Seit eins in seinem Haushalt lebte, hatte er offenbar gelernt abzuschalten.

Rita gönnte ihm den geruhsamen Feierabend normalerweise von ganzem Herzen, diesmal jedoch nur halbherzig. Er fand ja nicht mal ein paar Worte, um sie aufzurichten, dabei musste er hören, dass sie am Boden zerstört war. Es kostete sie einige Mühe, ihm ohne bissigen Unterton ein stressfreies Wochenende mit der Familie zu wünschen. Klinkhammer bedankte sich und wünschte ihr dasselbe. Daran war nicht zu denken.

## *Samstag, 27. Juli*

Die Suche in der Deponie und den umliegenden Waldstücken wurde erst mit Einbruch der Dämmerung abgebrochen und früh am Samstagmorgen fortgesetzt. Rita nahm daran teil, weil sie es zu Hause oder in der Dienststelle nicht ausgehalten hätte. So gespannt sie auf das Phantombild war, allein die Vorstellung, dass draußen jemand über Walter Hombergs Leiche stolperte oder den Rucksack des Jungen fand, während sie noch darauf hoffte, dem Rentner eine Affäre nachweisen zu können …

Jochen Becker und Thomas Scholl suchten mit einem halben Dutzend freiwilliger Helfer und dem Hundeführer weiter die Grube ab. Alles andere wäre für Becker das Eingeständnis seiner Unfähigkeit gewesen. Ihm reichte es, sich das selbst vorzuhalten.

Rita konzentrierte sich mit Heiko Gertz, Jasmin Tirtey und dem Rest der Mannschaft auf den Wald. Auf Schritt und Tritt tönte ihr die eigene Stimme im Hinterkopf, dass der Junge seinen Rucksack in Sicherheit gebracht hätte und keinen Veitstanz hätte aufführen müssen, wenn er der Feuerteufel wäre. Aber wer wusste schon, wie ein Täter tatsächlich vorgegangen war, solange die Beweise fehlten?

Dass bisher weder ein Rucksack noch ein Handy entdeckt worden waren, bewies nichts. Rita konnte nur hoffen, dass es so blieb und sie bis zum Abend ihre Professionalität wiedergefunden hatte. Man durfte in diesem Job wirklich nichts und niemanden so nahe an sich heranlassen, dass man Unterhosen und Spielzeug kaufte. Dass sie nicht die Einzige war, die den Jungen als schutzbedürftiges Unschuldslamm sehen wollte, war nur ein schwacher Trost.

Jasmin Tirtey hielt sich an ihrer Seite und war begierig darauf zu erfahren, wie es um den Jungen stand. Die Sache mit den Freunden erleichterte sie. Verbrannte Spielzeugfiguren fand Jasmin erträglicher als drei Jugendliche, die den vierten in einem brennenden Wohnmobil zurückgelassen hatten.

»Das beurteilt er wahrscheinlich anders«, sagte Rita. »Aber es ging ihm gut, bis ich wissen wollte, wie er heißt. Jetzt darf ich mich im Krankenhaus nicht mehr blicken lassen.«

»Meinen Sie denn, ich dürfte ihn besuchen?«, fragte Jasmin.

»Wenn Sie das tun möchten«, erwiderte Rita.

»Gerne«, erklärte Jasmin. Sich noch einmal persönlich bei einem Menschen zu melden, den man aus einer lebensbedrohlichen Situation gerettet hatte, war ihr normalerweise nicht vergönnt. »Soll ich ihn nach seinem Namen fragen?«

»Lieber nicht«, erwiderte Rita. »Aber Sie können ihm etwas mitnehmen. Ich habe Ersatz für zwei seiner Freunde, muss die nur noch bearbeiten. Erzählen Sie ihm, Sie hätten beide unter verkohlten Trümmern gefunden.«

Rita hätte das lieber selbst getan, um zu sehen, wie er reagierte. Aber sie wollte sich nicht noch mehr Ärger einhandeln. Wenn Jasmin Tirtey es übernahm, war es vermutlich auch glaubwürdiger. Vielleicht erinnerte er sich an die junge Polizistin.

## *Der Junge*

Es war am Freitagnachmittag keiner von den Anfällen gewesen, vor denen er sich am Vormittag gefürchtet hatte. Panik und Ablehnung hatten ihn veranlasst, sich die Lippe blutig zu beißen und den Kopf zu schütteln, als wolle er ihn abwerfen. Zur Hälfte wähnte er sich identifiziert und konnte sich nicht erklären, wer der Polizei seinen Vornamen verraten hatte und warum nur den. Die Leute, die ihn kannten, wussten doch, dass er David Lackner hieß.

Vielleicht hätte sich aus der Panik der nächste schlimme Anfall entwickelt, wenn die Ärztin nicht dafür gesorgt hätte, dass er Ruhe fand. Was immer man ihm gegeben hatte, es wirkte schnell und nachhaltig. Binnen weniger Minuten dämmerte er weg, schlief tief und traumlos bis in den Samstag hinein.

Als er aufwachte, war das Frühstück längst abgeräumt, die Putzkolonne schon durch und sein Geld vom Nachttisch verschwunden. Das hatte Hans Werner Dederich noch am vergangenen Abend zu Schlafanzug und Boxershorts in den schmalen Schrank gelegt.

Er hatte ein pelziges Gefühl im Mund und blinzelte benommen ins grelle Tageslicht. Die Sonne schien ebenso erbarmungslos wie in den letzten Tagen. Kein Wölkchen verschleierte den Himmel. Beim Blick zum Nachttisch sah er die kleine Teekanne, die man ihm dagelassen hatte. Man hatte ihm auch ein frisches Glas und eine neue Wasserflasche hingestellt. Und Hans hatte ihm gestern, ehe Frau Voss mit dem Foto gekommen war und ihn als Lügner bloßstellte, das Abendessen eingepackt, weil er wegen der Kuchenstücke vom Nachmittag noch nicht hungrig gewesen war, als die Tabletts mit Brot, Wurst und Streichkäse verteilt wurden.

Die eingewickelten Brote lagen im Schubfach des Nachttischs, die Tüte mit der Rosinenschnecke befand sich im offenen Fach darunter. Hungrig war er so unmittelbar nach dem Aufwachen nicht, nur sehr durstig. Und mit den immer noch zu Klumpen verbundenen Händen konnte er ohne Hilfe weder essen noch trinken. Er hätte Hans um Hilfe bitten können, das widerstrebte ihm.

Obwohl er noch nicht wieder völlig klar im Kopf war, wusste er, dass es vorbei war wie ein schöner Traum, wenn man aufwachte. Nach den gestrigen Stunden mit Geschenken und Aufmerksamkeiten, nach der Gewissheit eines lebendigen Freundes in unmittelbarer Nähe, traf ihn der Verlust umso härter. Aber wie sollte Hans jetzt noch sein Freund sein, wo er ihn belogen und nicht verhindert hatte, dass Hans die Lüge weitergab?

Hans Werner Dederich saß in Shorts und Unterhemd auf seinem Bett und las in einem Taschenbuch, das seine Frau ihm gestern mitgebracht hatte. Hin und wieder spähte er über den Rand. Als er bemerkte, dass der Junge aufgewacht war und die Wasserflasche oder die Teekanne fixierte, wartete er auf die Bitte, ihn trinken zu lassen. Von sich aus sprach er ihn nicht an. Der Knabe sollte merken, dass er sauer war. So vergingen wortlose fünf Minuten, zehn Minuten, eine Viertelstunde, in der nicht mehr zu hören war als die schweren Atemzüge des alten Mannes.

Dann kam eine Schwesternschülerin herein, um den Jungen zu waschen und die Verbände zu wechseln. Paula hieß sie, und bei ihr bekam der Bursche den Mund auf. »Ich möchte bitte etwas trinken und muss dringend auf die Toilette.«

Paula gab ihm Wasser und griff zur Urinflasche.

»Ich kann zur Toilette gehen«, sagte er. Woraufhin Paula ihm kurzerhand unter die Arme griff, die Badelatschen anzog und ihn in den Waschraum begleitete, was ihm sehr unangenehm war.

Verständlicherweise, fand Dederich. Paula war höchstens zwanzig. Tags zuvor hatte der Pfleger den Jungen pinkeln lassen, ihn gewaschen und später noch mal aufs Klo gesetzt. Aber heute war der Knabe spät dran. Dass sich überhaupt noch jemand Zeit nahm für eine Ganzkörperpflege, wo auf den Krankenhausfluren bereits Besucher unterwegs waren und theoretisch jederzeit jemand reinkommen konnte, war ungewöhnlich.

Nach der Rückkehr aus dem Waschraum zog Paula ihm die Pyjamahose und die Boxershorts aus. Dass er vor Peinlichkeit beinahe im Laken versank, schien der Schwesternschülerin nicht aufzufallen. »Dreh dich mal auf den Bauch«, verlangte sie. Wahrscheinlich ging es ihr nur darum, sein angesengtes Hinterteil zu inspizieren.

Nachdem er mit frischen Boxershorts und dem zweiten Pyjama wieder vollständig bekleidet war, begann Paula sein Gesicht von den Wundauflagen zu befreien. Dederich befürchtete schon, sie wolle ihm auch noch das Gesicht waschen. Da wäre er eingeschritten. Aber Paula wollte nur nachsehen.

»Das sieht gut aus«, befand sie. »Das können wir bestimmt so lassen. Gleich kommt nämlich jemand, um Fotos von dir zu machen. Mit den Wundauflagen würde dich kein Mensch erkennen.«

Dummes Plappermäulchen, dachte Dederich, als er sah, wie der Junge zusammenzuckte. Ohne Zweifel hatte der Knabe etwas zu verbergen und wollte gar nicht von irgendwem erkannt werden. Und dass es ihm nur darum ging, die Suche nach seiner Mutter zu verhindern, glaubte Dederich nicht mehr so recht. Ihm war doch lang und breit erklärt worden, dass seine Mutter für die Polizei nicht von Interesse und es für ihn von Vorteil war, beim Großvater unterzukommen, wo er doch sowieso hinwollte.

Die langen Jahre der Verwandtschaft mit einem Kriminalhauptkommissar hatten abgefärbt und Dederichs Denkweise nachhaltig beeinflusst, wenn es um derartige Fragen ging. Aber vermutlich würde der Sturkopf sich eher die Zunge abbeißen, als auch noch seinen Familiennamen preiszugeben, nachdem die Polizei ihm beim Vornamen auf die Schliche gekommen war. Dederich hätte zu gerne gewusst, was ans Tageslicht kam, wenn der Junge identifiziert war. Über kurz oder lang würde das passieren. Aber er war dann wohl nicht mehr hier. Am Montag sollten die Fäden gezogen werden, danach könnte seine Frau ihn abholen.

Die Assistenzärztin erschien und fand ebenfalls, dass für Davids Gesicht keine Wundauflagen mehr vonnöten waren. Die Haut war stellenweise noch stark gerötet, aber die Schwellungen waren abgeklungen. Für zwei Brandblasen und die kleine Wunde, die er sich beim Aufschlagen der Stirn auf den Erdboden zugezogen hatte, reichten Pflaster. Sein Hinterteil sah noch besser aus, da kamen nur Sprühpflaster zum Einsatz.

»Kann ich das bitte auch auf die Hände haben?«, fragte er. »Ich möchte mich selbst waschen und anziehen und ohne Hilfe zur Toilette gehen.«

Bei seiner linken Hand lehnte die Ärztin rundweg ab, bei der rechten zeigte sie sich gnädiger. Sprühpflaster kam allerdings nicht infrage, aber der neue Verband wurde so angelegt, als trüge er einen Handschuh. Der nicht nass werden durfte, wie die Ärztin ihm einschärfte. Waschen und Toilettengang ohne Hilfe waren somit unmöglich, und frisch angezogen war er ja bereits.

Die Ärztin erklärte ihm noch, dass die Wunden sich entzünden würden, wenn die Verbände nass würden. Dass er riskiere, seine Hände nie wieder richtig gebrauchen zu können, wenn er nicht aufpasse. Dann ging sie zum Bett des schlafenden Greises hinüber, maß Puls und Blutdruck und wies Paula an, das Fentanylpflaster zu wechseln, das auf der Brust des Alten klebte. Nachdem er ein frisches bekommen hatte, atmete er etwas leichter.

Hans Werner Dederich war mal wieder der Letzte. Er hatte seit Wochenbeginn häufig das Gefühl gehabt, dass man ihn als Aufsichtsperson und Hilfspfleger betrachtete, nicht als Patient. Aber er war auch nicht krank, nur so blöd gewesen, auf einer Leitersprosse abzurutschen, zu stürzen und sich einen Spannungsprüfer in die Seite zu rammen. Die Niere hatte er erwischt.

Nachdem die Ärztin einen Blick auf seine Naht geworfen und die Umgebung der Wunde betastet hatte, widmete er sich wieder dem Taschenbuch. Aber mit seiner Konzentration war es nicht weit her. Immer wieder verirrte sich sein Blick zum mittleren Bett.

Die meiste Zeit schaute der Junge zur Decke hinauf oder zum Nachttisch hinüber. Schließlich schob er sich auf die Bettkannte und angelte mit der behandschuhten Rechten die Tüte mit der Rosinenschnecke aus dem offenen Fach. Mit der unbrauchbaren Linken drückte er sich die Tüte gegen die magere Brust und schaffte es mit den umwickelten Fingern, das Papier so weit herunterzufriemeln, dass er von der Schnecke abbeißen konnte. Nach dem ersten Bissen legte er die Tüte auf dem Laken ab, setzte sich aufrecht hin, nahm die Teekanne, füllte das Glas und trank.

Dederich ließ ihn gewähren und staunte über die Geschicklichkeit, die er an den Tag legte. Jetzt klemmte er sich erneut die Tüte vor die Brust, legte den nächsten Bissen frei und beugte den Kopf darüber. Nach dem fünften Happen, bei dem er auch einen Fetzen Papier erwischte und notgedrungen schluckte, weil er sich nicht traute, den klebrigen Schnipsel mit verbundenen Fingern von der Zungenspitze zu klauben, war Dederich es leid.

Während der Junge die Tüte wieder ablegte und das Glas mit dem Rest Tee füllte, fragte er: »Reden wir nicht mehr miteinander? Ich dachte, wir wären Freunde.«

»Von Freunden wird man nicht belogen«, bekam er zur Antwort.

»Sieh an, das weißt du also«, stellte Dederich fest. »Warum hast du mich denn belogen? Mir hättest du doch deinen Namen nennen können. Ich bin kein Polizist und werde garantiert nicht nach deiner Mutter suchen. Und Frau Voss hat dir erklärt, dass die Polizei für solche Sperenzchen keine Zeit hat. Also, was soll der Scheiß?«

Der Junge hielt seinem Blick stand und schwieg.

»Dann eben nicht«, sagte Dederich und nahm das Taschenbuch wieder hoch. »Sag Bescheid, wenn du was Herzhaftes zwischen die Zähne kriegen oder Wasser trinken willst. Ich wickle dir die Brote aus, damit der Verband nicht fettig wird. Ich schraub dir auch die Flasche auf. Wenn du das mit den verbundenen Fingern probierst, platzen garantiert die Brandblasen.«

»Ich habe an der Hand keine Blasen, nur Stellen ohne Haut.«

»Noch schlimmer«, erklärte Dederich. »Versuch lieber nicht, mit rohem Fleisch den Verschluss zu drehen, sonst kannst du die Hand vergessen.«

David musste nichts versuchen, weil es wenige Minuten später klopfte und eine junge Frau mit einer Umhängetasche hereinkam. Nach einem raschen Blick über die drei Betten steuerte sie das mittlere an und grüßte salopp: »Hallo, David. Ich bin Kirsten Winters und möchte mit deiner Hilfe festhalten, wie Manon aussah.«

So selbstverständlich, wie sie ihn ansprach, ging Dederich davon aus, dass die Polizei beim Vornamen sicher war. Kirsten Winters legte die Tasche auf den Besuchertisch und holte ein Handy heraus: »Aber zuerst mache ich ein brauchbares Foto von dir.«

»Das möchte ich nicht«, versuchte David sein gutes Recht zu behaupten. Von Dederich war diesbezüglich auch keine Unterstützung mehr zu erwarten.

»Warum nicht?«, überging Kirsten Winters seinen Protest und machte sich ungerührt an die Arbeit. »So schlimm siehst du doch gar nicht aus. Ich habe schon Jungs mit Pickeln fotografiert, deren Gesichter hätte man für Streuselkuchen mit Augen halten können. Die Pflaster und die Rötungen retuschiere ich weg, versprochen. Dann werden die Mädels auf Instagram dich anhimmeln. Du bist doch auf Instagram, oder?«

»Was ist das?«

»Du weißt nicht, was Instagram ist? Aber WhatsApp kennst du doch sicher.« Jochen Becker hatte sie gebeten, beim Handy nachzuhaken. Über die sozialen Medien klang es unverfänglich.

David schüttelte den Kopf. Und sie scherzte: »Jetzt weiß ich, warum du nicht verraten willst, wer du wirklich bist. Du stammst von Alpha Centauri, und kein Mensch könnte deinen Namen richtig aussprechen. Bist du mit dem Raumschiff abgestürzt, oder ist beim Beamen etwas schiefgegangen?«

Antwort bekam sie nicht, ihre Fragen dienten auch mehr der Ablenkung. Inzwischen hatte sie fünf oder sechs Aufnahmen gemacht, packte das Handy wieder ein und zog einen Laptop heraus. Damit setzte sie sich neben sein Bett, nahm ihr Arbeitsgerät auf den Schoß und startete ein Programm mit den Worten: »Dann wollen wir mal. Hatte Manon ein rundes oder ein längliches Gesicht?«

»Machen wir das nicht mit Papier und Stiften?«, erkundigte er sich irritiert.

»Hiermit geht es schneller. Da ist alles schon fertig drin, wir müssen es nur richtig zusammensetzen wie bei einem Baukasten. Und so gut wie das Programm kann kein Mensch zeichnen.«

»Ich kann sehr gut zeichnen«, widersprach er, in seiner persönlichen Ehre gekränkt. Es war doch das Einzige, was er wirklich gut konnte. Schon mit vier Jahren hatte er besser gezeichnet als Lea. Die Schatzinsel der Piraten, Straßen, durch die die Feuerwehr zu einem Einsatz fahren musste, U-Boote, die er mit Lego bauen wollte. Und den Parkplatz zum Mitnehmen für Oma Luzie. Da hatte er Bäume drum herumgezeichnet, damit ihr Auto im Schatten stand, wenn die Sonne schien.

Papa hatte gesagt: »Das sollten wir bei der Stadtverwaltung einreichen, Sputnik. So einen tollen Parkplatz hätten sie bestimmt gerne beim Rathaus.« Papa hatte ihn oft Sputnik genannt, weil er ihn umkreiste wie ein Satellit die Erde.

Das Elend sprang ihn unvermittelt an wie ein stinkendes Tier, das im Verborgenen gelauert hatte. Sekundenlang kämpfte er gegen die einschießenden Tränen, ließ sie lieber in den Augen brennen, statt sie fließen zu lassen. Ob Papa sich wirklich geschämt hatte, einen Sohn wie ihn zu haben? Wieso hatte er das dann nie gemerkt? Hatte Papa sich so gut verstellen können?

Nachdem er die Tränen geschluckt und sich gefangen hatte, sagte er: »Mein Vater konnte mit seinen Computern nicht zeichnen. Er hatte einen großen und zwei so flache wie Sie. Aber er konnte damit nur Buchstaben und Zeichen machen.«

»Wie lange ist das her?«, fragte Kirsten Winters.

»Ich war sieben, als mein Vater sich aus dem Staub gemacht hat«, bekam sie zur Antwort. »Jetzt bin ich fünfzehn.«

»Acht Jahre sind für Computer eine Ewigkeit«, kommentierte sie. »Heute sind die klüger als viele Menschen. Es fehlt nicht mehr viel, dann können sie Leonardo da Vinci kopieren. Schon mal von dem gehört?«

Er nickte. »Das war ein Maler und Erfinder. Mein Kunstlehrer hat mir von ihm erzählt. Er hat tote Menschen aufgeschnitten und gezeichnet, was drin war.«

»Auch«, stimmte Kirsten Winters ihm lachend zu. »Aber besser bekannt ist er für die Mona Lisa. Also, welche Form hatte Manons Gesicht?«

»Würden Sie mir bitte zuerst die Wasserflasche öffnen, bevor wir richtig anfangen?«, fragte er.

Kirsten Winters tat ihm den Gefallen, füllte ihm auch das Glas noch einmal auf und legte den Flaschenverschluss auf seinen Wunsch daneben. Dann drehte sie den Laptop auf ihrem Schoß so, dass er den Bildschirm einsehen konnte. Und Dederich ebenfalls.

Grovians Schwiegersohn saß längst auf seiner Bettkante und verfolgte den Disput mit Interesse und Anerkennung für beide

Seiten. Im Dialog mit der jungen Frau machte der Knabe keineswegs einen hilflosen Eindruck, sprach auch nicht wie ein Grundschüler. Kirsten Winters' Art imponierte ihm ebenso, locker und lässig, ein bisschen burschikos und geradewegs aufs Ziel zu, als sei es die normalste Sache der Welt, einen Jugendlichen mit einem vom Feuer gezeichneten Gesicht abzulichten.

An beruflicher Erfahrung schien es ihr jedoch zu mangeln. Beim Kunstlehrer hätte Dederich sofort nachgehakt. Dass Davids Vater vor acht Jahren drei Computer besessen hatte, war für Ermittlungen garantiert ohne Belang. Und dass der Typ sich aus dem Staub gemacht hatte … Immer mit denselben Worten vorgebracht, wurde Dederich bewusst. Wie auswendig gelernt. Warum sagte David nicht mal: *Mein Alter ist abgehauen*. Oder: *Mein Vater hat uns sitzen lassen*.

»So ungefähr sah sie aus«, sagte er und riss Dederich damit aus seinen Gedanken.

»Mit ungefähr geben wir uns nicht zufrieden«, erklärte Kirsten Winters. »Wir wollen es so genau wie möglich. Und das bekommen wir beide garantiert hin, oder meinst du nicht?«

Damit packte sie ihn beim Ehrgeiz. Nach seinen Anweisungen veränderte sie die Form der Augen, Nase, Mund, Kinn und Frisur, fügte einige Details ein. Laut seinen Worten wurde es von Mal zu Mal ähnlicher, zufrieden mit dem Ergebnis war er letztendlich aber nicht. Die Form und Fülle der Augenbrauen mochte er nicht absegnen. Mal waren es zu viele, mal zu wenig Härchen. Am liebsten wäre ihm gewesen, wenn Kirsten Winters einen Stift gezückt und einige nachgestrichelt hätte. Weil das am Bildschirm ausgeschlossen war, zeigte er sich gnädig. »Dann lassen wir es so, wenn es nicht besser geht.«

»Super«, sagte Kirsten Winters und bedankte sich für seine tolle Mitarbeit. Während sie den Laptop in der Tasche verstaute, wollte er wissen: »Was machen Sie mit dem Bild?«

»Das wird in den Medien veröffentlicht. Damit es möglichst viele Leute sehen und sich bei der Polizei melden, wenn sie die Frau kennen oder ihr irgendwo begegnen. Was meinst du, sollen wir die Leute warnen, dass die Frau gefährlich ist? Damit keiner sie anspricht, wenn sie irgendwo auftaucht?«

Unsicher zuckte er mit den Achseln. »Ich weiß es nicht.«

»Na hör mal«, sagte Kirsten Winters. »Gerade du solltest das aber wissen. Stell dir vor, du wärst nicht rechtzeitig aufgewacht. Sie hätte dich bei lebendigem Leib geröstet.«

Darauf gab er keine Antwort, fragte stattdessen: »Können Sie mit dem Computer auch Häuser zeichnen?« Kirsten Winters bedauerte. Für Häuser war das Programm nicht geeignet.

Kurz nachdem sie das Zimmer verlassen hatte, wurde das Mittagessen gebracht. Zum Nachtisch gab es einen Becher Joghurt, den David zum Rest Rosinenschnecke ins offene Fach stellte. Den Hauptgang konnte er ohne Hilfe essen. Seine rechte Hand war zwar ziemlich steif, die von Verbandmull umwickelten Finger ließen sich nicht so biegen, dass er die Gabel fest im Griff hatte. Aber er brachte jedes aufgespießte Stück zum Mund, ohne zu kleckern oder etwas zu verlieren. Garantiert konnte er mit diesen Fingern auch einen Bleistift halten und nahm sich vor, nach Papier und Stift zu fragen, wenn das Tablett wieder abgeholt wurde.

Hierbleiben konnte er nicht mehr lange. Die Polizei würde nicht eher Ruhe geben, bis sie seinen vollen Namen kannten. Und mit seinem Foto würden sie den bald erfahren, befürchtete er. Vielleicht meldete sich der Busfahrer, jemand aus der Schule oder ein Nachbar aus dem Haus. Es reichte ein einziger Mensch, um ihn ins Gefängnis zu bringen.

Aus dem Blickwinkel der Angst betrachtet, befand er sich in fast derselben Situation wie am letzten Morgen mit Mama. Er fürchtete sich immer noch vor Entdeckung, war jedoch nicht verwirrt und ratlos und damit in einer besseren Startposition. Jetzt wusste er, dass Oma Luzies Mann ebenfalls Lackner hieß, und erinnerte sich, dass es von der Augsburgerstraße nicht weit war bis zu Papas Haus. Vielleicht wohnte dort oder in der Augsburgerstraße noch einer, der Papa gekannt hatte und wusste, ob er sich wirklich für ihn geschämt hatte. Man hatte Mama ja nicht alles glauben können.

Am ersten Weihnachtstag stellte Robin ihnen eine sehr hübsche und sehr zurückhaltende Blondine vor, der man auf den ersten Blick ansah, dass sie finanziell nicht auf Rosen gebettet war. Die augenscheinliche Armut spielte weder für Bernd noch für Luzie eine Rolle. Sie hatten auch jahrelang die Finger zusammenhalten müssen. Nun übte Sonja sich in Sparsamkeit, war in Jeans und Sweatshirt angereist und hatte sich fürs festliche Beisammensein an Luzies Kleiderschrank bedient.

Tosca Ebel trug einen billigen schwarzen Baumwollfummel, am Handgelenk die Uhr, die Robin ihr am vergangenen Abend umgelegt hatte, und um den Hals ein silbernes Kettchen mit einem Herzanhänger, das Weihnachtsgeschenk ihres Großvaters. Robin hatte von dem alten Mann eine silberne Krawattennadel geschenkt bekommen. Er trug nie Krawatten, besaß gar keine, aber die Geste zählte. Robin war jedenfalls herzlich in Toscas Familie aufgenommen worden. Und Bernds Mutter gab sich die größte Mühe, dem *armen Mädel* unter Luzies Dach dasselbe Gefühl zu vermitteln.

Zwischendurch verschwand Anna kurz in ihrem Schlafzimmer und kam zurück mit einer überzähligen Weihnachtskarte. Sie hatte ungefähr zwei Dutzend Karten an Bekannte und frühere Kunden der Gärtnerei verschickt. In Ermangelung eines Geschenks hatte sie für Tosca zwanzig Euro in den Umschlag gesteckt.

Nach diesem Nachmittag trafen Robins Großmutter und seine Freundin häufiger zusammen, aber nur an Wochentagen. An den Wochenenden besuchte Tosca die eigenen Eltern, den verwitweten Großvater, Bruder und Schwägerin, wobei Robin ihr mit Ausdauer Gesellschaft leistete. Im Gegenzug kam Tosca von montags bis freitags zu ihm, nicht täglich und immer erst nach acht Uhr, weil sie die Zahnarztpraxis des Ausbeuters selten vor halb acht verlassen konnte und mit ihrem alten Fiat eine Dreiviertelstunde für die Heimfahrt brauchte. So jedenfalls wurde es einmal von Anna erklärt.

Luzie vermutete den wahren Grund in der Tatsache, dass Bernd und sie zwischen sieben und neun Uhr abends mit dem Ansturm im Restaurant beschäftigt waren und keinen Abstecher nach oben machen konnten. Wobei sie gar nicht auf die Idee gekommen wären, Robin in seiner Wohnung zu stören, wenn er Damenbesuch hatte. Aber Tosca hätte aus Höflichkeit kurz in der Restaurantküche »guten Abend« wünschen können, statt sich durch den Privateingang einzuschleichen, fand Luzie. Schon im Februar fragte sie: »Will sie uns nicht bei der Arbeit stören? Oder geht sie uns aus dem Weg?«

Nachdem sie im März einmal im Treppenhaus mit Tosca zusammengetroffen war, meinte sie: »Eine Unterhaltung mit ihr scheint wirklich nicht möglich. Das ist mir schon an Weihnachten aufgefallen. Offenbar weiß sie gar nicht, worüber sie mit uns reden soll. Auf jede Frage gab es nur eine einsilbige Antwort. Und sie konnte meinem Blick keine zwei Sekunden standhalten.«

Mit Luzies Blick hatten schon andere Probleme gehabt und lieber zu Boden geschaut als in ihr Gesicht. Manchmal spiegelte sich in Luzies Augen die Hölle, die sie in jungen Jahren durchquert hatte. Dann fürchteten manche wahrscheinlich, ins Blickfeld des Teufels zu geraten. Und was die einsilbigen Antworten anging, hatte Sonja an Weihnachten in einer stillen Minute zu Bernd gesagt: »Du meine Güte, Papa, wo hat Robin die denn aufgegabelt? Die ist ja dümmer als zwei Meter Feldweg.«

Mangelnde Allgemeinbildung registrierten manche bei sich selbst erst, wenn sie es mit Menschen zu tun bekamen, deren Horizont nicht an der eigenen Nasenspitze endete. Bernd war sich der Tatsache bewusst, dass er als Gärtner früher auch bei vielen Themen hätte passen müssen. In den Jahren an Luzies Seite und im ständigen Umgang mit Gästen hatte er sich allmählich auf eine andere geistige Ebene begeben und seine Interessensgebiete weiter gesteckt.

Unter dem Gesichtspunkt war Bernd geneigt, Toscas Verhalten als Scheu oder Schüchternheit auszulegen. Hinzu kam, dass sie das *arme Mädel* an Weihnachten nicht besonders herzlich willkommen geheißen hatten. Seine Mutter hatte sich anders verhalten. Und bei ihr verlor Tosca ihre Zurückhaltung schnell.

Meist hörten sie beim Mittagsimbiss von Anna, wie gut sie sich am vergangenen Abend mit Tosca unterhalten habe. Einmal hatte Tosca von ihrer Großmutter erzählt, die im vergangenen März gestorben war. Wie sehr sie die alte Frau vermisse, sie sei wie ein Anker für sie gewesen, an dem sie sich habe festhalten können, wenn es bei ihren Eltern drunter und drüber gegangen sei. Ulrich Ebel sollte in jungen Jahren übermäßig getrunken und im Rausch oft seine Frau verprügelt haben.

»Stellt euch vor«, sagte Anna, »einmal musste Gerda Ebel mit den Töchtern ins Frauenhaus fliehen und den Sohn zurücklassen, weil Jungs dort nicht aufgenommen wurden. Erzählt bloß Robin nichts davon. Tosca möchte nicht, dass er schlecht über ihren Vater denkt, der hat sich ja um hundertachtzig Grad gedreht. Und Robin versteht sich gut mit ihm.«

»So ein Quatsch«, kommentierte Luzie, und das bezog sich nicht auf Robins gute Beziehung zu Ulrich Ebel. »Natürlich werden kleine Jungs in Frauenhäusern zusammen mit ihren Müttern aufgenommen. Man kann sie doch nicht vor der Tür stehen lassen. Wenn Gerda Ebel ohne den Sohn im Frauenhaus war, hatte das womöglich andere Gründe. Vielleicht wollte der Junge nicht mit.«

»Wo war Robin denn, als sie dir das erzählt hat?«, fragte Bernd, ehe sich zwischen Frau und Mutter ein Disput über die Gepflogenheiten in Frauenhäusern entfachen konnte.

»In seinem Arbeitszimmer«, sagte Anna. »Er musste noch etwas für die Firma erledigen. Das muss er in letzter Zeit so häufig, dass ich es allmählich für eine Ausrede halte. Oft sitze ich den ganzen Abend mit Tosca allein, als ob er nicht wüsste, worüber er sich mit ihr unterhalten soll, wenn ich dabei bin.«

Bernd kam sich schäbig vor, als er sich bei dem Gedanken erwischte, dass zwei Meter Feldweg eben nicht jedermanns Sache waren. Dass Robin seine Freundin vielleicht deshalb so lange von ihnen ferngehalten hatte, weil es keine Themen von allgemeinem Interesse gab, über die man sich mit ihr unterhalten konnte. Wenn sie alleine waren, wurde wahrscheinlich nicht viel gesprochen.

## *Samstag, 27. Juli*

Kurz nach zwei erhielt Rita Voss eine Mail mit Anhang: das Phantombild. Sie wanderte immer noch mit Jasmin Tirtey an ihrer Seite über schattigen Waldboden, mehr als die Spuren von Wildschweinen und etwas Müll hatten sie bisher nicht entdeckt.

Die Lichtverhältnisse unter dichten Baumkronen erlaubten es, sich anzuschauen, was Kirsten Winters geschickt hatte. Es gab keinen Grund, Jasmin den Blick darauf zu verwehren. Inzwischen war die junge Polizistin in die Affäre Homberg eingeweiht und wusste alles über Manon David, was Rita in Erfahrung gebracht hatte. Manchmal brauchte auch ein harter Brocken einen Menschen zum Reden. Und wer hätte Rita in der Situation besser verstanden als Jasmin, die David als angekokelten Waldschrat um seine Freunde hatte kämpfen und zusammenbrechen sehen?

Das nach seinen Angaben entstandene Frauengesicht hatte Ähnlichkeit mit dem Foto der Studentin, das ließ sich nicht leugnen. Aber es gab Unterschiede. Auf dem Foto aus Düsseldorf wurde das Gesicht von einem perfekt geföhnten Bob mit Linksscheitel umrahmt, der schräg in die offenbar makellose Stirn fiel und diese zur Hälfte freiließ. Das Phantomgesicht war etwas schmaler, die Augen wirkten ohne Kajal und getuschte Wimpern nicht so groß und ausdrucksstark. Die Brauen und die Nase waren ein bisschen breiter, der Mund ebenfalls. Zwischen verschwitzten Haarkringeln auf der Stirn war eine kleine Hauterhebung zu erkennen. Am auffälligsten war ein Muttermal unmittelbar neben dem linken Nasenflügel. Auf dem Foto war davon nichts zu sehen.

»So was kann man überschminken«, sagte Jasmin. »Und an dem Gesicht vom Foto hat garantiert eine Visagistin gearbeitet. Schauen Sie sich nur mal die Augenbrauen an, die sind perfekt.

Also ich finde, es könnte dieselbe Frau sein. Unterwegs zupft man nicht regelmäßig und bekommt es auch nicht so hin.«

Rita sah das ebenso.

In Kirsten Winters' Nachricht hieß es: »David war kooperativ und konzentriert bei der Sache und nahm es sehr genau. Das Muttermal musste ich sechsmal verschieben. Die Augenbrauen der Frau haben wir gar nicht im Programm. Entweder hat er sie durch eine Lupe betrachtet, oder er wollte mir zeigen, dass kein Computer es mit einem hochbegabten Zeichner aufnehmen kann. Wenn Manon existiert, sieht sie garantiert aus wie das Phantombild. Für eine Fantasiegestalt hätte er sich nicht so ins Zeug legen müssen.«

Oder gerade dann, dachte Rita. Das Gesicht konnte durchaus nach ihrem Hinweis auf eine ungeschminkte Frau entworfen worden sein. Allerdings hatte sie nichts von einem Muttermal gesagt. Das war ein Punkt zu ihren und seinen Gunsten.

Für Jochen Becker war Kirsten Winters' Mail ein Schlusspunkt. Er erhielt sie zur selben Zeit. Für einen Vergleich der Gesichter war ihm das Handydisplay zu klein. Um bestimmte Ausschnitte in Vergrößerung zu betrachten, fehlte ihm der Nerv. Seine Nerven lagen allesamt blank, er fühlte sich ausgelaugt, sehnte sich nach einer erfrischenden Dusche, einem kühlen Bier und einem scharfen Verstand, mit dem er sich austauschen, dem er seine falschen Entscheidungen und das Gefühl von Unzulänglichkeit anvertrauen konnte.

Stundenlang war er unter sengender Sonne in der Deponie herumgelatscht, und mit jeder Minute, die vergangen war, war ihm die Sinnlosigkeit bewusster geworden. Das Areal, das die Leute im Wald inzwischen abgesucht hatten, war bereits jetzt entschieden zu groß, um noch auf eine bedeutsame Entdeckung zu hoffen. Zeitverschwendung. Was Becker besonders zu schaffen machte, war der Gedanke: Klinkhammer wäre das nicht passiert. Der hätte sich nicht mit einem Tag Verspätung von Selbstzweifeln zu sinnlosem Aktionismus verleiten lassen.

Nach dem gestrigen Leichenfund hatte Becker sich über sein

Bedürfnis hinweggesetzt, Rat einzuholen. Nun gab er nach, verließ die Grube, suchte sich ein schattiges Fleckchen am Bürocontainer und trank erst mal einen Schluck. Morgens hatte er eine Wasserflasche mitgenommen, der kleine Rest war warm wie Badewasser und suchte sich augenblicklich den Weg nach draußen. Mit einem Handrücken streifte er den Schweiß von der Stirn und wählte.

Er erwischte Rudolf Grovian beim Mittagessen. Aber wer hatte bei dem Wetter schon Appetit? Durst hatte man – und ein offenes Ohr, das hatte Grovian immer für Leute, deren Werdegang bei der Polizei er in seiner aktiven Zeit miterlebt hatte. Er kannte Jochen Becker seit einem Vierteljahrhundert.

Rita Voss kannte er nicht, hatte aber schon einiges über sie gehört. Zuletzt gestern Abend von seinem Schwiegersohn, der sein Handy nur abends benutzte, um sich an der frischen Luft von seiner Frau über geschäftliche Dinge ins Bild setzen zu lassen und sich dabei eine Zigarette zu genehmigen.

Nachdem David am vergangenen Nachmittag auf Anweisung der Assistenzärztin ausgeknockt und Rita des Zimmers verwiesen worden war, hatte Hans Werner Dederich sich hinunter in den Eingangsbereich begeben und nicht nur seine Frau, sondern zur Sicherheit auch seinen Schwiegervater angerufen. Nicht, dass es nachher hieß, er hätte die Ermittlungen mit falschen Angaben sabotiert.

»Ich war überzeugt, dass der Junge Sascha heißt, Rudi. Und so wie Frau Voss auf ihn losgegangen ist, tut scheißfreundlich, füttert ihn und macht ihn fertig. Als er in Tränen ausbrach und sich gar nicht mehr beruhigen konnte, musste ich mich einmischen.«

In groben Zügen war Rudolf Grovian also bereits informiert. Ihm war bekannt, dass es um ein ausgebranntes Wohnmobil ging und um einen geistig offenbar etwas zurückgebliebenen Jungen, der irrtümlicherweise angenommen hatte, es handle sich um das Wohnmobil seines Großvaters. Ihm war auch schon bekannt, dass der angebliche Sascha in Wahrheit wohl eher David hieß und von einer Frau namens Manon mitgenommen worden war.

Dass ein älteres Ehepaar vermisst wurde und man eine verkohlte Leiche gefunden hatte, hörte er erst von Jochen Becker, der auf Rita Voss ebenfalls nicht gut zu sprechen war. Aber darum ging es Becker jetzt nicht. Und was seine Versagensängste und Fehlentscheidungen betraf, fragte Grovian: »Wo hast du denn Fehler gemacht, Jochen? Du hast jederzeit dem Kenntnisstand entsprechend agiert. Wenn du am Donnerstag eine Hundertschaft angefordert hättest, um den Wald nach Cola-Dosen absuchen zu lassen, hätte man dir den Puls gefühlt. Jetzt lauft ihr seit gestern herum und findet nichts. Die Kölner hätten gar nicht erst angefangen zu suchen. Das haben sie dir ja wohl deutlich zu verstehen gegeben. Dass du es trotzdem durchgezogen hast, kann dir niemand zum Vorwurf machen, im Gegenteil. Jetzt schalt mal einen Gang zurück und gönn den Leuten noch was vom Wochenende.«

»Also Abbruch«, sagte Becker.

»So würde ich das nicht bezeichnen«, erwiderte Grovian. »Du hast das Menschenmögliche auf die Beine gestellt. Mehr ist nicht drin, solange man nicht weiß, was sich tatsächlich abgespielt hat. Und das erfahrt ihr wohl nur, wenn der Junge den Mund aufmacht.«

Statt darauf zu antworten, schickte Becker einen lang gezogenen Seufzer in den Äther.

»Wenn du keine Einwände hast«, bot Grovian an, »probiere ich mal mein Glück. Vielleicht bringe ich mehr aus ihm raus als eure Verhörspezialistin. Einem Mann öffnet er sich womöglich eher als einer Frau. Mit Frauen scheint er ja nicht die besten Erfahrungen gemacht zu haben.«

»Welches Vögelchen hat dir das denn gezwitschert?«, fragte Becker verblüfft.

Grovian lachte leise. »Mein Schwiegersohn hatte einen Arbeitsunfall, liegt in Bergheim. Und wie der Zufall manchmal so spielt …«

Weiter kam er nicht. »Dann hat dein Schwiegersohn bei der Befragung dazwischengequatscht«, stellte Becker fest.

»Das passt zu ihm«, kommentierte Grovian. »Also was ist jetzt? Bist du einverstanden? Meine Frau will gleich noch mal hin. Da kann ich mitfahren, rein familiär. Die beiden liegen nebeneinander, ich setz mich dazwischen.«

Warum hätte Jochen Becker Einwände erheben sollen? Ihn erleichterte das Angebot, vor allem, weil er nicht darum hatte bitten müssen. »Von mir aus«, gab er sich großzügig. »Ich kann dir ja nicht verbieten, deinen Schwiegersohn im Krankenhaus zu besuchen.«

## *Der Junge*

Das Mittagessen hatte ihn müde gemacht, die Hitze tat ein Übriges. Er schlief ein, ehe er um Papier und einen Stift bitten konnte. Als neben seinem Bett Stühle gerückt wurden, wachte er auf und bekam einen Schreck, weil das Tablett vom Nachttisch verschwunden war. Nun musste er warten, bis das Abendessen gebracht wurde, vorher kam niemand mehr vom Krankenhauspersonal. Dabei wäre es wichtig gewesen, Papier und Stift rechtzeitig zu bekommen. Er hätte den ganzen Nachmittag Zeit gehabt. Mit der verbundenen Hand konnte er bestimmt nicht so schnell zeichnen wie früher.

Die beiden älteren Frauen setzten sich wie gestern mit dem Rücken zu ihm ans Bett des alten Mannes und begannen wieder eine Unterhaltung im Flüsterton. Wenig später bekam Hans Besuch von seiner Frau und ging mit ihr Kaffee trinken. Er nutzte die Gelegenheit, um zu testen, ob er sich mit nur einer halbwegs brauchbaren Hand anziehen konnte, und um seinen Fluchtplan zu überdenken.

Jetzt war er doch bessergestellt als beim Aufbruch aus der Wohnung. Er verfügte über eine Wasserflasche, die er füllen konnte, hatte die Brote vom vergangenen Abend, den Rest Rosinenschnecke und den Becher Joghurt. Vom Abendessen konnte er auch noch etwas abzweigen. Selbst wenn Brote und Schnecke trocken wurden, würden sie besser schmecken als Mehlbrühe mit Salz und Kaffeepulver.

Er besaß wieder zwei Jeans, die beide passten, zwei T-Shirts, sogar zwei Schlafanzüge. Pyjamas hatte Mama ihm in den letzten Jahren nicht mehr gekauft. Unterhosen hatte er jetzt mehr als beim Verlassen der Wohnung. Eine Jacke für kühle Tage oder für nachts hatte er ebenfalls und Badelatschen. Wenn es weiter so heiß blieb wie in den letzten Tagen, war es sicher angenehm, ohne Socken in Badelatschen zu gehen. Obwohl feste Schuhe für einen langen Marsch besser wären.

Hans hatte die Kleidungsstücke am vergangenen Nachmittag in den zum mittleren Bett gehörenden schmalen Schrank geräumt, der Schlüssel steckte außen. Und er konnte die Finger der rechten Hand bewegen, um den Schlüssel umzudrehen und die Sachen aus dem Schrank zu nehmen.

Leider hatte er keinen Rucksack mehr, um alles zu verstauen, was er nicht am Leib tragen konnte. Aber er konnte aus den Pyjamaoberteilen Beutel knoten. Wenn es Nacht war und Hans schlief, wollte er aufbrechen und nur bei Dunkelheit gehen. Sobald es hell wurde, wollte er sich verstecken. Das minderte die Gefahr, dass ihn jemand erkannte, wenn sein Foto veröffentlicht wurde.

Vom langen Liegen war er etwas wacklig auf den Beinen, aber in die Badelatschen schlüpfen, eine Jeans und ein T-Shirt aus dem Schrank nehmen und sich damit in den zum Zimmer gehörenden Waschraum mit Toilette zurückziehen schaffte er, ohne die Aufmerksamkeit der flüsternden Frauen zu erregen.

Er schloss die Tür hinter sich und atmete vor Aufregung durch, als hätte er eine schwierige Aufgabe gemeistert. Dabei standen ihm die wirklich schwierigen noch bevor. Die Pyjamahose mit einer Hand auszuziehen stellte ihn nicht vor ein Problem. Dann stieg er zuerst mit dem rechten, anschließend mit dem linken Bein in die Jeans, zerrte sie mit der umwickelten Rechten in die Höhe, konnte mit verbundenen Fingern aber weder den Knopf schließen noch den Reißverschluss hochziehen.

Wenn er aufbrach, müsste er die Hose mit einer Hand festhalten, damit sie nicht rutschte, oder einen Pyjamaoberteilbeutel mit den Ärmeln um den Bauch binden. Vielleicht schaffte er es, die Ärmel durch die Gürtelschlaufen zu ziehen, das wäre noch besser.

Während er sein Glück mit dem T-Shirt versuchte und den Kopf mit einigen Verrenkungen und viel Gezerre durch die Halsöffnung brachte, wurden im Zimmer Stimmen laut. Die junge Frau, die am vergangenen Nachmittag mit dem kleinen Oliver gekommen war und Hefeteilchen mitgebracht hatte, kam diesmal alleine und ohne Kuchen. Und eine der Älteren meinte, sie komme nur, weil sie Opas Haus haben wolle.

Hinter der geschlossenen Tür verstand er nicht jedes Wort, obwohl sie immer lauter wurden, was ihm zunehmend Unbehagen bereitete und das Gefühl einer Wiederholung aufkeimen ließ. Es war keine konkrete Erinnerung wie Mamas Bettelei vor Leas Auszug. Ihm war nur so, als hätte er schon einmal durch eine geschlossene Tür eine hässliche Auseinandersetzung um Opas Haus gehört.

Die Stimmen versetzten ihn in Angst, die rasch in Panik umschlug. Schließlich saß er auf dem Boden, umklammerte mit beiden Armen seinen Oberkörper, wiegte ihn vor und zurück und verspürte das drängende Bedürfnis, den Kopf gegen den Rand der Toilette zu schlagen, um die Stimmen zum Schweigen zu bringen. Die Frauen waren so laut, dass sie einen Pfleger auf den Plan riefen. Er forderte sie auf, das Zimmer zu verlassen. Alle drei! Sofort! Danach erst fragte er: »Wo ist der Junge?«

Das wussten die Frauen nicht. Die beiden älteren hatten nicht auf ihn geachtet. Die jüngere war erst gekommen, als sein Bett schon leer war. Das sagte sie auch. Daraufhin öffnete der Pfleger die geschlossene Toilettentür und stand da wie der Riese Goliath, der mit Wortsteinen beworfen wurde und sich zurückzog.

»Nicht weggehen«, flehte er. »Nicht weggehen, bitte.«

»Hey, ist ja gut.« Der Pfleger zog ihn vom Boden hoch. »Ich geh nicht weg, hab noch ein paar Stunden Dienst.«

Damit fand der Spuk ein Ende. Die Frauen waren verschwunden, ihre Stimmen im Korridor verklungen. Der Pfleger musterte ihn von Kopf bis Fuß, betrachtete die offene Jeans und das nur über den Kopf gezogene T-Shirt und wollte wissen: »Was wird das, wenn es fertig ist? Hat man dir nicht gesagt, dass du nicht alleine aufs Klo gehen darfst?«

»Ich wollte nicht aufs Klo.« In seiner Brust schwang noch die Panikattacke nach, sein Kopf klärte sich schneller. »Ich wollte nur die Sachen anprobieren. Aber ich kann die Hose nicht zumachen.«

»Dann lass sie offen«, schlug der Pfleger vor. »Häng das T-Shirt drüber, das tragen alle so.« Er half ihm, die Arme durch die Öffnungen zu bringen, zog das T-Shirt über den Hosenbund und wollte wissen: »Schaffst du es allein ins Bett?«

»Darf ich am Tisch sitzen?«, fragte er. »Ich mag nicht mehr liegen und hätte gerne ein Blatt Papier und einen Stift. Dann kann ich etwas zeichnen und mir ist nicht langweilig.«

»Wenn's weiter nichts ist.« Der Pfleger verließ das Zimmer und kam kurz darauf zurück mit drei Blättern und einem Druckbleistift. So einen hatte er sich oft gewünscht, weil man mit der feinen Mine hauchdünne Striche machen konnte. Aber Mama hatte für solchen Luxus kein Geld gehabt.

Als Hans Werner und Marina Dederich vom Kaffeetrinken zurückkamen, war Papas Haus trotz der steif gewickelten Finger in seinen Umrissen bereits gut zu erkennen. Es waren sogar schon die Fenster eingezeichnet. Er war auf die Feinheiten eines Glasmosaiks in einem der Straßenfenster konzentriert und achtete nicht auf das ältere Paar, das dem jüngeren dicht auf den Fersen war.

Rudolf Grovian ließ seiner Frau den Vortritt und beobachtete erst einmal. Der Zeichnung schenkte er keine Beachtung, registrierte zwar, dass es sich um ein Haus handelte, richtete sein Augenmerk aber hauptsächlich auf den Jungen. Diese Versunkenheit, als hätte er völlig abgeschaltet oder wäre eingetaucht in etwas, das sich nur ihm allein erschloss. Den Kopf hob er erst, als

Mechthild ihn begrüßte: »Hallo, David, wie schön, dass es dir besser geht und dir die Sachen passen.«

»Sie passen sehr gut«, bestätigte er und wies im selben Atemzug auf seine Probleme mit Knopf und Reißverschluss hin.

»Ich seh mal zu, ob ich Shorts mit Gummizug für dich finde«, versprach Mechthild. »Dann hätten wir das Problem gelöst. Bei dem Wetter sind Shorts sowieso angenehmer.«

»Ja«, bestätigte David auch das. »Es wäre schön, wenn ich Shorts hätte. In der Jeans habe ich sehr geschwitzt.«

Während er sprach, hatte Hans sich des Bademantels entledigt und auf seinem Bett ausgestreckt. Marina setzte sich zu ihm. Rudolf Grovian blieb am Fußende stehen, hörte dem Dialog am Tisch zu und fand, dass man den Jungen nicht als verschlossen bezeichnen konnte, wie Hans es eben in der Cafeteria getan hatte. Da war der Vergleich gefallen: »Stur wie ein Panzer.«

Mechthild gegenüber war er offen, lächelte sie an in einer Weise, für die Grovian nur ein passender Ausdruck einfiel. Glückselig. Das mochte sich hauptsächlich in den Kleidungsstücken begründen, die sie ihm beschafft hatte. Aber ein generelles Problem mit Frauen schien er nicht zu haben, hatte vielleicht wirklich nur schlechte Erfahrungen mit seiner Mutter gemacht und war dann von Beckers Kneifzange bearbeitet worden.

Mechthild hatte eine große Stofftasche dabei, darin befanden sich zwei Paar Sportschuhe zur Auswahl. Ein Paar in Schwarz mit Klettverschluss, recht gut erhalten, das andere war früher weiß gewesen, musste geschnürt und gebunden werden und sah ein bisschen schmuddelig aus.

David bekam Stielaugen, als Mechthild die Schuhe auspackte. Beim Anprobieren brauchte er ihre Hilfe. Beide Paare passten. Die schmuddelig weißen Schuhe waren bequemer als die schwarzen. Trotzdem entschied er sich, die schwarzen zu nehmen, weil sie besser aussahen und er sie alleine schließen konnte.

»Du kannst beide haben«, sagte Mechthild. »Die Tasche lasse ich dir auch hier, damit du dir nicht alles unter den Arm klemmen musst, wenn du entlassen wirst.«

Die Tasche war kein Ersatz für den Rucksack, in dem mit seinen Freunden ein kostbares Stück Vergangenheit verbrannt war. Aber er konnte alles darin verstauen, wenn er sich in der Nacht auf den Weg machte. Ehe er sich bedanken konnte, meldete sich Hans zu Wort mit dem Text, den sie in der Cafeteria abgesprochen hatten.

»Das ist sehr lieb von dir, Mechthild. Aber wir sollten ihn nicht auch noch dafür belohnen, dass er mich belogen hat. Pack die Schuhe wieder ein und gib mir die Tasche. Der Bursche hat bestimmt irgendwas angestellt, wovon die Polizei nichts erfahren soll. Sonst könnte er doch sagen, wie er heißt.«

Dass ihm die Schuhe wieder weggenommen werden sollten, war ein schwerer Schlag. Noch schlimmer wäre, wenn Hans Mechthild aufforderte, ihm auch die anderen Sachen wieder wegzunehmen. Er verging beinahe vor Furcht, dass genau das in den nächsten Sekunden geschehen würde, weil er nicht sagen konnte, warum er gelogen hatte. Ihm schwebte wieder der Anblick vor Augen, den Mama am Abend vor seinem Aufbruch geboten hatte. Sekundenlang hatte er den Gestank in der Nase. Seine Unterlippe begann zu zittern, so sehr bemühte er sich, nicht zu weinen. Er musste hineinbeißen, um die Tränen zurückzuhalten.

Als Mechthild die Hand nach den schwarzen Schuhen ausstreckte, verlor er den Kampf und stammelte: »Es kann sein, dass ich das Feuer im Wohnmobil gemacht habe. Manon hat telefoniert und den Leuten Bescheid gesagt, dass sie mich nicht sitzen lassen konnte. Dann haben die Leute bestimmt verlangt, dass ich wieder aussteigen muss. Und da könnte es passiert sein.«

Das Feuer zu gestehen schien ihm weniger problematisch, als seinen Namen preiszugeben und die Polizei Mama finden zu lassen. Für das Feuer würden sie ihn vielleicht nicht einsperren. Hans hatte doch gesagt, er käme vielleicht mit ein paar Sozialstunden davon. Was er sich darunter vorstellen sollte, wusste er nicht, aber es konnte nicht so schlimm sein wie Gefängnis.

»Was heißt könnte?«, fragte Hans gleichermaßen streng wie verständnislos. »Hast du die Kiste angesteckt oder nicht?«

»Ich weiß es nicht«, schluchzte er. »Wenn ich frustriert bin und Stress habe, bekomme ich Anfälle und weiß danach nie, was ich angestellt habe.« Er schaute flehentlich zu Mechthild auf. »Bitte nehmen Sie mir die Sachen nicht weg. Ich brauche doch etwas zum Anziehen, wenn ich gehe. Alles, was ich hatte, ist verbrannt, auch meine Schuhe. Ich brauche feste Schuhe und die Tasche, bitte.«

Ehe Mechthild reagieren konnte, wollte Hans wissen: »Was denn für Anfälle? Man bekommt doch keine Anfälle, nur weil man frustriert ist oder Stress hat. Bist du Epileptiker?«

Den Ausdruck kannte er nicht. Seinen Anfällen hatte Mama nie einen Namen gegeben. Ehe er auch nur mit den Achseln zucken konnte, verlangte Hans unwillig: »Fang nicht wieder an zu flunkern. Ein Epileptiker fällt um, zuckt und schlägt um sich. Ich habe noch nie gehört, dass einer Feuer gelegt hätte und nichts davon weiß.«

»Es gibt auch schwächere Anfälle als einen Grand mal«, klärte Rudolf Grovian seinen Schwiegersohn auf. Was hier gerade abging, war auf seinem Mist gewachsen, aber so nicht geplant. Den Jungen zum Reden bringen, ihm seinen Namen entlocken, aber nicht, ihm derart zuzusetzen, dass er in Tränen ausbrach.

»Epileptiker sind aber immer in ärztlicher Behandlung«, warf Mechthild ein. »Sie bekommen Medikamente, mit denen sich das Leiden meist beherrschen lässt.«

Davids Blick ging zwischen dem älteren Paar hin und her. »Ich habe Medizin bekommen«, erklärte er und beruhigte sich ein wenig. »Aber es waren keine Pillen mehr da, als Mama ...« Er stockte kurz, ehe er noch einmal log: »... weggeflogen ist.«

Mechthild schüttelte mitfühlend den Kopf. »Wie kann man einen Jungen mit einem Anfallsleiden sich selbst überlassen? Das müsste bestraft werden.«

»Meine Rede«, stimmte Hans ihr zu. »Tut aber keiner.«

»Lass ihm die Schuhe und die Tasche, Mechthild«, verlangte Rudolf Grovian, und an Hans gewandt: »Wir sind dann mal wieder weg.« Mit dem letzten Satz sprach er den Jungen an:

»Auf Wiedersehen, David. Und keine Sorge, du darfst die Schuhe behalten.«

»Auf Wiedersehen«, stammelte er. »Vielen Dank.«

Nachdem sich die Tür hinter dem älteren Paar geschlossen hatte, befürchtete er minutenlang, Hans würde ihm die Sachen trotzdem wegnehmen. Wo Mechthild und der alte Mann gegangen waren, würde niemand mehr Einspruch erheben. Erst als er sicher war, dass keine Gefahr drohte, konzentrierte er sich wieder auf seine Zeichnung, bis zum Abend musste er damit fertig sein, weil er sich nachts auf den Weg machen wollte.

## *Der Spürhund*

Ehe sie das Krankenhaus verließen, bemühte Rudolf Grovian sich um ein Gespräch mit der behandelnden Ärztin, um etwas über die Anfälle zu erfahren, von denen David gesprochen hatte. Er bekam Auskunft, weil die überforderte Ärztin sie für die Großeltern hielt und annahm, sie wollten den Jungen mitnehmen.

»Das kann ich nicht befürworten«, sagte sie. »Seine linke Hand ist noch lange nicht so weit, dass man ihn entlassen könnte.«

Grovian hütete sich, sie über ihren Irrtum aufzuklären. »Wir wollen ihn nicht mitnehmen«, versicherte er. »Er hat bisher bei seiner Mutter gelebt. Wir hatten keinen Kontakt zu ihm und haben eben erst erfahren, dass er ein Anfallsleiden hat und Medikamente braucht, zuletzt aber keine mehr bekommen hat. Welche Art von Anfällen, konnte er uns leider nicht erklären, er weiß nur, dass er sich danach an nichts erinnert.«

Ob es sich um Epilepsie handelte, konnte die Ärztin aus dem Stegreif nicht beantworten. Sie hörte zum ersten Mal von Anfällen, wusste auch nichts von der Panikattacke, die der Pfleger am frühen Nachmittag beendet hatte. Seit seiner Einlieferung hatte man dem Jungen nur einmal Sedativa und Analgetika verabreicht.

»Solange er nicht nach Schmerzmitteln verlangt, sind wir damit zurückhaltend«, erklärte sie. »Sein Blutbild zeigte bei der Aufnahme erhöhte Leberwerte an. Das könnte auf Medikamente zurückzuführen sein, kann aber auch andere Ursachen haben. Er hatte null Komma drei Promille. Das Drogenscreening war negativ. Wenn er an Epilepsie leidet, deutet die fehlende Erinnerung auf generalisierte Anfälle hin. Bei fokalen Anfällen bleibt das Bewusstsein erhalten. Ich kann veranlassen, dass ein EEG gemacht wird, wenn Sie das wünschen.«

»Das wäre hilfreich«, sagte Rudolf Grovian.

»Was gestern Nachmittag geschehen ist, war aber kein epileptischer Anfall«, fuhr die Ärztin fort. »Er hat einfach dichtgemacht. Die Kommissarin hatte ihn sehr bedrängt. Ich habe sie der Station verwiesen. Aber was soll ich tun, wenn sie sich nicht an das Verbot hält? Ich bin nicht immer in der Nähe und weiß nicht, ob man Ihren Enkel als Zeugen oder als Verdächtigen befragt.« Darauf folgte eine kurze Pause, sie hoffte wohl auf Auskünfte. Als sie keine bekam, empfahl sie, dem Enkel einen Anwalt zu beschaffen oder auf eine Verlegung in die Uniklinik Köln hinzuwirken.

Rudolf Grovian glaubte zu wissen, worauf sie hinauswollte. So war es auch. Forensische Psychiatrie für jugendliche Straftäter. Anscheinend war ihr der Junge nicht ganz geheuer.

»Sie halten ihn für gefährlich?«, fragte er.

»Das kann ich nicht beurteilen«, antwortete die Ärztin. »In der Uniklinik kann man das. Dort wäre Ihr Enkel auch mit einem Anfallsleiden besser aufgehoben.«

»Ich weiß«, sagte Rudolf Grovian und bedankte sich. Kaum im Freien, rief er wie vereinbart Jochen Becker an, schilderte seine Eindrücke und das Gespräch mit der Ärztin und bat darum, sich die aufgezeichnete Befragung des Jungen anhören zu dürfen.

»Dann muss ich Rita zurückpfeifen«, sagte Becker. »Sie hat die Datei nur auf ihrem Handy, weil ... ich hielt das für ein Märchen.«

»Dann pfeif sie zurück«, verlangte Grovian. »Ich fahre meine Frau nach Hause, dann komme ich zur Dienststelle.«

Rita Voss saß bereits im Besprechungsraum, als Grovian seinen früheren Arbeitsplatz erreichte. Heiko Gertz leistete ihr stellvertretend für Thomas Scholl Gesellschaft. Scholl war Vater, sein Nachwuchs sollte noch etwas von ihm haben. Gertz hätte auch nicht unbedingt dabei sein müssen, aber auf ihn wartete keiner. Statt einen Blick in einen leeren Kühlschrank zu werfen und zu überlegen, ob er noch einkaufen oder sich beliefern lassen sollte, verglich er lieber die Phantomzeichnung mit dem perfekt geschminkten Gesicht der französischen Studentin. Das Foto war zwischenzeitlich von Ritas Handy ins interne Netz übertragen und für die Märchenstunde, wie Becker es nannte, vergrößert und ausgedruckt worden.

Rita war sauer und machte keinen Hehl daraus. Nach Beendigung der Suchaktion hatte sie sich darauf eingestellt, zu Hause zwei Playmobil-Männer mit einem Stabfeuerzeug zu bearbeiten. Das hätte vielleicht etwas Frust abgebaut. Danach hätte das restliche Wochenende womöglich gereicht, um die Wunden zu lecken, ein ernstes Gespräch mit der Tochter zu führen und am Montag in alter Frische zum Dienst zu erscheinen.

Stattdessen musste sie sich noch mal mit Becker auseinandersetzen, und nicht nur mit ihm. Was Becker sich davon versprach, den Alten, wie Grovian in der Dienststelle von einigen genannt wurde, zu dieser Besprechung antanzen zu lassen, war ihr schleierhaft. Aber Klinkhammer fühlte sich ja offenbar nicht mehr zuständig.

In trüben und nicht besonders freundlichen Gedanken an ihr Vorbild versunken, schob sie ihr Handy auf dem Tisch hin und her und betrachtete dabei Davids von Wundauflagen befreites Milchgesicht, das als Ausdruck vor ihr lag.

Sie rechnete mit einem weiteren Anpfiff, als Becker in Begleitung Grovians den Raum betrat. Becker hatte den Alten in seinem Büro in Empfang genommen und brachte eine Kanne frisch aufgebrühten Kaffee mit. Genau das richtige Getränk, wenn einem sowieso schon der Schweiß in die Augen rann.

Zucker und Milch standen auf dem Tisch. Heiko Gertz brach

auf, um ein paar Becher zu organisieren. Seine Abwesenheit nutzte Becker für eine Entschuldigung, die Rita nicht erwartet hatte und mit einem angedeuteten Nicken zur Kenntnis nahm. Er meinte ja nur, er habe sich im Ton vergriffen. Sein Vorwurf, sie habe die Beweismittelsicherung vermasselt, war damit nicht aus der Welt.

Als Gertz zurückkam, hörten sie sich zuerst die Sprachdatei an, was eine Weile dauerte. Rita sah mit einer gewissen Zufriedenheit, dass Grovian mehrmals nickte, als entspräche der Dialog seinen Erwartungen. Ein paarmal grinste er auch, wenn sich der Bademantelträger zu Wort meldete.

Schließlich sagte er: »Eigentlich bin ich nicht hier, um mich dafür zu entschuldigen, dass mein Schwiegersohn wiederholt dazwischengequatscht ...« Er schaute Rita an: »... und mit dem falschen Namen für Verwirrung gesorgt hat. Der Junge heißt David, daran habe ich keine Zweifel.« Mit dem nächsten Satz wandte er sich an Becker: »Zum Nachnamen sind wir nicht gekommen.« Der Rest ging an alle: »Ich zweifle auch nicht, dass er nur diese Manon zu Gesicht bekommen hat. Er meint, sie hätte das Ehepaar, dem das Wohnmobil gehörte, von unterwegs angerufen und Bescheid gesagt, dass sie ihn nicht sitzen lassen konnte, was ich für aufschlussreich halte. Die Frau scheint gewusst zu haben, dass es sich nicht um den Enkel der Besitzer handelte.«

Das ging Rita runter wie Öl, untermauerte es doch Bläsers Theorie von der jungen Geliebten. »Er meint?«, wiederholte sie.

»Genau weiß er es wohl nicht«, erklärte Grovian. »Möglicherweise ist er Epileptiker und hatte einen Anfall mit Bewusstseinstrübung. Er hatte allerdings auch etwas gebechert.«

»Wodka Red Bull vermutlich«, sagte Gertz. »Davon muss eine ganze Palette an Bord gewesen sein. Und das Zeug haut rein.«

So viel zur Limo, dachte Rita, während Grovian fortfuhr: »Er braucht Medikamente, hat aber zuletzt keine mehr bekommen. Es seien keine mehr da gewesen, als seine Mutter weggeflogen sei, sagte er. Das Drogenscreening war negativ.«

»Haben die doch eins gemacht?«, regte Rita sich auf. »Wieso habe ich das nicht erfahren? Ich habe doch extra …« Weiter kam sie nicht. Ihr Handy begann auf dem Tisch zu tanzen, Klinkhammers Nummer und sein Bildnis erschienen im Display. Zu Beckers Unwillen nahm sie das Gespräch an, hörte sekundenlang zu und bedauerte: »Keine Ahnung.« Sie schaute Becker an und wollte wissen: »Weißt du, wann die Hombergs geheiratet haben?«

Becker schüttelte den Kopf und suchte in ihrer Miene nach Anzeichen für den Triumph, den sie empfinden musste. Immerhin war es ihr gelungen, den großen Zampano für den Fall zu gewinnen und damit wieder mal allgemein bekannt zu machen, dass er auf Klinkhammers Platz nichts verloren hatte. Aber er sah nur dieselbe Anspannung, die er empfand.

»Jochen weiß es auch nicht«, sagte sie ins Handy. »Sekunde, Arno. Ich mach mal laut. Wir sitzen hier gerade zu viert. Herr Grovian ist auch dabei.«

»Hallo, zusammen«, grüßte Klinkhammer, nachdem sie ihr Handy wieder auf den Tisch gelegt hatte, und schickte ein separates: »Hallo, Rudi«, hinterher.

»Hallo, Arno«, erwiderte Grovian. »Was treibt dich dazu, dir einen sonnigen Samstagnachmittag mit Arbeit zu versauen?«

»Was wohl? Eine Leiche«, antwortete Klinkhammer trocken. »Männlich, Alter zwischen fünfzig und siebzig. Bekleidet mit Shorts, T-Shirt und Sandalen. Keine Papiere, aber einen Trauring mit Gravur am rechten Ringfinger. *Kathi, 27. April 1974.*«

»Hombergs Frau heißt Kathi«, kommentierte Becker mit belegter Stimme. »Wo wurde die Leiche gefunden?«

»Im Gebüsch neben einem Rastplatz in Belgien«, sagte Klinkhammer. Er hatte Ritas Anruf am vergangenen Nachmittag nicht auf sich beruhen lassen, wie sie meinte. Bei der anschließenden Besprechung, die ihn bis um sieben im LKA festgehalten hatte, war es um nichts anderes gegangen.

Klinkhammer rief nicht nur wegen einer männlichen Leiche an. Das Bild, in das die französische Studentin bis gestern nicht so recht hineingepasst hatte, umfasste eine unbekannte Anzahl von Fernfahrern und vierzehn Geschäftsreisende aus dem westeuropäischen Raum. Nun waren Manon David, ihr ausgebrannter Renault Clio und das Ehepaar Homberg Mosaiksteinchen in diesem Bild.

Im Zentrum stand eine junge Frau, die im Teenageralter begonnen hatte, sich von Truckern als Anhalterin mitnehmen zu lassen. Sie hatte ihre Opfer mit eindeutigen Avancen auf den nächsten Rastplatz gelotst, dort betäubt und ausgeraubt. Zweimal war es gelungen, DNA-Spuren der Täterin zu sichern. Leider hatte sich nie jemand die Mühe gemacht, ein Phantombild erstellen zu lassen. Es hatte von polizeilicher Seite lange Zeit nicht einmal jemand einen Zusammenhang gesehen, weil Anzeigen über halb Europa verteilt eingegangen waren.

Rund zwanzig Fälle waren bekannt, für Klinkhammer nur die Spitze des Eisbergs. Viele Fernfahrer dürften davon abgesehen haben, die Polizei zu informieren, weil sich der finanzielle Schaden in Grenzen hielt, nur sie persönlich betraf und sie ihren Job riskierten, wenn bekannt wurde, dass sie Anhalterinnen mitnahmen.

Vor drei Jahren war diese für die Täterin wenig lukrative Serie abgerissen. Es hatte sich wohl in der Szene herumgesprochen, dass bei einer bestimmten jungen Frau Vorsicht geboten war. Unter Fernfahrern dürfte ihre Personenbeschreibung die Runde gemacht haben. Bei der OFA ging man davon aus, dass sie wiederholt an Männer geraten war, von denen sie Prügel bezogen hatte. Dass sie sich deshalb vor drei Jahren einen weniger rabiaten Opfertyp gesucht und ihre Vorgehensweise drastisch geändert hatte.

Seitdem sprach sie in den Abendstunden an stark frequentierten Autobahnraststätten Geschäftsreisende an, täuschte eine Panne oder Notlage vor und ließ sich mitnehmen. In zwei Fällen gab es Zeugen, die einen vermissten Mann zuletzt in Begleitung einer jungen Frau mit einem auffälligen Muttermal neben dem linken Nasenflügel gesehen hatten. Diese Beschreibung passte zu den Anzeigen der Fernfahrer.

»Das ist sie«, konnte Rita sich nicht verkneifen, Klinkhammers Redefluss zu unterbrechen. »Wir haben ein Phantombild.«

»Schick's mir«, verlangte er und fuhr fort.

Vermutlich dirigierte die Täterin ihre Opfer auf wenig frequentierte Rastplätze wie den in Belgien, presste ihnen dort ihre EC-Karten und die PINs ab und brachte sie um. Drei Leichen mit Stichwunden in der Brust und tiefen Schnittverletzungen am Hals waren mehr oder weniger zufällig im Grünzeug neben den mutmaßlichen Tatorten entdeckt worden. Elf Männer wurden vermisst.

»Vierzehn Opfer?«, entfuhr es Becker. »Für eine junge Frau wäre das aber ziemlich heftig.«

»Was spricht dafür, dass auch die elf Vermissten alle von dieser Täterin umgebracht wurden?«, erkundigte sich Grovian.

»Die Vorgehensweise, Kontodaten und die Fahrzeuge der Opfer«, antwortete Klinkhammer.

In den ersten zwei, drei Tagen hob die Täterin ab, was die EC-Karten der Männer hergaben. Danach waren die Konten entweder abgeräumt oder gesperrt, und die Karte wurde eingezogen. Die Aufnahmen von Bankautomaten waren leider nicht aussagekräftig. In der kühlen Jahreszeit trug die Frau eine tief ins Gesicht gezogene Kapuze und einen Schal vor Mund und Nase, im Sommer war sie verschleiert wie eine strenggläubige Muslimin, wahrscheinlich, um das verräterische Muttermal in ihrem Gesicht zu verdecken.

Die Fahrzeuge der Männer nutzte sie längere Zeit, vermutlich mit gefälschten Kennzeichen, die sie wieder abnahm. Dann fand man die Autos ausgebrannt an abgelegenen Plätzen. Wie den Renault Clio von Manon David.

Seit vier Monaten war Klinkhammer zusammen mit Europol

und einem Kollegen der Operativen Fallanalyse mit dieser Serie befasst. Die Vorgehensweise der Frau war mittlerweile hinlänglich bekannt. Aus den vorliegenden Anzeigen der Trucker ließ sich ableiten, dass sie wahrscheinlich aus NRW stammte und im Raum Köln, Bonn, Düsseldorf aufgewachsen sein könnte. Aber vorhersagen, wo sie das nächste Mal zuschlagen würde, konnte bei der OFA niemand. Westeuropa war ein weitgestecktes Jagdrevier.

Deshalb versuchten Klinkhammer und sein Kollege vordringlich, die Ablagestellen der Vermissten aufzuspüren in der Hoffnung, dass die jeweils zuständigen Ermittler dort Hinweise entdeckten und Spuren sichern konnten. Klinkhammers Kollege war gestern Abend skeptisch gewesen. Bisher hatte die Täterin sich ausschließlich an allein reisende Männer herangemacht. Die Studentin passte nicht in ihr Beuteschema, ein älteres Ehepaar noch weniger. Aber die knapp zehntausend Euro, die die echte Manon David mitgeführt hatte, waren ein Argument. Nahm man die Ähnlichkeit zwischen dem Foto der Studentin und dem Phantombild hinzu, dürfte Manon David für die Täterin ein Schnäppchen gewesen sein. Die Hombergs mit ihrem Wohnmobil ebenso, in solch einem Gefährt reiste es sich komfortabler als in einem Pkw.

Mit der Vermutung, dass Wohnmobil und Clio in Belgien zusammengetroffen sein könnten, hatte Klinkhammer die belgischen Kollegen kontaktiert und um den Einsatz eines Leichenspürhundes in der Umgebung des Rastplatzes gebeten, auf dem der Clio ausgebrannt war. Am frühen Nachmittag hatten sie die Leiche des Mannes entdeckt.

»Stichwunde in der Brust, tiefe Schnittverletzung am Hals wie bei den drei Geschäftsleuten, die gefunden wurden«, sagte Klinkhammer. »Eine Identifizierung nach Augenschein ist nicht mehr möglich. Die belgischen Kollegen brauchen Material aus Gelsenkirchen. Wer ist dort zuständig?«

Becker war bereits auf dem Weg zur Tür, um die gewünschte Information aus seinem Büro zu holen, als Klinkhammer noch anfügte: »Bei den derzeitigen Temperaturen könnte der Mann vor rund zwei Wochen getötet worden sein. Das passt zur Abreise des Ehepaars vom Campingplatz in den Niederlanden. Bis zu dem Rastplatz hätten sie zwei bis drei Stunden gebraucht. Die richtige Zeit, um eine Pause einzulegen.«

Und auf eine Bestie zu treffen, dachte Rita und leitete Kirsten Winters' Mail mit Anhang an Klinkhammer weiter. Grovian wechselte noch ein paar Worte mit seinem Nachfolger in Hürth, der es bis nach Düsseldorf geschafft hatte. Nachdem Becker zurückgekommen und Klinkhammer zufriedengestellt war, zogen sie Bilanz.

Sie waren sich einig, dass der Junge im Fall Homberg außer Verdacht war. Theoretisch hätte man ihn in Ruhe lassen können, egal, wie er mit vollem Namen hieß und unter welchen Anfällen er litt. Seine Fassung vom Zusammentreffen mit der falschen Manon David lag vor. Mehr würde man dazu von ihm kaum erfahren.

Aber es war anzunehmen, dass mit den Ermittlungen Befasste noch einmal ausführlich mit ihm über die Frau reden wollten. Eine Serientäterin mit vermutlich vierzehn Opfern, die französische Studentin, das Ehepaar Homberg und die ausgeraubten Fernfahrer gar nicht mitgerechnet. Da zählte jede Info, die man bekommen konnte, mochte sie noch so nebensächlich erscheinen.

Interessant war der Aspekt, dass der Junge meinte, die Frau habe die Hombergs informiert, dass sie ihn mitgenommen habe. Das konnte man ausschließen. Wenn sie telefoniert hatte, dann möglicherweise mit einem Komplizen, der ihr geraten haben mochte, den Jungen ebenso loszuwerden wie ihre anderen Opfer. Dass sie nicht zum Messer gegriffen hatte … Vielleicht hatte sie gedacht, der Junge sei zu betrunken, um rechtzeitig aufzuwachen. Und das bedeutete womöglich, dass David als Zeuge in Gefahr schwebte.

# Der Engel

Es gab Zufälle, die hätte es nicht geben dürfen, wie den am 24. Juli auf dem Parkplatz, eine halbe Stunde nachdem sie ihren Bruder gefragt hatte, ob er Lust auf einen Campingurlaub in Spa-Francorchamps habe, wo sein großes Idol Michael Schumacher den ersten Grand-Prix-Sieg eingefahren hatte.

Siggi hatte Urlaub, das traf sich gut. Und Spa-Francorchamps, noch dazu in einem komfortablen Wohnmobil, das konnte er sich nicht entgehen lassen. »Aber ich muss erst noch in der Eifel einen treffen, der bis gestern in Holland war«, sagte er. »Dem habe ich 'nen Riesengefallen getan, dafür schuldet der mir ordentlich Kohle. Zwanzigtausend bar auf die Kralle. Und der Witz ist, ich hätt's auch für die Hälfte übernommen. Hat richtig Spaß gemacht.«

Seit Jahren war Siggi in einer Waschstraße beschäftigt und zuständig für die Handwäsche. Damit verdiente er nicht die Welt. Um sich den Beitrag fürs Fitnessstudio leisten zu können, übernahm er *Gefälligkeiten* für Leute, die sich nicht selbst die Finger schmutzig machen wollten oder für so was nicht die richtigen Finger hatten. Er hatte schon mehr als einem ordentlich die Fresse poliert, Schulden eingetrieben oder Frauen auf Abwegen zurück auf den Weg der Tugend geführt, wie er das nannte. Weil es nie eine Verbindung zwischen ihm und den Opfern gab, war er bisher noch nie erwischt und verknackt worden. Abgesehen von einer Jugendstrafe wegen Autodiebstahls.

Normalerweise nahm der Betreiber des Studios die Aufträge entgegen und das Honorar in Empfang, woran er prozentual beteiligt war. Das hatte für Siggi den Vorteil, dass die Auftraggeber ihn nicht kannten. Aber diesmal war es anders gelaufen.

Sie fragte ihn nicht danach, tat sie nie. Für sie war es Kleinkram, obwohl zwanzigtausend nach einer größeren Sache klangen. Das hatte er mit dem »Riesengefallen« ja auch angedeutet. Aber Siggi neigte zu Übertreibungen. Am Ende stellte sich heraus, dass er zweihundert bekommen sollte, weil er einem ein Bein oder einen Arm gebrochen hatte.

Er fragte, wie sie zu einem Wohnmobil gekommen war. Da er wusste, wie sie sich durchs Leben stach, durchschlagen konnte man es ja nicht nennen, konnte sie offen sein. Siggi bewunderte sie für ihre Kaltblütigkeit und den Erfolg, den sie mit ihrer Masche hatte. Dass sie diesmal ein altes Ehepaar kaltgemacht hatte und keinen Kerl, der ihr an die Wäsche wollte, schockierte ihn kein bisschen.

Bei alten Leuten dachte er wie sie an ihre Eltern, von denen er mehr Prügel als sonst was bezogen hatte. Was er hatte einstecken müssen, ging auf keine Kuhhaut. Kein Wunder, dass er austeilen konnte, er hatte nichts anderes gelernt und ihr einiges beigebracht. Zum Beispiel diesen Stich, den sie an einer ausgemusterten Reanimationspuppe vom DRK geübt hatten.

Die Studentin verschwieg sie ihm. Eine, die echt was auf dem Kasten gehabt hatte, für einen wie ihn, der für die theoretische Führerscheinprüfung fünfmal hatte ansetzen müssen und immer noch Schwierigkeiten hatte, manche Ortsschilder zu entschlüsseln, wäre das vermutlich nicht nachvollziehbar gewesen. Er hatte keine Skrupel, dumme Hühner in Angst und Schrecken zu versetzen, wenn sie fremdgingen. Aber seinesgleichen brachte man nicht um.

Die Leiche der Alten im Staufach behagte ihm auch nicht. Als ob die ihm als Geist das Leben hätte sauer machen können, wenn er in ihre Nähe gekommen wäre. Manchmal hatte er so einen Spleen. Er wollte erst einsteigen, wenn die alte Frau draußen war, und schlug vor, sie solle das in der Deponie Claasen erledigen.

Ihr Vater hatte dort früher einige Fuhren abgekippt, auch mal einen Hund verbuddelt und anschließend geprahlt, wie problemlos man jederzeit auf das Gelände komme und was man dort alles loswerden könne. »Da findet die kein Mensch mehr«, meinte Siggi.

»Dann wird's aber spät«, sagte sie. »Da kann ich erst hin, wenn keiner mehr arbeitet.«

»Macht nichts«, antwortete er. »Bei mir kann's auch dauern. Ich warte drauf, dass der Typ anruft und den Treffpunkt durchgibt.«

Danach sollte sie ihn in Blankenheim abholen. Dort lebte ein Kumpel von ihm, bei dem er seine Maschine unterstellen wollte, damit die während des Urlaubs nicht tagelang auf der Straße stand. »Du brauchst nicht vorzufahren«, sagte er. »Da ist ein kleiner Rastplatz in der Nähe, ist nicht weit zu laufen. Ich ruf an, wenn ich startklar bin, und komm dann dahin.«

Und dann kam ihr ausgerechnet der Junge in die Quere. Sie erkannte ihn nicht sofort, natürlich nicht. Aber etwas an ihm machte sie auf Anhieb wütend, und das war nicht allein die Tatsache, dass er den Einstieg blockierte. Als sie seinen Rucksack verstaute und seinen Namen las, begriff sie. Die Ähnlichkeit mit seinem Vater war es, die etwas in ihr aufgewühlt und zum Brodeln gebracht hatte.

Es war mehr als dreizehn Jahre her, dass er vor Angst zitternd und heulend auf dem Fußboden gesessen und sein Köpfchen gegen ein Tischbein geschlagen hatte, während sein Vater mit Vollgas den Weg hinunterbretterte und seine Mutter nebenan telefonierte. Ihr kam es vor, als wäre es gestern gewesen, dass sie ihn zum ersten Mal auf den Arm genommen und gesagt hatte: »Nicht weinen. Wenn du groß bist, zahlst du ihnen alles heim.«

Für sie war die Kindheit bestimmt kein Zuckerschlecken gewesen, wenn auch nicht so schmerzhaft wie für Siggi. Und verprügelt worden war der Kleine ihres Wissens nicht. Aber irgendwer hatte mal gesagt, Worte könnten wie Messer sein. Wenn da was dran war, hatte der Junge mehr abgekommen als blaue Flecken.

Nachdem er hinten auf dem Bett weggetreten war, rief sie Siggi an, wollte sich eigentlich nur erkundigen, wie es bei ihm aussah, sagte aber zuerst: »Du kommst nicht drauf, wen ich getroffen habe.«

Und kaum hatte sie ihm das erklärt, brüllte Siggi: »Bist du komplett bescheuert? Erzählst mir was von Urlaub und baust Mist.«

»Ging nicht anders«, versuchte sie ihn zu beschwichtigen.

»Ich konnte ihn da nicht sitzen lassen. Er meinte, die Kiste gehört seinem Opa. Hätte ich riskieren sollen, dass er Theater macht?«

»Bring ihn zurück zu seiner Alten«, verlangte Siggi.

»Geht nicht«, erklärte sie. »Die hat sich mit einem Kerl abgesetzt und ihn allein gelassen.«

»Blödsinn!«, brüllte Siggi und noch einiges mehr. Sie verstand nicht jedes Wort. Seine Maschine röhrte durch den Helm. Er war offenbar unterwegs zum Treffen und hatte wahrscheinlich wieder am Auspuff gefummelt oder den Motor getunt. Davon verstand er was. Er wäre bestimmt ein guter Mechaniker geworden. Das war sein Traum gewesen damals. Mit einer Ausbildung hatte es wegen seiner Rechtschreibschwäche aber leider nicht geklappt.

»Jetzt reg dich ab«, versuchte sie erneut, ihn zu beruhigen. »Ich will ihn doch nicht mitbringen. Sobald ich die Leiche losgeworden bin, karre ich ihn dem Alten vor die Tür.« Gemeint war der Großvater, den David suchte. Davon wusste sie nichts, aber sie erinnerte sich noch an die Eltern der feigen Sau. Das waren anständige Leute gewesen, die würden sich schon um ihn kümmern.

»Das tust du nicht!«, brüllte Siggi. »Du tust jetzt, was ich dir sage, und bringst ihn sofort zurück.«

Er war zwölf Jahre älter als sie. Früher hatte er manchmal den großen Bruder herausgekehrt und sie herumkommandiert. Die Zeiten waren lange vorbei. Aber er war immer noch ihr Bruder und der Junge nur einer aus der beschissenen Vergangenheit. Allerdings konnte sie es nicht riskieren, mit dem Wohnmobil in einem Wohngebiet aufzukreuzen und ihn bei der Adresse seiner Mutter abzusetzen, solange es hell war. Es hätte Zeugen geben können.

Und bei Dunkelheit war die Kiste Schrott.

Man kam nämlich nicht problemlos aufs Gelände. Aus der Botanik vielleicht, aber nicht über den Weg. Natürlich hätte sie umkehren und einen anderen Platz für die Leiche suchen können, als sie feststellte, dass die Schranke abgeschlossen war. Aber mit Siggis Kommandos im Kopf …

Dass der Kühler verreckte, hatte sie nicht erwartet. Der Akku ihres Handys hatte schon beim Gespräch mit Siggi gemeldet, dass ihm der Saft ausging. Ihn während der Fahrt aufzuladen war ihr nicht in den Sinn gekommen. Auf zwei Versuche mit dem Smartphone der Studentin reagierte ihr Bruder nicht. Sie hatte gehofft, er könnte herkommen, den Kühler flicken und Wasser auffüllen oder sie abholen.

Als sie einsah, dass alle Mühe vergebens war, schaute sie sich auf dem Parkplatz gegenüber der Autobahnauffahrt nach einem Ersatzfahrzeug um. Es gelang ihr, einen alten VW-Golf aufzubrechen und kurzzuschließen. Er fasste längst nicht so viel Gepäck, wie ihr lieb gewesen wäre. Den Trolley mit ihren Habseligkeiten, die Reisetasche der Studentin und einen Teil der frisch besorgten Vorräte brachte sie unter. Den Rest musste sie notgedrungen zurücklassen.

Den Jungen ebenfalls. Ihn unter den gegebenen Umständen zurück zur Wohnung seiner Mutter zu bringen war ihr nicht mehr möglich. Wenn alles glattgegangen wäre, hätte ihm bestimmt keiner geglaubt, dass Manon David ihn in Opas Wohnmobil mitgenommen hatte, dass er eingeschlafen war und nicht wusste, wie er nach Hause gekommen war. Jetzt sah die Sache anders aus.

Mitnehmen konnte sie ihn auch nicht. Siggi hätte ihr den Kopf abgerissen. Aber ihn auf dem Bett liegen lassen, das schaffte sie nicht. »Wach auf, Kleiner«, murmelte sie, während sie ihn zur Bank neben dem Einstieg zerrte. »Es ist nicht weit. Nur quer durch den Wald. Das schaffst du.«

Als sie ins Freie sprang, nachdem sie sicher war, ihre Spuren wie bisher noch jedes Mal in bewährter Manier durch Feuer restlos zu beseitigen, saß er immer noch völlig weggetreten neben dem Einstieg, mit dem Arm auf dem Tisch und dem Kopf in der Armbeuge. Und sie sah sich noch einmal mit ihm auf dem Arm auf dem Weg vor seinem Elternhaus hin und her gehen, hörte sich noch einmal sagen: »Nicht weinen. Wenn du groß bist, zahlst du ihnen alles heim.« Groß geworden war er. Und wenn er nicht allmählich aufwachte, war er bald tot.

## *Verlockendes Angebot*

Mit der offenen Jeans, dem T-Shirt darüber und den Badelatschen an den nackten Füßen schaffte David es nach dem Abendessen zwar hinunter in den Eingangsbereich. Er wollte sich mit den Örtlichkeiten vertraut machen. Seinen Fluchtplan in die Tat umzusetzen gelang ihm jedoch nicht.

Hans Werner Dederich hatte das Zimmer kurz vor ihm verlassen, um unten frische Luft zu schnappen, eine zu rauchen und dabei die Nachricht zu lesen, die sein Schwiegervater ihm aufs Handy geschickt hatte. *»Alles in Ordnung, der Junge ist nur ein Opfer und hat verdammt großes Glück gehabt, dass er noch lebt. Pass ein bisschen auf, könnte sein, dass er unliebsamen Besuch bekommt.«*

Draußen vor der Tür trafen sie zusammen.

»Sieh mal einer an, wer da kommt«, sagte Dederich. Er hatte argwöhnisch verfolgt, wie eine Scheibe Brot, ungelenk mit Butter bestrichen und mit Käse belegt, zum Rest Rosinenschnecke in die Tüte geschoben worden war. Wenn man die Bettelei um feste Schuhe hinzunahm, musste man nur noch eins und eins zusammenzählen. »Was willst du denn hier draußen?«

»Nur nachsehen, wo ich bin«, bekam er zur Antwort.

»Vor dem Krankenhaus in Bergheim«, erklärte Dederich grinsend.

»Und wie heißt die Straße?«

»Da fragst du mich was. Klosterstraße, glaube ich.«

»Gibt es hier irgendwo auch eine Augsburgerstraße?«

»Keine Ahnung. So gut kenne ich mich in Bergheim nicht aus. Was gibt es denn Interessantes in der Augsburgerstraße?«

Die Antwort blieb David schuldig. Aber eins und eins ergab zwei. Der Knabe wollte sich selbst entlassen, was für seine linke Hand üble Folgen haben könnte. Als verantwortungsbewusster Mensch konnte Dederich nicht tatenlos abwarten, ob er die Lage richtig einschätzte. »Gehn wir wieder rein«, sagte er, nachdem er seine Zigarette ausgedrückt hatte. »Hier wird gleich abgeschlossen.«

»Warum?« Die Enttäuschung war nicht zu überhören.

»Na, du bist gut«, sagte Dederich. »Die können doch nicht die ganze Nacht die Türen offen lassen. Stell dir mal vor, was da alles passieren könnte.«

Auch wenn es mit Davids Vorstellungskraft nicht sehr weit her war, dafür reichte es. »Dass Leute weglaufen?«

Dederich verkniff sich ein breiteres Grinsen. *Erwischt, Junge. Wusst' ich's doch.* Laut sagte er: »Kranke laufen nicht weg. Aber es könnten Leute hereinkommen, die hier nichts zu suchen haben.«

Er nahm David beim Arm, führte ihn zum Aufzug und bemühte sich den Rest des Abends, mehr über die Pläne des Jungen zu erfahren und den Nebel um seine Herkunft zu lichten. Über Leonardo da Vinci trug er einige Informationen mehr zusammen als Rita Voss mit ihren Fragen nach dem Ehepaar Homberg und der Brandnacht.

Grenzenlos erleichtert, dass Hans wieder sein Freund und ihm nicht mehr böse war, zeigte David ihm die neue Zeichnung von Papas Haus. Fertig war sie noch nicht. Alle Bäume fehlten noch, ebenso das Glashaus weit hinten, in dem die Tomaten wuchsen. Die Mine im Druckbleistift war aufgebraucht. Aber rote Tomaten hätte er mit Bleistift sowieso nicht zeichnen können. Er erzählte vom Kunstlehrer Ulrich, der ihm eine Eins für die Schneewittchen-Zeichnung gegeben hatte. Nicht nur dafür, in Kunst hatte er immer Einser bekommen. Da schwang unüberhörbar der Stolz mit.

»Und in anderen Fächern?«, fragte Dederich.

In Mathe Zweier, in Deutch war er auch gut. Der Rest interessierte ihn nicht sonderlich, da reichte es nur für Dreier. Aber die anderen Lehrer und Lehrerinnen waren alle nett und bemüht. Frau Kremer war sogar einmal zu ihnen nach Hause gekommen.

»In die Augsburgerstraße?«, riskierte Dederich eine weitere Zwischenfrage und hatte Glück, ihn damit weder aus dem Konzept zu bringen noch misstrauisch zu machen.

»Nein, da haben wir gewohnt, bevor wir umgezogen sind.« Dann ging es auch schon weiter mit Frau Kremer, die versucht hatte, Mama zu überreden, ihn an einer Klassenfahrt teilnehmen zu lassen. Er wäre gerne mitgefahren und hätte Mama damit ein paar Tage Ruhe verschafft. An den Kosten solle es nicht scheitern, hatte Frau Kremer gesagt. Es gebe einen Fonds, bei dem man einen Zuschuss beantragen könnte. Mama hatte das nicht mal versucht. Dabei hätte sie mitfahren und aufpassen können, andere Mütter oder Väter fuhren auch mit. Aber Mama hätte keinen Zuschuss bekommen und hatte kein Geld.

Er sprach von seinen Mitschülern und dem Busfahrer, der ihn, vier weitere Jungs und zwei Mädchen alle für blöd hielt.

Sonder- oder Förderschule, da war Dederich sicher. Viel weiter brachte ihn das nicht. Solche Schulen gab es überall im Land. Als ihm keine unverfänglichen Fragen mehr einfielen, versuchte er es direkter über seine Beobachtung beim Abendessen.

»Ich hab gesehen, dass du ein Butterbrot in die Kuchentüte gesteckt hast. Willst du das nicht lieber in Folie einwickeln? Sonst schmeckt es morgen nicht mehr.«

»Ich will es morgen auch nicht essen«, erklärte David. »Zuerst esse ich das Brot von gestern, sonst wird das zu alt.«

»Das kannst du nicht mehr essen.«

»Es macht mir nichts, wenn es trocken ist.«

»Das ist nicht trocken, David. Die Wurst ist hinüber. Du hättest mir sagen sollen, dass du es viel später essen willst, dann hätte ich das Brot mit Käse eingepackt. Käse hält sich etwas länger, aber auch nicht ewig.«

Dederich zeigte auf den Nachttisch. »Das ist ein Schubfach, David, kein Kühlschrank. Das Brot von gestern musst du wegwerfen, das wimmelt jetzt von Bakterien. Davon wirst du richtig krank. Riech mal dran, wenn du mir nicht glaubst.«

David roch tatsächlich daran, nicht weil er Hans misstraute. Er war nur neugierig, wie Bakterien rochen. Ein kleines bisschen wie Mama, als auf ihrem Bett längst Staub hätte liegen müssen.

»Hör zu«, sagte Hans. »Ich weiß, was du vorhast. Aber das wird nicht funktionieren. Du riskierst, deine linke Hand zu verlieren oder an einer Blutvergiftung zu sterben, wenn du abhaust. Deine Hand muss noch eine ganze Weile von Ärzten behandelt und jeden Tag frisch verbunden werden, damit keine Bakterien eindringen. Die würden dein Fleisch genauso vergiften wie die Wurst auf dem Brot.«

Davids Blick spiegelte Entschlossenheit und Trotz. So klang er auch: »Wo mein Großvater wohnt, gibt es bestimmt einen Arzt.«

»Möglich«, stimmte Dederich ihm zu. »Aber um den Arzt zu finden, musst du zuerst den Großvater finden. Und das wirst du ohne Hilfe nicht schaffen.«

»Werde ich wohl«, widersprach David unverändert trotzig. »Jetzt weiß ich, wie er heißt. Und ich weiß, wie die Straße heißt, in der wir gewohnt haben, als Oma Luzie noch lebte.«

»Ja, ja«, sagte Dederich. »Die Augsburgerstraße. Viel Glück bei der Suche. Jetzt sag ich dir mal, was du nicht weißt. Wie lange das Wohnmobil unterwegs war. Als du eingestiegen bist, war es hell, hast du Frau Voss jedenfalls erzählt. Ich frag dich jetzt nicht, ob das stimmt. Das wirst du selbst am besten wissen. Und es war Nacht, als du mit deinem Hintern auf der brennenden Bank aufgewacht bist. Also wart ihr stundenlang unterwegs. In der Zeit kann man mit einem Auto einige Hundert Kilometer zurücklegen. Dafür braucht man zu Fuß etliche Wochen. Und man darf nicht die falsche Richtung einschlagen, wenn man losgeht. Die Augsburgerstraße kann überall sein, hoch im Norden, tief im Süden, weit im Osten.«

Das hatte David nicht bedacht, er sah unwillkürlich die große Landkarte aus der Schule vor sich. Geografie, eins der Fächer, für die er sich nicht sonderlich interessiert hatte. Wozu auch?

Warum sollte man sich für die Welt hinter der Schule und dem Parkplatz interessieren, wenn man nicht davon ausging, jemals weiter zu kommen als in den Schulbus?

»Wahrscheinlich gibt es im ganzen Land mehr als eine Augsburgerstraße«, fuhr Dederich fort. »Das könnte ich herausfinden. Ich könnte dir auf meinem Handy sogar zeigen, wie es in diesen Straßen aussieht. Aber das hilft dir nicht, deinen Opa zu finden. Er wohnt doch nicht in der Augsburgerstraße, oder?«

Als David den Kopf schüttelte, sprach er weiter: »Aber er hat bestimmt ein Telefon, und ältere Leute stehen meist mit ihrer Adresse im Telefonbuch. Wenn du mir sagst, wie er heißt, rufe ich alle Männer mit dem Namen an, bis ich den richtigen gefunden habe. Dann bekommst du von mir seine Adresse, ich kauf dir auch eine Fahrkarte. Von der Polizei hast du nichts mehr zu befürchten, David. Mein Schwiegervater, der Mann, der heute Nachmittag hier war und dafür gesorgt hat, dass du die Schuhe behalten darfst, hat mir das eben geschrieben. Er war früher Polizist. Seine Kollegen wissen, dass du das Wohnmobil nicht angezündet hast. Denk mal über mein Angebot nach. Ich will dir nur helfen.«

Das glaubte er ja. Und was Hans ihm anbot, war mehr wert als alle Geschenke zusammen. Aber wenn der alte Mann ein Polizist gewesen war und seine Kollegen Mama fanden und ihm davon erzählten ... Im Fernseher taten sie das immer.

## *Sonntag, 28. Juli*

In der Nacht erwachte er von gedämpften Stimmen und den Geräuschen, mit denen das Bett des alten Mannes aus dem Zimmer geschoben wurde. Hans war auch schon wach und erklärte jemandem vom Nachtdienst, er sei zur Toilette gegangen und habe bei der Rückkehr bemerkt, dass der Mann nicht mehr atmete.

Als sie wieder allein waren, sagte Hans: »Schlafen wir noch eine Runde. Um aufs Frühstück zu warten, ist es noch zu früh.«

David konnte nicht mehr schlafen. Die Geräusche hatten ihn aus einem Traum gerissen, der noch sehr gegenwärtig war. Manchmal war es, als krame sein Gehirn im Schlaf in der Vergangenheit so wie er früher in der Kiste mit den Legosteinen. In so einer Kiste lag auch einiges, was man gar nicht suchte, weil man es nicht gebrauchen konnte. Wie eine nasse Hose und Mamas neuen Freund, der mit ihnen Urlaub am Meer gemacht hatte.

Sie waren erst am Nachmittag zurückgekommen, kurz bevor Papa sie abholte. Mama raffte eilig Sachen aus dem Urlaubsgepäck für das Wochenende zusammen und zog ihm die letzte saubere Hose an. Und am nächsten Tag vergaß er, rechtzeitig zur Toilette zu gehen, weil er aufpassen sollte, dass Lea nichts vom Urlaub erzählte. Mama hatte Lea darauf eingeschworen, den Mund zu halten. Aber Lea war eine Petze, das wusste jeder, der sie kannte.

Wenn Papa sie sonntags zurückgebracht hatte, musste Mama nur einmal fragen: »Na, wie war's?« Dann erzählte Lea ihr, wer zu Besuch gekommen war, Papas Freunde Leon und Mieke oder Oma Luzie oder alle drei zusammen, und worüber sie gesprochen hatten. Was Papa mit ihnen unternommen hatte, mal einen Ausflug ins Schwimmbad, mal waren sie in einem Zirkus gewesen, wo ein Mann sich Feuer in den Mund gesteckt hatte. Dann wollte Mama auch noch wissen, wovon Papa das bezahlt hatte. Schwimmbad und Zirkus kosteten Eintritt, und Papa behauptete stets, er habe keinen Cent übrig.

Bei Papa erzählte Lea sogar ungefragt, was Mama in den letzten Wochen getan hatte. Nach dem Urlaub am Meer schaffte sie das aber nicht, weil er aufpasste und dabei in die Hosen machte. Lea wurde furchtbar wütend und schimpfte ihn einen kleinen Stinker. Papa wurde ebenfalls wütend, aber nicht auf ihn. Er wollte mit ihnen in einen Tierpark fahren und hatte keine Ersatzhosen für ihn, weil die Sachen, die Mama zusammengerafft hatte, nicht sauber waren.

»So kann ich doch nicht mit euch unter Leute gehen«, schimpfte Papa. Dann rief er Oma Luzie an und fragte, ob sie ihm aus der Klemme helfen könne. Kurz darauf brachte Oma Luzie ein hübsches Kleid für Lea. Für ihn hatte sie zwei Jeans, zwei T-Shirts und sechs Unterhosen. Fast wie Mechthild und Frau Voss, vielleicht war es deshalb aus der Vergangenheit aufgetaucht.

»Das macht Tosca mit Absicht«, schimpfte Papa erneut los, während Lea mit ihrem Kleid nach oben ging, um es anzuprobieren. »Sie spekuliert darauf, dass ich die beiden einkleide, wenn ich mit ihnen irgendwohin will. Letzten Monat wollten Leon und Mieke mit uns essen gehen, da musste ich passen, weil sie keine sauberen Klamotten dabeihatten.«

»Reg dich nicht auf«, versuchte Oma Luzie ihn zu beschwichtigen. »Eine Kinderjeans kostet nicht die Welt. Mir hat es Spaß gemacht, für die beiden einzukaufen.«

Aber so schnell war Papa nicht besänftigt. »Ihre Schwester macht das bei Ulrich und Gerda genauso. Schickt die Kids in vergammelten Klamotten. Ulrich kauft ihnen was Neues, das wird meist auf Flohmärkten verhökert. Und beim nächsten Besuch haben die Kinder wieder Sachen am Leib, mit denen man sie nicht auf die Straße schicken mag.«

»Ich bin nicht Ulrich«, sagte Oma Luzie. »Was ich den Kindern kaufe, bleibt hier. Dann kann Tosca sie beim nächsten Mal in Schlafanzügen schicken. Das gilt übrigens auch für Spielzeug.«

»Apropos Spielzeug«, sagte Papa daraufhin. »Wenn du David eine Freude machen willst, bring ihm beim nächsten Mal einen großen Zeichenblock und Buntstifte mit.«

»Du willst mir jetzt aber nicht erzählen, du könntest dem Zwerg nicht mal einen Zeichenblock und Stifte kaufen«, sagte Oma Luzie.

Papa seufzte: »Diesen Monat nicht mehr, Mama. Ich habe vollgetankt, der Tierpark kostet nicht viel Eintritt, aber ein Eis muss drin sein. Sonst will Lea in zwei Wochen lieber bei Mama bleiben. Das hatten wir schon zweimal, da musste ich nachdrücklich auf mein Recht pochen.«

»Darf ich auch ein Eis haben, Papa?«, fragte er.

»Klar doch, Sputnik«, antwortete Papa. »Wenn Oma dir das Wechselgeld schenkt, bekommst du ein ganz großes Eis und kannst Lea eins spendieren. Aber jetzt ziehen wir dich erst mal um, sonst schlafen die Tiere schon, wenn wir kommen.«

Dann fuhren sie zum Tierpark. Lea durfte vorne sitzen, weil sie schon groß genug war. Und weil er hinten im Auto nicht so gut aufpassen konnte, erzählte Lea vom Urlaub am Meer und Mamas neuem Freund.

»Was ist denn mit dem anderen?«, wollte Papa wissen.

»Der wohnt nicht mehr bei uns«, sagte Lea.

»Und wie ist der neue?«, fragte Papa.

»Nett«, sagte Lea. »Er hat uns jeden Tag ein großes Eis gekauft. Bei uns wohnen will er nicht, aber er hat jede Nacht bei Mama im Bett geschlafen. Das fand ich doof.«

»Soll er lieber in deinem Bett schlafen?«, fragte Papa. »Das fände ich doof.«

Die Erinnerung an diesen Nachmittag war so lebendig, dass es sich anfühlte, als seien sie eben erst aus dem Tierpark zurückgekommen. Lea hatte sich gelangweilt und genörgelt, weil es nur Ziegen und noch kleinere Tiere gab. Ihm hatte das gefallen, weil man Hasen und Ziegen streicheln konnte.

Mit Mama waren sie vor dem Urlaub in einem Zoo mit Bären und Tigern gewesen. Die hatte man nicht anfassen können, und dort hatten ihm die Füße wehgetan, weil er so viel laufen musste. Im Tierpark hatte Papa ihn die meiste Zeit auf den Schultern getragen. Und als er müde geworden war, hatte er seine Wange auf Papas Kopf gelegt und die Ziegen trotzdem noch sehen können.

Bis das Frühstück gebracht wurde, dachte er über das nach, was Hans am vergangenen Abend gesagt, was er vorher nicht bedacht hatte. Die Erkenntnis, dass die Augsburgerstraße viele Hundert Kilometer weit weg sein konnte und für ihn praktisch unerreichbar war, verursachte ihm ein dumpfes Gefühl in der Brust und ein schmerzhaftes Ziehen im Hals, als reiße etwas von innen an seiner Kehle, um zu verhindern, dass er weinte.

Gerade jetzt, wo er nach der Erinnerung an seine nasse Hose und den Tierpark wieder den Geruch von Papas Haarshampoo in der Nase hatte, empfand er es als besonders grausam, dass er keine Chance hatte, seinen Großvater aufzuspüren und Papa wiederzusehen, wenn er seinen Namen nicht verriet.

Die Aussichtslosigkeit hatte jedoch auch einen positiven Effekt, wie ihm nach einer Weile der Trauer klar wurde. Wenn Manon viele Hundert Kilometer mit ihm gefahren war, konnte ihn hier niemand erkennen. Dann spielte es keine Rolle, wem die Polizei sein Foto zeigte. Sie würden nicht herausfinden, wer er war. Und wenn der nette Herr Engelbrecht einen schönen Platz für ihn fand … Bei netten Leuten bot sich bestimmt die Möglichkeit, selbst nach Telefonnummern von Männern zu suchen, die so hießen wie er. Dann konnte er alle anrufen, bis er den richtigen gefunden hatte.

Beim Frühstück kam er wieder ohne Hilfe aus. Er schaffte es auch erneut, den Pyjama gegen eine Jeans zu tauschen, sogar das T-Shirt konnte er alleine anziehen, weil er diesmal zuerst die Arme durchsteckte und es danach erst über den Kopf zog.

Hans schaute ihm zu, fragte aber nicht, ob er schon nachgedacht habe. Mit keinem Wort rührte Hans an sein Angebot vom vergangenen Abend. Bis zum Mittagessen unterhielten sie sich über die lange Wanderung auf staubigen Feldwegen in brütender

Hitze. Dass er mit dem Gedanken gespielt hatte, aus einer Zeichnung von Papas Haus eine Piratenmütze als Sonnenschutz zu falten, sich aber nicht mehr erinnern konnte, wie das ging, weil es so lange her war, dass Opa Ulrich ihm das gezeigt hatte.

Dass er ausgehorcht wurde, fiel ihm nicht auf. Er erzählte von der Kirchturmspitze, die ihm als Wegweiser gedient hatte, von den Kühltürmen des Kraftwerks und den Windrädern, die er zuvor gesehen hatte. Und dass sie in der Schule darüber gesprochen hatten, Windräder seien besser fürs Klima als Kraftwerke.

»Ich fand die Türme schöner«, sagte er. »Sie machen Wolken. Ich mag Wolken. Kennst du das Lied von der Oma, die auf einer Wolke sitzt und dem Mann zuschaut, der das Lied singt?«

»Hat das nicht Volker Lechtenbrink gesungen?«, fragte Hans.

»Das weiß ich nicht. Bei uns im Haus hat eine Frau gewohnt, die hörte es oft. Mama sagte, auf Wolken könne man nicht sitzen. Aber wenn man tot ist und nur noch ein Geist, kann man überall sitzen und sogar durch Wände gehen. Vielleicht schaut Oma Luzie mir zu und passt auf mich auf. Vielleicht wollte sie, dass ich zu dem Parkplatz gehe, wo das Wohnmobil stand.«

»Das glaube ich weniger«, kommentierte Hans. »Deine Oma hätte bestimmt nicht gewollt, dass du beinahe verbrennst.«

»Bin ich ja nicht«, sagte er. »Und jetzt bin ich hier und habe neue Sachen zum Anziehen bekommen.«

Und wenn er das Wundermittel nicht gekauft und eingenommen hätte, wenn er nicht dem Irrtum erlegen wäre, das Wohnmobil gehöre Opa Ulrich, dann hätte er für sein Restgeld Wasserflaschen gekauft und wäre mit Kolchani, Johnny Depp und dem grünen Shrek im Rucksack weitergegangen, immer weiter und weiter, ohne zu wissen wohin. Nachts hätte er sich an irgendwelchen Feldwegrändern eine Kuhle zum Schlafen suchen müssen wie Schneewittchen. Und seinen Schlaf hätten nicht die Tiere des Waldes bewacht. Er hätte Papas Vater nie gefunden, weil ihm keiner gesagt hätte, dass Oma Luzies Mann denselben Namen trug wie er. Irgendwann wäre er wahrscheinlich aufgegriffen worden. Die Leute hätten den Zettel mit seinem Namen und seiner Adresse am Rucksack gelesen. Man hätte ihn nach Hause bringen wollen, Mama entdeckt und ihn ins Gefängnis gesperrt.

Es war das »Was-wäre-wenn«-Spiel, das sein Großvater seit Jahren spielte. Es führte zu nichts, konnte aber trotzdem hilfreich sein. Er jedenfalls erkannte in seiner verqueren Logik, dass der verbrannte Rucksack für ihn von Vorteil war, mochte der Verlust seiner Freunde noch so sehr schmerzen.

## *Der Großvater*

Wie kaum anders zu erwarten, war Bernds Mutter damals die Erste gewesen, die noch vor Robin erfuhr, dass Tosca schwanger war. Bernd und Luzie hörten es tags darauf beim Mittagessen. Wegen all dem Stress in der Zahnarztpraxis sollte die Pille versagt haben.

»So ein Quatsch«, sagte Luzie. »Da wäre ich früher unentwegt schwanger geworden. Meines Wissens versagt die Pille, wenn man Magen-Darm-Beschwerden hat. Dann wird der Wirkstoff vom Körper nicht aufgenommen. Wenn man Antibiotika nehmen muss, wird man vom Arzt darauf hingewiesen, dass es nicht sicher ist.«

»Alles weißt du aber auch nicht«, wies Anna sie zurecht. »Vielleicht musste Tosca sich übergeben, weil sie so viel Stress hat. Manchen schlägt das auf den Magen.«

Stress am Arbeitsplatz hatte Tosca nach Vorlegen eines ärztlichen Attests dann keinen mehr. Schwangeren war die Arbeit oder Assistenz am Behandlungsstuhl per Gesetz untersagt, ein anderes Betätigungsfeld konnte der Zahnarzt ihr nicht bieten. Ihr letztes Ausbildungsjahr hatte gerade erst begonnen. Um die Prüfungen abzulegen, musste sie nur noch einmal wöchentlich die Berufsschule besuchen. Die Ausbildungsvergütung floss jedoch weiter.

Ihre Eltern waren unterhaltsmäßig auch noch in der Pflicht. Tosca hätte sich ihre Einzimmerwohnung noch eine Weile leisten können. Aber angeblich waren ihre Vermieter der Meinung, für eine Mutter mit Kind sei das Appartement zu klein. Als Anna das erfuhr, schlug sie vor, Tosca solle bei Robin einziehen, in der großen Wohnung sei doch Platz genug.

Robin hätte seine Eltern nicht unbedingt um Erlaubnis bitten müssen, aber er tat es. »Ihr könnt ablehnen, wenn ihr nicht einverstanden seid«, sagte er. »Ihr seid die Eigentümer.«

»Irrtum«, klärte Luzie ihn auf. »Nicht wir sind, nur ich bin.«

Damit brachte sie ihn aus dem Konzept. Er brauchte ein paar Sekunden, ehe er sich zögernd erkundigte: »Und ... eh, bist du einverstanden, dass Tosca bei mir einzieht?«

»Warum sollte ich etwas dagegen haben, wenn du eine Frau aufnimmst, die ein Kind von dir erwartet?«, fragte Luzie. »Es sei denn, du liebst sie nicht. Aber das musst du mit ihr klären, nicht mit uns.«

»Tosca meint, du könntest sie nicht leiden.«

»Wie kommt sie denn darauf?«, fragte Luzie. »Bisher hatte ich keine Gelegenheit festzustellen, ob ich sie mag oder nicht. Die zwei Stunden an Weihnachten zählen nicht. Danach bin ich ihr nur noch mal im Treppenhaus begegnet, wo sie mit einem Murmeln an mir vorbeihuschte. Das konnte *guten Abend* heißen, aber genauso gut, *geh mir aus dem Weg*. Ich hab's nicht verstanden.«

»Sie hat Angst vor dir«, sagte Robin.

Luzie lachte. »Und da will sie unter meinem Dach leben?«

»Oma hält das für die beste Lösung«, sagte Robin.

Etwas anderes hatte Bernd von seiner Mutter nicht erwartet. Und Robin erwähnte nicht, dass seine Großmutter beharrlich Druck auf ihn ausgeübt hatte. Wenn es nur nach ihm gegangen wäre, hätte Tosca noch eine Weile in ihrem Appartement bleiben können. Zum Auszug zwingen konnten die Vermieter sie nicht. Er hätte sie abends besucht wie in der Zeit vor Weihnachten, sie wären alleine gewesen und hätten tun können, was man eben als junges Paar tat, wenn man alleine war.

In seiner Wohnung war ihm traute Zweisamkeit nicht vergönnt. Kaum war Tosca gekommen, stand Oma auf der Matte. Und bei aller Liebe und Freude darüber, dass die beiden Frauen sich so gut verstanden, so hatte Robin sich das nicht vorgestellt.

Er fühlte sich jedes Mal aufs Abstellgleis geschoben. Ihnen fiel ja nicht einmal auf, dass er sich ins Arbeitszimmer verzog und sich die Zeit am Computer vertrieb, wenn Tosca begann, bei Oma alles noch mal aufzuwärmen, was sie ihm bereits vor Monaten erzählt hatte. Besser wurden ihre Geschichten aber nicht, wenn man sie zum zweiten oder gar dritten Mal hörte.

Es hatte nichts mit Toscas Dummheit zu tun, wie Bernd meinte. Es waren ihre Erzählungen. Immer nur Ärger, der Horror ihrer Kindheit und Jugend, Stress in der Zahnarztpraxis des Ausbeuters, Zoff mit den Vermietern, weil sie ihre Wäsche nicht gleich am nächsten Tag von den Leinen im Keller genommen hatte. Einen Trockenständer im Appartement aufzustellen war ihr verboten worden. Und weil er so oft bei ihr war, wollte man ihr wegen des höheren Wasserverbrauchs die Nebenkosten erhöhen. In Robins Ohren klang es jedes Mal wie eine Anklage. Weil er als Ritter in glänzender Rüstung die verstoßene Prinzessin nicht längst aus ihrem Elend befreit und auf sein Schloss geholt hatte.

Noch schwerer wog allerdings, dass er inzwischen wusste, dass die Pille nicht versagt hatte. Er hatte Tosca zur ersten Ultraschalluntersuchung begleiten wollen und sich etwas verspätet. In der Praxis ihres Gynäkologen hatte ihm eine der Arzthelferinnen gratuliert und eine Bemerkung gemacht, die nur einen Schluss zuließ. Tosca hatte schon zu Beginn ihrer Beziehung aufgehört zu verhüten und es darauf angelegt, schwanger zu werden.

»Es hat ja lange genug gedauert«, hatte die Arzthelferin gesagt. »Aber so ist das oft, wenn man sich sehnlichst ein Kind wünscht.«

Robin hatte sich das nicht sehnlichst gewünscht, im Gegenteil. Die Nachmittage bei Toscas Bruder, Nele und den Rabauken, die dort herumturnten, hatten in ihm Zweifel aufkommen lassen, ob es sinnvoll sei, Kinder in die Welt zu setzen und sich das eigene Leben vom Nachwuchs durcheinanderrütteln zu lassen.

Er hatte inständig gehofft, dass seine Eltern ablehnten, was Oma für die beste Lösung hielt. Dann hätte er wenigstens noch ein paar geruhsame Monate mit Tosca gehabt, ein paar Dinge mit ihr klären und sich an den Gedanken gewöhnen können, bald Vater zu werden. Aber das erfuhr Bernd erst Jahre später, als das Kind so tief im Brunnen lag, dass nichts mehr zu retten war.

## *Der Junge*

Wie beim Frühstück klappte es auch mittags mit dem Essen, nur das Fleisch musste Hans ihm schneiden. Diesmal gab es einen Becher Schokopudding zum Dessert. Den hob er für später auf. Als sein Teller leer war, legte er die Tüte mit dem Rest Rosinenschnecke und dem Brot vom vergangenen Abend aufs Tablett. Das Brot mit Bakterien hatte Hans gestern noch entsorgt.

Kurz darauf strömten wieder Besucher in Scharen über den Flur, mehr als an Wochentagen. Damit sich die Hitze nicht im Zimmer staute, war die Tür schon aufgeblieben, als die Tabletts vom Frühstück abgeholt worden waren. Unentwegt hörte er Stimmen und Schritte von Leuten, die auf dem Korridor vorbeigingen. Die Frau von Hans kam auch wieder, aber diesmal blieben sie im Zimmer, weil die Cafeteria überfüllt war.

Marina Dederich hatte Kirschkuchen mitgebracht, davon bekam er ein Stück ab. Als er auf einen Kern biss, sagte Hans: »Das bringt Glück, David.« So war es auch. Kurz darauf klopfte sein Glück an die offene Tür, kam herein in Gestalt einer jungen Frau und bestätigte seinen Glauben an Oma Luzie auf einer Wolke.

Er erkannte die junge Polizistin nicht, die ihn davon abgehalten hatte, noch einmal ins Feuer zu steigen. Kein Gesicht aus der Brandnacht hatte sich ihm eingeprägt.

»Hallo, David«, grüßte Jasmin Tirtey, lächelte ihn an und erklärte ihm, wen er vor sich hatte, ehe sie feststellte: »Gut siehst du aus. Wenn ich dir auf der Straße begegnet wäre, hätte ich dich nicht wiedererkannt.« Dann reichte sie ihm eine kleine Geschenktüte mit den Worten: »Ich glaube, das gehört dir. Die Feuerwehr hat die beiden gefunden, als sie das ausgebrannte Wrack auseinandergenommen haben.«

Um wen es sich handelte, musste sie ihm auch erklären, weil er die beiden nicht erkannte. Rita Voss hatte ganze Arbeit geleistet. Johnny Depp und Feuerwehrmann Kolchani waren beide in weiße Mullbinden gewickelt und arg mitgenommen vom Feuer. Als er endlich begriff, dass ihm ein kleiner Teil Vergangenheit mit Papa und Oma Luzie zurückgegeben wurde, umklammerte er die Figuren mit der Rechten, wischte sich mit der noch dick verbundenen Linken über die Augen und konnte sich nicht einmal bedanken, weil das Glück ihm die Kehle zuschnürte.

»Den dritten haben sie leider nicht gefunden«, bedauerte Jasmin, zog sich einen Stuhl heran und setzte sich.

»Der Shrek war aber auch im Rucksack«, sagte er, als er seine Stimme wieder in der Gewalt hatte.

»Es wurde wohl kein Rucksack gefunden«, erwiderte Jasmin. »Nur Sachen aus härterem Material haben das Feuer überstanden.«

Hans Werner Dederich unterhielt sich in gedämpftem Ton mit seiner Frau über geschäftliche Angelegenheiten und seine bevorstehende Entlassung. Er bekam nur am Rande mit, dass David der jungen Polizistin in Zivil zum Dank für zwei gerettete Freunde seine halb fertige Zeichnung von Papas Haus schenkte. Wobei halb nur die Umgebung betraf, das Haus war fertig und das kleine Glashaus im Hintergrund ebenfalls zu erkennen.

Auf den anschließenden Dialog, den Jasmin mit einer ähnlichen Lobeshymne begann wie der Pfleger, von dem David Papier und Stift bekommen hatte, achtete Dederich nicht. »Wow, das ist ja ein richtiges Kunstwerk. Ist das in dem Fenster hier eine Eule?«

Als David nickte, fragte sie: »Weißt du, woran es mich unheimlich stark erinnert?«

Das konnte er nicht wissen. Und Jasmin wusste nicht, worüber sie mit ihm reden sollte. Fragen sollte sie ihm keine stellen, ihn nicht bedrängen. Theoretisch hätte sie sich sofort wieder verabschieden können. Stattdessen erzählte sie ihm von Sindorf, wo ihre Eltern wohnten. Von der Gärtnerei, in der ihre Mutter seit Jahren Samen und Setzlinge für ihren Garten kaufte.

Jasmin hatte ihre Mutter wiederholt begleitet und schloss mit dem Hinweis: »Der Gärtner ist schon älter, sein Haus auch. Aber es sieht wirklich so aus wie das Haus auf deiner Zeichnung. Da hängt auch so eine Eule im Fenster. Das ist ein Glasmosaik, glaube ich.«

Dazu nickte David noch einmal, automatisch und unbewusst.

Nachdem Jasmin Tirtey das Krankenhaus verlassen hatte, rief sie Rita Voss an. Das hatten sie vereinbart, weil Rita genau wissen wollte, wie David auf die angesengten Figuren reagiert hatte. Der Schilderung nach genauso, wie sie sich das ausgemalt hatte. Überwältigt, ergriffen, den Tränen nahe.

Jasmin gab seine Erklärung zu den Playmobil-Männern und dem grünen Shrek wieder, berichtete von der Zeichnung, ihrem Hinweis auf das Haus des Gärtners und Davids Reaktion, die ihrer Meinung nach nicht zu den vorangegangenen kindlichen Äußerungen passte. Kinder mochten Spielzeugfiguren als ihre Freunde bezeichnen. Aber Kinder erkundigten sich nicht gezielt, wie sie ein bestimmtes Ziel erreichen könnten. Ob es weit wäre, ob man mit dem Bus oder dem Zug nach Sindorf fahren konnte. Was eine Fahrkarte kostete und durch welche Straßen man gehen musste, um die Gärtnerei zu erreichen.

Erklärt hatte David sein auffälliges Interesse mit den Worten: »Wenn es so aussieht wie meine Zeichnung, würde ich mir das Haus gerne einmal ansehen, wenn ich hier entlassen werde.«

Dass es sich um das Haus seines Vaters handelte, hatte er bei Jasmin nicht thematisiert. Aber dass ein Fünfzehnjähriger ein

Haus so zeichnen konnte, wie es in natura aussah, ohne es vorher gesehen zu haben, hielt sie für ausgeschlossen.

»Ich könnte schwören, dass er das Haus kannte und dorthin will, wenn er entlassen wird«, sagte Jasmin. »Der Gärtner heißt Lackner und ist schätzungsweise Anfang siebzig.«

Das passende Alter für einen Großvater, dachte Rita, zog jedoch nicht ernsthaft in Betracht, dass es sich um den gesuchten Opa handeln könnte. Wie Hans Werner Dederich ging sie von einigen Hundert Kilometern aus, die ein Wohnmobil in einer stundenlangen Fahrt zurücklegte. Sie nahm an, David sei auf seiner Wanderschaft an einem Haus gleicher Bauart vorbeigekommen, bedankte sich für den Anruf, bat um ein Foto der Zeichnung und versprach, dem Hinweis nachzugehen. Sich das Haus und den Gärtner in Sindorf mal anzuschauen kostete nicht viel Zeit. Klinkhammer hätte das auch getan, meinte Rita.

## *Sascha*

Zu dem Zeitpunkt fragte Sascha Krieger in Grevenbroich-Gustorf eine junge Polizistin, ob der Junge tot sei. Sie schaute ihn an, als sei sie nicht sicher, ob und was sie antworten sollte. Als er schon nicht mehr damit rechnete, dass sie überhaupt einen Ton von sich gab, wollte sie wissen, von welchem Jungen die Rede sei und wo man den finden könne.

»Seine Großeltern haben ihn mit auf Reisen genommen«, antwortete Ilona Kersgen an Saschas Stelle. »Das habe ich Ihnen doch eben schon gesagt.«

Die Polizistin entschuldigte sich, dass der Hinweis untergegangen war, fragte nach Namen, Adressen oder Telefonnummern der Großeltern und anderer Verwandter. Damit konnte Ilona nicht dienen. Saschas Ex-Frau hätte vielleicht Auskünfte geben können, aber sie ging nicht ans Telefon, als Sascha es probierte.

Eine gute Stunde später wimmelte es in dem Sechs-Parteien-Haus von Beamten der Kriminalhauptstelle Düsseldorf. In der Dachgeschosswohnung, in der David elf Jahre lang mit Mutter und Schwester gelebt hatte, waren Leute in weißen Ganzkörperoveralls zugange, wie man es oft in Fernsehkrimis sah.

Es sprach sich schnell herum, dass Tosca Lackner am 19. Juli ihren Sohn aus der Wohnung geschafft hatte, um kurz darauf ihren Mörder hereinzulassen, wovon keiner im Haus etwas mitbekommen hatte. Ilona war die Letzte, die Tosca gegen achtzehn Uhr an dem Freitag noch gesehen hatte, gut gelaunt das neue Kleid und die Korsage präsentierend, voller Vorfreude auf das verlängerte Wochenende mit dem tollen Typ, den sie im Internet kennengelernt hatte.

Saschas Mitleid hielt sich in Grenzen. Für ihn war Tosca seit Jahren ein rotes Tuch gewesen. Der Junge tat ihm so leid wie am ersten Tag.

Sascha erinnerte sich noch lebhaft an den Samstag, an dem nebenan Möbel und Umzugskartons reingetragen worden waren. Zwei Männer schleppten den schweren Kram nach oben. Tosca stöckelte mit Kleinteilen hinterher. Sie trug High Heels, nicht das geeignete Schuhwerk für solch eine Aktion, dazu Hotpants und ein hautenges Top. Eine knackigen Hintern hatte sie damals gehabt. Um die Mittagszeit war Sascha mit Einkäufen hinter ihr auf der Treppe und bekam ausreichend Gelegenheit festzustellen, dass Tosca Lackner von hinten einen erfreulichen Anblick bot.

Die Kinder spielten derweil draußen. Vor dem mittleren der drei baugleichen Häuser war ein Spielplatz angelegt und mit einer Rutsche, einer Schaukel sowie einer Wippe ausgestattet worden. Die Geräte waren vor elf Jahren nicht mehr taufrisch, aber gut in Schuss und funktionstüchtig. Lea ignorierte den Platz, malte mit bunter Kreide Hüpfkästchen auf den Plattenweg und fand binnen kürzester Zeit zwei Spielgefährtinnen aus dem mittleren Haus. Sie war ein bildhübsches Kind, hatte etwas von einer Prinzessin, um deren Gunst andere buhlten. Einen

Sympathiewettbewerb hätte Lea bei Sascha damals allerdings nicht gewonnen.

David dagegen war ein putziger Knirps von der Sorte, die man anschaute und still bei sich dachte: So einen hätten wir auch groß bekommen. Er bettelte eine Weile: »Lass mich doch mitspielen, Lea«, und bekam so oft zu hören: »Du weißt ja gar nicht, wie das geht«, bis er den Spielplatz für sich entdeckte. Nacheinander probierte er die Geräte aus, aber er wusste offenbar auch nicht, wie man ohne Hilfe schaukelte.

Sascha verbrachte den Nachmittag unter der Markise auf dem Balkon und hörte den Jungen wiederholt fragen: »Schubst du mich bitte mal an, Lea?« Antwort bekam er nicht. Irgendwann warf Sascha einen Blick übers Geländer, sah den Knirps auf der Wippe am Boden sitzen und mit dem in die Luft ragenden leeren Sitz gegenüber reden wie mit einem unsichtbaren Spielgefährten.

Als er genauer hinschaute, erkannte er drei bunte Figürchen, die David irgendwie auf dem leeren Sitz befestigt hatte. Mit doppelseitigem Klebeband, wie Sascha abends feststellte, als er runterging und nachschaute, weil er es wissen wollte. Also nicht nur ein putziges, auch ein pfiffiges Kerlchen, das sich zu helfen wusste.

Ein Samstag in der letzten Woche der großen Schulferien war es gewesen, auch das wusste Sascha noch. Die ersten drei Wochen hatten die Kinder bei ihrem Vater verbracht, danach noch zwei bei den Großeltern, womit Toscas Eltern gemeint waren.

Tosca hatte derweil an der Nordsee Kraft getankt und danach den Umzug vorbereitet, hatte Sascha kurz darauf von seiner Frau gehört. Damals war er noch verheiratet gewesen und seine Frau vielleicht nicht der hellste Stern am Himmel der Intelligenz, aber vernünftig und grundsolide – hatte er gedacht, bis sie sich mit Tosca anfreundete, was relativ schnell passiert war. Das blieb nicht aus, wenn man auf derselben Etage wohnte und sich nur um den Haushalt kümmern musste. Da kam man rasch ins Gespräch, trank kurz darauf den ersten Kaffee zusammen und erfuhr dabei alles, was man wissen musste, um die eigene Schönheit zu optimieren.

Zwischen diversen Schönheitstipps erfuhr Saschas Frau schon am ersten Nachmittag, dass man mit Kindern nur in den Sommerferien umziehen konnte, damit sie sich in der neuen Umgebung eingewöhnten und sich mit Schulbeginn leichter in eine neue Klasse integrierten. Wenn es nach ihr gegangen wäre, hatte Tosca erklärt, hätte sie ihre Wohnung in Sindorf schon zu Jahresbeginn aufgegeben. Die Eltern ihres Ex seien in dem Kaff angesehene Leute. Und ihre Schwiegermutter habe ihr das Leben zur Hölle gemacht, sich sogar noch nach der Scheidung in alles eingemischt.

Des Weiteren erfuhr Saschas Frau schon beim ersten Kaffee, dass einer der beiden Umzugshelfer Toscas Bruder und der andere ihr Lebensgefährte war. *Lebensgefährte*. Über die Bezeichnung konnte Sascha heute noch lachen. Der Gefährte lebte nur knapp acht Wochen mit Tosca und den Kindern zusammen, danach verschwand er in der Versenkung.

In diesen acht Wochen waren Lea und David viermal freitags vom leiblichen Vater abgeholt worden, der immer unten vor dem Haus warten musste. Zweimal war Sascha den Kindern im Treppenhaus begegnet und hatte von David gehört: »Wir fahren jetzt bei mein Papa.« Und das in einem Ton, als stünde Papa nicht auf einer Stufe mit dem lieben Gott, sondern eine Stufe darüber.

Am vierten Papa-Wochenende baute Sascha sonntags auf dem Parkplatz einen neuen CD-Player in sein Auto, als Papa die Kinder zurückbrachte. Lea lief zum mittleren Haus, um ihre Freundinnen rauszuklingeln. David hatte noch keinen Anschluss gefunden und bettelte. Er wollte mit zurück und bei Papa bleiben.

Papa, ein gut aussehender Mittdreißiger, redete mit ruhiger Stimme auf den Jungen ein. »Du weißt doch, dass ich arbeiten muss, Sputnik. In zwei Wochen hole ich euch wieder, dann unternehmen wir etwas Tolles. Versprochen.«

Zwei Wochen waren für einen Vierjährigen eine Ewigkeit, fand Sascha. Tosca quasselte genervt dazwischen, wollte wohl den Lebensgefährten oben nicht zu lange auf ihre Rückkehr warten lassen. »Jetzt komm schon, David. Mama macht dir ein leckeres Abendbrot. Danach darfst du fernsehen.«

Inzwischen weinte der Junge herzerweichend, er wollte kein Brot und nicht fernsehen. Er wollte bei Papa bleiben, umklammerte dessen linkes Bein mit beiden Ärmchen. Tosca unterstellte, David sei wieder gegen sie aufgehetzt worden, drohte mit Konsequenzen und verlangte von ihrem Ex, er solle verschwinden, damit David sich beruhige. Als Papa sich das Klammeräffchen vom Bein pflückte und der Aufforderung nachkam, warf der Junge sich auf den Boden, schlug seinen Kopf auf die Platten und schrie seinen Willen in die Welt hinaus.

Es blieb Tosca nichts anderes übrig, als den Kleinen hochzunehmen und nach oben zu tragen, wobei David sich mit Händen und Füßen gegen sie zur Wehr setzte und die halbe Nachbarschaft ins Treppenhaus brüllte. Ilona und Saschas Frau traten vor ihre Wohnungstüren, um zu sehen, was es mit dem Spektakel auf sich hatte. Ilona hatte Erfahrung mit kleinen Kindern und wollte den Knirps mit einem Schokoriegel beruhigen. Der wurde ihr aus der Hand geschlagen mit dem Hinweis: »Ich will bei mein Papa!«

Als Sascha nach oben kam, hatte der Junge sich immer noch nicht beruhigt. Länger als eine halbe Stunde hörte Sascha ihn noch schreien und gegen eine Tür poltern, ob mit den Händen, den Füßen oder dem Kopf wie unten vor dem Haus, ließ sich aus den Geräuschen nicht ableiten.

Und immer wieder dieser Satz, geschluchzt, gestammelt, gekreischt: »Ich will bei mein Papa!« Sonst war nichts zu hören, kein Laut von Tosca oder dem Lebensgefährten, kein Fernsehton.

»Ich glaube, Tosca hat ihn eingeschlossen«, sagte Saschas Frau. »Was soll man auch sonst tun mit so einem Kind? Verprügeln darf man sie ja nicht mehr. Du hättest sehen sollen, wie er Ilona den Schokoriegel aus der Hand schlug. Das hätte ich nicht gedacht, dass ein kleiner Junge so eine Kraft hat und so eine Wut im Leib.«

Nachdem der Lebensgefährte kurz darauf gekniffen hatte, wusste Saschas Frau zu berichten, dass *mein Papa* sich von Tosca hatte scheiden lassen, weil David behindert war. Der Gefährte hatte angeblich aus demselben Grund so schnell das Weite gesucht. Vor dem Umzug hatte der Mann mit Toscas Kindern gar nichts zu tun gehabt, nur jedes zweite Wochenende mit ihr allein verbracht sowie die Ferientage zu Ostern und die Ferienwochen, in denen die Kinder bei Papa oder Toscas Eltern gewesen waren.

Dass man unter solchen Voraussetzungen mit einer Frau zusammenzog, hielt Sascha für eine übereilte und unüberlegte Handlung. Man schaute sich die Leute doch erst mal an, auch wenn sie noch klein waren. Gerade Scheidungswaisen konnten für eine neue Beziehung problematisch sein. Das hatte er mal bei einem Arbeitskollegen erlebt, der war von den Kindern seiner Freundin regelrecht weggeekelt worden.

»Ein behindertes Kind ist ja auch eine große Belastung«, meinte seine Frau. »Und wenn es nicht mal das eigene ist …«

Sascha war an David noch keine Behinderung aufgefallen, weder eine körperliche noch eine geistige. Im Gegenteil, er hielt ihn für ein aufgewecktes und aufgeschlossenes Kerlchen. Als er ihm das erste Mal allein im Treppenhaus begegnet war, hatte der Kleine ihm die Hand mit vier abgespreizten Fingern entgegengestreckt und stolz verkündet: »Ich bin David und schon so viele. Wie viele bist du? Oder muss ich für du Sie sagen?«

»Was hat er denn?«, fragte Sascha und wurde an den Sonntag erinnert.

»Du hast es doch selbst erlebt.«

Was er gesehen und gehört hatte, war für Sascha keine Behinderung, nur ein Wutanfall gewesen. Wutanfälle bekamen andere Kinder in dem Alter auch. Wie oft hatte Ilona solche Szenen schon im Netto-Markt erlebt, wenn ein kleines Kind tobte, weil die Mama kein Überraschungsei oder sonst einen Scheiß kaufen wollte.

Hätte David gebrüllt und um sich geschlagen, weil ihm eine Süßigkeit verweigert wurde, hätte Sascha es als falsche Erziehung gewertet. Aber ein Kind, das sich die Seele aus dem Leib schrie und sich die Stirn blutig schlug, weil es bei Papa bleiben wollte, den es nur noch alle zwei Wochen und in den Ferien sah, war für Sascha Krieger ein normales Kind, nur randvoll mit Sehnsucht. Es hatte einige Monate gedauert, ehe David verinnerlicht hatte, dass sein Papa zuverlässig wie ein Schweizer Uhrwerk jedes zweite Wochenende kam, um ihn und Lea abzuholen.

Aber nach drei Jahren kam Papa nicht mehr, und für David ging die Welt unter. Saschas Frau erfuhr unter dem Siegel der Verschwiegenheit, welches sie schon nach wenigen Stunden brach, dass Toscas Ex untergetaucht war, um einer Gefängnisstrafe zu entgehen. Was er verbrochen hatte, durfte Tosca nicht preisgeben, um die Zukunft der Kinder nicht zu gefährden.

Unter diesen Voraussetzungen floss kein Unterhalt mehr. Bis dahin war es Tosca finanziell sehr gut gegangen. Nun wurde es eng. Es war die Rede von einer größeren Summe, die sie von den Schwiegereltern bekommen sollte, Schweigegeld. Über die Höhe würden die Anwälte noch verhandeln, hörte Sascha von seiner Frau. Die Schwiegermutter hätte fünfzigtausend geboten, aber mit einem Taschengeld wollte Tosca sich nicht abspeisen lassen. Ihre Anwältin hatte hunderttausend verlangt und war sicher, dass Tosca die bekäme, weil die Schwiegereltern einen Skandal um jeden Preis vermeiden wollten.

Zur Überbrückung wollte Tosca sich von Saschas Frau etwas leihen. Daraufhin war ihr die Freundschaft gekündigt worden. Saschas Frau hatte sich einen Freund gesucht, weil Sascha ihre optimierte Schönheit nicht richtig zu würdigen wusste. Als er dahinterkam, hatte er sie vor die Tür gesetzt und war eine Zeit lang mehr mit sich und seiner Enttäuschung beschäftigt gewesen.

Jetzt, wo er sich fragte, ob David bei den Großeltern gut aufgehoben war und ob er dort bleiben konnte, wo er doch sonst keinen mehr hatte, sah Sascha wieder den putzigen Knirps vor sich, der sich draußen auf den Boden warf, seine Stirn an den Betonplatten blutig schlug und schrie: »Ich will bei mein Papa!«

Sascha hätte einer Kommissarin, die von ihm wissen wollte, was er in den letzten Tagen und Wochen aus der Nachbarwohnung mitbekommen hatte, eine Menge mehr als das erzählen können. Aber an vergangenen Zeiten war vorerst niemand interessiert.

# TEIL 3

# Verlorene Leben

## *Montag, 29. Juli*

Weil sie es vor Dienstbeginn erledigen wollte, machte Rita Voss sich schon kurz nach sieben in der Frühe auf den Weg nach Sindorf. Ihre Mutter war seit sechs Uhr auf den Beinen und hatte sämtliche Fenster aufgerissen, weil die Hitzewelle der letzten Wochen es nur um die Zeit erlaubte, das Haus durchzulüften. Spätestens um neun wurden die Fenster geschlossen, die Rollläden im Erdgeschoss auf halbe Höhe und oben komplett herabgelassen. Ihre Eltern verbrachten die Tage im halbdunklen Wohnzimmer.

Wenn der Gärtner über siebzig war, wie Jasmin Tirtey meinte, würde er auch nicht bis mittags in den Federn liegen und sich nachmittags bei achtunddreißig oder noch mehr Grad um seine Pflänzchen kümmern. Die Rechnung ging auf.

Die einige Hundert Meter hinter dem Ortsrand gelegene Gärtnerei fand Rita nach Jasmins Wegbeschreibung ohne Navi. Und das Wohnhaus sah tatsächlich so aus wie auf der Zeichnung. Es waren Details ausgearbeitet, die sich in der Vergrößerung auf dem Handy gut vergleichen ließen. Und das Glasmosaik in einem der vorderen Fenster, das eine Eule darstellte, hätte niemand zeichnen können, der das Fenster nicht längere Zeit im Blick gehabt hatte.

Wie am Haus ihrer Eltern standen sämtliche Fenster und sogar die Haustür sperrangelweit offen. Rita hätte eintreten können, ohne sich bemerkbar zu machen. Doch es bestand keine Veranlassung, sich erst einmal ungestört umzuschauen. Sie betrachtete nur die in Blei gefasste Eule, die reglos an einem roten Band mittig im Fenster hing, und hatte dabei ein Gefühl wie mit fünfzehn auf einer Kirmes, wo sie an einer Schießbude drei Schraubendreher geschossen hatte, mit denen sie nichts anfangen konnte. Aber Rosen zu schießen wäre damals unter ihrer Würde gewesen.

Statt an der Haustür zu klingeln oder zu klopfen, ging Rita um das Haus herum zur Rückseite. Dort gab es einen Anbau, der zur Hälfte aus Glas bestand. Ein Wintergarten Marke Eigenbau oder eine ehemals nur überdachte große Terrasse, die in Wohnraum umgewandelt worden war. Drei breite Schiebefenster und eine Tür standen ebenfalls offen. Zu sehen war niemand.

»Hallo«, rief Rita. Und aus dem dämmrigen Hintergrund trat ein Mann ins Licht, der im selben Alter sein mochte wie Rudolf Grovian. »Herr Lackner?«, vergewisserte sie sich. Als er nickte, stellte sie sich vor und fragte: »Haben Sie keine Angst vor Einbrechern? Wobei man hier nicht einbrechen müsste. Man könnte einfach reinspazieren und zusammenraffen, was sich lohnt. Für den Schaden käme keine Versicherung auf.«

»Ist das eine Beratung *Sicheres Haus*, oder brauchen Sie jemanden, der Ihnen die Grabpflege abnimmt?«, wollte Bernd wissen.

Er klang abweisend, beinahe feindselig. Rita bemühte sich ihrerseits weiter um einen freundlichen Plauderton. »Weder noch. Ich habe nur einige Fragen. Wir haben letzte Woche einen Jugendlichen aufgegriffen. Er hat einer Kollegin eine Zeichnung von Ihrem Haus geschenkt.« Sie zückte ihr Handy, um ihm das Foto zu zeigen. Aber der Anbau lag nicht im Schatten wie die Straßenseite. Im Sonnenlicht war so gut wie nichts zu erkennen.

»Können wir reingehen?«, fragte sie.

Bernd nickte und winkte sie wortlos durch in eine kleine Küche. Eine Schiebetür zu einem zur Straße gelegenen Zimmer war offen. Ritas Blick fiel auf einen Esstisch mit einem Kaffeebecher, daneben lag ein Holzbrettchen mit einem angebissenen Brot, das mit Rübensirup bestrichen war. Sie hatte Bernd beim Frühstück überrascht. Dabei war es zu diesem Zeitpunkt noch keine Überraschung für ihn, gewiss keine, die ihn in seinen ohnehin nicht stabilen Grundfesten erschütterte. Für ihn ging es vorerst nur um irgendeinen Jugendlichen, der gut zeichnen konnte. Verflucht gut.

»Das gibt's ja nicht«, murmelte er verblüfft.

Im Dämmerlicht der Küche erkannte er sogar auf dem nicht

allzu großen Handydisplay, dass Rita Voss keine unhaltbare Behauptung aufgestellt hatte. Sein Haus. Mit der Eule, die Frau Schäfer von gegenüber vor ewigen Zeiten in Handarbeit hergestellt und als Tauschmittel genutzt hatte, weil das Geld für Lebensmittel mal wieder knapp gewesen war.

Mit der Zeichnung vor Augen, blitzte eine Erinnerung auf an zwei Tage mit Luzie in Paris. Einer der seltenen Kurzurlaube, die sie sich lange Jahre nach der Eröffnung des Steakhauses gegönnt hatten. Auf einer Seine-Brücke hatte sie einem jungen Mann eine Kohlezeichnung von Notre-Dame abgekauft. Die hing oben im Schlafzimmer. Notre-Dame war natürlich kein Vergleich, trotzdem …

»Erstaunlich, was ein junger Bursche zustande bringt, wenn er nicht nur am PC hockt«, sagte Bernd. »Aber mein Haus ist keine Sehenswürdigkeit. Wo hat er das gesehen?«

Dumme Frage, fand Rita, sie tippte auf das gegenüberliegende Grundstück, das von der Größe her mit der Gärtnerei mithalten konnte und total verwildert war. Über einer wuchernden Hecke mit einem schief in den Angeln hängenden kniehohen Tor aus Drahtgeflecht war zwischen üppigen Büschen aus Nesseln ein teilweise eingesunkenes Dach auszumachen.

Rita zeigte durch die offene Schiebetür auf das Straßenfenster, behielt die freundliche Miene und den lockeren Ton bei und erklärte: »Von dort zum Beispiel, die Perspektive stimmt. Ich nehme an, er hat sich länger dort aufgehalten. Es sieht verlassen aus.«

»Es sieht nicht nur so aus«, stimmte Bernd zu. »Ich warte seit Jahren auf eine Planierraupe, die den Schandfleck niederwalzt mitsamt den Nesseln und dem Löwenzahn.«

»Obdachlose sehen es kaum als Schandfleck«, meinte Rita. »Da steht doch offenbar noch ein Haus.«

»Und die Reste des ehemaligen Schafstalls«, ergänzte Bernd. »Das war mal eine Schäferei. Der Stall ist halb in sich zusammengefallen, den sieht man durch das ganze Gestrüpp gar nicht mehr. Beim Haus besteht Einsturzgefahr. Sehen Sie sich das Dach an. Die letzten Mieter sind vor zwölf Jahren ausgezogen, weil das Wasser die Wände runterlief, wenn es regnete.«

»Obdachlose würde das kaum stören«, sagte Rita. »Jüngere bestimmt nicht. Vielleicht ist Ihnen der Junge mal aufgefallen.«

Damit wischte sie die Zeichnung vom Display, rief Davids Foto auf und sprach dabei weiter, ohne das Mienenspiel ihres Gegenübers im Blick zu haben. »Er ist fünfzehn und obdachlos. Wie lange schon, wissen wir nicht. Seine Mutter hat sich zu einem Freund abgesetzt und ihn seinem Schicksal überlassen.«

Als sie wieder aufschaute, sah sie einen älteren Mann, der mit unbewegter Miene Davids leicht retuschiertes Gesicht betrachtete und Mühe hatte durchzuatmen, was ihr jedoch nicht auffiel. Mit den Jahren hatte Bernd Übung bekommen, seine Mimik unter Kontrolle zu halten und die Luft auch durch eine zugeschnürte Kehle geräuschlos einzuziehen und entweichen zu lassen, wenn jemand in der Nähe war, während Erinnerungen über ihn herfielen wie krallenbewehrte Tiere, die ihn zerfleischen wollten.

So hatte Robin mit fünfzehn ausgesehen, als er noch unbekümmert zwischen der Gärtnerei und der elterlichen Wohnung pendelte und in aller Unschuld von Luzie nahm, was sie bereit war zu geben.

»Mit Vornamen heißt er höchstwahrscheinlich David«, sprach Rita weiter. »Amtlich ist das nicht. Wir sind nur zufällig darauf gekommen. Er macht ein großes Geheimnis um seine Identität. Seinen Familiennamen will er partout nicht preisgeben.«

»Warum nicht?«, fragte Bernd mit belegter Stimme, räusperte sich, trat durch die offene Tür ins andere Zimmer, ging zum Tisch und trank einen Schluck Kaffee. »Hat er was verbrochen?«

»Nein«, antwortete Rita. »Er befürchtet, wir könnten nach seiner Mutter suchen, wenn er uns seinen Namen verrät. Zurück zu ihr will er auf keinen Fall. Er war auf der Suche nach einem Großvater, dem Vater seines Vaters, um genau zu sein. Dabei wusste er nicht einmal, wie der Mann heißt.«

Bernd nickte versonnen. Wie er hieß, hatte sein Enkel damals auch nicht gewusst. Für Sputnik war er nur der Opa von Oma Luzie gewesen. »Und jetzt weiß er das?«, erkundigte er sich.

»Ich habe ihm erklärt, dass dieser Großvater denselben Nachnamen trägt wie er.«

Bernd wunderte sich, dass er überhaupt noch Luft in die Lungen bekam. Er trank einen weiteren Schluck Kaffee und bedauerte: »Tut mir leid, ich habe den Jungen nicht gesehen. Aber ich sitze auch nicht den ganzen Tag vorne am Fenster und warte auf die Planierraupe. Die meiste Zeit habe ich draußen zu tun oder halte mich hinten auf. Da könnte gegenüber einer stundenlang sitzen und zeichnen, mir würde der nicht auffallen.«

»Er hat das nicht hier draußen gezeichnet«, stellte Rita klar. »Das ist sozusagen ein Gedächtnisprotokoll, entstanden im Krankenhaus Bergheim. Und so etwas schafft keiner, der nur mal eine Weile gegenüber am Straßenrand gesessen hat. Er muss sich geraume Zeit in Ihrer Nähe aufgehalten haben, Herr Lackner.«

Jetzt konnte Bernd nicht einmal mehr schlucken. Er zuckte mit den Achseln. »Mag sein, dass der Junge sich hier herumgetrieben hat. Aber wie gesagt, mir ist er nicht aufgefallen.«

Rita kämpfte mit ihrer Enttäuschung. Sie hatte gehofft, wenigstens eine Zeitangabe von ihm zu bekommen. »Eine letzte Frage noch, seit wann hängt die Eule in dem Straßenfenster?«

»Etwas über sechzig Jahre«, antwortete Bernd. »Wie viel drüber, kann ich Ihnen beim besten Willen nicht mehr sagen. Ich ging noch zur Schule, als meine Mutter sie gegen einen Korb Äpfel und ein paar Kohlköpfe eingetauscht hat. Wenn ich mich recht entsinne, hat sie noch zwei Mark draufgelegt.«

Das klang, als hätte er sein gesamtes Leben in diesem Haus verbracht. Für Rita gab es keinen Grund, daran zu zweifeln. Sie entschuldigte sich für die frühe Störung und ging wieder, fest entschlossen, trotz des Rauswurfs am Freitag noch einen Besuch im Krankenhaus Bergheim zu riskieren. Der späte Nachmittag schien ihr am besten geeignet. Wenn Berufstätige ihre Angehörigen besuchten und das Personal nicht mit Argusaugen verfolgte, wer wohin ging, würde man sie am ehesten übersehen.

Wenn sie von David keine Auskunft bekam, dann vielleicht von Grovians Schwiegersohn, der möglicherweise einiges über die Wege des Jungen wusste. Wenn sie nett darum bat, ihn auf einen Kaffee einlud, war er vielleicht bereit, sein Wissen mit ihr zu teilen.

Auf dem Weg nach Hürth beschaffte sie sich ein Frühstück, aß und trank im Auto, ehe sie weiterfuhr zur Dienststelle. Dort wurde sie bereits erwartet. Jochen Becker saß bei offener Tür mit Blick auf den Flur an seinem Schreibtisch und unterhielt zwei Kölner Kollegen mit der erfolglosen Suche in der Aushubdeponie und den umliegenden Waldstücken. Einer von ihnen war Karl-Josef Grabowski, der meist anrückte, wenn es im Rhein-Erft-Kreis Arbeit für die Kripo Köln gab. Becker hatte schon mit ihm zu tun gehabt, war aber bisher noch nicht gönnerhaft belächelt worden für seine Bemühungen.

Dass sie in diesem Fall Zeitverschwendung gewesen waren, wusste er zur Genüge. Aber den von Rita aufgezeichneten zweiten Teil der Befragung des Jungen und Klinkhammers Hinweis auf eine europaweit agierende Serienmörderin hatten sie durch. Damit hatte Becker begonnen. Und für sein Empfinden hatte Grabowski etwas zu deutlich durchblicken lassen, dass er ein mindestens ebenso großer Fan von Klinkhammer war wie Rita, dass er Klinkhammer aber entschieden länger kannte und sozusagen ältere Rechte der Bewunderung hatte. »Ich war damals beim Fall Helling dabei, ich weiß nicht, ob Sie sich daran erinnern.«

»Logisch«, sagte Becker. »Ich war nicht dabei, aber ich glaube, daran erinnert sich jeder. Wenn die Mutter eines Kollegen umgebracht wird, vergisst man das nicht.«

»Schon damals hatte Klinkhammer einen Ruf wie Donnerhall«, erklärte Grabowski überflüssigerweise und grinste. »Vor allem bei uns in Köln. Einige konnten ihn nicht ausstehen, weil er kein Blatt vor den Mund nahm. Für den leitenden Ermittler war er …«

»Da kommt sie ja«, machte Becker der Lobeshymne ein Ende,

gleichermaßen frustriert wie erleichtert, als Rita in sein Blickfeld geriet. Den Rest konnte sie sich anhören und danach erklären, was noch zu sagen war, zum Beispiel, wie sie bis zum Tränenausbruch des Jungen vorgegangen war und warum sie es versäumt hatte, diesen Teil der Befragung aufzuzeichnen.

Die beiden Kölner drehten sich zur Tür um. Grabowski lächelte. Mit ihm hatte Rita anfangs Probleme gehabt, inzwischen kamen sie gut miteinander aus. Diesmal allerdings ärgerte sie sich schon nach wenigen Minuten, weil Grabowski es nicht für notwendig erachtete, das verwilderte Grundstück gegenüber der Gärtnerei Lackner in Sindorf durchsuchen zu lassen.

Es mochte zutreffen, dass der Junge sich geraume Zeit dort aufgehalten haben musste, um das Haus des Gärtners zu zeichnen oder sich jede Einzelheit so genau einzuprägen, dass er es Tage später im Krankenhaus detailgetreu zeichnen konnte, meinte Grabowski. Aber vielleicht war er auch nur einmal vorbeigeschlendert und hatte ein fotografisches Gedächtnis.

Wenn man nämlich die Angaben des Jungen für bare Münze nahm, hatte er auch nicht viel Zeit gehabt, sich das Gesicht der Frau, die ihn mitgenommen hatte, so genau einzuprägen, dass es für eine Phantomzeichnung reichte, die Ähnlichkeit mit der seit Mai vermissten Studentin aus Düsseldorf hatte.

Da klangen erhebliche Zweifel an Davids Glaubwürdigkeit durch, die leicht in einen Angriff auf Ritas Person hätten münden können. Die Zweifel überhörte Rita geflissentlich, fragte sich nur, wie Grabowski beurteilen würde, dass sie David ein Foto der echten Manon gezeigt hatte, ehe das Phantombild erstellt worden war. Und dafür gab es einen Zeugen: Grovians Schwiegersohn.

Da Klinkhammer involviert war, verkniff Grabowski sich den Hinweis, dass David im Fall Homberg sehr wohl als Täter infrage kam, solange man nicht wusste, seit wann er mit der Phantomfrau unterwegs gewesen war. Für die Ermittlungen spielte es keine Rolle, ob er sich vor seinem Zusammentreffen mit einer mutmaßlichen Serienmörderin in Belgien oder auf einem verwilderten Grundstück in Sindorf aufgehalten hatte. Letzteres sagte Grabowski auch.

Bei Belgien schrillten bei Rita die Alarmglocken. »Sie halten es für denkbar, dass er das Ehepaar Homberg getötet hat«, stellte sie fest. »Die Leiche des Mannes wurde in Belgien entdeckt. Frau Homberg hatte keinen Führerschein. Gehen Sie etwa davon aus, dass David das Wohnmobil in die Deponie gesteuert hat? Das halte ich für ausgeschlossen. Und jetzt kommen Sie mir nicht auch noch mit dem Zwölfjährigen, der mit einem Vierzigtonner an der niederländischen Grenze Polizisten umgenietet hat.«

»Nichts liegt mir ferner, Frau Kollegin«, erklärte Grabowski mit einer Prise Humor, für die Rita momentan nicht empfänglich war. »Herr Becker war so frei, uns die Aufzeichnung der Befragung hören zu lassen. Leider fehlt ein wesentlicher Teil. Also klären wir erst mal, wes Geistes Kind der Junge ist, ehe wir uns gegenseitig die Köpfe einschlagen. Vielleicht finden wir heraus, warum er sich hartnäckig weigert, seinen Namen zu verraten. Normal finde ich das jedenfalls nicht für einen Fünfzehnjährigen, der zum Opa will, weil Mama sich abgesetzt hat.«

## *Der Großvater*

Noch lange nachdem Rita Voss sich verabschiedet hatte, hing Bernd zwischen Nylonschnüren. Er schaffte es nicht einmal hinaus ins kleine Gewächshaus, sah nur wie in einer Endlosschleife seine Frau zusammenbrechen. Und in seinem Hinterkopf beschwor Sonja ihn: »Du darfst nicht glauben, dass Robin ein Schwein ist, Papa. Hörst du? Du darfst das nicht glauben.« Darüber wurde sein Frühstückskaffee kalt und das angebissene Brot vom Rübensirup so durchtränkt, dass es am Holzbrettchen festklebte. Irgendwann gelang es ihm zumindest, das Brot vom Brettchen zu schaben und in den Mülleimer zu werfen, Appetit hatte er ohnehin nicht.

Die Wunde, die Rita Voss aufgerissen hatte, ging tiefer als der Marianengraben. Dass der Junge auch noch so aussehen musste wie Robin. Wie aus dem Gesicht geschnitten, hätte Mutter wahrscheinlich gesagt und garantiert verlangt, er müsse sich um Robins Sohn nun ebenso liebevoll kümmern wie sie damals um seinen.

Er konnte das nicht. Nicht tagtäglich Robins Ebenbild um sich haben. Nicht mit eigener Hand den ganzen Dreck aufwühlen. Schlimm genug, wenn andere das taten. Wie die junge Frau, die neulich drei Tütchen Vergissmeinnicht-Samen bei ihm gekauft hatte und wissen wollte, was er von dem jahrelangen Kindesmissbrauch auf einem Campingplatz bei Lügde halte, und der Fall in Bergisch Gladbach sei ja noch viel schlimmer. Die eigenen Väter als Täter … »Ist das nicht furchtbar? Die Kinder sind für ihr Leben gezeichnet. Und die Kerle kommen mit ein paar Jahren hinter Gittern davon. Die müsste man an die Wand stellen. Und vorher kastrieren, aber ohne Betäubung. Finden Sie nicht?«

Er hatte der Frau nicht antworten können, hatte Luzie mit dem Telefonhörer vor sich gesehen und sie sagen hören: »Dazu ist unser Sohn gar nicht fähig. Wir haben Robin zu einem anständigen Menschen erzogen.«

Das hatten sie eben nicht. Erzogen worden war Robin von Oma und Opa. Und Bernd hätte die Tragödie ohne großen Aufwand verhindern können. Er hätte Robin nur beizeiten klarmachen müssen, dass ein Vater für gewisse Themen ein besserer Ansprechpartner war als eine Großmutter mit in Beton gegossenen Moralvorstellungen und antiquierten Ansichten. Mit Luzie und ihrem Argwohn im Rücken hätte er nur sagen müssen: »Wenn du Tosca nicht heiraten willst, lass es. Dann zahlst du eben für ein uneheliches Kind, das tun andere auch. Mama und ich haben dafür Verständnis.«

Aber um das auszusprechen, hätte er wissen müssen, wie es in Robin aussah. Und davon hatte er keine Ahnung gehabt, als die Weichen gestellt wurden.

Für seine Mutter war mit Toscas Einzug ins Dachgeschoss ein Herzenswunsch in Erfüllung gegangen, das wusste Bernd zur Genüge. Für Luzie und ihn war das Leben danach erst mal weitergegangen wie vorher, abgesehen von zufälligen Begegnungen im Treppenhaus, wenn Tosca mit gesenktem Kopf und bepackt mit Einkäufen vorbeihuschte und guten Tag wünschte. Mehr sagte sie selten. Zum Reden hatte sie Robins Großmutter. Wenn Bernd daran dachte, spürte er häufig ein Ziehen in der Brust, als bekäme er einen Infarkt. Dabei war es nur der Schmerz der Erinnerung.

Nun habe sie nachmittags Gesellschaft und Unterhaltung, hatte Anna wiederholt gesagt. Die hätte sie auch vorher haben können, Luzie und er gingen selten vor fünf Uhr nach unten, um bei den Vorbereitungen für den Abend mit anzupacken, man konnte ja nicht alles den Angestellten überlassen. Aber der Familienanschluss, den Luzie geboten hatte, schloss keine Schwiegertochter ein. Und Bernd war es nie in den Sinn gekommen, sich alleine mit seiner Mutter auf einen Plausch zurückzuziehen. Wozu auch?

Anna unterhielt einen großen Bekanntenkreis, war zuvor jeden Nachmittag auf einen Kaffee und ein Schwätzchen verabredet gewesen. Aber mit Tosca sei das doch etwas anderes, meinte sie, das *arme Mädel* habe doch sonst keinen und sehe in ihr eine Ersatzgroßmutter, der sie alles anvertrauen könne. Und dafür wartete Anna auch gerne stundenlang in ihrem Wohnzimmer.

Tosca hatte ihren klapprigen Fiat gegen einen neuwertigen Opel Corsa getauscht und war viel unterwegs, Arzttermine, Berufsschule, Geburtsvorbereitungskurse, Besuche bei der Schwägerin und Einkäufe, bei denen sie stets an Großmama, wie sie Anna schon bald nannte, dachte. Mal brachte sie ein Blümchen mit, mal ein hübsches Tuch, mal ein Buch übers Gärtnern oder einen Bilderrahmen fürs erste Foto vom Urenkelkind. Um fünf Uhr war sie stets wieder zu Hause, weil Robin um sechs von der Arbeit kam und eine gesunde Mahlzeit brauchte.

»Fleisch gibt es bei ihr nicht täglich«, teilte Anna mit. »Das konnten wir uns früher auch nicht oft leisten.«

Als hätten Bernd und Luzie täglich Steaks gegessen.

Anna sprach es nie offen aus, ließ nur Bemerkungen fallen, denen man entnehmen konnte, dass Robin mit Tosca eine Frau gefunden hatte, wie sie sich damals eine für Bernd gewünscht hatte. Nach jedem Aufenthalt im Dachgeschoss war sie voll des Lobes, was Toscas hausfrauliche Qualitäten betraf.

Binnen weniger Wochen verwandelte das *arme Mädel* Robins großzügig geschnittene Junggesellenbude in ein gepflegtes Heim, fand zumindest Bernds Mutter. Etwas Nippes, hübsche Poster an den Wänden, Töpfchen mit Küchenkräutern auf der Fensterbank, im Wohnzimmer einige Grünpflanzen, die das Herz einer Gärtnersfrau verständlicherweise höherschlagen ließen. Für so etwas hatte Luzie kein Händchen und kein Geschick.

Robins Arbeitszimmer wurde in ein Kinderzimmer verwandelt. Wände, Lampe, Vorhänge und Teppich, alles in Rosa. Tosca war im sechsten Monat, und ihr Gynäkologe wollte sich beim Geschlecht nicht festlegen.

»Was macht sie, wenn es ein Junge ist?«, fragte Luzie. »Wird dann alles blau gestrichen, oder verscherbelt sie den auch für einen Spottpreis?« Luzie ärgerte sich, weil sie Robins Wohnung eingerichtet und alles bezahlt hatte und Tosca das meiste verkaufte und durch Möbel nach ihrem Geschmack ersetzte.

»Egal, was sie tut, immer hast du etwas daran auszusetzen«, tadelte Anna. Sie ließ nichts auf Tosca kommen, freute sich wie die werdende Mutter aufs Baby. Etwas trübte ihre Freude allerdings, dass Robin keine Anstalten machte, das Aufgebot zu bestellen. Er bestand darauf, dass Tosca zuerst ihre Ausbildung zu Ende brachte. Sie sollte sich auf die Prüfungen konzentrieren, nicht auf Hochzeitsvorbereitungen.

»Was sind denn das für Sitten?«, fragte Anna. »Wozu braucht sie einen Beruf? Verdienst du nicht genug, um eine Familie zu ernähren? Ein Kind braucht doch Vater und Mutter.«

»Bekommt es ja«, erwiderte Robin. »In der heutigen Zeit wollen Frauen ihr eigenes Geld verdienen und unabhängig sein. Man muss nicht heiraten, wenn sich ein Baby ankündigt. Weißt du, wie viele Paare mit Kindern ohne Trauschein zusammenleben?«

Das wollte Anna gar nicht wissen. Für sie gehörte sich das nicht, und damit basta! Doch anders als bei Toscas Einzug in seine Wohnung bot Robin ihr diesmal die Stirn. Erst die Prüfung, dann die Hochzeit und dazwischen die Geburt. Dass sein Kind dann erst mal Ebel heißen würde, störte ihn nicht. Den Namen konnte man später ändern.

Die Wehen begannen am Abend. Weil Tosca behauptete, wahnsinnige Schmerzen zu haben, fuhr Robin sie umgehend in die Kölner Geburtsklinik, in der sie sich angemeldet hatte. Tosca behielt man da, Robin schickte man nach Hause mit dem Hinweis, es werde noch dauern. Als er sich früh am nächsten Morgen auf der Station nach Toscas Befinden erkundigte, hieß es, es sei alles in bester Ordnung und noch viel Zeit, er könne getrost zur Arbeit fahren.

Eigentlich hatte er Urlaub, aber sein Chef hatte bereits angerufen. Es gab ein Problem bei einem Kunden, das Robin von der Firma aus beheben konnte. Als er um zehn erneut im Krankenhaus anrief, war Lea bereits eine halbe Stunde alt.

Robin fuhr von der Firma direkt zur Klinik, rief von dort aus zu Hause an und bekam seinen Vater an den Apparat. Er war so unendlich stolz. Bernd hörte ihn heute noch sagen: »Herzlichen Glückwunsch, Opa. Du kannst Mama beruhigen, wir müssen das Zimmer nicht blau streichen. Es ist ein Mädchen. Das Schönste, was du je gesehen hast, Papa.«

Bis zum Nachmittag war ausreichend Zeit. Bernd informierte den Koch trotzdem, dass sie ihr Enkelkind im Leben willkommen heißen wollten und sich vielleicht etwas verspäten würden. Dann machten sie sich auf den Weg, Luzie, er, seine Mutter war natürlich ebenfalls dabei. Luzie nahm einen Fotoapparat mit und knipste, was das Zeug hielt, mindestens drei Dutzend Fotos von Robins ersten Stunden mit der neugeborenen Tochter.

Auf einem hielt er das halb nackte Menschlein in den zu einer Kuhle geformten Händen, den Kopf so dicht über das Baby gebeugt, dass seine Lippen Leas Wange berührten. Lea schaute mit hellwachem Blick zur Seite, direkt in die Linse.

Dieses Foto hatte bis zu Luzies Tod auf dem Schreibtisch gestanden, an dem Bernd den Papierkram fürs Restaurant erledigt hatte. Zusammen mit einer Aufnahme, die den zehn Monate alten David auf Luzies Schoß zeigte. Das kleine Gesicht mit Schokoladenpudding verschmiert und so herzhaft lachend, als erwarte er nur Sonnenschein vom Leben.

Seit acht Jahren lagen beide Aufnahmen in einem Karton auf dem Dachboden über dem Restaurant. Und dort lagen sie gut. Von Zeit zu Zeit spielte Bernd mit dem Gedanken, wieder ein paar alte Fotos zu rahmen und im Wohnzimmer aufzuhängen. Es mussten ja nicht unbedingt die beiden sein, die Robin mit seiner Tochter und Luzie mit Robins Sohn zeigten. Es gab noch andere, mit denen er sich eine Collage der Verlorenen hätte zusammenstellen können. Aber warum sollte er sich das antun?

## *Der Junge*

Während sein Großvater sich in Erinnerungen verlor und Rita Voss sich in der Dienststelle Hürth darum bemühte, den Kölner Kollegen einen Einblick in die Seele eines fünfzehnjährigen Kindes zu bieten, packte Hans Werner Dederich im Krankenhaus Bergheim seine Sachen. Um halb zehn musste er runter zum Fädenziehen. Es sollte noch ein Ultraschall gemacht werden, um den Zustand seiner angestochenen Niere zu beurteilen. Er verließ das Zimmer mit den Worten: »Viel Zeit hast du nicht mehr, dich zu entscheiden, ob ich dir helfen soll oder nicht. Wenn ich zurückkomme, rufe ich meine Frau an. Danach bin ich weg.«

David brauchte keine Zeit mehr für eine Entscheidung, die war nach Jasmin Tirteys gestrigem Besuch gefallen. Mit Kolchani und Johnny Depp unter dem Kopfkissen hatte er wunderbar geschlafen und etwas Schönes geträumt. Er war durch Papas

Garten zum Glashaus gelaufen und hatte Tomaten fürs Abendbrot gepflückt.

Hilfe brauchte er auch keine mehr, nicht mal beim Anziehen oder Packen. Und jetzt wusste er genau, wo er Großvater Lackner finden würde. In Papas Haus. Papa hatte oft davon erzählt, dass es früher seinem Opa gehört hatte. Dann war Großvater Lackner wohl dort eingezogen, nachdem Oma Luzie gestorben war und Papa sich aus dem Staub gemacht hatte.

Damit war für ihn alles viel einfacher geworden. Sein Traum von letzter Nacht würde bald in Erfüllung gehen, auch wenn er wegen Mama nicht lange bleiben konnte. Aber er wollte wenigstens einmal durch den Garten zum Glashaus flitzen und nachsehen, ob dort immer noch Tomaten wuchsen. Dann wollte er Großvater Lackner fragen, ob Papa sich für ihn geschämt hatte. Und wenn das verneint wurde, worauf er inständig hoffte, wollte er darum bitten, Papa anrufen zu dürfen. Die Bitte um eine Fahrkarte hätte er gerne selbst übernommen. Geld für eine Fahrkarte nach Sindorf hatte er. Mehr als zwei Euro würde es wahrscheinlich nicht kosten, hatte Jasmin Tirtey ihm erklärt. Zur Gärtnerei konnte er laufen, die Straßennamen hatte Jasmin ihm genannt.

Nachdem Hans das Zimmer verlassen hatte, stopfte David mit der rechten Hand seine neuen Besitztümer in die Stofftasche, nur die schwarzen Schuhe nicht. Die wollte er anziehen, wenn er ging. Bis dahin waren Badelatschen an nackten Füßen nicht so verräterisch.

Hans Werner Dederich kam später zurück auf die Station als einkalkuliert. Zuerst hatte er unten eine Weile warten müssen, dann hatte der Ultraschall kein eindeutiges Ergebnis gezeigt. Zu guter Letzt hatte beim Fädenziehen einer der Einstiche zu bluten begonnen. Es war nicht dramatisch, aber der Arzt musste entscheiden, ob seiner Entlassung wirklich nichts im Wege stand. Als er das Zimmer wieder betrat, lag im Bett bei den Fenstern ein neuer Patient. Davids Bett war leer, sein Schrank ebenso. Der Mann beim Fenster war seit etwa zwanzig Minuten da und wusste von nichts.

Im Stationszimmer nachzufragen hielt Dederich nicht für ratsam. Wenn die noch nicht gemerkt hatten, dass der Junge ausgebüxt war, musste er sie nicht mit der Nase darauf stoßen und seine letzte halbe Stunde Aufenthalt verdreifachen. Unter aller Garantie würde die Stationsschwester die Polizei rufen, und ihn würde man festhalten, weil man sich Auskünfte von ihm erhoffte.

Er hatte ziemliche Gewissensbisse und versuchte die Folgen seiner Hilfsbereitschaft abzuschätzen. Dank Mechthilds Unterstützung hatte er David mit neuen Klamotten ausgestattet und schon am Samstagabend befürchtet, dass der Knabe sich absetzen wollte. Und statt dem Pflegepersonal Bescheid zu sagen, dass man den Jungen im Auge behalten müsste, hatte er den halben Sonntag auf David eingeredet, ihn ausgehorcht und wegen seines Nachnamens bedrängt. Deshalb sagte er nicht nur seiner Frau Bescheid, sie könne sich auf den Weg machen. Er rief auch seinen Schwiegervater an und beichtete: »Der Junge ist abgehauen, während ich unten war, Rudi.«

»Hast du eine Ahnung, warum?«, fragte Grovian.

Nicht wirklich. Um eine Ahnung entwickeln zu können, hätte Dederich am vergangenen Nachmittag aufmerksam dem Dialog zwischen David und Jasmin Tirtey lauschen müssen. Während ihrer Anwesenheit im Zimmer hatte er nicht mal registriert, dass es sich um eine Polizistin in Zivil handelte. Das hatte er erst beim Abendessen von David gehört. Da hatte er sich natürlich nach der hübschen Besucherin erkundigt und erfahren, dass die Feuerwehr Johnny Depp und Kolchani im Wohnmobil gefunden hatte. Ihm war auch ein Blick auf die noch in Mullbinden gewickelten Freunde gewährt worden. Den Rest des Abends hatte David ihm von dem Geburtstag erzählt, an dem er von Papa das Piratenschiff und von Oma Luzie die Feuerwache geschenkt bekommen hatte.

»Ich hätte ihm vielleicht nicht so zusetzen sollen«, meinte er. »Aber ich dachte, ich hol was aus ihm raus, was bei der Identifizierung helfen könnte. Am Vormittag hat er einiges erzählt.«

Dederich berichtete von der Schule, von Lehrer Ulrich und Frau Kremer, von Kühltürmen und Windrädern. Die Augsburgerstraße zu erwähnen vergaß er in seinem Dilemma, schloss mit den Worten: »Nur beim Namen machte er wieder dicht.«

»Und ich frage mich, warum«, sagte Grovian. »Du hast ihm doch sicher gesagt, dass er von der Polizei nichts zu befürchten hat.«

»Klar. Die Frage ist, ob er mir geglaubt hat. Er war überzeugt, dass er den Großvater findet. Jetzt wüsste er, dass der genauso heißt wie er, sagte er. Wahrscheinlich hat er beim Namen weiter gemauert, weil er befürchtete, dass man ihn beim Opa wegholt, wenn sich herausstellt, dass doch er das Feuer im Wohnmobil gelegt hat. Als Kind hat er mal eine Gartenlaube abgefackelt bei den Großeltern, bei denen er nicht untergebracht werden will. Und ich hab ihm geraten, darüber den Mund zu halten.«

Durchs Telefon war ein Seufzer zu hören. »Jetzt komm erst mal nach Hause«, sagte Rudolf Grovian. »Und mach dir keine unnötigen Gedanken. Du hast dir nichts vorzuwerfen, Hans. Die Brandstiftung geht mit Sicherheit nicht auf Davids Konto. Seine Aussage die Frau betreffend liegt vor. Mehr ist da vermutlich nicht drin. Was soll er erzählen, wenn er nach einem Wodka Red Bull eingeschlafen ist?«

Was David am Sonntagvormittag erzählt hatte, war vermutlich hilfreicher. Windräder gab es überall im Land, Wolken produzierende Kühltürme sah man nicht mehr so häufig. Auf Anhieb fielen Rudolf Grovian drei Kraftwerke in der näheren Umgebung ein, sie standen in Grevenbroich, Niederaußem und Weisweiler. Im Osten der Republik gab es auch einige, die man bei einer stundenlangen Fahrt in Betracht ziehen müsste. Aber die Sprechweise des Jungen passte nicht in den Osten.

Sekundenlang bedauerte Grovian Klinkhammers Wechsel zum LKA. Bei der OFA hatte Klinkhammer nur beratende Funktion und konnte keine Polizisten losschicken, um sämtliche Apotheken in der Umgebung der drei Kraftwerksstandorte mit Davids Foto abzuklappern. Dass Jochen Becker nach Lage der

Dinge dazu bereit wäre, bezweifelte er, probierte es trotzdem. Aber wie vorhergesehen, tangierte es Becker nur am Rande, dass der Junge sich eigenständig aus dem Krankenhaus entlassen hatte.

Da die Kriminalhauptstelle Köln nun endlich übernommen hatte, war Becker wirklich nicht mehr zuständig. Und für ihn war Davids korrekte Aussprache und seine Wanderschaft mit Blick auf Wolken produzierende Kraftwerke noch lange kein schlüssiges Indiz dafür, dass die ominöse Manon den Jungen im Rhein-Erft-Kreis oder dem Rhein-Kreis Neuss aufgenommen hatte.

Bei einer stundenlangen Fahrt könne die Begegnung sehr wohl im Osten stattgefunden haben, meinte Becker. Aldi-Filialen und Menschen, die dialektfreies Hochdeutsch sprachen, gab es dort auch. Noch wusste niemand, von wo David aufgebrochen und wie lange er unterwegs gewesen war. Bei Rita Voss hatte er nur vom Tag vor dem Feuer gesprochen, weil Rita bei ihrer Befragung von falschen Voraussetzungen ausgegangen war und sich auf das Ehepaar Homberg konzentriert hatte.

Abgesehen davon konnte Becker sich beim besten Willen nicht vorstellen, dass Grabowski aufgrund einer vagen Möglichkeit eine Aktion befürwortete, die einen ähnlichen Personalaufwand erforderte wie die Suche am Wochenende. Im Fall Homberg wäre man keinen Schritt weiter, wenn man in Erfahrung brächte, wo der Junge sich Aspirin gekauft hatte.

»Das ist durch nichts zu rechtfertigen, Rudi«, erklärte Becker. »Grabowski müsste ja auch noch die Polizei Grevenbroich oder Neuss einbeziehen. Der fühlt mir den Puls, wenn ich das vorschlage. Für den bin ich sowieso nur der Trottel vom Dienst, weil ich es vergeigt habe.«

»Du hast es nicht vergeigt«, versuchte Grovian Beckers erneutes Abrutschen in den Tenor »Ich bin der falsche Mann für den Posten« zu verhindern. »Du hast getan, was in deiner Macht stand.« Ein Erfolg war ihm nicht beschieden.

»Jetzt steht aber nichts mehr in meiner Macht, was diesen

verdammten Fall betrifft«, sagte Becker und klang dabei keineswegs betrübt. »Jetzt ist Grabowski am Zug, und der hat sogar Rita abgebügelt, auf die er sonst große Stücke hält. Dabei wollte sie nur Gertz nach Sindorf schicken.«

»Und was sollte Gertz in Sindorf?«, fragte Grovian, erfuhr von der Gärtnerei Lackner und Ritas Überzeugung, David hätte geraume Zeit auf dem gegenüberliegenden Grundstück campieren und Spuren hinterlassen müssen, um sich das Haus des Gärtners bis ins kleinste Detail einprägen zu können.

»Rita meinte, es könne nicht schaden, wenn Gertz sich dort mal umschaut. Grabowski hielt dagegen, dass es auch nichts nützen würde«, schloss Becker.

Da war Rudolf Grovian anderer Meinung. Er fühlte etwas wie ein Kribbeln im Magen, hatte die halb fertige Zeichnung am Samstag mit eigenen Augen gesehen, wenn auch nur flüchtig. Dass es sich um das Haus des Vaters handeln sollte, hatte sein Schwiegersohn bisher nicht erwähnt.

## *Der Spürhund*

Einmal Polizist, immer Polizist, dieser Spruch mochte nicht auf jeden zutreffen, der zu den Hütern von Recht und Gesetz zählte oder gezählt hatte. Auf Rudolf Grovian traf es zu, dafür sprachen seine Beratungen in Sachen *Sicheres Haus* und Vorträge, die er auf Einladung an Schulen hielt, in denen es Probleme gab. Auch wenn sein Schwerpunkt längst auf Vorbeugung lag, hatte sich der Spürhund in ihm noch nicht zur Ruhe begeben.

Nach seinem Gespräch mit Becker fuhr er nach Sindorf, ohne die genaue Adresse zu kennen. Im Internet war die Gärtnerei Lackner nicht präsent. Im Ort musste er nur zweimal kurz anhalten und Passanten fragen, um sich eine lange Suche zu ersparen.

Das hinter der wild wuchernden Hecke liegende Grundstück gegenüber der Gärtnerei und die sich darauf befindlichen halb verfallenen Gebäude nach Spuren eines obdachlosen Jugendlichen abzusuchen, ersparte er sich, ließ nur den Blick über das Unkraut schweifen, ehe er sich dem Anwesen von Bernd Lackner zuwandte.

Es war zur Straße hin offen, sodass er das Haus in all seinen Details betrachten konnte. Nach dem Anblick, den das eingesunkene Dach zwischen dem Gestrüpp auf der anderen Seite bot, wirkte es solide. Es war gut in Schuss und wurde von drei Seiten von kräftigem Grün umschlossen. Statt einer Hecke waren es Nadelbäume, denen Hitze und Trockenheit nicht viel auszumachen schienen. Sie standen dicht an dicht wie eine Wand, wahrscheinlich wurden sie regelmäßig gewässert.

An den Fenstern der Straßenfront waren die Rollläden herabgelassen, an der Giebelwand ebenso. Die morgens sperrangelweit offene Haustür war geschlossen. Grovian klingelte, wartete, klingelte erneut, als auch danach niemand kam, um zu öffnen, ging er wie Rita am Morgen um das Haus herum zum Anbau. Dort waren die großen Schiebefenster offen, die Tür war zu. Er reckte sich auf die Zehenspitzen, spähte durch eine der breiten Öffnungen und rief: »Hallo?«

Eine zur Hälfte verglaste Tür, die vom Anbau in die Küche führte, stand ebenfalls offen, das bestärkte ihn in der Annahme, dass jemand da sein müsse. Bei den Temperaturen hielt sich keiner im Freien auf, der nicht unbedingt musste. Die Quecksilbersäule eines alten Thermometers neben der Tür hatte das Limit erreicht. Die Sonne stand im Zenit. Er hatte keine Kappe aufgesetzt, spürte sie unangenehm brennend auf der Kopfhaut und im Nacken.

Die offenen Fenster und die ins Haus führende Tür empfand er bei der exponierten Lage des Anwesens als bodenlosen Leichtsinn. Er hätte es ohne Trittleiter vermutlich nicht geschafft, durch eins der höher gelegenen Schiebefenster einzusteigen, aber er war auch kein durchtrainierter, jugendlicher Einbrecher, hielt sich nur mit strammen Spaziergängen fit, wenn er die Zeit dafür fand.

Er rief noch einmal und diesmal lauter: »Hallo«, klopfte energisch an die Tür, nichts rührte sich. Auf dem großen Grundstück war niemand zu sehen. Das kleine Gewächshaus an der hinteren Grundstücksgrenze lag im Schatten der Nadelbäume.

Grovian setzte sich wieder in Bewegung. Im Näherkommen sah er, dass einige Dachelemente in Schräglage gebracht waren und eine Tür an der Stirnwand offen stand. Als er die Tür erreichte, sah er einen Mann in seinem Alter, bekleidet mit einer blauen Latzhose, Sandalen an den nackten Füßen, an einem Tisch irgendwas abwiegen und in Papiertütchen füllen. »Hallo«, sagte er noch einmal, und der Mann am Tisch zuckte zusammen, als hätte ihn aus heiterem Himmel ein Blitz getroffen.

»Ich habe vorne beim Haus zweimal gerufen und mich gewundert, dass alles offen ist und keiner reagiert«, erklärte Grovian.

»Habe ich nicht gehört.« Bernd kam zur Tür. Unvermittelt aus würgenden Erinnerungen gerissen, bemühte er sich um Haltung und einen neutralen Tonfall: »Womit kann ich Ihnen helfen?«

»Mit einer Auskunft hoffe ich«, sagte Grovian. »Wohnen Sie schon lange hier?«

»Seit etwas mehr als fünfundsechzig Jahren«, bekam er zur Antwort. »Ich ging das erste Jahr zur Schule, als mein Vater begann, das Haus mithilfe seines Vaters zu bauen, alles in Handarbeit. Damals konnten Männer so was. Ich sehe meinen Großvater heute noch den Kamin im Wohnzimmer hochziehen.«

Wie Rita Voss sah Grovian keine Veranlassung, an dieser Auskunft zu zweifeln. »Was ist mit dem Grundstück gegenüber?«, fragte er. »Sieht ziemlich wüst aus.«

»Weil sich seit Jahren niemand darum kümmert«, erklärte Bernd. »Wollen Sie es kaufen?«

Grovian schüttelte leise lachend den Kopf. »Gott bewahre. Mich interessiert nur, ob dort mal eine Familie mit Kindern gewohnt hat.«

Bernd nickte. »Die Erkens. Die hatten einen Sohn und eine Tochter, fragen Sie mich aber nicht, wie die Kinder hießen. Sie sind schon geraume Zeit weg, wohnten dort zur Miete, bis ihnen das Dach über dem Kopf einsackte. Warum interessiert Sie das? Sie fragen doch nicht ohne Grund.«

»Nein«, stimmte Grovian zu. »Mein Schwiegersohn hat im Bergheimer Krankenhaus mit einem Jungen zusammen auf einem Zimmer gelegen, der sich hier offenbar so gut auskennt, dass er Ihr Haus detailgetreu zeichnen konnte.«

Nach dieser Auskunft hatte Bernd Mühe, sich aufrecht und seine Mimik unter Kontrolle zu halten, was ihm besser gelang als erwartet. Zwei an einem Tag, das war heftig, auch wenn beide keine Ahnung hatten, mit wem sie sprachen.

»Die Zeichnung habe ich schon gesehen«, sagte er. »Am frühen Morgen war eine Polizistin damit hier, wollte wissen, ob mir ein Junge aufgefallen ist. Der konnte ich auch nicht helfen.«

»Was nicht ist, kann ja noch werden«, erwiderte Rudolf Grovian und zog eine Visitenkarte aus der Tasche, auf der das Emblem der Polizei NRW prangte. »Der Junge hat sich heute selbst entlassen und will mit seiner Mutter nichts mehr zu tun haben. Er sucht seinen Großvater, gut möglich, dass er hier auftaucht und sich bei Ihnen erkundigt, wo er den Opa finden kann. Tun Sie mir den Gefallen, halten Sie ihn fest und rufen mich an.«

Bernd nahm ihm die Karte aus der Hand, warf einen Blick darauf und stellte fest: »Polizei.«

»Die aktive Zeit habe ich hinter mir«, erklärte Grovian. »Ich mache nur noch Beratungen für das Kommissariat Vorbeugung, steht auch da. Und in der Eigenschaft würde ich Ihnen empfehlen, alle Fenster zu schließen, wenn Sie hier hinten werkeln. Aber das ist ein rein privater Besuch. Mein Schwiegersohn hat einen Narren an dem Jungen gefressen, meine Frau hat den armen Kerl neu eingekleidet, weil er seine gesamte Habe bei einem Brand verloren hat. Ich dachte mir, ich könnte auch was für ihn tun. Wenigstens ein paar Leute fragen, davon verstehe ich am meisten.«

»Bei einem Brand«, wiederholte Bernd fragend, hörte im Hinterkopf seine Mutter über das arme Mädel reden. Und aus Robins Sohn war ein armer Kerl geworden, was auch sonst bei der Mutter?

»Ein Wohnmobil«, sagte Grovian. »Vielleicht haben Sie davon gehört oder gelesen.«

»Ich höre schon lange keine Nachrichten mehr«, erklärte Bernd. »Ist doch jeden Tag dasselbe. Gestern standen wir am Abgrund, heute sind wir einen Schritt weiter.«

Darauf ging Grovian lieber nicht ein, wiederholte nur seine Aufforderung: »Rufen Sie mich an, wenn der Junge hier auftauchen sollte. Für meine früheren Kollegen ist er ein wichtiger Zeuge, was den Brand angeht.«

Diesmal nickte Bernd, was nicht als Zusage gedacht war, eher als Aufforderung zu verschwinden, solange er sich noch aufrecht halten konnte.

Am Vormittag hatte er fast eine Stunde gebraucht, ehe er die Haustür und sämtliche Fenster am Haus schließen, überall die Rollläden hinunterlassen und nach draußen hatte gehen können, um im Gewächshaus Abstand zu suchen und wieder etwas freier atmen zu können. Inzwischen war es an seinem Fluchtort trotz der aufgestellten Dachelemente und der offenen Tür brütend heiß.

Und wo es ihn nun sogar hier einholte, konnte er auch zurück ins Haus gehen. Ihm war übel von den Bildern im Kopf, der Hitze und dem leeren Magen. Ein paar Gläser Leitungswasser hatte er im Leib, mehr nicht. Grovians Visitenkarte schien zentnerschwer und äußerst redegewandt. *Sag dem Mann, was passiert ist. Er ist in deinem Alter und wird verstehen, dass du den Jungen nicht aufnehmen kannst.*

Er sagte nichts, schaute Grovian nach und ging zum Haus. Und schon auf dem Weg durch den Garten verfluchte er sich, dass er auf die Erkens hingewiesen hatte. Es hatte sich bei der Fragestellung ergeben, und in dem Moment hatte er es für einen guten Einfall gehalten. Jetzt sah er das anders.

Er hatte mit der Familie praktisch nichts zu tun gehabt. Robin hatte damals einiges erzählt, und Tosca hatte sich ein paarmal über die Erkens ausgelassen. Der Mann ein Säufer und Schläger, Lkw-Fahrer von Beruf. Die Frau eine Schlampe, die beide Augen zudrückte, wenn Saufkumpane ihres Mannes der Tochter an die Wäsche gingen. Ob's stimmte, wer wollte das sagen? Zum Zuschauen reingerufen hatte man Tosca garantiert nicht. Wenn sie sich über die Tochter ausließ, hatte Bernd immer an einen alten Schlager denken müssen. »Ramona, zum Abschied sag ich dir *good-bye.*«

Der Sohn hatte Siegfried geheißen, fiel ihm ein. Laut Tosca ein Analphabet ohne Führerschein, der sich einbildete, bei ihr landen zu können, und davon schwafelte, bald Rennen zu fahren wie Michael Schumacher. Er war noch nicht strafmündig gewesen, als er das erste Auto geklaut und zu Schrott gefahren hatte. Das war im ganzen Ort bekannt.

Siegfried war wesentlich älter als Ramona gewesen. Mittlerweile müsste er weit in den Dreißigern sein. Da brauchte nur einer von der Polizei beim Einwohnermeldeamt nachzufragen, um in Erfahrung zu bringen, dass es sich bei Siegfried Erken nicht um den Jungen aus dem Krankenhaus handeln konnte. Er hatte sich mit dem Hinweis allenfalls eine Gnadenfrist verschafft. Es würde nicht lange dauern, bis der Nächste auftauchte und mit ihm über Robins Sohn reden wollte.

Im Haus war es nicht nennenswert kühler als draußen. Er hatte Fenster und Türen zu spät geschlossen, ging nach oben, zog im Bad den verschwitzten Blaumann aus, ließ kaltes Wasser über den Kopf und die Arme laufen, bis er sich etwas besser fühlte. Danach schlug er ein paar Eier in die Pfanne und machte einen Tomatensalat dazu. Erst beim Essen wurde ihm bewusst, dass nur von Tosca und David die Rede gewesen und Lea mit keiner Silbe erwähnt worden war. Aber wäre ihm das früher aufgefallen, er hätte sich ja nicht nach seiner Enkelin und deren Verbleib erkundigen können. Wahrscheinlich hatte Tosca ihre Tochter mitgenommen. Dass sie David seinem Schicksal überlassen haben sollte, wunderte ihn ein wenig. Aber nach acht Jahren ohne Unterhalt … Und jetzt war der Junge auf der Suche nach ihm. Was sollte er machen, wenn David vor seiner Tür auftauchte?

Es waren David am frühen Vormittag nur knapp zehn Minuten vergönnt gewesen, in denen er glauben durfte, dass Oma Luzie seine Schritte gelenkt und dafür gesorgt hatte, dass er ins Krankenhaus kam und Menschen begegnete, die ihm halfen, sein Ziel zu erreichen. Nachdem er seine Sachen gepackt und die Stofftasche wieder in dem schmalen Schrank verstaut hatte, damit es nicht auffiel, setzte er sich aufs Bett und wartete. Er wollte nicht einfach verschwinden, wollte sich von Hans verabschieden und für alles bedanken, wie sich das für Freunde gehörte.

Doch ehe Hans zurückkam, erschien die Ärztin, gefolgt von zwei Männern. Grabowski und ein Mann, dessen Namen er gleich wieder vergaß, weil sein Kopf sich mit Rauschen und Brausen füllte. Die Ärztin erklärte, die Männer würden ihn in ein anderes Krankenhaus bringen. Er tastete in der Hosentasche nach Johnny Depp und Kolchani, umschloss beide, so fest er konnte, und protestierte: »Das möchte ich nicht. Ich möchte lieber hierbleiben.«

»Hier ist es nicht optimal für dich«, sagte die Ärztin. »In der Uniklinik wird man sich besser um dich kümmern. Dort bekommst du alles, was du brauchst. Mit deinen Großeltern habe ich das schon besprochen. Dein Großvater war derselben Meinung.«

Er dachte an Opa Ulrich und Oma Gerda und fragte: »Wann waren sie denn hier?«

»Am Samstagnachmittag«, antwortete die Ärztin.

»Bei mir waren sie aber nicht.« Das wertete er als ein sicheres Zeichen, dass Mamas Eltern mit ihm nichts zu tun haben wollten.

»Nicht?«, fragte die Ärztin verwundert.

»Nein. Bei mir waren nur die Frauen von der Polizei. Der andere Besuch war für den alten Mann, der gestorben ist, und für Hans.«

Die Ärztin warf den beiden Männern einen unsicheren Blick zu und erklärte: »Er meint Herrn Dederich. Der ist jetzt unten, er wird heute entlassen.«

»Ist für uns nicht von Belang«, sagte Grabowski und fragte

ihn, ob er in Badelatschen mit ihnen zum Auto gehen oder lieber die Schuhe anziehen wolle. Dann half er ihm auch noch bei den Schuhen, weil er Kolchani und Johnny Depp in der Hosentasche nicht loslassen konnte.

Der andere Mann zog die Stofftasche aus dem Schrank und stellte fest: »Gepackt hat er schon. Ich schätze, wir sind auf den letzten Drücker gekommen.«

Dann führten sie ihn nach draußen zu einem Auto, Grabowski setzte sich zu ihm auf die Rückbank, erzählte zu Beginn der Fahrt, wie toll das neue Krankenhaus sei, dort werde es ihm garantiert besser gefallen als in Bergheim, wo keiner Zeit für ihn gehabt habe.

Hans hatte Zeit für ihn gehabt und würde nie erfahren, wohin er gebracht wurde, ihm nie mehr helfen, wenn jemand Fragen stellte, die er nicht beantworten wollte oder durfte.

Damit begann Grabowski schon während der Fahrt. Wie nicht anders zu erwarten, ging es zuerst um seinen Namen und danach um Manon. Er kämpfte die ganze Zeit gegen die Tränen, konnte vor Enttäuschung nicht richtig zuhören und schon gar nicht antworten.

Was hätte er auch sagen sollen? Dass er Frau Voss alles erzählt hatte, was er von Manon wusste? Dass er Angst hatte, von dem neuen Krankenhaus den Weg zur Gärtnerei Lackner nicht zu finden? Dass sein Geld vielleicht nicht für eine Fahrkarte nach Sindorf reichte? Dann stellte er fest, dass er überhaupt nicht rauskonnte.

Nach der Begrüßung auf der Station wurde er in einem Zimmer eingeschlossen wie ein Häftling in der Zelle. Da wusste er, dass sie Mama gefunden hatten, und wunderte sich, warum Grabowski ihm nicht gesagt hatte, er sei festgenommen und alles, was er nun sagen werde, könne gegen ihn verwendet werden.

Die ersten Stunden empfand er als grausam, viel entsetzlicher als den letzten Tag mit Mama in der Wohnung. Hier wie dort wartete er, nur würde hier niemand an die Tür klopfen, um sich über den Gestank zu beschweren. Es würden so schreckliche Dinge geschehen wie in dem Gefängnis, das im Fernseher gezeigt worden war. Vielleicht stach man ihm einen angespitzten Löffel in den Hals. Vielleicht schlug man ihn, bis er vom Stuhl kippte, trat ihm in den Bauch und gegen den Kopf oder leuchtete ihm mit einer grellen Lampe ins Gesicht, bis er gestand, wie er hieß und was er getan hatte.

Wahrscheinlich wussten sie bereits, wie oft er Mama verletzt hatte. Wenn Opa Ulrich und Oma Gerda im Krankenhaus gewesen waren, ohne ihn zu besuchen, hatten sie es der Ärztin bestimmt erzählt und dafür gesorgt, dass er eingesperrt wurde, was ihnen damals bei Papa nicht gelungen war.

Er rechnete nicht damit, jemals wieder ein freier Mensch zu sein. Aber genau genommen war er noch nie wirklich frei gewesen, höchstens in den Minuten bei den Mülltonnen, wenn er auf Melanie aus dem ersten Stock gewartet und sich vorgestellt hatte, dass Papa käme, um ihn zu holen. Und in den Stunden unter sengender Sonne auf den Feldwegen, vielleicht noch mit rasenden Kopfschmerzen auf dem Weg zur Apotheke. Doch das war alles andere als schön gewesen.

## *Der Spürhund*

Nach seinem Besuch der Gärtnerei dachte Rudolf Grovian, es hätte nicht viel Sinn, noch mal mit Jochen Becker zu telefonieren. Der fühlte sich ja nicht mehr zuständig. Aber Klinkhammer sollte wissen, dass der Junge sich wieder auf die Suche nach seinem Großvater gemacht hatte und möglicherweise David Erken hieß. Dann könne Klinkhammer das an die Kölner weitergeben.

Den Namen Erken zu erwähnen schaffte er auch. Aber ehe er erklären konnte, von wem er den Namen gehört hatte, erfuhr er von Klinkhammer, dass David sich am Vormittag nicht selbst aus dem Krankenhaus Bergheim entlassen hatte, sondern auf Anweisung der Kölner Staatsanwaltschaft in die Kinder- und Jugendpsychiatrie der Uniklinik Köln überstellt worden war.

Ursprünglich hatte Klinkhammer Davids Foto im Laufe des Tages zur Veröffentlichung an die Medien weiterleiten wollen. Das hatte er nach Rücksprache mit Grabowski unterlassen. Solange der Junge bei seiner Identität mauerte, man keine Angehörigen verständigen konnte und niemand ihn als vermisst meldete, war er in der Uniklinik besser aufgehoben als in einem städtischen Krankenhaus oder auf einer durch das Jugendamt vermittelten Pflegestelle, von wo er jederzeit verschwinden konnte und sich womöglich in Lebensgefahr brachte. Durch die Veröffentlichung ihrer Phantomzeichnung musste der Täterin im Fall Homberg und den anderen Fällen klar geworden sein, dass David den Brand überlebt hatte. Und solange man nicht wusste, wen sie während der Fahrt angerufen hatte …

In der Uniklinik war David sicher aufgehoben und greifbar, wenn man ihn brauchte. Die ärztliche Versorgung war gewährleistet, und man konnte in einem Aufwasch durch einen Gutachter seine Glaubwürdigkeit feststellen lassen, um ihn zu gegebener Zeit als Zeugen vor Gericht zu präsentieren.

»Und das könnte schneller der Fall sein, als die falsche Manon sich träumen lässt«, sagte Klinkhammer.

Die Phantomzeichnung hatte er noch am Samstag für die europaweite Fahndung nach Brüssel, an alle mit Ermittlungen befassten Polizeidienststellen und an die Medien weiterleiten lassen. Aus Straßburg lag bereits eine Rückmeldung vor. Die Ermittler dort waren sicher, dass es sich um die Frau handelte, die mit der Kreditkarte eines vermissten Spaniers dessen Konto geplündert hatte. Die Kamera eines Bankautomaten hatte die Augenpartie und das Muttermal eingefangen.

»Das hört sich doch gut an«, meinte Grovian und brachte zur Sprache, was ihm zwischen Windrädern und Kühltürmen sonst noch im Kopf herumspukte. »Was hältst du von der Theorie, dass der Junge aus unserer Gegend stammen und die Täterin ursprünglich beabsichtigt haben könnte, ihn nach Hause beziehungsweise zum Großvater zu bringen?«

»Du meinst aber jetzt nicht, dass er überlebt hat, weil die Frau ihn kannte, oder?« Klinkhammer stand etwas unter Zeitdruck. »Das dachte ich zuerst auch, weil er bei Rita Voss behauptet hat, sie hätte seinen Namen gekannt und seinen Vater beleidigt. Nun hat sich das mit dem Namen als Irrtum erwiesen. Und was den Vater angeht, wenn der sich aus dem Staub gemacht hat, bezog sich die Beleidigung wahrscheinlich darauf.«

Das klang einleuchtend. »Dass sie ihn kannte, wäre ein bisschen zu viel Zufall«, antwortete Grovian. »Aber er hatte keinen Grund, ihr seinen Namen, seine frühere Adresse und sein Ziel zu verschweigen. Es war noch nichts passiert. Als sie telefonierte, soll sie etwas von einer Karre, einem Alten und einer Tür gesagt haben. Als vollständiger Satz könnte das heißen: ›Ich karre ihn dem Alten vor die Tür.‹ Das könnte sich auf den Großvater bezogen haben.«

»Hm«, machte Klinkhammer, überzeugt klang das nicht.

Grovian bemühte sich weiter, seine Überlegungen loszuwerden, berichtete von Davids Tränenausbruch und der flehentlichen Bitte, ihm die Schuhe nicht wieder wegzunehmen. »Er ist ein Kind, Arno, hilflos auf eine Art, die einen berührt. Ich muss kein Gutachter sein, um das zu wissen. Wahrscheinlich hat er ihr von seinen Eltern erzählt. Vielleicht wurde sie ebenso im Stich gelassen wie er. Vielleicht sah sie Parallelen, auch Bestien haben einen wunden Punkt. Wenn es in der Deponie nicht gescheppert hätte und sie problemlos wieder dort weggekommen wäre, hätte sie ihn unbesorgt beim Großvater absetzen können. Bei uns hätte niemand von dem Ehepaar aus Gelsenkirchen erfahren. Aber da sie das Wohnmobil zurücklassen musste, hat sie sich zur Sicherheit für eine radikale Lösung entschieden. Ergibt das für dich Sinn?«

Eine radikale Lösung wäre ein Messer gewesen wie bei den Männern, deren Leichen gefunden worden waren, meinte Klinkhammer. Mit dem Rest lag Rudi nicht völlig falsch. Mitleid war ein interessanter Ansatz. Natürlich hatten auch Bestien wunde Punkte, nicht alle, aber die eiskalten Psychopathen, die sich von Mal zu Mal steigerten, waren zum Glück die Ausnahmen. Die falsche Manon gehörte für Klinkhammer nicht dazu. Sie tötete nicht, um sich am Leid ihrer Opfer zu ergötzen. Es mochte Hass auf Männer im Spiel sein, aber sie machte es kurz und schmerzlos und bestritt ihren Lebensunterhalt mit dem Geld ihrer Opfer.

Mit den Hombergs hatte sie ihren Modus Operandi dramatisch geändert. Tagelang mit Kathi Homberg herumzufahren, die garantiert vom Enkel erzählt hatte, wenn ihr die Gelegenheit zum Dialog eingeräumt worden war. In solch einer Lage erzählten Opfer eine Menge, was den wunden Punkt berühren konnte. Wenn einem dann ein Enkel in die Quere kam, der zum Opa wollte, dachte man womöglich: Was soll's, ich tu ihm den Gefallen. Warum hatte sie das nicht zuerst erledigt? Ganz einfach. Weil sie mit dem Wohnmobil bei Tag von mehr Leuten gesehen worden wäre.

»Hast du nicht Lust, hin und wieder bei uns auszuhelfen?«, fragte Klinkhammer und meinte das keineswegs so scherzhaft, wie es klang. »Wir machen auch nichts anderes als Beratung, Rudi, auf einem anderen Gebiet als du, aber mit Kapitalverbrechen hast du ebenso viel Erfahrung wie ich.«

»Jetzt stellst du dein Licht aber unter den Scheffel«, erwiderte Grovian. »Ich hatte keine Weiterbildung auf Kosten des BKA. Ich kann mir mal ein paar Gedanken machen, Arno. Aber ich könnte nicht ständig in Köpfe wie den dieser Frau hineinkriechen.«

»Von ständig war nicht die Rede«, sagte Klinkhammer. »Hin und wieder, in Fällen wie diesem zum Beispiel.«

Grovian seufzte. »Ich sag jetzt erst mal Becker Bescheid, wo der Junge abgeblieben ist. Gibst du das an die Kölner weiter? Der leitende Ermittler heißt Grabowski. Den kenne ich nicht.«

»Doch«, widersprach Klinkhammer. »Er war damals in Niederembt beim Fall Helling dabei, kam frisch von der Uni und ging sofort auf Konfrontationskurs mit dem leitenden Ermittler.«

»Ach«, wunderte sich Grovian, als seine Erinnerung erwachte. »Hat er den Jungen in die Uniklinik gebracht?«

»Logisch«, sagte Klinkhammer. »Das war für ihn Chefsache. Er hofft, etwas mehr herauszuholen als Rita. Aber ich bezweifle, dass ihm das gelingt.«

Nach Lage der Dinge bezweifelte Rudolf Grovian das ebenfalls. Er beendete das Gespräch in der Überzeugung, dass Klinkhammer seinem Hinweis auf den Namen Erken nachgehen würde und vielleicht Davids Großvater aufspürte, womöglich sogar den Vater, auf den der Junge so große Stücke hielt. Aber ob er besser aufgehoben wäre bei einem Mann, der sich vor Jahren aus dem Staub gemacht hatte, weil er keinen Unterhalt mehr zahlen wollte?

## *Der Großvater*

Nach dem Montag, an dem er gleich zweimal mit der Tatsache konfrontiert worden war, dass er einen Enkel hatte, der nach ihm suchte, verbrachte Bernd viel Zeit auf dem Friedhof. Sollte der Junge vor seiner Tür auftauchen, wäre eben keiner zu Hause. Und er lief nicht Gefahr, erneut von Polizisten behelligt und von Erinnerungen überflutet zu werden. Abgesehen davon war der Friedhof für ihn schon früher der ultimative Ort der ewigen Ruhe und des Friedens gewesen. Daran hatten die letzten acht Jahre nichts geändert. Im Gegenteil. Wenn es ihm im kleinen Gewächshaus nicht gelang, die Bilder abzuwehren und aus den Nylonfäden der Gedankenknäuel herauszufinden, auf dem Friedhof schaffte er das fast immer. Und das Beste war, dass ein Aufenthalt zwischen den Gräbern nicht nach einer Flucht aussah.

Bei den Toten konnte er sich selbst glauben machen, er sei nur gekommen, um zu arbeiten wie in seiner Jugend. Wie sein Vater damals hatte Bernd Gräber zur Pflege angenommen. Nicht, dass er darauf angewiesen wäre, sich ein Zubrot zu verdienen, er hatte sein Auskommen. Das Restaurant und die große Wohnung im ersten Stock hatten Sonja und ihr Lebensgefährte Rainer Assmann übernommen. Sie zahlten Pacht und Miete. Im Dachgeschoss wohnte der Koch, inzwischen mit Familie. Bernd hätte sich nicht als Gärtner betätigen müssen. Aber was hätte er sonst mit seiner Zeit anfangen sollen? Däumchen drehen und an der Vergangenheit ersticken?

An den Gräbern hielt er Zwiesprache mit denen, die in der Erde lagen. Dabei kam er meist mit sich selbst ins Reine und auch mit seiner Mutter. Sie hatte ja weiß Gott weder Robin noch sonst wen ins Unglück stürzen wollen, hatte es nur gut gemeint. Und sie war eben der Meinung gewesen, Robins Tochter solle in geordneten Verhältnissen aufwachsen.

Lea war sechs Monate alt, als ihre Eltern sich das Jawort gaben und sie den Namen ihres Vaters bekam. Und auf den Hochzeitsfotos machte Robin nicht den Eindruck eines Mannes, der sich einer übergeordneten Macht gebeugt hatte. Bis über beide Ohren verliebt in sein Töchterchen, strahlte er mit der Braut um die Wette.

Obwohl es nur eine standesamtliche Trauung war, trug Tosca ein bodenlanges weißes Kleid, das ihren üppigen Leib umspannte wie ein aufgeblähtes Segel. Sie hatte während der Schwangerschaft ordentlich zugelegt und sah auch ein halbes Jahr nach der Geburt noch aus, als stünde sie kurz vor der Niederkunft.

Luzie hatte darum gebeten, die Hochzeit auf einen Montag zu legen. So hatten sie das Restaurant für sich, und der Koch zauberte ihnen ein Fünf-Gänge-Menü, das keine Wünsche offenließ. Gefeiert wurde im kleinen Kreis, nur Familie und einige von Robins Freunden mit ihren Frauen. Sonja und Rainer Assmann waren schon sonntags aus Frankfurt angereist, damit Bernd und Luzie den jungen Mann endlich kennenlernten. Bisher war dafür keine Zeit gewesen. Und Bernd gestand sich ein, dass er auf Sonjas Freund gespannter war als auf Toscas Familie.

Toscas Schwester Carmen nebst Anhang war nicht eingeladen.

Die Söhne von Finn und Nele hatte man bei Neles Eltern untergebracht, von denen die Jungs dermaßen verzogen worden waren, dass Tosca ihre Neffen am schönsten Tag ihres Lebens nicht um sich haben und sie den Hochzeitsgästen nicht zumuten wollte.

So wurde es eine gemütliche Feier, für Bernd noch dazu eine aufschlussreiche. Lea wurde von einem Arm in den anderen gereicht und zwischendurch von Luzie mit Fläschchen und frischen Windeln versorgt, was jedes Mal ein Weilchen dauerte.

Bernds Mutter unterhielt sich angeregt mit Toscas Großvater. Rainer Assmann fand in Toscas Bruder einen Gleichgesinnten. Beide konnten sich für Oldtimer begeistern. Finn bastelte seit Monaten in seiner Garage an einem Mercedes Baujahr 1952, den seine Schwiegereltern ihm zum Geburtstag geschenkt hatten.

Sonja hielt sich an Toscas Schwägerin und brachte in Erfahrung, dass Nele mit Robin zur Schule gegangen war. Ehe sie tags darauf zurück nach Frankfurt fuhren, sagte sie zu Bernd: »Ein Schelm, wer Böses dabei denkt. Jetzt spiele ich mal den Schelm, Papa. Willst du wetten, dass Nele die beiden verkuppelt hat, damit Tosca nicht auch noch an einen stinkfaulen Hartzer gerät wie ihre Schwester? Finn hat es gut getroffen, Neles Eltern haben Kohle satt. Und Nele meint, wenn man Geld hat, könne man sich keine armen Verwandten leisten. Toscas Eltern haben es nämlich längst nicht so dicke, wie Tosca gerne behauptet.«

Sonja ahmte den Tonfall der jungen Frau nach, die nun ihre Schwägerin war: »Mein Vater besitzt mehrere Immobilien.« In normaler Tonlage sprach sie weiter: »Die Wohnungen sind alle mit Hypotheken finanziert und gehören vorerst noch der Bank. Ebels danken dem Schicksal jedenfalls auf Knien für einen tüchtigen Schwiegersohn mit Eltern, die etwas zu vererben haben. Aber davon fällt für mich ja wohl auch etwas ab.«

Toscas Vater war ein gutmütiger Koloss, neben dem Bernd sich fühlte wie ein Zwerg. Gerda Ebel war nicht viel kleiner als ihr Mann, auch nicht nennenswert schlanker, und wurde nicht müde, den Koch zu loben und *Luzies Steakhaus* mit Sternerestaurants in Wien, Mailand, Paris und Kopenhagen zu vergleichen. Sie kamen mit ihrem Wohnmobil offenbar viel herum.

Am späten Abend wurde Toscas Vater in leicht angetrunkenem Zustand leutselig. Bernd erfuhr, dass Ulrich Ebel sich jetzt gut im Griff, aber in jungen Jahren tatsächlich »richtig gesoffen« hatte. Seine Mutter sei eine ordentliche Hausfrau gewesen und habe lecker kochen können, vertraute Ulrich ihm an. Da erschloss sich Bernd der Zusammenhang nicht auf Anhieb, aber schon bei den nächsten Sätzen. Für Gerda waren nämlich andere Dinge wichtiger als eine aufgeräumte Wohnung und warme Mahlzeiten.

»Wenn ich von der Arbeit in das Durcheinander kam und Gerda wieder mal keine Zeit zum Kochen gefunden hatte, habe ich auf dem Absatz kehrtgemacht und mir an der nächsten Frittenbude eine Bratwurst mit Pommes besorgt. Danach bin ich in die nächste Kneipe, traf dort meist ein paar Kumpels und hab mich volllaufen lassen. Man hat in so einer Situation ja oft das Gefühl, man hätte sich besser rechtzeitig kastrieren lassen. Wenn ich dann später wieder nach Hause kam und Gerda rumzeterte, ist mir schon mal die Hand ausgerutscht. Ich hab ja verstanden, dass es mit drei Kindern bei uns nicht so aussehen konnte, wie ich es von Mutter gewohnt war. Aber tagelang dreckige Socken mitten auf dem Couchtisch, das Waschbecken von Haaren verstopft und verschissene Windeln auf dem Küchenfußboden, das war ziemlich hart. Sie hätte wenigstens die Windeln rausbringen können, fand ich.«

Gerda Ebel war auch tatsächlich mal für kurze Zeit mit den beiden Töchtern verschwunden. Ob in ein Frauenhaus oder zu einer Freundin, wusste Ulrich nicht. Den Sohn hatte sie nicht mitgenommen, weil Finn nicht mitwollte. Wie Luzie vermutet hatte.

Seinen Sohn abends alleine in einer aufgeräumten Wohnung anzutreffen, aus der Küche statt des Gestanks der Windeln den Duft von Bratkartoffeln mit Speck, Eiern und Zwiebeln zu riechen und zu hören, Mama sei mit den Mädchen ausgezogen, habe ihn aufgerüttelt, erzählte Ulrich. »Man überlegt sich gut, ob man sich bei drei Kindern noch scheiden lässt. Ich hätte mich an Unterhalt dumm und dusselig bezahlt und wäre nie mehr auf einen grünen Zweig gekommen. Tosca war damals noch kein Jahr alt.«

Darauf folgten ein langer Seufzer und die Erklärung: »Was bin ich froh, dass sie mit Robin einen anständigen und großzügigen Mann gefunden hat. Dass er ihr ein Auto gekauft hat, noch bevor sie verheiratet waren, hatte ich nicht erwartet.«

Bernd auch nicht, er hatte von Robin gehört, den Opel Corsa habe Toscas Vater bezahlt. Im weiteren Verlauf des Abends erfuhr Bernd auch noch, dass Toscas vorheriger Freund kein anständiger Mensch gewesen war. Aber bei Ebels geklaut hatte er nicht.

Tosca war auch keineswegs von ihrer Mutter auf die Straße gesetzt worden, wie sie es Robin und Bernds Mutter weisgemacht hatte. Im Gegenteil. Die beiden Großen, wie Ulrich seinen Sohn und die älteste Tochter nannte, waren verheiratet. Dem Nesthäkchen standen beide Kinderzimmer und damit ein eigenes Reich zur Verfügung, in dem sie ihren damaligen Freund aufnehmen durfte. Dann waren Ulrich und Gerda Ebel für drei Wochen nach Spanien gefahren. Als sie zurückkamen, waren Tosca und ihr Freund ausgezogen. Ohne Begründung, ohne Vorwarnung, ohne eine Nachricht zu hinterlassen. Im Briefkasten lag nur das Schreiben einer Anwältin mit der Unterhaltsklage.

Ulrich war überzeugt, Toscas Freund habe sie dazu angestiftet und ihr schon vorher das Appartement besorgt. So was ging ja nicht von heute auf morgen. Die Anwältin hatte der Freund nicht besorgen müssen, die arbeitete in der Kanzlei, in der Tosca ihre erste Ausbildung absolviert, nur leider die Prüfung nicht bestanden hatte. Gelernt habe sie trotzdem eine Menge, fand ihr Vater.

Und aus heutiger Sicht konnte Bernd dem nur zustimmen.

Dass er in den ersten Tagen seines Aufenthalts in der Uniklinik unter Beobachtung stand, wurde David nicht bewusst. Er registrierte nur, dass er keinen Weg allein gehen konnte. Zum Essen wurde er abgeholt, saß mit einigen Jungs und Mädchen zusammen, die ihm nicht geheuer waren. Wahrscheinlich waren sie ebenso gefährlich wie er. Aber er sah sie nur bei den Mahlzeiten, und dann waren immer Erwachsene in der Nähe, die aufpassten, dass nichts passierte. Nach dem Essen brachte man ihn zurück und schloss ihn wieder ein, was ihn schon nach zwei Tagen nicht mehr störte. Dann hatte er wenigstens seine Ruhe und konnte sich innerlich einstellen auf das, was unweigerlich bald kommen musste.

Er bestand von Kopf bis Fuß aus Resignation, ließ ohne Widerspruch oder Widerstand alles über sich ergehen, fiel zurück in seine kindlich naive Denkweise, als könne er sich darin verkriechen. Aber auch mit dem wachen Verstand eines fünfzehnjährigen Förderschülers hätte er nicht gewusst, wie er einem Menschen glaubhaft erklären sollte, warum er seine Mutter getötet und dass er es nicht böse gemeint hatte. Seltsamerweise fragte ihn keiner danach.

Sie versuchten auf andere Weise herauszufinden, was in seinem Kopf nicht richtig funktionierte. Als man ihn das erste Mal für eine Untersuchung abholte, verging er fast vor Angst. Bis dahin waren nur seine Hände regelmäßig versorgt worden. Und zweimal hatte man ihm Blut abgenommen, das war harmlos, nur ein Pikser. Nun war von etwas die Rede, das Licht in seinen Kopf bringen sollte.

Lea hatte einmal erzählt, wie sie in der Schule ein Auge untersuchen mussten. Sie hatten es aufgeschnitten. Er rechnete damit, dass man ihn ebenso aufschneiden würde, um in seinen Kopf zu sehen. Aber er wurde nur in eine Röhre gesteckt und musste ganz still liegen. Bei einer anderen Untersuchung wurden ihm Plättchen auf die Stirn, die Schläfen und den Kopf geklebt.

Das war auch harmlos und tat überhaupt nicht weh. Dann sollte er zuerst an etwas Schönes denken und danach an etwas Schlimmes.

Das Schöne fiel ihm leicht. Er tauchte einfach ab in Papas Haus, zu Oma Luzie in den Anbau, wo sie mit grünen Plastiksoldaten Krieg spielten. Zu den U-Booten, die er zuerst gezeichnet und anschließend gebaut hatte, zu dem Piratenschiff mit Johnny Depp als Kapitän und der Feuerwache mit Kolchani.

An etwas Schlimmes zu denken fiel ihm auch nicht schwer. Es machte nur die Kehle eng und schnürte ihm die Brust ein, genau wie damals, als Papa zum ersten Mal nicht gekommen war.

Mama hatte freitags ein paarmal versucht ihn anzurufen, weil sie wissen wollte, ob er im Stau stand oder eine Panne mit dem Auto hatte. Weil sie Papa nicht erreichte, hatte sie Opa Ulrich angerufen und gefragt, ob sie die Kinder bringen könnte, nur bis Sonntagabend. Sie hatte einen neuen Freund und mit dem etwas unternehmen wollen. Aber die Bretterbude mit dem Rasenmäher war schon abgebrannt. Oma Gerda hatte ihn nicht in ihrer Nähe haben wollen, nicht mal für ein paar Stunden.

Aus den Tagen danach waren ihm nur einige Szenen geblieben. Verschwommene Bilder, zerhackte Töne. Er wusste noch, dass Mama furchtbar wütend gewesen war und immerzu auf Papa geschimpft hatte. Dann war Opa Ulrich gekommen, um zu sagen, dass Oma Luzie tot und Papa weg war. Danach war Mama stundenlang heulend in der Wohnung herumgelaufen, hatte mit einer Faust gegen Wände, Türen und Schränke geschlagen und getobt: »Dieser Mistkerl! Was hat er sich dabei gedacht, sich einfach aus dem Staub zu machen?«

Als hätte sie vergessen, dass ihre Mutter Papa ins Gefängnis bringen wollte. Wofür, war ihm bis heute ein Rätsel. Für ihn war sein Vater stets ein Mann ohne Fehl und Tadel, sein Fels in der Brandung gewesen. Aber er hatte ja damals auch nur aus Versehen Feuer gemacht, und Oma Gerda hatte behauptet, er hätte die Bretterbude mit Absicht angezündet. Wahrscheinlich war es bei Papa so ähnlich gewesen, nur viel schlimmer.

Doktor Füssen, der dafür zuständig war, das Ergebnis der Untersuchungen auszuwerten, stellte anschließend fest, die schlimmen Gedanken müssten aber sehr heftig gewesen sein, und wollte wissen: »Magst du darüber reden?«

Warum nicht? Es hatte noch nie jemand wissen wollen, was er empfunden hatte beim Warten auf Papa und bei Mamas Toberei. Wie mit einem Stein in der Brust in einen unsichtbaren Käfig gesperrt, aus dem er nicht ausbrechen konnte. Als er dann auch noch begreifen musste, dass er Oma Luzie nie wiedersehen würde und Papa vielleicht auch nicht, war es so gewesen, als hätte jemand seinen Kopf mit Kleber gefüllt, damit nichts Neues das Vorhandene verdrängen konnte und er nichts aus der Zeit mit Papa und Oma Luzie vergaß.

Seine Termine bei Doktor Füssen ließen ihn alles noch einmal durchleben und förderten Einzelheiten zutage, die er vergessen oder verdrängt hatte, bis der Psychiater den Anstoß gab, sich daran zu erinnern. Zum Beispiel, dass er stundenlang auf den Stufen vor der Haustür gesessen und auf Papa gewartet hatte, bis die Messie-Frau ihn hereinholte, weil es zu kalt war, um noch länger auf den Steinen zu sitzen. Dann hatte er bei ihr am Küchenfenster gestanden und ein Brot mit Marmelade gegessen.

Dass Lea viel geweint hatte, fiel ihm wieder ein. Einmal hatte sie mit einem Fuß aufgestampft und Mama angeschrien: »Du bist so doof! Du bist die dümmste Mama auf der ganzen Welt! Ich kann dich überhaupt nicht mehr leiden.«

Und einmal war eine Frau gekommen, die wissen wollte, ob er sich allein die Haare kämmen und die Schuhe binden konnte. Dabei wurden seine Haare nicht gekämmt, sie waren viel zu kurz. Mama schnitt sie mit einer Maschine und kaufte ihm nur Schuhe mit Klettverschluss.

Über Manon und das Feuer im Wohnmobil wollte Doktor Füssen längst nicht so viel wissen wie über Mama, Papa, Lea, Oma Luzie und den Schmerz. Wenn sie über Mama sprachen, dann nur über ihre Verantwortung für ihn und all die Entbehrungen, die das für sie mit sich gebracht hatte. So erklärte sich für Doktor Füssen glaubhaft, warum sie weggeflogen war und ihn allein gelassen hatte.

Grabowski dagegen interessierte sich nur für Manon und kam noch zweimal in der Hoffnung, ihm sei etwas eingefallen, was er bei Frau Voss zu erwähnen vergessen habe. Er habe doch sehr unter Stress gestanden in den ersten Tagen im Krankenhaus Bergheim, meinte Grabowski.

Das mochte sein. Als Grabowski das erste Mal kam, stand er ebenso unter Stress, rechnete damit, dass er endlich erzählen sollte, was er mit seiner Mutter gemacht hatte. Aber es ging nur um das Feuer und eine ältere Frau, die im Wohnmobil gewesen sein sollte. Er hatte aber keine ältere Frau gesehen.

Als Grabowski zum zweiten Mal kam, war er es leid, immer dasselbe zu erzählen. »Ich habe Frau Voss alles gesagt, was ich weiß, ehrlich. Manon war allein, und als ich aufgewacht bin, war sie weg. Wo sie jetzt sein könnte, weiß ich nicht. Vielleicht hat sie sich im Wald verirrt.«

»Bestimmt nicht«, sagte Grabowski. »Der Wald wurde gründlich abgesucht. Jetzt verrate ich dir etwas, was ich dir eigentlich nicht sagen dürfte. Kannst du ein Geheimnis für dich behalten?«

Sicher konnte er das, tat es doch schon die ganze Zeit. Als er nickte, sagte Grabowski: »Wir glauben, dass Manon ein Auto gestohlen hat und weggefahren ist. Und ich würde gerne noch einmal von dir hören, wie das im Einzelnen war, in der Zeit, die du mit ihr verbracht hast. Nur damit ich sicher sein kann, dass Frau Voss dich nicht falsch verstanden hat.«

Also erzählte er doch alles noch einmal, mit einem kleinen Unterschied. Weil Hans gesagt hatte, die Polizei wüsste, dass er kein Feuer gemacht hatte, gestand er, dass er sich zum Schlafen hinten aufs Bett gelegt hatte und auf der brennenden Bank neben der Tür aufgewacht war. Dass er aber nicht wusste, wie er dahin gekommen war. Und dass es nach einem Anfall immer so war.

Von den Anfällen hatte er Hans erzählt, der alte Mann und Mechthild hatten es gehört. Vielleicht wusste Grabowski längst davon. Deshalb war er lieber vorsichtig und so ehrlich wie möglich.

Doktor Füssen lobte ihn beim nächsten Termin, er habe seine Sache gut gemacht und der Polizei sehr geholfen.

Und ihm halfen die Gespräche mit dem Jugendpsychiater, sich allmählich mit seiner Situation zu arrangieren und einzusehen, dass er vielleicht eine böse Enttäuschung erlebt hätte, wäre Grabowski nicht gekommen, um ihn abzuholen. Denn wenn man es genau bedachte, wobei Doktor Füssen ihn mit Denkanstößen unterstützte, kam man zu dem Schluss, dass Großvater Lackner ihn vermutlich weggeschickt oder so getan hätte, als würde er ihn nicht kennen. Papas Vater hatte doch schon damals, als Oma Luzie gestorben und Papa verschwunden war, mit Lea und ihm nichts mehr im Sinn gehabt. Sonst hätte er sich doch einmal gemeldet. Er musste wissen, dass Papa ihnen kein Geld mehr schickte, und hätte fragen können, wie es ihnen ging und ob sie etwas brauchten.

## *Der Großvater*

Bei der Arbeit auf dem Friedhof gelang es Bernd zwar meist, Abstand zu den würgenden Erinnerungen zu finden. Aber dafür zogen dann die Momente vor seinem geistigen Auge vorbei, in denen er das Schlimmste immer noch mit wenigen Worten hätte verhindern können. Und dann kamen die Schuldgefühle.

Er hätte Luzie nicht verschweigen dürfen, was er bei der Hochzeit von Ulrich Ebel erfahren hatte. Und er hätte Robin keinesfalls an Oma verweisen dürfen, als es um die Frage ging, wo das junge Paar mit dem Töchterchen künftig leben würde.

Nur sechs Wochen nach der Hochzeit erinnerte Robin ihn daran, dass Großvater ihm das Haus fest versprochen hatte, was das große Grundstück der ehemaligen Gärtnerei natürlich einschloss. »Es war ja eigentlich immer klar, dass ich dort einziehe, wenn ich verheiratet bin und Kinder habe«, sagte er.

Und Bernd erwiderte: »Das besprichst du besser mit deiner

Großmutter. Ich bin zwar Miteigentümer, aber sie lebt von der Miete. Du weißt, dass sie nur eine kleine Rente bekommt.«

Anna war selbstverständlich einverstanden. Robin musste ihr nicht mal Miete zahlen, Luzie zahlte er ja auch keine. Nur die Nebenkosten sollte er übernehmen. Überaus großzügig, fand Bernd, andererseits hatte seine Mutter unter Luzies Dach keine nennenswerten Ausgaben. Für ihre neue Brille war er aufgekommen.

Den Mietern des Hauses wurde wegen Eigenbedarfs gekündigt. Die Leute waren einsichtig und räumten das Feld, sobald sie eine neue Bleibe gefunden hatten, das dauerte nur zwei Monate. Es musste noch mal renoviert und einiges erneuert werden. Die Fußbodenbeläge waren abgenutzt oder beschädigt, die Wanne im Bad von Scheuermitteln matt geworden, Wandfliesen von Dübellöchern verunziert. Luzie nahm an, Robin könne die Kosten stemmen. Er hatte mit den Jahren eine ansehnliche Summe gespart. Die war im letzten Jahr allerdings zu einem Kleckerbetrag geschmolzen.

Der Corsa war mit zwölftausend Euro zu Buche geschlagen, die neuen Möbel fürs Dachgeschoss mit knapp zehntausend. Die Hochzeitsfeier hatten Bernd und Luzie übernommen, aber Toscas Brautkleid hatte mit ein paar Änderungen fast viertausend Euro verschlungen. Gezahlt hatte Robin, weil Tosca nichts mehr verdiente. Mit abgelegter Prüfung hatte der Zahnarzt die Lohnüberweisungen eingestellt, die gerichtlich eingeklagte Unterhaltspflicht der Eltern erledigte sich mit der Hochzeit. Für das, was Tosca vorher gespart hatte, hatte sie nur ein Paar Schuhe bekommen.

»So geht das nicht«, sagte Luzie. »Man kann nicht mit beiden Händen verschleudern, wofür andere gearbeitet haben. Das solltest du deiner Frau besser heute als morgen klarmachen.« Sie schaute Bernd an und wiederholte: »Viertausend Euro für ein Brautkleid. Erinnerst du dich, in welcher Bekleidung wir geheiratet haben?«

Natürlich. Ein neues Hemd von C&A für ihn, eine gute Hose

und ein Sakko hatte er besessen. So was hatte damals jeder im Schrank hängen für besondere Anlässe. Luzie hatte das Kleid von ihrer Schulentlassung getragen. Die Schufterei in Friedas Kneipe hatte verhindert, dass sie an Gewicht zugelegt hatte, außer während der Schwangerschaft mit Sonja, danach war sie bald wieder so schlank gewesen wie ein Schulmädchen.

»Es geht nur um das Material und eine Küche, Mama«, begann Robin zu betteln, was er bis dahin noch nie hatte tun müssen. »Die Fußböden kann Ulrich verlegen. Er ist handwerklich sehr geschickt, kann auch Wände fliesen und die Wanne im Bad austauschen. Das hat er in der Wohnung, die an Toscas Schwester vermietet ist, auch gemacht. Ich würde selber kaufen, was wir brauchen, aber momentan bin ich ziemlich klamm. Das wird sich bald ändern, versprochen. Dann zahle ich es dir zurück.«

»Schon gut«, sagte Luzie. »Ich bin nicht darauf angewiesen, dass du mir etwas zurückzahlst. Halt lieber die Finger zusammen. So wie deine Frau wirtschaftet, wirst du im Haus mit Mühe und Not über die Runden kommen. Was machst du, wenn mal eine Reparatur am Auto notwendig ist?«

»Dann frage ich Finn«, sagte Robin. »Er bastelt mit Leidenschaft an Autos. Und wir haben ja zwei. Das klappt schon. Danke.«

Lea war elf Monate alt, als Robin mit Frau und Tochter ins Haus seiner Großeltern zog. Bernd und Luzie hatten sich tags zuvor das Werk von Ulrich Ebel abgeschaut, Parkett im Wohnzimmer und den oberen Räumen mit Ausnahme des Bads, dort waren es schlichte, zeitlos weiße Wandfliesen und eine neue Wanne. Eine neue Einbauküche hatte Luzie noch spendiert, weil die Küche im Dachgeschoss größer war. Die hatte der Koch übernommen, der freute sich, dort einziehen zu können.

In Absprache mit Robin behielt Bernd einen Schlüssel. »Nur für den Fall, dass ich meinen mal vergesse und Tosca unterwegs ist, wenn ich nach Hause komme, Papa.«

Das hätte er nicht betonen müssen. Sie hatten ihn in seiner Wohnung nicht behelligt und beabsichtigten nicht, das im Haus zu tun. Es war auch nicht nötig, jeden zweiten Montagnachmittag pünktlich um halb vier kam das junge Paar mit dem Töchterchen zu Besuch. Robin machte eigens früher Feierabend. Luzie erledigte alles, was am Ruhetag anstand, vormittags und ärgerte sich nachmittags stillschweigend, weil Lea von Tosca vorgeführt wurde wie ein Zirkusäffchen. *Wie macht das Vögelchen, Lea? Wie macht der Tiger? Lea, zeig der Großmama, wie schön du tanzen kannst.*

Anna hätte Tosca und das Urenkelkind zwischendurch gerne mal in ihrem neuen Daheim besucht. Aber es war nie jemand zu Hause, wenn sie kam, obwohl Toscas Corsa meist in der Einfahrt stand. Montags einmal darauf angesprochen, erklärte Tosca: »Da war ich wohl gerade mit Lea spazieren. Ruf doch an, wenn du kommen möchtest, Großmama. Dann musst du den weiten Weg nicht umsonst machen.«

Anna musste den Weg danach gar nicht mehr machen, weil Tosca nicht ans Telefon ging, wenn sie anrief.

Zwei-, dreimal die Woche kam Robin nach der Arbeit auf einen Sprung vorbei. Dann leistete er seiner Großmutter für eine halbe Stunde im ersten Stock Gesellschaft und erzählte von Lea. Anschließend ging er runter und erzählte dort von der Firma, den Kollegen und dem Chef, der große Stücke auf ihn hielt. Da Luzie sich um die Zeit meist in der Restaurantküche aufhielt, fiel es nicht weiter auf, wenn er einen Happen Salat naschte. Luzie naschte auch zwischendurch, weil abends nur selten Zeit war, um sich für eine Mahlzeit an einen Tisch zu setzen.

Wenn Robin sich noch ein Stück Brot nahm mit dem Hinweis: »Wie das duftet, da merke ich erst, wie hungrig ich bin. In der Firma bin ich nicht zum Essen gekommen, da war wieder die Hölle los«, kam niemand auf den Gedanken, dass seine Hölle bereits woanders lag.

Die neue Einbauküche war von Fachleuten aufgestellt worden. Ulrich Ebel war kein Fachmann. Im Badezimmer fielen schon wenige Wochen nach dem Einzug die neuen Fliesen von der Wand und beschädigten die neue Wanne. Die Parkettböden gaben bei jedem Tritt nach, der Teppichboden im Schlafzimmer wellte sich.

Tosca war ständig unzufrieden und bestand darauf, das Parkett wieder rauszureißen und Laminat zu verlegen. Das musste Robin tun, der davon noch weniger verstand als sein Schwiegervater. Auf das Laminat folgte ein PVC-Boden, den verklebte Tosca, um zu beweisen, dass sie nicht nur etwas von Schönheitsoptimierung verstand und handwerklich geschickter war als Robin. Weil sie den Kleber nicht richtig verteilte, gab es überall Beulen. Daraufhin musste ein Fliesenleger anrücken. Und wo sie einmal Handwerker im Haus hatte, bestellte Tosca auch gleich neue Innentüren und eine neue Treppe. Finanziert wurde alles mit Krediten. Bernd und Luzie erfuhren davon nichts, weil Robin es verschwieg und Anna nicht ins Haus gelassen wurde.

Robin stand das Wasser längst bis zum Hals, als Tosca einen weiteren Traum in Angriff nahm. Und davon erfuhren Bernd und Luzie relativ schnell, weil Anna die Vergeblichkeit ihrer Bemühungen um Tosca und das Urenkelkind eingesehen und ihre Kaffeenachmittage mit Bekannten wieder aufgenommen hatte.

Bei einem Stück Sahnetorte hörte sie davon und machte sich nach langer Zeit wieder mal auf den Weg zu ihrem Besitz. Als sie zurückkam, wollte sie von Bernd wissen: »Hat Robin dir gesagt, was sie vorhaben? Es fehlt ein Stück vom Zaun.«

*Ein Stück* war arg untertrieben. Toscas Vater hatte eine Bresche von gut fünf Metern aus der grünen Wand gerissen. Anna hatte an der Haustür geklingelt, sich auch am Anbau bemerkbar gemacht. Aber sie war nicht eingelassen worden, obwohl ihrer Meinung nach jemand da gewesen sein musste. Beide Autos hatten in der Einfahrt gestanden.

Bei Robins Wagen bedeutete das nicht zwangsläufig, dass er seine Großmutter vor der Tür hätte stehen lassen. Um Geld zu sparen, hatte er mit einem Arbeitskollegen eine Fahrgemeinschaft gebildet. Tosca mochte mit ihrer Schwägerin unterwegs gewesen sein, als Anna Einlass begehrte.

Weil Luzie bereits in der Restaurantküche beschäftigt war, fuhr

Bernd alleine hin und schaute sich die Bresche an. In der Einfahrt stand hinter Robins Wagen und Toscas Corsa nun der schwarze SUV ihrer Schwägerin. Wie seine Mutter klopfte Bernd hinten und hörte Stimmen. Geöffnet wurde ihm aber erst, als er vorne klingelte. Herein bat Tosca ihn nicht, weil er unangemeldet kam und sie Besuch hatte. Auf das Loch in der Hecke angesprochen, erklärte sie, ihr Vater wolle sein Wohnmobil den Winter über auf dem Grundstück unterstellen. Anfang Oktober war das glaubhaft.

»Hier ist ja Platz genug. Hat Robin nicht gefragt, ob das in Ordnung ist? Mir hat er gesagt, ihr wärt einverstanden.«

Robin hatte kein Wort über das Wohnmobil seines Schwiegervaters verloren und entschuldigte sich beim nächsten Sprung in die Restaurantküche: »Habe ich total vergessen. Sorry, Papa. In der Firma war mal wieder der Teufel los. Wir haben einen neuen Großkunden …« Und so weiter. Es lief darauf hinaus, dass das Grundstück ja sowieso irgendwann ihm gehören sollte und er Ulrich längst mehr als einen Gefallen schuldete.

Zwei Wochen später standen ein Bagger und ein Kipplaster dort, wo die beiden großen Gewächshäuser gestanden hatten. Es wurde eine Grube von beachtlichen Ausmaßen ausgehoben. Vom Wohnmobil keine Spur. Frau Erken von gegenüber trug die Neuigkeit in den Ort, wo Bernds Mutter wieder bei einem Kaffee mit einer Bekannten davon erfuhr und erneut losmarschierte.

Sich bei Tosca nach Sinn und Zweck der Aktion zu erkundigen war ihr nicht vergönnt. Die Arbeiter zu fragen, die auf dem Grundstück beschäftigt waren, traute Anna sich nicht. Sie hätte den Männern ja nicht beweisen können, dass sie die Eigentümerin sei, erklärte sie Bernd nach ihrer Rückkehr. Vermutlich war es ihr peinlich gewesen, vor Fremden einzugestehen, dass sie ihr Haus dem Enkel und dessen Frau überlassen hatte und weder eingelassen noch über bauliche Maßnahmen informiert wurde.

Bernd fuhr erneut hin, diesmal in Begleitung. Luzie bestand darauf mitzukommen und regte sich während der Fahrt auf, weil

Robin tags zuvor noch in der Restaurantküche gewesen war und keinen Ton hatte verlauten lassen. »So geht das nicht. Er kann wenigstens Bescheid sagen, wenn sie etwas machen wollen. Für den Abriss der Gewächshäuser hätte er eure Erlaubnis einholen müssen. Die hatten schließlich einen Wert. Sollte irgendwann auf dem Grundstück noch mal ein Gärtnereibetrieb ...«

»Damit ist aber nicht zu rechnen«, fiel Bernd ihr ins Wort, was er höchst selten tat. »Also tu mir den Gefallen und reiß Robin nicht gleich den Kopf ab. Wenn meine Mutter unter der Erde ist, kann er auf dem Grundstück schalten und walten, wie er will. Er schadet keinem, wenn er jetzt schon damit anfängt.«

»Wenn er anfängt«, wiederholte Luzie mit Betonung auf *er*. »Ich glaube allerdings nicht, dass das auf seinem Mist gewachsen ist. Ist dir noch nicht aufgefallen, wie sehr Robin sich verändert hat?«

»Das bleibt nicht aus, wenn man verheiratet ist«, sagte Bernd. »Meine Mutter hat das von mir damals auch behauptet. Du magst Tosca nicht, das verstehe ich. Mir ist sie auch noch nicht ans Herz gewachsen. Aber Robin liebt sie und stellt sich vor sie. Das habe ich früher auch getan.«

»Ach«, spottete Luzie. »Ist mir gar nicht aufgefallen. Ich dachte immer, du stehst hinter mir und wartest ab, was passiert.«

Daraufhin hielt Bernd lieber den Mund. Sie wurde selten biestig und hatte auch noch recht. Er hatte nie für sie eintreten müssen. Luzie hatte ihre Kämpfe alleine ausgefochten und darin entschieden mehr Übung als er.

Robin war noch nicht zu Hause, in der Einfahrt stand diesmal nur der Corsa. Sie schauten sich die Sache erst mal von außen an. Luzie unterhielt sich kurz mit dem Baggerführer, der daraufhin seine Arbeit einstellte. Der Fahrer des Kipplasters fiel aus allen Wolken, als er aufgefordert wurde, den Aushub auf Anweisung des Eigentümers zurück in die Grube zu befördern. Er wusste nichts anderes, als dass Tosca die Eigentümerin war.

»Da sind Sie falsch informiert«, sagte Luzie und marschierte zum Haus. Nachdem sie dreimal vergebens an der Eingangstür geklingelt hatte, benutzte sie den Schlüssel, der sich in Bernds Besitz befand. Bernd war ihr dicht auf den Fersen.

Luzie erfasste schon im Flur, warum Robin zwei-, dreimal die Woche in der Restaurantküche Brot und Salat naschte. Neue Türen, neue Treppe, andere Fußbodenbeläge als die, für die sie das Material bezahlt hatte. Da reichte es wohl nicht mehr für regelmäßige Mahlzeiten im trauten Heim. Die Einrichtung war auch noch mal ausgetauscht worden.

Tosca saß im Wohnzimmer vor dem Fernseher und schaute sich zusammen mit Lea ein Animationsfilmchen an, mit denen man kleine Kinder an die Volksverdummungsmaschinerie gewöhnte. *Cosmo und Wanda. Wenn Elfen helfen.* Offenbar hatte sie nicht gehört, dass jemand hereingekommen war. Sie erschrak und erhob sich eilig von der Couch, als Luzie in der Tür auftauchte.

»Entschuldige«, sagte Luzie. Ihr Ton machte Bernd klar, dass sie auf hundertachtzig war. »Ich habe dreimal geklingelt und dachte, es wäre keiner zu Hause.«

»Ich habe die Klingel nicht gehört«, behauptete Tosca.

»Das dachte ich mir«, konterte Luzie. »Du solltest mal dein Gehör untersuchen lassen. Laut genug ist die Klingel nämlich. Anna hast du ja auch nicht gehört. Sie war eben hier und wunderte sich, was auf ihrem Grundstück vorgeht. Was soll das da draußen werden? Hat dein Vater sich ein U-Boot angeschafft, das auch irgendwo überwintern muss?«

»Robin will einen Pool anlegen lassen«, erklärte Tosca.

»Bist du sicher, dass er das will?«, fragte Luzie. »Ich glaube das nicht. Dann wüssten wir nämlich davon. Unser Sohn hat bei uns nie ein Geheimnis um seine Wünsche oder Pläne machen müssen. Er war gestern noch da und hat mit keiner Silbe erwähnt, dass hier gebaggert wird. Ursprünglich ging es doch nur um einen Stellplatz fürs Wohnmobil. Dagegen hat niemand Einwände erhoben, obwohl wir vorher gefragt werden möchten, wenn an unserem Eigentum Veränderungen vorgenommen werden. Das gilt übrigens auch für Türen, Treppen und Fußböden.«

»Das ist doch nicht dein Eigentum«, begehrte Tosca auf.

»Nicht in dem Ton, Mädel«, wies Luzie sie zurecht. »Dein Eigentum ist es bestimmt nicht. Du darfst hier wohnen und musst nicht mal Miete zahlen. Anna nimmt für dein Glück erhebliche finanzielle Einbußen hin. Da kann sie als Eigentümerin doch wohl erwarten, dass mit ihrem Besitz pfleglich umgegangen wird.«

»Das tun wir doch«, behauptete Tosca. »Es sind alles positive Veränderungen. Und draußen ist Platz genug.«

»Jetzt ja«, stimmte Luzie ihr zu. »Vorher standen dort zwei Gewächshäuser. Weißt du, was ein Gewächshaus kostet?«

Statt ihr darauf zu antworten, lenkte Tosca scheinbar ein: »Nein, das weiß ich nicht. Aber sie wurden nicht mehr genutzt und hatten Anschluss an die Wasserleitung. Für die Kinder wäre ein Pool toll. Sie sollen so früh wie möglich schwimmen lernen.«

»Kinder?«, wiederholte Luzie. »Ich sehe nur eins.«

Bernd schaute automatisch zu Lea hin, die selbstvergessen auf den Fernseher stierte und von ihnen keine Notiz nahm. Es tat ein bisschen weh, wie er sich eingestehen musste. Und vielleicht war es dieser diffuse Schmerz, der ihn daran hinderte, dem Disput ein Ende zu machen, obwohl er das Gefühl hatte, dass gerade etwas gewaltig aus dem Ruder lief.

Tosca errötete wie ein Teenager, so sprach sie auch: »Wir wollten es euch erst sagen, wenn wir ganz sicher sind.«

»Das seid ihr noch nicht?«, wollte Luzie wissen. »Wann ist es denn so weit?«

»In vier Monaten.«

»Da wäre ich mir an deiner Stelle aber schon völlig sicher«, sagte Luzie und kam auf den Pool zurück. »Daraus wird leider nichts. Die Männer draußen wissen schon Bescheid. Robin hätte seine Großmutter um ihr Einverständnis bitten sollen, bevor er Arbeiter anrücken lässt. Das werde ich ihm auch noch erklären, wenn er sich das nächste Mal bei mir sein Abendessen holt.«

»Aber Großmama hat gesagt, es gehört alles Robin.«

Luzie schüttelte sachte den Kopf. »Es soll ihm gehören, wenn Anna tot ist. Noch lebt sie und ist für ihr Alter recht gut zu Fuß. Aber zwei Kilometer hin und zwei zurück sind eine nette Strecke. Die hat sie oft zurückgelegt, um Lea zu sehen. Wie oft sie unverrichteter Dinge wieder abziehen musste, weißt du vermutlich besser als ich. Jetzt war es ihr wohl einmal zu viel.«

»Soll das heißen, sie will nicht mehr, dass Robin das Haus bekommt, weil sie jetzt eingeschnappt ist?«, fragte Tosca mit einer Stimme, die vor Wut zitterte.

»Das fragst du sie am besten selbst«, schlug Luzie vor.

Das tat Tosca dann auch. Sie kam am Abend, allein. Bernd und Luzie waren im Restaurant und hörten nicht, dass am Privateingang die Türklingel anschlug und Anna das *arme Mädel* ins Haus ließ. Von dem, was sich danach in der Wohnung abgespielt hatte, gab es zwei Versionen.

## *Mitte August*

In den Wochen, die David brauchte, um den Schock nach seiner Verlegung zu überwinden und mit Doktor Füssens Hilfe allmählich aus seiner Starre herauszufinden, wurden die Leichen des Ehepaars aus Gelsenkirchen-Hasselt durch DNA-Abgleich zweifelsfrei identifiziert. Es stand fest, dass Walter Homberg Mitte Juli auf dem Rastplatz in Belgien mit einem Stich ins Herz getötet worden war, der Halsschnitt war ihm erst danach zugefügt worden. So war es bei den drei Geschäftsleuten, deren Leichen gefunden worden waren, auch gewesen.

Kathi Homberg hatte noch einige Tage gelebt und war wohl nicht so schnell zu brechen gewesen wie die Finger ihrer linken Hand und ein Schlüsselbein. Man durfte nicht vergessen, die Frau hatte vermutlich mit ansehen müssen, wie ihr Mann getötet wurde. Wenn man zu Schock, Entsetzen und Trauer den von der Tochter betonten sturen Kopf hinzunahm, mochte Kathi Homberg der falschen Manon einiges entgegengesetzt haben, ehe sie ihr die Geheimzahl fürs Konto verriet.

Die Todesursache bei ihr lautete Exsikkose, sie war verdurstet, wahrscheinlich im Staufach. Wann sie gestorben war, ließ sich nur schätzen. Als das Wohnmobil ausbrannte, hatte sie jedenfalls nicht mehr gelebt. Weil Rita ihm von Jochen Beckers diesbezüglicher Befürchtung erzählt hatte, nahm Klinkhammer sich die Zeit, Becker in Kenntnis zu setzen. Was sonst noch in Kathi Hombergs Obduktionsbericht stand, erörterte er nur mit Grabowski. Der hatte in Köln die Leitung der Ermittlungen und wollte bei jeder neuen Gewissheit oder Erkenntnis hören, wie Klinkhammer darüber dachte.

An Walter Hombergs Leiche waren DNA-Spuren sichergestellt worden. Die Datenbank Codis wies eine Übereinstimmung mit Material aus einem der Trucker-Fälle auf. Nach »Manon David« wurde europaweit gefahndet mit dem Hinweis, dass es sich um die Identität einer vermissten Person handelte. Man ging davon aus, dass die Täterin seit Mai mit den Papieren der französischen Studentin unterwegs war und deren Ausweisdokumente vorzeigte, zum Beispiel beim Einchecken in einem Hotel.

Aufgrund ihrer Ähnlichkeit mit der Studentin war das Risiko, als die Falsche aufzufliegen, bis zu ihrer Begegnung mit David relativ gering gewesen. Jetzt war das anders. Klinkhammer war überzeugt, dass die falsche Manon auf Tauchstation gegangen war und in Deckung bleiben würde, bis der Fahndungsdruck nachließ.

Die Hombergs hatten auf den Urlaub gespart und vor Antritt der Fahrt zweieinhalbtausend Euro von einem Sparbuch aufs Girokonto umbuchen lassen. Zwischen dem 15. und 19. Juli waren jeweils tausend Euro an Bankautomaten in Monschau, Gummersbach und Olpe abgehoben worden. Derzeit wies das Konto noch ein Guthaben von knapp vierhundert auf und konnte um fünfhundert Euro überzogen werden. Und in Olpe hatte die Täterin nicht nur Geld gezogen, sondern auch Kontoauszüge. Folglich wusste sie, dass sie noch etwa neunhundert Euro erbeuten konnte.

Wo sie von Olpe aus hingefahren war, stand noch nicht fest. Nach der Veröffentlichung in den Medien waren unzählige Hinweise aus halb Europa eingegangen. Jeder einzelne musste von der örtlichen Polizei geprüft werden. Die meisten bezogen sich auf die jüngste Zeit. Ihre Wege in vergangenen Jahren zu rekonstruieren, sie mit den Vermisstenfällen und den Toten in Verbindung zu bringen, würde Monate, vielleicht Jahre dauern, wenn es überhaupt gelang.

Aber das war nicht Klinkhammers Aufgabe. Für ihn und für Grabowski waren vor allem die fünf Tage zwischen dem 19. und 24. Juli interessant, in denen das Wohnmobil und die Frau zweimal an Autobahnraststätten in Hessen gesehen worden waren.

Bei der Aushubdeponie war sie höchstwahrscheinlich gegen neunzehn Uhr am 24. Juli eingetroffen. Als Beweis dafür dienten die vom Provider der echten Manon David übermittelten Daten und die Funkzellenabfragen. Jochen Becker hatte sich nicht darum bemüht, weil er nichts von der vermissten Studentin und einer Serienmörderin wusste. Grabowski hatte das Versäumte umgehend nachgeholt.

Das Handy der Studentin wurde standardmäßig überwacht, weil die Polizei Düsseldorf von einer Gefahrenlage ausging. Es war zuletzt am 11. Mai kurz vor dem Grenzübergang Mons in Belgien eingeloggt gewesen. Danach war es erst wieder am 24. Juli, vier Stunden vor Entdeckung des Feuers in der Aushubdeponie, eingeschaltet worden und hatte sich für eine knappe Minute in die Funkzellen eingeloggt, welche die Deponie triangulierten. Wenn die Täterin am Nachmittag telefoniert hatte, wie David behauptete, dann höchstwahrscheinlich mit ihrem eigenen Handy.

Auf den ersten Versuch mit dem Telefon der vermissten Studentin waren zwei weitere ebenso kurze gefolgt, gegen einundzwanzig und nach zweiundzwanzig Uhr. Eine knappe Minute reichte, um das Gerät einzuschalten, zu entsperren, eine Nummer einzutippen und einige Sekunden lang zu warten. Eine Verbindung war nie zustande gekommen. Die gewählte Nummer gehörte zu einem nicht registrierten älteren Prepaidhandy. Anhand der Nummer ließen sich nur Kontakte ermitteln, Bewegungsmuster erstellen und Aufenthaltsorte eruieren. Das dauerte allerdings seine Zeit, weil man aus Datenschutzgründen für alles richterliche Beschlüsse brauchte.

Dagegen ließ sich das Geschehen in der Deponie dank der Akribie, mit der Heiko Gertz mögliche Beweismittel eingetütet und Fingerabdrücke von der durchbrochenen Schranke genommen hatte, relativ schnell rekonstruieren.

Ein Daumen und zwei Fingerkuppen stimmten mit Abdrücken überein, die vor Jahren in einem Fernlaster gesichert worden waren, der Fahrer gehörte zu den Opfern, die glimpflich davongekommen waren. Offenbar hatte die Täterin die Schranke anheben wollen, ehe sie die mit dem Wohnmobil rammte, wobei der Kühler geborsten war. Darin sah Klinkhammer den Grund für den Einsatz des Handys der Studentin.

Warum sie in der Deponie nicht ihr eigenes Mobiltelefon benutzt hatte, warf einige Fragen auf. Da sie ständig unterwegs war, konnte man voraussetzen, dass sie ein Handy besaß, dessen Akku hin und wieder aufgeladen werden musste. Wahrscheinlich hatte sie das vor Übernahme des Wohnmobils in Pensionen oder Hotelzimmern getan. Möglicherweise besaß sie auch einen Adapter, mit dem Geräte in Fahrzeugen aufgeladen werden konnten. Das musste sie mit Manon Davids Telefon getan haben, sonst wäre der Akku nach all den Wochen leer gewesen.

Wann sie David vom Bett auf die Bank neben dem Einstieg platziert hatte, ließ sich zeitlich nicht bestimmen. Klinkhammer war nur sicher, dass sie das getan hatte. Das Labor hatte von Davids T-Shirt DNA gesichert und dieselbe Übereinstimmung gefunden wie bei Walter Hombergs Leiche. Die Verteilung auf dem Stoff legte den Schluss nahe, dass David unter den Achseln gepackt und, mit dem Rücken gegen nackte Beine gelehnt, gezogen worden war.

Vom rechten Oberschenkel seiner Jeans waren Zucker, Spuren von Aromastoffen und Ketamin gesichert worden. Die Aromastoffe deuteten auf Früchtetee oder gepanschten Fruchtsaft hin. Und das passte nicht zu dem Zeitablauf, den er Rita Voss geboten hatte. Im Hellen eingestiegen, im Feuer aufgewacht, als es dunkel war.

Nachdem Rita darauf gedrängt hatte, war David am 25. Juli im Krankenhaus Bergheim Blut und Urin für ein Drogenscreening entnommen worden. Das Ergebnis war negativ, wie Rudolf Grovian von der Ärztin gehört hatte. Ketamin war im Urin zwei bis vier Tage nachweisbar, folglich konnte David nicht am Tag vor dem Brand damit betäubt worden sein.

Seinen Angaben zufolge hatte er von der Täterin ja auch keinen Saft oder Tee bekommen, nur eine Limo und einen Becher Joghurt. War er längere Zeit mit der Frau unterwegs gewesen und nur zu Anfang einmal betäubt worden? Hatte sich dann eine Beziehung entwickelt und sie ihn deshalb vom Bett zur Bank neben dem Einstieg geschleift? Unwahrscheinlich. Wenn sie ihn hätte retten wollen, hätte sie ihn die zwei Stufen runter ins Freie gezogen. Ihn neben der Tür abzusetzen machte überhaupt keinen Sinn.

Das waren nicht die einzigen Rätsel, mit denen Klinkhammer sich beschäftigte. Bei den ausgebrannten Pkw der männlichen Opfer war stets Benzin zum Einsatz gekommen, auch bei dieselbetriebenen Fahrzeugen, ebenso beim Renault Clio. Im Wohnmobil hatte sie Speiseöl und Petroleum aus den Schränken der Küchenzeile verteilt. Der untröstliche Dennis Steinbrecher hatte erklärt, beides sei immer an Bord gewesen.

Sie konnte nicht geplant haben, das Wohnmobil in der Deponie abzufackeln. Dazu hatten sie wohl der Crash mit der Schranke und die vergeblichen Versuche mit dem Handy der Studentin gezwungen. Warum hatte sie nicht kehrtgemacht, als sie merkte, dass die Schranke gesichert war? Warum hatte sie die Aushubdeponie überhaupt angesteuert? Um Kathi Hombergs Leiche abzulegen, ehe Verwesungsgeruch das Parken zum Risiko werden ließ? Unwahrscheinlich. Sie pendelte ständig zwischen der BRD, Belgien und Frankreich bis hinunter nach Spanien. Und wie Becker gesagt hatte: Im benachbarten Ausland wäre Kathi Homberg als unbekannte Frauenleiche vielleicht nie identifiziert worden.

»Warum musste es unbedingt die Deponie sein?«, fragte Klinkhammer bei einem seiner Telefonate mit Grabowski, der diese Art von Gedankenaustausch liebte.

»Weil sie das Gelände kannte, denke ich mal. Hätte nicht das Feuer für Aufmerksamkeit gesorgt, wäre eine kleine Bodenveränderung am Grund nicht aufgefallen. Wenn sie problemlos reingekommen wäre, hätte sie Kathi Homberg verbuddeln können wie ein Hund einen Knochen. Es wäre auch noch Platz gewesen für den Jungen, wenn sie ihn loswerden wollte. Was ja nicht feststeht.«

»Sie kann aber nicht gewusst haben, dass die Schranke gesichert war«, sagte Klinkhammer.

»Oder sie ging davon aus, dass die für sie ungesichert bleibt«, meinte Grabowski. »Vielleicht hat sie sich am Nachmittag mit ihrem eigenen Handy angekündigt. Dann finden wir ihre Nummer unter denen, die wir noch checken müssen. Prepaid hat einen großen Bekanntenkreis, und wir können nicht auf jeden losgehen wie der Stier aufs rote Tuch. Wir müssen ihn einkreisen, sonst wird sie gewarnt und verlegt ihr Tätigkeitsfeld womöglich nach Osteuropa. Mit den Arbeitern der Deponie sind wir durch. Keine Auffälligkeiten.«

Interessanter wären auch Lkw-Fahrer, meinte Klinkhammer. Wer in den vergangenen Jahren die Deponie mit einer Fuhre Dreck angesteuert hatte, war bei offener Schranke rein- und wieder rausgefahren und glaubte womöglich, das sei immer so. Aber all diese Fahrer unter die Lupe zu nehmen …

In solchen Momenten beglückwünschte er sich zu seiner Entscheidung, dem Ruf nach Düsseldorf gefolgt zu sein. Er beneidete Grabowski wahrlich nicht um diese Ermittlungen. Aber vielleicht hätte er gerne mit ihm getauscht, wenn er geahnt hätte, mit welchem Anliegen ein leitender Ermittler der Kripo Düsseldorf bald an ihn herantreten würde.

Weil Robin erst nach Davids Geburt offen mit ihm gesprochen hatte, war Bernd geraume Zeit überzeugt gewesen, die Sache mit dem Pool hätte zum Bruch geführt. Robin war an dem Tag von der Arbeit in ein verlassenes Haus gekommen. Eine Nachricht hatte Tosca ihm nicht hinterlassen, aber die Lücken in ihrem Kleiderschrank und in Leas Zimmer waren deutlich und verhießen nichts Gutes.

Ihr Handy war wie üblich ausgeschaltet, sie hörte alle paar Stunden die Mailbox ab und entschied dann, wen sie zurückrief und wer sie kreuzweise konnte. Robin ersparte sich die Mailbox, rief bei seinen Schwiegereltern an und hörte von Gerda Ebel, Tosca hätte nach einer Auseinandersetzung mit seinen Eltern am Nachmittag Blutungen bekommen, müsse sich auf ärztlichen Rat schonen und das Bett hüten.

Robin fuhr sofort zu Ebels, wo Tosca ihm unter Tränen vom Angriff auf ihre Wenigkeit berichtete. In ihrer Version war Luzie wie eine Furie auf sie losgegangen, Bernd hatte nur dabeigestanden. Dass Luzie ihr empfohlen hatte, selbst mit Anna zu reden, und was sie der alten Frau an den Kopf geworfen hatte, verschwieg sie.

»Schieb dir dein elendes Haus in den Hintern oder lass dich darin begraben, du garstiges altes Weib. Ich bin auf diese Bruchbude nicht angewiesen. Wenn mein Großvater stirbt, erbt mein Vater zwei Häuser. In eins werden meine Eltern einziehen. Das andere bekomme ich.«

Für Anna war das ein Schlag ins Gesicht, von dem sie sich nicht mehr erholte. Als Bernd und Luzie spätabends aus dem Restaurant nach oben kamen, saß Anna weinend in ihrem Wohnzimmer, die Tür stand offen. Sie hatte gewartet, dass jemand kam und fragte, was passiert sei.

»Ich verstehe das nicht«, schluchzte sie, nachdem sie berichtet hatte. »Tosca war so ein lieber Mensch, immer freundlich, immer bemüht. Was für ein Teufel ist denn plötzlich in sie gefahren?«

Plötzlich nicht. Der Teufel war von Anfang an drin gewesen. Luzie und Sonja, die von frühester Jugend an reichlich Erfahrungen mit einem Teufel in Gestalt einer Frau hatten sammeln können, hatten ihn wohl gerochen und auf Distanz gehalten.

Tags darauf versuchte Bernd wiederholt, seinen Sohn telefonisch zu erreichen. Auf dem Firmenanschluss bekam er Robin schließlich an die Strippe und musste sich die Version anhören, die Tosca geboten hatte. Robin sprach wie der personifizierte Vorwurf. »War das nötig, Papa? Musstet ihr sie so zusammenstauchen, nur weil sie gerne einen Pool für die Kinder hätte? Gut, ich hätte das vorher mit euch abklären sollen, mein Fehler. Ich dachte, es wäre in Ordnung. Wenn ihr anderer Meinung wart, darüber hätten wir doch reden können wie erwachsene Menschen.«

»Bist du sicher, dass deine Frau das kann?«, fragte Bernd. »Bei uns hat sie gestern nicht den Eindruck eines erwachsenen Menschen gemacht. Von Blutungen weiß ich nichts, den Weinkrampf hat deine Großmutter bekommen, nachdem Tosca sie zusammengestaucht und ihr geraten hatte, sich ihre Bruchbude in den Hintern zu schieben. Sie bekommt ein Haus vom Großvater.«

Nach Feierabend bemühte Robin sich dann zuerst bei Tosca, die Sache zu klären. Sie behauptete, dass ihr Luzies gestriger Angriff keine Ruhe gelassen habe. Deshalb sei sie entgegen dem ärztlichen Rat abends aufgestanden und nach Sindorf gefahren, um mit Großmama zu reden. Doch da sei nichts zu machen gewesen. Luzie habe die alte Frau gegen sie aufgehetzt.

Dass man Tosca nicht alles glauben durfte, wusste Robin längst, nicht nur wegen der Pille, die angeblich unter Stress versagt hatte, tatsächlich aber einfach abgesetzt worden war. Bernd war nicht der Einzige, dem Ulrich Ebel erzählt hatte, wie das beim angeblichen Rauswurf aus der elterlichen Wohnung gewesen war. Aber dass sie seiner Großmutter an den Kopf geworfen haben sollte, was Bernd wiedergegeben hatte, dass sie Anna als garstiges altes Weib bezeichnet hätte, konnte Robin sich nicht vorstellen. Was war denn das für ein Ausdruck: garstiges Weib? Das klang nach Seifenoper.

Deshalb fuhr er anschließend zu seinen Eltern. Mit Luzie wechselte er keine drei Worte. Bernd erfuhr immerhin, dass Ulrich Ebel beabsichtigte, das zweite vom Großvater aber erst noch zu erbende Haus für seine Älteste und deren Familie zu renovieren, damit er Carmens Kinder in seiner Nähe hatte und sich kümmern konnte, was Carmen und der Hartzer nicht taten. Dass Tosca dieses Haus bekommen sollte, bezeichnete Robin als Schwachsinn.

»Wenn sie das behauptet hat, muss man es als Verteidigung werten, Papa, weil sie von Mama angegriffen und beleidigt wurde.«

»Deine Mutter hat sie weder angegriffen noch beleidigt«, versuchte Bernd eine Klarstellung.

»Das sieht Tosca anders, sie ist schwanger und empfindlicher als sonst.« Nachdem das gesagt war, stieg Robin hinauf in den ersten Stock und hörte sich die Schilderung seiner Großmutter an. Anna hatte ihm noch nie eine Veranlassung gegeben, an ihren Worten zu zweifeln. Robin zweifelte auch nicht länger. Er entschuldigte sich für Toscas Auftritt und ihre unflätigen Worte. »Sie hat das nicht so gemeint, Oma. Das musst du mir glauben. Dass sie übers Ziel hinausgeschossen ist, weiß sie. Aber wenn sie sich über etwas ärgert, dreht sie manchmal so auf. Nachher bereut sie das.«

Bereut hatte Tosca noch nie etwas, wie Robin aus leidvoller eigener Erfahrung wusste. Dessen ungeachtet fuhr er fort: »Mama hatte sie zutiefst verletzt. Dass ausgerechnet du es ausbaden musstest, tut Tosca unendlich leid. Ich glaube, sie hat sich mehr über das aufgeregt, was sie dir an den Kopf geworfen hat, als über das, was sie von Mama einstecken musste. Sie hat die halbe Nacht geweint. Ich musste ihr fest versprechen, dich in ihrem Namen tausendmal um Verzeihung zu bitten.«

Damit war die Schuld größtenteils in Luzies Schuhe geschoben, die bei Anna nicht allzu hoch im Kurs stand. Deshalb meinte Robin, auf der Schiene könne er keinen Schaden anrichten.

»Tosca wäre selbst gekommen, wenn sie aufstehen dürfte«, erklärte er. »Sobald es ihr besser geht, wird sie dir das auch selbst sagen. Dann backt sie einen Kuchen für dich, wir trinken Kaffee, und es wird alles wieder gut. Das verspreche ich dir.«

So weit kam es nicht mehr.

Tosca blieb mit Lea bei ihren Eltern und stellte Robin vor die Wahl: »Entweder deine Eltern oder ich!« Tagelang kämpfte er mit sich, ob er bei Bernd um das Einverständnis für den verfluchten Pool betteln sollte. Aber wovon sollte er einen Pool mit allem Schnickschnack bezahlen? Mit drei Kreditraten hantierte er finanziell am Limit. Und seinen Schwiegervater mit den Baumaßnahmen zu betrauen, da wäre vermutlich bald der Garten unterspült oder der Keller geflutet worden.

Hin und wieder rief er seine Großmutter an, um vom angeblichen Horror der zweiten Schwangerschaft zu berichten. Tosca gehe es von Woche zu Woche schlechter, behauptete er und hasste sich dafür. Allmählich würde sie durchdrehen, weil sie nicht aufstehen dürfe und nicht kommen könne, um sich zu entschuldigen.

Um sich zu entschuldigen, hätte Tosca nur zum Telefon greifen müssen, fand Bernd. Anna wartete darauf, verließ die Wohnung nicht mehr, um keinen Anruf zu verpassen. Ein Handy besaß sie nicht, wollte auch keins. »Das lohnt sich doch nicht mehr in meinem Alter.«

Sie war fünfundachtzig, baute zusehends ab und starb in der Woche vor Weihnachten, woran genau, wusste niemand zu sagen. Der Hausarzt tippte auf Altersschwäche, Bernd auf Enttäuschung und ein gebrochenes Herz. Zwei Tage vor Heiligabend wurde Anna neben ihrem Mann beigesetzt.

Robin stand wie versteinert am offenen Grab, den anschließenden Kaffee im Restaurant lehnte er ab. Sonja war mit Rainer Assmann zur Beerdigung angereist, um ihren Papa, wie sie Bernd vom ersten Tag an genannt hatte, zu trösten. Sie versuchte Robin umzustimmen. »Das kannst du nicht machen.«

»Eben«, erwiderte er. »Ich kann das nicht.«

Das Weihnachtsfest glich in dem Jahr einer Trauerfeier. Sonja und Rainer Assmann blieben bis nach den Feiertagen. Robin ließ sich nicht blicken. Im Januar bekamen sie ihn auch nicht zu Gesicht. Bernd war emotional noch zu sehr mit dem Tod seiner Mutter beschäftigt, um es zur Kenntnis zu nehmen, geschweige denn, sich darüber aufzuregen. Luzie rief ihren Sohn zweimal an, erfuhr aber nichts, was sie nicht schon ein Dutzend Mal gehört hatte. Tosca brauche Ruhe, und es tue ihr entsetzlich leid.

Das glaubte Luzie keine Sekunde lang, dabei wusste sie nicht einmal, was Tosca glaubte. Dass nämlich das große Anwesen am Ortsrand mit dem Tod seiner Großmutter automatisch in Robins Besitz übergegangen wäre, weil sein Großvater das so verfügt hätte. Und dass sie nach der Geburt des zweiten Kindes dort schalten und walten könne, wie es ihr beliebe.

Sie beabsichtigte, den Platz, an dem die großen Gewächshäuser gestanden hatten, nicht nur für einen Pool, sondern auch für einen Neubau nach eigenem Geschmack zu nutzen. Dass Robin nicht die finanziellen Mittel hatte, um solch ein Projekt ins Auge zu fassen, war ihr inzwischen klar. Aber ihr war zu Ohren gekommen, dass nach dem Tod seines Großvaters Investoren an Bernd herangetreten waren, die das Grundstück kaufen und mehrstöckige Wohnhäuser darauf hatten errichten wollten.

Wenn man die hintere Hälfte verkaufte, hätte man bei den gestiegenen Preisen für Grund und Boden genug Geld und vorne immer noch ausreichend Platz für einen Prachtbau mit Pool, meinte Tosca. Und dann könnte sie leben wie ihre Schwägerin, in einem schicken Häuschen im Grünen, mit einem gut verdienenden, friedliebenden Ehemann und zwei gesunden Kindern. Aber um Gottes willen keine Wüstlinge wie die verzogenen Neffen. Für Tosca sollten es Töchter sein, die zweite Tochter sollte Laura heißen. Ein Sohn war nicht eingeplant.

Nachdem er sich eingewöhnt und die Phase der Resignation überwunden hatte, fand David sein Leben als Gefangener gar nicht übel. Er hatte wieder ein Zimmer für sich allein wie bei Papa. Es war kleiner als das Zimmer, welches er jahrelang mit Lea hatte teilen müssen. Aber hier machte ihm keiner einen Zentimeter streitig.

Genug anzuziehen hatte er auch. Zweimal war ein Paket für ihn abgegeben worden – mit einem lieben Gruß von Mechthild Grovian. Nach dem ersten hatte ein Pfleger ihm geholfen, ein Dankesschreiben aufzusetzen, es für ihn frankiert und eingeworfen. Beim zweiten Paket hatte er sich schon ohne Unterstützung bedanken können und achtzig Cent von seinem Restgeld für die Briefmarke geopfert. Briefbogen und Kuvert gingen aufs Haus.

Es gab immer genug und leckeres Essen und zu den Mahlzeiten schmackhaften Tee oder Mineralwasser. Niemand lachte ihn aus oder spottete, wie Lea es oft getan hatte, wenn er Kolchani und Johnny Depp zum Essen mitbrachte und hinter seinem Teller aufstellte, wo er sie die ganze Zeit im Blick hatte.

Jeder, sogar die Jungs und Mädchen, die ihm anfangs nicht geheuer und inzwischen gleichgültig waren, akzeptierte, dass Kolchani und Johnny Depp seine Freunde waren und er gar keine anderen Freunde wollte. Es meckerte nicht einmal jemand, wenn er die angesengten Figuren mit ins Bett nahm. Aber sie machten auch nichts schmutzig, er hatte sie gründlich abgewaschen.

Niemand forderte ihn auf, sich sinnvoll zu beschäftigen, wenn er auf dem Bett saß und sich in vergangene Zeiten versetzte. Niemand verlangte ihm etwas ab, was er nicht geben konnte. Niemand bedrängte ihn mit Fragen, die er nicht beantworten wollte. Es fragte ihn nicht einmal mehr jemand nach seinem Familiennamen. Er war David, das reichte allen.

Alle Erwachsenen waren nett zu ihm und bemüht, dass es ihm gut ging. Jeden Tag kam eine Frau von einer anderen Station und kümmerte sich um seine Hände. Die Brandverletzungen an seinen Armen waren fast verheilt, man sah sie noch, und beim Waschen spürte er, dass die Haut an den Stellen dünner war und empfindlich auf heißes Wasser reagierte. Aber gehandicapt war er deshalb nicht. Auch seine Hände machten Fortschritte. Rechts trug er inzwischen einen dünnen Handschuh, der ziemlich eng war, aber damit konnte er die Finger besser bewegen und bekam ein Bällchen, um Übungen zu machen. Und der Verband an der linken wurde von Tag zu Tag dünner. Als es ihm zum ersten Mal gelang, das Bällchen mit der Linken zu halten, war er stolz auf sich.

Die anderen positiven Veränderungen, die mit ihm vorgingen, registrierte er nicht als Wandel zum Besseren. Es war ein Entwicklungsprozess, den er als normal erlebte. In der Schule war es nicht anders gewesen, man lernte etwas, dann wusste man wieder etwas mehr. Jetzt lernte er eine Menge, weil er fast ausschließlich mit Erwachsenen kommunizierte. Wenn er etwas nicht kannte oder nicht verstand, durfte er fragen und bekam Erklärungen.

Einmal schnappte er beim Frühstück etwas auf, was ihn sehr beunruhigte. Zwei Frauen unterhielten sich über einen hinreißenden Vampir, der in einem anderen Film einen Gangster gespielt, ihnen in der Rolle aber überhaupt nicht gefallen hatte. Doktor Füssen um eine Erklärung zu bitten, traute er sich nicht. Lieber fragte er Boris. Das war der Pfleger, der ihm beim ersten Brief an Mechthild Grovian geholfen hatte.

Boris war ungefähr so alt, wie Papa damals gewesen war, immer gut gelaunt und immer hilfsbereit. Von ihm erfuhr er alles über Filme und Schauspieler, was er schon vor Jahren hätte wissen müssen, um unterscheiden zu können und nicht alles für Tatsachen zu halten. Dass Schauspieler mit roter Farbe beschmiert waren, wenn es aussah, als würden sie bluten. Dass sie wieder aufstanden, nachdem sie tot zu Boden gefallen waren. Dass sie nie richtig verletzt wurden, nur geschminkt. Und dass es ein simpler Trick war, wenn ein Vampir unter Qualen zu Staub zerfiel, nachdem er gepfählt oder von einem Sonnenstrahl getroffen worden war.

Nach dieser Erklärung begann er zu ahnen, warum Mama nicht zu Staub zerfallen war. Weil es Vampire nur in Filmen gab. Sich das von Boris oder Doktor Füssen bestätigen zu lassen, wagte er jedoch nicht. Wie so vieles andere machte er das mit sich alleine aus.

Mit den anderen Jungs und Mädchen unterhielt er sich nur bei den Mahlzeiten, wenn er angesprochen und etwas gefragt wurde. Ansonsten ging er ihnen aus dem Weg und sie ihm. Er hätte sich stundenweise in den gemeinsam genutzten Räumen aufhalten und beschäftigen dürfen. Aber er war nicht daran gewöhnt, in Gesellschaft Gleichaltriger etwas anderes zu tun, als zu lernen. In der Schule hatte jeder seinen Platz gehabt und sich meist bemüht, dem Unterricht zu folgen. Hier machte jeder, was er wollte. Das kannte er nicht und empfand es als chaotisch.

Seine wichtigste Bezugsperson war Doktor Füssen, der bei jedem Gespräch wissen wollte, ob er etwas geträumt hatte und ihm davon erzählen mochte. Dafür hatte sich früher keiner interessiert. Einmal machten sie ein lustiges Wortspiel. Doktor Füssen sagte ein Wort, und er musste darauf antworten mit dem Wort, das ihm zuerst einfiel. Und einmal schauten sie Zeichnungen an, auf denen man nicht wirklich erkennen konnte, was sie darstellen sollten.

»Wenn das abstrakte Kunst ist wie Bilder von Mondrian oder Picasso, finde ich es gelungen«, sagte er. »Aber wenn das zwei Männer sein sollen, die sich an den Händen halten, das kann ich besser.« Er erzählte Doktor Füssen von der Eins in Kunst, vom Einhorn und dem Mädchen, das ihn zum Dank auf die Wange geküsst hatte, als er ihr die Zeichnung schenkte. Von Papas Haus, das im Rucksack verbrannt war.

Er riskierte es sogar, die Zeichnung vom Zauberer zu erwähnen, die Mama zerrissen hatte, weil der Zauberer darauf richtig lebendig ausgesehen hatte. Und vielleicht hoffte er insgeheim, dass Doktor Füssen sich nach dem Zauberer erkundigte und ihm glaubte, was Lea nicht getan hatte. Aber Doktor Füssen wollte nur wissen, ob er sich Mamas Verhalten erklären könne. Andere Mütter seien stolz, wenn ihre Kinder besondere Talente hätten. Und eine Eins in Kunst bekomme nicht jeder. Es klang nicht so, als glaube Doktor Füssen, dass er tatsächlich eine besondere Leistung erbracht hatte.

Als er sich nach dieser Sitzung bei Boris erkundigte, ob er mal etwas zeichnen dürfe, um Doktor Füssen zu beweisen, dass er es besser könne als andere, sagte Boris: »Sicher darfst du zeichnen.«

»Ich habe aber nur noch einen Euro fünfzig«, gestand er. »Wie viel Papier und wie viele Stifte bekomme ich denn dafür?«

»Hier kannst du so viel Papier und Stifte haben, wie du willst«, antwortete Boris. »Das kostet dich keinen Cent. Für das Briefpapier und das Kuvert hast du doch auch nichts bezahlen müssen.«

Kurz darauf brachte Boris ihm einen großen Zeichenblock mit zwölf Blättern und eine Handvoll Wachsmalstifte in verschiedenen Farben. Mit Feuereifer machte er sich ans Werk. Seine rechte Hand war fast schon wieder so flink wie vor dem Feuer. Als Boris ihn zum Mittagessen abholte, war das Haus fast fertig, mit den Wachsmalstiften allerdings nicht so fein gezeichnet wie mit dem Druckbleistift im Krankenhaus. Boris war trotzdem erstaunt und lobte: »Wow, du bist ja wirklich ein echter Künstler.«

»Es fehlen noch die Bäume, die Eule und das Glashaus, in dem Tomaten wuchsen«, erklärte er. »Die Eule und Tomaten kann ich mit diesen Stiften auch nicht zeichnen. Dafür brauche ich welche mit ganz dünner Spitze. Man sieht das Glashaus von der Straße aus ja nur von Weitem, es steht ganz hinten auf dem Grundstück. Aber die Bäume kann ich so zeichnen, als wäre es Winter. Dann lasse ich das Dach einfach weiß.«

»Das ist ein reales Motiv?«, vergewisserte Boris sich und fügte zum besseren Verständnis hinzu: »Das Haus gibt es wirklich?«

»Ja, sicher«, sagte er. »Da haben wir gewohnt, als ich noch klein war. Jetzt wohnt mein Großvater dort. Dem hat es früher auch gehört. Die Polizistin, die mir Kolchani und Johnny Depp ins Krankenhaus gebracht hat, hat es sofort erkannt, obwohl es noch nicht ganz fertig war. Sie sagte, ihre Mutter kauft beim Gärtner immer Pflänzchen für den Garten.«

»Wann warst du denn zuletzt dort?«, wollte Boris wissen.

»Als ich sieben war. Aber das Haus muss noch genauso aussehen, sonst hätte die Polizistin es nicht erkannt.«

»Wow«, sagte Boris noch einmal, begeistert klang es nicht mehr, eher betroffen. »Und das hast du noch so im Kopf. Hast du schon mit Doktor Füssen darüber gesprochen?«

»Nein. Ich wollte hingehen, als Herr Grabowski und der andere Mann mich abgeholt und hierhergebracht haben. Wenn ich ihm das sage, denkt Doktor Füssen vielleicht, ich will immer noch dorthin. Aber meinem Großvater wäre ich vielleicht nicht willkommen, und hier gefällt es mir gut.«

Es entstand eine kleine Pause, dann erklärte Boris: »Ich frag mal, ob du andere Stifte haben darfst.«

»Das wäre toll. Dann mache ich ein Sommerbild. Ich fand den Sommer bei Papa immer schöner als anderes Wetter. Im Sommer war die Schaukel aufgehängt und das Klettergerüst aufgebaut. Für Lea hat Papa auch immer den Pool vollgemacht.«

»Für dich nicht?«, fragte Boris.

»Ich mochte da nicht rein. Das Wasser war nie richtig warm. Oma Luzie hat mal gesagt, ich wäre eine richtige Frostbeule.«

Boris lachte, und ehe er Feierabend machte, brachte er ihm eine Packung Buntstifte, einen Bleistift und einen Anspitzer. »Ramm dir bloß keinen davon ins Auge oder sonst wohin«, mahnte er. »Ich hab mich dafür verbürgt, dass du nur zeichnen willst und weder dich noch andere damit verletzen wirst.«

»Ich verletze mich oder andere doch nur, wenn ich einen Anfall habe«, erklärte er.

»Seit du hier bist, hattest du aber noch keine Anfälle«, stellte Boris fest. »Oder habe ich was verpasst?«

»Nein«, sagte er. »Hier hatte ich ja noch keinen Stress und war nicht frustriert.«

»Ja, wenn das so ist«, kommentierte Boris diesen Hinweis. »Gut, dass wir mal darüber gesprochen haben. Dann bis morgen früh. Ich bin schon gespannt auf die Tomaten.«

Zum Abendessen holte Jenny ihn ab, sie war auch sehr nett und hilfsbereit, öffnete aber nur die Tür und forderte: »Kommst du?«

Jenny hatte keine Zeit und keinen Blick für Papas Haus. Es war fertig, obwohl er noch einmal ganz von vorne angefangen hatte. Und mit den spitzen Buntstiften war es viel besser geworden als die Bleistiftzeichnung im Krankenhaus. Die war nur grau und weiß gewesen. Jetzt sah alles genauso aus wie in seiner Erinnerung.

Mit den roten und grünen Tupfern im Glashaus zwischen den Blättern der Stauden. Mit dem Moos in den Fugen der Platten, auf denen man von der Straße zum Haus ging. Mit der Eule im Fenster des Zimmers hinter der Küche, wo sie immer gegessen hatten. Mit dem kleinen Loch im Regenfallrohr und der feuchten Stelle an der Hauswand, wo das Wasser gegenspritzte, wenn es regnete. Und mit dem stets halb heruntergelassenen Rollladen vor dem Fenster des Schlafzimmers, in dem Papa und Lea schliefen. Als er das Blatt ans Fenster hielt, war es fast, als schaue er aus Papas Auto auf das Haus, könne nach der Ankunft in den Garten laufen und nachsehen, ob es reife Tomaten zum Abendbrot gab.

## *Robins Bilanz*

Der Tod seines Großvaters hatte Robin vor Jahren in seinen Grundfesten erschüttert. Der Tod seiner Großmutter traf ihn härter, verteilte sich wie eine ätzende Flüssigkeit in seinem Innern, als hätte Tosca ihn mit Salzsäure geimpft, nachdem sie ihn zuvor in ein Fass mit klebrig zähem Inhalt gesteckt hatte, aus dem er sich nicht befreien konnte.

»Was mache ich nur falsch?«, hatte sie ihn in den ersten Wochen ihrer Beziehung oft gefragt und so lange von der Ausbeutung und Ablehnung erzählt, auf die sie überall stieß, bis sie ihm die Gewissheit eingehämmert hatte, der einzige Mensch zu sein, der sie lieben konnte. Und er hatte sie geliebt. In den ersten Monaten hatte sie ihm das leicht gemacht, leckere Gerichte für ihn gekocht, tolle Kuchen gebacken, sich nach Feierabend schick und verführerisch zurechtgemacht für ihn. Was er nun für sie empfand, hätte er nicht in Worte fassen können. Angst wahrscheinlich.

Er hatte nie häusliche Streitigkeiten erlebt, weder bei den Großeltern noch bei seinen Eltern. Größere Differenzen hatte es dort nicht gegeben. Meinungsverschiedenheiten trug man in Zimmerlautstärke aus. Und meist war es dabei um ihn gegangen. In seiner Kindheit hatte Großmutter hin und wieder angemerkt, dass er mehr Zeit mit Schulaufgaben verbringen sollte als mit Blümchen pflanzen auf dem Friedhof. Und später hatte Bernd manchmal durchblicken lassen, dass er mit Luzies Großzügigkeit nicht einverstanden war. Auf der anderen Seite hatte Bernd einige Strafpredigten für ihn in Empfang genommen.

Im Anschluss daran waren meist Sätze gefallen, von denen sich ihm einer besonders eingeprägt hatte: »Muss denn immer ich diejenige sein, die sagt, wo es langgeht?«

Ja, musste Luzie, weil es normalerweise um das Restaurant und damit um ihre Existenz ging, wenn Entscheidungen verlangt wurden. Robin kannte es nicht anders, als dass seine Mutter entschied. Vom Geschäftsleben hatte sich das auf den privaten Bereich übertragen. Bernd stimmte zu oder gab nach. Und Robin trat in seine Fußstapfen. Es war nicht nur die Erziehung durch die Großeltern, mehr noch war es das Vorbild, das sein Vater ihm geboten hatte.

Dass er unfähig war, sich gegen Tosca durchzusetzen, hatte Robin schon kurz nach ihrem Einzug in seine Wohnung zu spüren bekommen, als alles nur nach ihrem Geschmack, ihren Wünschen, ihrem Kopf gehen musste und der leiseste Einwand oder Widerspruch in der Frage gipfelte: »Wen liebst du mehr, deine

Mutter oder mich? Verstehst du nicht, dass ich in einer Umgebung leben möchte, die nach meinem Geschmack eingerichtet ist und nicht nach den Vorstellungen deiner Mutter?«

Deshalb hatte er die Hochzeit vor sich hergeschoben, hatte mit reichlich Verspätung versucht, sich über seine Gefühle für Tosca klar zu werden und auszuloten, wohin es für ihn führen würde, wenn es immer so weiterging. Wahrscheinlich hätte er sie nicht geheiratet, wenn Großmutter ihm nach Leas Geburt nicht die Pistole auf die Brust gesetzt hätte.

»Wie lange soll das denn noch so weitergehen?«, hatte Anna ihn mehr als einmal gefragt. »Das arme Kind hat nicht mal deinen Namen. Ich dachte, wir hätten dich zu einem anständigen Menschen erzogen und dir beigebracht, Verantwortung zu übernehmen. Dein Großvater würde sich im Grab umdrehen, wenn er wüsste, wie leicht du es dir machst. Ich glaube nicht, dass er unter diesen Umständen damit einverstanden wäre, wenn du das Haus bekommst, das er mit eigenen Händen gebaut hat.«

Mit seinem Großvater, dem armen Kind und dem Haus hatte sie gleich drei schwere Geschütze aufgefahren. Seinen Großvater hatte Robin nicht nur geliebt, bis zuletzt hatte er einen weisen alten Mann in ihm gesehen. Lea war vom ersten Blick auf dieses winzige Menschlein für ihn ein Wunder gewesen, das er in bester Absicht schützen wollte. Und das Haus ... Ihm ging es nicht um Besitz, nur um die Sicherheit, die er als Kind dort gefunden hatte. Deshalb hatte er nachgegeben.

Dass sie unter diesen Voraussetzungen nicht den besten Start in die Ehe gehabt hatten, war ihm bewusst und vermutlich der Hauptgrund, aus dem er sich bemüht hatte, Toscas Wünschen die oberste Priorität einzuräumen und Rücksicht auf ihre Gefühle zu nehmen. Als er endlich zu begreifen begann, dass seine Nachgiebigkeit sein größter Fehler war, schilderte sein Schwiegervater ihm bei jeder Gelegenheit in Gesprächen von Mann zu Mann die früheren Probleme seiner Ehe, wobei es aber nie um Lieblosigkeit und Egoismus ging, immer nur um Gerdas Schlampigkeit.

Und stets behauptete Ulrich, seine Entscheidung, die eigenen Bedürfnisse zurückzuschrauben, nicht bereut zu haben. Was Robin nicht wunderte. Eine Trennung von Gerda wäre Ulrich in jungen Jahren teuer zu stehen gekommen. Und mit den Jahren hatte Ulrich mit seiner Gutmütigkeit und Hilfsbereitschaft einen Kreis von Leuten um sich geschart, in den er jederzeit flüchten konnte, um die Anerkennung zu finden, die daheim längst im Staub unter der Couch erstickt war.

Robins ehemals großer Freundeskreis dagegen war erbärmlich geschrumpft, weil jeder, der Toscas Ansichten nicht teilte, es wagte, ihr zu widersprechen oder sie auf Irrtümer hinzuweisen, schnell aussortiert und vergrault worden war. Die letzten Getreuen waren Leon Schirmer und dessen Frau Mieke, die keine Kinder hatten und angesichts der bevorstehenden Geburt des zweiten Kindes zum Durchhalten und Kämpfen um eine Ehe rieten, die diese Bezeichnung nie verdient hatte.

Leon kannte Luzie als knallharte Geschäftsfrau und hatte mit Mieke eine zuverlässige, ehrliche und liebenswerte Partnerin an seiner Seite. Mit seiner Mutter lag Leon ständig im Clinch. An seinen Vater hatte er keine Erinnerung, weil der beizeiten die Kurve gekratzt hatte. Deshalb vertrat Leon die Überzeugung, dass jedes Kind einen Vater brauchte, wenn die Mutter mit Vorsicht zu genießen war. Darüber hinaus war er der Meinung, dass in einer Ehe die Vorstellung der Frau vom gemeinsamen Leben Vorrang vor den Erwartungen der Eltern haben müsste.

Aber egal, was Robin bisher für sie getan hatte, für Tosca reichte es nie. Nachdem sich die Beiträge ihres Vaters zur Renovierung des Hauses allesamt als Verlustgeschäfte erwiesen hatten, hatte sie ihm vorgeworfen, er sei nicht imstande, seiner Familie ein akzeptables Zuhause zu bieten. Als wäre es seine Schuld, dass im Bad die Fliesen von den Wänden fielen und das Parkett unsachgemäß verlegt worden war.

»Zuerst musste ich mit deiner Mutter unter einem Dach leben, die mich auf den Tod nicht ausstehen kann, was du genau weißt.

Dann ziehst du mit mir und Lea in diese Bruchbude«, hatte er sich mehr als einmal von ihr anhören müssen.

Sie hatte nicht mehr mit ihm geschlafen, bis die neuen Türen eingesetzt und die neue Treppe eingebaut waren. Nachdem sie zum zweiten Mal schwanger geworden war, hatte sie Mieke erzählt, sie hätte keine Gefühle mehr beim Sex, bei Leas Geburt seien Nerven durchtrennt worden. Sie hätte es nur über sich ergehen lassen, um mit einem weiteren Kind ihre Ehe zu retten.

Robin betrachtete seine Ehe als gescheitert. Am liebsten hätte er sich irgendwo verkrochen, wo niemand Forderungen an ihn stellen, keiner auf ihn einreden und er sich darüber klar werden konnte, was er wollte. Am noch offenen Grab seiner Großmutter hatte er sich mit Blick auf Annas Sarg vorgestellt, Tosca ein Messer in den Eisblock zu rammen, den sie ihr Herz nannte.

Wenn er abends zur Wohnung ihrer Eltern fuhr, um Lea ins Bett zu bringen, überlegte er jedes Mal zu sagen: »Ich habe viel von dir eingesteckt und geschluckt, Tosca, aber mit meiner Großmutter bist du zu weit gegangen. Morgen bringe ich dir deine restlichen Sachen. Wenn dein Großvater stirbt, kannst du deinen Vater ja fragen, ob du ins Nebenhaus ziehen darfst oder in die Wohnung deiner Schwester, wenn die dann frei wird.«

Anschließend einen Anwalt nehmen und sich bemühen, das eigene Leben wieder in den Griff zu bekommen. Aber wenn er das tat, würden Lea und das Ungeborene dort aufwachsen, wo sie seiner Meinung nach nicht aufwachsen durften, um nicht zum charakterlichen Ebenbild ihrer Mutter und deren Mutter zu werden. Wie Gerda gestrickt war, hatte er auch erst begriffen, als sie sich das Haus angesehen und gesagt hatte: »Wenn euch mal etwas passieren sollte, weiß ich schon, was ich mit dem Grundstück mache.« Wie ein Feldherr, der nach der Schlacht seinen Fuß auf fremdes Territorium setzte, ungeachtet der Toten seine Flagge in den Boden rammte und erklärte: »Alles meins!«

Wenn er verhindern wollte, dass seine Kinder in der Überzeugung aufwuchsen, es sei völlig in Ordnung, sich zu nehmen, was man haben wolle, egal, wem es gehörte und wem man schadete, musste er sämtliche eigenen Träume und Ansprüche ans Leben begraben, das war ihm klar. Und wenn er Lea friedlich schlafend vor sich sah, wusste er, dass es keinen anderen Weg für ihn gab. Dann fuhr er nach Hause, setzte sich an den Computer, schrieb sich seine Zerrissenheit von der Seele und verfluchte sich für seine Unfähigkeit, Tosca die Stirn zu bieten.

Ende Januar stellte sie ihre Rückkehr in Aussicht, aber erst nach der Geburt und nur unter einer Bedingung. Er sollte den Kontakt zu seinen Eltern auf das Nötigste beschränken. Von ganz abbrechen war nicht mehr die Rede. Robin vermutete, dass Gerda nachgeholfen hatte, weil sie ihre Ruhe haben wollte.

Dabei war es Toscas keineswegs habgieriger Vater, der seiner Jüngsten erklärt hatte, dass sie nicht automatisch in den halben Besitz von Haus und Grundstück gelangt sei, nur weil Robin geerbt habe. Weil Erbmasse nicht zum Zugewinn einer Ehe gerechnet werde. Da müsse sie zuerst als Miteigentümerin ins Grundbuch eingetragen werden, sonst gehe sie bei einer Trennung leer aus.

## *Dienstag, 20. August*

Dass er nach seinem Anruf bei Klinkhammer wochenlang nichts vom Fall Homberg und dem Jungen hörte, störte Rudolf Grovian nicht. Mal bei Klinkhammer nachzufragen verbot sich, da wäre womöglich eine Erinnerung an das Ansinnen gekommen, hin und wieder als Aushilfe für die Operative Fallanalyse tätig zu werden.

Er ging lieber in Ruhe seinem gewohnten Alltag nach. Im privaten Bereich bedeutete das, die Hausarbeit zu übernehmen, für die seine Frau nicht immer die Zeit fand. Als Hauptkommissar im Ruhestand beriet er weiter vor Ort in Sachen *Sicheres Haus*. Und halb beruflich, halb privat führte er einige heiße Diskussionen mit seinem Schwiegersohn.

Hans Werner Dederich wollte nicht einsehen, dass die Jugendpsychiatrie für David der beste Aufenthaltsort sein sollte. »Das Jugendamt war doch schon dran, Rudi. Sie hatten kein Recht, ihn wegzusperren. Er mag ein wichtiger Zeuge sein, aber er ist nicht geistesgestört und hat keiner Menschenseele etwas zuleide getan. Dass er seinen Namen nicht verraten will und die Gefahr besteht, dass er sich wieder auf die Suche nach seinem Opa macht …«

Dass der Grund für Davids beharrliche Weigerung, seinen Nachnamen zu nennen, ein völlig anderer war, erfuhr Rudolf Grovian, als Klinkhammer ihn an dem Dienstag anrief.

Die Ermittlungen im Fall Homberg hatten durch die Auswertung sämtlicher Anrufe auf dem Prepaidhandy des Unbekannten einen neuen Schub bekommen. Gefahndet wurde nun nicht mehr nach einer Täterin, die womöglich den Namen der französischen Studentin benutzte, sondern nach Ramona Erken, vierundzwanzig Jahre alt, zuletzt wohnhaft in Kerpen-Blatzheim, wo die Aushubdeponie ihren Firmensitz hatte. Mit sechzehn war sie verschwunden, nachdem sie ihren Vater mit einem Messer angegriffen und schwer verletzt hatte.

Nach dem Brand in der Deponie war sie noch einmal gesehen worden. Bei der Polizei in Euskirchen hatte sich ein Paar gemeldet, dem Ramona Erken am 25. Juli gegen ein Uhr nachts, nur zwei Stunden nach der Meldung vom Feuerschein im Wald, auf einem kleinen Rastplatz nahe Blankenheim in der Eifel über den Weg gelaufen war – im wahrsten Sinne des Wortes.

Das Paar hatte seinen Wagen noch nicht richtig angehalten, als Ramona Erken aus einem unbeleuchteten VW-Golf gestiegen und im Laufschritt näher gekommen war. Sie hatte eine Panne vorgetäuscht, um Mitnahme gebeten und behauptet, ihr Handy funktioniere nicht. Dem Paar war sie nicht geheuer gewesen, weil sie, wie die Frau es ausdrückte, einen verheulten und saumäßig wütenden Eindruck gemacht hatte.

Man hatte ihr angeboten, einen Abschleppdienst zu rufen, damit war sie nicht zufrieden. Plötzlich sprach sie von einem dringenden Termin. Nachts um eins! Auf die für Termine unübliche Uhrzeit hingewiesen, hatte sie behauptet, ihre Mutter liege im Sterben. Das hätte zwar ihre Tränen erklärt, aber das misstrauische Paar hatte sich nicht erweichen lassen und ein Taxiunternehmen angerufen. Dann waren sie wieder abgefahren.

Der Taxifahrer hatte zwanzig Minuten später auf dem Rastplatz niemanden mehr angetroffen, was bedeutete, dass der VW-Golf durchaus fahrtüchtig gewesen war. Wahrscheinlich hatte Ramona Erken es nach der Konfrontation mit dem misstrauischen Paar vorgezogen, schnellstmöglich aus der Gegend zu verschwinden.

Klinkhammer umriss den Stand der Dinge und bedankte sich für den Hinweis auf den Namen Erken. »Sie heißt Ramona und hat in der Aushubdeponie dreimal versucht, Siegfried Erken anzurufen. Der ging nicht ran, konnte er zu dem Zeitpunkt nicht mehr. Er war gegen fünf Uhr nachmittags mit seinem Motorrad verunglückt, Unfall mit Fahrerflucht. Laut einer Zeugenaussage soll er von einem silbergrauen Pkw geschnitten worden sein.

Der Unfallverursacher gab Gas und war weg. Erkens Handy hat überlebt.«

»Und er ist tot?«, fragte Grovian.

»Noch nicht ganz«, sagte Klinkhammer. »Er hat ein Bein verloren und ein schweres Schädel-Hirn-Trauma. Derzeit liegt er im Koma, ob er noch mal aufwacht, ist fraglich. Grabowski wartet darauf, dass Ramona den nächsten Versuch unternimmt, ihn zu kontaktieren, und geortet werden kann. Ihr müsste längst klar sein, dass etwas nicht stimmt. Aber solange öffentlich nach ihr gefahndet wird ... Da schalten wir jetzt zwei Gänge runter.«

»Dann kannte sie David«, stellte Grovian fest.

»Anzunehmen«, sagte Klinkhammer. »Beim Wegzug aus Sindorf war sie dreizehn und David vier Jahre alt. Erkannt haben kann sie ihn theoretisch nicht. Aber er hatte ja wohl ein Namensschild am Rucksack.«

»Und seinen Vater kannte sie auch«, sagte Grovian.

»Anzunehmen«, sagte Klinkhammer wieder und verlangte ohne Überleitung in drängendem Ton, der eine Ablehnung von vornherein ausschloss: »Du musst mir einen Gefallen tun, Rudi.«

Mit fast denselben Worten hatte sich eine halbe Stunde zuvor Konstantin Schaller, der leitende Ermittler einer Mordkommission der Kriminalhauptstelle Düsseldorf, an Klinkhammer gewandt.

»Im Juli wurde in Grevenbroich-Gustorf eine Frau in ihrer Wohnung auf bestialische Weise umgebracht«, begann Klinkhammer. »Laut einer Nachbarin wollte sie ein verlängertes Wochenende mit einer Internetbekanntschaft verbringen. Ich bin bisher nur mündlich und in Kurzform informiert, treffe gleich den leitenden Ermittler.«

Auf diese Einleitung folgte ein Atemzug, als müsse Klinkhammer Dampf ablassen, ehe er weitersprach: »Das Opfer hatte eine achtzehnjährige Tochter, die kurz vor Ostern zum Freund nach Madrid gezogen sein soll. Adresse unbekannt. Der fünfzehnjährige Sohn soll am 19. Juli vormittags vom Großvater abgeholt worden sein, was sich als falsche Information erwies. Der Junge gilt als vermisst. Er heißt David Lackner, seine Beschreibung passt auf den Jungen aus dem Wohnmobil.«

Grovian zirpte augenblicklich die Story von der zum Freund geflogenen Mutter durch den Kopf wie ein Hornissenschwarm. »Du hast doch nicht etwa den Jungen in Verdacht?«

»Nein«, versicherte Klinkhammer. »Es spricht alles für die Internetbekanntschaft. Aber David Lackner soll geistig behindert oder psychisch gestört sein. Er sei unberechenbar und aggressiv, könne aus nichtigem Anlass ausrasten, hieß es vonseiten einer Nachbarin und der Großeltern. Als aggressiv oder unberechenbar hat den Jungen in der Uniklinik noch keiner erlebt. Laut eigenem Bekunden bekommt er nur Anfälle, wenn er Stress hat.«

»Das hat er uns auch erzählt«, sagte Grovian. »Er konnte aber nicht sagen, welche Art von Anfällen.«

Unberechenbar und aggressiv? Was Hans wohl dazu sagen würde? Oder Mechthild, die noch zwei Pakete mit Kleidung geschickt hatte und Briefe schrieb, jedes Mal fünf Euro ins Kuvert steckte mit dem Hinweis: »Er hat doch sonst keinen, Rudi.« David hatte sich jedes Mal postwendend bedankt, von seinem guten Leben im Krankenhaus berichtet und Hans grüßen lassen.

»Dann hat der Stress in der Uniklinik wohl noch nicht für einen Anfall gereicht«, meinte Klinkhammer in einem Anflug von Ironie, nach der ihm wahrhaftig nicht zumute war. »Sie haben verschiedene Tests gemacht. Anzeichen für Epilepsie gibt es keine. Schizophrenie wird ausgeschlossen, dazu würden unvermittelte Gewaltausbrüche passen. Geistig behindert ist er mit Sicherheit nicht. Er sei aufgeschlossen, kontaktfreudig und wissbegierig, hieß es. Er sei nur nicht auf dem intellektuellen Niveau eines Fünfzehnjährigen.«

»Das würde ich in der heutigen Zeit nicht als Nachteil bewerten«, kommentierte Grovian. »Bei vielen ist das Niveau unterirdisch. Was ist mit psychischen Störungen? Die zeigen sich nicht unbedingt auf den ersten Blick.« Wie er vor Jahren hautnah erlebt hatte.

Cora Bender, wie sie damals hieß, vierundzwanzig Jahre alt, verheiratet und Mutter eines zweijährigen Sohnes, hatte an einem Badesee blindwütig auf einen ihr unbekannten jungen Mann eingestochen, gestand bereitwillig, konnte aber kein nachvollziehbares Motiv nennen und begann in ihrer Not zu lügen. Dann brach sie ihm im Verhör zusammen, weil er nicht erkannt hatte, auf welch schmalem Grat sie balanciert war.

»Grabowski informiert sich regelmäßig und hält mich auf dem Laufenden«, fuhr Klinkhammer fort. »Die Kölner Staatsanwaltschaft hat Schiss, dass die Überstellung des Jungen in die Psychiatrie unangenehme Folgen haben könnte. Was den Fall Homberg angeht, könnte er zwar länger als bisher angenommen mit der Frau unterwegs gewesen sein. Aber bisher spricht nichts für seine direkte Tatbeteiligung, und sonst lag nichts gegen ihn vor.«

Und damit, rekapitulierte Grovian, war man bei der Rechtslage, auf die sein Schwiegersohn pochte. Man hätte Davids Unterbringung dem Jugendamt überlassen müssen.

»Anscheinend hat er ein fotografisches Gedächtnis, das bis zu seinem siebten Lebensjahr hervorragend funktioniert, wobei man nicht weiß, was Realität war und was Fantasie oder Wunschdenken ist«, sagte Klinkhammer, auf Grovians Frage nach psychischen Störungen ging er nicht sofort ein. »Ab dem Verschwinden des Vaters gibt es große Lücken, die sich in einer dissoziativen Identitätsstörung begründen könnten.«

Grovian bekam Schluckbeschwerden vom Begreifen. Eine multiple Persönlichkeit. Das hätte einiges erklärt. Fehlende Erinnerung an Gewaltausbrüche, die Widersprüchlichkeiten in der Sprechweise und dem Verhalten des Jungen, die Hans aufgefallen waren.

»Vermutlich verleugnet sein Großvater ihn deshalb wie Petrus den Herrn«, erwiderte er mit trockener Kehle und dachte still bei sich, dann hatte ich doch recht mit meiner Interpretation, sie hatte ihn dem Alten vor die Tür karren wollen. »Bernd Lackner heißt er, von ihm kam der Hinweis auf Familie Erken.«

»Den Großvater kenne ich nicht«, erwiderte Klinkhammer. »Ich hatte vor acht Jahren mit dem Vater zu tun, Robin Lackner. Der Junge sieht ihm sehr ähnlich. Das hätte mir eigentlich auffallen müssen, als Rita mir sein Foto geschickt hat. Aber nach all der Zeit ... Es war eine üble Geschichte damals. Lackner stand im Verdacht, sich an seiner Tochter vergangen zu haben. Die Einzelheiten erzähle ich dir, wenn wir mehr Zeit haben. Lass uns erst mal klären, ob der Junge in der Uniklinik David Lackner ist.«

Einzelheiten wollte Rudolf Grovian gar nicht wissen, wenn es um Kindesmissbrauch ging. »Zweifelst du daran?«, fragte er.

Darauf blieb Klinkhammer die Antwort schuldig. »Ich schick dir sein Foto und die Adresse. Du kannst ja behaupten, du kämst im Auftrag der Familie.«

»Ich soll das übernehmen?« Grovian fühlte sich überrumpelt.

»Warum meinst du denn, habe ich dich angerufen?«, antwortete Klinkhammer mit einer Gegenfrage.

»Du hast den Düsseldorfer Kollegen nicht informiert?«

»Nein. Offiziell weiß ich bisher nur, dass der Junge in der Uniklinik in den Fall Homberg involviert ist und die Täterin identifizieren kann. Dass er David heißt, war eine Schlussfolgerung von Rita, bestätigt hat er das nicht. Solange seine Identität nicht zweifelsfrei bewiesen ist, habe ich etwas Spielraum.«

»Und Nerven«, stellte Grovian fest.

»Nicht in diesem Fall, Rudi«, sagte Klinkhammer. »Nicht in dem Fall, das kannst du mir glauben. Hör dich bei den Nachbarn um. Vielleicht weiß einer von ihnen, wofür seine Mutter ihn missbraucht haben könnte.«

Es war der letzte Satz, der Grovians Motivation befeuerte. Der Vater missbrauchte die Tochter, die Mutter den Sohn. Was für ein Horror. Nachdem er noch einmal tief durchgeatmet hatte, erklärte er: »Na schön, Arno. Aber damit das klar ist, für so was bin ich in Zukunft nicht öfter zu haben. Ich tu's nur für den Jungen.«

»Damit kann ich leben«, sagte Klinkhammer.

Davids Foto und die Anschrift in Grevenbroich-Gustorf gingen wenige Minuten später auf Grovians Handy ein. Er dachte wieder an Kühltürme und empfand neben Horror und Mitleid eine gewisse Genugtuung, weil er auch mit seiner Vermutung bezüglich der Gegend richtiggelegen hatte. Und jetzt hatte er ein Foto, konnte damit Apotheken im Rhein-Kreis Neuss und im Rhein-Erft-Kreis abklappern und vielleicht auch noch einen Beitrag zum Fall Homberg leisten.

Wenn ihm der Beweis gelang, dass David am 24. Juli etwas gegen Kopfschmerzen gekauft hatte, wäre der Junge zumindest in dem Fall endgültig aus dem Schneider. Keine unmittelbare Tatbeteiligung war noch lange kein Freispruch. Wenn schon davon ausgegangen wurde, er wäre länger als einige Stunden mit Ramona Erken unterwegs gewesen, lief es auf Mittäterschaft hinaus.

Es reizte ihn, zuerst einen Abstecher nach Sindorf zu machen, den Großvater zur Rede zu stellen, ihn wenigstens zu fragen, was er sich dabei gedacht hatte, seinen Enkel zu verleugnen. Aber bei der Vorgeschichte ... Eins nach dem anderen. Bernd Lackner lief ihm nicht weg.

## *Der Großvater*

An einem Donnerstag Anfang März hatte Robin einen Anruf von Gerda Ebel erhalten. Ulrich war mit Tosca bereits auf dem Weg in die Klinik. Mit einem unguten Gefühl fuhr Robin los. Wie schon bei Lea hatte der Gynäkologe sich nicht festlegen wollen, dass es ein Mädchen war. Wie Tosca auf einen Jungen reagieren würde, mochte Robin sich nicht vorstellen.

Es dauerte bis zum frühen Abend, ehe die Hebamme ihm seinen Sohn in den Arm legte mit den Worten: »Ein strammer Bursche.« David war etwas über acht Pfund schwer und sechsundfünfzig Zentimeter groß.

Als Robin seine Eltern informierte, regnete es in Strömen, *Luzies Steakhaus* war trotzdem gut besucht. Bernd stand wie immer hinter der Bar beim Telefon und nahm das Gespräch an. Robin verlor ein paar Worte über den Jungen und klang dabei längst nicht so euphorisch wie nach Leas Geburt, was Bernd zu Anfang des Gesprächs noch auf das Zerwürfnis zwischen ihnen schob.

»Ich habe ein paar Tage Urlaub genommen«, sagte Robin. »Hast du vielleicht morgen oder übermorgen etwas Zeit für mich, Papa? Ich würde gerne etwas mit dir besprechen, aber so, dass Mama es nicht mitbekommt. Ist das machbar?«

Bernd war weder vollkommen taub oder absolut unempfänglich für die bedrückte Stimmung, in der sich sein Sohn befand. »Klar«, sagte er. Luzie huschte gerade in die Küche, er konnte ausschließen, dass sie ihn hörte. »Alles in Ordnung mit dem Baby?«

»Ja«, sagte Robin, nannte Treffpunkt und Uhrzeit und legte auf. Mit einem Kloß in der Kehle informierte Bernd Luzie über die Geburt ihres Enkels, von dem er nicht annahm, dass sie ihn je zu Gesicht bekommen würden.

»Ein Junge«, sagte sie, schaute zu einem der Fenster hinüber, an dem das Wasser in breiten Bahnen herablief. »Wie schön, dann haben sie ein Pärchen, und der Himmel gibt seinen Segen dazu.«

Ihre Worte erinnerten Bernd an ihre Hochzeit. Da hatte es auch wie aus Kübeln geschüttet. Luzie hatte das Wasser in den Schuhen gestanden. Damals hatte sie dasselbe gesagt. Was ihre Ehe anging, hatte sie es richtig beurteilt. Zu Robins Sohn gab der Himmel seinen Segen nicht.

David war zwei Tage alt, als Bernd und Robin sich wie vereinbart trafen – zu einem Waldspaziergang, damit niemand sie zusammen sah, der es Luzie hätte erzählen können. Bernd kam sich vor wie in einem schlechten Spionagefilm. Tosca lag noch mit dem Baby in der Klinik, Luzie hatte einen Termin beim Friseur. Und Robin kam schnell zur Sache. Er entschuldigte sich für sein Verhalten in den letzten Monaten und sprach von der Bilanz, die er gezogen hatte.

»Ich habe ernsthaft mit dem Gedanken an Trennung gespielt«, sagte er. »Aber ich kann das nicht, Papa. Ich kann die Kinder nicht im Stich lassen. Nach einer Scheidung würde ich sie kaum noch zu Gesicht bekommen, Tosca würde alle Register ziehen, um regelmäßige Kontakte zu unterbinden. Du hast ja selbst erlebt, wie sie bei der vermaledeiten Poolgeschichte die Fakten verdreht und ein paar Gemeinheiten dazuerfunden hat, um sich als Opfer darzustellen. Beim angeblichen Rauswurf aus der Wohnung ihrer Eltern war es nicht anders, bei dem Zahnarzt garantiert auch nicht. Den hat sie mit der Schwangerschaft ausgebeutet. Da fragt man sich, was sie über mich und unsere Ehe erzählen würde, wenn ich die Scheidung einreiche. Ich möchte es gar nicht wissen, muss eben versuchen, mit ihr auszukommen, bis die Kinder alt genug sind, um mitzureden.«

»Dann bist du ein alter Mann«, sagte Bernd.

»Ach was, Papa.« Robin lachte leise wie ein Mensch, der sich aufgegeben hat. »Ich bin nur um die fünfzehn Jahre älter. Bis dahin muss ich durchhalten. Und dabei hätte ich gerne deine Unterstützung.«

»Und wie stellst du dir die vor?«, fragte Bernd.

Im Grunde ganz einfach, er sollte nur Luzie dazu bringen, Tosca die Hand zur Versöhnung zu reichen und sich dafür zu entschuldigen, dass sie den Plan mit dem Pool durchkreuzt hatte.

»Das ist nicht dein Ernst«, sagte Bernd.

»Mein bitterer Ernst, Papa. Und für mich ist es bitter, das kannst du glauben. Du musst Mama doch nur sagen, dass du die Kinder gerne regelmäßig sehen würdest. Alle zwei Wochen, wie vor Omas Tod. Für Lea und David wird Mama das tun, da bin ich sicher. Solange sie nicht erfährt, wieso ich dich darum gebeten habe.«

»Und wofür zum Teufel soll deine Mutter sich entschuldigen?«, fragte Bernd. »Wie du eben festgestellt hast, hat Tosca die Fakten verdreht und ein paar Gemeinheiten dazuerfunden.«

»So ist sie eben«, erwiderte Robin. »Manchmal denke ich, sie erzählt ihre Geschichten so lange, bis sie selbst daran glaubt. Sie ist krank, Papa. Ich habe mich in den letzten Wochen kundig gemacht. Hast du schon mal von Narzissmus oder Egomanie gehört?«

»Wir betreiben ein Restaurant, keine psychiatrische Praxis.«

»Ich weiß, Papa. Ich weiß auch, dass es für euch nicht einfach ist. Aber versuch's doch, bitte. Sprich mit Mama, nur sag ihr um Gottes willen nicht, was Sache ist. Sie würde Tosca den Kopf zurechtsetzen wollen, wofür ich vollstes Verständnis hätte. Ich würde das selbst tun. Aber ich kann's nicht riskieren wegen der Kinder. Und wenn Mama noch mal so bei uns aufschlägt wie bei der Sache mit dem Pool, dann war's das. Erzähl ihr doch, Tosca hätte eine Schwangerschaftspsychose, und wir müssten sie im Interesse der Kinder mit Samthandschuhen anfassen, bis es ihr besser geht.«

Das tat Bernd dann auch. Bis dahin hatte er Luzie noch nie belogen. Aber es fiel ihm leichter als gedacht. Sie kaufte ihm die angebliche Schwangerschaftspsychose sogar ab, wollte nur nicht gleich einsehen, dass sie sich bei Tosca entschuldigen sollte.

»Von mir aus sage ich, Schwamm drüber, und wir vergessen die Sache«, schlug sie vor. »Wenn du vergessen kannst, was sie deiner Mutter an den Kopf geworfen hat, soll es an mir nicht scheitern. Aber mich bei ihr entschuldigen, wofür denn?«

»Du musst zugeben, dass du austeilen kannst, wenn du auf hundertachtzig bist«, versuchte Bernd es mit ein wenig Überzeugungsarbeit. »Das warst du. Und während einer Schwangerschaft sind manche Frauen nun mal besonders empfindlich. Sie wollte den Pool für die Kinder. Für sie fühlte sich das vielleicht so an, als würdest du ihren Kindern den Spaß nicht gönnen. Und ob du nun sagst Schwamm drüber oder es tut mir leid, so groß ist der Unterschied doch nicht. Ich würde den kleinen Mann wirklich gerne hin und wieder sehen, Lea natürlich auch.«

»Ich ebenfalls«, sagte Luzie. »Glaub nicht, dass mir die Kinder gleichgültig sind. Im Gegenteil. Für Robin und Sonja hatte ich nie genug Zeit, jetzt hätte ich welche und habe mir schon oft vorgestellt, wie es wäre, etwas davon mit meinen Enkeln zu verbringen.«

»Gut«, sagte Bernd. »Dann rufe ich Robin an und frage, ob er uns seinen Sohn vorstellen möchte. Und ob sie nicht Lust hätten, wieder alle zwei Wochen montags auf einen Kaffee und ein Stückchen Kuchen zu kommen. Einverstanden?«

Luzie nickte nur und behandelte Tosca beim Wiedersehen nicht anders als einen Gast, der mit seinem Steak nicht zufrieden war. *Es tut mir sehr leid. Entschuldigen Sie bitte. Sie bekommen selbstverständlich ein anderes. Was möchten Sie dazu trinken?*

Tosca benahm sich bei dieser Farce wie eine Königin, die einen Untertan begnadigt. Beim Kaffee erzählte sie, wie sehr sie unter dem Zerwürfnis gelitten habe. Und wie weh es ihr getan habe, Robin darunter leiden zu sehen. Bernd wiegte währenddessen den zwei Wochen alten David im Arm. Lea wich nicht von Robins Schoß. Und Luzie knirschte nur mit den Zähnen, wenn das Mahlwerk des Kaffeevollautomaten jedes Geräusch übertönte.

Nach diesem Nachmittag schien eine Trennung in weite Ferne gerückt. Bernd wünschte sich für Robin allerdings oft das Gegenteil. Sie telefonierten häufig miteinander, wenn Luzie nicht in der Nähe war. Jedes Mal verursachte es ihm ein schmerzhaftes Ziehen in der Brust, wenn er die Stimme seines Sohnes hörte, aus der alle Leichtigkeit früherer Jahre verschwunden war. Aber Lea bewies jeden zweiten Montagnachmittag, dass sie ein fröhliches kleines Mädchen war, das seinen Papa heiß und innig liebte. Und David entwickelte sich zu einem kerngesunden, quicklebendigen Baby.

Bis kurz nach Weihnachten.

Anfang Januar starb Toscas Großvater. Und Tosca echauffierte sich, weil Bernd und Luzie nicht die Zeit gefunden hatten, an der Beerdigung teilzunehmen. Sie hatten auch kein Blumengesteck zum Friedhof geschickt, ihrem Vater nicht mal per Karte kondoliert und sie nicht mit Beileidsbekundungen empfangen.

»Entschuldige«, sagte Luzie. »Wir haben deinen Großvater

und deine Eltern nur einmal für ein paar Stunden bei eurer Hochzeit gesehen. Wie oft hast du mit Bernds Mutter zusammengesessen? Hast du an ihrer Beerdigung teilgenommen oder Bernd dein Beileid bekundet?«

»Du weißt genau, warum ich das nicht konnte«, fuhr Tosca auf. »Ich lag mit Blutungen bei meinen Eltern und durfte das Bett nicht verlassen, um mein Baby nicht zu verlieren.«

»Das weiß ich eben nicht«, sagte Luzie. »Ich erinnere mich auch nicht, dass ich dich angegriffen und beschimpft habe. Trotzdem habe ich mich später bei dir entschuldigt. Also mach hier keinen Aufstand, Mädel, wir wissen beide, wie es wirklich war.«

Tosca wurde umgehend laut, kam sogar ein Stück vom Stuhl in die Höhe, als wolle sie Luzie über den Tisch hinweg an die Gurgel springen. »Ich bin nicht dein Mädel! Merk dir das ein für alle Mal!«

David, der auf dem Fußboden spielte, erschrak und begann zu weinen. Bernd nahm ihn hoch. Lea flüchtete auf Robins Schoß und barg ihr Gesicht an der Brust ihres Vaters.

»Wie recht du hast«, stimmte Luzie zu. »Mein Mädel lügt nicht, wenn es den Mund aufmacht. Mein Mädel käme nie auf die Idee, sich bei einer alten Frau einzuschleimen, bis ihr der Trauring an den Finger gesteckt wird. Meinst du, ich wüsste nicht, was du mit Anna veranstaltet hast, um geheiratet zu werden? Kaum hattest du dein Ziel erreicht, war Anna abgemeldet. Und seitdem frage ich mich, was für eine Vorstellung du von Ehe hast. Du bestimmst, und Robin kuscht. Hat er sein Recht auf ein friedliches Zuhause und etwas Glück verwirkt, als er auf dem Standesamt Ja sagte?«

»Mama, bitte«, versuchte Robin sie zu bremsen.

Tosca riss ihm Lea vom Schoß, stellte das Kind auf seine eigenen Füße und zerrte Bernd den immer noch weinenden David vom Arm. Dann fauchte sie Robin an: »Bist du nicht glücklich mit mir? Sag es. Dann gehe ich morgen zum Anwalt.«

Ehe Robin reagieren konnte, geiferte sie Luzie an: »Deine Unverschämtheiten habe ich mir lange genug gefallen lassen.« Und wieder an Robin gewandt: »Wir gehen. Du kannst mitkommen oder bleiben, entscheide dich. Deine Eltern oder deine Familie.«

Robin erhob sich, folgte ihr wortlos zur Tür, drehte sich dort noch einmal um und warf seinem Vater einen Blick zu, der mehr sagte als jedes Wort. *Das war's, Papa*. Er glaubte, Bernd hätte sein Wort gebrochen und Luzie erzählt, was ihm anvertraut worden war.

»War das nötig?«, fragte Bernd, nachdem Davids Weinen im Treppenhaus verklungen war.

»Es war überfällig«, erwiderte Luzie und sammelte das Spielzeug der Kinder vom Boden auf.

»Du hast keine Ahnung, was du angerichtet hast.«

Bernd hätte nicht sagen können, ob sie wütend auf sich selbst war, weil ihr der Kragen geplatzt war, oder erschrocken und schockiert von Toscas heftiger Reaktion, als sie ihn anfuhr: »Aber du hast Ahnung, ja?«

»Ja«, sagte Bernd. »Sie ist psychisch gestört. Robin hat's mir schon vor einer Weile erklärt.«

»Was du nicht sagst.« In dem Ton hatte Luzie noch nie mit ihm geredet. »Hat die Störung auch einen Namen?«

»Ja«, sagte Bernd wieder. »Narzissmus oder Egomanie.«

»Und deshalb darf man ihr nicht die Meinung sagen?«

»Nein. Darf man nicht, solange man versuchen muss, friedlich mit ihr auszukommen, weil zwei kleine Kinder da sind, die nicht darunter leiden und nicht zu Schaden kommen sollen. Robin hat es im Internet recherchiert. Ich habe es nachgelesen. Es stimmt, was er sagte. Man kann gegen Narzissten nichts ausrichten. Sie kennen nur sich und ihre Interessen. Man kann sie sich bloß vom Leib halten, wofür es bei uns leider zu spät ist.«

»Ja dann«, erwiderte Luzie immer noch aufgebracht, allerdings auch etwas kleinlauter. »Da wäre es aber klüger gewesen, mich beizeiten einzuweihen, statt dass ihr Helden das unter euch ausdiskutiert. Ich hätte meinen Mund gehalten und müsste mich beim nächsten Mal nicht wieder bei ihr entschuldigen.«

Es gab kein nächstes Mal. Robin rief zwei Stunden später an, um mitzuteilen, dass sie sich ausgesprochen hätten und sich nicht trennen würden, dass sie aber auch nicht mehr kämen. Um seine Ehe zu retten, müsse er einen Schlussstrich ziehen.

Er sprach so kühl und unpersönlich, wie Bernd ihn noch nie hatte reden hören, bat darum, ihn nicht in der Firma anzurufen, damit er dort keinen Stress bekomme, weil er Privatgespräche führte. Bisher war das noch nie ein Problem gewesen. Zu Hause sollte sowieso keiner anrufen, damit Tosca sich nicht unnötig aufregte. Und auf dem Handy sei es zwecklos, er werde sich morgen eine neue SIM-Karte kaufen. »Ich denke, es ist besser so«, war das Letzte, was Bernd für vierzehn Monate von seinem Sohn hörte.

Vierzehn Monate, in denen Robin den Wunsch seiner Frau nach einem Pool in abgespeckter Form erfüllte. Kein in den Boden eingelassenes Becken, was leicht zu einer Gefahr hätte werden können.

Den Ausdruck auf Toscas Gesicht, als die Hebamme gesagt hatte: »Ein Junge«, würde Robin nie vergessen. Deshalb kaufte er ein Standmodell von drei Meter Durchmesser, in das Kinder nur über eine Leiter einsteigen konnten. Zum Winter hin wurde der Pool abgebaut und im Frühjahr wieder aufgestellt.

Hin und wieder berichtete ein Gast im Restaurant, was sich auf dem Grundstück tat. Was im Haus vorging, bekam nur Familie Erken mit, Frau Erken trug es in den Ort, so gelangte die Kunde auch in *Luzies Steakhaus*. Einmal hörte Bernd, dass sein kleiner Enkel wie von Gott und der Welt verlassen auf feuchter Erde neben dem Pool gesessen hatte, während Robins Frau dem Töchterchen das Schwimmen beibrachte. Und mehr als einmal hörte er, dass die Schwiegertochter seinem Sohn aus der offenen Haustür Schimpfworte hinterherbrüllte, wenn Robin abends noch mal wegfuhr.

Wenn Luzie etwas zu Ohren kam, wollte sie jedes Mal raus und Tosca den Kopf zurechtsetzen. Jedes Mal redete Bernd sich den Mund trocken, um sie davon abzuhalten. »Du machst es nur schlimmer, glaub mir. Sie wird ihre Wut auf dich an Robin und den Kindern auslassen. Robin kann ihr ausweichen, was er ja anscheinend tut. Die Kinder können das nicht.«

»Dann soll er die beiden mitnehmen, verdammt!«, sagte Luzie.

Und Bernd antwortete: »Das tut er ein Mal. Tags darauf ist sie weg, das garantiere ich dir. Was dann aus den Kindern wird, möchte ich mir nicht ausmalen.«

## *Der Junge*

Während Rudolf Grovian sich auf den Weg nach Gustorf machte und Arno Klinkhammer einer widerlichen Geschichte nachsann, erzählte David seinem Psychiater vom Traum der vergangenen Nacht. Er träumte viel und wachte oft auf, als wolle etwas in seinem Hirn dafür sorgen, dass er nicht wieder vergaß, was er im Schlaf aufarbeitete. Manches war rätselhaft, manches ein Sammelsurium aus Szenen, die noch dazu so verdreht waren, dass sie für ihn keinen Sinn ergaben. Gegen zwei Uhr nachts war er verschwitzt und verstört aus so einem Traum aufgewacht.

Er hatte alles, was in seinem Kopf war, herausnehmen und auf eine Bodenmatte in der Sporthalle legen müssen, auch das halbe Hochzeitsfoto, das einzige richtige Bild, das er von Papa besessen hatte. Früher hatte es in einem Silberrahmen gesteckt und an einer Wand im Hausflur gehangen, hatte Lea ihm erzählt. Daran erinnerte er sich nicht, er war noch zu klein gewesen, als sie bei Papa ausgezogen waren. Lea wusste noch, dass Mama das Foto zusammen mit anderen Sachen in den Mülleimer gestopft hatte, wo Lea es herausgefischt und jahrelang gehütet hatte wie einen Schatz, den man vor Mama verstecken musste.

Die Hälfte mit Mama hatte Lea abgeschnitten und verbrannt, nachdem Papa sich aus dem Staub gemacht hatte. Daran erinnerte er sich, weil es aufregend und verboten gewesen war, Feuer im Zimmer zu machen. Aber es war nichts passiert, nur Mama im Brautkleid war in Flammen aufgegangen.

Die Hälfte mit Papa hatte Lea ihm überlassen, ehe sie zu ihrem Freund nach Spanien zog. Er hatte es in eins seiner Schulbücher gesteckt. Da schaute Mama nie rein, und er hatte Papa immer bei sich, auch in der Schule. Doch gerade das war ein Fehler gewesen. Im Mai hatte er das Buch mit in die Pause genommen, da war das halbe Foto rausgerutscht. Und ein blödes Mädchen, ein richtig blödes, hatte es aufgehoben, in den Mund gesteckt und gegessen.

Er rechnete damit, dass sie wie sonst versuchen würden, den Traum von der Bodenmatte zu deuten. Stattdessen fragte Doktor Füssen: »Was hast du gemacht, nachdem das Mädchen das Bild gegessen hatte?«

Was sollte er gemacht haben? Es war ihm peinlich, es auszusprechen. Geweint hatte er. Und das hätte er keinem anderen Menschen gestanden, nur Doktor Füssen, der alles verstand. Doch das offenbar nicht. »Du hast dem Mädchen keine runtergehauen?«, wollte er wissen. »Hast sie nicht zu Boden gestoßen und versucht ihr den Mund mit Gewalt aufzumachen, um das Foto zu retten?«

Natürlich nicht. Er hatte in seiner Jeans nach einem Taschentuch gesucht, um sich die Nase zu putzen. Aber er hatte keins. Frau Kremer hatte ihm ein Tuch gegeben und zu dem Mädchen gesagt, es sei nicht nett gewesen, ihm das Foto wegzunehmen und aufzuessen. Nicht nett! Noch stärker konnte man nicht untertreiben.

Doktor Füssen fand das merkwürdig und meinte damit nicht das fehlende Taschentuch oder die Lehrerin, die seinen Verlust mit ihrer Rüge zur Lappalie herabwürdigte. »Aber du bekommst doch Anfälle, wenn du Stress hast oder frustriert bist.«

Er war ja nicht frustriert gewesen, nur traurig.

»Andere wären sehr frustriert gewesen«, sagte Doktor Füssen. »Sie wären wütend geworden, hätten um das Foto gekämpft, dem Mädchen vielleicht den Kiefer gebrochen, um ihren Schatz zurückzuholen. Das Foto war doch ein Schatz für dich, nicht wahr?«

Es war sein größter Schatz gewesen, noch wertvoller als Johnny Depp, Kolchani und der grüne Shrek. Aber er war nicht wie andere, kehrte zurück in sein Zimmer, setzte sich an den kleinen Tisch und zog sein Traumbuch zu sich heran.

Damit er nicht sein gesamtes Zimmer, einschließlich des Mobiliars, mit Zeichnungen tapezierte, hatte Doktor Füssen ihm eine dicke Kladde geschenkt, in die er sowohl schreiben als auch zeichnen und alles festhalten konnte, was ihm tagsüber einfiel und in den Nächten auf ihn einstürmte. Nachdem er die Gummimatte mit dem gesamten Inhalt seines Kopfes im Traumbuch festgehalten hatte, nahm er den Zeichenblock und machte sich daran, das Gesicht des blöden Mädchens auf Papier zu bannen, wie es kaute und dabei grinste.

Die Tür hatte er offen gelassen. Das tat er inzwischen häufig. Manchmal kam dann ein Junge zu ihm. Der hieß Malik, war etwas jünger als er und sprach kein Wort. Malik schaute nur zu, wenn er zeichnete. Und wenn er Gesichter zu Papier brachte und nicht aufpasste, schnappte Malik sich einen roten Stift und machte damit Striche quer durch sein Werk. Für Oma Luzie hatte er dreimal neu ansetzen und Boris um einen weiteren Zeichenblock bitten müssen. Deshalb zeichnete er Gesichter, die ihm lieb und teuer waren, nur noch hinter geschlossener Tür.

Bei dem blöden Mädchen wäre Malik ihm willkommen gewesen, hätte mit einem blutroten Stift nach Lust und Laune wüten dürfen, den Kiefer brechen, eine blutige Nase machen und einen blutigen Mund, aus dem alle Zähne geschlagen waren. Aber Malik ließ sich nicht blicken. Als das blöde Mädchen fertig war, legte er es zur Seite. Vielleicht kam Malik morgen.

Er überlegte, was er noch tun könnte, um sich nicht in Grübelei und dem diffusen Schuldgefühl zu verlieren, das ihn häufig überkam, seit er begriffen hatte, warum Mama nicht zu Staub zerfallen war. Meist half es, wenn er sich vor Augen hielt, dass er sie trotzdem erlöst hatte. Wenn nicht vom Schattendasein eines Vampirs, dann aber doch von all den Verpflichtungen und Entbehrungen, die es mit sich gebracht hatte, für ihn zu sorgen.

Erlöst vom Leiden einer armen Kreatur, die sich nach Leas Auszug überhaupt nichts mehr leisten konnte und darauf angewiesen war, dass die Frau von der Tafel Obst, Joghurt und andere Sachen brachte und Melanies Mutter im Netto-Markt Sonderangebote für sie kaufte.

Wie hatte Mama geweint und gebettelt, Lea solle doch auch an sie denken. »Lass mich nicht allein, Süße. Überleg mal, was ich alles für dich getan habe.«

Und Lea hatte völlig ungerührt gefragt: »Was denn, Mama? Mir den Fernseher angemacht, damit ich mir Kochshows und Assi-Sendungen ansehe? Ich kann mich nicht erinnern, dass du je etwas getan hast, was für mich von Nutzen gewesen wäre. Und allein bist du doch nicht. David ist noch da und wird bestimmt bis an dein Lebensende bei dir bleiben.« Er war sogar etwas länger geblieben.

Die abweisend kalte Stimme seiner Schwester hallte wie ein Echo in seinem Kopf nach. Gleichzeitig sah er das vom Weinen verquollene Gesicht seiner Mutter vor sich, bis sich die Erinnerung an einen Samstagnachmittag darüberschob, an dem Papa geweint hatte.

Oma Luzie und Jana waren gekommen. Jana war Leas Freundin gewesen, als sie in Papas Nähe gewohnt hatten. An Papa-Wochenenden und in den Ferien kam Jana noch oft, um mit Lea zu spielen. Die beiden Mädchen tobten im Pool. Er saß auf der Schaukel, aber weil sie ihn ständig nass spritzten, wollte er reingehen.

Papa und Oma Luzie saßen im Anbau. Als er nahe genug war, um zu verstehen, worüber sie sprachen, hörte er Papa sagen: »Bei wem soll ich denn weinen, wenn nicht bei dir, Mama? Manchmal denke ich, es hört nie auf. Mein Leben kann ich komplett abschreiben. Und das tut verdammt weh.«

»Ich weiß«, sagte Oma Luzie und reichte Papa ein Taschentuch.

Er machte halt neben der offenen Tür, verhielt sich ganz still und hatte große Angst, weil er dachte, Papa sei krank und habe schlimme Schmerzen.

Papa wischte sich die Tränen ab, putzte sich die Nase und sprach weiter: »Sie ist schlimmer als eine Zecke, saugt mich aus bis auf den letzten Tropfen. Wir sind seit zwei Jahren geschieden. Von meiner Lohnsteuererstattung steht ihr kein Cent mehr zu, das sagt der Anwalt auch. Ich brauche das Geld dringend für einen Satz Reifen. Aber es interessiert sie nicht, wie ich zur Arbeit komme. Sie hat insgesamt über zweitausend Euro im Monat. Mir bleiben nicht mal achthundert. Wofür arbeite ich denn? Ich kann hier nur existieren, weil ich euch habe. Manchmal stelle ich mir vor, dass ich ihr die Gurgel durchschneide oder dass mir jemand den Gefallen tut und das für mich übernimmt.«

»Die halbe Zeit ist doch schon um«, sagte Oma Luzie. »Wenn wir zwei Jahre weiter sind, brauchst du für sie nicht mehr zahlen.«

»Da bin ich mir nicht so sicher, Mama. Ich garantiere dir, sie lässt sich etwas einfallen, um weiter zu kassieren. Und jede Wette, dann bin wieder ich der Böse. Das war ich gestern auch. Sie wartete mit den Kindern schon unten vor dem Haus und fragte, ob ich keinen Funken Anstand mehr im Leib hätte. Sie würde doch nicht für sich betteln, nur für die Kinder. Lea schaute mich an, als hätte ich ein Pferd geschlachtet.«

Oma Luzie legte ihm eine Hand auf den Arm. »Nimm dir doch nicht jede Unverschämtheit von ihr so zu Herzen. Wenn es nur um die Gebühr für den Sportverein geht, übernehme ich das.«

Da lachte Papa so komisch, irgendwie traurig. »Ach, Mama. Sportverein. Mittlerweile bekommt Lea …«

In dem Moment sah Oma Luzie einen Zipfel von ihm, gab Papa ein Zeichen und fragte: »Warum versteckst du dich denn, Schatz? Ärgern die Mädchen dich wieder? Komm her und guck mal, was ich für dich in der Tasche habe.«

Er trat vor. Papa war auf der Stelle still, wischte mit dem Tuch noch einmal über seine Wangen und die Stirn, als hätte er geschwitzt, und wollte wissen, ob er Durst habe. Er schüttelte den Kopf, nahm von Oma Luzie ein goldenes Bonbon entgegen und erklärte, dass er sich umziehen und lieber in seinem Zimmer spielen wollte, weil Lea und Jana ihn nass gespritzt hatten.

Dann ging er in die Küche, machte dort die Flurtür auf und wieder zu, damit sie dachten, er wäre nach oben gegangen. Und dann horchte er weiter, weil er wissen wollte, warum es Papa wehtat, wenn Mama bettelte. Mama sagte nämlich oft, ihr tue es weh, bei Papa um jeden Cent betteln zu müssen.

»Mittlerweile bekommt Lea Reitstunden, Klavierstunden und Ballettunterricht, macht ein Cheerleader-Training, ist im Schwimmverein, und bald kommt noch ein Chor dazu«, zählte Papa auf. »Warum meinst du, muss sie bei mir für die Schule lernen? Bei Tosca kommt sie nicht dazu, die ist jeden Nachmittag mit ihr unterwegs.«

»Das arme Kind«, sagte Oma Luzie.

Aus dem Garten drangen das Platschen aus dem Pool und das Kreischen der Mädchen bis zu ihm in die Küche. Er fand Lea nicht arm. Damals nicht, weil sie zu der Zeit bei Mama alles durfte und ihm sogar das Zeichnen verboten wurde. Jetzt noch weniger. Lea hatte es geschafft, war der Zecke entkommen. Es war nicht um Blut gegangen, nur um Geld. Mit dem Begreifen verschwand das Unbehagen beim Gedanken an Mama. Stattdessen empfand er etwas wie Zufriedenheit, vielleicht sogar Stolz, weil er Papa den Gefallen getan und es übernommen hatte.

## *Der Großvater*

David war bereits zwei Jahre alt und besuchte stundenweise den Kindergarten, als Robin sich das nächste Mal auf dem Privatanschluss in der elterlichen Wohnung meldete. Luzie war nach unten gegangen, um einen Imbiss für Mittag zuzubereiten. Bernd war dabei, den Tisch zu decken, als das Telefon auf der Anrichte klingelte. Robin schien nicht damit gerechnet zu haben, seinen Vater an die Strippe zu bekommen. Er klang erleichtert: »Ich bin's, Papa.«

Als ob Bernd die Stimme nicht sofort erkannt hätte, trotz des bedrückten Tons eines jungen Mannes, der nicht mehr ein noch aus wusste.

Wenn Bernd da an sich in dem Alter dachte, viel Arbeit und immer rundum zufrieden. Übersprang das Glück eine Generation, wie manche Gene es taten? Er bekam all das ab, was seinen Eltern und Großeltern erspart geblieben war.

»Ich wollte nur fragen, ob ich nach der Arbeit kurz vorbeikommen darf. Ich mache auch früher Feierabend, damit ich den Betrieb nicht störe. Aber ich müsste etwas mit euch besprechen. Und am Telefon ist das schlecht.«

»Natürlich darfst du herkommen«, sagte Bernd. »Du kannst auch später kommen, falls du nicht früher Feierabend machen kannst.«

»Doch, das geht schon«, versicherte Robin eilig. »Mein Chef weiß Bescheid. Aber was ist mit Mama? Meinst du, sie wäre ebenfalls einverstanden? Wenn nicht, können wir beide uns auch irgendwo draußen treffen. Es geht nur um das Haus, das gehört dir.«

Das versetzte Bernd einen Stich. »Wenn es um die Überschreibung geht, können wir einen Notartermin machen«, sagte er. »Ich bin es leid, immer wieder daran erinnert zu werden, dass mein Vater dir das Haus versprochen hat.«

»Nein, Papa, es ist nicht, wie du denkst.«

In dem Moment kam Luzie mit einer Salatschüssel und einem Brotkorb zurück, sah ihn mit dem Telefonhörer am Ohr vor der Anrichte stehen und wollte wissen: »Wer ist dran?«

Anrufe auf dem Privatanschluss waren eine Seltenheit.

»Robin fragt, ob er heute vorbeikommen darf«, sagte Bernd.

Luzie stellte mit gesenktem Kopf den Salat und den Brotkorb ab, was Bernd inzwischen gut zu deuten wusste. Sie kämpfte gegen die Tränen. »Dafür muss der Idiot anrufen?«, fragte sie. »Früher ging das ohne Anmeldung.«

»Die Zeiten sind aber schon lange vorbei«, sagte er. »Ich nehme an, du hast nichts dagegen.«

»Nicht, wenn er alleine kommt«, antwortete Luzie.

Robin kam kurz nach fünf, ein bisschen knapp, was den Betrieb im Restaurant anging. Er hatte irgendwo auf der Strecke im Stau gestanden und entschuldigte sich für die Verspätung.

»Kein Problem«, sagte Luzie, die ihm die Tür geöffnet hatte. »Unsere Crew kommt auch mal ohne uns zurecht.«

Bernd hatte Kaffee gemacht und füllte drei Becher. Dass sein Sohn keinen Trauring mehr trug, fiel ihm erst auf, als Robin sich ihm gegenübersetzte und seinen Becher mit beiden Händen umfasste. »Tosca und ich sind übereingekommen, dass es wohl doch besser ist, wenn wir uns trennen«, begann er mit Blick in den Kaffee. »Es ist auch für die Kinder besser so, glaube ich.«

Bernd hatte das Bedürfnis aufzuatmen und dachte: Besser ein Ende mit Schrecken als ein Schrecken ohne Ende.

»Toscas Gefühle für mich sind erloschen«, fuhr Robin fort.

Luzie hatte sich gerade erst hingesetzt und stellte klar: »Sie hatte nie Gefühle für dich. Der Hinweis auf ihren Narzissmus kam doch von dir, also solltest du das wissen. Ich habe mich ebenfalls informiert, nachdem dein Vater mich aufgeklärt hatte.«

»Luzie, bitte«, sagte Bernd, als Robin den Blick hob und seine Mutter mit diesem müden, gequälten Ausdruck anschaute.

»Schon gut, Papa«, sagte er. »Mama macht es richtig, man muss aussprechen, wie einem zumute ist. Wenn ich das frühzeitig getan hätte, wäre uns einiges erspart geblieben. Aber jetzt ist es nicht mehr zu ändern. Tosca wird in den nächsten Tagen vorübergehend zu ihren Eltern ziehen. Das ist natürlich keine Dauerlösung. Das Nebenhaus hat Ulrich anderweitig vermietet, die Wohnung ihrer Schwester ist nicht frei geworden, Carmen und ihr Mann wollten nicht umziehen, weil Ulrich verlangte, dass sie selbst tapezieren. Tosca hat vorgeschlagen, dass ich mir eine kleine Wohnung nehme oder fürs Erste wieder bei euch einziehe und sie mit den Kindern im Haus bleibt, weil es für eine alleinstehende Frau mit zwei kleinen Kindern schwieriger sein dürfte, eine passende Wohnung …«

»Das kommt überhaupt nicht infrage«, schnitt Luzie ihm das Wort ab. »Was bildet dieses Weib sich ein?«

Robin trank einen Schluck, stellte den Becher wieder ab und zuckte bedauernd mit den Achseln. »Es tut mir leid, Mama, das Recht ist auf ihrer Seite. Sie hat bereits eine Anwältin konsultiert. Jeder Familienrichter wird ihr das Wohnrecht zugestehen.«

»Auf welcher Rechtsgrundlage?«, fragte Luzie. »Das Haus gehört deinem Vater. Ihr wohnt dort nicht einmal zur Miete, weil dein Vater ein großzügiger Mensch ist. Aber er ist gegenüber einer Person, die sich von dir trennen will, nicht zur Großzügigkeit verpflichtet.«

Robin versenkte den Blick erneut in seinem Kaffeebecher. Er brauchte ein paar Sekunden, um sich zu sammeln und es auszusprechen. »Tosca glaubt, das Haus würde uns gehören.«

»Für ihren Glauben kann man deinen Vater nicht haftbar machen und zu nichts verpflichten«, sagte Luzie.

Robin hob den Blick wieder und hatte genug Mut beisammen für das Geständnis: »Sie hat es schriftlich, Mama. Sie hat mir keine Ruhe gelassen, wollte unbedingt als Miteigentümerin ins Grundbuch. Da habe ich so einen Wisch aufgesetzt, mit Briefkopf und allem Pipapo. Wie von einem Notar, verstehst du. Darin steht, dass der Eintrag erfolgt ist und wir aus Kostengründen darauf verzichten, eine Abschrift vom Grundbuch anzufordern. Das hat sie geschluckt. Sie ist gerissen, Mama, aber strunzdumm. Sie wusste ja auch, dass ich knapp bei Kasse bin.«

»Und die Anwältin ist ebenfalls strunzdumm?«, fragte Luzie.

»Vielleicht hat Tosca ihr den Schrieb nicht gezeigt«, meinte Robin. »Vielleicht kennt die Anwältin sich mit notariellen Sachen nicht aus. Ich weiß es nicht. Ich kann dir nur sagen, was ich von Tosca gehört habe.«

»Davon würde ich an deiner Stelle nicht einmal zehn Prozent glauben«, sagte Luzie. »Welchen Briefkopf hast du genommen? Gibt es den Notar?«

»Sicher«, erwiderte Robin schuldbewusst. »Sonst hätte sie den Schwindel durchschaut. Sie hat ihn gegoogelt.«

Luzie nickte versonnen. »Gut. Lass sie zu ihren Eltern ziehen und mach dir keine Sorgen. Du machst Folgendes: Lösch den Schrieb von deinem Computer, falls du das noch nicht getan hast.«

»Das habe ich in der Firma aufgesetzt, das ist längst weg.«

»Umso besser«, sagte Luzie. »Dann muss sie nämlich beweisen, dass du das Schreiben aufgesetzt hast, was ihr nicht gelingen wird. Du weißt davon nichts und wärst niemals auf den Gedanken gekommen, so etwas zu fälschen. Warum auch, wo das Haus gar nicht dir gehört? Auf so eine Idee konnte nur jemand kommen, der die Besitzverhältnisse nicht kennt. Schlagen wir sie mit ihren eigenen Waffen. Sie lügt wie gedruckt und kennt keine Skrupel. Ich habe auch keine, wenn es um sie geht. Willst du ihr sagen, dass sie ausziehen muss, oder soll ich das übernehmen?«

»Würdest du das für mich tun?«, fragte Robin.

»Aber sicher.« Das hörte Bernd sie heute noch sagen. Es war der Anfang vom Ende gewesen.

## *Der Spürhund*

Dass der Junge in der Uniklinik der vermisste Lackner-Sohn war, bestätigte sich bereits im Erdgeschoss des Mehrfamilienhauses in Grevenbroich-Gustorf. Links vom Eingang traf Rudolf Grovian nur eine Frau an, die kaum Deutsch sprach. Sie erkannte David auf dem Foto. Etwas über ihn oder seine Mutter erzählen konnte sie mangels Sprachkenntnis jedoch nicht. Und wo er einmal hier war, wollte Grovian so viel wie möglich über David in Erfahrung bringen.

Die beiden schulpflichtigen Kinder der Familie Scherer gegenüber hatten ihn häufig morgens auf dem Parkplatz gesehen, wenn er auf den Schulbus wartete. Und am 15. Juli, das war der erste Ferientag gewesen, war er ihnen am späten Nachmittag wieder mal draußen bei den Mülltonnen aufgefallen.

»Da war er oft«, sagte das ältere Mädchen, Grovian schätzte

es auf zwölf Jahre. »Stand immer da, wenn er etwas weggeworfen hatte, und schaute zur Straße, als ob er auf jemanden wartete.«

Die Mutter, Bärbel Scherer, fand es gruselig, dass zwei Stockwerke über ihr eine Frau umgebracht worden war, ohne dass jemand etwas davon mitbekommen hatte. Ihre unmittelbaren Nachbarn waren ihr auch nicht geheuer.

»Die Söhne dealen«, erklärte sie. »Frau Kersgen hat zweimal Anzeige erstattet, weil ihrer Melanie Pillen angeboten worden waren. Nicht auszudenken, wenn die David angequatscht und ihm was von dem Dreckszeug in die Hand gedrückt haben. Stellen Sie sich vor, er hätte einen Horrortrip gehabt und wäre komplett ausgerastet.«

Das stellte Grovian sich lieber nicht vor. Dissoziative Identitätsstörungen und Missbrauch in der Kindheit gingen oft Hand in Hand. Der empfindsame Teil spaltete sich ab, um es auszuhalten, schuf sich einen Beschützer, der irgendwann zum Rächer wurde. Wenn dann noch Drogenkonsum hinzukam ... Ein guter Ansatz für eine Verteidigung. Aber das zu klären war Aufgabe eines Psychiaters.

Mit Tosca Lackner hatte Bärbel Scherer sich öfter unterhalten. »Seit Lea weg war, kam sie dreimal am Tag runter, um nach der Post zu sehen. Als hätte sie darauf gewartet, dass Lea ihr schreibt. Tut in dem Alter doch keiner mehr. Wenn ihr Kasten leer war, klopfte sie und wollte wissen, ob die Post schon durch wäre. Sie hoffte wohl auf ein Schwätzchen. Aber ich mache Homeoffice, da wird erwartet, dass ich am PC sitze.«

Rudolf Grovian verstand den Wink mit dem Zaunpfahl, bedankte sich für die Auskünfte und stieg ein Stockwerk höher. Rechts öffnete niemand. Das Ehepaar Adoleit war verreist, hörte er links von Ilona Kersgens Tochter Melanie. Sie war vierzehn und beneidete Davids Schwester, die im Februar bei McDonald's einen Spanier kennengelernt hatte und kurz vor Ostern nach Madrid gezogen war. Weit weg von der Mutter. Tosca Lackner bezeichnete sie als geizig und unfreundlich und David als echt süßen Typ.

»Morgens hat er oft oben gewartet, bis ich aus der Wohnung kam, damit wir zusammen die Treppe runtergehen konnten.«

Zuletzt gesehen hatte sie ihn am frühen Abend des 18. Juli draußen bei den Mülltonnen. Wie die Scherer-Kinder hatte sie den Eindruck gehabt, dass er auf jemanden wartete. Als sie vorbeiging, hatte er es plötzlich eilig gehabt, ihr ins Haus zu folgen.

Dass er gefährlich sein sollte, hatte Melanie oft gehört, glaubte es aber nicht. »Frau Adoleit hat sich immer über ihn aufgeregt, weil er ihre Fußmatte nicht aufgehoben hat, wenn er die Treppe putzen musste. Nachdem Lea ausgezogen war, soll er seine Mutter sogar öfter verprügelt haben. Die habe ich aber nie mit einem blauen Auge oder blauen Flecken gesehen. David hatte manchmal welche. Nachdem Lea weg war, hatte er tagelang einen Verband am Arm, der arme Kerl. Wo kann er denn nur sein?«

Dass David nicht vom Großvater abgeholt worden war, wusste inzwischen jeder im Haus. »Vielleicht sollte er alleine zu seinen Großeltern fahren und hat den falschen Bus genommen«, mutmaßte Melanie. »Das traue ich seiner Mutter zu, dass sie ihn alleine losgeschickt hat, weil sie sich noch schick machen wollte. Er konnte das auch, ich habe mal gesehen, wie er am Bahnhof aus dem Linienbus stieg. Nachher hat seine Mutter erzählt, der Schulbus wäre ohne ihn abgefahren. Aber er hatte eine Tüte vom Baumarkt dabei. Wahrscheinlich hatte er für sie was besorgen müssen. Das hätte die nur nie zugegeben.«

»Weißt du noch, wann das war?«

Lange überlegen musste Melanie nicht. »Am Mittwoch vor den Ferien. Da wollte ich mit einer Freundin nach Grevenbroich. Wir standen auf der anderen Seite. Ich hab ihm gewunken, aber er hat mich nicht gesehen.«

Der Mittwoch vor den Ferien war der 10. Juli gewesen, stellte Grovian fest, nachdem er sich von Melanie Kersgen verabschiedet hatte. Mit dem Handy am Ohr stieg er hinauf ins Dachgeschoss. Weil er Klinkhammer nicht ans Telefon bekam, sprach er ihm auf die Mailbox, was er bisher in Erfahrung gebracht hatte, und vergaß auch die Dealer aus dem Erdgeschoss nicht.

Ihm tickte der Missbrauch im Kopf. Wer wusste denn, wie ein psychisch ohnehin beeinträchtigter Junge auf Ecstasy, Crack oder dergleichen reagierte? Es gab Zeugs, das entsetzliche Horrorvisionen verursachte, da hatte Bärbel Scherer völlig recht. Dass der Drogentest im Bergheimer Krankenhaus negativ ausgefallen war, bewies nichts. Manche Drogen waren schon nach wenigen Stunden in Blut und Urin nicht mehr nachweisbar.

Im Dachgeschoss beschlich ihn das sonderbare Gefühl, das ihm noch aus früheren Zeiten vertraut war. Tatortbeklemmung. Wenn man nicht abstumpfte, wurde man sie nicht los. Schnell und mit recht großen Erwartungen wandte er sich der gegenüberliegenden Tür zu. Wo es schon im Erdgeschoss und dem ersten Stock recht informativ gewesen war, konnten die unmittelbaren Nachbarn wahrscheinlich noch einiges mehr erzählen. Er wurde nicht enttäuscht, obwohl er sich mit einem alleinstehenden Mann begnügen musste, der um diese Tageszeit nur ausnahmsweise daheim war.

Sascha Krieger war nach einem kleinen Arbeitsunfall krankgeschrieben. Ernsthaft verletzt war er nicht, und bei zweiunddreißig Grad im Schatten schon am Vormittag ließ es sich mit einem Eiskaffee unter der Markise auf dem Balkon besser aushalten als unter sengender Sonne auf einem Straßenabschnitt mit auszubessernden Schlaglöchern.

Zu dem für eine Mordermittlung wichtigsten Teil, den Grovian aus alter Gewohnheit als Erstes abhakte, konnte Sascha nichts sagen. Er hatte nichts gehört und nichts gesehen, hatte ja nicht mal mitbekommen, dass seit Ostern eine Frau von der Tafel Lebensmittel frei Haus geliefert hatte, weil Tosca zu stolz, zu bequem oder beides gewesen war, um sich wie andere Bedürftige in eine Schlange zu stellen und etwas abzuholen.

Ilona Kersgen hatte das auch erst im Zuge der Ermittlungen erfahren und sich darüber aufgeregt. »Nicht, dass ich ihr abgelaufenen Joghurt und angedetschte Bananen nicht gegönnt hätte, wenn sie darauf angewiesen war. Aber so arm kann sie nicht gewesen sein, wenn es für ein schickes Kleid und die Korsage gereicht hat. Und sich beliefern lassen wie vom Pizzaboten! Was hat die denn geglaubt, wer sie ist?« Die Königin von Saba. So hatte Ilona sie nicht umsonst betitelt und ebenfalls beliefert, was sie vermutlich mehr ärgerte als die verschwiegene Tafel.

Nachdem Sascha sich über den Klatsch und Tratsch im Haus ausgelassen und Rudolf Grovian ein Mineralwasser hingestellt hatte, regte er sich ein wenig auf, weil die Ermittler nur Fragen nach möglichen Anlaufstellen des Jungen gestellt, aber kein Wort über den Kerl verloren hatten, mit dem Tosca angeblich ins verlängerte Wochenende hatte starten wollen.

»Ich bin nicht blöd, Herr Grovian«, sagte Sascha. »Ich kann mir denken, worauf es hinausläuft. Frau Adoleit will einen heiligen Eid leisten, dass David zur fraglichen Zeit in der Wohnung war. Angeblich hat sie in der Nacht zum und am frühen Morgen des 24. Juli noch Wasser im Bad laufen hören.«

»Nur in der Nacht und am Morgen?«, fragte Grovian.

»Tagsüber läuft bei Adoleits entweder das Radio oder der Fernseher. Da kriegen die nicht mal mit, wenn ein Paketbote klingelt.« Sascha nippte an seinem Eiskaffee, und die Art, wie er das tat, zeigte, dass er etwas auf dem Herzen hatte und mit sich kämpfte, ob er es aussprechen sollte. Der Kampf ging zugunsten des Jungen aus. »Sie mögen mich für einen Spinner halten«, setzte er an. »Oder für einen, der zu viele Krimis sieht. Aber als Ilona Kersgen sagte, was sie an dem Freitag noch für Tosca aus dem Netto-Markt mitgebracht hat, wurde mir flau.«

»Warum?«, fragte Grovian.

»Kakao«, sagte Sascha. »Das war für David nicht bloß ein süßes Gesöff, es war eine Erinnerung an seinen Papa. Mit ein paar K.-o.-Tropfen, die bekommt man heutzutage überall, hätte Tosca sich einen schönen Abend mit einem Kerl machen können. Dass sie den Jungen für ein verlängertes Wochenende alleine gelassen hätte, kann ich mir nicht vorstellen. Wenn sie ihn schachmatt gesetzt hat, war er da, hat aber nichts mitbekommen. Dann kam er wieder zu sich und sah die Bescherung. Das muss für den armen Kerl der blanke Horror gewesen sein.«

Dann hätte David die Bescherung aber am Samstag oder Sonntag sehen müssen, meinte Grovian. Und dann wäre er länger unterwegs gewesen als nur den Mittwoch vor dem Brand, wie er bei Rita Voss angegeben hatte. »Haben Sie die Ermittler darauf hingewiesen?«, fragte er.

Sascha schüttelte den Kopf und grinste verschämt. »Die machten nicht den Eindruck, als wollten sie Theorien aus der Nachbarschaft hören. Ich wollte mich nicht auslachen lassen. Im ersten Moment dachte ich ja auch, Tosca hätte den Jungen umgebracht.«

Sascha Krieger ließ nicht den geringsten Zweifel aufkommen, dass er sich wie Grovians Schwiegersohn jederzeit zu Davids Verteidiger aufgeschwungen hätte. Und da er den Jungen von klein auf kannte und miterlebt hatte, was nebenan abging, erfuhr Rudolf Grovian mehr über Davids Kindheit, als er zu hoffen gewagt hätte.

## *Saschas Erinnerungen*

Sascha Krieger ließ nichts aus, weder die mit doppelseitigem Klebeband auf der Wippe befestigten Figürchen noch Davids Wutanfall vor der Haustür, weil er bei Papa bleiben wollte.

In den ersten drei Jahren nach dem Einzug hatten seine Ex-Frau und Tosca unzählige Stunden miteinander verbracht und Canasta gespielt, während Lea in der Schule und David im Kindergarten war. Lea wurde anschließend zu diversen Aktivitäten kutschiert, von denen sie völlig erledigt zurückkam. Oft hatte Sascha dann längst Feierabend und mehr als einmal gesehen, dass Lea auf der Treppe kaum noch ihre Füße hochbekam.

»Sie können sich nicht vorstellen, wie Tosca das Kind gedrillt hat. Dressurreiterin, Primaballerina, Pianistin, Schauspielerin. Lea hatte keinen freien Nachmittag. Wenn man selbst nichts erreicht hat, glänzt man als Mutter halt neben dem Siegertreppchen oder darf mal mit auf den roten Teppich. Zweimal war sie mit Lea bei einer Castingagentur, wollte einen Kinderstar aus ihr machen und war zu Tode betrübt, als nichts daraus wurde. Für Lea hat sie sich zerrissen, David ging ihr am Arsch vorbei. Er hat mal draußen die Schaukel an den Kopf bekommen, hatte einen tüchtigen Riss in der Kopfhaut. Als ich von der Arbeit kam, saß er vor der Haustür und drückte sich ein schmuddeliges Tuch auf die Wunde. Das hatte Gerda Küpper ihm rausgereicht. Die wohnte damals im Erdgeschoss, ist vor drei Jahren verstorben. Für Lea hätte Tosca garantiert den Notarzt gerufen. Für David hatte sie nicht mal ein Pflaster.«

Sascha schüttelte den Kopf, als hätte er den Anblick noch vor Augen. Dann sprach er weiter: »Ich bin mal freitags an einem Ballettstudio vorbeigekommen. Es war Anfang Dezember und saukalt. Der Kleine saß schlafend im Auto, durfte nicht mal bei Minusgraden mit rein und zusehen.«

»Vielleicht hätte er sich gelangweilt oder etwas erzählt, was er nicht erzählen sollte«, startete Grovian einen Annäherungsversuch an den Missbrauch des Jungen.

»Ach was.« Sascha winkte ab. »Lea war die Plaudertasche. David hätte mittanzen wollen. In dem Alter war er ein geselliges Kerlchen, kontaktfreudig und neugierig auf alles, was er nicht kannte. Behindert oder gestört war er auf keinen Fall. Beim Einzug hinkte er seinen Altersgenossen nur sprachlich etwas hinterher, aber nach jedem Wochenende bei Papa hatte er etwas dazugelernt. Oma Luzie spielte Krieg mit ihm, hat er mir erzählt. Anfangs nannte er mich Herr Tiger, weil er das *kr* nicht rausbekam. Er war so stolz, als er mir fehlerfrei erzählen konnte, dass die Krieger in Gräben kriechen, wo Käfer krabbeln. Als sein Vater verschwand, hat er einen Knacks bekommen, von dem er sich nicht mehr richtig erholt hat. Sie kennen sicher den Ausdruck, dass einer die Schotten dicht macht. Das Gefühl hatte ich bei ihm. Und aufgemacht hat er seine Schotten nicht mehr. Aber er blieb freundlich, höflich, ein liebeswerter Junge, der regelrecht auftaute, wenn man ihn ansprach.«

»Sie glauben also nicht, dass David eine Gefahr für andere darstellt«, stellte Grovian fest.

»Nee.« Zur Bekräftigung schüttelte Sascha den Kopf. »Wenn man das in Betracht zieht, muss man ja auch fragen, wieso ein Junge, der jederzeit aus nichtigem Anlass auf seine Mitmenschen losgehen könnte, in der Obhut seiner Mutter bleiben durfte. So einer gehört doch in eine Klinik, wo er therapiert werden kann.«

»Viele psychische Störungen lassen sich medikamentös gut beherrschen«, gab Grovian zu bedenken.

»Ist mir bekannt, Herr Grovian. Dafür muss man die Medikamente aber regelmäßig nehmen, sonst geht's wieder rund. Ein Bekannter von mir hat einen Bruder mit Schizophrenie. Ich weiß nicht, wie oft der schon in der Psychiatrie medikamentös eingestellt wurde. Kaum lassen sie ihn raus, setzt er seine Pillen ab, weil er meint, er wäre nicht er selbst, wenn er sie nimmt. Da rückt die Polizei dann regelmäßig mit zwei Streifenwagen an, und die Sanitäter, die ihn zurück in die Klinik bringen sollen, warten lieber draußen, bis er gebändigt und gut verschnürt ist.«

Sascha trank aus und fuhr fort: »Lea hat mal von Pillen erzählt, die David nehmen müsste, wenn sich ein Anfall ankündigt. Woran ihre Mutter das erkannte, wusste sie nicht. Eine gute Frage wäre auch, wo Tosca die Pillen herbekommen hat. In Gustorf finden Sie keinen Arzt, der solche Kaliber verschreibt. Man wird für jedes Kinkerlitzchen an Fachärzte überwiesen und muss mindestens nach Grevenbroich, meist nach Neuss oder Düsseldorf fahren. Und in der Regel wollen Ärzte den Patienten sehen, nicht die Mutter. Fragen Sie doch mal seine Lehrer, wie oft er in der Schule gefehlt hat und ob die ihn je als gefährlich erlebt haben.«

»Demnach glauben Sie auch nicht, dass David ein Anfallsleiden hat«, meinte Grovian.

»Ich sehe, wir verstehen uns«, erwiderte Sascha. »Ich frage mich eben, was das für Anfälle sein sollen, die nur in der Wohnung auftreten, wenn die Frau Mama in der Nähe ist und ich auf der Arbeit bin. Frau Adoleit hat sich öfter über Krach beschwert, ich hab nie was gehört. Wer sagt uns denn, dass Tosca nicht hin und wieder einen Stuhl umgeworfen und anschließend erzählt hat, David hätte einen Anfall gehabt?«

Grovian lag auf der Zunge, darauf hinzuweisen, dass David sich ebenfalls auf Anfälle berief. Aber wenn er ausplauderte, dass er mit dem Jungen gesprochen hatte, wäre das kaum in Klinkhammers Sinn.

Nachdem Sascha sich den zweiten Eiskaffee genehmigt und ihm ebenfalls einen kredenzt hatte, versuchte Rudolf Grovian sich erneut dem Thema Missbrauch zu nähern, diesmal mit dem Schwerpunkt Lea. Einleitend fragte er unverfänglich nach Robin Lackners Umgang mit den Kindern.

»Ob Sie es glauben oder nicht, den Namen höre ich zum ersten Mal«, bekam er zur Antwort. »Ich kannte den Mann nur als *Toscas Ex* und *mein Papa.* Zuletzt gesehen habe ich ihn vor ziemlich genau acht Jahren. Dass er Knall auf Fall verschwand und zwei am Boden zerstörte Kinder zurückließ, habe ich nicht verstanden. Er machte so einen ruhigen, vernünftigen Eindruck, schien geduldig und verständnisvoll, vor allem bei David.«

Und gerade der Junge hätte seinen Papa gebraucht wie die Luft zum Atmen, meinte Sascha. Für Toscas Affären sei David nur ein lästiges Anhängsel gewesen. Wie viele Liebhaber sie in den ersten drei Jahren nach ihrem Einzug verschlissen hatte, wusste Sascha nicht genau. Mit ihrem damaligen Aussehen hatte sie keine Probleme gehabt, den nächsten aufzugabeln, wenn wieder einer die Kurve gekratzt hatte, was in der Regel nie lange dauerte. Es waren nicht alle bei ihr eingezogen. Die meisten waren abends gekommen, wenn die Kinder in den Betten lagen, oder an Wochenenden, wenn sie beim Vater waren. Da konnte man schwerlich behaupten, Davids Anfälle wären das Problem gewesen.

Was Sascha erzählte, klang nach einer Mutter, der ihr Sohn völlig gleichgültig gewesen war. Grovian begann zu zweifeln, dass er Klinkhammers Hinweis richtig interpretiert hatte.

Am längsten gehalten habe Toscas Affäre mit einem verheirateten Mann, erzählte Sascha. »Das war nichts Festes. Der kam sporadisch wie ein Vertreter oder Freiberufler, der sich die Arbeit einteilen kann, manchmal vormittags, manchmal nachmittags, manchmal abends. In der ersten Zeit tauchte er alle zwei, drei Wochen auf, später vergingen Monate, ehe man ihn wieder mal zu Gesicht bekam. Wann ich ihn zuletzt gesehen habe, könnte ich Ihnen nicht sagen, ist aber einige Jahre her. Lea nannte ihn Heini. Keine Ahnung, ob das abwertend gemeint war oder ob er so hieß.«

Heini hatte einen schwarzen Opel Vectra mit Bergheimer Kennzeichen gefahren. Und Sascha hatte damals mit dem Gedanken gespielt, sich ebenfalls einen Vectra anzuschaffen. Aber sein Versuch, bei der ersten Begegnung auf dem Parkplatz übers Auto mit Heini ins Gespräch zu kommen, war gescheitert.

»Der fragte mich tatsächlich, ob ich als Spitzel für die Schwiegermutter tätig wäre. Dann solle ich der Dame ausrichten, Tosca habe ein Recht darauf, im Privatleben unbehelligt zu bleiben.«

»Wurde sie denn von ihrer Schwiegermutter belästigt oder bedrängt?« Grovian dachte automatisch an eine Mutter, die nicht wahrhaben will, dass ihr Sohn die eigene Tochter missbrauchte.

»Hier nicht«, antwortete Sascha. »Davon hätte ich erfahren. Ich kenne sämtliche Schauergeschichten, die Tosca meiner Frau erzählt hat. Die Schwiegermutter hatte ihre Ehe zerstört und dafür gesorgt, dass der Ex sich aus dem Staub machte. Der sollte etwas verbrochen haben, worüber Tosca nicht reden durfte, um die Zukunft der Kinder nicht zu gefährden. Es war von einer größeren Summe die Rede, eine Abfindung oder Schweigegeld. Die Anwälte sollen monatelang verhandelt haben und waren schließlich bei hunderttausend. Wie viel Tosca tatsächlich bekommen hat, weiß ich nicht. Vorübergehend war sie arm wie eine Kirchenmaus. Großartig geändert hat sich der Zustand nicht mehr. Also gehe ich mal davon aus, dass sie nichts oder nicht viel bekommen hat.«

»Wie hat Lea auf das Verschwinden des Vaters reagiert?«

»Entwickelte sich zur Zicke. Sie hatte plötzlich Freizeit im Überfluss und wusste nichts damit anzufangen. Für Reitstunden und Ballettunterricht war kein Geld mehr da.«

Zum Missbrauch durch den Vater hatte Grovian genug gehört. Er ging nicht davon aus, dass Sascha Krieger ihm zu dem

Thema noch mehr verraten könnte. Und was Leas Umzug nach Madrid anging ... Ende Februar hatte Sascha mitbekommen, wie eine überglücklich wirkende Lea im Treppenhaus telefonierte und sagte, dann müsse sie jetzt aber ganz schnell Spanisch lernen.

»Zu Gesicht bekommen haben Sie den Freund nicht?«

Sascha schüttelte den Kopf. »Lea teilte sich das Zimmer mit David. Wo hätte sie sich hier mit einem Freund aufhalten sollen?«

»Sie hätte sich doch mal abholen lassen können«, meinte Rudolf Grovian. »Andere machen das auch.«

»Herr Grovian«, sagte Sascha im Tonfall eines Lehrers, der einen begriffsstutzigen Schüler vor sich hat. »Die Zustände nebenan können Sie nicht mit anderen vergleichen. Tosca lebte gerne auf großem Fuß. Mit Hartz IV gibt's aber nur kleine Schuhe. Als Lea zu arbeiten anfing, kam wieder mehr Geld rein. Als Lea ging, gingen einige Hundert Euro mit ihr. Wenn Tosca die Chance bekommen hätte, den Freund zu vergraulen, hätte sie die genutzt. Hätten Sie das riskiert an Leas Stelle? Ich nicht.«

»Ich wohl auch nicht«, sagte Rudolf Grovian, bedankte sich für den Eiskaffee und die Auskünfte und verabschiedete sich. Einen weiteren Versuch, Klinkhammer ans Telefon zu bekommen, unternahm er nicht, weil er davon ausging, dass der die Aussagen der Nachbarn inzwischen vorliegen hatte. Und ihn drängte es, sich mit Bernd Lackner über Schweigegeld und Enkelkinder zu unterhalten.

## *Der Großvater*

Wenn Bernd sich an den Abend erinnerte, an dem Robin ihnen das gefälschte Notarschreiben gebeichtet hatte, sah er immer vor sich, wie Luzie ihren Sohn zur Tür begleitete. Wie Robin sie im Flur mit beiden Armen umschlang und sein Gesicht gegen ihren Hals drückte. Seine Stimme schwamm in Tränen, die er nicht fließen lassen wollte, als er stammelte: »Was bin ich froh, dass ich euch nicht verloren habe, Mama. Wenn sie weg ist, mache ich drei Kreuzzeichen.« Und jedes Mal zuckte ihm dann der Gedanke durch den Kopf: Eins für deine Mutter.

Luzie war gleich am nächsten Vormittag zur Gärtnerei gefahren, um Tosca eine Frist für den Auszug zu setzen. Bernd hatte sie sicherheitshalber begleitet. So wie Tosca beim letzten Mal auf den Versuch, sie in die Schranken zu weisen, reagiert hatte, hätten ihn Handgreiflichkeiten nicht verwundert. Außerdem konnte ein Zeuge nicht schaden, auch wenn er parteiisch war. Jetzt ging es schließlich nicht mehr nur um eine Schranke, jetzt wollte Luzie eine Grenze ziehen und den Kindern die Reaktion ihrer Mutter ersparen.

Sie gingen beide davon aus, dass Lea und David vormittags in der Kita wären. Ein Irrtum, David wurde vorerst nur dreimal die Woche nachmittags für jeweils zwei Stunden betreut. Es mochte nicht rechtens sein, den Hausschlüssel zu benutzen, aber dass sie eingelassen worden wären, wenn sie brav geklingelt hätten, war nicht zu erwarten.

Tosca hatte offenbar das Auto vorfahren hören. Kein Wunder, es herrschte nicht viel Verkehr auf der Straße zur Gärtnerei. Wenn man einen Motor hörte, lohnte es sich, aus dem Fenster zu sehen, um gewappnet zu sein. Tosca empfing sie im Flur mit einem feindseligen: »Was wollt ihr? Hier einfach einzudringen ist strafbar.«

Im Wohnzimmer lief der Fernseher, dem Ton nach der Kinderkanal. Bernd hatte unwillkürlich noch einmal vor Augen, wie Lea selbstvergessen auf den Bildschirm gestarrt hatte, um nur ja nichts von dem Schwachsinn zu verpassen.

»Soll ich die Polizei rufen, oder möchtest du das tun?«, fragte Luzie in derart freundlichem Ton, dass sich Bernds Nackenhaare aufrichteten. »Wir sind die Großeltern und haben ein Besuchsrecht. In einem Aufwasch könnten wir klären lassen, warum du die Nachbarn mit deinem Gebrüll in Angst und Schrecken versetzt, von den Kindern ganz zu schweigen. Sind sie da?«

Damit setzte Luzie sich in Bewegung. Der Flur war nur knapp einen Meter zwanzig breit. Tosca stand beim Treppenaufgang und versperrte praktisch den Weg zum Wohnzimmer. Bernd rechnete nicht damit, dass Luzie es dorthin schaffte. Um an Tosca vorbeizukommen, musste sie die erste Treppenstufe nutzen. Das tat sie auch, und Tosca machte keine Anstalten, sie aufzuhalten.

Luzie verschwand durch die Wohnzimmertür aus seinem Blickfeld. Er hörte sie reden. »Hallo, kleiner Mann, wir haben uns so lange nicht gesehen. Jetzt weißt du gar nicht mehr, wer ich bin, nicht wahr? Was hast du denn da für eine hässliche Beule an deinem Köpfchen? Lass mal sehen. Ich tu dir nicht weh.«

»Was wollt ihr?«, wiederholte Tosca.

»Die Besitzverhältnisse klären«, antwortete Bernd, weil Luzie nicht zurückkam, um das zu übernehmen. »Robin hat uns gestern mitgeteilt, dass deine Gefühle für ihn erloschen sind und du ihm den Auszug aus diesem Haus nahegelegt hast. Mit Letzterem bin ich nicht einverstanden. Als mein Sohn wird selbstverständlich er hier wohnen. Das ist mein Haus.«

»Das ist doch gar nicht wahr«, widersprach Tosca. »Das Haus gehört uns, das habe ich schriftlich.«

»Von wem?«, gab Bernd sich erstaunt und wunderte sich, wie gut ihm das gelang. Aber zur Sicherheit rief er doch lieber in Richtung der Wohnzimmertür: »Luzie, hast du gehört, was sie gesagt hat?«

»Habe ich«, sagte Luzie und tauchte mit David auf dem Arm in der Tür auf. »Ich hab's nur nicht verstanden.«

Tosca drehte sich zu ihr um. »Was hast du schriftlich?«, fragte Luzie. »Und was ist mit Davids Köpfchen passiert? Schlägst du ihn? Das sieht aus wie von einem Stock.«

»Er hat sich am Tisch gestoßen.« Tosca wollte Luzie den Jungen abnehmen, was Luzie mit einer Seitwärtsdrehung verhinderte.

»Hast du dich gestoßen, Schätzchen?«, fragte Luzie. »Oder hat Mama dich gehauen?«

»Mama«, sagte David. Da er gleichzeitig die Ärmchen nach Tosca ausstreckte, bedeutete es wohl, dass er zu seiner Mutter wollte. Luzie interpretierte es in ihrem Sinne und kommentierte: »Wie heißt es so schön: Kindermund tut Wahrheit kund. Ich bin gespannt, was das Jugendamt dazu sagt.«

Bis dahin hatte Tosca sich erstaunlich zivilisiert verhalten, vielleicht erst einmal abschätzen wollen, wie die Dinge für sie standen. Nun riss sie Luzie den Jungen aus den Armen und brüllte: »Raus! Das ist mein Haus! Mein Vater hat eine Menge Arbeit reingesteckt. Das lasse ich mir von euch Erbschleichern nicht wegnehmen.«

»Dein Vater hat hier eine Menge Murks gebaut«, korrigierte Luzie. »Und was Erbschleicherei angeht, fass dich an die eigene Nase und komm nicht auf die Idee, deine Wut auf mich an meinem Kind oder an seinen Kindern auszulassen. Du würdest es bitter bereuen.«

Und nur zwei Tage später stand Luzie mit dem Telefonhörer in der Hand vor der Anrichte im Wohnzimmer. Den ungläubig fassungslosen Ausdruck auf ihrem Gesicht sah Bernd heute noch vor sich, dafür musste er nicht mal die Augen schließen. Wie sie den Hörer auflegte, als hielte sie ein rohes Ei mit angeknackster Schale. Wie sie mit tonloser Stimme erklärte: »Das war Robin. Tosca hat ihn eben in der Firma angerufen, um Bescheid zu sagen, dass sie jetzt ein behindertes Kind haben.«

Luzie schüttelte ablehnend den Kopf. »Das kann doch nicht sein. Vorgestern war David in Ordnung, du hast ihn gesehen, er hatte nur diese Beule an der Stirn. Aber er war nicht behindert.«

Sie riss das Schubfach mit den Fotos auf, die seit Jahr und Tag darauf warteten, endlich sortiert und in ein Album eingeklebt zu werden. Die letzten Aufnahmen von den Kindern lagen obenauf. Luzie klatschte sie neben das Telefon auf die Anrichte und fächerte sie auseinander. Das letzte Weihnachten mit der dreijährigen Lea und dem zehn Monate alten David. Sonjas Lebensgefährte Rainer Assmann hatte eine neue Kamera geschenkt bekommen und unentwegt auf den Auslöser gedrückt. Anschließend hatte

Luzie aussuchen dürfen, welche Fotos sie ausgedruckt haben wollte.

Lea schmust mit David.

Bernd spielt mit David Hoppe Reiter.

David krabbelt hinter seiner Schwester her.

David sitzt mit einem Spielzeug in den Händchen auf dem Fußboden und schaut zur Kamera auf.

Luzie füttert David mit Mousse au Chocolat. Und auf jedem dieser Fotos lachte der kleine Mann über sein ganzes Gesicht.

»Sieht so ein behindertes Kind aus?« Luzie klang, als sei sie den Tränen nahe. Bernd rechnete damit, dass sie den Kopf senkte, um die Tränen besser schlucken zu können. Aber sie schob ihn ein wenig in den Nacken, reckte das Kinn vor. Ihr nächster Satz strotzte vor Wut: »Was hat dieses verfluchte Aas dem Jungen angetan? Hat sie ihn die Treppe runtergestoßen oder in den Pool geworfen? Hat sie gedacht, sie kann im Haus bleiben, wenn sie ein behindertes Kind hat? Wenn diese verlogene Schlampe dem Jungen etwas angetan hat, bringe ich sie um. Das kannst du mir glauben. Ich bringe sie eigenhändig um!«

»Vielleicht hatte er eine Hirnblutung«, meinte Bernd. »Manchmal merkt man das erst, wenn es zu spät ist. Es war eine tüchtige Beule. Ein kleines Kind kann nicht sagen, dass es starke Kopfschmerzen hat. Vielleicht wurde er apathisch, ist eingeschlafen und …«

»Quatsch«, fauchte Luzie, schnappte sich den Hausschlüssel, mit dem sie vorgestern zum zweiten Mal eingedrungen waren, und stürmte aus der Wohnung. Bernd beeilte sich, ihr zu folgen. Als er unten ankam, rollte Luzies roter Sportwagen bereits vom Hof. »Jetzt warte doch!«, rief er dem Auto hinterher. Sie konnte ihn nicht gehört, nur gesehen haben, hielt noch mal an und ließ ihn einsteigen.

Im Haus trafen sie niemanden an. Luzie schaute überall nach, sogar im Keller und in den Schränken. In den Kommoden der Kinder und im Kleiderschrank gab es Lücken, als hätte Tosca ihre Sachen gepackt. Als sie wieder ins Freie traten, stand die

Tochter der Erkens vor der Hecke gegenüber. Ein spindeldürres Geschöpf, das mit abfälligem Grinsen erklärte: »Die ist weg, seit gestern, hat das ganze Auto vollgeladen. Der Kleine hat gebrüllt wie am Spieß und blutete, als sie ihn einlud. Hier.« Ramona tippte sich mit einem Finger an die Stirn, als wolle sie Luzie einen Vogel zeigen.

»Da hatte er schon vorgestern eine große Beule«, sagte Luzie. »Schlägt sie ihn?«

»Nee, das macht er selbst«, antwortete das Mädchen. »Der haut sich volle Pulle ins Gesicht oder knallt seinen Kopf wo gegen. Er beißt sich auch richtig fest, bis er blutet. Ich glaube, das macht er, weil sie immer so rumbrüllt und sein Vater, die feige Sau, jedes Mal abhaut. Ich bin schon ein paarmal rein, wenn ein Fenster offen stand, hab den Kleinen verpflastert. Letzte Woche hab ich ihm den grünen Shrek geschenkt. Kennen Sie den?«

Als Luzie den Kopf schüttelte, erklärte Ramona: »Der ist aus 'nem Film, hat Fiona vor dem Drachen gerettet. Ich hab dem Kleinen gesagt, er vertreibt das brüllende Monster. Meinen Sie, er glaubt das? Er hat den Shrek ganz festgehalten. Und das Miststück hat im Wohnzimmer mit ihrer Mutti telefoniert und erzählt, der arme Kleine hätte wieder einen schlimmen Anfall und der Scheißkerl Robin hätte sie wieder mit dem ganzen Stress alleine gelassen. Das ist so ein verlogenes Drecksweib. Die erzählt, ich hätte bei ihr klauen wollen, und hetzt meinem Bruder ständig die Bullen auf den Hals, weil sie sich einbildet, er hätte keinen Führerschein.«

»Das war sehr nett von dir, dass du David getröstet und ihm etwas geschenkt hast, woran er sich festhalten kann«, sagte Luzie.

»Ich bin immer nett«, behauptete Ramona.

Sie gingen davon aus, dass Tosca mit den Kindern zu ihren Eltern gefahren war. Luzie wollte weiter zu Ebels. Das konnte Bernd ihr ausreden. Was hätte es ihnen gebracht? Wahrscheinlich wären sie gar nicht eingelassen worden.

»Lass uns zuerst mit Robin reden«, schlug er vor. »Wenn das

Erken-Mädchen sich das nicht aus den Fingern saugt und David sich selbst verletzt, muss Robin davon wissen.«

»Das hätte er doch längst gesagt«, meinte Luzie.

»Wann denn?«, fragte Bernd. »In den vierzehn Monaten, in denen wir nichts von ihm gehört haben? Oder vorgestern, als er nur das falsche Notarschreiben im Kopf und Angst hatte, dass Tosca ihm daraus einen Strick dreht?«

Robin kam nach Feierabend. Er war wesentlich ruhiger als am Telefon, hatte Zeit gehabt, über Toscas Anruf und ihre Behauptung nachzudenken, und meinte: »David ist nicht behindert. Es geht ihr nur um Geld. Sie hat mir ein Schreiben ihrer Anwältin angekündigt, in dem mir ihre Unterhaltsansprüche mitgeteilt werden. Niemand könnte von ihr verlangen, dass sie für ihren Lebensunterhalt arbeitet, solange sie ein behindertes Kind betreut, sagte sie. Da hätte ich eigentlich sofort schalten müssen, aber ich war wie vor den Kopf geschlagen.«

Dann bestätigte er Ramona Erkens Auskünfte. »Bei uns war die Hölle los. Ich habe nur in der Firma noch irgendwie funktioniert. Auf dem Heimweg dachte ich oft, es wäre besser, den nächsten Brückenpfeiler anzusteuern, als den Kindern eine weitere Szene zuzumuten. Tosca fing schon an zu brüllen, wenn ich zur Tür hereinkam. Einen Vorwand fand sie immer. Mal hatte ich meine Socken in den falschen Wäschekorb gesteckt, mal die Spülmaschine falsch eingeräumt. Sie beschimpfte mich mit Ausdrücken, die … na ja.« Er winkte ab, sprach weiter: »Ich hatte das Notarschreiben aufgesetzt, weil ich dachte, als vermeintliche Miteigentümerin wäre sie endlich zufrieden. Aber danach wurde es noch schlimmer. Sie legte es darauf an, dass ich ihr eine runterhaue. Aber das ist nicht meine Art, ich hab's auch schnell durchschaut. Hätte ich einmal zugeschlagen, hätte sie die Polizei gerufen, ich hätte Hausverbot bekommen und sie mit häuslicher Gewalt einen Scheidungsgrund gehabt. Vermutlich hätte ich mich dann auch den Kindern nicht mehr nähern dürfen. Ich bin lieber zu Leon und Mieke gefahren, wenn sie loslegte.«

Dann hatte Tosca ihre Mutter angerufen und über ihn hergezogen. Lea war schon vorher in ihr Zimmer geflüchtet oder hatte sich hinten beim Gewächshaus versteckt. David war sich selbst überlassen und begann, sein Köpfchen auf den Fußboden, gegen Türkanten, Tischbeine und Treppenstufen zu schlagen oder sich die Ärmchen blutig zu beißen. Ramona Erken war wiederholt in den Anbau eingestiegen und hatte sich um ihn gekümmert. Wenn sie ihn mit nach draußen genommen hatte, musste Robin ihn holen, wenn er zurückkam.

»Ich konnte es kaum glauben«, sagte er. »Die Zecke traute sich nicht, einem elfjährigen Mädchen die Stirn zu bieten. Wahrscheinlich hatte sie Angst vor Siggi. Den hat sie auch auf dem Kieker. Er hat schon ein paarmal angekündigt, dass sie ihr Maul nie wieder aufreißen wird, wenn sie noch mal versucht, ihm was reinzuwürgen.«

Dass Tosca den Jungen schlug, schloss Robin aus. Im Kindergarten hatte man das auch vermutet und ihr nahegelegt, David beim Kinderarzt vorzustellen, sonst müsse man das Jugendamt informieren. Weil eine derart gravierende Verhaltensstörung bei einem so kleinen Kind ungewöhnlich war, hatte der Kinderarzt nicht lange gefackelt und David zur Begutachtung an ein Soziopädagogisches Zentrum weiterverwiesen. Robin hatte Frau und Sohn zum Vorstellungsgespräch begleitet und seine schriftliche Zustimmung für diverse Untersuchungen geben müssen. Was dabei herausgekommen war, wusste er nicht, jedenfalls keine Behinderung, meinte er. »Das hätte Tosca mir garantiert sofort gesagt.«

»Nicht, wenn sie ein bestimmtes Ziel verfolgte«, meinte Luzie. »Sie war überzeugt, dass sie bei einer Trennung im Haus bleiben und mit einem behinderten Kind richtig abkassieren kann. Eine Rechnung haben wir ihr durchkreuzt. Jetzt konzentrieren wir uns auf die zweite. Sie kann keine Behauptung aufstellen, ohne sie zu belegen. Wenn von ärztlicher Seite eine Behinderung festgestellt wurde, muss es ein Gutachten geben. Das willst du sehen, ehe du für sie zahlst. Alles klar?«

»Sei froh, dass du sie los bist«, sagte Bernd. So konnte man sich irren. Eine Zecke wurde man nicht los, wenn sie sich richtig festgebissen hatte. Wie Robin sich am Grab seiner Großmutter vorgestellt hatte: Man musste ein Messer in den Eisblock rammen, den eine Zecke für ihr Herz hielt, und ihr den Kopf abschneiden, damit der nicht stecken blieb, wenn man sie sich aus dem Fleisch drehte.

# TEIL 4

# Der Fall Lackner

*Zuständig:*
*Kriminalhauptstelle Düsseldorf*

## *Falsche Schlüsse*

Beim Leiter der Mordkommission hielt Klinkhammer sich länger auf als ursprünglich beabsichtigt. Konstantin Schaller war Ende vierzig, ein sympathischer, untersetzter Mann mit Halbglatze, der bereits eine Mappe mit Material zusammengestellt hatte. Zeugenaussagen, wobei es im Grunde keine Zeugen gab, nur Leute, die nichts gehört und nichts gesehen hatten, Laborberichte, soweit bereits vorhanden, Fotos natürlich.

Schaller ging davon aus, dass Klinkhammer den Tatort trotzdem sehen wollte. Doch darauf verzichtete er lieber, weil er nicht wusste, wie lange Grovian sich in Gustorf aufhielt, und vermeiden wollte, dass ihre Wege sich dort kreuzten. Daraufhin bot Schaller ihm eine mündliche Zusammenfassung der bisherigen Erkenntnisse.

Für ihn sah es so aus, als hätten sie es mit einer Inszenierung zu tun und sollten glauben, der Täter wäre ein Irrer, der sich für Gabriel Van Helsing hielt. In der Verbunddatenbank ViCLAS hatte Schaller nichts Vergleichbares gefunden.

Dann war das Motiv wohl eher im persönlichen Umfeld des Opfers als außerhalb zu suchen. Wie Klinkhammer befürchtet hatte. Das Umfeld war überschaubar, für Schaller allerdings nicht vollständig. Ein paar Nachbarn, von denen keiner einen Grund für ein Gemetzel gehabt hatte. Das galt auch für die Dealer aus dem Erdgeschoss, bisher hatte man nicht einmal beweisen können, dass sie dealten.

Die Eltern der Toten, ihr Bruder und dessen Familie hatten seit Jahren keinen Kontakt mehr und wasserdichte Alibis. Ulrich und Gerda Ebel kurvten seit Mai mit ihrem Wohnmobil durch Griechenland. Bruder Finn und Schwägerin Nele hatten sich den gesamten Juli und die erste Augustwoche auf Lanzarote gesonnt, ihre Söhne derweil Mallorca unsicher gemacht. Ein langer

Urlaub, fand Klinkhammer. Aber Bruder und Schwägerin konnten sich das leisten. Für die Eltern war es mit dem Wohnmobil nicht so teuer.

»In der vergangenen Woche haben wir ihnen mit der Benachrichtigung den Urlaub versaut«, sagte Schaller. »Es hat eine Weile gedauert, sie zu erreichen. Sie wollten umgehend die Heimreise antreten und sich melden, sobald sie angekommen sind. Besondere Eile legen sie nicht an den Tag. Bisher hat sich auch noch keiner erkundigt, wann die Leiche zur Bestattung freigegeben wird.«

Die im April unbekannt verzogene Tochter war für Schaller ebenfalls außen vor. Obwohl er nicht an einen spanischen Freund glaubte. Angeblich hatte Lea ihren Freund als Gast bei McDonald's kennengelernt. An ihrem Arbeitsplatz hatte sie jedoch niemand je mit einem jungen Mann gesehen, dem sie besondere Aufmerksamkeit geschenkt hätte. Ein Foto vom Freund hatte sie auch nie gezeigt. Was Schaller für eine Achtzehnjährige sehr ungewöhnlich fand.

»Wahrscheinlich hat sie sich irgendwo ein Zimmer genommen und einen neuen Job gesucht«, sagte er. »Abgemeldet hat sie sich nicht, möglicherweise auf Betreiben der Mutter, die bezog Wohngeld. Wenn Leas Auszug amtlich geworden wäre, hätte das eine Kürzung zur Folge gehabt. Einer Kollegin hat Lea anvertraut, für Geld hätte ihre Mutter alles kaputt gemacht. Was mit *alles* gemeint war, wissen wir nicht. Aber es lässt zusammen mit anderen Bemerkungen auf einen tief sitzenden Groll schließen. Nur passt der Groll einer Achtzehnjährigen nicht zu einer wohldurchdachten Vorgehensweise.«

Das sah Klinkhammer genauso. In dem Alter hauten, stachen und traten sie blindwütig drauflos, egal ob Männlein oder Weiblein. Wohldurchdachte Aktionen waren von Achtzehnjährigen kaum zu erwarten. Blieb der fünfzehnjährige Sohn, der für Schaller als Täter erst recht nicht infrage kam, weil er davon ausging, der Junge wäre zur Tatzeit nicht in der Wohnung gewesen. Dass eine Nachbarin eine andere Überzeugung vertrat, erklärte sich für Schaller in der Antipathie der Frau, die keinen Hehl daraus gemacht hatte, dass David Lackner ihr ein Dorn im Auge war.

Mit Ausnahme von dieser Frau Adoleit war der Junge von den Nachbarn als harmlos und freundlich beschrieben worden. Seine Lehrer hatten ihm ebenfalls ein gutes Leumundszeugnis ausgestellt und es der Wachsamkeit seiner Mutter zugeschrieben, dass es auf dem Schulgelände nie zu Zwischenfällen gekommen war. Dass David hin und wieder etwas benommen wirkte, hatte man in Kauf genommen.

Zwei Lehrer hatten Tosca Lackner als überfürsorglich bezeichnet und bedauert, dass sie David keine Teilnahme an mehrtägigen Klassenfahrten gestattet hatte. Deshalb hatte man sie nicht über Unternehmungen während der regulären Schulzeit informiert, wie einen Besuch im Museum oder eine Wanderung. Bei solchen Ausflügen war David stets einer der Zuverlässigen gewesen.

»Der Junge wird bei seiner Schwester sein«, meinte Schaller. »Die musste ja auch vorher das Kindermädchen für ihn spielen. Warum Frau Lackner bei Frau Kersgen behauptet hat, er wäre vom Großvater abgeholt worden ...« Er zuckte mit den Achseln. »Vielleicht war es ihr peinlich einzugestehen, dass ihre Eltern ihn nicht nehmen wollten. Darum gebeten hatte sie in der Vorwoche mit der Begründung, sie müsse für einen Eingriff ins Krankenhaus. Mit der Wahrheit nahm sie es offenbar nicht so genau.«

Schallers Annahme stützte sich auf Schrankfächer, in denen kein einziges Kleidungsstück, nur Davids Schulsachen gelegen hatten, und auf die Aussage des Busfahrers, der David am 12. Juli, dem letzten Schultag, wie üblich vor der Zufahrt zum Parkplatz abgesetzt und gefragt hatte, ob er wieder kalkweiß aus dem Urlaub kommen werde. David hatte geantwortet, dass Mama wegfliegen werde und er seine Schwester besuchen solle.

»Nach dem 18. Juli hat ihn keiner mehr gesehen«, sagte Schaller. »Auch nicht bei den Mülltonnen, die er sonst mehrmals täglich aufsuchte. Was danach an Abfall angefallen ist, lag mit anderem Dreck im Schlafzimmer der Toten. Dort sah es aus wie in einem Saustall. Die restliche Wohnung war sauber, wenn auch nicht klinisch rein. Der Staubsauger stand mit einem frischen Beutel neben der Schlafzimmertür, als hätte jemand saugen wollen und eingesehen, dass es keinen Zweck hatte.«

»Was ist mit DNA?«, fragte Klinkhammer.

Schaller seufzte. »Das Bett und die Leiche wurden mit Chlorreiniger eingesprüht. Von dem Zeug auf dem Fußboden haben wir Mischspuren. Die dürften überwiegend von Obstessern stammen und bringen uns erst weiter, wenn wir einen Verdächtigen haben.«

»Fingerabdrücke?«, fragte Klinkhammer.

»Massig. Aber keine, die wir nicht zuordnen können. Wir haben Vergleichsabdrücke von den Schulsachen und Kosmetika. Die Frau von der Lebensmitteltafel war scheinbar die einzige nicht zum Haushalt gehörende Person, die in der Wohnung mal etwas angefasst hat, was nicht weggewischt wurde. Der Täter hat keine Spuren hinterlassen und Frau Lackners Handy mitgenommen.«

Man konnte davon ausgehen, dass Tosca Lackner mit ihrem Handy all das gemacht hatte, was für die Ermittlungen von Bedeutung war, einschließlich Online-Banking. Ihre Bankverbindung hatten sie vom Amt erfahren, die Handynummer von Ilona Kersgen, per Gerichtsbeschluss über den Provider dann Kontaktdaten und Chatverläufe erhalten, hauptsächlich vom Facebook-Messenger.

»Offenbar war sie seit Jahren auf Partnersuche, konnte sich aber keine kostenpflichtigen Dating-Seiten leisten. Bei Facebook war sie in einigen Gruppen vertreten, hat dort Männer kennengelernt und bis zum Auszug der Tochter auch getroffen. Sechs haben wir anhand ihrer IP-Adressen aufgespürt und abgehakt, alle hatten Alibis für das Wochenende. Nach Ostern gab es einen neuen Kontakt. Der nutzte für Nachrichten freies WLAN und telefonierte mit einem Prepaidhandy.

Das hatte dem achtundsiebzigjährigen, an Demenz erkrankten Jonas Jansen aus Bergheim gehört. Seine Tochter hatte es ihm eingerichtet, damit er sie anrufen konnte, wenn er sich mal wieder verlaufen hatte. Zur Sicherheit hatte sie ihm die PIN zum Entsperren auch noch aufs Handy geklebt. Anfang April hat er es verloren, oder es war ihm gestohlen worden.

»Zu dem Zeitpunkt tauchte Jonas Jansen als Fake-Profil bei Facebook auf«, sagte Schaller. »Er hat ihr per Messenger zwei Nachrichten geschickt, beide aus McDonald's-Restaurants in Köln. Nach der zweiten haben sie häufig telefoniert, zuletzt am 19. Juli, kurz nach einundzwanzig Uhr. Da war das Handy für etwa zwanzig Minuten am Flughafen Köln-Bonn eingeloggt, seitdem ist es tot.«

Abschließend kam Schaller zu dem Punkt, der ihm einiges Kopfzerbrechen verursachte. Sie hatten unter einem Häufchen Wäsche im Kleiderschrank zweihundert Euro gefunden – in Hunderteuroscheinen. Die spuckte kein Bankautomat aus. Das Kleid, in dem die Leiche auf dem Bett präsentiert worden war, hatte knapp dieselbe Summe gekostet und war erst am Vormittag des 19. Juli in Neuss gekauft worden, zusammen mit einer schwarzen Korsage zu etwa hundert Euro, die Tosca unter dem Kleid getragen hatte.

»Damit sind wir bei fünfhundert«, sagte Schaller. »Der Hartz-IV-Satz für den Haushaltsvorstand liegt bei vierhundertzweiunddreißig. In den Läden hat sie bar bezahlt – mit Hunderteuroscheinen. In der heutigen Zeit fällt so was auf, vor allem, wenn die Kundin unfreundlich ist. Woher hatte sie das Geld? Ich kann mir nicht vorstellen, dass der Täter sich im Vorfeld so spendabel gezeigt hat.«

Klinkhammer widersprach nicht. Auf dem Rückweg zu seinem Büro hörte er Grovians Nachricht ab, rief anschließend Grabowski an und forderte von ihm ebenfalls einen Gefallen. Er wollte kein unnötiges Risiko eingehen, sich später nicht vorwerfen lassen, die Ermittlungen im Fall Lackner behindert oder verzögert zu haben, weil er eine Serienmörderin hinter Gitter bringen und den Zeugen nicht herausrücken wollte, sofern der Junge nur ein Zeuge war.

Nachdem Grovian auf die frühere Nachbarschaft mit der Familie Erken gestoßen war und in Gustorf niemand sagen konnte, wann David die Wohnung verlassen hatte, war der Junge lediglich bis zum 18. Juli über jeden Verdacht erhaben. Das schloss Walter Homberg und den ausgebrannten Renault Clio ein, nicht jedoch Kathi Homberg, die möglicherweise noch gelebt hatte, als Ramona Erken am 19. Juli in Olpe Geld und Kontoauszüge zog.

Für Davids bisherige Angaben gab es weder Zeugen noch gerichtsfeste Beweise. Die Ketaminspuren auf seiner Jeans schienen ihn Lügen zu strafen. Danach zu urteilen, musste Ramona ihm außer Limo und Joghurt auch Tee oder Fruchtsaft gegeben haben. Für diese Annahme sprachen auch die Aussagen des Busfahrers und der Nachbarn in Gustorf. Aber wenn David schon am 12. Juli gewusst hatte, dass seine Mutter wegfliegen würde, wusste er vielleicht mehr über den falschen Jonas Jansen. Und Grabowski hatte als leitender Ermittler im Fall Homberg für die Uniklinik gute Argumente, dem Jungen noch einige Fragen zu stellen.

## Grabowski

Unterwegs zerbrach Grabowski sich den Kopf, wie er es anpacken sollte, ohne Ankündigung und Terminvereinbarung mit David reden zu können. Er hatte bewusst darauf verzichtet, sich anzumelden, um nicht abgewimmelt zu werden. Den Psychiater darüber im Unklaren zu lassen, dass es diesmal nicht nur um den Fall Homberg ging, sondern zusätzlich um den Flug der Mutter, schien ihm allerdings nicht ratsam. Wenn er David mit der Entdeckung der Leiche konfrontierte und der Junge daraufhin einen wie auch immer gearteten Anfall bekam, müsste nicht Klinkhammer den Kopf dafür hinhalten.

Die erste Klippe umschiffte er leichter als erwartet. Doktor Füssen musste zu einer Besprechung außer Haus und hatte nicht viel Zeit. Er freute sich, endlich den vollen Namen seines Patienten zu erfahren, sah keine Gefahr für Davids seelisches Gleichgewicht und versäumte es, sich zu erkundigen, zu welchen neuen Erkenntnissen der Junge befragt werden sollte.

»David ist ein ausgeglichener junger Mensch«, versicherte er. »Zufrieden mit allem, was ihm geboten wird. Solch einen Patienten hatten wir bisher noch nie. Eigentlich ist er hier fehl am Platz.« Der letzte Satz war wohl als Hinweis oder Aufforderung an die Staatsanwaltschaft zu verstehen, David woanders unterzubringen.

»Was ist denn mit der dissoziativen Identitätsstörung?«, fragte Grabowski. »Macht ihn das nicht zu einer Gefahr für andere?«

»Nein.« Füssen lächelte gönnerhaft über die Ansicht eines Laien. »Verwechseln Sie das nicht mit Doktor Jekyll und Mister Hyde. Eine posttraumatische Belastungsstörung kann zu einer Identitätskrise mit Gewaltausbrüchen führen. Aber David leidet nicht an PTBS. Er hat in früher Kindheit traumatische Erfahrungen gemacht. Das Verschwinden seines Vaters war mit Sicherheit nicht die erste. An vorangegangene erinnert er sich nicht bewusst, an denen dürfte die Mutter maßgeblich beteiligt gewesen sein.«

»Interessant«, kommentierte Grabowski.

Füssen intensivierte sein Lächeln. »Es sind nicht immer die bösen Männer, Herr Grabowski. Manchmal sind Mütter die schlimmsten Feinde ihrer Kinder. Der David, den ich seit Wochen erlebe, ist ein liebenswerter, intelligenter Junge mit erstaunlichen Talenten. Er bekommt keine Medikamente, hatte bisher weder Krämpfe noch Anzeichen einer Depression, zeigt keine Unruhe, keine Verwirrung, flüchtet sich nur zurück in kindliche Denkmuster und Ausdrucksweisen, wenn er sich überfordert fühlt. Nach dem zu urteilen, was ich bisher von ihm erfahren habe, gab es Abspaltungen mit aggressiven Schüben stets nur in Gegenwart der Mutter. Wir können folglich sicher sein, dass die

Mutter Ursache und Auslöser seiner Anfälle war. Meist erkannte sie wohl auch, wenn sich eine Krise anbahnte, und hat ihn ruhiggestellt.«

»Und woran erkennt man so was?«, fragte Grabowski.

»Wie ich gerade sagte, im Vorfeld kann es zu Krampfanfällen, Stimmungsschwankungen, Verwirrtheit oder Unruhezuständen kommen. Laut seiner Mutter hätte er vor einem Anfall müde gewirkt, um dann plötzlich zu kreischen und zu toben. Da er sich nicht erinnert, kann er nicht sagen, ob das den Tatsachen entspricht. Die Gedächtnisausfälle sind jedenfalls typisch.«

»Und was gibt man da vorbeugend?«, fragte Grabowski.

»Als Notfallmedikament bieten sich Benzodiazepine an, sollten aber nicht regelmäßig verabreicht werden, weil sie schnell abhängig machen. Antidepressiva wären bei starken Stimmungsschwankungen das Mittel erster Wahl. Antiepileptika, sogenannte Mood Stabilizer, wirken auch antidissoziativ. Das könnte zu dem Verdacht geführt haben, er sei Epileptiker. Zuletzt seien keine Pillen mehr da gewesen, sagte er. Sein Blutbild bestätigt das.«

»Dann hätte die Mutter zuletzt eine Abspaltung nicht verhindern können«, rekapitulierte Grabowski.

»Richtig«, bestätigte Füssen.

»Dann ist David jetzt also geheilt«, meinte Grabowski.

Füssen lächelte wieder. »Nein. Bis zur Heilung dürfte noch ein langer Weg vor ihm liegen. Drücken wir es so aus, seit er hier betreut wird, war er nicht mehr krank. Ziehen Sie Ihre Schlüsse und halten Sie ihn von seiner Mutter fern. Sein Vater ist für David immer noch die gottgleiche Figur seiner frühen Kindheit, die Mutter verkörpert das Gegenteil.«

»Dabei hat der Vater ihn ebenfalls verlassen.«

Zur Abwechslung nickte Füssen. »Woran seine Mutter und deren Mutter nicht schuldlos waren. Das weiß er, weil man ihm in der Schule beigebracht hat, seinen eigenen Kopf zu benutzen, und er imstande ist, eigene Schlüsse zu ziehen. In der häuslichen Umgebung wurde das von der Mutter unterbunden. Er durfte nichts alleine unternehmen, hatte keine Freunde, keine

Kontakte außerhalb, nur diese Figürchen, an denen sein Herz hängt.«

»Das klingt für mich ziemlich krank, soweit es die Mutter betrifft«, sagte Grabowski.

»Ist es«, stimmte Füssen ihm zu. »Von seiner Mutter wurde David bewacht, aber nicht gefördert. Seine Freizeit verbrachte er hauptsächlich vor dem Fernseher, aus dem er eine konfuse Allgemeinbildung bezogen hat. Zwischen Fiktion und Realität zu unterscheiden hat er dabei nicht gelernt.«

Grabowski fragte sich, wie Klinkhammer das beurteilen würde. Internetbekanntschaft schön und gut. Aber es wäre auch für einen Fünfzehnjährigen ein nachvollziehbares Motiv, sich von einer Mutter zu befreien, die ihn kleinhalten und sich mit einem Freund absetzen wollte. Also warum noch länger um den heißen Brei schleichen? »Halten Sie David für fähig, seine Mutter getötet zu haben?«

Füssen stutzte und zog eine Augenbraue hoch. Ob er verärgert war oder sich nur überrumpelt fühlte, hätte Grabowski nicht sagen können. »Fragen Sie mich das in zwei Wochen noch einmal. Ich höre gerade zum ersten Mal, dass die Mutter getötet wurde. Das habe ich doch richtig verstanden, oder? Bisher musste ich davon ausgehen, dass sie mit einem Freund weggeflogen ist und David sich selbst überlassen hat.«

»Was aber nicht zu der Mutter passt, die Sie mir gerade geschildert haben«, stellte Grabowski fest.

Füssen zeigte die Andeutung eines Grinsens, was Grabowski als Kompliment des Fachmanns an den Laien wertete. »Dass David es so darstellt, als hätte sie ihn im Stich gelassen, bedeutet nichts anderes, als dass er es so empfindet.«

»So empfindet es der David, mit dem Sie seit Wochen zu tun haben«, korrigierte Grabowski. »Wenn sein zweites Ich nur in der Nähe der Mutter zum Vorschein kam, kennen Sie das doch noch nicht.«

»Und ich hielt Sie für einen Laien.« Füssen schmunzelte. »Wollen Sie ihn zum Tod der Mutter befragen?«

Grabowski nickte. »Auch. Ein Kollege hat mich darum gebeten. Für mich steht der Fall Homberg im Vordergrund und die Frage, wie lange David mit der Täterin unterwegs war. Da beides zeitlich ineinandergreift, dachten wir, ich sollte es übernehmen, weil er mich bereits kennt.«

Füssen nickte versonnen. »Er ist demnach in zwei Mordfälle verwickelt. Gibt es andere Verdächtige?«

»Im Fall Homberg definitiv«, antwortete Grabowski. »Bei seiner Mutter könnte er den Täter kennen. Ich soll behutsam vorgehen.«

»Verstehe«, erwiderte Füssen. »Na, dann gehen Sie mal. Und lassen Sie die Nummer des Kollegen hier, der Sie gebeten hat.«

Damit war Grabowski entlassen. Ihm wäre es lieber gewesen, Füssen hätte darauf bestanden, diese Befragung wie auch die vorherigen in seinem Beisein durchzuführen.

## *Eine üble Geschichte*

Für gewöhnlich hatte Klinkhammer nicht mit nennenswerten Konzentrationsschwierigkeiten zu kämpfen, wenn er sich mit Ermittlungsunterlagen vertraut machte. Nur war dieser Fall für ihn alles andere als gewöhnlich. Dass er nichts von Bedeutung übersah, lag nur daran, dass alles Wesentliche bereits zur Sprache gekommen war und er wusste, wen Konstantin Schaller in Verdacht hatte. Den Mann, der das Handy eines dementen Rentners benutzt hatte, um Tosca Lackner zu ködern.

Er saß an seinem Schreibtisch wie auf einem Nadelkissen, fühlte sich, als hielte er den Schlüssel in der Hand und ließe den sympathischen Schaller vor der verschlossenen Tür schmoren. Wie sollte jemand, der die widerliche Vorgeschichte nicht kannte, auf den Gedanken kommen, dass ein Mann zwölf Jahre nach der Scheidung noch genug Hass im Leib hatte, seine Ex-Frau zu töten und ihre Leiche auf abscheuliche Weise zur Schau zu stellen?

Klinkhammers Begegnung mit Robin Lackner lag acht Jahre zurück. Zu der Zeit hatte er als Leiter Ermittlungsdienst in Bergheim noch eine relativ ruhige Kugel geschoben. Ab und zu auf Bitten von Kollegen seine Kenntnisse in Sachen Täterverhalten, Opferverhalten und Beurteilung der Spurenlage eingebracht und bei der Aufklärung von Fällen geholfen, für die er nicht zuständig war.

Er war auch nicht zuständig bei Kindesmissbrauch. Aber zuerst ging es nur um einen anonymen Anruf. Eine Frau hatte Robin Lackner bezichtigt, sich regelmäßig an seiner Tochter zu vergehen. Lea war damals zehn und sollte ihrer Großmutter erzählt haben, dass sie an Besuchswochenenden und in den Ferien immer in Papas Bett schlafen musste und Papa sie überall anfasste.

Bei einer derartigen, anonymen Anschuldigung, vor allem, wo es um ein Kind aus einer gescheiterten Ehe ging, wollte Klinkhammer sich zuerst einen Eindruck vom Vater verschaffen und in Erfahrung bringen, ob es Probleme mit der Ex-Frau gab, ehe er die Sache weitergab. Er wurde ziemlich unwirsch an der Haustür abgefertigt. Ein Freund von Lackner öffnete und erklärte: »Robin ist bei seiner Mutter, verschonen Sie ihn bloß mit dem Schwachsinn.«

Ehe Klinkhammer fragen konnte, was mit Schwachsinn gemeint war, wurde die Tür wieder geschlossen. Tags darauf fuhr er noch einmal hin. Diesmal war Robin Lackner zu Hause und allein. Er reagierte komisch, als Klinkhammer sich vorstellte und den Grund seines Erscheinens nannte. Eigentlich reagierte er gar nicht. Er entschuldigte sich, er sei gestern bei seiner Mutter gewesen. Sein Freund habe ihm ausgerichtet, es sei jemand von der Polizei gekommen, um mit ihm über Lea zu reden.

Klinkhammer durfte sich im Haus umsehen, Robins Schlafzimmer inspizieren, ebenso die Zimmer der Kinder. Das Bett in Leas Zimmer war nicht bezogen, kein Laken, keine Kissen oder Decken, nur eine mit Märchenfiguren bedruckte rosafarbene Matratze. Als Klinkhammer ihn darauf ansprach, räumte Robin Lackner ein, dass seine Tochter bei ihm schlafe und seine Mutter ihn gewarnt habe. Danach beantwortete er keine weitere Frage mehr, schüttelte nur immerzu den Kopf. Sein Verhalten war Klinkhammer nicht geheuer. Er informierte das Jugendamt in Grevenbroich und bat darum, Lea Lackner von einer Kinderpsychologin befragen zu lassen.

Und fünf Wochen später hörte Klinkhammer von einem Nachbarn, dass Luzie Lackner verstorben war. Einen Tag vor seinem ersten Versuch, mit ihrem Sohn zu reden. Robin Lackner hatte in der Leichenhalle bei seiner Mutter gesessen, als Klinkhammer von einem Freund an der Haustür abgefertigt worden war.

Klinkhammers Nachbar war Stammgast in *Luzies Steakhaus*, hatte wegen einer Reservierung angerufen und von einem Angestellten gehört, die Chefin sei nach einem anonymen Anruf am Telefon zusammengebrochen und ihrem Mann unter den Händen weggestorben, ehe der Notarzt eingetroffen sei. »Sie war so eine tüchtige Frau«, sagte Klinkhammers Nachbar und bezeichnete es als eine Tragödie sondergleichen für die gesamte Familie.

»Grundgütiger«, mehr brachte Klinkhammer in dem Moment nicht über die Lippen. Er fühlte sich so dämlich wie selten zuvor. Der Tod der Mutter erklärte Lackners Apathie, von der er angenommen hatte, es sei die Reaktion eines ertappten Täters. Er rief umgehend das Jugendamt Grevenbroich an und hörte, der Verdacht habe sich als unbegründet erwiesen.

Nach seinem Hinweis hatte eine Mitarbeiterin die Familie aufgesucht und von Leas Mutter gehört, das seien haltlose Anschuldigungen, womöglich Böswilligkeit der anonymen Anruferin. Damit hätte die Sache für das Jugendamt erledigt sein können. Aber danach kam Robin Lackner nicht mehr, um seine Kinder fürs Wochenende abzuholen. Und Lea hörte von einem Vetter, ihr Papa sei ein hundsgemeiner Kinderficker und abgehauen, weil er nicht ins Gefängnis wolle. Den Ausdruck Kinderficker hatte der Vetter auch genauer erläutert. Daraufhin hatte Lea sich in der Schule einer Lehrerin anvertraut und bittere Tränen geweint. Sie wollte schwören, dass Papa nichts Böses getan hatte und bestimmt kein Kinderficker war. Er sollte schnell zurückkommen.

Die Lehrerin informierte das Jugendamt. Lea wurde endlich von einer Psychologin befragt und erklärte, Mama habe verlangt, sie solle Oma Gerda das mit dem Bett erzählen und dass Papa sie überall anfasse. Beides stimmte. Überall angefasst hatte Papa sie, wenn er sie mit Sonnenschutz eincremte. Wobei *überall* das Geschlechtsteil nicht einschloss. Lea hatte immer einen Badeanzug getragen. Und in Papas Bett hatte sie nur geschlafen, um zu verhindern, dass er andere Frauen mit in sein Bett nahm. Bei Mama schliefen oft andere Männer, das passte Lea nicht. Deshalb hatte sie sich nichts Schlimmes dabei gedacht, als sie tat, was Mama ihr aufgetragen hatte. Nach Einschätzung der Psychologin war das Kind glaubwürdig.

Als Klinkhammer sich nun noch einmal meldete, um Robin Lackners seltsame Reaktion mit dem Tod der Mutter nach einem anonymen Anruf zu erklären, fand die Jugendamtsmitarbeiterin, man dürfe das nicht auf sich beruhen lassen. Und wo er schon einmal mit dem fälschlicherweise beschuldigten Vater gesprochen habe, wäre es sinnvoll, wenn er das übernähme, umso mehr, als für die anonyme Anruferin nicht die Polizei Grevenbroich zuständig sei. Vermutlich hatte Oma Gerda zum Telefon gegriffen, um den ehemaligen Schwiegersohn in Misskredit zu bringen. Missbrauchsvorwürfe aus Rachsucht oder Bosheit waren ein durchschlagendes Mittel, um eine Existenz zu ruinieren. Selbst wenn bekannt wurde, dass sie frei erfunden waren, blieb etwas hängen.

Das dürfe für die Verantwortlichen nicht ohne Konsequenzen bleiben, meinte die Mitarbeiterin des Jugendamtes. Klinkhammer sah das genauso und fuhr noch einmal zu dem großen Anwesen nach Sindorf, um Robin Lackner mit Verspätung sein Mitgefühl zum Verlust der Mutter auszusprechen, ihm den Wunsch seiner Tochter auszurichten und ihm dringend zu raten, Anzeige wegen Verleumdung gegen seine ehemalige Schwiegermutter sowie seine geschiedene Frau zu erstatten und das alleinige Sorgerecht zu beantragen, das er nach Lage der Dinge wohl bekommen hätte.

Aber er traf Robin Lackner nicht mehr an. Zwei Männer waren dabei, die Einrichtung der Kinderzimmer in einen Kleintransporter zu laden. Beaufsichtigt wurden sie von Sonja Lackner, die ihm erklärte: »Sie kommen zu spät. Mein Bruder schlägt Wurzeln im Schwarzwald, dort hat es ihm schon als Kind gut gefallen. Wenn Sie noch jemanden zur Sache befragen müssen, halten Sie sich an Robins Ex-Frau. Ehe es mit den Verleumdungen losging, hat sie meinem Bruder erklärt, dass sie sich von ihm und unserer Mutter nicht kaputt machen lässt, was sie sich mit David aufgebaut hat. Jetzt zählen Sie bitte zwei und zwei zusammen und sehen nach, was unterm Strich herauskommt.«

Klinkhammer fühlte sich wie ein gescholtener Schuljunge, der nicht für die Mathestunde gelernt hat, als Sonja Lackner ihn mit Blick auf den Kleintransporter abservierte: »Jetzt entschuldigen Sie mich. Ich muss das Haus für meinen Vater herrichten, sonst kann ich in Kürze die nächste Beerdigung ausrichten. Tosca hat nicht nur das Leben meines Bruders zerstört, auch das meiner Eltern. Und ich hoffe inständig, dass sie irgendwann die Quittung bekommt.«

Damit hatte sie ihn auf der Straße stehen lassen. Klinkhammer hatte sich nicht mehr erkundigen können, wer David war.

Nun, wo Tosca Lackner mit acht Jahren Verspätung die Quittung bekommen hatte, musste er sich zwangsläufig fragen, ob Robin Lackner zu den Leuten gehörte, die jahrelang versuchten Abstand zu gewinnen und irgendwann merkten, dass ihnen das nie gelingen würde, solange noch eine große Rechnung offen war.

Der Mann müsse damals eine mordsmäßige Wut im Leib gehabt haben, meinte er. Durch den erneuten Kontakt zur Tochter mochte diese Wut wieder richtig in ihm hochgekocht sein. Klinkhammer war sicher, dass es sich bei Leas spanischem Freund, den niemand zu Gesicht bekommen hatte, um Leas Vater handelte. Aus heutiger Sicht lag die Vermutung nahe, dass Robin Lackner sich damals nicht in den Schwarzwald abgesetzt hatte oder dort nicht lange geblieben war, sondern sich eine neue

Heimat gesucht hatte, wo er vor Strafverfolgung sicherer war als in Deutschland.

In den vergangenen Jahren mochte Lackner sich tausendmal gefragt haben, wie seine Tochter die traumatische Erfahrung verarbeitet hatte, dass er verschwunden war, nachdem sie ihm auf Betreiben ihrer Mutter und Großmutter diesen Stempel aufgedrückt hatte.

Kinderficker. Das war mehr als übel.

Dass Lea es nicht vergessen hatte, bezeugten die Bemerkungen, die sie am Arbeitsplatz über ihre Mutter gemacht hatte. Mit zehn Jahren war sie alt genug gewesen, um sich bis an ihr Lebensende daran zu erinnern, was ihre Mutter alles kaputt gemacht hatte.

## *Kopfzerbrechen*

Auf der Suche nach versteckten Hinweisen überflog Klinkhammer zuerst die Angaben von Leas Kollegen, aber daraus ging nichts hervor, was er nicht bereits von Schaller gehört hatte.

Anschließend nahm er sich die beiden Messenger-Nachrichten vor. Die erste lautete: »Hallo, Schönheit, vor Wochen wurde ich auf deine Seite aufmerksam, habe es aber nicht gewagt, dir sofort zu schreiben. Ich bin nur ein Mann wie zigtausend andere, die nicht nach den Sternen greifen sollten. Und du strahlst etwas aus, das mich tief im Innern berührt. Wenn das schon beim Betrachten deines Fotos geschieht, wie muss es dann sein, wenn ich dir leibhaftig gegenüberstehe? Ich kann mich kaum noch auf die Anforderungen konzentrieren, die der Job an mich stellt, weil ich mir tagsüber vorstellen muss, dich zu lieben. Nachts träume ich davon, dir die Welt zu Füßen zu legen, dann wache ich auf und weiß, die Welt wäre nicht genug. Für einen Stern muss es das Universum sein.«

Ziemlich dick aufgetragen, fand Klinkhammer. Tosca Lackner

war von diesem Tenor offenbar beeindruckt gewesen und hatte umgehend wissen wollen, wer sie so toll fand. Das Fake-Profil gab wegen der Kürze der Zeit nicht viel her.

Das erklärte der vermeintliche Jonas Jansen mit seinen beruflichen Aktivitäten, die ihm bisher keine Zeit für soziale Medien gelassen hatten. Dabei wäre das eine großartige Sache, weil Entfernungen keine Rolle spielten und man vom anderen Ende der Welt miteinander kommunizieren könne, meinte er. Angeblich war er für einen Sportgerätehersteller in den Arabischen Emiraten tätig und beriet Scheichs bei der Einrichtung ihrer Studios.

Dazu passte ein Foto, das mit der Nachricht geschickt worden war. Es zeigte ein knackiges Kerlchen im sportiven Dress, dem die Fitness ins männlich kantige Gesicht gemeißelt war. Schätzungsweise Mitte bis Ende dreißig. Waschbrettbauch, Bizeps wie Cassius Clay zu seinen Glanzzeiten, der gesamte Oberkörper bestand aus klar definierten Muskeln, die Beine ebenso. Der Mann auf dem Foto betrieb auf YouTube einen Blog als Fitnesstrainer. Schallers Leute hatten das schnell herausgefunden.

Die meiste Zeit hielt er sich in Dubai auf, behauptete er. Nach Deutschland kam er nur alle zwei, drei Wochen. Nicht die besten Voraussetzungen für eine dauerhafte Beziehung, wie er sehr wohl wusste. Er sehnte sich nach einer Partnerin, die Verständnis dafür zeigte, dass er sie oft alleine lassen musste. Sie sollte charmant, kultiviert, gebildet und in der Lage sein, ihm in der Heimat ein Heim zu schaffen, in dem er sich wohlfühlte, was er bei Tosca voraussetzte. Ihre Posts hatten ihm das verraten.

Ein widersprüchlicher Auftakt, fand Klinkhammer. Der Mann gab zu verstehen, dass es ihm an Geld nicht mangelte. Scheichs standen gemeinhin für unermesslichen Reichtum, wer ihre Wünsche erfüllte, bekam wahrscheinlich etwas davon ab. Aber umgarnte man eine Frau und erklärte ihr gleichzeitig, sie wäre oft allein?

War Tosca Lackner gerne allein gewesen? Hatte sie einen Partner gesucht oder einen Versorger, der ihr die Welt zu Füßen legte beziehungsweise Hunderteuroscheine springen ließ, damit sie sich fürs erste Date in Schale werfen konnte? Dafür musste es nicht unbedingt schon vorher ein Treffen gegeben haben. Geld konnte man überweisen oder per Post schicken. Hunderteuroscheine in einem schlichten Kuvert. Erklärten sich damit ihre häufigen Kontrollen des Briefkastens und der Nachfragen bei Bärbel Scherer, ob die Post schon durch war?

Mit seinem Vorsprung an Wissen sah Klinkhammer einiges anders als Schaller. Robin Lackner hätte mit Sicherheit gewusst, dass Tosca lieber in einem Palast oder wenigstens in einer Villa gelebt hätte statt von Hartz IV in einer Mietwohnung. Und dann wären die beiden Nachrichten exakt der richtige Auftakt gewesen.

In der zweiten hatte er die Seele seines Opfers weiter mit reichlich Süßholz paniert, die Nummer des Handys preisgegeben und einen Wochenendtrip in *Tausendundeine Nacht* in Aussicht gestellt. »Ich würde dir gerne zeigen, wo ich arbeite. Damit du jederzeit weißt, wo deine Gedanken mich erreichen.«

Darauf folgten weitere Fotos. Das knackige Kerlchen vor dem Burj Khalifa, vor dem Aquarium in der Dubai Mall, vor dem Burj al Arab, neben einem Araber mit zwei Kamelen in der Wüste und neben einem Geländewagen im Gegenwert eines Hauses. Gut gemachte Fotomontagen, das Gesicht des Fitnesstrainers auf einen Körper in sportlicher Alltagskleidung gesetzt. Was für einen IT-Fachmann kein Problem gewesen sein dürfte. Robin Lackner hatte sich viel Mühe gegeben, einiges an Zeit investiert und etwas Geld springen lassen, um seine Ex-Frau in Sicherheit und rosa Träumen zu wiegen und das Schlachtfest vorzubereiten.

Wie Schaller gesagt hatte, glich das Schlafzimmer einem Saustall. Der Menge an fauligen Obstresten und matschigen Salatblättern nach zu schließen, musste Lackner sich zuvor an einer Biotonne eingedeckt haben. Und was die Leiche anging … Klinkhammer hatte schon einige Scheußlichkeiten gesehen. Und die Detailaufnahmen waren widerlich, aber notwendig. Eine Aufnahme des gesamten von Maden wimmelnden, aufgedunsenen

Körpers mit dem Kopf in einer Armbeuge und dem Holzpflock in der Brust hätte für sein Empfinden nicht sein müssen, war wohl auch nur gemacht worden, damit man einen Gesamteindruck bekam.

Dem Madenbefall und dem Zustand der inneren Organe nach zu urteilen, war Tosca Lackner sehr wahrscheinlich in der Nacht zum 20. Juli getötet worden. Die Nachbarin, der sie am frühen Abend des 19. Juli die Kleidungsstücke gezeigt hatte, in denen sie auf dem Bett lag, war – abgesehen vom Mörder – die Letzte, die sie lebend und voller Vorfreude gesehen hatte.

Bei dem Anruf kurz nach einundzwanzig Uhr vom Flughafen Köln-Bonn war ihr vermutlich glaubhaft vorgegaukelt worden, der Flieger hätte Verspätung. Wer beabsichtigte, in einem Mehrparteienhaus eine Frau zu töten, wartete sicherheitshalber, bis alle Nachbarn schliefen.

Todesursächlich war ein Stich in die linke Herzkammer, der einen schnellen und lautlosen Tod garantiert hatte. Für das anschließende Gemetzel gab es erstaunlich wenig Blutspuren auf dem Kleid und dem Laken. Demnach musste die Tatwaffe in der Wunde verblieben sein, bis der Kreislauf vollständig zum Erliegen gekommen war. Der Kopf war post mortem vom Rumpf getrennt und in den bereits vorhandenen Stichkanal mittels eines Hammers ein angespitztes Rundholz von vier Zentimeter Durchmesser in den Oberkörper getrieben worden, was Aussagen zum Messer erschwerte. Möglicherweise ein handelsübliches Küchenmesser mit etwa achtundzwanzig Zentimeter langer Klinge. So tief war der Pflock nicht eingedrungen. Nach einem passenden Hammer hatte man in der Wohnung ebenso vergebens gesucht wie nach dem Messer. Der Täter musste beides mitgenommen haben.

Wenn am frühen Morgen des 24. Juli in der Dachgeschosswohnung tatsächlich noch Wasser gerauscht hatte, müsste Robin Lackner nach dem Mord entweder ein paar Tage geblieben oder noch einmal zurückgekommen sein. Beides hielt Klinkhammer für unwahrscheinlich. Er nahm an, dass Frau Adoleit sich geirrt oder in Unkenntnis der Vorgeschichte eine Behauptung in die Welt gesetzt hatte, um den ihr suspekten Jungen in Verdacht zu bringen.

Mit den vorliegenden Fakten und den Informationen, die er von Grovian bekommen hatte, ging Klinkhammer davon aus, dass Robin Lackner seinen Sohn eingespannt hatte, um Besorgungen zu machen. Dafür sprach die Tüte vom Baumarkt, mit der David am 10. Juli aus dem Linienbus gestiegen war. Aber dass Lackner den Jungen in der Nähe hätte haben wollen, wenn er zur Tat schritt, war unwahrscheinlich. Vermutlich hatte David am 12. Juli beim Schulbusfahrer nur weitergegeben, was ihm zuvor erzählt worden war. Dass er gewusst haben sollte, was seiner Mutter bevorstand, zog Klinkhammer nicht in Betracht.

Hatte Robin Lackner selbst Kontakt zu seinem Sohn aufgenommen, um David zu instruieren? Unwahrscheinlich. Nach acht Jahren, in denen er nichts vom Vater gehört und gesehen hatte, hätte David sich anschließend kaum unauffällig verhalten können. Es der Tochter zu überlassen wäre für Lackner ohne Risiko gewesen.

Nach dem 18. Juli war David nicht mehr gesehen worden. Aber dass er am Vormittag des 19. abgeholt worden war, wie seine Mutter bei Ilona Kersgen behauptet hatte, konnte man ausschließen. Auch wenn Lea ihn geholt hätte, wäre er Ramona Erken nicht begegnet. War ihm nur ein Ziel oder Treffpunkt genannt worden, und er hatte sich alleine auf den Weg gemacht, nachdem seine Mutter aufgebrochen war, um sich fürs erste Rendezvous einzukleiden? Hatte Robin Lackner die Fähigkeiten seines Sohnes überschätzt? Eine Busfahrt von Grevenbroich nach Gustorf war nicht zu vergleichen mit einer längeren Tour über Land. Warum hatte er dem Jungen kein Taxi spendiert? Dann wäre David kaum in der Aushubdeponie gelandet.

Fragen über Fragen, und vermutlich konnte der Junge einen Großteil davon beantworten. Er hatte Grabowski doch nicht losgeschickt, um sich einen Knoten ins Hirn zu machen. Als ihm das bewusst wurde, griff Klinkhammer zum Telefon und rief Grovian an.

Der meldete sich über die Freisprechanlage im Auto mit dem Hinweis: »Ich bin unterwegs nach Sindorf, Arno.«

»Dachte ich mir«, sagte Klinkhammer.

»Hast du den Leiter der Mordkommission informiert?«

»Noch nicht.« Diesmal nahm Klinkhammer sich Zeit für die üble Geschichte. Ihm brummte der Schädel davon, es auszusprechen half irgendwie. Danach schilderte er den Stand der Ermittlungen und die Präsentation der Leiche. Er schloss mit der Erklärung: »Ehe ich Schaller mit der Nase auf Robin Lackner stoße und die Hetzjagd auf einen Mann eröffne, dessen Existenz schon einmal ruiniert wurde, will ich wissen, wie der Junge sich zum Tod seiner Mutter äußert. Grabowski nimmt ihn sich noch mal vor. Hast du in Gustorf noch etwas von Bedeutung erfahren?«

»Allerdings«, sagte Grovian. »Gab es in der Wohnung Kakao?«

Klinkhammer blätterte durch, bis zu den detaillierten Berichten der Spurensicherung war er noch nicht vorgedrungen. »Zwei Tetra Paks zu je ein Liter im Abfalleimer der Küche.« Der außerdem eine leere Dose Erbsensuppe, eine leere Dose Heringsfilet in Tomatensoße, eine leere Brottüte, einen ebenfalls leeren Gefrierbeutel, drei Teebeutel, drei Kaffeefilter und die Verpackung eines Schokoriegels enthalten hatte, wie er der Auflistung entnahm.

»Lass die Tetra Paks auf Drogen untersuchen, wenn das noch nicht gemacht wurde«, verlangte Grovian. Zwei Liter Kakao, das war eine Menge, damit bekam Sascha Kriegers Vermutung ein anderes Gewicht. »Möglicherweise wurde David von seiner Mutter außer Gefecht gesetzt, weil sie ihn nicht aus der Wohnung bekam, unter diesen Voraussetzungen nicht für mehrere Tage verreisen, aber ungestört sein wollte. Was bedeuten würde, er hat nichts mitbekommen und dürfte die Wohnung unter Schock stehend verlassen haben, als er zu sich kam und die Bescherung sah.«

»Dann müsste sie ihn noch Tage nach ihrem Tod betäubt haben und geht bestimmt als weiblicher Störtebeker in die Geschichte ein«, kommentierte Klinkhammer. »Sie wurde sehr wahrscheinlich in der Nacht zum 20. Juli getötet. Entweder hat David die

Wohnung am 19. Juli verlassen oder am frühen Morgen des 24. Such dir was aus.«

»Was er bei Rita Voss geschildert hat, spricht für den 24.«, erwiderte Grovian und wechselte das Thema. »Es war damals die Rede von Schweigegeld. Hunderttausend sollen im Gespräch gewesen sein. Für die Summe dürfte Tosca Lackner sich große Mühe gegeben haben, ihre Tochter für einen Widerruf zu präparieren. Ob sie tatsächlich so viel bekommen hat, weiß ich nicht, aber das lässt sich bestimmt in Erfahrung bringen. David wurde übrigens nicht missbraucht, er hatte erst …«

Einen Knacks bekommen, als sein Vater untertauchte, wollte er sagen, kam jedoch nicht dazu, weil Klinkhammer protestierte: »Das habe ich auch nicht behauptet. Seine Mutter hat ihn für irgendwas benutzt, sich etwas mit ihm aufgebaut, was sie sich von seinem Vater und der Schwiegermutter nicht kaputt machen lassen wollte.«

»Was kann man sich denn mit einem Jungen im Grundschulalter aufbauen?« fragte Grovian.

»Keine Ahnung, Rudi. Ich dachte, du hättest in Gustorf Näheres erfahren. Ich habe es damals nur von Lackners Schwester gehört.«

Und Äußerungen von nahen Angehörigen sollte man kritisch hinterfragen, umso mehr bei solch einem Hintergrund, das musste Klinkhammer nicht betonen. Stattdessen sagte er: »Strafrechtlich relevant kann es nicht gewesen sein, sonst hätten Lackner oder seine Mutter wohl die Polizei eingeschaltet.«

»Nicht, wenn Tosca sie mit dem Missbrauch der Tochter in der Hand hatte. Weiß die Düsseldorfer Kripo davon?«

»Nein. Sie tappen noch im Dunkeln.«

»Dann mach ihnen endlich das Licht an«, verlangte Grovian. »Ich melde mich, wenn ich mehr weiß. Der Opa wird am besten wissen, wie viel er hat springen lassen, um der Schwiegertochter das Maul zu stopfen und seinen Sohn vor Strafverfolgung zu schützen.«

Für die Fahrten zum Friedhof hatte Bernd sich vor einigen Jahren einen gebrauchten Pritschenwagen angeschafft und zu viel dafür bezahlt. Aber es war fast dasselbe Modell wie die alte Kiste, in der er Luzie damals zum Kino kutschiert hatte. Das war ihm den Preis wert gewesen. Als er heimkam und Grovians Auto vor seinem Grundstück stehen sah, fühlte er sich, von etwas Glas und altem Blech umschlossen, relativ ruhig und gewappnet, fast so, als säße Luzie neben ihm.

Während er in die Einfahrt steuerte, stieg Rudolf Grovian aus und kam heran. Bernd ließ sich Zeit, kletterte vom Führerhaus auf die offene Ladefläche. »Ich wusste, dass Sie wiederkommen«, sagte er, als Grovian nahe genug war, um ihn zu verstehen. »Ich habe Sie schon früher erwartet. Sie haben lange gebraucht, ehe Sie mir mit den Erkens auf die Schliche gekommen sind. Hätte ich nicht gedacht bei einem pensionierten Kriminalhauptkommissar.«

»Es geht nicht um Familie Erken«, erwiderte Grovian.

»Ich weiß.« Bernd reichte ihm kurzerhand einen noch gut zur Hälfte gefüllten Fünfzig-Liter-Sack mit Friedhofserde herunter. »Es geht um David. Aber ich muss Sie erneut enttäuschen. Er war nicht hier.« Beim letzten Satz streifte ihn der Hauch eines schlechten Gewissens. Er war ja die meiste Zeit auch nicht hier gewesen. Womöglich hatte der Junge hergefunden und stundenlang auf ihn gewartet, sich auf die Stufe vor der Haustür gesetzt oder vor den Anbau. Oder hinten vors kleine Gewächshaus.

Robin hatte mal gesagt: »Das ist immer sein erster Weg. Kaum habe ich das Auto angehalten, flitzt er raus und schaut nach, ob es Tomaten zum Abendbrot gibt.«

Tomaten. Auf Brot mochte Bernd sie auch sehr gerne. Schon komisch die Sache mit der Vererbung.

»David konnte nicht herkommen, Herr Lackner«, sagte Grovian, griff zu und stellte den Sack ab. »Er wurde in die Uniklinik Köln überwiesen, Abteilung Kinder- und Jugendpsychiatrie. Wenn

Sie ihn dort besuchen möchten, ich bin sicher, dass sich das arrangieren lässt. Es ist zwar eine geschlossene Abteilung, aber als sein Großvater …« Weiter kam er nicht.

»Bemühen Sie sich nicht. Ich möchte ihn nicht besuchen. Obwohl ich einer Konfrontation auf Dauer wahrscheinlich nicht ausweichen kann. Irgendwann holt es einen ein. Aber das muss nicht morgen sein und auch nicht nächste Woche.«

»Was holt Sie ein?«, fragte Grovian.

Bernd bückte sich, sammelte kleinere Werkzeuge in einem Kübel und zog eine Plane darüber. Im Aufrichten zuckte er mit den Achseln, schaute von der Ladefläche auf Grovian hinunter und wirkte dabei größer, als er jemals gewesen war.

»Das Schicksal«, sagte er. »Die Vergangenheit, sämtliche Fehler, die man gemacht hat. Bei mir kommt einiges zusammen. Mein größter Fehler war zuzulassen, dass mein Sohn zu einem anständigen Menschen erzogen wurde. Hätte ich mir nicht träumen lassen, dass ich mir deswegen eines Tages bittere Vorwürfe machen muss. Aber es ist so, Herr Grovian. Schweine bringen es im Leben weiter. Ich könnte mir gut vorstellen, dass ein besonders rücksichtsloses Schwein zurzeit in Hollywood Filmproduzenten bezirzt, um das Töchterlein zum Star zu machen. Ebenso denkbar ist, dass besagte Sau sich die Sonne auf den Wanst scheinen lässt, während die Tochter in den Wellen planscht und mit einem reichen Sack flirtet. Das war die größte Sorge meines Sohnes, dass seine Tochter in die Fußstapfen ihrer Mutter tritt.«

Bernd machte Anstalten, von der Ladefläche zu steigen. Grovian streckte ihm die Hand entgegen, um ihm zu helfen. Die Geste wurde ignoriert. Mit einer Gewandtheit, die Grovian ihm nicht zugetraut hätte, sprang Bernd herunter und kam federnd auf.

»Wenn das so ist«, sagte Grovian, »gehe ich davon aus, dass mit dem Schwein Davids Mutter gemeint ist.«

Bernd nickte nur, hob den Sack Erde hoch, als wären gute fünfundzwanzig, eher wohl dreißig Kilo nicht schwerer als ein Federkissen, und marschierte damit zum Gewächshaus.

Grovian folgte ihm, bemühte sich, Schritt zu halten, und erklärte dabei: »Da befinden Sie sich im Irrtum, Herr Lackner. Mit wem Ihre Enkelin derzeit flirtet, kann ich Ihnen nicht sagen. Aber Ihre ehemalige Schwiegertochter liegt nicht in der Sonne, sondern in einem Kühlfach der Rechtsmedizin Düsseldorf.«

Bernd hatte schon beim *Irrtum* haltgemacht und sich zu ihm umgedreht. Nun vergewisserte er sich ungläubig: »Sie ist tot? Aber neulich sagten Sie doch …«

»Neulich wusste ich nur, was Ihr Enkel zum Verbleib seiner Mutter von sich gegeben hatte«, unterbrach Grovian ihn. »Heute habe ich erfahren, dass sie auf bestialische Weise umgebracht wurde.«

Bernd gab einen Laut von sich wie ein nur halb unterdrücktes, ungläubiges Lachen, es konnte ebenso gut ein Ausdruck seiner Verblüffung sein. »Erwarten Sie nicht, dass ich vor Trauer zusammenbreche«, sagte er nach ein paar Sekunden, in denen er die Nachricht verinnerlichte. »Da sollte man fast glauben, dass es eine überirdische Gerechtigkeit gibt. Kein irdischer Richter hätte sie für das verurteilt, was sie angerichtet hat. Wahrscheinlich hätte man uns noch eine Mitschuld gegeben, weil wir ihr den kleinen Finger gereicht hatten. Woher hätten wir wissen sollen, was sie vom Leben erwartete? Ich wusste das erst, als ich ohne Arme dastand.«

Was er darauf antworten sollte, wusste Grovian nicht.

Nach einem tiefen Atemzug fragte Bernd: »Hat der Junge sie aus der Welt geschafft? Ist er deshalb in der Psychiatrie? Vielleicht sollte ich ihn doch besuchen. Was darf ich mir denn unter bestialisch vorstellen?«

»Ich glaube nicht, dass Sie sich das vorstellen möchten«, beantwortete Grovian nur die letzte Frage.

»Wenn Sie sich da mal nicht täuschen«, widersprach Bernd. »Mögen Sie ein Bier? Ich habe alkoholfreies im Kühlschrank. Bei dem Wetter ist mir das lieber, steigt nicht zu Kopf.«

Grovians Zustimmung wartete er nicht ab, ließ den halb vollen Sack neben dem Eingang zum Gewächshaus zu Boden fallen und ging zum Anbau. Die Tür ließ er offen, schob sämtliche Fenster beiseite, um durchzulüften, holte zwei Flaschen und einen Öffner aus der Küche und wollte wissen: »Brauchen Sie ein Glas?«

»Muss nicht unbedingt sein«, sagte Grovian.

»Dann genehmigen Sie sich schon mal einen Schluck zur Feier des Tages. Ich geh kurz rauf und mach mich frisch.«

Der Anbau war mit Gartenmöbeln ausgestattet. Rudolf Grovian ließ sich in einem Sessel mit dicker Polsterauflage nieder und gönnte sich zwei kräftige Schluck Bier. Der Eiskaffee in Gustorf hatte zwar das aufkommende Hungergefühl im Keim erstickt, sich aber wie ein klebriger Belag auf seine Zunge und den Gaumen gelegt. Ein paar Minuten Ruhe zum Nachdenken taten ihm ebenfalls gut.

Lange brauchte Bernd tatsächlich nicht, um in einer kurzen Hose, einem frischen T-Shirt, mit rot geschrubbten und nach Seife duftenden Händen zurückzukommen. Er hatte auch kurz mit Sonja telefoniert, ihr das einfach sagen müssen. »Stell dir vor, das Biest wurde bestialisch umgebracht. Darauf trinke ich jetzt erst mal ein Bier mit dem Überbringer der frohen Botschaft.«

Das auszusprechen hatte nicht mal eine Minute gedauert. Sonja hatte auch nicht viel Zeit gehabt. Es war vier Uhr vorbei, die Vorbereitungen in der Restaurantküche liefen an. Sonja war bereits unten und hatte nur wissen wollen: »Kommst du alleine klar, Papa?«

Aber sicher doch, was sollte ihn jetzt noch umhauen?

Er setzte sich Grovian gegenüber, öffnete seine Flasche und nahm ebenfalls einen kräftigen Schluck, ehe er mit dieser neuen und noch ungewohnten Stärke sagte: »Hätten Sie mich im Verlauf der letzten acht Jahre mit Tosca in einen Raum gesperrt und mir einen Knüppel überlassen, dann hätte der Junge sich nicht in Schwierigkeiten bringen müssen. Wenn er einen guten Anwalt braucht, sagen Sie mir Bescheid. Er bekommt den besten, den ich bezahlen kann.«

»Noch steht nicht fest, dass der Junge sich in Schwierigkeiten gebracht hat«, erwiderte Grovian. »Es könnte ein Mann gewesen sein, den sie im Internet kennengelernt hat.«

»Das wäre zu schön, um wahr zu sein«, kommentierte Bernd. »Wie oft habe ich mir in den ersten Jahren nach der Scheidung damals gewünscht, dass sie an einen gerät, der unsere Probleme mit einem Schlag löst. Aber sie hatte offenbar einen Blick für Männer, die sich nicht wehrten. Die anderen waren nur schlauer als Robin, haben sich schnell in Sicherheit gebracht, mussten sich ja auch keine Gedanken um zwei Kinder machen.«

Bernd strich mit einem Finger den Beschlag von seiner Bierflasche. »Wissen Sie, was eine Narzisstin ist? Eine Psychopatin? Egal, wie man es nennt. Meine Tochter hat ein Buch mit Fallbeispielen, darin ist beschrieben, woran man solche Weiber erkennt. Wenn von zehn Merkmalen acht zutreffen, hat man es ganz sicher mit einer Psychopatin zu tun. Auf Tosca trafen alle zehn zu.«

Für einen kurzen Moment schaute er Grovian an, richtete den Blick gleich wieder auf die Bierflasche, sprach weiter: »Robin war ihr nicht gewachsen, wir auch nicht. Zeitweise hatte er panische Angst, dass sie David etwas antut. Wir konnten ihm nicht helfen und dem Jungen noch weniger. Meine Frau hat es versucht, hat sich richtig reingekniet. Und eins können Sie mir glauben, Luzie war eine kleine Kampfmaschine, was sie vom Leben eingesteckt und weggesteckt hat, ohne daran zu zerbrechen, davon machen Sie sich keine Vorstellung. Wenn so eine Frau den Kürzeren zieht, zieht man den Schwanz ein.« Sein Finger strich unablässig über das beschlagene Glas, als wische er Tränen von einer Wange.

»Was hat Tosca ihrem Sohn angetan?«, fragte Grovian.

Für Bernd war damit nicht sein Enkel gemeint. »Das ist eine lange Geschichte«, sagte er.

»Ich habe Zeit, Herr Lackner.«

»Ich kann aber nicht erzählen«, sagte Bernd und schilderte dann doch in knappen Sätzen, wie Robin mit der ersten Schwangerschaft hereingelegt worden war, wie Tosca seine Mutter umgarnt hatte, die Robin dann in eine Ehe drängte, die man nur seinem schlimmsten Feind wünschte.

Bernd sprach stockend mit belegter Stimme, brach mitten in einem Satz ab und schüttelte den Kopf. Ein paar Minuten vergingen, ehe er weitersprechen konnte. »Ich dachte, ich hätte es weit hinter mir gelassen. Seit Frau Voss hier aufgetaucht ist und kurz danach Sie, bin ich jeden Abend froh, wenn ich es tagsüber geschafft habe, nicht daran zu ersticken.«

»Es wäre für David wichtig, wenn die Vorgeschichte bekannt wird, Herr Lackner«, versuchte Grovian ihn zu motivieren. »Aus der Nachbarschaft sind einige Hinweise gekommen, aber keiner weiß so viel wie Sie über Davids erste Jahre.«

Bernd schüttelte erneut den Kopf. Seine Stimme klang wieder einigermaßen fest, als er erklärte: »Sie täuschen sich, Herr Grovian. Ich weiß nicht genug, um dem Jungen eine Hilfe zu sein. Robin hat eine Zeit lang aufgeschrieben, was bei ihnen los war und wie er sich fühlte. Meine Tochter hat den USB-Stick gefunden, als sie das Haus ausräumte. Sie hat einiges gelesen, ich nicht. Ich war damals nicht in der Verfassung, mich damit zu beschäftigen. Und später sagte Sonja, ich solle mir das nicht antun.«

»Existiert der USB-Stick noch?«

»Ich nehme es an. Sonja hat alles zusammengepackt. Den ganzen Schriftverkehr mit den Anwälten und all die Mails. Luzie hatte alles aufgehoben. Das sind Beweise, sagte sie oft. Wir hatten Unmengen an Beweisen, und was haben sie uns genutzt?«

Darauf ging Grovian lieber nicht ein. Er fragte stattdessen: »Gibt es auch medizinische Unterlagen?«

»Nur was Robin anfordern konnte«, sagte Bernd. »Tosca hatte beim Auszug alles eingesackt und behauptete, David sei behindert. Robin hat's nicht geglaubt, meine Frau auch nicht.«

Er sah Luzie noch einmal die Fotos neben das Telefon auf die Anrichte klatschen. »Sieht so ein behindertes Kind aus?«

Die kurze Zeit, in der er sich wohl und sicher gefühlt hatte, akzeptiert, so wie er war, bewundert und gelobt für sein Können, lief ab. Die letzten beiden Stunden hatte er am Tisch in seinem Zimmer verbracht und gelernt. Jenny hatte ihm einen Atlas, Schulbücher und Hefte besorgt. Er bestimmte sein Pensum und die Zeit, die er investierte.

Während Grabowski ein paar Türen weiter von Doktor Füssen hörte, er sei keine Gefahr für die Allgemeinheit, fand er, für heute sei es genug. Er stand auf und schloss die Tür, die bis dahin für Malik offen gewesen war. Die Zeichnung vom kauenden und grinsenden blöden Mädchen lag immer noch auf dem Tisch. Er legte sie zur Seite und nahm den Block für ein weiteres Gesicht.

Die Erinnerung an Papas Tränen und Lea mit ihrer Freundin im Pool hatte in ihm das Bedürfnis geweckt, seine Schwester festzuhalten. In drei Dutzend Variationen stand ihm Leas Gesicht vor dem inneren Auge. Auf Anhieb konnte er sich gar nicht entscheiden, wie er sie zeichnen sollte. Vielleicht so fröhlich und übermütig, wie sie ausgesehen hatte, als sie ihn damals nass spritzte?

Sie hatte es ja nicht böse gemeint, nur Spaß haben wollen. Das hatte dazu geführt, dass er Papa und Oma Luzie belauschen konnte und erfuhr, dass Mama schon damals eine Zecke gewesen war. Zecken waren Ungeziefer, übertrugen schlimme Krankheiten, an denen man sterben konnte. Da war die Ähnlichkeit mit Vampiren größer als gedacht. Das half ihm, sich selbst zu verzeihen, dass er einen falschen Schluss gezogen hatte und zum Muttermörder geworden war. Reue empfand er nicht. Wie sollte er auch? Sie hatte Papa zum Weinen gebracht.

Nur passte Leas Kindergesicht nicht zu den anderen an der Wand. Deshalb entschloss er sich, sie so zu zeichnen, wie sie ausgesehen hatte, als sie ihm das halbe Hochzeitsfoto schenkte. Glücklich, weil sie nun bald bei ihrem Freund leben würde, befreit von der Zecke. Er hatte sich ebenfalls befreit, wenn auch auf andere Weise. Nun war er hier, es ging ihm besser als je zuvor, und alles war gut.

Von dem Geld, das Mechthild Grovian ihm in ihren Briefen schickte, ließ er sich von Boris oder Jenny mal einen Schokoriegel und mal bunte Smarties mitbringen. Er konnte Briefmarken davon bezahlen und revanchierte sich auf seine Weise für Mechthilds Großzügigkeit und ihre Hilfsbereitschaft. Eine Zeichnung von Hans hatte er ihr schon geschickt und eine von ihrer Tochter. Als Nächstes wollte er Mechthild zeichnen und den alten Mann, der dafür gesorgt hatte, dass er die Schuhe behalten durfte. Boris hatte ihm ein großes Blatt in kleine Stücke geschnitten, damit die Gesichter in einen Briefumschlag passten und er sie nicht knicken musste.

Wie immer schauten Kolchani und Johnny Depp ihm vom Fensterbrett aus zu. Er begann mit den Augen, für ihn der wichtigste Bereich in einem Gesicht. Mit den Augen kam Leben hinein. Lea hatte grüne Augen mit winzigen goldenen Pünktchen darin. Die gleichen Augen wie Oma Luzie. Dabei sah Lea ansonsten aus wie Mama, nur viel jünger. Aber so jung war Mama auch einmal gewesen. Auf Fotos von früher hatte sie auch genauso hübsch ausgesehen und überhaupt nicht gefährlich.

Er war gerade dabei, die Braue über dem rechten Auge seiner Schwester zu stricheln, als es an die Tür klopfte. Boris steckte den Kopf herein. »Besuch für dich, David. Herr Grabowski hat noch ein paar Fragen. Magst du hier mit ihm reden? Doktor Füssen ist einverstanden.«

Er nickte ohne aufzuschauen, strichelte noch zwei, drei Härchen.

Grabowski trat ein, blieb bei der Tür stehen und ließ den Anblick auf sich wirken. Bisher kannte er nur das nach Davids Angaben am Computer erstellte Phantombild von Ramona Erken alias Manon David. Die Galerie in Davids Zimmer sah er zum ersten Mal. Mitten auf der Fensterscheibe prangte ein Haus mit Bäumen und einem kleinen Gewächshaus im Hintergrund, so naturgetreu und dreidimensional gezeichnet, dass es aussah, als schwebe das Anwesen draußen in der Luft. Unwillkürlich stieß Grabowski einen leisen Pfiff aus, gefolgt von einem: »Wow.«

David legte den Stift beiseite und schaute ihn erwartungsvoll an. »Die sind gut, nicht wahr?«

»Sehr gut«, erwiderte Grabowski und zeigte zum Fenster. »Ich dachte im ersten Moment, das Haus steht da draußen.«

»So soll es auch aussehen«, erklärte David. »Dann ist es immer, wenn ich hereinkomme, als müsste ich nur noch ein paar Schritte gehen und wäre zu Hause bei meinem Vater.«

Das musste Grabowski erst einmal schlucken. Er wandte sich den beklebten Schranktüren zu. Das letzte Einhorn mit der Räuberbraut Molly Grue. Eine Sprechblase war nicht eingezeichnet, aber Grabowski kannte den Film und würde diese Szene nie vergessen. »Als Molly fragte: ›Wo warst du, als ich noch jung war‹, hat meine Frau mit ihr um die Wette geweint«, sagte er.

»Warum?«, fragte David.

»Weil es eine rührselige Szene ist.«

»Was ist rührselig?«

»Kennst du den Ausdruck nicht?«

»Nein, und Doktor Füssen hat gesagt, wenn ich etwas nicht weiß, soll ich fragen.«

»Nur so lernt man etwas«, stimmte Grabowski zu und erklärte, dass es Filmszenen gab, die so schön und gleichzeitig so traurig waren, dass manche Leute weinen mussten. »Du hast doch bestimmt auch schon Situationen erlebt, bei denen du weinen musstest, obwohl nichts Schlimmes passiert war.«

David schüttelte den Kopf. »Wenn ich früher geweint habe, war immer etwas Schlimmes passiert. Aber da war ich noch klein.«

»Und als du größer wurdest, ist nichts Schlimmes mehr passiert?«, fragte Grabowski ungläubig.

»Doch, aber dann habe ich nicht …« David brach ab, als sein Blick auf die Zeichnung des kauenden Mädchens fiel, wanderte weiter zum Fensterbrett, wo die angesengten Figuren standen. »Da habe ich nicht mehr oft geweint«, vollendete er den Satz wahrheitsgemäß. Er erzählte Grabowski vom halben Hochzeitsfoto, zeigte ihm sein Traumbuch, das ebenfalls auf dem Tisch lag.

Grabowski war überrascht vom Redefluss, insgesamt kam David ihm locker und aufgeschlossen vor. Da war nichts mehr von dem Misstrauen, mit dem er zweimal die Fragen zum Fall Homberg beantwortet hatte. Aber zu dem Zeitpunkt war Grabowski der Unbarmherzige gewesen, der ihn aus dem Krankenhaus geholt hatte, ehe er sich von Hans verabschieden konnte. Jetzt war Grabowski der Mann, der tatsächlich gewusst hatte, was besser für ihn war.

Grabowski wandte sich der nächsten Zeichnung auf den Schranktüren zu. »Die Szene kenne ich nicht.«

»Das ist Schneewittchen, wie es für die Zwerge den Tisch deckt. Und das daneben ist, nachdem der Jäger es im Wald allein gelassen hatte. Als es Nacht wurde, musste es sich einen Platz zum Schlafen suchen, weil es das Haus der Zwerge noch nicht gefunden hatte.«

»Den Film habe ich nicht gesehen«, sagte Grabowski, deutete auf das hagere Männergesicht zwischen den Filmszenen und hinüber zu den Gesichtern über dem Bett, bei zweien davon konnte er sich denken, um wen es sich handelte. Die Familienähnlichkeit sprang einem förmlich ins Auge. »Gehört der nicht dahin? Der ist doch nicht aus einem Zeichentrickfilm.«

»Nein«, stimmte David zu. »Das ist der Zauberer.«

Grabowski dachte an Merlin, mit dem hatte die Zeichnung auch eine gewisse Ähnlichkeit. Es klebten noch mehr Zeichentrickfilmszenen auf den Schranktüren. Aber mit dem Vorgeplänkel reichte es. »Also ich muss sagen«, lobte Grabowski, »sie hätten besser dich die falsche Manon zeichnen lassen, statt es mit dem Computer zu machen. Dann hätten wir sie bestimmt längst gefasst.«

David lächelte geschmeichelt. »Das habe ich gleich gesagt, ein Computer kann nicht so gut zeichnen wie ich. Aber meine Hände waren ja noch verbunden.«

»Könntest du sie jetzt noch zeichnen, obwohl es einige Wochen her ist, dass du sie gesehen hast?«

David zeigte zur Wand neben dem Bett. »Ich habe meinen Vater und meine Großmutter seit acht Jahren nicht mehr gesehen und konnte sie zeichnen, weil ich sie im Kopf habe.«

»Hast du auch noch Nachbarn deines Vaters im Kopf?«

»Da wohnte schon länger keiner mehr, als ich das letzte Mal dort war. Vorher wohl, als ich noch kleiner war. Aber aus der Zeit weiß ich nicht viel von anderen Leuten.«

Grabowski hatte nichts anderes erwartet und war vorbereitet. Im Handy des verunglückten Siegfried Erken hatten sie einige Fotos entdeckt, offenbar abfotografiert von älteren Polaroidaufnahmen. Die Qualität war nicht die beste, aber für eine Identifizierung der zehn- oder elfjährigen Ramona Erken würde es reichen.

»Vielleicht hilft das deinem Gedächtnis auf die Sprünge«, sagte er und präsentierte dem Jungen das Mädchengesicht.

David betrachtete es fast eine Minute lang, ehe er zögernd erklärte: »Das Kind sieht aus wie der Engel, der mir den grünen Shrek geschenkt hat. Könnte es sein, dass es gegenüber gewohnt hat?«

»Wow«, sagte Grabowski noch einmal. »Du hast wirklich ein phänomenales Gedächtnis. Es könnte nicht bloß sein, es ist so.«

Dem Fall Homberg war damit Genüge getan, fand Grabowski und ersparte es sich, noch einmal die Fragen nach Davids Zeit im Wohnmobil zu wiederholen. Klinkhammer hatte am Telefon nur von einem scheußlichen Mord gesprochen, keine Details genannt und keine Zweifel gelassen, dass er auf heißen Kohlen saß und möglichst heute noch wissen wollte, ob David Zeuge gewesen war, als seine Mutter getötet wurde, oder wer dafür gesorgt hatte, dass er vorher die Wohnung verließ. Nach allem, was er eben von Füssen gehört hatte, zog Grabowski in Betracht, dass der Junge selbst Hand angelegt hatte. Dazu passten die Zeitangaben, die David zweimal bei ihm und einmal bei Rita Voss gemacht hatte.

Er fühlte sich wie einer, der ein Kind aufs Glatteis führt, um es einbrechen zu lassen, als er bat: »Wo du so gut zeichnen kannst, würdest du mir eine Zeichnung von dem Freund machen, mit dem deine Mutter weggeflogen ist?«

Es vergingen einige Sekunden, ehe David fragte: »Warum? Frau Voss hat gesagt, die Polizei sucht nicht nach meiner Mutter.«

»Nach deiner Mutter müssen wir nicht mehr suchen. Die haben wir gefunden. Jetzt suchen wir den Freund.«

Davids Blick sprach Bände. Auf das anfängliche Erschrecken folgte Verschlossenheit. »Den kann ich nicht zeichnen. Früher sind die Freunde meiner Mutter zu uns in die Wohnung gekommen. Aber weil wir nicht viel Platz hatten und keiner mehr bei uns wohnen wollte, hat meine Mutter sie später woanders getroffen.«

Grabowski kam nicht umhin festzustellen, dass David seit der letzten Befragung einiges dazugelernt hatte, nicht nur sprachlich.

»Tja«, sagte er. »Dann muss ich dich fragen, wann genau du die Wohnung verlassen hast. Wenn du nämlich das Wohnmobil erst am Nachmittag vor dem Feuer entdeckt und nur wenige Stunden darin verbracht hast, musst du deine Mutter noch gesehen haben, als du gegangen bist. Und dann weißt du genau, dass sie nicht weggeflogen sein kann.«

David senkte den Kopf und betrachtete seinen linken Unterarm. Die Brandverletzungen hoben sich als rosige Flecken neuer Haut von der Blässe ab. Dazwischen sah Grabowski kranzförmig angeordnete, violett gefärbte Punkte. Ältere Bissspuren, nicht alt genug, um völlig verblasst zu sein.

»Sie war schlimmer als eine Zecke«, sagte der Junge schließlich in dumpf elegischem Ton. »Zecken trinken nur Blut, bis sie voll sind. Dann fallen sie von alleine ab. Vampire saugen Leute aus bis auf den letzten Tropfen.«

Klinkhammer hatte am Telefon kein Wort über das Rundholz in der Brust der Toten verloren. Sonst wäre Grabowski ein Licht aufgegangen. So fragte er nur schockiert mit Blick auf die Spuren an Davids Arm: »Hat deine Mutter dich gebissen?«

»Nein. Das war ich. Ich habe auch meine Mutter gebissen und gehauen und getreten.« Er hob den Kopf und wollte wissen: »Muss ich jetzt ins Gefängnis?«

»Bevor du oder sonst jemand ins Gefängnis muss«, sagte Grabowski, »müssen wir zuerst herausfinden, was genau passiert ist und warum. Es wäre toll, wenn du uns dabei helfen könntest.«

## *Der Engel*

Zu diesem Zeitpunkt geriet die junge Frau, die mittlerweile achtzehn Menschen getötet hatte und glaubte, es wären neunzehn, nahe dem Klinikum Köln-Merheim ins Visier von zwei Fahndern, die sie bereits erwarteten.

Warum ihr Bruder nach dem letzten Telefonat nicht mehr ans Handy gegangen war, hatte Ramona Erken erst am vergangenen Abend in Erfahrung gebracht, als sie es endlich riskierte, sich zuerst im Fitnessstudio nach ihm zu erkundigen. Sein Kontaktmann dort wusste allerdings nur, dass Siggi in Eigenregie einen Auftrag angenommen hatte. »Muss was Großes gewesen sein«, sagte er. »Siggi wollte nicht darüber reden, obwohl das für ihn eine Absicherung gewesen wäre. Hab ich ihm auch erklärt. Da winkte er ab. Das wäre ein vertrauenswürdiger Mensch, den er schon ewig kennt. Seitdem hab ich nichts mehr von ihm gehört.«

Welchen Auftrag ihr Bruder angenommen und ausgeführt hatte, wusste Ramona Erken. Ihr hatte Siggi auch anvertraut, wer ihn mit zwanzigtausend Euro entlohnen wollte, obwohl er es mit Vergnügen auch für die Hälfte getan hätte. Aber er hatte ihr nur einen Namen genannt, keine Kontaktdaten. Deshalb rief sie auch noch bei seiner Vermieterin an.

Siggi wohnte zur Untermiete bei einer älteren Frau in Quadrath-Ichendorf. Die wusste von seinem Motorradunfall und kannte seinen derzeitigen Aufenthaltsort, war von der Polizei informiert und gebeten worden, umgehend zu melden, wenn sich jemand nach Siegfried Erken erkundigen sollte. Das tat sie auch.

Damit hätte Davids Engel eigentlich rechnen müssen, hatte

Ramona aber nicht. Sie hatte auch nicht ernsthaft damit gerechnet, dass David in dem brennenden Wohnmobil eine Überlebenschance hatte. Während der gesamten Fahrt nach Blankenheim hatte sie abwechselnd auf ihren Bruder geflucht und geheult wie ein Kettenhund. Nachrichten hatte sie keine gehört, auch nicht in den folgenden Tagen. Das Radio im VW-Golf war so alt wie das Auto und funktionierte nicht mehr richtig. Außerdem hatte sie sich nach der unerfreulichen Begegnung auf dem Rastplatz nahe Blankenheim rasch außer Reichweite der Sender begeben, die über den Brand in der Aushubdeponie berichtet hatten.

Von der europaweiten Fahndung nach ihr hatte sie ebenfalls nicht allzu viel mitbekommen, nur einmal beim Tanken einen kurzen Blick auf ihr Phantombild in der *Gazet van Antwerpen* geworfen. Bei solchen Entdeckungen blieb man nicht stehen und schaute sich das genauer an. Man kaufte auch keine Zeitung und räumte einem Tankwart damit die Möglichkeit ein, genauer hinzuschauen. Man sah lieber zu, dass man weiterkam, und fragte sich, wer einen so gut hatte beschreiben können. An David hatte sie nicht gedacht, nur an Raststätten, die sie mit dem Wohnmobil angesteuert hatte. So ein Gefährt war nun mal auffälliger als ein Pkw.

Weil inzwischen in Deutschland nicht mehr öffentlich nach ihr gefahndet wurde, nahm sie an, die Suche nach ihr sei für die Polizei bereits wieder in den Hintergrund gerückt. Von einer Zusammenarbeit mit Europol war ihr nichts bekannt. Für die deutsche Polizei ging es ihrer Meinung nach nur um die beiden Alten und den Jungen. Da hatten sie garantiert Fälle, bei denen es um mehr ging.

Den VW-Golf hatte sie vor zwei Wochen gegen einen Volvo mit Stuttgarter Kennzeichen getauscht, dessen Besitzer in einem Waldstück in Frankreich zurückgeblieben war. Sie wähnte sich sicher, als sie auf den Klinikkomplex zuhielt. Den beiden jungen Männern, die ihr lachend entgegenkamen, anscheinend in eine heitere Unterhaltung vertieft, schenkte sie keine Beachtung.

Als einer der beiden sie im Vorbeigehen am Arm packte und der andere seinen Ausweis zückte, fuhr ihr der Schreck wie Blei in die Glieder. In Anbetracht ihrer Verbrechen war es eine unspektakuläre Festnahme. Widerstand leistete sie nicht.

## *Der Spürhund*

Dass sein Gegenüber sich in Erinnerungen verloren hatte, blieb Rudolf Grovian nicht verborgen. Bernd schaute an ihm vorbei und sprach wie in Trance von dem Mädchen, das seinem Enkel damals beigestanden hatte. Als sein Blick sich wieder klärte und zurück zu der beschlagenen Bierflasche fand, fragte Grovian: »Ramona Erken hat sich um David gekümmert, habe ich das richtig verstanden?«

Bernd nickte nur.

»Wie alt war er da?«

»Siebzehn, achtzehn Monate. Kurz nach seinem zweiten Geburtstag ist Tosca mit den Kindern zu ihren Eltern gezogen, was für Lea und David damals das Beste war. Von der Schlammschlacht um das Haus und den Unterhalt haben sie nichts mitbekommen. Robin holte sie jedes zweite Wochenende zu sich, wollte aber keinen weiteren Stress mit Tosca. Wir haben die Kinder erst ein halbes Jahr später wiedergesehen. Da war David völlig verschüchtert. Er weinte, weil er nicht wusste, wer wir waren. Lea kannte uns noch und heulte ebenfalls, weil sie nicht im Mittelpunkt stand. Es war keine leichte Situation. Aber wir dachten, wir hätten das Schlimmste überstanden. Das war unser größter Irrtum.«

Bernd stemmte sich aus dem Sessel, als sei er in der letzten Stunde um Jahrzehnte gealtert. Die Schwerfälligkeit passte so gar nicht zu dem Mann, den Grovian geschmeidig mit einem Satz von der Ladefläche des Pritschenwagens hatte springen sehen. Dass er nur eine Show abzog, konnte Grovian nicht ausschließen, glaubte es jedoch nicht. Die Situation erinnerte ihn an das Verhör, in dem Cora Bender vor seinen Füßen zusammengebrochen war.

»Bevor es mir über dem Kopf zusammenschlägt, machen wir jetzt besser einen Cut«, sagte Bernd.

»Moment noch, Herr Lackner.« Grovian erhob sich ebenfalls. »Davids Mutter hat vor Jahren in Gustorf verbreitet, dass über eine hohe Abfindung verhandelt würde.«

Bernd machte noch einmal halt und lachte unfroh. »Abfindung? Sie hat Robin ausgenommen wie eine Weihnachtsgans und ihm jahrelang das Leben zur Hölle gemacht. Wer hätte sie dafür belohnen sollen? Sie log, wenn sie den Mund aufmachte, und wurde frech wie Dreck, wenn man sie in die Schranken weisen wollte.«

»Verstehe«, sagte Grovian. »Die Adresse Ihres Sohnes brauche ich noch. Dann bin ich weg. Wenn Sie sich nicht um David kümmern können, was ich nachvollziehen kann, sollte er das tun. Der Junge braucht ihn.« Dass Robin wahrscheinlich unter Mordverdacht festgenommen, auf jeden Fall wegen nicht erbrachter Unterhaltsleistungen vom Amt in Regress genommen wurde, wenn er aus dem Staub der Versenkung auftauchte, verschwieg er lieber.

Bernd lachte erneut, wollte etwas erwidern, doch da hatten sich die Nylonfäden schon zu fest um seine Kehle geschlungen. Ihm blieb nur der Weg ins Gewächshaus.

Grovian schaute ihm verblüfft nach und verfluchte sich für den Fehler, den er schon einmal gemacht hatte. Die Warnsignale ignoriert wie damals bei Cora Bender. Er überlegte, ob er Bernd folgen sollte. Einfach zu gehen, ohne sich zu verabschieden, widerstrebte ihm ebenso, wie Bernd noch weiter zu bedrängen. Da er nicht wusste, wie lange es dauerte, ehe Bernd wieder atmen konnte, entschied er sich zu warten und Klinkhammer zu informieren, dass die Sache mit dem Schweigegeld wohl nur eine Lüge gewesen war. Er kam aber nicht sofort durch.

Klinkhammer hatte Grabowski in der Leitung und hörte gerade, dass Ramona Erken festgenommen worden und zusammengebrochen war, als man ihr gesagt hatte, ihr Bruder sei hirntot. Momentan wurde sie ärztlich betreut. Es ging weiter mit David, der ein Geständnis abgelegt hatte. So interpretierte Grabowski die Auskunft, er habe seine Mutter gebissen, getreten und geschlagen. »Sie sei schlimmer als eine Zecke gewesen, sagte er, nur Vampire würden Leute bis auf den letzten Tropfen aussaugen.«

»Weiß er, wie man Vampire tötet?«, fragte Klinkhammer.

»Ich nehme es an. Füssen sagte, er habe eine konfuse Allgemeinbildung aus der Flimmerkiste bezogen und nicht zwischen Fiktion und Realität unterscheiden können. Jetzt erzählen Sie mir nicht, sie wurde gepfählt.«

»Und geköpft«, sagte Klinkhammer.

»Vampire werden nicht geköpft«, erklärte Grabowski. »Das weiß jeder, der sich mal mit der Materie beschäftigt hat. Tut mir leid, dass ich nicht mehr aus ihm rausgeholt habe. Bevor er dichtmachte, berief er sich auf einen schlimmen Anfall.«

Grabowski gab Füssens Erklärungen zum Auslöser der Anfälle wieder und fuhr fort: »Ich habe bestimmt zehn Minuten gewartet, ihn immer wieder angesprochen. Aber mehr als ein Kopfschütteln bekam ich nicht. Ein Pfleger hat mich rauskomplimentiert. Wundern Sie sich nicht, wenn Sie morgen einen wütenden Anruf bekommen. Ich musste Füssen Ihre Nummer dalassen.«

»Kein Problem«, sagte Klinkhammer.

Abschließend erlaubte Grabowski sich noch eine Anregung: »Wenn das mein Fall wäre, würde ich einen Gebissabdruck von der Leiche machen. Der Junge hat Bissspuren am linken Arm, sie waren verblasst, aber noch gut zu erkennen. Das muss verdammt tief ins Fleisch gegangen sein. Ein Vergleich mit dem Zahnstatus ist garantiert noch drin.«

»Ich geb's weiter«, sagte Klinkhammer, bedankte sich für den Einsatz und bat: »Jetzt kümmern Sie sich mal um die Lady in Black und halten mich auf dem Laufenden. Wir müssen wissen, wann und wo sie den Jungen aufgenommen hat.«

»Weiß ich doch«, sagte Grabowski und beendete das Gespräch.

Klinkhammer gönnte sich einige Sekunden der Erleichterung, dass die Serienmörderin gefasst war. Dann hatte er auch schon Grovians Stimme im Ohr, der als Erstes verkündete, dass Ramona Erken sich als Kind liebevoll um David gekümmert hatte. »Ich verstehe nicht, wie sie Feuer legen und ihn zurücklassen konnte.«

»Dazwischen liegen elf Jahre und siebzehn Morde«, sagte Klinkhammer. »Müssen wir immer alles verstehen? Reicht es nicht, wenn Psychiater sich darum bemühen und der Meinung sind, wenn sie es erklären könnten, hätten wir uns damit abzufinden?«

Grovian seufzte und gab wieder, was er von Bernd gehört hatte. Zweifel an der Charakterisierung der Toten hatte er keine, diesbezüglich hatte Sascha Krieger gute Vorarbeit geleistet.

»Das Thema Schweigegeld kam in Gustorf erst auf, nachdem Robin Lackner verschwunden war. Da war seine Mutter bereits tot. Hast du den Düsseldorfer Kollegen endlich informiert?«

»Noch nicht. Ich musste mir doch erst mal ein Bild machen und wollte hören, wie der Junge sich äußert.«

»Und?«, fragte Grovian und erfuhr, was Klinkhammer kurz zuvor von Grabowski gehört hatte. »Geschlagen und getreten«, wiederholte er und ließ mit einem Atemzug den Schock durch gespitzte Lippen entweichen, es klang fast nach einem Pfiff. Dass David seine Mutter umgebracht haben könnte, hatte er nicht erwartet. Aber: »Er wäre nicht der Erste, dem nicht über die Lippen will, was er tatsächlich gemacht hat.«

»Das war nicht die Tat eines Fünfzehnjährigen, Rudi.«

»Wer hat denn den Müll für sie weggeräumt?«, fragte Grovian. »Mag sein, dass man mit einer Menge Bioabfall Spuren unbrauchbar macht. Aber mit so was schmeißt man auch um sich, wenn man wütend ist oder nicht mehr man selbst. Und wenn er seine Allgemeinbildung aus dem Fernseher bezogen hat, weiß er vermutlich, welche Spuren man mit Chlorreiniger vernichtet.«

Weil Klinkhammer nicht sofort antwortete, legte Grovian etwas Nachdruck in seine Stimme: »Wir haben beide keine Ahnung, wie ein Mensch mit einer dissoziativen Identitätsstörung tickt, Arno. Aber versetz dich doch mal in seine Lage. Wahrscheinlich hat seine Schwester ihm gesagt, wer für das Verschwinden seines Vaters verantwortlich war. Nach Leas Auszug war er allein mit einer Frau, für die er nicht mehr war als der Müllmann. Dass sie sich mit einer Internetbekanntschaft ein schönes Wochenende machen wollte, war ihm schon am 12. Juli bekannt. Womöglich hat er am 19. auch gehört, wie sie Frau Kersgen weismachte, er wäre bereits vom Opa abgeholt worden. Er konnte sich denken, dass er nicht zu seiner Schwester nach Spanien fahren sollte, worauf er sich wahrscheinlich gefreut hatte. Wie hättest du dich dabei gefühlt?«

»Weiß ich nicht«, sagte Klinkhammer. »Was ist mit dem Kakao? Du warst doch der Meinung, er sei tagelang betäubt worden.«

»Der Nachbar war der Meinung«, stellte Grovian richtig. »Ich hab's nur weitergegeben, da wusste ich noch nicht, dass es um einige Tage ging. In der letzten Stunde habe ich eine Menge mehr gehört über eine Mutter, die keine Skrupel kannte, und einen Vater, von dem du annimmst, er hätte Lea zu sich geholt und David bei einer Frau gelassen, die zu allem fähig war, was er selbst am besten wusste. Das passt nicht, Arno.«

»Lea war volljährig und konnte frei entscheiden, bei wem sie leben will«, sagte Klinkhammer. »Mit David wäre das nicht so einfach gewesen. Es hätte Lackner erneut in Schwierigkeiten gebracht, weil er jahrelang keinen Unterhalt gezahlt hat. Er hatte nicht vor, David noch lange bei der Mutter zu lassen, da bin ich sicher. Er hat ihm wohl nur zu viel zugetraut.«

»Du verrennst dich, Arno«, mahnte Grovian. »Zähl doch mal die Fakten zusammen. Im Haus hat keiner etwas mitbekommen. David gibt zu, seine Mutter verletzt zu haben, und blieb nach ihrem Tod tagelang in der Wohnung. Mit der Leiche. Hat er gedacht, sie steht wieder auf wie ein Filmmonster? Oder hat er darauf gewartet, dass ihn jemand abholt? Warum nannte er einen falschen Namen und verschwieg seine Adresse? Weil er verhindern wollte, dass sie gefunden wurde.«

»Wenn du mir jetzt noch erzählen willst, er hätte einem dementen Rentner aus Bergheim das Handy geklaut und mit einem Foto von YouTube seiner Mutter einen glühenden Verehrer vorgegaukelt, lege ich auf«, sagte Klinkhammer.

Grovian erzählte ihm nichts mehr. Er war in dem Moment sauer. Wie sollte man denn die richtigen Schlüsse ziehen, wenn man als Gefälligkeitsermittler losgeschickt wurde und nur häppchenweise serviert bekam, was andere in Erfahrung gebracht hatten? So konnte doch keiner arbeiten.

»Was willst du eigentlich, Arno?«, fragte er. »Robin Lackner nicht zum Abschuss freigeben, was ich nachvollziehen kann. Manche Täter und Täterinnen waren schon vor der Tat genug gestraft. An dem Punkt war ich damals mit Cora Bender auch einmal. Bender heißt sie übrigens längst nicht mehr, sie hat noch mal geheiratet und eine Tochter bekommen.«

»Schön für sie«, kommentierte Klinkhammer.

»David braucht seinen Vater«, kam Grovian zurück zum Thema. »Er ist mit spätestens fünfundzwanzig ein freier Mann, wenn er überhaupt verurteilt wird, was ich bei der Vorgeschichte und der Diagnose bezweifle. Robin Lackner bekäme lebenslänglich. Von Totschlag im Affekt kann man ja nicht sprechen.«

Er konnte selbst nicht glauben, dass er vorschlug, besser den Jungen für höchstens zehn Jahre wegzusperren als den Vater für mindestens fünfzehn. Aber es war ihm ernst in dem Moment. David würde in der Uniklinik die Hilfe bekommen, die er brauchte. Für Cora war die Psychiatrie damals die beste Lösung gewesen.

## *Der Junge*

Währenddessen bemühte Boris sich um David, der wie versteinert dasaß, seit Grabowski gegangen worden war. Er war zu plötzlich gekommen und dann auch noch zu einem Zeitpunkt, an dem er sich gut aufgehoben gefühlt hatte, mit sich selbst und der monströsen Tat im Reinen gewesen war.

Boris hatte vergebens versucht Doktor Füssen zu verständigen, dass sich eine Krise anbahne. Er hatte fragen wollen, ob er David etwas zur Beruhigung geben dürfte. Dabei war der Junge so ruhig wie die Farbe an der Wand und so blass wie das Blatt Papier mit den Augen seiner Schwester.

Die Angst, die Grabowski mit der Gewissheit heraufbeschworen hatte, nagte an ihm wie ein kleines Tier mit scharfen Zähnen, das ihn von innen aushöhlte. Nun würde es ihm mit Doktor Füssen, mit Boris, Jenny und den anderen, die ihn mochten, ebenso ergehen wie mit Hans im Krankenhaus. Oder schlimmer. Hans war ihm nicht lange böse gewesen und hätte ihn nicht wegschicken können.

Wie oft hatte er bei Doktor Füssen behauptet, Mama sei weggeflogen. Was er sagen sollte, wenn er gefragt wurde, warum er gelogen hatte, wusste er nicht. Natürlich konnte er sagen, wer ihm das empfohlen hatte. Aber dann würde Doktor Füssen genauso denken wie Lea. *Wer einmal lügt, dem glaubt man nicht, selbst wenn er dann die Wahrheit spricht.* Mit der Weisheit hatte Oma Gerda ihn genervt, nachdem die Bretterbude abgebrannt war.

Die Stimmen der anderen drangen in sein Zimmer. Es war Abendbrotzeit. Boris hatte die Tür aufgelassen und sorgte dafür, dass jemand ein Käsebrot machte und einen Becher Früchtetee für David brachte. Den Tee nahm er dankend entgegen, es war das erste Wort, das über seine Lippen kam, seit Boris ihm Gesellschaft leistete und auf den Ausbruch der Krise wartete.

Er trank ein paar Schluck und fühlte mit der Feuchtigkeit und der Süße im Mund so etwas wie Kampfgeist aufkeimen. Er musste doch nicht sagen, er hätte es für Papa getan. So war es ja auch nicht gewesen. Dass Papa geweint und sich gewünscht hatte, es möge ihm einer den Gefallen tun und es übernehmen, war ihm doch gerade erst wieder eingefallen. Als er es getan hatte, hatte er davon nichts gewusst, sich nur auf das verlassen, was der Zauberer gesagt hatte. Hätte Mama ihm vorher einmal erklärt, dass Vampire in Filmen Schauspieler waren, die nicht wirklich gepfählt wurden und auch nicht zu Staub zerfielen …

Appetit hatte er keinen, aber Käse mochte er gerne. Er biss ein Stück vom Brot ab und erinnerte sich, dass Manon ihm Käse zum Abendbrot angekündigt, er aber keinen mehr bekommen hatte. Aber sie war ja auch nicht Manon gewesen. Lügen. Alle logen oder verschwiegen die Wahrheit. Und Boris fand das gar nicht schlimm, wie er erfuhr, nachdem er seine größte Not in Worte gefasst hatte.

»Wie kommst du denn auf den Gedanken, dafür würde Doktor Füssen dich wegschicken?«, fragte Boris und versicherte: »Ich glaube, er kennt keinen Menschen, der ihn noch nie belogen hat. Manchmal muss man lügen, weil man anderen mit der Wahrheit wehtut. Weißt du, wie oft ich schon gelogen habe?«

Als er den Kopf schüttelte, sagte Boris. »Ich weiß es auch nicht. Ich lüge immer, wenn meine Schwiegermutter eine neue Frisur hat und wissen will, wie sie damit aussieht. Dann kann ich doch nicht sagen: Wie ein gerupftes Huhn. Dann sage ich: Mindestens zehn Jahre jünger. Und wenn sie für uns gekocht hat und wissen will, wie es schmeckt, behaupte ich, es wäre köstlich.«

»Meine Mutter hat nie gekocht«, sagte David.

»Was habt ihr denn gegessen?«

»Brot und Suppe aus Dosen. Als meine Schwester bei McDonald's arbeitete, hat sie oft etwas mitgebracht. Es war kalt, wenn sie heimkam. Wir haben es in der Mikrowelle aufgewärmt.«

»Gesund war das nicht«, meinte Boris.

»Aber lecker.« Er nahm den Stift wieder auf, den er bei Grabowskis Lob abgelegt hatte, und strichelte gedankenverloren weitere Härchen in Leas Augenbraue. Er hatte sie nie so vermisst wie in diesen Minuten. »Lea hat mir oft versprochen, dass wir mal zu McDonald's fahren, wenn Mama unterwegs ist. Dann wollte sie mir ein Eis spendieren. Das konnte sie im Bus ja nicht mitbringen, nur Kuchen. Aber hingefahren sind wir nie.«

»Versprechen, die man nicht einhält, finde ich schlimmer als

Lügen«, sagte Boris. »Dann warten die Leute und warten und warten und sind enttäuscht, weil sie umsonst warten.«

David nickte, das Gefühl kannte er nur zu gut, und er hätte es nicht Enttäuschung genannt. Enttäuscht war er gewesen, als er in Mathematik eine Drei bekommen hatte, obwohl nur ein Ergebnis falsch war. Und das war kein Vergleich mit den Empfindungen der letzten Stunden in Mamas Nähe.

»Ich habe darauf gewartet, dass sie zu Staub zerfällt«, sagte er unter dem Druck der Erinnerung. »Im Fernseher passierte das immer. Und er hat gesagt, das geht ruckzuck. Aber sie stank nur.«

Boris wusste nicht, wovon die Rede war. Ihm gegenüber hatte Grabowski nicht erwähnt, dass er David zum Tod der Mutter befragt hatte. Von Doktor Füssen hatte er das auch nicht gehört. Aber er war einiges gewöhnt. Auf der Station waren Geschichten versammelt, bei denen sich jedem, der nicht täglich damit umging, die Nackenhaare sträubten. Malik zum Beispiel war eine Horror-Anthologie auf zwei Beinen.

Von draußen rief jemand nach ihm, Doktor Füssen sei am Apparat. »Hat sich erledigt«, rief Boris zurück. »Wir sind im Gespräch.«

Dann wollte er von David wissen: »Wer hat dich denn mit *ruckzuck* hereingelegt? Das war ja ein richtig fieses Versprechen.«

David legte den Stift wieder hin, biss noch einmal vom Brot ab und zeigte stumm zum Schrank hinüber. Boris glaubte zu wissen, wie David seine Galerie sortiert hatte. Am Bett die Lebenden und die Toten, an denen sein Herz hing. Am Schrank die Figuren aus der Unterhaltungsindustrie. Der Zauberer also, David hatte ihn schon erwähnt, und Boris dachte darüber wie Grabowski.

»Aber ich soll besser nicht über ihn reden«, erklärte David, nachdem er den Bissen geschluckt hatte. »Sonst komme ich in die Klapsmühle und nie wieder raus.«

Boris verkniff sich das Grinsen. »Nach einem fiesen Versprechen auch noch ein schlechter Rat«, kommentierte er. »Von wem hast du den bekommen? Oder sollst du darüber besser auch nicht reden?«

Hans hatte nicht davon abgeraten, von ihm zu sprechen. Also nannte David den Namen seines Ratgebers, verlor auch ein paar Worte über Rita Voss und die Warnung, sie würde ihn für ein falsches Wort an die Wand nageln.

»Hans hat es bestimmt gut gemeint«, erklärte Boris. »Er konnte ja nicht wissen, dass du es wörtlich nimmst. Doktor Füssen weiß so etwas, deshalb kannst du mit ihm unbesorgt über alles reden, was dich bedrückt. Wegschicken darf er dich gar nicht.«

Seine größte Not war ihm damit genommen. Er trank den Rest aus und stand auf: »Ich hole mir noch einen Tee und ein Brot. Wir können aber auch draußen mit den anderen essen.«

»Dann machen wir das«, sagte Boris, nahm den Teller mit dem angebissenen Käsebrot, folgte ihm und schloss die Tür, damit Malik sich nicht über die Zeichnungen auf dem Tisch hermachte.

## *Analyse*

Zu dem Zeitpunkt kämpfte Klinkhammer noch mit der Erkenntnis, dass Grovian ihn richtig einschätzte. Dem ritualisierten Mord zum Trotz wollte er Robin Lackner eine langjährige Haftstrafe ersparen. Er sah noch vor sich, wie Davids Vater sich bei ihm entschuldigte, weil er tags zuvor bei seiner Mutter gewesen war. In der Leichenhalle. Wo ein anonymer Anruf sie hingebracht hatte.

Er hatte Schaller eigentlich unmittelbar nach Grabowskis Anruf informieren wollen. Das hatte Grovian verhindert. Und nun ging ihm Rudis Frage nicht aus dem Kopf. *Was willst du eigentlich, Arno?* Was er wollte, spielte vor dem Gesetz keine Rolle und durfte für ihn auch keine spielen. Wenn er es nicht schaffte, diesen Fall so objektiv und neutral zu bewerten wie andere, stellte er sich ein Armutszeugnis aus. Und das war das Letzte, was er wollte.

Er ging es systematisch an: Was sprach für David als Täter, was für Robin Lackner und was für einen Fremden, der sich erst nach Ostern bei seinem Opfer eingeschleimt hatte?

Ein Van-Helsing-Verschnitt hätte gewusst, dass Vampire nicht geköpft werden, und es folglich unterlassen. Erstochen wurden Vampire zwar auch nicht. Aber der Stich war zweckdienlich gewesen, hatte Hilfeschreie und Kampfgeräusche verhindert. Welche Frau blieb auf dem Bett liegen, wenn der Mann ihrer Träume mit Rundholz und Hammer kam? Der Pflock musste jedem Betrachter klarmachen, was das Opfer gewesen war. Eine Blutsaugerin, die anderen ihre Lebenskraft raubte. Der abgetrennte Kopf hatte sie noch zusätzlich entmenschlicht. Ein Fremder schied damit aus. In den drei Monaten seit Ostern hätte Tosca einer Facebook-Bekanntschaft nie und nimmer so viel Veranlassung geben können, sie derart zu verabscheuen. Blieben Vater und Sohn.

Die Bekleidung sprach dagegen, dass David seine Mutter im Schlaf erstochen hatte, und schloss ebenso aus, dass Tosca auch nur den Hauch einer Bedrohung gespürt hatte, als sie sich im Kleid aufs Bett legte. Aber hatte sie das getan?

Klinkhammer nahm sich noch einmal die scheußlichen Fotos von Bett und Leiche vor und kam zu dem Schluss, dass sie auch auf das Bett gelegt oder gehoben worden sein konnte. Bei ihren fünfundachtzig Kilo musste ihr Mörder dann aber kräftig gewesen sein, muskelbepackt wie das knackige Kerlchen mit dem Fitnessblog.

Sie wäre im Kleid zur Tür gegangen, in Erwartung eines Mannes, der mit ihr verreisen, ihr die Welt zu Füßen legen wollte und das Universum noch dazu. Durch den Türspion hätte sie gesehen, wer im Hausflur stand. Hätte sie sich mit einem vom Facebook-Profil abweichenden Äußeren abgefunden? Möglich. Sie hatte ja auch nicht so ausgesehen wie auf ihren Fotos.

Hätte sie ihren Ex-Mann nach acht Jahren in irgendeiner Maskerade erkannt? Wenn ja, hätte sie begriffen, dass sie mit falschen Vorgaben und Versprechen geködert worden war. Dann wäre sie wütend geworden und laut. Frech wie Dreck, hatte Grovian gesagt. Die aufmerksame Frau Adoleit im Stockwerk darunter hätte mitgehört. Also hatte Tosca in dem Mann vor der Tür keine Gefahr und kein Ärgernis gesehen. Womöglich hatte er ihr sein Gesicht nicht gezeigt, sondern einen Rosenstrauß, eine Flasche Sekt oder eine Menge Bioabfall in einer Tüte, in der sie ein Präsent vermutete.

Klinkhammer griff zum Hörer und informierte endlich Konstantin Schaller. Beim wichtigsten Punkt fasste er sich so kurz wie möglich, berichtete von Grabowskis Einsatz in der Uniklinik Köln und stellte es so dar, als hätte sich dabei ergeben, dass es sich beim Zeugen im Fall Homberg um den vermissten Lackner-Sohn handelte. Er verschwieg auch nicht länger, dass er vor acht Jahren einmal mit Robin Lackner gesprochen hatte, weil Davids Vater übel verleumdet worden war.

»Das ist ja ein Ding«, sagte Schaller, viel zu verblüfft, um richtig nachzuhaken. »Was es für Zufälle gibt ...«

»Ja«, erwiderte Klinkhammer. »Bei seiner Schwester war David am fraglichen Wochenende jedenfalls nicht. Wahrscheinlich hielt er sich in der Wohnung auf, als seine Mutter getötet wurde.«

»Aber nicht von ihm, oder?«, erkundigte Schaller sich.

»Möglicherweise wurde er von seiner Mutter misshandelt«, wich Klinkhammer einer direkten Antwort aus. »Er hat Bissspuren an einem Arm und gravierende Gedächtnislücken. Der Jugendpsychiater attestiert ihm eine dissoziative Identitätsstörung und gibt die Mutter als Auslöser an. Lassen Sie einen Gebissabdruck von der Leiche nehmen.«

»Ach du Schande«, sagte Schaller. »Dann war ich mit dem falschen Jonas Jansen auf dem Holzweg?«

»Nicht, wenn er Tosca Lackner schon vor Ostern kannte«, sagte Klinkhammer. »Dann hätte er gewusst, dass die Tochter auszog. Eine Gefahr weniger. Er hat eine Menge Zeit und Mühe investiert und wusste offenbar genau, auf welchen Ton die Frau abfährt. Ehemänner, auch Ex-Ehemänner wissen so was meist am besten.«

Schaller lachte. »Wenn Sie sich da mal nicht täuschen. Viele Ehen scheitern, weil die Männer keinen blassen Schimmer haben.«

»Manche lernen aber mit der Zeit dazu«, sagte Klinkhammer. »Die Frage ist, ob er wusste, dass es ihr nicht gelungen war, ihren Sohn auszuquartieren. Wessen Fingerabdrücke wurden vom Inhalt des Abfalleimers aus der Küche gesichert?«

Schaller sah nicht sofort einen Zusammenhang. Aber die Antwort kam prompt. David hatte nur die Brottüte, den Gefrierbeutel, die beiden Tetra Paks und den Schokoriegel angefasst. An dem waren auch Speichelspuren von ihm nachgewiesen worden, ebenso am Gefrierbeutel, der außerdem noch Spuren von Benzodiazepinen und Sartanen enthalten hatte.

Dass David die Verpackung eines Schokoriegels abgeleckt hatte, konnte Klinkhammer nachvollziehen. Seine Pflegetochter leckte grundsätzlich die letzten Krümelchen Schokolade vom Stanniol, mochte man ihr auch noch so oft erklären, sie könne gerne noch ein Stück Schokolade nehmen. Aber einen Gefrierbeutel, der Medikamente enthalten hatte? Mit Benzodiazepinen konnte man einen Menschen schlafen legen. Sartane sagten Klinkhammer nichts.

»Das ist ein Blutdrucksenker, der vor geraumer Zeit vom Markt genommen wurde«, erklärte Schaller. »War in China zusammengepanscht worden und mit krebserregenden Stoffen versetzt. Habe ich Ihnen den Bericht nicht mitgegeben?«

Doch, aber so weit hatte Klinkhammer noch nicht gelesen. »Medikamente verwahrt man aber nicht in Gefrierbeuteln«, sagte er. »Wenn man sie nicht mehr nehmen soll, schmeißt man die Packung in den Müll oder bringt sie zurück zur Apotheke.«

»Was schließen Sie daraus?«, fragte Schaller mit einer Zurückhaltung, die klarmachte, dass er darüber noch nicht nachgedacht hatte.

Statt einer Antwort empfahl Klinkhammer: »Lassen Sie den Dealern im Erdgeschoss noch mal richtig auf den Zahn fühlen und die Tetra Paks auf Drogen untersuchen. Wenn David die Konservendosen nicht angefasst hat, hat er deren Inhalt logischerweise auch nicht gegessen. Hat er sich tagelang von Brot ernährt und Kakao getrunken?«

Als er es aussprach, wurde ihm bewusst, dass es tatsächlich so gewesen sein könnte. Bei zwei Liter Kakao mit Benzodiazepinen oder K.-o.-Tropfen könnte der Junge sich tagelang mit jedem Schluck eine weitere Dröhnung verpasst und erst wieder einen klaren Kopf bekommen haben, als das Zeug alle war.

Er sprach den Gedanken nicht aus, verlangte stattdessen: »Und die Forensik soll sich die Leiche noch mal anschauen. Gab es Kampfspuren oder Zeichen von Schlägen oder Tritten? Beim Grad der Verwesung könnte man bei der Obduktion Hämatome für Livores gehalten haben. Wie verlief der Stichkanal genau? Das geht aus dem Obduktionsbefund nicht zweifelsfrei hervor. Der Holzpflock hat viel Gewebe zerstört. Es müsste sich trotzdem feststellen lassen, ob Tosca Lackner gelegen, gesessen oder vielleicht noch an der Flurtür gestanden hat, als sie erstochen wurde. Wenn ich komme, um zu töten, und nicht lange mit meinem Opfer herumspielen will, um die Nachbarn nicht zu alarmieren, habe ich das Messer in der Hand, bevor geöffnet wird.«

»Verstehe«, sagte Schaller.

Als er auflegte, fühlte Klinkhammer sich etwas besser. Aber es wurde Zeit, dass Robin Lackner sich seiner Verantwortung stellte und aus der Versenkung auftauchte, sei es, um die Schuld auf sich zu nehmen oder um seinem Sohn beizustehen.

Vor acht Jahren hatte keine Veranlassung bestanden, sich bei Sonja Lackner nach der neuen Adresse ihres Bruders zu erkundigen oder beim Einwohnermeldeamt nachzufragen. Damals hatte Robin Lackner sich nichts zuschulden kommen lassen und leben können, wo es ihm gefiel.

Nach Schallers Anruf am frühen Vormittag hatte Klinkhammer sich nicht die Zeit genommen nachzuforschen, wohin es Davids Vater verschlagen hatte. Vielleicht hatte er Robin Lackner zu dem Zeitpunkt gar nicht finden wollen, war auch davon ausgegangen, dass es den Mann ins Ausland getrieben hatte. Er rechnete nicht mit einer ordnungsgemäßen Abmeldung. Das hatte die Tochter ja auch nicht für notwendig befunden. Aber einen Versuch war es wert, erst einmal unter der früheren Adresse in Sindorf nachzuschauen. Das Ergebnis war ein Schlag in die Magengrube.

## *Ganz die Mutter*

Währenddessen wartete Rudolf Grovian im Anbau immer noch auf Bernd Lackners Rückkehr. Ihm war ein bisschen schummrig, weil er seit dem Frühstück nichts mehr gegessen hatte. Der Eiskaffee in Gustorf und das kühle Bier waren kein Ersatz für eine Mahlzeit zu Mittag, auch wenn man bei der Hitze nicht viel Appetit hatte, eine Tütensuppe mit viel Nudeln hätte ihm gereicht.

Das kleine Gewächshaus hatte er im Blick, konnte aber nicht feststellen, womit Davids Großvater sich die Zeit vertrieb. In den Glasscheiben spiegelte sich die Umgebung. Ein paarmal war er nahe daran, hinauszugehen und es noch einmal zu versuchen. »Ich brauche die Adresse Ihres Sohnes, Herr Lackner.«

Er hätte auch hingehen und sich verabschieden können, aber ein Kribbeln in der Magengrube hielt ihn davon ab. Der Mann dahinten war am Ende. Er hatte ihn zurück in das Elend und den Schmerz vergangener Jahre gestoßen. Wenn er ihn alleine ließ, wurde Bernd Lackner morgen vielleicht erhängt auf dem Dachboden gefunden. Männer in dem Alter wählten meist den Strick.

Als er den Motor in der Einfahrt hörte, stand Grovian erleichtert auf und ging ins Freie. Hinter dem Kleintransporter mit der offenen Ladefläche hatte ein schwarzer Kombi gehalten. Eine zierliche Frau Ende vierzig stieg aus, kam rasch auf ihn zu und wollte wissen: »Sind Sie der pensionierte Polizist mit der frohen Botschaft?«

Er nickte nur.

»Wo ist mein Vater?«

»Hinten.« Er zeigte zum Gewächshaus hinüber.

»Wie ich mir dachte«, sagte sie noch und lief mit großen Schritten zur Grundstücksgrenze. Sich vorzustellen war ihr nicht in den Sinn gekommen, aber auch nicht nötig. Nach dem, was Klinkhammer über die widerliche Geschichte preisgegeben hatte, konnte Rudolf Grovian sich denken, wer gekommen war, und wie Klinkhammer sich damals auf der Straße vor dem großen Anwesen gefühlt hatte.

Sie brauchte nur zwei Minuten, dann kam sie zurück. »Er füllt Vergissmeinnichtsamen ab, manchmal hilft das. Lassen wir ihn in Ruhe. Wollen Sie einen Kaffee oder noch ein Bier? Ich brauche jetzt einen Kaffee. Und dann will ich hören, womit Sie meinen Vater aus der Bahn geworfen haben. Toscas Ableben kann's nicht gewesen sein, davon war er ganz angetan.«

Wie ein Maschinengewehr, fand Grovian. Er kam nicht dazu, seine Entscheidung für Kaffee mitzuteilen und zu fragen, ob er vielleicht einen Happen dazu essen könne, einen Keks vielleicht oder ein Butterbrot. Sie ging an ihm vorbei durch den Anbau in die Küche. Er folgte ihr bis zur Tür und erklärte: »Ich habe ihn um die Adresse Ihres Bruders gebeten.«

»Ist nicht wahr.« Sie füllte löffelweise gemahlenen Kaffee in eine Glaskanne und schüttelte den Kopf, als hätte er eine bodenlose Dummheit begangen. Während sie einen Wasserkocher in Betrieb nahm, wollte sie wissen: »Und Sie waren tatsächlich bei der Polizei? Als was haben Sie da gearbeitet, als Pförtner?«

Er ignorierte die Abfälligkeit. »Vor acht Jahren«, erklärte er bedächtig, »war ich noch zuständig für schwerwiegende Delikte wie Kindesmissbrauch. Aber der anonyme Anruf, bei dem Ihr Bruder beschuldigt wurde, ist nicht bei mir eingegangen, sondern bei dem Kollegen, der mich heute losgeschickt hat, um die Identität Ihres Neffen zu bestätigen, ehe er die Kripo Düsseldorf mit der Nase auf Ihren Bruder stößt.«

Sonja lachte, was ebenso abfällig klang wie ihre Fragen. »Die werden sich blutige Nasen holen.« Dann wollte sie wissen: »Was ist mit David?«

»Hat Ihr Vater Ihnen nicht gesagt, dass er zweimal nach dem Jungen gefragt wurde und beide Male bestritten hat, ihn zu kennen?«

Das Wasser kochte, sie goss einen Schwall in die Glaskanne und stellte mit unbewegter Miene fest: »Damit ist meine Frage nicht beantwortet. Was ist mit David?«

Grovian schilderte die Situation, in der ihr Neffe sich zurzeit befand, und den Verdacht, unter dem er stand. Ein paarmal nickte sie mit bedrückter Miene, fluchte einmal auf die Tote. »Elende Zecke.« Dann fragte sie in gesittetem Ton: »Darf ich das Foto sehen?«

Er zückte sein Handy und zeigte ihr Davids retuschiertes Gesicht. »Großer Gott«, murmelte sie, sprach etwas lauter weiter: »Das ist Robin zwei. So sah mein Bruder in dem Alter aus.«

»Ich brauche seine Adresse«, wiederholte Grovian. »Ihr Vater kann sich nicht um den Jungen kümmern, aber …«

»Robin kann es noch weniger«, fiel sie ihm ins Wort.

Bei der Beerdigung seiner Mutter hatte Robin noch neben seinem Vater gestanden. Nicht, dass Bernd es registriert hätte. Er hatte selbst neben sich gestanden und nichts von dem mitbekommen, was um ihn herum vorgegangen war. Monate später hatte Sonja ihm von Robins Versuchen erzählt, ihm zu erklären, wie schuldig er sich fühlte. Und dass noch mal jemand von der Polizei gekommen war, um Robin zu einer Anzeige zu raten.

»Ich habe wochenlang überlegt, ob ich es für ihn tun soll«, sagte Sonja. »Aber was hätte uns das gebracht? Nichts. Die verfluchte Zecke wäre weder für die Verleumdung noch für die Folgen eingebuchtet worden.«

Zwei Tage nach Luzies Beerdigung war Robin noch einmal auf dem Friedhof gesehen worden. Er hatte eine Weile am Grab seiner Großeltern gestanden und seiner Mutter eine Rose aufs Grab gelegt. Danach hatte er Sindorf verlassen, wann genau, wusste niemand. Volle zwei Wochen blieb er verschwunden, dann meldete sich die Tochter der Pensionswirtin aus dem Schwarzwald bei Sonja. Robin hatte sich in der Pension einquartiert, in der es ihm als Kind so gut gefallen hatte.

Inzwischen wurde die Pension von der Tochter der früheren Wirtin geführt, die sich mit Entsetzen angehört hatte, dass Robins Ex-Frau seine Großmutter und seine Mutter auf dem Gewissen und sein Leben vollständig zerstört hatte. Sein Chef, der all die Jahre große Stücke auf ihn gehalten und immer wieder betont hatte, wie unentbehrlich er für die Firma sei, hatte ebenfalls einen anonymen Anruf erhalten und wollte keinen Kinderschänder beschäftigen. Nach dem Tod seiner Mutter hatte Robin nicht mehr die Kraft gehabt, sich zu verteidigen, wenigstens um seinen Job zu kämpfen und die Sache richtigzustellen. Dafür hatte er zu oft die Erfahrung machen müssen, dass er gegen Tosca nichts ausrichten konnte.

Tagsüber war er gewandert, nachts hatte er geschrieben, sechs, sieben oder noch mehr Fassungen eines Abschiedsbriefs. Nachdem er endlich alles zum Ausdruck gebracht hatte, was er glaubte erklären zu müssen, war er bei einer Wanderung in eine Schlucht gestürzt. – Unfalltod. So stand es im Polizeibericht und auf dem Totenschein.

Zwei Tage hatte es gedauert, ehe seine Leiche gefunden worden war. Seine Abschiedsbriefe hatte die Pensionswirtin schon vorher beiseitegeschafft. Im letzten Absatz der endgültigen Fassung hatte er Sonjas Telefonnummer notiert und gebeten, nicht seinen Vater zu informieren, der würde das nicht verkraften.

Sonja hatte gefragt: »Möchtest du ihn überführen lassen, Papa, oder soll ich mich darum kümmern, dass er in einem Friedwald bestattet wird?«

Zu dem Zeitpunkt hatte Bernd im Geist noch auf dem Fußboden gekniet und versucht, Luzie zurück ins Leben zu holen. Er hatte nicht einmal richtig erfasst, dass er nach Frau und Mutter jetzt auch noch seinen Sohn verloren hatte.

»Tu, was du für richtig hältst«, hatte er gesagt.

Und Sonja hatte es für richtig gehalten, Robin an dem Ort zur letzten Ruhe betten zu lassen, wo er sich als Kind wohlgefühlt und man ihm in seinen letzten Tagen geglaubt hatte.

»Ich bin hingefahren, habe die Briefe an mich genommen und mich von meinem Bruder verabschiedet«, sagte sie. »Der Bestatter hat sich um alles Weitere gekümmert. Er hat Robin überall abgemeldet und die Beisetzung arrangiert.«

Sonja hatte währenddessen Robins Haushalt aufgelöst, ihr Lebensgefährte Rainer Assmann hatte in Frankfurt mit ihrem gemeinsamen Haushalt dasselbe getan. Er war nicht hellauf begeistert gewesen, seine Beamtenlaufbahn aufzugeben und ein Restaurant in der Provinz zu übernehmen. Aber was war die Alternative? Trennung von Sonja, einer Frau, die ihrer Mutter nicht nur äußerlich viel zu ähnlich war, als dass ein Mann sie aus einem so nichtigen Anlass wie einem Berufswechsel aufgegeben hätte.

Der Kaffee war stark genug, um Rudolf Grovian die ganze Nacht wach zu halten. Aber Schlaf hätte er mit dieser Tragödie im Kopf auch ohne Kaffee nicht gefunden. Sonja warf ab und zu einen Blick zur hinteren Grundstücksgrenze. Sie hatte eine Dose mit Keksen für ihn aufgetrieben. Sein Hinweis, dass er seit dem Vormittag für David unterwegs war, schien sie beeindruckt und gnädiger gestimmt zu haben, zumindest soweit es ihn betraf.

»Wieso weiß David nicht, dass sein Vater tot ist?«, fragte er. »Mein früherer Kollege weiß das auch nicht.«

»Hätte der Bestatter meinen Bruder auch noch bei der Polizei abmelden müssen?«, fragte Sonja. *Polizei* versetzte sie offenbar wieder in den Kampfmodus. »Ihrem früheren Kollegen habe ich gesagt, dass mein Bruder Wurzeln im Schwarzwald schlägt. Er hätte nur seinen Grips einschalten müssen, um in Erfahrung zu bringen, wo Robin war. Den Kindern hat Tosca es nie gesagt. Lea rief im Februar an, war im Internet auf unser Restaurant gestoßen und wollte zu Robin, weil sie es bei Tosca nicht mehr aushielt. Seit sie arbeite, knöpfe Mama ihr jeden Cent ab, und an freien Abenden müsse sie das Kindermädchen für David spielen, während Mama ihren sauer verdienten Lohn mit der Jagd auf irgendwelche Kerle verjuble, erzählte sie. Lea hoffte, dass Papa ihr nicht mehr böse sei. Ich sollte Robin ausrichten, sie würde ihm nicht auf der Tasche liegen, könne selbst für ihren Unterhalt sorgen. Armes Ding.«

»Mir sagte man, Lea sei mit ihrem Freund nach Madrid gezogen.«

Sonja nickte und fand wieder zurück zu einem weniger angriffslustigen Ton. »Im Februar habe ich behauptet, Robin sei in Spanien. Was hätte ich ihr sagen sollen beim ersten Anruf? Ich konnte ihr doch am Telefon nicht den Boden unter den Füßen wegziehen. Danach habe ich sie ein paarmal getroffen und ihr weisgemacht, Robin hätte auf einem Kreuzfahrtschiff angeheuert. Deshalb könne man ihn telefonisch nicht erreichen, auf See hätten sie keinen Empfang. Ich müsste auch immer warten, bis er sich meldet. Kurz vor Ostern habe ich sie hergeholt und ihr die Wahrheit gesagt. Mein Vater kommt hin und wieder ins Restaurant, aber die Wohnung betritt er nicht mehr. Lea konnte sich dort verkriechen und trauern.«

»Wo ist sie jetzt?«, fragte Grovian. »Gemeldet ist sie immer noch unter der Adresse in Gustorf.«

»Sie hat im Juni in Frankfurt eine Ausbildung zur Hotelfachfrau begonnen und wohnt bei einer Freundin von mir. Wenn die Polizei oder das Einwohnermeldeamt das unbedingt wissen müssen, bitte. Dass Tosca sie aufspürt und Unterstützung verlangt, steht ja nicht mehr zu befürchten. Aber ich wäre Ihnen sehr verbunden, wenn mein Vater vorerst nichts davon erfährt. Vielleicht können Sie nachvollziehen, dass Toscas Kinder für ihn die spitzen Pfähle in der Fallgrube sind. Das gilt für Lea ebenso wie für David, für Lea vielleicht noch mehr. Aber sie konnte doch nichts dafür, war ein Kind damals, hatte keine Ahnung, was sie anrichtet, und hat bestimmt nicht mit so viel Niedertracht gerechnet.«

Grovian dachte an das Rundholz in der Brust der Toten und fragte sich, ob man Sonja in den Kreis der Verdächtigen aufnehmen müsse. Wenn Lea beim Auszug einen Wohnungsschlüssel mitgenommen und ihrer Tante überlassen hatte ... Aber ehe er sich darüber den Kopf zerbrach, wollte er wissen, was es mit dem Handy des Rentners auf sich hatte.

»Wusste Tosca überhaupt von Robins Tod?«, fragte er. »Wenn man wie Sie in so kurzer Zeit zwei geliebte Menschen verloren hat und eine Zecke dafür nicht vor einen Richter bringen kann, wäre es eine Möglichkeit der Rache gewesen, ihr das zu verschweigen.«

»Blödsinn«, begehrte Sonja auf. »Als die erste Unterhaltszahlung ausblieb, tauchte Ulrich Ebel bei uns auf und wollte wissen, was Robin in den Sinn komme, einfach zu verschwinden und nicht mehr zu zahlen. Es könne ja sein, dass Lea etwas Falsches erzählt habe oder falsch verstanden worden sei, meinte er, aber sie müssten doch von etwas leben. Ich habe ihm klargemacht, dass seine Tochter sich mit ihrer miesen Tour selbst ausgetrickst hat, dass sie für die Kinder Halbwaisenrente beantragen kann und sich einen Job suchen muss. Arbeiten war aber nicht in ihrem Sinne, Halbwaisenrente für die Kinder zu beantragen kam auch nicht infrage. Angeblich wollte sie ihnen den Kummer ersparen, den Robins Tod verursacht hätte. Als ob es nicht weitaus schlimmer wäre, wenn ein Vater untertaucht und nichts mehr von sich hören lässt.«

Sonja berichtete von Ulrich Ebels weiteren Besuchen, wobei er für sie kein übler Kerl war, nur der Übermittler von Toscas Gier. Das Haus hatte er verlangt, war der festen Überzeugung, Robins Großvater hätte es ihm vermacht. Dass Tosca wegen der Scheidung nicht mehr erben könne, sei ihr klar, hatte er gesagt. Aber die Kinder seien erbberechtigt. Tosca könne folglich wieder mit ihnen hier einziehen. Sonja hatte ihn eines Besseren belehrt.

Er war abgezogen, aber eine Woche später wiedergekommen mit dem Vorschlag, Tosca mit hunderttausend Euro abzufinden. Das sei weniger als die Hälfte des tatsächlichen Wertes, allein das große Grundstück brächte wahrscheinlich viel mehr. Er hatte nicht begreifen wollen, dass Tosca keine Ansprüche stellen konnte, weil sie ihm Märchen auftischte. Von hundert- war er runter auf fünfzigtausend gegangen, dann auf zwanzigtausend, hatte immer wieder betont, Tosca wolle das Geld nicht für sich, nur für die Kinder, an deren Zukunft sie denken müsse.

»Das hätte sie tun sollen, ehe sie den Verdacht in die Welt setzte, mein Bruder hätte sich an Lea vergangen«, hatte Sonja ihm geantwortet. »Und wenn Sie noch einmal hier auftauchen und uns mit unverschämten Forderungen belästigen, erstatte ich die Strafanzeige wegen Verleumdung, zu der mein Bruder nicht mehr gekommen ist. Die Polizei hat uns dringend dazu geraten, weil die falschen Anschuldigungen Ihrer Tochter zwei Menschen das Leben gekostet haben, Herr Ebel.«

Daraufhin hatte Ulrich Ebel gesagt: »Das tut mir auch sehr leid, das können Sie mir glauben. Robin war ein feiner Kerl. Er hatte was Besseres verdient als Tosca. Ich weiß nicht, was ich da in die Welt gesetzt habe. Aber von der Sorte habe ich zwei.«

Eine trübe Erkenntnis für einen Vater, fand Rudolf Grovian. Und er hatte früher gedacht, seine Tochter sei ein ausgekochtes Biest. Aber gegen Tosca Lackner war Marina ein Lämmchen gewesen. »Sie haben meinem Kollegen damals gesagt, Tosca hätte sich mit David etwas aufgebaut, was sie sich von Ihrem Bruder und Ihrer Mutter nicht kaputt machen lassen wollte. Für uns klingt das, als hätte sie nur deshalb diese Verleumdungsaktion gestartet.«

Sonja verzog ihr Gesicht, als hätte sie Zahnschmerzen. »Es klingt nicht nur so, Herr Grovian. Es gibt ein Gutachten mit der Diagnose frühkindlicher Autismus und einem eklatanten Widerspruch, den außer meiner Mutter offenbar niemand zur Kenntnis genommen hat. Tosca bekam Pflegegeld für David und bei der Scheidung einen erhöhten Betreuungsunterhalt zugesprochen, der auf vier Jahre begrenzt wurde. Als Autist brachte David ihr rund tausend Euro im Monat. Als er eingeschult werden sollte, wollte meine Mutter ihn in der Uniklinik erneut testen lassen. Dafür brauchte sie das Einverständnis beider Elternteile. Tosca lehnte ab und verlangte, dass Robin weiterhin den hohen Unterhalt für sie zahlte, wozu er nicht bereit war. Er hing seit der Trennung am Tropf unserer Eltern und wollte finanziell endlich wieder auf eigenen Füßen stehen. Den Rest können Sie sich denken.«

»Dafür reicht meine Fantasie«, stimmte Grovian ihr zu. »Ihr Vater sagte, es gäbe Beweise für alles, kann ich die sehen?«

»Sie können einen ganzen Karton voller Beweise haben, wenn es David irgendwie hilft. Warten Sie hier, ich hole den Kram, und Sie passen solange auf, dass mein Vater keine Dummheiten macht. Ich verstehe nicht viel vom Gärtnern und Botanik. Aber ich weiß, dass Maiglöckchen der Gesundheit nicht förderlich sind. Er züchtet dahinten nicht nur Vergissmeinnicht.«

Daraufhin entschied Rudolf Grovian sich, Bernd im Gewächshaus Gesellschaft zu leisten, bis sie zurückkam. Auf dem Weg zur hinteren Grundstücksgrenze informierte er Klinkhammer. Der kämpfte, seit er wusste, dass sein Hauptverdächtiger aus dem Rennen war, mit *hätte ich, wäre nicht*, wie Bernd es seit Jahren tat.

Klinkhammer war nicht in der Verfassung nachzuvollziehen, warum Grovian sich mit einem Karton voller acht Jahre alter Beweise beschäftigen wollte. »Lass gut sein, Rudi«, sagte er. »Die Frau ist tot, die kann man für nichts mehr zur Rechenschaft ziehen. Es gibt einen Kontakt, der erst nach Ostern aufgetaucht ist. Aber so viel kalte Wut sammelt man nicht in ein paar Monaten. Wahrscheinlich hast du recht, was den Jungen angeht. Er leugnet ja auch nicht.«

Das hatte Cora Bender auch nicht getan. Und alle hatten sie für durchgeknallt gehalten. Wie oft hatte Grovian damals gehört: *Lass gut sein, Rudi.* Er hatte es nicht gut sein lassen und bewiesen, dass Cora Bender sich nur für wenige Minuten in der Vergangenheit verloren hatte. So viel würde er für David nicht tun können, das war ihm klar. Aber etwas musste er tun, weil der Mann mit dem besten Motiv im Schwarzwald Wurzeln schlug und gar nichts mehr tun konnte.

Es war neun Uhr vorbei, als Rudolf Grovian mit einem Karton voller Vergangenheit und einem unangenehmen Ticken im Hinterkopf nach Hause kam. Wenn nach Ostern ein verdächtiger Kontakt aufgetaucht war … zu dem Zeitpunkt hatte Lea Unterschlupf bei ihrer Tante und deren Lebensgefährten gefunden und Sonja eine Menge über das Leid der Kinder erfahren. Wenn sie sich entschlossen hatte, auch den Neffen zu sich zu holen. Solange die verhasste Ex-Schwägerin lebte, wäre ihr das nicht möglich gewesen. Und wenn Lea ihren Wohnungsschlüssel mitgenommen hatte …

Er hatte Klinkhammer nicht danach fragen mögen, damit der die Düsseldorfer Kollegen jetzt nicht auf die Tante hetzte. Dann wäre niemand mehr da, der sich kümmern könnte. Erst mal sehen, was ans Licht kam, wenn man sich mit der Vergangenheit beschäftigte.

Der Inhalt des Kartons bestand hauptsächlich aus Papier, entsprechend schwer war die Last. Mechthild hantierte noch in der Küche. Sie hatte Kartoffelsalat gemacht und für ihn ein halbes Grillhähnchen besorgt. Als sie ihn durchs Küchenfenster kommen sah, kam sie eilig zur Tür. »Willst du dir einen Bruch heben, Rudi? Warum rufst du nicht, damit ich dir helfe?« Dann packte sie mit an.

Er roch das Hähnchen und spürte trotz der Handvoll Kekse, dass er seit dem Frühstück nichts mehr gegessen hatte.

Nachdem sie den Karton gemeinsam raus auf die Terrasse getragen hatten, häufte Mechthild ihm eine Portion Kartoffelsalat auf einen Teller, legte das halbe Hähnchen dazu und füllte ihm ein Glas mit schwarzem Tee, selbst aufgebrüht, mit viel Zucker und Zitrone. Ein Bier wäre ihm lieber gewesen, aber angesichts der Masse an Papier und Datenträgern war der Tee vermutlich besser.

»Jetzt iss doch erst mal«, verlangte Mechthild. »Oder willst du überall Fettflecken hinterlassen?«

Sie hatte recht, und beim Essen fand er auch Zeit, ihr zu berichten, wie er sich den Tag vertrieben hatte.

»Der arme Junge«, sagte sie wiederholt. »Und ihr meint wirklich, er hätte es getan? Was Hans wohl dazu sagen wird. Ich rufe ihn gleich mal an.«

»Es wäre mir lieber, wenn du das auf morgen verschiebst«, sagte er. »Ich würde das hier gerne in Ruhe durchsehen.«

»Ich habe nur gesagt, dass ich ihn anrufe, Rudi, nicht, dass ich ihn herbestelle.« Sie nahm den Teller mit den abgenagten Hühnerknochen, füllte ihm das Glas noch mal und stellte die Teekanne zurück in den Kühlschrank, während er sich die Hände wusch. Dann rief Mechthild den Schwiegersohn an und verzog sich mit dem Telefon ins Wohnzimmer, während er draußen, wo die Luft auf angenehme vierundzwanzig Grad abgekühlt war, den Karton ausräumte.

Obenauf lagen sieben DVDs, der USB-Stick mit Robins Bilanz und die mit einer Büroklammer aneinandergehefteten Abschiedsbriefe. Einer davon glatt, der umfasste vier Seiten. Die anderen, zerknittert und wieder glatt gestrichen, brachen nach zwei, drei Absätzen oder mitten in einem Satz ab. Er überflog jeweils einige Zeilen. Die Anfänge waren fast immer gleich.

»Es tut mir so unendlich leid, Papa. Dich um Verzeihung zu bitten, wage ich nicht. Was passiert ist, kann nur ein Übermensch verzeihen. Übermenschen waren wir beide nie. Ich weiß, dass es schon vor Jahren meine Aufgabe gewesen wäre, für David in den Kampf zu ziehen. Ich hätte es nicht Mama überlassen dürfen. Aber sie war für Tosca ohnehin ein rotes Tuch, und ihr könne niemand schaden, dachte ich.«

Auf einem glatt gestrichenen Blatt stand, dass Mama ihn gewarnt hatte. Das hatte er ja auch zu Klinkhammer gesagt, nur nicht erwähnt, dass seine Mutter ihm schon drei Jahre vorher nahegelegt hatte, Lea aus seinem Bett zu verbannen, weil Tosca ihm daraus einen Strick drehen könnte, wenn die vier Jahre um waren.

»Lea suchte doch nur meine Nähe. Ich konnte sie nicht

wegstoßen, Papa. Und ich hätte mich eher eigenhändig kastriert, als mich an ihr zu vergreifen. Sie hat auch nicht in meinem Bett geschlafen, sondern auf Toscas Seite.«

Rudolf Grovian legte die Briefe, DVDs und den USB-Stick zur Seite. Damit konnte er sich beschäftigten, wenn die Außenlampe zum Lesen nicht mehr reichte. Dann packte er Papierstapel um Papierstapel auf den Terrassentisch. Anwaltsschreiben, ausgedruckter Mailverkehr, aus dem hervorging, dass Tosca in den ersten Wochen nach der Trennung noch mehrfach im Haus gewesen war und alles mitgenommen hatte, was nicht niet- und nagelfest war. Danach hatte sie, anscheinend mit Unterstützung von Vater und Bruder, auch noch einen Großteil der Möbel abgeholt.

Zurückgelassen hatte sie die Einbauküche und das Schlafzimmer. Robin war gar nichts anderes übrig geblieben, als zu Anfang beide Kinder mit ins Ehebett zu nehmen. Sonst hätten Lea und David auf dem Fußboden schlafen müssen.

Mindestens drei Dutzend Mal las Grovian: »Ich weiß nicht, wie ich dir danken soll, Mama. Das kann ich doch nie wiedergutmachen.«

Luzie hatte alles ersetzt und die Schlösser austauschen lassen, um weiteren Raubzügen vorzubeugen. Sehr zum Unwillen der Schwiegertochter, deren Anwältin Robin drohte, auf seine Kosten die Tür aufbrechen zu lassen, wenn ihrer Mandantin nicht umgehend wieder Zugang verschafft würde.

Also hatte Luzie auch noch dafür gesorgt, dass ihr Sohn sich ebenfalls anwaltlich vertreten ließ. Um Kosten zu sparen, hatte Tosca vorgeschlagen, sich gemeinsam von ihrer Anwältin vertreten zu lassen. Robin hatte sich damit bereits einverstanden erklärt, um weiteren Ärger zu vermeiden.

Dann war der Krieg ausgebrochen. Als Schlammschlacht, wie Bernd es genannt hatte, hätte Rudolf Grovian es nicht bezeichnet. In geradezu perfider Weise hatte Tosca bei jeder Gelegenheit ihren angeblich schwerbehinderten Sohn ins Feld geführt, um vermeintliche Ansprüche durchzusetzen. Zeugen wurden in

Scheidungsverfahren schon lange nicht mehr gehört. Es wurde ja nicht mehr nach dem Schuldprinzip geschieden. Und wer sagte im Scheidungsverfahren zu einer Mutter, die tränenreich schilderte, sie wäre beinahe zu spät zur Verhandlung gekommen, weil ihr kleiner Sohn wieder einen fürchterlichen Anfall gehabt habe, ins Gesicht: »Du lügst, Mädel.«

Am Ende war Robin der Alleinschuldige am Scheitern der Ehe. Angeblich lehnte er den Sohn ab und amüsierte sich lieber mit Freunden, statt seine Frau zu entlasten. Er hatte die Scheidung eingereicht. Weil das mit Kosten verbunden war, die Tosca nicht aufbringen konnte.

»Wenn du uns loswerden willst, wirst du den Antrag stellen müssen. Du kannst nicht von mir verlangen, dass ich mich auch noch darum kümmere. Ich weiß nicht, wie ich alleine zurechtkommen soll, kann keine Nacht mehr durchschlafen vor Kummer und Sorge um David. Er ist nicht daran gewöhnt, das Zimmer mit Lea zu teilen, wacht jede Nacht mehrfach auf. Aber eine größere Wohnung kann ich mir nicht leisten.« Und so weiter …

Mehr als einmal dachte Grovian: So ein durchtriebenes Luder.

Die Sammlung war in ordentlich beschrifteten Leitz-Ordnern oder Schnellheftern zusammengefasst. Ein Schnellhefter mit der Aufschrift »David« enthielt die Kopie eines Bescheids der Pflegekasse, aus dem hervorging, wie hoch die finanzielle Unterstützung war, die Tosca monatlich für die Betreuung ihres schwerbehinderten Kindes erhalten hatte. Einer Kopie vom Gesundheitsdienst der Krankenkasse war zu entnehmen, dass Tosca ihren Sohn rund um die Uhr betreuen müsse. David könne sich nicht alleine waschen, nicht alleine anziehen, nicht ohne Hilfe essen oder die Toilette aufsuchen. Das Datum bezeugte, dass der Junge zu dem Zeitpunkt zwei Jahre alt gewesen war. Grovian erinnerte sich, dass sein Enkel in dem Alter ebenfalls noch diverse Hilfestellungen gebraucht hatte. Ob bei der Pflegekasse keiner gewusst hatte, dass das der Normalzustand bei einem Kind in dem Alter war?

Eine Kopie des Gutachtens, das Robin auf Betreiben seiner

Mutter angefordert hatte, als der Scheidungstermin nahte, las Grovian zweimal. Die Diagnose in der Kopfzeile lautete: »Frühkindlicher Autismus«, wie Sonja gesagt hatte. Bei einem Zweijährigen klang das harmlos, da mochte man denken, das wachse sich aus. Es folgte eine Menge Fachchinesisch, aus dem ein Laie nicht schlau werden konnte, aber auch nicht musste. Aussagekräftig waren lediglich zwei Sätze. Die Beurteilung des Gutachters: »Es ist kein Autismus-Risiko vorhanden.« Der nächste Absatz begann mit den Worten: »Nach Einschätzung der Eltern ist das Autismus-Risiko hoch.«

Auch nach dem zweiten Mal Lesen fasste Grovian es nicht. Alles fußte auf dem zweiten Satz. *Nach Einschätzung der Eltern.* Hatte niemand die Frage aufgeworfen, was schwerer wog – die Beurteilung eines Fachmanns, der das Kind untersucht und getestet hatte, oder die Einschätzung einer Mutter? Robin hatte seinen Sohn doch nicht als Autisten eingeschätzt. Er war nicht mal in der Nähe gewesen, wenn David untersucht und getestet wurde.

Robin war auch nicht fähig gewesen, das Gutachten anzufechten. Zermürbt und gebrochen von den Jahren mit Tosca, hatte er Angst gehabt vor dem, was sie sich einfallen ließe, wenn er es versuchte. Seine Mutter hatte den Kampf aufgenommen, wie er in seinem Abschiedsbrief geschrieben hatte.

Luzie hatte alles zusammengetragen, was sie über Autismus aus dem Netz fischen konnte, sich ans Jugendamt gewandt, die Krankenkasse informiert, wiederholt den Gutachter angeschrieben, um eine Stellungnahme gebeten und geschildert, wie sie den kleinen Enkel erlebte, nämlich als ein normales Kind. Erreicht hatte sie nichts. Sie war nur die Großmutter, ihr schuldete man keine Auskunft und keine Rechtfertigung.

Interessant wurde es mit einer Arztrechnung für die Blutentnahme bei einem Privatpatienten. Aus angehefteten Mails ging hervor, dass Robin den Verdacht hegte, David werde zeitweise mit Medikamenten in einen Zustand versetzt, der ihn auf Außenstehende wie einen geistig Behinderten wirken lasse.

Lea hatte ihrem Vater erzählt, David habe Medizin nehmen müssen, bevor Besuch gekommen sei. Dabei sei er nicht krank gewesen, aber danach ganz komisch. Als Sorgeberechtigter hatte Robin beim Kinderarzt nachgefragt. Dort hatte man David länger nicht mehr gesehen und wusste nichts von Medikamenten. Den Jungen von diesem Arzt untersuchen zu lassen war nicht möglich. Robin hatte die Kinder nur am Wochenende, dann war die Praxis geschlossen.

In einer Mail an seine Mutter schrieb Robin: »In der Kita hat man mir gesteckt, dass Tosca mit einem Apotheker angebandelt hat. So einer dürfte wissen, mit welchen Wirkstoffen man ein kleines Kind in einen Zombie verwandeln kann, damit Außenstehende den richtigen Eindruck bekommen. Ich nehme an, der *Besuch* war jemand vom Gesundheitsdienst der Krankenkasse. Die prüfen nach einem Jahr, ob die Gegebenheiten noch dieselben sind.«

Daraufhin hatte Luzie ihren Arzt überredet, David außerhalb der regulären Sprechstunde Blut für eine Laboruntersuchung zu entnehmen und ihr in Rechnung zu stellen. Legal war das nicht gewesen und prompt zum Bumerang geworden.

»Wir hätten es eigentlich wissen müssen«, schrieb Robin. »Einem Dreijährigen Blut abzunehmen, ohne dass Mama davon erfährt, funktioniert nicht. David hat ihr sofort erzählt, dass er gepikst wurde. Sie hat mir eine Höllenszene gemacht, mit einer Anzeige wegen Körperverletzung gedroht und Sputnik den Kopf rasiert. Angeblich gab es im Kindergarten Läuse. Was machen wir, wenn sie uns anzeigt, Mama? Sie wird alle Hebel in Bewegung setzen, dass ich die Kinder nicht mehr sehen darf.«

»Wird sie nicht«, lautete die Antwort. »Sie wird die Kinder verlieren, wenn sich herausstellt, dass sie David nicht ärztlich verordnete Medikamente gibt. Hör dich mal um, mit welchem Apotheker sie sich eingelassen hat. Wahrscheinlich hat der ihr dazu geraten, David eine neue Frisur zu verpassen. In Haaren lassen sich Drogen viel länger nachweisen als im Blut. Verdammt, warum ist mir das nicht früher eingefallen?«

Eine Woche später schrieb Robin: »Laut Lea heißt Mamas neuer Freund Heini und fährt ein schwarzes Auto. Lea mag ihn nicht, weil Tosca sie entweder ins Bett schickt oder bei Wind und Wetter nach draußen scheucht, wenn er kommt. Wenn sie ein bisschen älter und vernünftiger wäre, hätte ich sie gebeten, das Kennzeichen aufzuschreiben.«

Ein schwarzer Opel Vectra mit Bergheimer Kennzeichen, dachte Rudolf Grovian. Heini war von Beruf Apotheker. Das waren Anhaltspunkte, wenn auch dürftige. Vielleicht hieß er mit Vornamen Heiner oder Heinz.

Den Laborbericht nach der nicht legalen Blutentnahme suchte er vergebens. Vermutlich war der an die Arztpraxis geschickt worden. Die Adresse stand auf der Rechnung. Er könnte nachfragen, bezweifelte aber, dass er Auskunft bekäme.

Um halb elf legte er die erste DVD in seinen Laptop. Luzie hatte es anscheinend nicht bei Worten belassen, sondern zeigen wollen, dass David nicht behindert war. Er sah einen fröhlichen kleinen Jungen auf einer Schaukel im Garten. In der nächsten Szene demonstrierte der kleine Junge seiner Oma, wie ein Polizist mit zwei Räubern gleichzeitig fertigwurde.

»Du willst bestimmt Polizist werden, wenn du groß bist«, sagte die ältere Frau, die Grovian unschwer als Luzie identifizierte. Wer der Tochter gegenübergesessen hatte, erkannte die Mutter sofort.

»Nein«, sagte David, während er einem Playmobil-Räuber eine Handschelle anlegte und ihn ans Polizeiauto fesselte.

»Kluges Kerlchen«, lobte Luzie. »Dann wirst du bestimmt Feuerwehrmann. Alle kleinen Jungs wollen Feuerwehrmänner werden.«

»Das stimmt nicht, Mama«, ließ sich eine Männerstimme aus dem Off vernehmen. »Ich wollte Gärtner werden.«

»Ja, richtig«, sagte Luzie. »Und toten Menschen Blümchen auf die Gräber pflanzen. Wie konnte ich das vergessen?«

»Ich will Tomaten pflanzen«, teilte David mit. »Die sind lecker und sehen schön aus.«

In der nächsten Szene saß David neben Bernd Lackner am Tisch im Anbau. Sie bauten gemeinsam ein Polizeiauto aus Legosteinen, wobei Bernd baute und David die Anleitung studierte und Steinchen anreichte. Durch die großen Fensterscheiben war zu sehen, dass draußen gegrillt wurde. Ein Mann in Robins Alter stand am Grill, Robin und eine Frau saßen bereits vor ihren Tellern an einem mit Salat, Brotkorb und diversen Soßen bestückten Tisch und unterhielten sich.

»Ist noch ein Würstchen für Opa da?«, vergewisserte David sich.

»Wenn ihr euch beeilt«, rief der Mann am Grill.

»Aber wir sind noch nicht fertig«, erklärte David. »Du musst für mein Opa ein Würstchen verwahren.«

»Zwei sind ihm garantiert lieber«, hörte Grovian die Stimme von Luzie, die wohl die Kamera führte.

In einer weiteren Sequenz erklärte David, dass er sich von Oma Luzie und Opa einen Polizeihubschrauber zum Geburtstag wünschte und von Papa eine Kleinigkeit, die nicht viel kostete.

Am meisten zu schaffen machte ihm die Szene, die mit einer kleinen Pappschachtel in einer Frauenhand begann. Deutlich zu erkennen war die Abbildung eines Flugzeugs. David nahm die Schachtel, rappelte damit und wollte wissen: »Ist da auch ein Mensch dabei?«

»Ich denke schon«, antwortete Luzie.

Und Robin sagte: »Egal ob Auto, Flieger oder Schiff, Sputnik braucht immer einen Menschen dabei.«

Für Sputnik war in den letzten acht Jahren kein Mensch mehr da gewesen.

Um elf wechselte Grovian ins Wohnzimmer, mit zwei Mückenstichen auf den Unterarmen, im Kopf die Kinderstimme, die sich von Papa etwas zum Geburtstag wünschte, das nicht viel kostete, und vor Augen das Bild des Jungen, wie er im Krankenhaus darum bettelte, die Schuhe behalten zu dürfen.

Er las noch etliche Anwaltsschreiben, dann stellte er zusammen, was er für wichtig hielt. Das Gutachten, die Arztrechnung und die Mails, in denen es um Medizin für David und um Freund Heini ging. Er wollte morgen noch einmal nach Gustorf und mit Sascha Krieger reden. Vielleicht bekam er eine passable Beschreibung, es würde die Suche nach Heini vereinfachen, auch wenn der Apotheker vorerst nicht mehr als ein Kontakt aus der Vergangenheit war, der laut Sascha Krieger nicht einmal regelmäßig gekommen war, dafür aber über längere Zeit.

Um drei legte er sich auf die Couch, zu müde, um noch nach oben ins Schlafzimmer zu wechseln. Er wollte auch Mechthild nicht stören. Sie kam kurz nach fünf runter und weckte ihn.

»Wie lange hast du noch draußen gesessen?«, fragte sie.

»Bis um elf«, sagte er wahrheitsgemäß.

»Warum bist du denn nicht ins Bett gekommen?«

»Hier unten war es nicht so warm«, sagte er, ging nach oben, duschte und bestrich die juckenden Pusteln auf dem Unterarm mit einer Salbe gegen Juckreiz, die aber nicht half. Und die ganze Zeit hatte er die Bilder vor Augen. Das kluge Kerlchen mit den Playmobil-Räubern, den etwa Vierjährigen mit Bernd im Anbau, wie er die Bauanleitung studierte – und offenbar verstand. Kluges Kerlchen. *Ist noch ein Würstchen für Opa da?*

Hatte Bernd Lackner das alles vergessen?

## *Mittwoch, 21. August*

Bernd wusste nicht, wie er am vergangenen Abend aus dem kleinen Gewächshaus ins Bett gekommen war mitsamt dem Packen im Genick, den Grovian ihm aufgebürdet hatte. Robins Adresse. Ein Baum im Schwarzwald. Vage erinnerte er sich an Sonjas Stimme und eine Pille, die sie ihm zwischen die Lippen schob. »Schlucken, Papa. Ich weiß, du magst das nicht, aber manchmal geht es nicht anders.«

Trotz der Pille hatte er eine furchtbare Nacht hinter sich, gefüllt mit einem Sammelsurium von Träumen, die nichts anderes gewesen waren als schnell wechselnde Erinnerungssplitter.

Robin, wie er Luzie mit beiden Armen umschlag, sein Gesicht an ihre Schulter drückte. *Was bin ich froh, dass ich euch nicht verloren habe, Mama.* Und Bernd hatte dann beide verloren.

Robin, der drei Kreuzzeichen machen wollte, wenn er die Zecke losgeworden war. Das dritte Kreuz war dann für ihn gewesen und das zweite für Luzie, die eine Vergewaltigung abgeschüttelt hatte wie ein Hund den Regen. Und eine gemeine Frage am Telefon haute sie um. »Wieder einer, der wissen wollte, was für ein Gefühl das ist, einen Kinder...« Welchen Ausdruck sie nicht mehr vollständig über die Lippen gebracht hatte, wusste Bernd zur Genüge. Er war am Telefon auch schon gefragt worden, was für ein Gefühl das sei, einen Kinderficker in die Welt gesetzt zu haben. Er hatte jedes Mal kommentarlos aufgelegt. Das war nicht Luzies Art. Und man durfte den Kampf nicht vergessen, den sie zuvor für David gefochten, der sie viel Kraft gekostet hatte. Eine Niederlage nach der anderen, weil sie nur die Oma war und eine Psychopathin in der Opferrolle so überzeugend, dass alle Welt darauf hereinfiel.

Luzie mit einem Blatt Papier in der Hand, die Zeichnung eines von Bäumen umstandenen Parkplatzes. Luzie konnte eine Menge, aber wenn sie einparken musste, brauchte sie ein Fußballfeld. »Sieh mal, was David für mich gemacht hat, zum Mitnehmen, damit ich nicht mehr lange nach einer Lücke suchen muss. Er ist noch keine fünf, Bernd. Der Junge ist ein Genie. Und dieses verfluchte Weib gibt ihn als behindert aus.«

Schon um fünf in der Früh war Bernd auf den Beinen. Eine andere Möglichkeit, das Karussell im Kopf zum Stillstand zu bringen, gab es nicht. Es stand nicht einmal völlig still, drehte sich nur langsamer, als sollte er Zeit bekommen, sich die Splitter genau anzusehen und noch einmal darüber nachzudenken, ob er mit seinen zweiundsiebzig Jahren nicht doch in der Lage war, seinem Enkel ein Zuhause zu bieten, falls er eins brauchte, was ja noch nicht feststand.

Er sah, wie Luzie sich hinunterbeugte zu dem zweieinhalbjährigen Knirps, der sich an Robins Bein klammerte. »Weißt du denn heute, wer ich bin?«

Und der Kleine schluchzte: »Ich weiß es aber nicht.«

»Aber ich weiß, was dir hilft, es dir zu merken«, sagte Luzie. »Ein großes Feuerwehrauto. Das kannst du bestimmt gebrauchen.«

Da hatte er genickt und nie wieder vergessen, wer sie war. Seine Oma Luzie. Und Bernd war nur Opa, meist der Opa von Oma Luzie, ein Anhängsel. Aus unerfindlichen Gründen hatte der Junge sich seinen Namen nicht merken können, und das auch noch als Auszeichnung dargestellt. »Bei mein Papa habe ich nur ein Opa, das bist du. Bei Mama habe ich ein ander Opa, der heißt Ulich.« Ohne r.

Es war hell genug, um draußen nachzusehen, welchen Schaden er gestern angerichtet hatte. Es hielt sich in Grenzen, eine Handvoll Samen war auf dem Tisch statt in den Tütchen gelandet. Bernd fegte die Körner auf ein Kehrblech und verstreute sie draußen. Mal sehen, was daraus wurde.

Kurz nach neun kam Sonja. Bernd hatte geduscht, alle Fenster geöffnet, fast eine Stunde gebraucht, um Kaffee zu machen. Nun saß er vor einem Tomatenbrot im Anbau. Appetit hatte er keinen, hörte Robin immerzu sagen: »Kaum habe ich das Auto angehalten, flitzt er raus …«

»Geht's wieder?«, fragte Sonja.

Als er nickte, sagte sie: »Grovian wird dich nicht mehr belästigen. Er sichtet Mamas Beweise und will prüfen, was davon für David von Nutzen sein kann.« Die private Arztrechnung zum Beispiel, deswegen hatte er schon angerufen, damit sie den alten Laborbericht beschaffte. Wenn in einer illegalen Angelegenheit ein Polizist nachfragte, war garantiert nichts zu finden. Aber davon musste Bernd vorerst nichts wissen.

»Was machen wir mit dem Jungen?«, fragte er.

»Vorerst können wir nicht mehr tun, als ihm eine gute Anwältin zu beschaffen. Grovian meinte, eine Frau sei in so einem Fall besser als ein Mann. Er will sich umhören und mir eine empfehlen. Der Rest bleibt abzuwarten.«

»Meinst du, er hat Tosca umgebracht?«

»Ich weiß es nicht, Papa, es spricht wohl einiges dafür.«

Zum Beispiel, was Lea erzählt hatte. Dass David seine Mutter wiederholt angegriffen hatte. Lea war nie dabei gewesen, Tosca hatte ihr nur die Hämatome gezeigt. David hatte dann meist schlafend auf dem Bett gelegen, weil es Tosca gelungen war, ihn zu bändigen und ruhigzustellen.

»Ich weiß nicht, welche Pillen sie ihm gegeben hat, aber gut vertragen hat er das Zeug nicht«, hatte Lea gesagt. »Er hatte oft Albträume und Halluzinationen. Einmal sah er einen Regenbogen mitten im Zimmer und wollte unbedingt raufsteigen. Als er wieder klar war, wusste er nichts davon.«

»Vielleicht kann ich dir heute Abend mehr sagen, Papa«, sagte Sonja. »Grovian will dafür sorgen, dass ich David heute Nachmittag besuchen und mit dem zuständigen Psychiater sprechen kann. Er will mir auch einen schnellen Termin beim Jugendamt verschaffen. Ich brauche einen Fürsprecher, der beim Familiengericht ein gutes Wort für mich einlegt, damit ich die Vormundschaft bekomme.«

»Du willst ihn nehmen?«, fragte Bernd und hatte dabei das Gefühl, etwas besser Luft zu bekommen.

»Darüber denke ich nach, wenn es so weit ist. Vorerst will ich nur mitbestimmen können, was mit ihm geschieht. Du kannst keine Entscheidungen für ihn treffen. Und ihn Ebels zu überlassen wäre bestimmt nicht in Robins Sinn. Die haben sich seit Jahren nicht mehr bei Tosca blicken lassen, wollten ihr auch David nicht mehr für ein Wochenende abnehmen. Die lassen ihn wegsperren, das garantiere ich dir. Aber das lasse ich nicht zu.«

»Wenn ich dich nicht hätte«, sagte Bernd.

Sonja drückte ihm einen Kuss aufs schüttere Haupthaar. »Was war ich als Kind froh, dass ich dich hatte. Und wir sollten jetzt beide froh sein, dass wir Grovian haben. Er ist in Ordnung.«

Dann verabschiedete sie sich wieder. »Ich muss los, Papa, hab noch einiges zu erledigen, wollte nur rasch sehen, ob du klarkommst. Wenn irgendwas ist, rufst du Rainer an. Er holt dich ab. Haben wir uns verstanden, Papa?«

Bernd nickte und sah sie vor sich in dem weißen Kleidchen mit der rosafarbenen Schleife, das Blumenkörbchen in den Händen, vor dem Trauzimmer im Standesamt, wo sie einer vorbeikommenden Frau mit strahlendem Lächeln erklärte: »Meine Mama hat einen Papa für mich geheiratet.« Sie war so alt gewesen wie David bei der Scheidung seiner Eltern.

## *Doktor Füssen*

Von Grabowski zu hören, dass Davids Mutter ihn nicht verlassen hatte, um der Verantwortung für ihn zu entfliehen, hatte Ferdinand Füssen am vergangenen Nachmittag nur äußerlich mit stoischer Gelassenheit aufgenommen. Natürlich war Psychiatrie keine exakte Wissenschaft. Und bedauerlicherweise gab es Psychopathen, die Gutachter von ihrer Unschuld und Harmlosigkeit oder Einsicht und Reue überzeugen konnten. Aber das waren in der Regel einigermaßen intelligente, meist auch langjährige Insassen im Maßregelvollzug, die genau wussten, was man von ihnen hören wollte. Zu diesem Personenkreis konnte man David nicht zählen.

Dass ein Fünfzehnjähriger, der je nach Stimmungslage und Anforderung zwischen kindlicher Naivität und wissbegieriger Intelligenz schwankte, ihn hinters Licht geführt hatte, war ein herber Schlag ins Selbstbewusstsein. Aber mit solchen Erfahrungen musste man als Psychiater umgehen können.

Nachdem er von Boris gehört hatte, dass Davids größte Sorge die Furcht vor einem Rauswurf war, nahm Füssen sich am Vormittag etwas Zeit, um mit dem Jungen über Verschleierungstaktik und Ängste zu sprechen. Mit Klinkhammer hatte er bereits telefoniert und sich einverstanden erklärt, dass David am Nachmittag von der Polizei befragt wurde. Es war nicht seine Aufgabe als Gutachter, dem Jungen ein Geständnis zu entlocken. Er war nur dafür zuständig, den Grad der Glaubwürdigkeit und Schuldfähigkeit festzustellen.

David schien ihn erwartet zu haben, saß am Tisch, in jeder Hand ein angeschmortes Spielzeugmännlein, als hielte er sich daran fest.

Füssen ging es locker an mit einem theatralischen Seufzer. »Du bist mir ja einer, erzählst allen, deine Mutter sei weggeflogen.«

David hielt seinem Blick stand mit einer Miene, auf der sich Unsicherheit und Kampfgeist die Waage hielten. Die Hand mit Kolchani zeigte auf das hagere Männergesicht am Schrank, bei dem Ferdinand Füssen immer das Gefühl hatte, die Augen würden jede seiner Bewegungen wahrnehmen und ihm folgen, wenn er ging.

»Das hat der Zauberer mir empfohlen.« Er erzählte der Reihe nach, wie das gewesen war, und endete damit, dass Lea gedacht hatte, er hätte Mama bestohlen und den Zauberer erfunden, um nicht bestraft zu werden.

Bei Süßigkeiten hätte Füssen das auch gedacht. Risikoscheue

Kinder und Jugendliche, die finanziell kurzgehalten wurden, griffen lieber in Mutters Portemonnaie, als irgendwo außerhalb etwas mitgehen zu lassen. Nur war zwischen Süßigkeiten und einer getöteten Mutter ein himmelweiter Unterschied. Und der Hinweis auf eine Erfindung, um nicht bestraft zu werden, ließ tief blicken.

»Wie hat der Zauberer denn begründet, warum du lügen oder verschweigen sollst, dass deine Mutter tot ist?«

David senkte den Kopf und betrachtete den Piratenkapitän in seiner behandschuhten Linken. Direkt begründet hatte der Zauberer das ja nicht. »Er hat nur gesagt, ich soll das sagen, wenn einer nach meiner Mutter fragt. Und wenn sie zu Staub zerfallen wäre, hätte keiner gemerkt, dass es nicht stimmt.«

Er stellte Johnny Depp auf den Tisch und bewegte die linke Hand, als knete er das Übungsbällchen. »Ich dachte wirklich, sie ist ein Vampir. Sie machte es überall dunkel, wenn draußen die Sonne schien. Sie sagte, das tut sie, damit es in der Wohnung nicht zu warm wird, sie hätte keine Lust, im Keller zu sitzen. Vampire sind bei Tag immer im Keller. Der Zauberer sagte, dass Vampire arme Kreaturen und eigentlich schon tot sind. Dass man sie nur erlöst, wenn man sie pfählt. Das habe ich geglaubt.«

»Dann wolltest du deiner Mutter etwas Gutes tun?«

Statt einer Antwort zuckte David mit den Achseln.

»Wie sollte es denn mit dir weitergehen, wenn sie zu Staub zerfallen wäre?«, fragte Füssen. »Solltest du alleine bleiben?«

»Das weiß ich nicht. Ich sollte sagen, Mama hätte mir aufgetragen, meine Schwester zu besuchen. Ich müsste sowieso bei Lea bleiben, wenn Mama nicht mehr da wäre, hat er gesagt. Und ich soll mir keine Gedanken machen, ich hätte eine Freikarte. Ich hatte doch kein Geld für den Bus.«

Obwohl Davids Stimme jetzt leicht schwankte, entdeckte Füssen keine Anzeichen von Schuldbewusstsein, weder im Ton noch in der Miene des Jungen. »Der Zauberer hat also behauptet, deine Mutter würde ihn aussaugen«, fasste er zusammen. »Ihn, nicht dich.«

David nickte.

»Warum hat er sie dann nicht selbst getötet? Das wäre sicherer gewesen, als sich darauf zu verlassen, dass du es richtig machst.«

»Vielleicht weil er wusste, dass sie gar kein Vampir sein konnte.« Da schwang Zorn mit, durchwachsen von Verzweiflung und Frust. »Ich wusste das nicht. Ich weiß auch nicht genau, wo Lea wohnt. Ich hätte sie gar nicht besuchen können. Aber das ist mir erst klar geworden, als ich gewartet habe und nichts passierte und ich nicht wusste, wohin ich gehen sollte.«

Die linke Hand knetete weiter das imaginäre Bällchen, die rechte presste sich um Kolchani, als wolle sie ihn zerquetschen.

»Das hättest du Herrn Grabowski gestern erzählen sollen«, sagte Füssen. »Warum hast du das nicht getan?«

David zuckte wieder mit den Achseln und schob für einen Moment die Unterlippe vor wie ein trotziges Kind. »Herr Grabowski wollte nur wissen, was mit Mama passiert ist. Ob sie geschlafen hat und was ich zuerst gemacht habe. Das weiß ich nicht. Ich weiß doch nie, was ich gemacht habe, wenn ich einen Anfall hatte.«

Den Satz hatte Füssen oft genug gehört. »Heute Nachmittag kommen zwei andere Polizisten«, kündigte er an. »Beantworte ihre Fragen, so gut du kannst. Wenn du etwas nicht weißt, ist das kein Problem, David. Sie werden dich nicht mitnehmen. Du bleibst hier, und wir finden heraus, was du zuerst gemacht hast.«

## *Informationsaustausch*

Sonja Lackner schnellstmöglich die Gelegenheit zu verschaffen, ihren Neffen kennenzulernen und vom zuständigen Psychiater zu erfahren, für wen sie die Vormundschaft übernehmen wollte, kostete Rudolf Grovian nur einen Anruf, bei dem er Klinkhammer auch über seine Funde im Karton informierte.

Den Rest übernahm Klinkhammer, der ohnehin mit Füssen reden und zäh verhandeln musste, um in Begleitung erscheinen zu dürfen. Zu Beginn des Gesprächs war Füssen damit nicht einverstanden. Er war Psychiater mit Leib und Seele, für ihn stand das Wohl seiner Schützlinge im Vordergrund, egal, was zu ihrer Unterbringung geführt haben mochte. Gestern Grabowski, heute gleich zwei, das sei für David zu viel, meinte er. Der Junge müsse sich erst einmal von dem Schock erholen, dass die Leiche seiner Mutter entdeckt worden war.

Aber in solchen Verhandlungen konnte Klinkhammer hartnäckig sein. Der leitende Ermittler war nun mal Konstantin Schaller, und der konnte sich – im Gegensatz zu Klinkhammer – nicht dafür verbürgen, dass Sonja Lackner Davids Tante und derzeit die einzig verfügbare Angehörige war, die ein Wörtchen mitzureden hatte. Dafür auf die Schnelle amtliche Beweise zu beschaffen, war nicht möglich. Und da David minderjährig war und nicht anwaltlich vertreten wurde, sollte die Befragung sicherheitshalber mit Zustimmung und im Beisein einer Angehörigen erfolgen, die darüber hinaus wesentliche Informationen über Davids Lebensumstände in früheren Jahren geben konnte. Letzteres war etwas dick aufgetragen, aber es verfehlte die Wirkung nicht. Füssen war begierig zu erfahren, wo bei David die Fantasie endete und die Realität begann.

Währenddessen fuhr Rudolf Grovian nach Sindorf und brachte einige Datenträger und Schriftstücke zurück, darunter die Arztrechnung. Sonja sollte versuchen, den Laborbericht mit dem Ergebnis der illegalen Blutentnahme zu bekommen, falls der noch existierte. Obwohl es für David kaum von Nutzen wäre, wenn bekannt wurde, was seine Mutter ihm vor Jahren verabreicht hatte.

Wieder zu Hause, suchte er im Branchenverzeichnis nach Apotheken, deren Inhaber mit Vornamen Heiner oder mit Nachnamen Heinen hießen. Große Hoffnungen machte er sich auch dabei nicht. Vielleicht hieß der Mann mit dem schwarzen Vectra ganz anders und war nur von einem frustrierten kleinen Mädchen als Heini bezeichnet worden.

In Elsdorf gab es eine Apotheke, die von einem Heiner Möhring geführt wurde. In Bergheim fand er eine Apothekerin namens Henriette Heinen. Nun wären weder Elsdorf noch Bergheim die erste Anlaufstelle für eine junge Mutter gewesen, die vor elf, zwölf Jahren in Sindorf gewohnt hatte. Aber Tosca Lackner hätte sich nach Unterstützung der anderen Art vermutlich nicht in einem Ort umgetan, in dem ihre Schwiegereltern als angesehene Leute galten.

Und hatte Klinkhammer nicht gesagt, der demente Rentner, dessen Handy benutzt worden war, um Davids Mutter zu ködern, wohne in Bergheim? Rudolf Grovian war auch als Pensionär und freiberuflicher Berater noch fest genug ins polizeiliche Netz eingebunden, um ehemalige Kollegen einspannen zu können. Er musste nur verlauten lassen, dass er Klinkhammer einen Gefallen tat, da brauchte er gar nicht mehr um einen solchen zu bitten.

Eine halbe Stunde später hatte er die genaue Adresse des dementen Rentners und wusste, dass bis vor sieben Jahren ein Opel Vectra auf Markus Heinen zugelassen gewesen war. Danach hatte Heinen sich einen Volvo zugelegt. Verheiratet war er seit mehr als zwanzig Jahren mit Henriette, die ihn als Angestellten führte.

Grovian war halbwegs zufrieden. Wegen der weitgehend schlaflosen Nacht gönnte er sich eine Ruhepause und fuhr erst nach einem leichten Mittagessen nach Bergheim, wo er zuerst den Rentner besuchte, dessen Tochter bereitwillig Auskünfte gab.

Ob ihrem Vater im April sein Handy gestohlen worden war oder ob er es verloren hatte, konnte sie nicht sagen, wollte einen Diebstahl aber eigentlich ausschließen. So nahe ließ ihr Vater keine Fremden an sich heran, dass man ihm etwas aus der Hosentasche ziehen könnte. Seine Erkrankung hatte ihn misstrauisch gemacht. Theoretisch hätte er es verlieren können, wenn er sich irgendwo auf eine Bank gesetzt hätte und es ihm aus der Tasche gerutscht wäre.

»Aber vermutlich hat er es irgendwo liegen lassen«, meinte die Tochter. »Er ist noch gut zu Fuß, und ich will ihm nicht seine Selbstständigkeit nehmen, hab ihm mein altes Smartphone überlassen. Wenn er zum Bezahlen seine Geldbörse zieht, legt er es oft an der Kasse ab und vergisst es. Zweimal hat man es ihm schon hinterhergetragen und einmal hier abgeliefert. Wie oft man ihm hinterhergerufen hat, weiß ich beim besten Willen nicht.«

Rudolf Grovian bekam eine Liste der Läden, die der alte Mann noch alleine aufsuchte, viele waren das nicht. Ein Kiosk, eine Bäckerei-Filiale und die Apotheke von Henriette Heinen.

## *Ganz die Mutter*

Um eins holte Sonja ihre Nichte am Kölner Hauptbahnhof ab. Sie hoffte, Lea würde den Part der Informantin übernehmen. Doch dazu war Lea nicht bereit. »Ich kann das nicht, Sonja. Als du mich im April abgeholt hast, dachte ich, Papa holt David bald bei Mama raus. Und dann war es, als hätte ich Papa umgebracht und David im Stich gelassen. Ich kann jetzt nicht mit ihm reden, ich hab die halbe Nacht geweint.« Man sah es.

»Du musst nicht unbedingt mit David reden, nur mit dem Arzt. Als ich David zuletzt gesehen habe, war er ein Baby. Ich weiß doch nicht, was in all den Jahren mit ihm passiert ist.«

»Ich kann dir doch erzählen, was ich weiß. Wir haben noch etwas Zeit.« Lea wurde eifrig. »Wir gehen rüber zu Mac, trinken einen Kaffee und essen eine Kleinigkeit. Die haben leckeren Salat.«

Also gingen sie rüber zum McDonald's-Restaurant im Hauptbahnhof, holten zwei Kaffee und zwei Salate und suchten sich eine Ecke, in der man reden konnte und auch verstand, was gesagt wurde. Der Kaffee war gut, in den Salaten stocherten sie beide nur herum. Für Sonjas Geschmack enthielt er zu viele Croutons und zu viel Käse. Lea hatte keinen Appetit, versicherte ein ums andere Mal: »Glaub nicht, dass ich wegen Mama nicht mit David reden will. Andere heulen, wenn ihre Mütter sterben, ich heule um David.«

Lea erzählte von früher und den letzten Jahren, was immer ihr in den Sinn kam. Als es für Sonja Zeit wurde aufzubrechen, fragte sie: »Du bist nicht sauer, wenn ich hierbleibe? Du kannst ja anrufen, wenn der Arzt Fragen hat, die du nicht beantworten kannst.«

Pünktlich um fünfzehn Uhr betrat Sonja das Büro des Psychiaters und legte ihm die Unterlagen vor, die Grovian für wichtig hielt. Im Gutachten waren die beiden relevanten Sätze mit gelbem Textmarker hervorgehoben. Im Bericht des Gesundheitsdienstes der Krankenkasse über Davids Unvermögen, sich ohne Hilfe anzuziehen und so weiter, hatte Grovian das Alter unterstrichen.

Die Mail, in der Robin Leas Auskunft anführte, Mama verabreiche David *Medizin*, wenn Besuch komme, bewies zwar nichts. Lea erinnerte sich nicht einmal mehr daran, es damals zu Robin gesagt zu haben. Aber Sonja vergaß nicht, die Albträume und den Regenbogen zu erwähnen.

»Halluzinationen hatte David hier bislang keine, er bekommt auch keine Medikamente«, kommentierte Füssen. »Sie wissen nicht, welche Art von *Medizin* seine Mutter ihm verabreicht hat?«

Den alten Laborbericht hatte Sonja leider nicht in die Finger bekommen. Es war fast zwölf Jahre her. Möglicherweise läge der Bericht noch bei alten Patientenunterlagen im Keller, hatte der ehemalige Hausarzt ihrer Mutter erklärt. Er wollte danach suchen lassen, gab jedoch zu bedenken, dass damit nicht bewiesen sei, was David in letzter Zeit bekommen habe.

Sonja verneinte. »Seine Schwester weiß das auch nicht. Angeblich sollten damit Anfälle verhindert oder beendet werden. Ich vermute, es handelt sich um Schlaf- oder starke Beruhigungsmittel. David schlief wohl nach der Einnahme.«

»Bei Halluzinationen würde ich an psychoaktive Substanzen

denken«, sagte Füssen. »Die sind für jedermann leicht erhältlich. Für die Polizei dürfte das eine wichtige Information sein.«

Für Füssen brachte Sonja Licht in die konfuse Geschichte, die David ihm geboten hatte. Er revanchierte sich mit derselben Einschätzung, die er tags zuvor Grabowski geboten hatte, sprach von einem ausgeglichenen und aufgeschlossenen jungen Menschen, der zufrieden und dankbar für jede Zuwendung war.

Damit nahm er Sonja etwas von der Beklemmung, mit der sie die Uniklinik angesteuert hatte. Es sagte sich leicht, dass man sich kümmern und die Verantwortung übernehmen müsse. Aber wenn man nicht wusste, auf wen man sich einlassen wollte, wenn man sich fragte, wie Tosca das Strahlemann-Baby von den Weihnachtsfotos so verkorkst hatte, dass es zu ihrem Henker wurde ...

Boris begleitete sie zu Davids Zimmer und musterte sie verstohlen von der Seite. Dann klopfte er an die geschlossene Tür, öffnete und warnte: »Nicht erschrecken, David. Es ist Besuch für dich gekommen, richtiger Besuch, keine Polizei und auch kein Geist.« Damit gab er die Tür frei und blieb abwartend stehen, um sicherzustellen, dass der erste Kontakt reibungslos verlief.

Sonja war wie ihre Mutter hart im Nehmen. Doch der Anblick traf sie wie ein Stich ins Herz. David saß vor einem Schulatlas und einem Heft am Tisch, als lerne er für Geografie. Als er aufschaute, erwartete sie sekundenlang, dass er sagte: *Du kommst wie gerufen, Schwesterherz. Hast du eine Ahnung, welcher der höchste Gipfel im Ural ist, der Narodnaja oder der Manaraga?*

Das retuschierte Foto auf Grovians Handy hätte sie vorbereiten müssen, aber es reichte nicht an die Realität heran. Ihn leibhaftig da sitzen zu sehen wie Robin damals ... *Wenn du es weißt, sag es, dann flitze ich freiwillig los und beschaffe grünen Wackelpeter für Frieda, die Schreckliche. Wenn nicht, bleib ich sitzen und werfe eine Münze.*

Über Davids Lippen kam kein Ton. Er betrachtete sie ungläubig wie eine Erscheinung aus einer anderen Welt. So musste sie auf ihn auch wirken, wurde ihr klar. Fast eine volle Minute verging, ehe er feststellte: »Du siehst aus wie Oma Luzie.«

»Das ist Vererbung«, antwortete sie. »Du sieht auch genauso aus wie dein Vater. Ich bin Sonja, deine Tante, aber nenn mich bloß nicht so. Luzie war meine Mutter.«

Dass er eine Tante namens Sonja hatte, hörte David zum ersten Mal. Aber er mochte sie auf Anhieb, weil sie aussah wie eine jüngere Version der Großmutter, die er für seinen Schutzengel hielt. *Mach dir keine Sorgen, kleiner Mann,* flüsterte Oma Luzie in seinem Hinterkopf. *Ich bringe das in Ordnung.* Und weil sie es nicht mehr selbst in Ordnung bringen konnte, schickte sie ihm eine Tante, die aussah wie ihr Ebenbild, damit er sofort wusste, dass er ihr vertrauen und sich auf sie verlassen konnte.

Automatisch drehte er sich zum Bett um. Sonja folgte seinem Blick, und im Gegensatz zu den anderen, die alle nur »wow« sagten, stellte sie fest: »Du meine Güte, du zeichnest in Drei-D, das ist ja Wahnsinn. Meine Mutter hat mir früher oft erzählt, dass du gut zeichnen kannst. Dass du mal einen Parkplatz für sie gemacht hast, den dein Vater beim Rathaus vorlegen wollte, damit der Bürgermeister neidisch wird. Und ich dachte, sie übertreibt.«

»Was ist Drei-D?«,wollte er wissen.

»Das da«, sagte Sonja, zeigte auf die Galerie an der Wand und das Haus am Fenster. »Dreidimensional, nicht flach, es hat Tiefe.«

Wie das gemeint war, verstand er nicht, und wechselte lieber das Thema: »Oma Luzie hat dir von dem Parkplatz erzählt?«

»Logisch«, sagte Sonja. »Und dass du ihr gezeigt hast, wie ein Polizist mit zwei Verbrechern umgeht, wie ihr Krieg gespielt habt und die Soldaten in Gräben kriechen mussten.«

»Die Krieger«, korrigierte er.

Das Eis war gebrochen, wenn es überhaupt welches gegeben hatte. Boris schloss die Tür, ohne dass sie es registrierten.

»Darf ich Fotos davon machen?«, fragte Sonja. »Sonst glaubt dein Opa mir bestimmt nicht, wie gut du zeichnen kannst.«

Noch ehe David sein Einverständnis nicken konnte, hatte sie

ihre Mutter und ihren Bruder abgelichtet, wandte sich dem Haus am Fenster und den Zeichnungen am Schrank zu.

»Du kannst Oma Luzie und Papa mitnehmen«, bot David an. »Dann mache ich mir neue.«

»Das ist lieb von dir«, erwiderte Sonja. »Aber für Opa reichen die Fotos auf meinem Handy. Er pinnt sich nichts an die Wand.«

»Gar nichts oder nur nichts, was ich gemacht habe? Doktor Füssen meint, dass ich Großvater Lackner egal bin. Das glaube ich auch. Er hat sich nie gekümmert, nachdem Papa weg war.«

»Weil er sehr krank war«, erklärte Sonja. »Und weil deine Mutter nichts mit ihm zu tun haben wollte. Mit mir auch nicht, sonst hätte ich mich gekümmert. Als ich dich zuletzt gesehen habe, warst du noch ein Baby. Sieh mal.« Sie hatte einige Fotos mitgebracht und zwei kurze Videos auf ihr Handy geladen, legte ihm die Weihnachtsfotos vor. »So hast du ausgesehen.«

Eine halbe Stunde hatte Füssen ihr fürs Kennenlernen eingeräumt. Die Zeit wollte er nutzen, um zwei Kriminalbeamte aus Düsseldorf vorzubereiten. Als ob Polizisten eine spezielle Vorbereitung bräuchten, um einen minderjährigen Muttermörder zu befragen. Dass ein Beamter vom LKA dabei war, hatte Sonja auch erfahren und sich gefragt, ob das LKA sich für Toscas Tod interessierte, weil sie bereits wussten, dass Drogen im Spiel gewesen waren.

Die halbe Stunde reichte nur für die mitgebrachten Fotos. Bei jedem hatte es den Anschein, als wolle David sämtliche Details aufsaugen. Sein lachendes Schokoladengesicht und Oma Luzie mit dem Puddinglöffel. Sein Ritt auf Opas Knien und sein Erstaunen dabei. »Das ist Großvater Lackner? Auf dem Bild sieht er aber aus, als hätte er mich gemocht. Darf ich das Doktor Füssen zeigen?«

»Selbstverständlich.«

»Meinst du, Großvater Lackner hätte mich mal im Krankenhaus oder hier besucht, wenn ich gleich gesagt hätte, wie ich heiße?«

»Das halte ich für sehr wahrscheinlich«, log Sonja.

Beim Foto, auf dem Robin ihn auf dem Arm hielt, fragte er: »Darf ich das behalten? Ich habe kein Foto mehr von Papa.«

»Aber sicher«, sagte Sonja.

Dann wollte er wissen: »Meinst du, Papa könnte zurückkommen und mich auch mal besuchen? Jetzt, wo Mama tot ist, muss er ihr doch kein Geld mehr geben. Oder will Oma Gerda ihn immer noch ins Gefängnis sperren lassen?«

Mit der ersten Frage hatte Sonja gerechnet und sich davor gefürchtet. Lea hatte doch auch zu Papa gewollt, und mit Lea hatte sie nicht sofort, aber nach ein paar Monaten reden können wie mit ihresgleichen. Wie sie David beibringen sollte, dass er seinen Vater nie wiedersehen würde, wusste sie nicht. Seit dem vergangenen Abend hatte sie noch nicht die Zeit gefunden, sich darüber Gedanken zu machen, und im Gespräch mit Füssen nicht daran gedacht, das Thema anzuschneiden. Vielleicht konnte er das übernehmen.

Dass damals von Gefängnis die Rede gewesen war, hörte sie zum ersten Mal. Es erleichterte ihr die Antwort. »Das muss ich Oma Gerda fragen«, wich sie aus und erkundigte sich zögernd: »Hast du deine Mutter umgebracht, damit Papa ihr keinen Unterhalt mehr zahlen muss?« Der Gedanke schien ihr naheliegend. Dann hätte die Zecke sich selbst ausgetrickst, als sie den Kindern Robins Tod verheimlichte und ihnen weismachte, er hätte sich aus dem Staub gemacht, weil er seiner Unterhaltspflicht nicht nachkommen wollte.

Zu einer Antwort kam David nicht mehr, es klopfte. Die halbe Stunde war um. Doktor Füssen öffnete die Tür, herein kam er nicht, trat zur Seite und ließ die beiden Männer in seinem Gefolge eintreten. Sonja und Klinkhammer miteinander bekannt zu machen wäre nicht nötig gewesen. Sie brauchte nur einen Blick, um zu wissen, wer David vernehmen wollte. Ausgerechnet der Mann, der Robin damals zu einer Anzeige wegen Verleumdung hatte raten wollen.

Boris brachte zwei Stühle, damit sie Platz nehmen konnten, und schloss die Tür. David räumte den Stuhl am Tisch für seine

Tante, verzog sich aufs Bett und vergewisserte sich: »Bleibst du bei mir?«

»Sicher«, sagte Sonja und fügte mit Blick auf Klinkhammer hinzu: »Du wirst mit keinem Polizisten mehr reden, wenn ich nicht dabei bin. Sie dürfen dir keine Fragen stellen, wenn niemand bei dir ist, der dich beschützen kann.«

»Danke für die Belehrung, Frau Lackner«, revanchierte Klinkhammer sich. »Vor uns muss er nicht beschützt werden.« Er hatte sich innerlich auf die Begegnung mit der Frau einstellen können, die ihn vor acht Jahren auf der Straße abserviert hatte und ihm womöglich eine Mitschuld am *Unfalltod* ihres Bruders gab. Unfall, nach einem halben Dutzend Abschiedsbriefen!

Was ihm mehr zu schaffen machte, war eine der Zeichnungen über dem Bett. Robin Lackner, nicht so angeschlagen, wie er ihn damals erlebt hatte. So hatte der Mann also ausgesehen, wenn seine Kinder bei ihm waren. Und hätte er sich damals nach Lackners Mutter erkundigt, hätte David seinen Vater nicht verloren.

Unbemerkt von den anderen, kämpfte Klinkhammer noch einmal den Kampf, den Bernd seit Jahren focht: *Hätte ich, wäre nicht*. Er hatte nicht, und es war nicht mehr zu ändern. Er war nun mal kein Hellseher, nur mit dieser intuitiven Herangehensweise an eine Sache ausgestattet, die ihn für die Operative Fallanalyse so wertvoll machte. Damals hatte ihn seine Intuition im Stich gelassen. Man war nicht jeden Tag in Topform. Das war er auch heute nicht, dafür ging ihm die Sache zu nahe. Aber er war vorbereitet und wandte sich an den Jungen: »Hallo, David, ich soll dich schön grüßen von Mechthild, Hans und Rudolf Grovian. Bei deinem guten Gedächtnis erinnerst du dich bestimmt an den älteren Mann, der dafür gesorgt hat, dass du die Schuhe behalten durftest.«

David nickte.

Konstantin Schaller überließ Klinkhammer die Aufwärmrunde, beobachtete nur und betrachtete interessiert die Zeichnung, die zwischen Schneewittchen und dem Einhorn am Schrank klebte.

Während der Fahrt nach Köln hatte Schaller alles über die üble Vorgeschichte erfahren. Klinkhammer hatte auch seine Begegnung mit Sonja Lackner erwähnt, weil er damit rechnete, dass es beim Wiedersehen nicht so ablief wie unter Fremden. Aus Grovians Aktivitäten hatte er ebenfalls nicht länger ein Geheimnis gemacht, konnte er auch gar nicht, immerhin hatte Rudi kurz vor ihrem Aufbruch einen Kontakt aus Tosca Lackners Vergangenheit gemeldet, den man genauer unter die Lupe nehmen sollte.

Klinkhammer hatte nur die Tatsachen ein bisschen verdreht, als Erklärung für Grovians Einsatz kurzerhand den Schwiegersohn im Krankenhaus Bergheim geboten, der einen Narren an David gefressen hatte, und Rudis gute Beziehungen zur Dienststelle Hürth, die zuerst für den Fall Homberg zuständig gewesen war.

Eine etwas nebulöse Ausführung, aber angesichts dessen, was Grovian in Erfahrung gebracht hatte, hatte Schaller nicht nachgehakt. Anschließend hatte er sich eine halbe Stunde lang stillschweigend angehört, wie David sich am Vormittag zum Tod seiner Mutter geäußert hatte. Darauf hatte Füssen noch einen Vortrag über Davids Glaubwürdigkeit, Gedächtnislücken und psychoaktive Substanzen folgen lassen, die dem Jungen möglicherweise in letzter Zeit von der Mutter verabreicht worden waren.

»Methylendioxyamphetamine, Lysergsäurediethylamid und Magic Mushrooms verursachen gelegentlich Horrorvisionen. Das dürfte Ihnen bekannt sein.« War es.

»Was ist mit Ketamin?«, hatte Klinkhammer gefragt. »Es gab Spuren davon auf der Jeans, die David trug, als er aufgegriffen wurde.«

»Wenn es im medizinischen Sektor Anwendung findet, dann in Verbindung mit Midazolam oder Propofol«, hatte Füssen erklärt. »Ansonsten führt es manchmal zu Nahtoderlebnissen, dissoziativen Störungen und Gedächtnisausfällen. Aber diesbezüglich war David vorbelastet. Er lebt schon geraume Zeit mit einer zweiten Identität, nennt sie Zauberer und sieht sie als einen älteren Mann. Höchstwahrscheinlich diktiert hier die Sehnsucht nach dem Vater das Aussehen der stärkeren Persönlichkeit.«

Und nun fragte Konstantin Schaller sich, ob er als Laie vielleicht nur falsch über dissoziative Identitätsstörungen informiert war. Nach seinem Kenntnisstand wussten die verschiedenen Teile einer multiplen Persönlichkeit nichts voneinander. Woher sollte David also wissen, dass sein zweites Ich wie ein älterer Mann mit hagerem Gesicht aussah? Und wenn die Sehnsucht nach dem Vater das Aussehen der Figur diktierte, warum hatte das Gesicht am Schrank dann keine Ähnlichkeit mit dem am Bett?

Ebenso interessant fand er die Frage, woher der Psychiater die Überzeugung nahm, die Mutter sei der Auslöser der Anfälle gewesen, weil sich Angriffe nur gegen ihre Person gerichtet hätten? Füssen war doch nicht dabei gewesen. Woher bezog er die Gewissheit, dass es überhaupt Angriffe gegeben hatte? Nur aus den Worten eines Jungen, der sich nicht erinnerte, nur wiedergeben konnte, was ihm erzählt worden war.

Schaller fragte sich, was Füssen wohl sagen würde, wenn er von den Töpfchen Theaterschminke erfuhr, die sie in einem Kosmetiktäschchen in Tosca Lackners Nachttisch entdeckt hatten. Die Farbauswahl war bestens geeignet für Hämatome.

Klinkhammer riss ihn aus seinen Überlegungen und übernahm die Rolle des Beobachters, nachdem er David signalisiert hatte, dass kein Grund zur Furcht bestand und kein Grund zu lügen. Schaller übernahm routiniert, zeigte zum Schrank und stellte fest: »Das ist also der Mann, der dir gesagt hat, deine Mutter wäre eine Zecke und würde ihn aussaugen bis auf den letzten Tropfen.«

David nickte wieder.

»Weißt du noch, wann er das gesagt hat?«

Auf den Tag genau wusste David es nicht mehr, vielleicht drei Wochen vor den Sommerferien.

»Kannte er deine Mutter denn schon länger?«

»Als ich noch klein war, hat er uns manchmal besucht. Und nachdem Lea gesagt hatte, dass sie zu ihrem Freund ziehen will, kam er öfter zur Schule. Ich habe ihn nicht sofort wiedererkannt, er mich aber wohl.«

»Weißt du, wie er heißt?«

»Nein. Ich habe ihn früher einmal gefragt, da sagte er, dass er Mama ein Lächeln ins Gesicht zaubert. Mehr müsste ich nicht wissen. Da habe ich ihn Zauberer genannt.«

Klinkhammer machte ein Foto von der Zeichnung und schickte es Grovian. Wie zuvor bei Sonja bot David an: »Sie können das Blatt mitnehmen. Ich kann mir ein neues machen.«

»Danke, für uns reicht das Foto«, sagte Schaller. »Was wollte er denn von dir, als er bei der Schule auftauchte?«

David zuckte mit den Achseln. »Zuerst wollte er nur wissen, ob es mir gut geht oder ob ich immer noch schlimme Anfälle bekomme und viel Medizin nehmen muss. Ob Mama immer noch über die Verantwortung für mich jammert und ob sie einen Freund hat. Er wollte nicht, dass ich ihr von ihm erzähle, weil sie ihn nicht mehr leiden mochte. Das stimmte auch. Ich habe ihr nichts gesagt, ich hatte nur eine Zeichnung von ihm gemacht. Die hat sie gefunden und zerrissen. Sie war furchtbar wütend und hat auch gefragt, was er von mir wollte.«

»Also hat der Zauberer beim ersten Treffen nicht gesagt, deine Mutter wäre eine Zecke«, stellte Schaller fest.

»Nein, das war später. Als er das erste Mal kam, wohnte Lea noch bei uns. Beim nächsten Mal wusste er, dass Mama die Zeichnung gefunden hatte. Er war aber nicht böse auf mich, hatte mir sogar Süßigkeiten mitgebracht. Er wusste auch, dass Lea zu ihrem Freund ziehen wollte, und sagte, wie leid ihm das tut, dass ich bald ganz allein mit Mama klarkommen muss.«

»Hattest du viel Stress mit deiner Mutter?«

»Nein.«

Sonja begann ebenfalls, mit ihrem Handy zu fummeln, tippte etwas ein und lenkte David damit ab.

»Kennen Sie den Mann?«, fragte Klinkhammer mit einem Wink zum Schrank.

Sie tippte ungerührt weiter. »Nein, aber ich kenne jemanden, der nicht glaubt, dass dieser Mann existiert.«

Schaller wartete, bis David seine Aufmerksamkeit wieder auf ihn richtete, ehe er fragte: »Wenn du keinen Stress mit deiner Mutter hattest, warum hast du sie dann verletzt, gebissen, getreten und geschlagen?«

»Das habe ich nur gemacht, wenn ich einen Anfall hatte.«

»Und Anfälle hast du nur, wenn du Stress hast«, hielt Schaller ihm vor, was er ständig wiederholte. »Wenn du mit deiner Mutter keinen Stress hattest, wie passt das dann zusammen?«

Verunsichert zuckte David mit den Achseln, richtete den Blick auf Sonja, als erwartete er von ihr Unterstützung oder einen Rat. Sonja wiederum ließ den Blick nicht von Schaller, der wissen wollte: »Wann hattest du den letzten Anfall, bei dem du deine Mutter verletzt hast? Nur verletzt, nicht getötet. Dazu kommen wir später.«

»Das weiß ich nicht genau, aber da war Lea noch zu Hause. Nachdem sie ausgezogen war, hatte ich noch einen schlimmen Anfall, dabei habe ich nur mich verletzt. Mama war gar nicht da. Ich sollte die Küche aufräumen, habe eine Vase umgeworfen, mich an den Scherben geschnitten und gebissen.« Er deutete auf die Abdrücke von Zähnen an seinem linken Unterarm.

Klinkhammer und Schaller stutzten gleichzeitig und tauschten einen Blick, der Sonja nicht entging.

»Daran erinnerst du dich?«, fragte Schaller.

David schüttelte den Kopf. »Mama hat es mir gesagt und mich verbunden, als sie zurückkam. Sie hat sich bei Frau Adoleit für den Krach entschuldigt und wollte wissen, warum ich getobt hatte.«

»Weil du die Küche aufräumen solltest und deshalb frustriert warst?«, mutmaßte Schaller.

»Nein, das habe ich ja immer gemacht.«

»Weil deine Mutter dich alleine gelassen hatte?«, bot Schaller ihm eine weitere Erklärung.

»Nein, ich war gerne allein.«

»Dann hast du den Anfall vielleicht bekommen, weil du beim Kücheaufräumen die Vase umgeworfen und dich geschnitten hattest.«

»Nein, die Vase stand im Wohnzimmer. Die Küche hatte ich gar nicht aufgeräumt.«

»Also gab es keinen Grund für einen Anfall«, stellte Schaller fest.

Wieder dieses unsichere Achselzucken.

Sonja registrierte den nächsten wissenden Blick zwischen Schaller und Klinkhammer und fühlte sich ausgeschlossen.

»Dann lass uns noch mal über den Zauberer reden«, wechselte Schaller das Thema.

David senkte den Kopf und betrachtete die blassvioletten Zahnabdrücke zwischen den rosigen Stellen neuer Haut. Seine Stimme spiegelte Schwermut. »Ich dachte, er wäre mein Freund. Er war der Einzige, mit dem ich über Papa reden konnte. Mein Papa hat auch mal gesagt, Mama wäre schlimmer als eine Zecke.«

»Hast du dem Zauberer davon erzählt?«

»Es ist mir erst gestern wieder eingefallen.«

»War der Zauberer dabei, als du deine Mutter getötet hast?«

David schüttelte den gesenkten Kopf und begann, mit der linken Hand das imaginäre Bällchen zu kneten.

Bis dahin war es recht gut gelaufen, fand Klinkhammer. Schaller stieß erst an seine Grenzen, als er sich um Auskünfte zum Tathergang bemühte. David schilderte nur detailliert, wie die Leiche auf dem Bett gelegen hatte. Der Anblick würde ihm vermutlich bis an sein Lebensende so deutlich vor Augen stehen, dass er den Horror noch auf seinem Sterbebett würde zeichnen können. Als er den Kopf in der Armbeuge und das Rundholz in der Brust der Toten erwähnte, sah Klinkhammer Sonja schlucken. Wie Tosca umgekommen war, hörte sie offenbar zum ersten Mal.

»Woher hattest du den Pfahl?«, fragte Schaller.

»Aus dem Baumarkt. Der Zauberer sagte, dass man zum

Pfählen am besten ein Rundholz nimmt. Das haben wir dort gekauft.«

»Gemeinsam?«

»Er ist nur mit reingegangen, hat mir gezeigt, wo Rundhölzer liegen, und gesagt, dreißig Zentimeter reichen. Ein Mann hat aus einer Restekiste eins herausgesucht und noch etwas abgesägt. Geld hatte der Zauberer mir vorher gegeben. Er ist auch mit mir im Bus gefahren und hat gesagt, dass er hustet, wenn ich aussteigen muss.«

Bis dahin hatte Sonja sich zurückgehalten, nun reichte es ihr. »Bin ich hier die Einzige, der auffällt, dass dieser Mistkerl David instrumentalisiert und benutzt hat? Dass David im Baumarkt war, lässt sich garantiert beweisen. Auffälliger ging es wirklich nicht. Der Mitarbeiter, der ein Rundholz gekürzt hat, wird sich bestimmt an David erinnern, aber kaum an einen Begleiter, der sich im Hintergrund hielt. Und suchen Sie mal einen Busfahrer, dem ein hustender Fahrgast im Gedächtnis geblieben ist. Darüber brauchen Sie gar nicht nachzudenken.«

»Das tun wir aber, Frau Lackner«, versuchte Klinkhammer sie zu beschwichtigen. »Und ich versichere Ihnen, Herr Schaller wird sich nicht damit begnügen, Baumarktmitarbeiter und Busfahrer mit dem Konterfei des Erwachsenen zu konfrontieren. Die Schule bietet ebenfalls einen Ansatzpunkt. Möglicherweise hat jemand vom Lehrkörper den Mann mit David gesehen. Aber darüber sollten wir nicht in Davids Gegenwart debattieren.«

Sonja wollte etwas erwidern, als das Telefon in ihrer Hand vibrierte. Sie warf einen Blick aufs Display, hielt Klinkhammer das Handy hin, verlangte: »Lesen Sie«, und setzte kurzerhand die Befragung fort. »Was hast du mit dem Rundholz gemacht?«

Ihr das zu erklären, schaffte David nicht. Wenn sie glaubte, er sei gefährlich, würde sie nie wiederkommen. Er würde sie verlieren, wo sie doch gerade erst in seinem Leben aufgetaucht war und mit ihr die Hoffnung, Papa wiederzusehen.

Sonja ahnte, was in ihm vorging. Während Klinkhammer ihr Smartphone an Schaller weiterreichte und eine Nachricht auf seinem eigenen las, lobte und lockte sie: »Ich finde es wahnsinnig mutig von dir, dass du sie getötet hast. Sie war ein sehr böser Mensch, das wissen alle, die sie kannten. Sag mir, was du mit ihr gemacht hast. Wenn ich es Papa erzähle, wird er sich freuen und Einzelheiten hören wollen.«

Sie dachte dabei an Bernd, David nicht. Und seinem Vater wollte er gerne eine Freude machen, umso mehr, wenn Papa dabei erfuhr, dass er ihm den Gefallen getan hatte. »Ich habe es Mama in die Brust gestoßen und ihr den Kopf abgeschnitten.«

»Wow.« Sonja fragte sich, wie ihr Vater reagieren würde, wenn er erfuhr, auf welche Weise sein Enkel den Tod von Frau und Sohn gerächt hatte.

»Du hast es ihr einfach so in die Brust gestoßen?«, übernahm Klinkhammer, weil Schaller gerade dabei war, die Nachricht auf Sonjas Handy zu beantworten. »Das war aber bestimmt sehr schwer, so ein stumpfes Stück Holz.«

»Man muss es vorher anspitzen«, erklärte David. »Dafür braucht man aber nur ein scharfes Messer.«

»Hattest du denn ein scharfes Messer?«

»Mama hatte eins.«

»In der Wohnung wurde keins gefunden.«

»Ich habe es mitgenommen, als ich gegangen bin. Es war im Rucksack, der ist im Wohnmobil verbrannt.«

Sonja sah erneut, wie Klinkhammer einen Blick mit Schaller tauschte und ein Nicken andeutete. Es sah nach stillem Einvernehmen aus und machte sie nervös, weil sie keine Ahnung hatte, worüber die beiden sich einig waren.

»Hast du noch mehr mitgenommen?«, fragte Klinkhammer.

David zählte auf, was er in den Rucksack gepackt hatte, die wenigen Kleidungsstücke, die noch sauber im Schrank lagen, und seine Freunde. Und seine Wegzehrung in der Stofftasche. In der

Zeit tippte Schaller weiter, schickte die Nachricht ab, gab Sonja ihr Handy zurück und wandte sich wieder an David.

»Ich glaube, wir müssen noch einmal von vorne anfangen. Ich kann mir nämlich nicht vorstellen, dass du deiner Mutter das angespitzte Rundholz einfach so in die Brust gestoßen hast. Weißt du, wie viel Kraft man dafür braucht? So stark siehst du gar nicht aus. Du wolltest deiner Tante eine Freude machen, habe ich recht?«

Der Blick des Jungen sagte alles.

»Gehen wir noch mal zurück zum Baumarkt«, verlangte Schaller. »Wie ging es weiter, nachdem du das Rundholz gekauft hattest?«

Sie waren zur nächsten Bushaltestelle gegangen, der Zauberer immer zehn Schritte vorweg, David mit der Tüte hinter ihm. So waren sie auch in den Bus gestiegen und in Gustorf wieder aus, jeder für sich, damit niemand Mama davon erzählen konnte. Erst als sie schon ein gutes Stück vom Bahnhof entfernt waren, hatte der Zauberer die Tüte mit dem Holz an sich genommen, damit David die Geschichte vom verpassten Schulbus glaubhaft erzählen konnte.

Wie er das Rundholz wieder in die Finger bekommen hatte, wusste David nicht. Der Zauberer hatte gesagt: »Mach dir keine Gedanken, wenn du es brauchst, wird es da sein.« Als hätte er richtig zaubern können.

David erinnerte sich auch nicht, das Holz angespitzt zu haben. Und Anfälle oder Ausfälle hatte er keine gehabt bis zu dem Abend, an dem er Brot mit Käse gegessen hatte und keine Margarine mehr da gewesen war. Mama hatte für sich Kaffee gemacht und für ihn Früchtetee mit viel Zucker. Und da riss es ab.

Dass er bis zum nächsten bewussten Gedanken ein paarmal aufgewacht, aufs Klo gegangen war und in die Küche, um etwas zu trinken, war mehr Vermutung als Erinnerung, weil der Geschmack von Kakao haften geblieben war. An den Tee, den er sich um die Mittagszeit am zweiten Tag nach seinem Auftauchen aus der Tiefe gemacht hatte, an die vorletzte Scheibe Brot und das winzige Stück Dauerwurst erinnerte er sich, ebenso an seine Suche nach dem Pillenbeutel, von dem er sich ein paar Stunden Schlaf erhofft hatte, weil er sich so elend fühlte und unter rasenden Kopfschmerzen litt.

Er erinnerte sich auch an den Albtraum, aus dem er früh am darauffolgenden Morgen aufgeschreckt war. An die letzte Scheibe Brot und den letzten Becher Tee ohne Zucker. An die Dusche vor seinem Aufbruch. Und wie er versucht hatte, mithilfe seiner Unterhosen auszurechnen, wie viele Tage er verloren hatte.

Wie er die Schulsachen aus dem Rucksack genommen und die Schokoriegel entdeckt hatte. Wie er gepackt hatte, die Ersatzjeans, die ihm zu klein und zu eng war. Und seine Wegzehrung angerührt und die Küche aufgeräumt, aber nicht daran gedacht hatte, den Müll nach unten zu bringen. Als hätte Oma Luzie auf ihrer Wolke dafür gesorgt, dass er etwas zurückließ, mit dem kluge Menschen rekonstruieren konnten, was geschehen war.

Sie ließen ihn reden, ohne ihn zu unterbrechen. Sonja schluckte noch mehr als einmal. Schaller schaute wiederholt auf sein Handy. Er hatte im Labor Druck gemacht, aber zaubern konnte dort niemand. Zu ärgerlich, dass die beiden Tetra Paks aus dem Abfalleimer nicht sofort auf Drogen untersucht worden waren. Aber wer rechnete denn mit so etwas, wenn es vonseiten der Nachbarn hieß, der Junge wäre vom Großvater abgeholt worden, und man später annahm, er wäre bei der Schwester?

Eine Nachricht von Grovian beendete ihren Aufenthalt in Davids Zimmer. Sie dankten ihm für die Bereitwilligkeit, mit der er ihre Fragen beantwortet hatte, verabschiedeten sich von ihm und seiner Tante, die noch bleiben wollte.

Auf dem Weg ins Freie erfuhr Konstantin Schaller, wie Rudolf Grovian die Zeichnung vom Zauberer beantwortet hatte: »Er heißt Markus Heinen und hat mir vor einer knappen Stunde eine Schachtel Aspirin verkauft.«

»Sie haben wirklich eine gute Connection«, meinte Schaller.

»Daran habe ich auch lange gestrickt«, antwortete Klinkhammer.

Sie fuhren noch zum Hauptbahnhof, um Lea zu treffen und sich von ihr Davids Angaben bestätigen zu lassen, soweit das möglich war. Lea erzählte ihrerseits, wo und wann sie *Heini* wiedergesehen hatte. Bei McDonald's in Grevenbroich, wenige Tage nachdem sie ihrer Mutter angekündigt hatte, dass sie beabsichtigte, bald mit ihrem Freund nach Spanien zu ziehen.

»Ich wusste gar nicht, dass sie noch Kontakt hatten«, sagte Lea. »Er tat so scheinheilig besorgt, als hätte er all die Jahre zu unserem Leben gehört. Wollte wissen, ob ich mir das gut überlegt hätte. Mama hätte ihn völlig verzweifelt angerufen, sie würde sich große Sorgen um mich machen. Wie lange ich meinen Freund denn schon kenne, wenn das schiefginge, säße ich in einem fremden Land. Ich habe ihm geantwortet, dass ich meinen Freund lange genug kenne, um ihm blind zu vertrauen. Da dachte ich noch, dass mein Vater auf einem Kreuzfahrtschiff angeheuert hat.«

Lea brauchte eine kurze Pause und ein Taschentuch. Nachdem sie sich die Augen gewischt hatte, schluchzte sie: »Und ich habe David vorgeworfen, er hätte Mama bestohlen.«

Lea bestätigte, dass David sich zum Frühstück und zum Abendbrot immer einen Becher Früchtetee gemacht hatte. Zwischendurch gab es nur Leitungswasser. Mama hatte morgens und abends Kaffee getrunken. Nachmittags nicht, da war Lea absolut sicher.

»Sie hasste es, am Nachmittag in der Wohnung Kaffee zu trinken und womöglich noch Kuchen zu essen. Das hätte sie bei Luzie lange genug tun und dabei gute Miene zum bösen Spiel machen müssen, sagte sie mal, als ich drei Donuts mitbrachte. In Cafés war das für sie was anderes.«

Lea bestätigte auch, dass David nur zwei Jeans besessen und eine davon zu klein gewesen war. »Die hat er nur angezogen, wenn die andere in die Wäsche musste.« Das bedeutete, dass die Jeans, die der Junge an dem Abend getragen hatte, als ihm der Faden riss, jetzt im Labor der KTU lag. Wie auch alles, was im Wohnmobil der Hombergs sichergestellt worden war. Ein

Messer hatte im Durchgang vom Wohnbereich zum Bett gelegen, zusammen mit einem von Hitze verformten Metallverschluss, der wohl zu Davids Rucksack gehörte. Dieses Messer hatte keine achtundzwanzig Zentimeter lange Klinge, das wusste Klinkhammer mit Sicherheit, weil nur die Klinge das Feuer überstanden hatte.

Klinkhammer wusste auch, dass an Davids Jeans kein Blut nachgewiesen worden war, nur Zucker, Aromastoffe und Ketamin auf einem Oberschenkel. Demnach hatte er sich den Tee nicht im Wohnmobil der Hombergs übers Bein gekippt, sondern am Abend des 18. Juli in der Küche seiner Mutter.

»Sie muss ihn schon an dem Donnerstagabend betäubt haben«, meinte er. »Vielleicht war es ein Testlauf, um festzustellen, wie lange Ketamin wirkt, wie sie es dosieren muss, um sich ein verlängertes Wochenende zu gönnen. Deshalb der Kakao, zwei Liter reichen eine Weile, wenn man mit jedem Schluck zurück ins Reich der Träume geschickt wird. Sie muss am Donnerstagabend verflucht hoch dosiert haben. Davids Becher kippte um oder rutschte ihm aus der Hand, als er das Bewusstsein verlor. Dass sie freitags unterwegs war, um sich neu einzukleiden, hat er nicht mitbekommen. Obwohl das einige Stunden gedauert haben dürfte.«

»Vom Samstag und dem Sonntag hat er ja offenbar auch nichts mitbekommen«, sagte Schaller. »Bei drei Teebeuteln im Mülleimer dürfte er erst am Montag wieder zu sich gekommen und am Dienstag klar genug gewesen sein, sich mit Tee und Brot zu versorgen. Nach der letzten Scheibe Brot am frühen Mittwochmorgen verließ er die Wohnung und traf nachmittags auf das Wohnmobil. Das wäre dann der 24. Juli gewesen.«

Als Klinkhammer nickte, fragte Schaller: »Wie beweisen wir, dass es sich so abgespielt hat? Und wie hat dieser Apotheker den Jungen dazu gebracht zu glauben, er hätte seine Mutter getötet?«

»Das dürfte für ihn die einfachste Übung gewesen sein«, erwiderte Klinkhammer. »David hört seit Jahren, wie gefährlich er ist, und erinnert sich an nichts. Ich möchte gar nicht wissen, seit wann und wie oft seine Mutter dieses widerwärtige Spiel mit ihm getrieben, ihn betäubt, sich angemalt oder ihn verletzt und ihm anschließend erzählt hat, er hätte einen Anfall gehabt. Dass er sich nicht selbst in den Arm gebissen haben kann, ist Ihnen aufgefallen. Oder?«

Diesmal nickte Schaller. »Und das dürfte so ziemlich das Einzige sein, was sich beweisen lässt. Für den Jungen spricht es nicht, im Gegenteil. Ohne Zeugen und gerichtsfeste Spuren wird der Rest ein hartes Stück Arbeit, selbst wenn sich Ketamin in den Tetra Paks nachweisen lässt. Er muss den Kakao ja nicht getrunken, könnte ihn weggekippt haben. Ein gut situierter Bürger gegen einen Fünfzehnjährigen, der zur Tatzeit am Tatort war und dem ein Jugendpsychiater eine dissoziative Identitätsstörung bescheinigt. Wie das vor Gericht ausgehen könnte, wissen wir beide.«

»Ich fürchte, ja«, sagte Klinkhammer.

Und in dem Moment rief Grabowski an.

## *Der Zauberer*

Privatrezepte, damit hatte es angefangen. Eine hübsche junge Frau, völlig verzweifelt und am Ende ihrer Kräfte, weil sie von keiner Seite Hilfe bekam. So hatte sich ihm das damals dargestellt. Wie die meisten anderen hatte er Tosca die Darbietung des Opfers als Trauerspiel im gnadenlosen Alltag abgenommen.

»Ich habe in den letzten Nächten insgesamt vielleicht zwei Stunden geschlafen. Mein kleiner Sohn ist Autist und kann sich nicht eingewöhnen. Wir mussten umziehen, weil mein Mann … er hat uns … es ist sein Haus, und …«

An der Stelle hatte es den Anschein gehabt, als würde sie in Tränen ausbrechen. Sie hatte ihr Gesicht zur Seite gedreht, rasch mit einem Jackenärmel über die Augen gewischt und mit gefasster

Stimme weitergesprochen. »Mein Sohn bekommt Wutanfälle und verletzt sich selbst. Er hat Angst vor der Dunkelheit und der neuen Umgebung. Er ist nicht daran gewöhnt, mit seiner Schwester in einem Zimmer zu schlafen, also schläft er nicht, er schreit nur.«

Solche Berichte kannte Markus Heinen von anderen Eltern. Manche Autisten waren friedlich, brauchten nur ihre Ruhe und Rituale. Andere drehten aus nichtigen Anlässen durch und waren kaum zu bändigen. Es gab Medikamente, mit denen sich die Anfälle beherrschen ließen. Haloperidol war ein bewährtes und kostengünstiges Mittel, Abilify mit dem Wirkstoff Aripiprazol war relativ neu und um einiges teurer.

Sie hatte von Abilify und Hydroxipam gehört, und eins von beiden wollte sie haben. Aber das habe der Arzt nicht verschreiben wollen, behauptete sie und erkundigte sich mit feucht glitzernden Augen schüchtern, ob sie ohne Rezept etwas kaufen könne.

»Ich kann es bezahlen.« Sie zückte ihre Börse. »Und noch eine Nacht ohne Schlaf stehe ich nicht durch. Ich kann wirklich nicht mehr. Wenn ich zusammenbreche, ist niemandem geholfen.«

»Tut mir leid«, bedauerte er. Kleiner Sohn, hatte sie gesagt. Abilify wurde Erwachsenen und Jugendlichen ab fünfzehn Jahren bei Schizophrenie und ADD verordnet. Und Hydroxipam war ein Hardcore-Sedierungsmittel. »Der Arzt wird seine Gründe haben, diese Medikamente zu verweigern. Wie alt ist Ihr Sohn?«

»Im März zwei geworden.«

Ein Kleinkind, um Gottes willen. Er bot ihr ein Beruhigungsmittel für Kleinkinder an. Und sie brach in Tränen aus. »Mein Sohn ist nicht vergleichbar mit kleinen Kindern, die nicht schlafen wollen. Sie können sich nicht vorstellen, wie es ist mit ihm. Mein Mann hat es nicht ausgehalten und uns vor die Tür gesetzt. Ich muss schlafen, aber das kann ich nicht, weil mein Sohn nicht schläft. Ich kann auch keine Schlaftabletten nehmen, weil ich ständig befürchten muss, dass er sich verletzt.«

Sie waren allein im Verkaufsraum. Später dachte er oft, sie hätte den richtigen Moment abgepasst. Es gab diese ruhige halbe Stunde am Nachmittag beinahe täglich. Die Angestellten machten Kaffeepause, Henriette erledigte Papierkram und Bestellungen.

Er konnte nicht nachvollziehen, wie ihr zumute war, wollte nur, dass sie zu weinen aufhörte, und reichte ihr ein Fläschchen Haloperidol über den Tisch.

»Nicht mehr als drei Tropfen«, sagte er. »Und nach Anbruch bei Raumtemperatur aufbewahren.«

Sie zahlte, sagte schlicht: »Danke«, und ging. Und er verbuchte die Entnahme als Privatrezept.

So hatte es angefangen. Zwei Wochen später war sie wiedergekommen, hatte so lange bei einem Ständer mit Hustenbonbons herumhantiert, bis sie allein waren. Dann kam sie mit einem Bonbontütchen zum Tisch, bezahlte die Bonbons, lächelte ihn an, hauchte: »Danke«, und versicherte, drei Tropfen seien die ideale Dosis.

Einen Monat später erschien sie, um das nächste Fläschchen zu verlangen. »Warum soll ich beim Arzt Kniefälle tun? Er wollte mir nichts verschreiben, als es mit David kaum auszuhalten war, jetzt wird er mir erst recht kein Rezept ausstellen wollen. Es geht David besser. Er schläft meist durch und ist tagsüber viel ruhiger.«

Markus Heinen hatte zu spät begriffen, in welche Hände er sich begeben, dass er sich in drei Schritten erpressbar gemacht hatte. Im ersten mit Haloperidol, im zweiten mit ihrem Angebot, sich für seine Hilfe erkenntlich zu zeigen: »Wir sind doch beide erwachsene Menschen.« Henriette war christkatholisch, ziemlich prüde und abends meist müde. Und im dritten Schritt, als ihr Mann sich absetzte und bei ihr das Geld knapp wurde. Da hatte er die Entnahme auf Privatrezept auch noch aus eigener Tasche bezahlt und sich eingeredet, er täte ein gutes Werk.

Ihr Sohn entwickelte sich mit Haloperidol scheinbar zu einem fast normalen Kind. Hin und wieder berichtete sie von einem Anfall. »Er hat eine sehr niedrige Frustschwelle«, sagte sie einmal.

»Aber wir haben es gut im Griff. Ich weiß inzwischen genau, was ihn aus dem Gleichgewicht bringt, und sehe ihm an, wenn uns wieder ein Ausbruch bevorsteht.«

Er hatte ihr jede Story abgenommen und erst nach Jahren erkannt, wofür sie ihn benutzte. Da hatte es für ihn keine Chance mehr gegeben, der Sache ein Ende zu machen.

»Was, glaubst du, wird deine Frau tun, wenn sie erfährt, auf welche Weise ich mich für deine Hilfe erkenntlich zeige und welche Stellung du bevorzugst? Oder der Apothekerverband? Meinst du, sie lassen dich deinen Beruf noch länger ausüben?«

Nein, das meinte er nicht. Sie hatte ein Dutzend Fläschchen aufgehoben, auch einige Schachteln. In den letzten Jahren hatte er ihr Tabletten gegeben. »Kein Haloperidol mehr«, hatte er gesagt. »Damit machst du den Jungen kaputt.«

»Ach Quatsch! Er bekommt es doch nicht regelmäßig und verträgt es gut. Er hat nur nach der Einnahme leicht erhöhten Blutdruck und Gleichgewichtsprobleme. Am nächsten Tag ist er wieder in Ordnung. Wenn ich ihm nichts mehr gebe, fällt es auf.«

Daraufhin hatte er ihr einen Mix zusammengestellt, aber keine Originalverpackungen mehr ausgehändigt. Überreicht hatte er ihr den geschätzten Bedarf für ein halbes Jahr jeweils in einem Gefrierbeutel. Der Inhalt variierte, beim letzten Mal vor gut zwei Jahren waren es ein Blutdrucksenker und ein niedrig dosiertes Benzodiazepine-Präparat gewesen.

»Das sind die Letzten«, hatte er gesagt. »Egal, was du tust, es gibt nichts mehr. Also teile es gut ein. Wenn du sparsam damit umgehst, reicht das, bis er mit der Schule fertig ist. Danach solltest du ihn eine Ausbildung machen lassen, damit er später genug Geld verdient, um für seine liebe Mami zu sorgen. Und denk immer daran, wenn du mich hochgehen lässt, gehst du mit.«

Sie hatte nichts unternommen, nur noch ein paarmal angerufen, bis er sich ein neues Handy mit neuer Nummer zugelegt hatte. Bis Februar war Ruhe gewesen. Dann war sie in der Apotheke erschienen, hatte sich wie damals an einem Bonbonständer zu schaffen gemacht, bis er frei war. Dann hatte sie ihm im Beisein einer

Angestellten einen alten Beipackzettel hingeschoben und gesagt: »Mein Sohn hat gravierende Nebenwirkungen.« Und auf den Rand war gekritzelt: »Wir müssen reden, es ist dringend!«

Er hatte befürchtet, es sei etwas mit David geschehen. Jahrelange Verabreichung von Medikamenten, die der Junge nie gebraucht hatte, Bluthochdruck wäre noch das kleinste Übel gewesen. Aber nein. David ging es gut, das behauptete sie zumindest.

»Keine Sorge, ich brauche nicht wieder Pillen von dir. Ich bestelle jetzt im Internet, da gibt es alles.«

Sie brauchte Geld, weil Lea ausziehen wollte. »Ich dachte an fünf-, sechshundert im Monat. Das ist weniger, als Lea verdient. Ich werde mich einschränken müssen.«

Er konnte ihr nicht monatlich einige Hundert Euro geben. Es war doch nicht seine Apotheke, er war nur ein Angestellter seiner Frau. Gemeinsam hatten sie Ersparnisse. Allein hatte er nur die Summe, die sie sich für den persönlichen Bedarf genehmigt hatten.

»Zweihundert«, sagte er. »Mehr ist nicht drin.«

Damit war sie natürlich nicht zufrieden, schließlich hatten sie sich auf dreihundert geeinigt. Zu dem Zeitpunkt war ihm klar geworden, dass es nur eine radikale Lösung für das Problem gab. Sie stellte ja nicht nur für ihn eine Gefahr dar, auch für ihren Sohn, für den war sie sogar die größere Bedrohung.

Er hatte Lea an ihrem Arbeitsplatz aufgesucht, nicht, um sie zu überreden, sich das mit dem Umzug nach Spanien noch mal zu überlegen. Ihm war es mehr darum gegangen, sich ein Urteil zu bilden. War Lea in der Lage, die Verantwortung für ihren Bruder zu übernehmen? Für eine Achtzehnjährige schien sie ihm erstaunlich reif – und verbittert, was ihn bei der Mutter nicht wunderte.

Und David … Förderschule. Zumindest war er nicht körperlich beeinträchtigt, auch nicht geistig behindert. Er trug ein helles Köpfchen auf seinen schmalen Schultern mit allerlei klugen Gedanken darin. Dass zum Beispiel nur Vampire schlimmer waren als Zecken.

Bis dahin hatte er nicht gewusst, wie er sich die Zecke vom Hals schaffen sollte. Es dachte sich leicht, eine Frau umzubringen. Doch sie eigenhändig erschlagen, erstechen oder erwürgen und unbehelligt bleiben, das klappte vermutlich nur in Filmen.

Aber da gab es diesen Einfaltspinsel aus der Autowaschstraße. Er fuhr jede Woche seinen Volvo durch, ließ alle paar Monate von Hand reinigen, kannte Siggi seit Jahren und hatte schon so manches Schwätzchen mit ihm gehalten. Irgendwann hatten sie festgestellt, dass sie eine gemeinsame Bekannte hatten, auf die sie beide nicht gut zu sprechen waren. Er musste nur andeuten, dass er diesem Weib gerne das Maul stopfen würde, aber so, dass sie es nie wieder aufmachte. »Wenn ich nur wüsste, wie ich ungestraft davonkäme«, hatte er gesagt.

Siggi hatte sich wie auf dem Silbertablett angeboten. »Ganz einfach. Überlassen Sie es einem vertrauenswürdigen Mann.«

»Und wo findet man so einen Mann?«, hatte er gefragt.

Siggi hatte gegrinst und gefragt: »Wie viel ist es Ihnen wert?«

Zwanzigtausend. Hatte er nicht, aber das war zu dem Zeitpunkt nicht das Problem gewesen.

Die Planung und Vorbereitung hatte er übernommen. Auf Facebook das Profil erstellt, nachdem der alte Jansen liebenswürdigerweise wieder mal sein Handy hatte liegen lassen, als er ein Rezept einlöste. Er hatte schon befürchtet, ein neues besorgen oder von Siggi besorgen lassen zu müssen, wobei einer von ihnen zwangsläufig seine Personalien angeben müsste.

In einem McDonald's-Restaurant in Köln hatte er die beiden Nachrichten verfasst. So etwas konnte man Siggi nicht überlassen. Einen Stimmverzerrer hatte er heruntergeladen, der von der sanftmütigen Elfe bis zu Darth Vader ein breites Spektrum bot. Und es war ihm eine unsägliche Genugtuung, Tosca einzulullen. Sie mochte wissen, welche Stellung er bevorzugte, er wusste, was sie gerne hörte und dass sie ihren Sohn nicht für ein verlängertes Wochenende bei ihren Eltern unterbringen konnte, weil die schon lange nichts mehr mit ihr zu tun haben wollten.

Den Jungen zu beeinflussen war leichter als gedacht. Siggi

weiszumachen, dass für ihn keinerlei Risiko bestand, war auch nicht schwer. Für ihn selbst bestand ebenfalls kein Risiko, weil Siggi kurz vor der vereinbarten Bezahlung mitsamt seiner Maschine von einer dieser gewundenen Eifelstraßen in die Botanik flog, nachdem ihn ein silberfarbener Volvo mit völlig verdreckten Kennzeichen geschnitten hatte. »Der wird nicht mehr«, hörte er zwei Tage später in der Waschstraße. Darauf verließ er sich, ging davon aus, dass Siggi inzwischen das Zeitliche gesegnet hatte.

## *Wenn Engel lügen*

Von Grabowski zu hören, dass ihr Bruder hirntot war und nur von Maschinen künstlich am Leben gehalten wurde, weil die Ärzte hofften, von seinen Angehörigen die Einwilligung zur Organentnahme zu bekommen, hatte Ramona Erken tags zuvor bis ins Mark getroffen. Sie war Siggis letzte Angehörige. Ihr Vater lag längst unter der Erde, hatte den Preis eines Säufers bezahlt, Leberversagen. Ihre Mutter war vor vier Jahren an Krebs gestorben. Und nun war Siggi nur noch ein Ersatzteillager.

Aber der Junge lebte. So viel hatte sie gestern mitbekommen, nachdem ihr das eigene Leben über dem Kopf zusammengeschlagen war. Der Staatsanwalt führte einen Zeugen an, sprach bei den Opfern nur von den beiden Alten und konfrontierte sie mit einem Dutzend Fotos, eins davon war am 19. Juli früh um sieben Uhr fünfzehn an einem Bankautomaten in Olpe gemacht worden.

Sie bot einen Deal an. Ein umfassendes Geständnis für einen Besuch bei ihrem Bruder, danach konnten mit Siggis Nieren, seiner Leber, seinem Herzen und was sonst von ihm noch brauchbar war Menschenleben gerettet werden.

Der Staatsanwalt war einverstanden, Grabowski ebenfalls. Zehn Minuten stand sie am Bett ihres Bruders und durchlebte im Geist noch einmal ihr letztes Gespräch. Bis ihr Handy meldete, dass dem Akku der Saft ausging, hatte Siggi auf sie eingeredet. »Bring den Jungen zurück. Du tust jetzt, was ich sage.«

Damals, als sie noch in der Bruchbude von Schäferei gewohnt hatten und das Horrorweib von gegenüber ihn bei jeder Gelegenheit spüren ließ, dass er für sie nur ein Stück Dreck war, hatte er einmal gesagt: »Es kommt der Tag, da schneide ich ihr die Gurgel durch bis zum Genick, vielleicht noch ein Stück weiter. Dann reißt sie ihre Fresse nie wieder auf.«

Das hatte er getan. Aber den Lohn nicht mehr bekommen, weil er auf dem Weg zu dem Scheißkerl, der ihm zwanzigtausend für einen großen Gefallen schuldete, verunglückt war. Das war nie im Leben ein Unfall gewesen. Doch nicht Siggi, der seine Maschine mehr als einmal mit einem Affenzahn durch die Alpen gejagt hatte, als wäre er mit ihr verwachsen. Serpentinen rauf und runter, kein Vergleich mit einer kurvigen Landstraße in der Eifel.

»Ich hab ihr den eigenen Kopf in den Arm gelegt, als würde sie ein Baby halten«, hatte er gesagt. »Der Junge schlief in seinem Zimmer wie ein Toter. Sie hatte ihn ausgeknockt, wie Heinen gesagt hat. Der hat überhaupt nichts mitgekriegt. Ich hätt' ein Foto für ihn machen sollen, zur Erinnerung. Das hättest du ihm später zeigen und sagen können: *Sieh mal, wie du es ihr heimgezahlt hast, Kleiner*. Hab ich leider nicht dran gedacht. Aber er denkt garantiert, er wär's gewesen, weil ich sie auch gepfählt hab. Er glaubt nämlich, sie wäre ein Vampir. Also bring ihn zurück, verdammt! Du musst nicht in die Wohnung, wenn er keinen Schlüssel hat. Da ist ein Spielplatz, da kannst du ihn absetzen. Dann sieht das aus, als hätte er abhauen wollen.«

Was David ja wohl auch hatte tun wollen. Warum erst fünf Tage später, war ihr ein Rätsel.

Auf dem Rückweg von der Klinik zum Präsidium hörte sie von Grabowski, wo David war und dass er dort wohl bleiben würde für die nächsten Jahre. Einen Grund nannte Grabowski nicht, musste er nicht. Den Grund kannte sie ja. Und es war wie ein letzter Triumph zu denken: Wenn du dich da nur nicht irrst, Bulle.

Für Siggi konnte sie nichts mehr tun, für sich selbst auch nicht. Weil sie der Verlockung nicht hatte widerstehen können. Es war einfach zu verführerisch gewesen, mit fast zehntausend Euro für eine Weile eine andere Frau zu sein, keine Kerle anbaggern und abstechen zu müssen. Hinterher ist man immer klüger. Sie hätte der jungen Französin in der Raststätte zuhören, mit ihr über die Ähnlichkeit lachen, aber nicht in die Rolle von Manon David schlüpfen dürfen. Der Versuchung des Wohnmobils hatte sie auch nicht widerstehen können. Und alles im Leben hatte seinen Preis.

Klinkhammer und Schaller warteten bereits auf die Aussage, die sie Grabowski angekündigt hatte. Sie konzentrierte sich auf Klinkhammer, weil der den Eindruck machte, als wüsste er mehr als die beiden anderen. Grabowski blieb natürlich dabei.

Mit festem Blick in Klinkhammers unbewegte Miene begann sie: »Ich habe David Lackner am 19. Juli nachmittags gegen siebzehn Uhr auf dem Aldi-Parkplatz in Köln-Marsdorf aufgenommen. Er stand unter Drogen, war völlig erschöpft und dachte, ich sei im Wohnmobil seiner Großeltern unterwegs. In dem Glauben habe ich ihn gelassen. Seine Mutter hatte ihn frühmorgens losgeschickt, er sollte zu den Großeltern fahren und war wohl in den falschen Bus gestiegen.«

»David Lackner erzählte eine andere Geschichte«, sagte Klinkhammer.

»Welche denn?«, fragte sie. »Mir hat er in den Tagen, die wir unterwegs waren, viele Geschichten erzählt. Aber für Sie dürfte die Story, die mein Bruder mir am Nachmittag des 24. Juli erzählt hat, viel interessanter sein. Während wir telefonierten, war Siegfried unterwegs, um zwanzigtausend Euro in Empfang zu nehmen, die er für einen Auftragsmord bekommen sollte. Der Auftraggeber heißt Markus Heinen, ich kenne ihn nicht, weiß auch nicht, wo Sie ihn finden können. Aber ich weiß, dass er zur Tatzeit mit seiner Frau in Holland war, um sich ein Alibi zu beschaffen.«

Dass sie bei den angegebenen Tagen log, war allen klar. Aber sie wusste von dem Kopf im Arm und dem Rundholz in der Brust. Den Stich ins Herz hätte ihr Bruder schon in jungen Jahren an einer ausgemusterten Reanimationspuppe geübt, sagte sie. »Die musste ich für ihn halten wie einen Menschen, der vor ihm steht.«

»Haben Sie auch an der Puppe geübt?«, fragte Klinkhammer. Darauf bekam er keine Antwort, nur ein Lächeln.

»Was machen wir jetzt?«, fragte Schaller, als sie das Präsidium verließen.

»Was Sie machen wollen, weiß ich nicht«, antwortete Klinkhammer. »Ich werde mich jetzt mit Heini unterhalten.«

»Aber sie lügt«, sagte Schaller.

Klinkhammer nickte. »Was den Tag und die Zeit angeht, zu der sie David aufgenommen hat. Wollen Sie das mit drei Teebeuteln widerlegen? Der Rest ist Täterwissen.«

»Das könnte sie von David haben«, meinte Schaller. »Von ihrem Bruder werden wir kein Geständnis und keine Bestätigung mehr bekommen. Und wie es um die Beweislage steht, wissen wir beide.«

»Aber Heini weiß das nicht«, sagte Klinkhammer. »Probieren wir es doch mal mit einem Bluff. Wir haben immerhin eine Mischspur. Die DNA ihres Bruders lässt sich noch beschaffen.«

»Die Mischspur könnte auch von einem stammen, der gerne Obst isst«, hielt Schaller dagegen.

»Wenn Sie weiter unken wollen, fahre ich alleine zur Apotheke«, drohte Klinkhammer.

Markus Heinen wusste nicht, dass der Einfaltspinsel eine Schwester gehabt hatte. Siggi hatte sie nie erwähnt und Tosca nie ein Wort über das elfjährige Mädchen verloren, das David mehrfach aus dem Haus geholt und getröstet hatte. Aber wer Klinkhammer war, wusste Markus Heinen, er hatte wiederholt Fotos in der Tagespresse gesehen. Und ein hochgelobter Kriminalbeamter, der es aus der Dienststelle Bergheim zum LKA nach Düsseldorf geschafft hatte, in Begleitung eines Mannes, der auch nicht aussah, als bräuchte er dringend etwas gegen Übelkeit oder Kopfschmerzen …

Es herrschte noch Kundenbetrieb, beide hielten sich abwartend im Hintergrund. Sekundenlang war Markus Heinen versucht, Zuflucht in den hinteren Räumen zu suchen. Dann unterdrückte die Gewissheit, dass sie ihm nichts anhaben könnten, egal, was David ihnen erzählt haben mochte, den Fluchtreflex. Es war nicht strafbar, einem Jungen mit einem Kopf voller Fernsehweisheiten zu bestätigen, dass Vampire schlimmer als Zecken waren. Es war auch nicht gesetzlich verboten, einem Jungen, der von seiner Mutter kurzgehalten wurde, hin und wieder ein paar Süßigkeiten zu schenken. Bei der Förderschule hatte ihn womöglich mal jemand zusammen mit David gesehen, im Baumarkt nicht, da war er sicher.

»Herr Heinen?«, fragte Klinkhammer, wobei sein Blick sagte, dass er genau wusste, wen er vor sich hatte. Er stellte sich und Schaller vor, erkundigte sich, wo sie sich ungestört unterhalten könnten.

Im Aufenthaltsraum fragte Klinkhammer dann: »Was sagt Ihnen der Name Erken, Siegfried Erken?«

Markus Heinen spürte, wie ihm das Blut aus dem Kopf wich. Klinkhammer fuhr fort: »Uns liegt eine Aussage vor …« Und das war keine Lüge.

## *Zeit zu leben*

Doktor Füssen übernahm es, mit David über all die Lügen zu reden, mit denen er aufgewachsen war. Dass seine Mutter ihn jahrelang mit falschen Behauptungen betrogen, betäubt und nach Leas Auszug so fest in den Arm gebissen hatte, dass es blutete und Narben blieben. Und anschließend gefragt: »Warum hat das denn nicht geklappt?« Perfide und bösartig nannte Doktor Füssen diese Vorgehensweise und sagte, er habe jedes Recht, wütend zu sein.

Er war nicht wütend, nicht einmal richtig traurig, nicht wegen Mama und der verlorenen Jahre. Sogar den Tod seines Vaters nahm er äußerlich gefasst zur Kenntnis, als hätte er schon mit sieben Jahren gewusst, dass es endgültig war, und seine Gefühle damals tief im Innern verschlossen.

Weil von einem Friedwald als letzter Ruhestätte die Rede war, stellte er sich vor, dass Papa wie Schneewittchen in einer Mulde zwischen Bäumen lag. Und wenn es ihn beim Gedanken an Papa innerlich zu zerreißen drohte, gesellte er sich im Geist zu den Tieren des Waldes, die Papas Schlaf bewachten. Aber darüber sprach er nicht mit Doktor Füssen, nur mit Sonja.

Sie besuchte ihn regelmäßig jeden Montag und zwischendurch, wenn Polizisten mit ihm reden wollten. Die mussten sich vorher bei Sonja anmelden und einen Termin ausmachen. Zweimal kam sie in Begleitung einer Frau, seiner Anwältin, die er eigentlich nicht brauchte. Die Polizei konnte beweisen, dass er nichts getan hatte. Ausgerechnet die falsche Manon, die ihn im Feuer zurückgelassen hatte, hatte ihnen dabei geholfen.

In seinen letzten Wochen auf der Station bekam er viel Besuch, nicht nur von der Polizei und von Sonja. Er lernte Großvater Lackner kennen, das war aber eher beklemmend für beide Seiten. Mit Rainer Assmann dagegen verstand er sich auf Anhieb gut, fand ihn so lustig und hilfsbereit wie Boris. Rainer half ihm, Möbel für sein Zimmer auszusuchen.

Sonja wollte ihn in Robins Jugendzimmer einquartieren und hatte ihrem Lebensgefährten Prospekte mitgegeben. Besondere Ansprüche stellte David nicht, ein Bett, ein Schrank, ein Schreibtisch und ein Stuhl reichten ihm. Er freute sich, dass er neue Möbel bekommen sollte. Sein Bett in Mamas Wohnung war alt und wacklig gewesen und die Matratze durchgelegen. Das war beim Sperrmüll gelandet. Sonja hatte die Wohnung aufgelöst, nachdem sie von der Staatsanwaltschaft freigegeben worden war. Ulrich und Gerda Ebel hatten es abgelehnt, sich darum zu kümmern. Wenn es nach ihnen gegangen wäre, hätte Sonja auch noch die Beerdigung übernehmen müssen.

Am 10. Oktober holte Sonja ihn ab. Zum Abschied schenkte er Doktor Füssen, Boris und Jenny Porträtzeichnungen, für die Sonja Rahmen beschafft hatte. Malik bekam alles, was am Schrank klebte. Papa, Lea und Oma Luzie hatte Bernd schon vorher mitgenommen. Er behielt nur seine Lehrer, die er nicht wiedersehen würde, und das Mädchen Melanie aus dem ersten Stock, weil jeder Mensch etwas brauchte, wovon er träumen konnte, sagte Sonja.

Zuerst fuhren sie zum Polizeipräsidium, wo er seinen Engel als die Frau identifizierte, die ihn mitgenommen hatte. Die Frage nach dem Wann und Wo wurde dabei nicht erörtert. Das wusste er ja auch nicht genau. Anschließend gestattete man Ramona Erken ein paar Worte mit ihm zu wechseln.

Sie wollte wissen, ob er den grünen Shrek noch hatte, und bedauerte, dass der im Wohnmobil verbrannt war, meinte jedoch: »Besser der als du.« Dann behauptete sie, er hätte nur vom Feuer weg durch den Wald laufen müssen, um zu seinem Opa zu kommen, und ursprünglich hätte sie ihn dahin fahren wollen.

»Mein Bruder hat's mir verboten, weil er deine Mutter erledigt hatte«, sagte sie. »Du hättest es ihr doch nie heimgezahlt, oder? Also sind wir quitt. Deine Hand wird wieder, und der Rest, die paar Brandblasen, davon sieht man ja gar nichts mehr.«

Dann fuhren sie nach Hause, Sonja nannte es so. Er erinnerte sich nicht an das große Eckhaus mit dem Restaurant im Erdgeschoss. Aber in seinem neuen Zimmer fühlte er sich sofort wohl. Es war groß, roch nach den neuen Möbeln und ein bisschen nach Papa. Sonja hatte nicht nur einen Schreibtisch für ihn gekauft, zusätzlich auch noch einen großen Zeichentisch.

Er lernte die Belegschaft des Restaurants kennen und tags darauf neue Lehrer und Mitschüler. Keine Förderschule mehr. Er besuchte die achte Klasse einer Gesamtschule und brauchte Nachhilfe in einigen Fächern, aber nicht lange.

Nachdem er sich eingelebt hatte, machte Sonja ihm eine besondere Freude. Er durfte Mechthild und Rudolf Grovian, Hans Werner und Marina Dederich zu einem Essen in *Luzies Steak-*

*haus* einladen, um sich bei ihnen für alles zu bedanken. Wobei der größte Dank Rudolf Grovian gebühre, sagte Sonja, was ihm nicht einleuchtete. Der alte Mann hatte doch nur dafür gesorgt, dass er die Schuhe behalten durfte. Aber wenn Sonja sagte, es sei sehr viel mehr gewesen …

Hans entschuldigte sich, weil er die Sache mit dem Zauberer in den falschen Hals bekommen hätte. Das hieß missverstanden. Rainer neigte ebenfalls zu solchen Redewendungen, und David lernte auch in dem Bereich schnell. Hans meinte, es sei seine Schuld, dass sich die Sache mit dem Zauberer nicht früher aufgeklärt habe. Mechthild wollte wissen, ob er an der neuen Schule schon Freunde gefunden habe. Nein, aber auch keine Feinde.

In der ersten Woche waren nach Schulschluss einmal drei Jungs auf ihn zugekommen. Sonja, die ihn abholen wollte, war noch nicht da. Einer der Jungs hatte wissen wollen, ob er Geld hatte und ein Handy. Ein Telefon besaß er noch nicht, Geld hatte er auch keins. Aber er kannte Szenen wie diese aus dem Fernseher und konnte sich denken, was ihm bevorstand.

Der Junge, der ihn angesprochen hatte, kam näher. Er hatte seine Schuhe nicht zugebunden, trat auf einen der Riemen und fiel der Länge nach hin, wobei er sich das Gesicht aufschrammte. Die anderen beiden halfen ihm hoch, dann liefen sie weg. Und jetzt hatten sie Angst vor ihm, jedenfalls gingen sie ihm aus dem Weg.

»Ich habe ihnen nichts getan«, versicherte er. »Ich habe nicht mal gesagt, sie sollen mich in Ruhe lassen, habe sie nur angeschaut.«

Sonja nannte es den *»Der-Nächste-der-mir-wehtun-will-fällt-tot-um-wenn-er-näher-kommt«-Blick*. Den hätten nur Menschen, die ganz alleine durch die Hölle gegangen wären, hatte sie gesagt. Oma Luzie hätte ihn auch beherrscht, diesen Blick. Und er hätte viel von Oma Luzie, viel mehr, als er wüsste.

Rudolf Grovian hörte zu, ließ es sich schmecken und hatte dabei ein ähnliches Gefühl wie damals, wenn er hinauf nach Buchholz in der Nordheide gefahren war, um Cora Bender zu besuchen. Es war die Zeit gewesen, in der Marina die Scheidung eingereicht hatte, auf Unsummen an Unterhalt spekulierte und er täglich darüber nachdachte, was bei der Erziehung seiner Tochter alles schiefgegangen war. Da war es wohltuend gewesen, ein paar Stunden mit einer jungen Frau zu verbringen, der das Leben wahrlich nichts geschenkt, die es trotzdem in den Griff bekommen hatte. Und dazu hatte er seinen Teil beigetragen.

Viel anders sei es bei David auch nicht, hatte Klinkhammer erst vor zwei Tagen gesagt, wobei man den Jungen nicht mit Cora Bender vergleichen könne. Die hatte Klinkhammer nie kennengelernt, recht hatte er trotzdem.